Wir schreiben das Jahr 1520 in Calais. Ungeduldig wartet Henri d'Ardans, Berater des französischen Königs, auf seine Frau Christiane. Sie soll geheime Pläne Leonardo da Vincis überbringen. Doch die Dokumente werden geraubt und Christiane brutal ermordet. Henri macht sich auf die Suche nach den Mördern. Ihre Spur führt durch ganz Europa an den Hof Heinrichs des Achten. Henri begegnet der jungen Adligen Jeanne, aber, ganz von seiner Rache besessen, weist er ihre Liebe zurück. Erst als er erkennen muss, dass er nur eine Schachfigur im Machtspiel um da Vincis Pläne ist, kann er seinen eigenen Weg finden – einen Weg zu Jeanne.
Spannend und farbenfroh entfaltet Paul Löwinger die ganze Pracht der Renaissance. Ein großartiger historischer Roman über die Ränkespiele der Macht.

Paul Löwinger (Jahrgang 1949) stammt aus einer bekannten Wiener Theaterdynastie. Nach einer französischen Lycée-Ausbildung studierte er Publizistik an der Universität Wien, arbeitete als Regieassistent beim Film und ist seit 1971 Co-Direktor der Löwinger-Bühne in Wien. Neben der Neufassung und Bearbeitung von Theaterstücken inszenierte er eigene Bühnenwerke und führte bei zahlreichen Fernsehproduktionen Regie, besonders für ORF und ZDF. Sein historischer Roman »Das Lied des Troubadours« (Bd. 15063) liegt im Fischer Taschenbuch Verlag vor.

Unsere Adresse im Internet: www.fischerverlage.de

Paul Löwinger
Das Siegel der Liebe

Roman

Fischer Taschenbuch Verlag

Veröffentlicht im Fischer Taschenbuch Verlag,
einem Unternehmen der S. Fischer Verlag GmbH,
Frankfurt am Main, Januar 2005

Lizenzausgabe mit Genehmigung des Krüger Verlags

Druck und Bindung: Clausen & Bosse, Leck
Printed in Germany
ISBN 3-596-16159-2

Für Irma
In Liebe

1. Kapitel

Juni 1520

Es war ein strahlender Sonnentag, als die beiden Könige in der bunten Frühlingslandschaft aufeinander zuritten. Ein leichter Wind wehte durch das »Goldene Tal«, bewegte Standarten, Federbüsche, beugte Gräser und Blüten und rauschte kurz im Laub der Bäume, die sich wie grüne Punkte in der Ebene verloren. Die reich gekleideten Könige, farbenprächtig, beinahe unwirklich im hellen Licht des Tages, galoppierten über die Wiese, weit mit ihren Blumen und dem Farn, den dieser Südwind zur Seite neigte, spielerisch, als bewegten sich nicht nur Pflanzen und Blätter, sondern alles an diesem hellen Frühlingstag, Wind, Luft, Licht, ein wunderbarer und klarer, ein schwereloser Widerschein einer Natur, die ohne Ende war.

Die Könige zügelten ihre Pferde. Als François I. von Frankreich und Heinrich VIII. von England abstiegen und einander umarmten, sich dann wieder umarmten, es schließlich nicht mehr lassen konnten, sich zu umarmen, ertönten die Jubelrufe von Franzosen und Engländern, die sie begleiteten, die einander zu Tausenden gegenüber am Rande der Wiese standen, unruhige farbige Linien vor dem schimmernden Kupfer der Sonne. Dann kam Bewegung in ihre Reihen, und der Adel Frankreichs und Englands, Damen wie Seigneurs, prächtig, reich und unvergleichlich, ritten zu den Königen, begleitet von François' schottischer Garde in ihren weiten, weißen Umhängen und Heinrichs Hellebardenträgern mit ihren roten, schwarzen und goldenen Farben. Trompeten, Posaunen ertönten, Musikanten spielten, Lachen und Stimmen hallten wider, während sich hinter den Königen glanzvolle Prinzen, prunkende Herzöge, glorreiche Kardinäle und prachtvoll gekleidete Damen in frohgemuter Stimmung zu bunt bewegten, lauten Gruppen vermischten. Heinrich VIII., der mit freundlicher Miene auf den König von Frankreich einsprach, war in ein Gewand aus silbernem Damast gekleidet, mit Schlitzen, unter denen schwerer Goldbrokat hervorschimmerte. Der Kragen seines Rockes war mit Juwelen besetzt, der Gürtel von Gold und der schwarze Hut mit Diamanten bestickt. François, den Arm um Heinrich gelegt, trug ein breites Wams aus Silberbrokat mit Streifen aus golddurchwirktem Stoff. Auf seinen Schultern lag ein Umhang aus goldschimmerndem Satin, üppig mit Perlen und Edelsteinen verziert.

Zwei Herrscher, die königlichen Sonnen glichen, zwei Herrscher, die alles Irdische übertrafen.

Die Großen Frankreichs und Englands, die sie begleiteten, waren kaum minder prächtig anzusehen. Alles war Glanz, alles war Schein, alles war Licht an diesem Frühlingstag.

Nachdem die Könige sich ihrer gegenseitigen, tiefen und aufrichtigen Liebe versichert hatten, schritten sie zu dem golddurchwirkten Prunkzelt, in dem das erste Gespräch stattfinden sollte. Kardinal Wolsey und Admiral Bonnivet begleiteten sie, die Mienen ernst und gesammelt, der Würde des Augenblickes angemessen. Wieder ertönten unzählige Hochrufe, Jubel und die Klänge von Musik. Alles schien möglich an diesem Tag. Alles war ohne Grenzen, spielerisch und leicht. Ein goldenes Zeitalter würde kommen. Es schien, als würde die Erde sich neu und unverbraucht wieder erschaffen, in diesem Licht, in dieser Helle, sich noch einmal erschaffen, nun für immer und zum letzten Mal, Ausdruck einer nunmehr vollkommenen, einer menschlichen Schöpfung.

In der Bankethalle zu Ardres saßen die Könige auf einer mit Teppichen geschmückten Estrade, ihre Gattinnen und den Hochadel beider Länder an ihrer Seite. Henri d'Ardans' Platz war an dem rechten Flügel der längsseitig angelegten Tischreihen, die vor den Herrschern und ihren Gemahlinnen aufgebaut waren.

»Zwei Könige«, sagte Henri wie beiläufig zu seinem Tischnachbarn, während er zu François und Heinrich hinblickte. »Zwei ist die Zahl des Gegensatzes und des Zwiespalts. Und dennoch scheinen unsere Könige einig, miteinander verbunden, in ihrem Verstehen der göttlichen Zahl drei, diesem Bild des vollkommenen Verständnisses zugeordnet.«

»Und was meint Ihr, ist dieses Dritte, das sich ihnen zugesellt hat?«, fragte William Sullivan, Baron of Bradshore und Hauptmann der Leibgarde des englischen Königs.

»Die Pracht, Baron. Die Pracht, die Größe und die Glorie.« Henri wandte sich Sullivan zu. »Wir haben gute Arbeit geleistet. Alles in allem können wir zufrieden sein.«

»Es ist nichts geschehen. Nichts, das die Könige hätte verstimmen können.«

»Keine Reiterattacke aus dem Hinterhalt. Kein Verrückter, der einen von ihnen mit Pfeilschüssen töten wollte.«

Der Engländer lächelte. »Haben die Franzosen mit einem Hinterhalt unserer Leute gerechnet?«

Henri blickte ihn freundlich an. »Haben die Engländer nie einen Gedanken daran verschwendet?«

»Nicht öfter als Ihr.« Sullivan schnitt sich ein Stück von dem Wildbret ab. »Aber die Vernunft hat gesiegt. So wie es immer sein sollte.« Er deutete kurz und unmerklich zur Estrade. »Euer König ist sehr groß.«

»Sieben Fuß.«

»Ein Hüne«, sagte der Hauptmann mit Respekt. »Und ein Meister der Liebe, wie man sagt.«

Henri lehnte sich in seinem Stuhl zurück. »Es gibt ein bemerkenswertes Edikt einer Königin von Aragonien. Diese außergewöhnliche Herrscherin legte – nach reiflicher Beratung im Staatsrat – als Beispiel für die in einer ordentlichen Ehe erforderliche Mäßigung die Begrenzung des Geschlechtsaktes auf sechsmal täglich fest.«

»Sechsmal täglich«, antwortete Sullivan ehrfürchtig.

»Dabei erklärte sie, den Bedarf und Begehr ihres Geschlechtes weitgehend unberücksichtigt gelassen zu haben, um zu einem Maß zu gelangen, das stets bequem eingehalten werden könne.«

»Ihr scherzt, d'Ardans.«

»In keiner Art und Weise.« Henri blickte kurz zum König von Frankreich hin. »Nun, François I. wäre ein Mann, der diesem Edikt gerecht werden könnte.«

Der Hauptmann lächelte. »Ein Ritter vergangener, heroischer Zeiten.«
»Nur der erste Ritter seines Königreiches.«
»Könnt Ihr mir etwas über die lieblichen Frauen erzählen, die in der Nähe der Könige Platz genommen haben?«
»Die Dame zu François' Linker ist die Königin Claude, wie Ihr wohl wisst.«
»Ich habe gesehen, dass sie schwanger ist.«
»Im achten Monat.«
Sullivan nickte. »Sie hat bereits Kinder, wie ich gehört habe.«
»Zwei Söhne und eine Tochter.«
Ein Page schenkte den Becher des Engländers voll, verbeugte sich und trat einen Schritt zurück.
»Unser König ist unglücklich darüber, noch immer keine Nachkommen zu haben.«
Henri beobachtete François und Heinrich, die angeregt miteinander plauderten. »Die Dame neben der Gattin des englischen Königs ist die Mutter François', Louise de Savoie, in deren Diensten ich stehe.«
»Sie ist immer noch schön«, sagte Sullivan anerkennend.
»Und die mächtigste Frau Frankreichs.« Henri wandte den Blick von der Estrade dem Hauptmann zu. »Neben ihr seht Ihr die Schwester des Königs, Margarete von Valois, eines der geistvollsten und klügsten Geschöpfe, die der Hof von Frankreich zu bieten hat.«
»Dem es sicherlich nicht an Esprit fehlt.« Sullivan nahm einen Schluck aus seinem Becher. »Und wer ist diese Schönheit dort?«, fragte er und deutete unmerklich auf eine Frau mit einem kleinen, vollen Mund und dichten, dunkelbraunen Haaren.
»Françoise de Chateaubriant, die Mätresse des Königs.«
Der Engländer zog die Brauen hoch. »Die Königin und die Mätresse an einem Tisch?«
»Die Mätresse hatte nichts dagegen einzuwenden.«
Sullivan lachte und schlug Henri auf die Schulter.
Die Musikanten nahmen am unteren Ende des Saales Aufstellung und begannen ein schwungvolles Tanzlied. Heinrich VIII. und seine Frau Katharina von Aragon erhoben sich und schritten zu der

Fläche inmitten der Tische. Strahlend im Licht der Kerzen bewegten sie sich geschickt im Rhythmus der Musik, und die Zuschauer applaudierten heftig, als sie ihren Tanz beendet hatten. Dann traten der König von Frankreich und die Königin Claude zu ihnen und führten mit dem Herrscherpaar aus England einen langsamen, würdevollen Reigen vor. Nunmehr konnten Claude und Katharina sich zurückziehen, wenn sie es wollten. Die großen Könige hatten ihren Frauen die Ehre des ersten Tanzes erwiesen.

Die Gesellschaft hatte ihr Essen beendet, und Männer wie Frauen erhoben sich, schritten zur Tanzfläche oder verließen die Halle, um frische Luft zu schöpfen. Damen, prachtvoll gekleidet in Seide und Damast, lächelten Höflingen in juwelengeschmückten Gewändern zu. Ein lautes Stimmengewirr hatte sich erhoben und vermengte sich mit der Musik zu einer eigenen Sprache der Fröhlichkeit und Verführung. Ein Kavalier in einem weißgraugoldenen Wams bewegte seine mit Smaragdringen geschmückten Hände harmonisch im Rhythmus seiner Worte. Zwei kostbar gekleidete junge, schwarzhaarige Frauen blickten mit großen, dunklen Augen auf den Tanz seiner Hände und das Lächeln in seinem Gesicht. Als er mit einer weit ausholenden Gebärde den ganzen Raum zu umfassen schien und einem Freund etwas zurief, sprachen sie eifrig und gleichzeitig auf ihn ein. Zwei Windhunde des Königs jagten bellend an ihnen vorbei, und eine der jungen Frauen verlor mitten im Gespräch das Gleichgewicht und fiel aufschreiend in die Arme des Kavaliers. Sie barg ihren Kopf an seiner Schulter, von Lachen geschüttelt, während die juwelenberingten Hände des Mannes zärtlich über ihr Haar strichen.

Louise de Savoie ging zum Rand der Tanzfläche und blickte zu Henri d'Ardans. Der groß gewachsene, dunkelhaarige Franzose erhob sich von seinem Stuhl und ging zu ihr. Er verneigte sich und küsste ihr die Hand.

»Ihre Majestäten unterhalten sich prächtig.«

»Sie können einander nicht ausstehen«, sagte Louise kaum hörbar. »Es ist schwer zu sagen, wer eitler ist. Mein Sohn oder dieser Geck aus England.«

»Die Gespräche müssen ein Erfolg werden, Madame. Wir haben ein Fünftel des Kronschatzes in dieses Treffen investiert. Der Kai-

ser würde ein fröhliches Hosianna anstimmen, wenn wir keinen Erfolg hätten.«
Louises Mund verzog sich kurz zu einem abschätzigen Ausdruck. »Wisst Ihr, zu wem Heinrich reist, wenn unser Treffen vorüber ist? Zu Karl V.«
»Zum Kaiser.«
»Ihr sagt es.« Ihre ineinander verschlungenen Finger bewegten sich nervös. »Schickt ihm das Mädchen.«
»Jetzt gleich?«
»Jetzt gleich.«
Henri d'Ardans bahnte sich seinen Weg durch die Plaudernden, Wartenden, Tanzenden, roch teure Parfums, sah halb entblößte Busen, zarte Schultern, graziöse Nacken, lachende, werbende Männer, sah volle, schmelzende Lippen, seidenen, toskanischen Kopfputz, Halsbänder aus Gold und Edelsteinen, Diademe aus Rubinen und Saphiren, in denen der Schein von Hunderten von Kerzen aufblitzte, sah Krinolinen und Kleider aus blauem, hellgelbem, fahlrotem, aschgrauem und grünem Damast.
Eine Hand hielt ihn zurück, als er unter den Hunderten von Menschen die Frau endlich erblickt hatte.
»Henri«, sagte der Mann, der ihn am Arm gepackt hielt. »Bleib bei uns, Freund. Dies ist ein Abend der Freude. Der hellen Freude und der scharlachroten Liebe.«
Clément Marot war mittelgroß, mit offenen, braunen Augen und einem dichten, dunklen Bart. Ein begnadeter Dichter, ein gefürchteter Raufbold und zugleich einer der formvollendetsten Kammerherren der berühmten und schönen Margarete von Valois.
»Ich habe keine Zeit. Ich suche eine Frau, Clément.«
Marot prostete ihm zu. »Das ändert alles. Wird sie sich zieren?«
»Nein.«
»Wie vernünftig. Zu viel weiblicher Widerstand entmutigt. Es genügt, wenn die Damen, während sie's tun, ›nein, nicht doch!‹ sagen.« Marot nickte ihm lächelnd zu und trank dann aus seinem Pokal.
Henri eilte weiter, verneigte sich vor Bischöfen, Prinzen und Pairs der beiden Königreiche, erwies hoch gestellten Damen seine Reverenz, verbeugte sich, winkte, grüßte, lächelte und hieß willkommen.

Die Frau blickte auf, als er auf sie zuging. Mit einem Lächeln entschuldigte sie sich bei dem Mann, mit dem sie sprach, und trat zu Henri.
»Mistress Boleyn.« Henri küsste ihr die Hand.
»Baron d'Ardans.«
Sie standen nahe der Musik. Der Rhythmus der Melodie deckte ihre Worte zu, unhörbar für andere.
»Es ist so weit.«
Mary Boleyn blickte ihn erstaunt an. »Es ist zu früh.«
Henri schüttelte den Kopf. »Heinrich beneidet François schon jetzt. Bei Königen ist dies nur mehr ein kleiner Schritt zum Hass hin. Ihr werdet Heinrich helfen müssen, sein verletztes Selbstbewusstsein wieder aufzurichten.«
»Und Ihr meint, dass er mich will?«
»Er wird Euch verehren, Mistress. Ihr seid eine schöne Engländerin, ausgebildet am berühmten Hof eines französischen Königs. Eines Königs, der François I. heißt. Es wird Heinrich ein Vergnügen sein, Euch zu erobern.«
»Ihr wollt Informationen?«
Henri blickte zu den Tanzenden hin. »Alle, die Ihr bekommen könnt. Gebt Euer Bestes, Mistress. Denkt an Françoise de Chateaubriant und über welche Macht sie als Mätresse des Königs verfügt. Katharina von Aragon ist keine Rivalin für Euch.«
Mary Boleyn strich sich kurz und kaum merkbar über die Nähte ihres Kleides, die mit indischen Perlen besetzt waren. »Ich sollte mich um meine Schwester kümmern.«
»Ich werde mich ihrer annehmen.«
»Wer wird mich Heinrich vorstellen?«
»Der König selbst. Geht zuerst zu Madame.«
»Zu Louise de Savoie?«
Henri nickte. »Es gibt nur eine Frau an diesem Hof, Mistress, die den Titel Madame trägt.«
Mary Boleyn lächelte beinahe scheu. »Wünscht mir Glück, Baron d'Ardans.«
Henri sah sie freundlich an. »Ich denke, Ihr habt Euer Glück bereits gemacht, Mistress.«
Die junge Frau knickste vor Henri, der sich kurz vor ihr verbeugte.

Als er aufblickte, sah er in der Ferne Louise de Savoie, die ihm zufrieden zunickte.
Henri schaute Mary Boleyn nach, die inmitten der Tanzenden nach vorne, in Richtung der Estrade ging. Dann blickte er zu den flackernden, silbernen Kerzenlüstern hoch, die von der Decke hingen. Schwingende Räder aus Licht. Bewegte Sterne über einer Welt von Pracht und Herrlichkeit.
»Was hattet Ihr mit meiner Schwester Geheimnisvolles zu besprechen?«
Henri drehte sich um. Anne Boleyn war schön, schlank und blutjung, mit strahlenden, dunklen Augen in ihrem zarten, ovalen Gesicht, mit dunklem Haar, das ihr voll und glänzend über die Schultern fiel.
»Ihr seht aus, d'Ardans, als ob Ihr mich mit den Augen entkleiden wolltet.«
»Vielleicht frage ich mich nur, was Ihr alles an Euch tragt, Mistress?«
Anne lächelte amüsiert. »Strümpfe aus kermesrotem Stoff, in der gleichen Farbe wie meine Armbänder, italienische Schuhe aus violettem Samt, über dem Hemd eine Baskine aus seidenem Kamelott. Dann einen Reifrock aus weißem Taft, der mit Stickereien aus feinem Gold besetzt ist. Die Farbe meines Kleides könnt Ihr wohl selbst erkennen.«
»Ihr seid zu vorlaut für Euer Alter, Mistress«, sagte Henri, der sie mit einer gewissen Anerkennung betrachtete.
»Ich stehe in meinem vierzehnten Lebensjahr, Monsieur. In meinem Alter war unsere geliebte Louise de Savoie bereits mit Margarete de Valois schwanger.« Sie drückte seinen Arm. »Und Ihr habt mir noch immer nicht erzählt, was Ihr mit meiner Schwester zu flüstern hattet.« Sie bewegte leicht den Kopf und schwarzes Haar glitt glatt und sanft über ihr Mieder.
»Geheimnisse, wie Ihr selbst feststelltet.«
»Ihr schneidet ihr die Cour, d'Ardans.«
»Ich muss Euch enttäuschen, Mistress.«
»Ja«, sagte Anne Boleyn, »es ist bekannt, dass Ihr nur Eure Frau liebt. Ihr seid der Stolz des französischen Hofes.«
»Meint Ihr?«

Anne Boleyns Finger strich wie gedankenverloren über Henris Handrücken. »Und seine größte Ausnahme.«
»Ihr schmeichelt mir über alle Maßen.«
»Dabei seid Ihr mutig. Man sagt, dass Ihr in der Schlacht von Marignano Heldentaten vollbracht habt.«
»Heldentaten sind ein großes Wort, Mistress.«
Ihr Blick suchte seine Augen. »Wisst Ihr, dass Ihr ein gut aussehender Mann seid, d'Ardans?«
»Nein.«
»Ihr seid ein furchtbarer Lügner, Monsieur.« Sie reichte ihm den Arm. »Ich werde den ganzen Abend nicht mehr von Eurer Seite weichen.«
»Um meine Seele zu retten?«
»Um Euch vor den Tücken anderer Frauen zu beschützen.«
Marot pfiff leise durch die Zähne, als Henri mit Anne Boleyn zu ihm trat. »Zuerst dachte ich, Henri mache nur einen Scherz, als er sagte, er sei auf der Suche nach einer Frau. Und nun hat er die jüngste und faszinierendste Schönheit des ganzen Hofes an seiner Seite.« Er verneigte sich vor Anne, die vor ihm knickste.
»Seid unbesorgt, Marot, d'Ardans wird niemals seine Frau betrügen. Das ist allgemein bekannt.« Anne blickte zu Henri hoch. »Die ebenso schöne wie liebliche Christiane d'Ardans. Diese unvergleichliche Frau, die all seine Sehnsüchte und all sein Begehren stillt.«
Marot deutete auf seinen Begleiter. »Darf ich Euch einen Freund vorstellen?« Ein junger, dunkelblonder Mann mit scharf geschnittenen Gesichtszügen trat vor und verbeugte sich.
»Giovanni Borgia«, sagte Marot, »Sohn des unvergessenen Cesare Borgia, des Herzogs von Valentinois.«
»Es ist mir eine Ehre«, sagte der Dunkelblonde.
Der Dichter legte den Arm um die Schulter des Italieners. »Er reitet wie der Teufel und ficht wie ein Gascogner.«
»Signore Marot übertreibt maßlos.«
»Aber nicht doch«, sagte Marot und trank wieder aus seinem Pokal.
»Wie gefällt Euch dieses Treffen, Signore Borgia?«, fragte Henri.
Der Italiener deutete auf die Pracht und den Prunk um sich herum.

»Als wäre all der Glanz Europas hier versammelt.«
»Jetzt fehlt nur noch der Kaiser«, sagte Anne.
»Er würde sich hier nicht besonders wohl fühlen, fürchte ich«, meinte Marot.
»Ist der Kaiser Frankreichs und Englands Feind?« Anne schenkte dem Italiener einen Augenaufschlag.
»Der Kaiser«, sagte Henri, »beherrscht die Niederlande, die an Frankreich grenzen, ebenso wie Deutschland und Spanien, die unser Land vom Osten und Westen her in die Zange nehmen.«
»Mailand ist französisch«, meinte Borgia. Er deutete auf die Estrade. »Und England ist Frankreichs Freund.«
»Ja«, sagte Henri, »welches Glück, dass wir England auf unserer Seite haben.«
»Wie gefällt Euch unser König?« Annes Blick wanderte zur Ehrentafel.
»Welcher?« Borgia lächelte. »Der französische oder der englische, Mistress Boleyn?«
»Der englische natürlich.«
Der Italiener blickte zu ihm hin. »Ein schöner Mann. Groß und stattlich. Kraftvoll. Königlich.«
Anna betrachtete Heinrich VIII. »Er gefällt mir. Ein Mann, der die Macht liebt.«
Der Italiener nahm einen silbernen Becher von einem Tablett, das ein Page vorbeitrug. »Beeindruckt haben mich vor allem die Zeltstädte der Könige, die für diese Begegnung aufgebaut wurden.«
»Achthundertfünfzig Zelte und Pavillons auf Seiten der Engländer. Etwa vierhundert bei den Franzosen.« Henri deutete auf einen bärtigen Mann, der eine Gruppe von lachenden Seigneurs unterhielt. »Der Großmeister unserer Artillerie hat das gesamte Gelände von seinen Leuten planieren lassen. Über dreihundert Zeltmacher arbeiteten Tag und Nacht, ohne Unterlass. In der Dunkelheit war das ganze Gebiet vom Schein der Fackeln erhellt. Ein malerisches Bild, Signore. Französische Seeleute haben dann an den Spitzen der aufgerichteten Masten die Zelte befestigt. Habt Ihr das Eure schon gesehen?«
»Bislang noch nicht, Monsieur.«
»Dann werdet Ihr dort Plafondtücher aus blauem Samt, übersät

mit Sternen vorfinden, Wände aus azurfarbenem Damast, bedeckt mit Lilien und den Zeichen des Tierkreises. Von außen wurden die Zelte mit Stoffen behängt, die mit Gold- und Seidenfäden durchwirkt sind, sodass Ihr glauben könnt, tagsüber das Licht auf den Zeltwänden tanzen zu sehen.«

»Bewunderungswürdig«, pflichtete Borgia bei.

»Und keines gleicht ganz dem anderen«, warf Marot ein.

»Wollt Ihr mich nicht endlich zum Tanz auffordern, Signore?«, fragte Anne vorwurfsvoll lachend den Italiener.

»Es ist mir eine große Ehre, Mistress.«

Henri blickte zur Estrade. François I. hatte den Arm Mary Boleyns genommen und führte sie dem englischen König zu. Heinrich VIII. sprach einige Worte mit ihr, und sein Gesicht leuchtete auf.

Marot trank aus seinem von neuem gefüllten Pokal. »Eine Idee von Madame?«

»Du hast nichts gesehen, Clément«, antwortete Henri.

»Tausend Leute haben es gesehen.«

»Aber niemand denkt so zweideutig wie du.«

»Ich bin Dichter. Ich habe die Pflicht, mehrdeutig zu denken. Ich habe die Pflicht, unter die Oberfläche der Erscheinungen zu blicken.« Er lächelte. »Weißt du, was man sich von Cesare Borgia erzählt?«

»Noch weiß ich es nicht«, sagte Henri freundlich.

»Cesare beschloss, bei einem Fest im Vatikan, zu dem sein Vater, der allerheiligste Papst Alexander VI. geladen hatte, Adrian, den Kardinal von Corneto, zu vergiften. Also ließ er eine mit Gift präparierte Flasche Wein zum Mundschenk des Papstes bringen. Der Mundschenk, in der Meinung, der Wein gebühre wegen seiner außergewöhnlichen Qualität nur den edelsten Personen, kredenzte ihn in aller Unschuld nicht dem Kardinal von Corneto, sondern dem Papst und Cesare Borgia selbst. Alexander VI. starb auf der Stelle, während sein Sohn so krank davon wurde, dass er nichts unternehmen konnte, als sich nach des Papstes Tod eine schlagkräftige Opposition gegen die Borgias bildete. So führte Cesare den Tod seines Vaters herbei und besiegelte selbst seinen Untergang und den der Borgias.« Marot blickte zu dem ernst blickenden Giovanni Borgia hin, der Anne Boleyn mit seinen Blicken verschlang. »Mich überrascht es nicht, dass dieser junge Mann seinen Namen wie eine Bürde trägt.«

»Eine gute Geschichte.«

Marot trank aus seinem Becher. »Eine Geschichte unter vielen Geschichten, Henri. Um meine Verse glaubhaft zu formen, brauche ich alle Geschichten dieses Lebens, derer ich nur habhaft werden kann. Schließlich ist das ganze Leben selbst nur eine Art von verrückter Erzählung.« Er pfiff amüsiert die Takte der Melodie, die die Musiker spielten, während er um sich blickte. »Welch ein Jahrmarkt der Eitelkeit.«

»Wir stellen unseren Prunk zur Schau. Das äußere Gewand der Macht.«

»Mit dem Reichtum, den sie hier auf ihren Kleidern tragen, könnte man zwei Grafschaften auf Jahre hinaus ernähren.«

»Lebst du nicht selbst vom Geld des Hofes, mein Freund?«

»Ja. Und dennoch sollte es Grenzen geben, Henri.«

Henri lächelte. »Du hast zu viel lutherische Schriften gelesen, Clément. Die Welt ist gut so, wie sie ist.«

»Nein«, antwortete der Dichter. »Die Welt mag schön sein, aber sie ist nicht gut.«

Giovanni Borgia bewegte sich geschmeidig im Klang der Musik. Anne Boleyn hielt seine Hand und drehte sich graziös um ihn herum.

»Ist er wirklich Cesares Sohn?«

»Vielleicht.« Marot setzte den Pokal an seine Lippen und trank. »Ganz sicher«, sagte er dann, »ist er ein Nachkomme Lukrezia Borgias, die ihn in der Öffentlichkeit hartnäckig als ihren Bruder bezeichnet. Viele meinen, dass Lukrezias und Cesares Vater, Papst Alexander VI., sein Erzeuger ist.«

»Ein Kind des Inzest?«

Marot zuckte die Achseln. »Er leidet darunter, nicht zu wissen, wer sein Vater ist. Der Gedanke, ein Kind verbrecherischer Liebe zu sein, bringt ihn beinahe um den Verstand. François I. hat ihn aus Mitleid an den Hof geladen.«

»Er hat sich gut in der Gewalt.«

»Denkst du daran, ihn in die Reihe deiner Spione einzugliedern?«

Henri sah noch einmal kurz zu dem Italiener hin und wandte sich dann wieder Marot zu. »Man kann nie genug davon haben. Unser Lager ist durchsetzt mit englischen Spitzeln.«

»Ich bin überzeugt, dass du dafür gesorgt hast, dass wir mit ihnen gleichziehen.«

»Ich habe mein Bestes getan«, sagte Henri. Er blickte um sich, betrachtete die Tanzenden, die lachenden, lächelnden Frauen, die Männer die sie umgaben, die sie galant, besitzergreifend umschwärmten, betrachtete die Flut von Bildern und Bewegungen, die wie ein ständiges Fließen an ihm vorbeizogen, Schwingungen in allen Farben und Gesten, sah dies alles, erkannte dies alles und lächelte.

»Das Leben«, sagte er dann, »das Leben, Clément ...«

»Was ist mit ihm?«, fragte Marot.

»Es hat die Leichtigkeit eines Traums.« Er lächelte Marot zu. »Die Leichtigkeit eines beständigen Traums.«

Zur selben Zeit, als Heinrich VIII. mit Katharina von Aragon das Fest von Ardres eröffnete, legte ein staubbedeckter Reiter am Stadttor von Buccy dem Sergeanten der Wache ein zusammengelegtes Blatt Papier vor. Der Sergeant entfaltete es, las einen Augenblick darin und salutierte dann. Der Reiter dankte, gab seinem Pferd die Sporen und ritt beinahe im Galopp durch die von vereinzelten Fackeln beleuchteten Straßen des nächtlichen Paris. Vor dem Palais des Tournelles zügelte er sein Pferd, stieg ab, entnahm der Satteltasche eine Schriftrolle und schlug mit dem schweren, verzierten Türklopfer gegen die Pforte. Ein übel gelaunter Diener öffnete die Tür. Als er des Mannes ansichtig wurde, straffte er sich und verneigte sich tief.

»Keine Wachen?«, fragte der Mann.

»Der König ist nicht in Paris, maître.«

»Das weiß ich. Jedermann in Frankreich weiß es.« Der Mann zog seine Lederhandschuhe aus. »Bringt mich zum Sekretär des Königs.«

Der Diener blickte ihn unsicher an. »Monsieur Budé hat sich bereits zur Nachtruhe zurückgezogen, Monsieur de Tardié.«

»Dann weckt ihn.« Tardié sah sich um. »Ich will ungestört mit ihm sprechen.«

Der Diener zögerte nur kurz. Dann nahm er den Leuchter, der neben der Tür abgestellt war, und ging vor Tardié die breite Treppe hinauf. In einem kleinen, holzgetäfelten Raum mit einem massiven Eichenholztisch und bequemen, gepolsterten Stühlen bat er den Mann zu warten. Tardié schenkte sich aus der bereitgestellten Karaffe einen Becher Wein ein und trank ihn gierig. Dann trat er zu dem Kamin und wärmte seine Hände über dem offenen Feuer.

Guillaume Budé war angekleidet, als er den Raum betrat. Er ging mit ausgestreckten Händen auf Tardié zu. »Maître Vincent! Seid willkommen.«

Vincent ergriff Budés Hände. »Es tut mir Leid, Euch geweckt zu haben.«

Budé schüttelte den Kopf. »Ich habe noch nicht geschlafen. Ich habe gelesen.«

»Ihr seid bei Gott der belesenste Mann Frankreichs. Eines Tages wird man Euch mit einem Buch in der Hand verheiraten.«

Der Sekretär des Königs lachte. »Ihr übertreibt, Vincent.« Er bot dem Mann einen Stuhl an und setzte sich selbst. »Was hat Euch so eilig und um diese Zeit nach Paris gebracht?«

Vincent schlug die Beine übereinander. »Wie Ihr wisst, prüfe ich unter anderem die Papiere, die sich im Nachlass Leonardo da Vincis befinden.«

»Das ist mir bekannt.«

»Was Ihr vielleicht nicht wisst, ist, dass Leonardo vom König einen Auftrag bekam, neuartige Waffen zu entwerfen.«

Budé winkte ab. »Dass da Vinci sich mit der Entwicklung von Waffen beschäftigt hat, ist allgemein bekannt. Das hat er bereits vor Jahren bei dem Herzog von Mailand, Il Moro, getan.« Budé beugte sich nach vorne. »Ich weiß auch, dass diese Unterlagen nichts Nennenswertes ergeben haben.«

»Als Leonardo vor einem Jahr in Amboise starb, glaubten wir, alle Schriften in die Hand bekommen zu haben.«

Budé blickte mit einem Male interessiert. »Aber dem war nicht so?«

»Es sind Zeichnungen aufgetaucht. Entwürfe für eine neuartige Kanone.«

»Die so wichtig scheinen, dass der Techniker des Königs sich von Amboise nach Paris bemüht?«

»So ist es.« Vincent nahm die Schriftrolle und legte sie auf den Tisch. »Seht selbst.«

Budé entrollte die Papiere und studierte sie kurz. »Ich bin Humanist und kein Ingenieur der Artillerie, maître.« Er hob den Kopf. »Aber es scheinen nur Skizzen für einen Entwurf zu sein.«

»Es könnte möglich sein, diese Kanonen zu bauen.« Vincent griff nach Zeichnungen, die aus der Rolle gefallen waren, und legte sie zu den anderen. »Man müsste Leonardos Ideen weiterdenken. Man müsste Versuchsmodelle bauen. Man müsste experimentieren. Vielleicht über Monate, Jahre hin. Aber es könnte gelingen.«

Budé betrachtete einen Augenblick lang schweigend die Entwürfe. »Ihr habt niemandem davon erzählt?«

»Keiner Menschenseele.«

»Was wäre der Nutzen dieser Kanonen?«

Vincent blickte zu Budé hin. »Sie hätten mindestens die zehnfache Feuerkraft der üblichen Geschütze.«

Budé schwieg neuerlich und lehnte sich dann in seinem Stuhl zurück. »Vorausgesetzt, diese Kanonen wären funktionstüchtig, so hätte der Staat, der seine Armeen damit ausrüsten könnte, einen einmaligen Vorteil vor allen anderen. Keine Kavallerie, keine Landsknechthaufen könnten unter dem Feuer dieser Artillerie die Stellungen des Gegners durchbrechen.«

»Ein solcher Staat wäre unbesiegbar, Monsieur.«

Budé nickte. »Der König ist in Ardres, wie Ihr wisst.«

»Es könnte von Vorteil sein, dass das Treffen mit Heinrich VIII. gerade jetzt stattfindet. Denkt nur daran, welches Druckmittel der Besitz dieser Waffe in den Verhandlungen mit dem englischen König darstellen könnte.«

»Wir wissen nicht, ob sie überhaupt zu bauen ist.«

»Sie wird funktionieren. Eines Tages.« Vincent Tardié legte seine Hand auf die Papiere. »Der König von England braucht nicht zu wissen, dass wir uns noch nicht im Klaren darüber sind, wie lange es bis dahin sein wird.«

Budé stand auf. Einen Augenblick lang ging er schweigend im Raum auf und ab. »Es ist besser, Ihr selbst taucht nicht im Lager des Königs auf. Die englischen Spione sind ohne Zahl. Wir wissen nicht einmal, ob es nicht in nächster Nähe von François einen Informanten gibt. Es muss jemand völlig Unverdächtiger sein, der diese Papiere nach Ardres bringt. Und nicht zum König. Er müsste sie Madame übergeben.«

»Louise de Savoie wird ihren Wert erkennen.«

»Und sie ist es in Wahrheit, die die Zusammenkunft von Ardres und Guines leitet.« Budés Hand umfasste die Kante einer Stuhllehne. »Ardres und Guines liegen nur einige Meilen von Calais entfernt. Wenn man bequem reist, könnte man in vier Tagen dort sein.«

»Schickt einen königlichen Boten.«

Budé schüttelte den Kopf. »Ich werde eine Frau bitten, nach Ardres zu reisen. Eine schöne, wunderbare Frau, die zum Hofstaat Louise de Savoies gehört. Eine Frau, deren Ankunft die Männer eher an Venus und Minerva denn an Mars denken lässt.«

»Und wisst Ihr bereits, wer diese Frau sein wird?«

»Ja, das weiß ich.«

»Wer ist sie?«, fragte Vincent interessiert.

Budé lächelte plötzlich. »Christiane d'Ardans, maître. Die unvergleichliche Christiane d'Ardans.«

Der reich gekleidete Mann schritt durch die Reihen der Tanzenden und verneigte sich vor Henri. »Meister«, sagte er, »unübertroffener, erhabener Geist unter all den Geringen allzu geringer Gedanken, traumgeflochtenes Podest, hoch erhoben über dem Abgrund des Mittelmäßigen, menschgewordene Tugend, schwebend über dem Laster alles tief und auf ewig Gefallenen: Ich grüße dich untertänigst, werfe mich in den silbernen Staub, den der ehrfürchtige Mond vor jedem deiner Schritte fallen lässt, und krieche im Duft deiner Vollkommenheit.«

Henri lachte. »Triboulet, du bist und bleibst ein Narr.«

»Wie sollte ich kein Narr sein, da ich eines zauberhaften, elfengleichen Tages zum Narren des Königs bestellt wurde? Ich bin der unübertroffene Narr des Königs, d'Ardans, der einmalige König der Narren, der unerreichte Narrenkönig und der hervorragendste Königsnarr. Es ist mein Schicksal, närrisch narrhaft narrend Narr zu sein.«

»Ein Becher Wein, Triboulet?«, fragte Marot.

»Mit großer Freude. Einen Becher Wein, den ich dann auf den vollkommenen Henri d'Ardans trinken werde, der nur deshalb als Muster eines Edelmannes gilt, weil seine Fehler die Fehler der Gesellschaft sind. Dessen Vollendung nur darauf beruht, dass er sich seiner widerspruchsvollen, niedrigen und verderbten Triebe schämt und sie verbirgt. Der klarste Beweis dafür, dass er als Mensch – wie der Mensch im Allgemeinen – nicht fertig erschaffen wurde.«
»Ich habe dich im Verdacht, dass du auf etwas ganz anderes hinauswillst, als du mir hier erzählst, Triboulet.«
Der Narr schüttelte bedauernd den Kopf. »Seinen Freunden zu misstrauen ist schlimmer, als von ihnen betrogen zu werden.«
»Worauf hast du es abgesehen, Triboulet?«
»Du willst immer einen geraden Weg vor dir sehen, Henri d'Ardans. Die Welt aber liebt die krummen Straßen. Das Verschleierte. Das Verborgene. So wie Männer nicht immer aus Tapferkeit tapfer und Frauen aus Keuschheit keusch sind.«
»Erzähl uns mehr über die Frauen, Triboulet«, sagte Marot.
»Die Frauen beherrschen eher ihre Leidenschaft als ihre Koketterie.«
Henri schüttelte den Kopf. »Du hast schon Treffenderes gesagt, Triboulet.«
»Manchmal findet man Frauen, die nie eine Liebschaft hatten. Aber man trifft nur selten solche an, die nur eine hatten.«
»Was sagte Triboulet hier?«, fragte Anne Boleyn, als sie zu ihnen trat. Ihr Gesicht war erhitzt vom Tanz, und ihre dunklen Augen leuchteten.
»Dass die meisten Frauen sich mehr aus Schwäche, denn aus Liebe hingeben«, sagte Marot.
»Dass nicht zu lieben das sicherste Mittel ist, geliebt zu werden«, ergänzte Henri.
Anne lachte. »Das sind törichte Worte. Worte von Männern, die nichts von Frauen verstehen.« Sie zog Triboulet an den Bändern seines kostbaren Wamses zu sich. »Und über Männer hast du nichts zu sagen?«
»Bei einem Pferd schaut man auf die Zähne, bei einem Mann auf den Verstand.«

»Dann müssten sich die Frauen den Pferden zuwenden.«
Triboulet lachte. »Anne Boleyn, ich sage Euch eine große Zukunft voraus.«
Giovanni Borgia beugte sich zu Marot. »Wer ist dieser Edelmann?«
»Dieser Edelmann ist der Narr des Königs.«
Triboulet verbeugte sich mit Verve. »Und sein engster Berater.« Er blickte zu dem Italiener hoch, als er sich wieder aufrichtete. »Was man an unserer Politik erkennen mag.«
Borgia blickte erstaunt. »Seid Ihr mit den Maßnahmen des Königs nicht einverstanden?«
»Ist es nicht sonderbar, als strahlender Prinz einen strahlenden Prinzen als Gast zu laden? Will nicht nach Recht und Gesetz der göttlichen Eitelkeit der weniger Strahlende den mehr Strahlenden übertreffen? Ist hier nicht bereits ein jahrzehntelanger Kampf des Strahlens, Blitzens und Blendens den nur matt schimmernden Völkern in die Wiege ihrer Kriege gelegt? Und wer entscheidet, wer der Funkelndere und Gleißendere von beiden ist?«
»Die Frauen?«, fragte Anne.
»Die Soldaten?«, warf Borgia ein.
»Andere blinkende Sterne, wie der himmlisch legitimierte Kaiser, diese herrliche Sonne über Europas Zerrissenheit.«
Der Italiener lächelte belustigt. Er deutete auf die Menge der prunkvoll prunkenden Seigneurs und ihrer Damen. »Also ist der Kaiser der Gewinner dieses Abends?«
»Nein, Signore Borgia. Dieser Abend kennt nur große Verlierer, die sich für unübertroffene Sieger halten.«
»Woher kennt Ihr meinen Namen?«, fragte Giovanni Borgia überrascht.
»Wer wüsste denn nicht, dass der Sohn des großen Cesare Borgia, einer anderen Sonne unter all diesen Sonnen, von denen wir gerade sprachen, den Glanz seines Wesens über den grauen und öden Hof Frankreichs erstrahlen lassen will? Wer könnte denn nicht wissen, dass der Nachkomme dieses Wirbelwindes, der Italien von Süden nach Norden mit Eisen und Blut überzog, dass der Enkel des Papstes, der die Neue Welt zwischen den Portugiesen und Spaniern mit einem Strich über den Globus aufteilte, ohne sich besonders

um die Wünsche der betroffenen Eingeborenen zu kümmern, dass der Bruder der unübertroffenen Lukrezia, die Rom und Ferrara, nein, das ganze Erdrund mit ihrer Schönheit beglückte, uns die Wonne seiner Gegenwart schenkt?«

Das Gesicht Borgias war hart geworden. »Ich finde Euch nicht mehr lustig, Narr.«

Triboulet zuckte mit den Achseln. »Narren sind selten komisch. Ihre Aufgabe ist die Wahrhaftigkeit.«

Anne fasste den Italiener am Arm, als er einen Schritt in Richtung Triboulet machen wollte. »Seid kein Spielverderber, Signore.« Sie lächelte Borgia an, dessen Gesicht sich entspannte.

Henri nickte dem Italiener freundlich zu und zog Triboulet zur Seite.

»Was wolltest du mir sagen?«, fragte er.

»Du solltest auf den König einwirken, bescheidener in seinem blendenden Glanz zu strahlen. Die Engländer sind bereits verstimmt wie eine Zunft hässlicher und verschmähter Bräute.«

»Und weshalb?«

»Weil Heinrich eineinhalb Fuß kleiner ist als François.«

»Lass deine Scherze, Triboulet.«

»Das ist kein Scherz, mon ami. François ist größer als er, besitzt breitere Schultern und – Unglück aller Unglücke – auch noch schlankere Waden.«

»Es geht hier um Könige, nicht um junge Mädchen.«

Triboulet lächelte. »Niemand ist eitler als unsere Könige. Niemand schneller beleidigt als ihre Sklaven.«

Henri blickte zur Estrade hin. Heinrich plauderte angeregt mit Mary Boleyn. Dann lauschte der König schweigend der jungen Frau, bis er hell und zufrieden auflachte.

»Mach dir keine Sorgen, Triboulet.«

»Ich wollte dich nur warnen. Ich habe gehört, was die Engländer untereinander gesprochen haben.«

»Ich danke dir, Triboulet. Ich danke dir, dass du mir helfen wolltest.«

Der Narr tippte mit seinem Zeigefinger auf Henris Brust. »Es war mir eine Freude, Edler und Vollkommener. Und wenn es dir eines Tages nicht mehr gelingt, makellos zu sein, vielleicht begegnet dir dann sogar das wahre, wahrhaftige Leben.« Triboulet schwenkte zum Abschied seinen Hut, verbeugte sich und verschwand in der Menge.

Marot hatte Henris Blick zur Estrade bemerkt. Er trat einen Schritt zu d'Ardans hin. »Es scheint, als würde Frankreichs Glück zwischen den Beinen einer Engländerin zu liegen kommen.«

»Wir brauchen diesen Vertrag. Wir brauchen Englands Wohlwollen.«

Marot legte den Arm auf Henris Schulter. »Du glaubst, dass es Krieg geben wird?«

»So lange François König ist, wird es immer Krieg geben.«

»Er sieht prachtvoll aus. Ein Herrscher vom Scheitel bis zur Sohle.«

»Das sagt man von Karl V. auch.«

»Du hast Recht. Sie werden sich bis zum Tod zerfleischen. Der Habsburger wird nicht davon ablassen, Burgund zurückgewinnen zu wollen, so wie François es ihm nie verzeihen wird, dass er ihm die Kaiserkrone abgejagt hat.«

Henri nickte. »Und meine Aufgabe ist es mitzuhelfen, die Kriege in Grenzen zu halten.«

D'Ardans wandte sich Anne Boleyn zu. »Ihr habt mich sträflich vernachlässigt, Mistress.«

»Wenn man zu viel Zeit mit Narren verbringt, trägt man die Folgen.«

Henri beugte sich zu ihr. »Manchmal ist es mir unmöglich zu glauben, dass Ihr noch so jung seid.«

»Weil Ihr um keinen Preis verstehen wollt, dass ich eine erwachsene Frau bin, Monsieur.«

Henri reichte ihr seinen Arm. »Wenn Ihr erwachsen seid, dann seid auch meine Dame für diesen Abend.«

Er verabschiedete sich von Borgia und Marot und schritt mit Anne Boleyn inmitten von Wortfetzen, leisen, gezischten Geheimnissen und lautem Auftrumpfen dahin, inmitten von sich bauschenden Roben und unschätzbarem Schmuck, inmitten von Männern mit eng anliegenden Hosen und goldverzierten Obergewändern, inmitten von Duft, Geziertheit und Verlangen, schritt durch diese alchemistische Verbindung von Macht, Reichtum und Besitz, von

Ehren, Würden und Ämtern, von Gier, Lust und animalischer Kraft und wusste, dass er seinen Platz in der Welt gefunden hatte, jetzt und für immer und für alle Zeit. Ein tiefes Gefühl der Zufriedenheit ergriff ihn und verlieh ihm das Empfinden, an einem Platz zu sein, der alles verkörperte, das zählte in dieser Welt, hier, nun, und an jeglichem Ort.

»Selbst wenn Ihr Eure Christiane niemals betrügen würdet, d'Ardans, so könntet Ihr doch mit mir tanzen.« Anne Boleyn sah ihn erwartungsvoll an.

»Es wäre mir eine Ehre, Mistress.«

Anne Boleyn ergriff seine Hand und zog ihn zur Tanzfläche. Ihre dunklen Augen lachten. »Dann tanzt! Tanzt, Henri d'Ardans! Tanzt, als ob es um Euer Leben ginge!«

Zwei Tage nach dem Bankett von Ardres wurde ein Turnier angesetzt.

Die Zeit davor hatte man mit Besuchen der Engländer im französischen Lager oder mit jenen der Franzosen in der englischen Zeltstadt bei Guines verbracht, hatte miteinander getafelt, getrunken, getanzt und gescherzt. Ein Ringkampf der Garde Sullivans gegen die Schotten François' ließ die Engländer als Sieger hervorgehen, ein Umstand, der zu einem melancholischen Trinkfest bei den Franzosen und zu enthusiastischen Feiern bei Heinrichs Leuten führte.

Das Turnier zu Ardres war ein gesellschaftliches Ereignis wie ein Empfang in den Schlössern von Amboise und Blois, von Eltham Palace oder Hampton Court. Königin Katharina und Mary Tudor, Heinrichs Schwester, in purpurrotem Satin, in Goldbrokat und Edelsteinen prangend, trafen als Erste ein, begleitet von kostbar gekleideten, im Damensattel reitenden Ladys und deren nicht minder verführerischen Hofdamen. Die Kleider der Frauen waren lang und bestickt, die Brüste so weit entblößt, dass die Brustwarzen gerade noch bedeckt waren. Buntfarbige, kostbare Hüte schmückten kunstvoll geflochtenes Haar. Die französischen Damen, die vor Juwelen nur so funkelten, nahmen ihre Plätze zusammen mit den englischen Ladys auf den mit Teppichen und Gobelins behängten Galerien ein. Ein von Lachen unterbrochenes Plaudern setzte ein,

und wer der anderen Landessprache nicht kundig war, bediente sich dolmetschender Hofdamen, Französinnen, die am englischen Hof, oder Engländerinnen, die am französischen Hof lebten.
»Wer hat diesen Wettstreit der Damen gewonnen?«, fragte Marot, als sie den von Farbenglanz, Verschwendungssucht und Pracht geprägten Einzug der Frauen beobachtet hatten.
»Venus«, stellte Henri fest.
»Ich sehe mehr Rothaarige unter den Engländerinnen«, meinte Giovanni Borgia. »Ich liebe rötliches Haar.«
»Nicht das schwarze wie von Anne Boleyn?«, fragte Marot lästernd.
»Sie ist ein wunderschönes Mädchen«, bestätigte der Italiener, der sie unter den Damen der Galerie zu erspähen versuchte.
»Ich glaube, Ihr seid verliebt, Signore Borgia«, sagte Henri.
»Wenn einen die Schönheit nicht zur Liebe führt, was sonst wohl, Baron d'Ardans?«
Zur vereinbarten Stunde bestiegen die beiden Könige in voller Rüstung ihre Pferde. Sechs Ritter, zwanzig Knappen und Dutzende von Offizieren beider Leibwachen standen ihnen zur Seite, ein Bild von geschmückten Brustpanzern, Wämsern und Hüten, von gestikulierenden Männern und von Pferden, die unruhig ihre Köpfe hoben und senkten. Der französische König saß auf einem Hengst, der mit einer Schabracke aus purpurfarbenem, golddurchwirktem Satin bedeckt und mit Corbynsfedern geschmückt war.
»Was bedeutet François' Satteldecke?«, fragte Henri.
Marot betrachtete das Pferd des Königs. »Corbynsfedern. Nun, Corbyns ist ein Rabe und die erste Silbe dieses Wortes ist Cor, ein Begriff, der das Herz bezeichnet. Die Federn sind mit Schnallen befestigt, womit Ausdauer oder Standhaftigkeit gemeint sind. Ich würde sagen, dass der Sinn dieses Schmuckes ›Gefestigt ist mein Herz, das sich zum Himmel erheben möchte‹ bedeutet.«
»Eine schöne Aussage«, meinte Giovanni Borgia.
»Lobenswert für einen König«, bestätigte Marot.
Heinrich VIII. trug einen Überwurf über seiner Rüstung, auf dem ein Berg gestickt war, auf dessen Gipfel ein Ritter zugaloppierte. Aus einer Wolke kam die Hand einer Dame, die den Ritter mit einem Pfeil traf.

»Dieser Leitsatz ist nicht schwer zu verstehen«, sagte Marot.
Henri schmunzelte. »Mary Boleyn dürfte ihn beeindruckt haben.«
Marot wandte sich Borgia zu. »Die Damen Boleyn scheinen eine Gefahr für jegliches Männerherz in diesem Land zu sein.«
Der Harnisch von Heinrichs Pferd war mit Wellen verziert.
»Diesen Hinweis begreife sogar ich«, sagte Giovanni Borgia, als er seine Begleiter darauf aufmerksam machte.
»The Lordship of the narrowe sea«, bestätigte Henri. »Englands Herrschaft über den Ärmelkanal.«
»Eine politische Aussage?«, fragte Marot.
»Nur ein zarter Hinweis auf die Macht der englischen Flotte.«
Trompeten erklangen. Die Herolde traten vor und verlasen die Namen der ersten Ritter, die gegeneinander antraten. Nach einem Zeichen des Kampfrichters preschten die Reiter auf zwei durch Wimpel getrennte Bahnen aufeinander los. Grasstücke wurden von den Hufen der Pferde hochgeworfen, Blumen zermalmt, Erde zu Klumpen verformt, während sich das Sonnenlicht in den blank polierten Rüstungen spiegelte und schnell zuckende Blitze zurückwarf, sodass es schien, als durchquerten die Ritter einen Strom von bewegtem Glanz. Dann prallten die Lanzen auf die Schilde, und Heinrich, König von England, warf Charles de Vendôme, Seigneur de Graville, aus dem Sattel, während François, Herrscher der Franzosen, einen Grafen Somerset so hart traf, dass das Scharnier seines Helms zerbrach und der Engländer den Kampf unverzüglich beenden musste. Der Jubel, der nach den erfolgreichen Ritten der beiden Könige ausbrach, schien das gesamte ›Goldene Tal‹ zu erfüllen. Es war, als hätten zwei junge Helden aus antiker Zeit die Taten olympischer Heroen vollbracht, als sei die königliche Kraft, von Gott verliehen und von den Menschen verehrt, auf wunderbarste Weise unter dem Licht einer wohlwollenden Sonne, in der Pracht eines brüderlichen Frühlings bestätigt und für alle Zeit erhärtet worden.
»Damit werden sie ihre Kämpfe vorerst wohl beenden«, meinte d'Ardans.
»Beide waren sie beim ersten Male siegreich. Alle Erwartungen sind erfüllt.«

»Welche Herrscher. Welche Könige«, sagte Giovanni Borgia beinahe ehrfürchtig.
Heinrich VIII. und François I. bestätigten die Worte d'Ardans nicht. Sie ritten, voll des Überschwanges über ihre ersten Erfolge, noch einige Tjoste, die sie allesamt siegreich beendeten. Eine erhitzte Stimmung von Begeisterung und Mitfiebern lag über dem englischen und französischen Lager, eine Atmosphäre von Triumph und von Sieg, von Gelingen und von Freude, von Jubel und von Vergnügen. Die Könige hatten sich als vollkommene Streiter erwiesen, als vollendete Poeten der Liebe und des Kampfes.
Pagen und Diener brachten Speisen zur Tribüne der Damen, die ihre Plätze wechselten. Die Französinnen und Engländerinnen bildeten nun gemischte Gruppen, die sich in kunstvoller Plauderei überboten. Die Weiblichkeit beider Königreiche genoss in vollen Zügen diese Tage des Prunks und der Feste. Es war ein intensiver Genuss zu leben, zu fühlen und zu scheinen. Es war ein amüsanter Genuss zu flirten, zu lieben und zu lachen. Es war ein köstlicher Genuss, in Ardres und Guines, nahe der unbesiegbaren und unvergleichlichen Könige zu sein.
Henri, Marot und Giovanni Borgia schlenderten zu den französischen Zelten hinüber. Ritter wurden von ihren Helmen befreit, Ärzte und Feldschere behandelten die Wunden jener, die aus den Kämpfen ausgeschieden waren, Knappen säuberten Schwerter, reinigten eiserne Handschuhe, während Stallknechte Pferde abrieben und striegelten.
»Es gefällt mir, aber es ist verrückt«, sagte Giovanni Borgia.
»Was meint Ihr damit, Signore?«
»Dieses Turnier. Welchen Wert hat es in einer Zeit, in der Kanonen den Ausgang einer Schlacht bestimmen können?«
»Ihr habt die Wucht der französischen Kavallerie in der Schlacht von Marignano nicht erlebt, Signore.« Henri d'Ardans wies auf die Menschen um sich. »Es waren solche Ritter, die die Reihen der Schweizer niedergeritten haben.«
Marot sah sich mehr desinteressiert als neugierig um. »Nachdem die Artillerie ihnen den Weg freigeschossen hatte, Henri.«
»Mag sein. Aber das entwertet ihre Kampfkraft nicht.«
Borgia schüttelte den Kopf. »Und dennoch, Baron d'Ardans. Wir

leben in einer Zeit, in der Kaufleute wie die Fugger mit ihrem Gold eine Kaiserwahl bestimmen können. Welchen Sinn hat es noch, Turnierkämpfe durchzuführen, als wären König Artus, Lanzelot vom See und die Ritter der Tafelrunde lebendig?«

Henri lächelte. »Jede Zeit braucht ihren schönen Schein, Signore. Der unsere ist der der Ritterlichkeit.«

Sie waren bei einem blauweiß gestreiften Zelt angelangt, vor dem ein Mann, seiner Rüstung entkleidet, in einem Sessel saß und seinen bandagierten Fuß auf einen Klappstuhl gelegt hatte.

»Henri!«, brüllte der schlanke, groß gewachsene Mann. Er war Mitte vierzig, mit einer markanten Nase, vollen Lippen und einem gepflegten, grauen Bart. »Verzeih mir, dass ich nicht aufstehen kann, um dich gebührend zu umarmen.«

»Es freut mich, dich nicht allzu verletzt zu sehen.«

Briard lachte. »Eine Verstauchung, nicht mehr.« Er wandte seinen Kopf, um seinen Knappen zu rufen. »Georges, Sessel für die Herrschaften. Und Wein.« Er grinste Henri komplizenhaft zu. »Bäche von Wein.«

Henri und die anderen setzten sich. »Du hast dich gut gehalten.«

Der Mann schüttelte den Kopf. »Beim zweiten Ritt gegen den König von England ausgeschieden. Meine Dame wird mir ihre Liebe aufkündigen.« Er trank genussvoll aus seinem Becher. »Ich bin ein gebrochener Mann.«

Borgia lächelte. »Ihr wirkt nicht so, Seigneur.«

Briard zwinkerte dem Italiener zu. »Ich verstehe es gut, meine tiefinnersten Wunden zu verbergen.«

»Habt Ihr eine diplomatische Niederlage erlitten, Comte?«, fragte Marot.

Briard griff sich an sein bandagiertes Bein. »Sieht das etwa nach raffinierter Diplomatie aus?« Er kratzte seine behaarte Brust. »Dieser englische Bastard besitzt Kraft und Gewandtheit. Es ist nur gut, dass die Könige nicht gegeneinander antreten.«

Henri lächelte. »Die Erde würde erzittern.«

Briard lächelte von neuem. »Der Himmel in Stücke zerbersten.«

Marot deutete auf Giovanni. »Signore Borgia ist der Meinung, dass die Zeit der Ritterschaft langsam zu Ende geht.«

Briard musterte den Italiener mit zusammengekniffenen Augen.

»Wer seid Ihr, Monsieur, dass Ihr solches sagen dürft?«
»Der Sohn des großen Cesare Borgia«, warf Henri schnell ein.
Briard nickte. »Dann besitzt Ihr wohl das Recht, über Macht zu sprechen.« Er wiegte den Kopf. »Eure Ansicht hat etwas für sich, Monsieur. Wir denken wie Machiavelli und geben vor, wie eine Figur aus dem ›Parzival‹ zu handeln. Wir verbünden uns mit dubiosen Kaufleuten und hoffen damit unseren alten Grund und Boden zu halten. Wir sind Taktiker geworden, Monsieur. Taktiker der Macht.« Er hob schwungvoll den Becher, sodass etwas Wein verspritzte und in roten Tropfen über seine Hand rann. »Und dennoch liegt Frankreichs Ehre auf unseren Schultern.«
»Sollte man nicht besser von Adel als von Ritterschaft sprechen, Comte?«, fragte Borgia.
Briard wischte sich über den Mund, nachdem er getrunken hatte. »Von Adel kann heute jedermann sein. Horden von Richtern, Buchdruckern, Händlern und Apothekern kaufen verarmte Güter, pflanzen ihre Hintern auf ehrwürdige Herrenstühle in würdevollen Landsitzen und setzen stolz ein ›von‹ vor ihren schalen Namen.« Er sah Borgia an. »Graut Euch nicht davor, Monsieur?«
Borgia verneinte höflich. »Ihnen dürfte wohl ebenso die Gegenwart wie die Zukunft gehören.«
»Dem Geld, Monsieur?«
»Dem Geld und jenen, die damit umgehen können.«
Briard machte eine abfällige Handbewegung. »Dann lasst Eure Geldleute die nächsten Kavallerieattacken in den Schlachten Frankreichs reiten.«
»Ich habe dich selten eine so traditionelle Meinung wie heute vertreten hören, Bernard«, sagte Henri. Er wandte sich Borgia zu. »Der Comte Bernard de Briard ist nicht nur einer meiner besten Freunde, mein Waffenbruder und mein Trauzeuge, er ist auch der geheime Kopf der französischen Diplomatie. Die graue Eminenz all unserer verborgenen Ränke, der rätselhafte Marionettenspieler der königlichen Gesandten, der mysteriöse Lenker all jener undurchsichtigen Trug- und Verwirrspiele, die friedliche Fürstenhöfe in tödliche Schlangennester verwandeln.«
Briard lächelte. »Du bist zu sehr von unseren Höflingen beeinflusst, Henri. Du neigst zu Übertreibungen.« Er deutete auf Gio-

vanni Borgia. »Aber ich gestehe, Signore, dass ich mich wie ein unverbesserlicher, starrköpfiger Landjunker gebärde, wenn ich die Spiele unseres Standes betreibe.«

»Turniere? Kriege? Sind das Eure Spiele, Comte?«

Briard nickte. »Ihr sagt es, Signore. Wir Ritter sind weniger Soldaten als eine bunte Gruppe von Abenteurern, die mit der Gefahr um die Wette laufen. Das wahre Lebensziel eines französischen Hochadeligen ist die Zerstreuung und nicht der Aufbau einer politischen Hausmacht. In diesen Lustbarkeiten, Signore, nimmt der Tod einen bedeutenden Platz ein. Niemand flieht vor ihm. Der ganze Reiz des Vergnügens besteht vielmehr darin, seinen Sensenhieben mit gebührender Anmut und sichtbarer Noblesse zu entgehen.«

Henri lächelte. »Und heute fühlst du dich ganz als Land besitzender Graf und nicht als weltgewandter französischer Diplomat.«

Briard prostete ihm zu. »Jedem Tag seine Plage, Henri.«

»Dann meint Ihr, dass Kriege aus Zerstreuung betrieben werden, Comte?«, fragte Borgia.

»Für die französische Ritterschaft sind sie eine gelungene Abwechslung, für die Diplomatie manchmal ein erstrebenswertes Ziel.«

»Ist der Krieg also Eure einzige Rechtfertigung, Seigneur?«

»Der Krieg ist die Rechtfertigung für alles, Monsieur Borgia.«

»Meint Ihr?«

»Denkt an Cesare. Denkt an Euren Vater und Ihr werdet mich verstehen.«

»Ja«, sagte Giovanni und sah für den Bruchteil eines Augenblicks verzweifelt aus. »Ich werde an meinen Vater denken. Ich werde an ihn denken.«

Es dauerte Stunden, bis das Turnier abgeschlossen war. Kampf um Kampf hatte sich aneinander gereiht und manche Dame auf der Galerie hatte erhitzt gewirkt, wenn ihr Ritter auf der Kampfbahn siegte und mit ihren Farben auf seiner Rüstung zu seinem Zelt zurückritt. Einige Streiter waren von dem Treffen so durchglüht, dass der abschließende Kampf Mann gegen Mann auch dann noch mit unverminderter Härte fortgesetzt wurde, als die Scharen der Engländer und Franzosen sich vom Kampfplatz entfernten und in ihre Quartiere zurückkehrten. Die Herolde mussten mehrmals das Ende des Turniers verkünden, bis alle Ritter bereit waren, ihre Waffen niederzulegen.

Das Bankett wurde an diesem Tag in Ardres' französischem Lager gegeben. Musikanten spielten unter den Bannern der Könige, dem Salamander und dem Leoparden, auf, und provençalische Trommeln, Dudelsäcke und Fiedeln erklangen zum Rhythmus wilder oder auch getragener Lieder. Jeder einzelne Gang wurde mit einem Trompeten- und Fanfarenstoß angekündigt, und reich gekleidete Pagen trugen auf goldenen Schalen gebratene Schwäne und Delphine, gefüllte Wildenten, Rebhühner, Reiher, Kraniche, Hühner- und Kapaunenleber, Pfauen, Tauben, Wachteln, geschmorten Rehbraten, Steinbutt und Lachs zu den Tischen, die mit kandierten Früchten, Käse und Torten bedeckt waren. Auch Ale, Bier und Weine aus allen Provinzen Frankreichs wurden kredenzt und von dafür bestimmten Pagen, deren ausschließliche Aufgabe es war, den Durst der Gäste zu stillen, serviert. Nach jedem dritten Gang rief ein Herold das ›Largesse‹, die königliche Freizügigkeit, aus, und die Herrscher Frankreichs und Englands verteilten Geschenke, zeichneten die Gewinner des Turniers aus und betonten die Wertschätzung ihrer Günstlinge, während die schmuckbeladenen Damen applaudierten und Seitenblicke auf den riesigen Diamanten warfen, den ›poincte de Bretagne‹, der das Dekolleté der französischen Königin zierte.

»Seid Ihr nicht überrascht, dass ich Eure Tischdame bin, Monsieur?«, fragte Anne Boleyn.

Henri nickte. »Habt Ihr es so eingerichtet, Mistress?«

»Was seid Ihr bloß für ein eingebildeter und eitler Mann.«

»Dann war es wohl ein glücklicher Umstand, von einem Wink des Schicksals bewirkt«, sagte Marot, der zu ihrer Linken saß.

»Nehmt Euch ein Beispiel an Eurem Freund, d'Ardans. Er weiß die Kaprizen Fortunas zu schätzen.«

»Fortuna war immer meine ganz besondere Freundin«, sagte Henri.

»Ihr seid durch Eure Liebe zu Eurer Frau vor allen Versuchungen gefeit, Monsieur.«

Henri winkte einem Pagen, um die Gläser nachfüllen zu lassen. »Seid Ihr sicher, Mistress?«
»Ja«, sagte Anne Boleyn. »Ich bin mir sicher. Ich bin mir meiner Sache immer sehr sicher.«
Es war gegen Ende des Mahles, als der König von England den französischen Herrscher aufforderte, mit ihm zu ringen. François zögerte, unsicher lachend, aber Heinrich VIII., ein Meister dieses Sportes, bestand beharrlich auf seinem Wunsch. Die beiden Könige legten ihre Wämser ab und traten in Hemd und Hose auf der Tanzfläche gegeneinander an, sprungbereit wie Raubtiere, einander umkreisend, während sich die Gäste erhoben und nervös und schweigend ihren Herrschern zusahen. Die beiden Könige umfassten einander mit Geschick und Kraft und versuchten, sich gegenseitig aus dem Gleichgewicht zu bringen. Die Adern auf François' Hals traten hervor, als er Heinrich abrupt losließ und dessen Arm zu Seite drehte. Der englische König schrie auf, stieß ein kurzes, wütendes Knurren hervor, ergriff François und versuchte ihn über sein schräg gestellte Bein zu Fall zu bringen. Der französische König glitt nach vorn und packte brüllend den breiten Oberkörper Heinrichs. Unter dem schweren Atem der sich aneinander klammernden Könige verdichtete sich das Schweigen der Zuschauer. Es schien, als wären Halbgötter auf Erden eingekehrt und kämpften nun um die Herrschaft des himmlischen Olymps, als wären Sonnen aus dem milchigen Nebel der Sterne gefallen und stießen nun hier, im matten Schein des Irdischen, mit all ihrem Licht und ihrer Gewalt aneinander. Louise de Savoie biss sich auf die Unterlippe, während Kardinal Wolsey sich nervös mit seinen dicken, beringten Fingern über die glatten Wangen strich. Sonst herrschte nur Stille und Bewegungslosigkeit. Alles rings um die Könige schien erstarrt, reglos, gelähmt und fassungslos.
François wich mit einer geschickten Finte einem Angriff Heinrichs aus. Der englische König stolperte ins Leere. Sein Gesicht war schweißbedeckt und vor Wut verzerrt, während François, dessen Brust sich vor Anstrengung hob und senkte, ihn aus schmalen Augenschlitzen heraus beobachtete. Heinrich stürzte nach vorne und schlug mit den Fäusten auf die angespannten Oberarme François' ein. Der Franzose schrie vor Schmerzen auf, Heinrich brüllte tri-

umphierend, als der französische König sich unvermittelt geschmeidig zur Seite drehte, Heinrich blitzschnell unter den Achseln fasste und den gesalbten und gekrönten Herrscher Englands mit einem Armhebel der bretonischen Schule krachend zu Boden warf. Niemand sprach. Alles schien wie versteinert, wie aus der Zeit gefallen, so als hätte man Jupiter selbst gefällt und das Universum wäre nun gläsern und bewegungslos geworden. Es war Louise des Savoie, die als Erste in die Stille hineinrief: »Musik. Musik und Tanz zu Ehren der Könige!«, und französische Höflinge eilten eilig zur Tanzfläche, während die Musikanten ›In May that Lusty Season‹ anstimmten und der König von Frankreich dem König von England die Hand reichte, um ihm zu helfen, vom Boden aufzustehen.

»Nun hat Karl V. endgültig gewonnen«, meinte Marot, als er den zornigen und gedemütigten Herrscher Englands betrachtete.

»Ich denke, ich bräuchte einen guten Einfall«, meinte Henri.

Marot trank seinen Becher in einem Zug leer. »Den brauchst du, mein Freund. Bei Gott, den brauchst du.«

Noch in derselben Nacht beriet sich Louise de Savoie mit Henri d'Ardans. Schließlich, nach einem Gespräch von zwei Stunden, wussten sie, was der allerchristliche König von Frankreich, François I. aus dem Hause Valois, am nächsten Tag zu tun hatte.

Es dämmerte noch, als François mit Henri und zwei Rittern bei Tagesanbruch des 11. Juni 1520 von Ardres aufbrach, um nach Guines zu reiten. In vielen der Zelte brannten noch Kerzen, zeigten blaue, schimmernde Lichter durch den azurfarbenen Damast ihrer Seitenwände, während die Schweizer Garde des Königs in ihren gelbweißrot gestreiften Uniformen unter Kommandorufen die morgendliche Wachablöse vorbereitete. Auf dem Weg nach Guines passierten sie englische Vorposten, die ebenso überrascht und wie verwundert dem König von Frankreich den Weg freigaben.

»Was ist«, fragte Victoire de Peroll, einer der Seigneurs, die sie begleiteten, »was ist, wenn Heinrich VIII. Eure Majestät gefangen setzt? Eine solche Gelegenheit wird sich ihm niemals mehr bieten.«

»Er wird es nicht tun«, antwortete François, der sichtlich den Ritt durch den Frühlingsmorgen genoss.

»Und weshalb nicht, Sire?«

»Weil alle Welt annehmen müsste«, sagte François fröhlich, »er täte es aus Rache wegen des verlorenen Ringkampfes. Niemals wird er zulassen, dass ihm ein solch kleinlicher Beweggrund unterstellt wird.«

»Seid Ihr Eurer Sache sicher, Sire?«

»Außergewöhnlich sicher.«

»Und weshalb, Sire?«

François lachte. »Weil er ein König in all seiner Majestät ist.« Er gab dem Pferd die Sporen. »Weil er mir gleicht, Peroll.«

Sie ritten durch die englische Zeltstadt, in der Seigneurs, Damen, Knappen, Gardisten, Hoffräulein und Diener erstaunt zusammenliefen, um zu beobachten, wie der König von Frankreich, von nur drei Mann begleitet, auf das Prunkzelt des englischen Königs zutrabte.

Die fünf Straßen, die die Zeltstadt durchschnitten, trafen sich an einem großen, runden Platz, in dessen Mitte man einen Springbrunnen errichtet hatte, verziert mit Figuren, die einen Mythos aus antiker Zeit darstellten. An diesem Rondeau erhob sich auch das königliche Zelt, ein kleiner Palast aus kostbarem, golddurchwirktem Tuch, mit lang gestreckten, in der Sonne wie Spiegel wirkenden Fenstern, einer geräumigen, mit Seide bespannten Halle und zehn verschiedenen, in allem Überfluss möblierten Räumen.

Vor dem Prunkzelt stieg der König ab, während Hauptmann Sullivan sich vor ihm verneigte.

»Ich wünsche dem König von England meine Aufwartung zu machen«, sagte François.

»Der König liegt noch zu Bett, Eure Majestät.«

»Dann werde ich die große Ehre haben, sein Lever zu beginnen.«

François ging durch den Eingang des Zeltes, gefolgt von dem bestürzten Sullivan und dem lächelnden d'Ardans, während die Wachen ihnen verblüfft nachstarrten. Sie schritten durch einige Räume, bis sie das Schlafgemach des Königs betraten, einen großen, rechteckigen Raum, durch den das Licht der Butzenscheiben runde, grün-rot schimmernde Muster auf die kostbaren, goldbeigen Teppiche zeichnete. François ging zu dem Himmelbett und öffnete die blauen Samtvorhänge.

»Mein Bruder«, sagte er mit wohldosierter Wärme in seiner Stimme.
Heinrich VIII. setzte sich im Bett auf und blickte ihn stumm an. Seine Augen waren ausdruckslos.
»Heute bin ich Euer Kammerdiener, mein Bruder. Es ist mir eine Freude, Euch zu bedienen.«
Heinrich verließ das Bett und stand im Hemd vor ihm. Er betrachtete schweigend den unbeeindruckt wirkenden und geschäftigen François. »Was darf ich Euch zum Ankleiden reichen, Bruder? Den Mantel Apolls, die Flügel Merkurs oder die Rüstung des Mars?« François verbeugte sich vor ihm mit aller Eleganz.
Heinrichs Mundwinkel zuckten. Dann stemmte er seine Fäuste in die Hüften und lachte lauthals. Er lachte, wie vielleicht ein brüllender Stier lachen würde, und François, Sullivan und d'Ardans fielen in seine unvermutete Fröhlichkeit ein.
»Wählt selbst aus«, sagte er stoßweise, während er sich die Lachtränen aus den Augenwinkeln wischte.
Sullivan führte François zu dem dem Schlafraum angeschlossenen Garderobenzimmer.
»Dies erscheint mir das Richtige«, sagte der König und deutete auf ein Gewand, das zur Hälfte aus Silber- und zur anderen Hälfte aus Goldbrokat angefertigt war, dessen Säume mit Goldbuchstaben verziert und das mit über tausend großen, orientalischen Perlen besetzt war.
»Das würde ich selbst tragen«, sagte er mit Hochachtung. Dann wandte er sich um und lächelte Heinrich zu. »Wie schade, dass Ihr gestern bei unserem Ringkampf ausgeglitten seid.«
»Bin ich das?«, fragte Heinrich.
François nickte bejahend. »Ohne Zweifel, mein Bruder. Ohne dieses Missgeschick hättet Ihr mich wohl oder übel besiegt.« Er betrachtete seine beringten Finger. »Noch gestern habe ich darüber meinen Hof unterrichtet.« Er wandte sich Henri zu. »War es nicht so, Baron d'Ardans?«
»So war es, Sire.«
»Beim heutigen Treffen werden meine Seigneurs es Euren Lords mitteilen.«
Heinrich kniff die Augen zusammen, bis sie nur mehr Schlitzen

glichen. »Dann habe ich also meine Ehre wiedergewonnen, mein Bruder?«

»Ein König ist immer ohne Tadel.«

Heinrich ließ sich von Sullivan in den Morgenrock helfen. »Ihr seid sehr klug.«

»Ich liebe Euch nur, mein Bruder.«

»So wie ich Euch liebe.«

Die beiden Könige lächelten.

Am selben Nachmittag gewann Heinrich den Wettbewerb der Bogenschützen. François landete abgeschlagen auf dem zweiten Platz. Plötzlich herrschte wieder Einigkeit unter den Franzosen und Engländern, Freundschaft und Wohlwollen, und am Abend wurde ein neues Fest gegeben, noch prachtvoller als die anderen. Der Himmel begünstigte das Treffen von Ardres und Guines und eine Stimmung der Fröhlichkeit und der Freude erfüllte seine Teilnehmer, eine Stimmung des Glücks und des Behagens, dem sich auch Henri d'Ardans nicht zu entziehen vermochte.

Es war ein heller Junitag, als die kleine Gruppe von Reitenden sich langsam dem Lager von Ardres näherte.

»Wann werden wir Ardres erreichen?«, fragte Christiane d'Ardans den Offizier, der neben der Sänfte ritt, in der sich die beiden Damen befanden.

»In etwa sechs Stunden.«

Christiane nickte und sah auf die sommergesättigte Landschaft. Weite, blumenübersäte Wiesen erstreckten sich zu beiden Seiten der Straße. Einzelne Bäume durchbrachen die beinahe durchsichtige blaue Weite des Himmels, während sich die Blätter tief hängender Äste träge im milden Südwind bewegten.

Christiane d'Ardans war dunkelblond, eine schlanke, große Frau, die ihre Haare entgegen der Mode offen und lang trug. Ihr Gesicht war oval, zart, mit feinen, klaren Zügen, und ihre grünen Augen, groß, leuchtend, wirkten ebenso sanft wie fragend und wissend. Sie galt als eine der vollkommensten Schönheiten des französischen Hofes, und ihre Bildung erweckte die Bewunderung der Humanisten in François' Umgebung.

Ich sehne mich nach Henri, dachte sie. Er fehlt mir. Als wäre ich alleine nur die Hälfte eines geheimnisvollen Wesens, das erst in der Zweiheit zu seinem eigenen und wahren Ich findet. Sie lächelte unmerklich. Ich bin eine der wenigen Frauen, die von sich sagen können, ihren Mann immer geliebt zu haben. Er war der Mann, den sie sich erträumt hatte. Ebenso tapfer wie klug, ebenso ritterlich wie leidenschaftlich. Sie wusste, dass sein Drang nach Makellosigkeit unerfüllbar war und dass seine Selbstzucht seine höfische Geschmeidigkeit auf eine sonderbare Weise ergänzte. Es war nicht die Vollkommenheit, die sie in ihm suchte. Sie liebte die Bruchstellen seines Wesens, dort wo das Verlangen nach Großem mit der Ebene seiner menschlichen Schwächen zusammenstieß. Sie kannte ihn. Sie kannte seinen Ehrgeiz und seine hoch fliegenden Pläne, aber das Innerste seines Wesens ließ sie frei und ohne Angst sein. Er vermochte eine Zärtlichkeit in ihr zu erwecken, die die Tiefen ihrer Seele erfüllte. Sein Hang zur Macht bedeutet nichts, dachte sie. Es ist eine Eigenschaft ohne Gewicht. Der Grund seines Seins ist von einer machtvollen Güte, an der ich mich stützen und aufrichten kann. Das wahre Antlitz seines Wesens war die Kraft der Beständigkeit und das Wissen um die errettende Stärke einer tief empfundenen Liebe.

Sie freute sich, dass Budé ihr den Vorwand geliefert hatte, früher nach Ardres zu reisen, als es mit Henri besprochen war. Sie hatte sofort die Gelegenheit ergriffen, die Pläne Leonardo da Vincis zu Louise de Savoie zu bringen. Ich freue mich wie ein junges Mädchen, dachte sie. Ich freue mich darauf, ihn wieder zu sehen, seine Stimme zu hören und seinen Körper zu fühlen. Wenn er bei mir ist, werden meine Wünsche wahrhafter und meine Sehnsucht eindringlicher. Er erweckt Hoffnungen in mir, dass die Zeit nicht zerstört und ohne Belang ist, er eröffnet mir Bereiche der Empfindung, die klar und schön und lauter sind, Wege, die zu schwebenden Welten von Licht und Liebe führen. Ich suche Freude, Lachen und Zärtlichkeit. Ohne sie hätte ich das Gefühl, von den Dingen getrennt zu sein, vom Innersten meiner Seele nicht mehr berührt zu werden. Aber es gibt ihn, der mich immer von neuem in die Wirklichkeit meines Fühlens zurückführt. Ihn. Mon homme. Meinen Mann. Das Gebet und das Amen ihres Körpers und ihres Geistes.

»Habt Ihr es bequem, Madame?«, fragte der grauhaarige Begleitoffizier mit dem kantigen, vernarbten Gesicht.
»Durchaus, de Colons«, sagte Christiane, die aus ihren Gedanken aufschreckte und zu ihrem Begleiter aufsah.
De Colons lächelte freundlich. »Das freut mich, Baronesse.«
Der Offizier vermittelte Christiane stets das Gefühl, in seiner Gegenwart vollkommen beschützt und in bester Sicherheit zu sein. Er war einer der Fechtlehrer Henris gewesen und hatte in allen Kriegen der letzten drei französischen Könige mitgekämpft. Ein Soldat, wie es keinen zweiten gab, ein Mann, dessen Wesen ruhig, bedächtig und umsichtig war.
»Und Ihr, Mademoiselle de Saint-Var?«, fragte de Colons Christianes Begleiterin, ein junges Mädchen von etwa siebzehn Jahren.
»Ich fühle mich wunderbar, Oberst.«
»Nun werdet Ihr bald ein Hoffräulein werden, Mademoiselle de Saint-Var«, sagte der Offizier und blickte Henriette freundlich an.
»Wie meint Ihr wohl, wie eine Hofdame zu sein hätte, Monsieur?«, fragte Christiane d'Ardans lächelnd.
»Voll lieblicher Zartheit süßer Weiblichkeit, die sich in allem äußert und sie überall, wo sie erscheint, als Abbild des Damenhaften erscheinen lässt.«
»Gut gesprochen«, meinte Christiane.
»Und weiter?«, fragte Henriette gespannt.
»Ihre Schönheit sollte frei von Ziererei sein, ihre Bewegungen anmutig, ihr Handeln klug und geistreich, ohne Stolz und ohne Neid, bar jeder Lästerei, Eitelkeit und Streitsucht.«
Christiane lachte. »Ihr sucht einen Engel, de Colons!«
»Lasst ihn reden, Madame«, bat Henriette. »Bitte, lasst ihn reden.«
»Sie sollte gut, bescheiden, klug, gebildet, heiter und witzig sein.«
»Weiter. Sprecht nur weiter«, sagte Christiane amüsiert.
Der Oberst lächelte. »Jedes Hoffräulein sollte Kenntnisse in der Literatur, der Musik und der Malerei haben. Ihre Gedanken sollten einer Quelle von Zucht, Hochherzigkeit und Klugheit entspringen, sodass ihre Tugenden sie stets liebreizend und anziehend erscheinen lassen.«
»Ihr solltet dies der Königin vortragen«, sagte Christiane. »Sie würde Euch dafür zum Marschall befördern.«

De Colons lachte und ließ sich zurückfallen, um mit den beiden Schweizer Söldnern, die die Nachhut bildeten, einige Worte zu wechseln. Der Schweizer, der der Sänfte voranritt, gab ihnen Zeichen, dass alles ruhig und sicher sei.
»Erwartet man in der Umgebung des Königs tatsächlich eine solche Fülle von Tugenden?«, fragte Henriette Christiane d'Ardans.
Christiane lächelte. »Die Tugend ist nicht gerade die Eigenschaft, mit der man am französischen Hof reüssiert.«
»Also werde ich Anlass haben, mich verteidigen zu müssen?«
Christiane legte ihre Hand auf Henriettes. »Das Erste, was ich in Ardres tun werde, ist, dich dem Schutz des Königs zu unterstellen. Niemand wird es dann noch wagen, dich gegen deinen Willen anzurühren, ma chère Cousine.«
Das Mädchen betrachtete Christiane mit Bewunderung. »Ich wollte, ich wäre schon so klug und erfahren wie Ihr, Christiane.«
Die blonde Frau lächelte. »Kennst du schon einen Mann, der dir gefällt, Henriette?«
Das Mädchen errötete. »Es gibt einen jungen Chevalier, der mir mit viel Eifer den Hof gemacht hat, aber ...«
»Aber er ist noch nicht der Richtige.«
»Nein«, sagte das Mädchen.
»Dann werden wir sehen, ob wir in Ardres einen Mann finden, der deinem Wunsch entspricht. Einen Mann, dem es gegeben ist, etwas von der Welt der Frauen zu verstehen.«
»Wie meint Ihr das?«
»Nun«, sagte Christiane d'Ardans, »er sollte vor allem wissen, dass keine Frau ein weißes Blatt ist, das der Ehemann nach Belieben füllt. Jede Frau lebt auch in einem Universum von Träumen und Wünschen, von Verlangen und Begehren, in einem vollkommenen, eigenmächtigen Kosmos, der ebenso wirklich ist wie Sonne, Mond und Sterne. Es würde deinem künftigen Herzallerliebsten gut anstehen, diese Welten mit aller Sorgfalt zu studieren.«
Das Mädchen sah sie interessiert an. »Hat Euer Mann es getan?«
»Ja«, sagte Christiane fröhlich, »ich habe es ihn gelehrt, ma chère Cousine. Ich habe es ihn mit jeder Zärtlichkeit gelehrt.«
Die Sänfte war zwischen zwei Paaren von Maultieren befestigt, die

langsam und behäbig vor sich hin trabten. De Colons musste seinen Hengst zügeln, um mit ihr Schritt halten zu können.
»Ist Euch diese Reise nicht zu langweilig, Baronesse?«
Christiane sah zu ihm auf. »Ich genieße sie, de Colons. Warum fragt Ihr?«
Der Offizier lachte. »Ich musste gerade daran denken, wie Ihr, als Knabe verkleidet, Eurem Mann Henri bis nach Marignano gefolgt seid.«
»Ich wusste nicht, was eine Schlacht ist, de Colons. Sonst hätte ich Marignano gemieden.«
»Das habt Ihr wirklich getan, Christiane? Ihr seid Eurem Mann in eine Schlacht gefolgt?«, fragte Henriette verblüfft.
Christiane d'Ardans winkte ab, während der Oberst amüsiert weitersprach. »Die Baronesse hat, von nur einem Diener eskortiert, als Junge verkleidet halb Frankreich durchmessen, die Alpen überquert und ist schließlich bis nach Pavia vorgedrungen. Von dort aus ist sie mit einem lombardischen Führer bis nach Marignano geritten.«
»Warum habt Ihr diese abenteuerliche Reise nur unternommen, Cousine?«
»Mein Mann hat mir gefehlt. Ich wollte ihn wieder sehen.«
»So sehr habt Ihr ihn geliebt?«
Christiane blickte sie freundlich an. »So sehr liebe ich ihn noch immer.«
De Colons lachte neuerlich. »Ich musste sie vom Schlachtfeld zerren. Sonst hätte sie die Schweizer Haufen ganz alleine niedergeritten.« Der Offizier beugte sich leicht über den Hals seines Pferdes vor. »Seid Ihr nicht in Italien zum ersten Mal Leonardo da Vinci begegnet?«
Christiane nickte. »Er erschien zum Empfang des Königs in Pavia. Er feierte François' Sieg auf seine Weise.«
»Auf welche?«
»Er hatte einen mechanischen Löwen konstruiert, der vor François Halt machte, sein Maul öffnete und aus seinem Rachen eine Flut von Lilien zu den Füßen der Königs herabfallen ließ.«
»Hat diese Konstruktion ihm seine Berufung nach Frankreich eingetragen?«, fragte de Colons mit einem Augenzwinkern.

Christiane lächelte. »Nein. Aber sie hat ihm ohne Zweifel nicht geschadet.«
»Und wo habt Ihr Euren Mann wieder gesehen, Cousine?«, fragte Henriette gespannt.
»Am Abend der Schlacht. Noch in Marignano selbst.«
»So wurdet Ihr zur Zierde und Heldin der französischen Armee.« De Colons zog an den Zügeln seines unruhigen Hengstes. »Und alles endete, wie es sich bei guten Franzosen gehört, mit dem Triumph der Liebe.«
»Möge es nie anders sein, de Colons«, sagte Christiane und lächelte der staunenden Henriette zu.
Die drei Arkebusenschüsse zerrissen die Brustkörbe der Schweizer. Den Oberkörper blutrot gefärbt, stürzten die Männer von ihren Pferden. Eines der Tiere geriet in Panik, ging in vollem Galopp durch und wirbelte, vor Angst wiehernd, den Staub der Straße auf. De Colons zog seinen Degen, als die drei Maskierten die Böschung herabritten. Er preschte ihnen entgegen, schrie vor Wut und Entsetzen und Kampfeslust, bevor der Schuss einer Pistole ihm seitlich den Kopf abriss. Die beiden maskierten Männer umritten den toten Offizier und beruhigten die Maultiere, deren Unruhe die Sänfte zum Schwanken gebracht hatte. Der Größte von ihnen stieg ab und trat zu den Frauen, galant seinen Hut ziehend.
»Die Papiere, Madame d'Ardans«, sagte er. »Die Zeichnungen da Vincis, wenn ich Euch bitten dürfte.«
Christiane d'Ardans zögerte. Das Herz schlug ihr bis zum Hals. Angst, dachte sie. Er darf nicht spüren, dass ich Angst habe.
»Es wird Euch nichts geschehen, Madame«, sagte der Maskierte und deutete auf die hemmungslos schluchzende Henriette. »Auch ihr wird nichts geschehen, wenn Ihr vernünftig seid.«
Christiane nickte. Er bringt uns um. Er bringt uns um, wenn ich sie ihm nicht gebe. Sie beugte sich zu einer kleinen Schatulle, die zu ihren Füßen lag. Sie hob sie hoch und löste die Lederverschnürung. Dann entnahm sie eine Schriftrolle und reichte sie dem Mann.
Der Maskierte öffnete sie. »Ihr gestattet?«, sagte er und hielt die Papiere hoch. Er betrachtete sie eingehend. »Sind das alle?«, fragte er dann.
»Ja«, sagte Christiane.

»Vorzüglich.« Er verbeugte sich. »Verzeiht mir die Urheberschaft Eures Missgeschicks. Ich hätte einen anderen Weg bevorzugt.«
Niemals sollte Henriette de Saint-Var wissen, was sie dazu brachte, mit einer schnellen Bewegung dem Mann das Tuch vom Gesicht zu reißen. Der Mann schüttelte beinahe gekränkt den Kopf und blickte sie missbilligend an.
»Ihr …«, sagte Christiane d'Ardans.
Der Mann nickte und seufzte kurz und bedauernd. Dann zog er sein Messer und schlitzte den beiden Frauen die Kehle auf.

Als die Leichen von Bauern gefunden wurden, wurde ein Reiter nach Ardres gesandt, der dem Hof die Nachricht vom Tod Christiane d'Ardans' brachte. Henri ritt mit einer Gruppe von schottischen Garden, die zuerst den Karren, auf dem die Toten lagen, einholten und ihn dann in ihre Mitte nahmen. D'Ardans sprach kein Wort, als er die Leiche seiner Frau erblickte. Er schwieg auch noch, als er sich mit einer Hand voll Gardisten auf den Weg machte, um die drei Täter, deren Gestalten ein Bauer von der Ferne aus gesehen hatte, zu verfolgen.
Sie waren bis zum Abend und dann die darauf folgende Nacht geritten, ständig auf der Suche nach den Flüchtenden, die unauffindbar blieben. Jetzt war es Mittag des zweiten Tages, und der Kommandant der schottischen Garde gab den Befehl, anzuhalten.
»Es ist sinnlos, Sieur«, sagte der Offizier, dessen einstmals weißer Umhang von der Suche in den Wäldern zerrissen und verschmutzt war. »Wir finden sie nicht mehr.«
»Wir suchen weiter«, sagte Marot, nach einem Seitenblick auf Henri. Das Gesicht d'Ardans' sah alt, verbraucht, beinahe wie tot aus. Die Haut spannte sich über seinem unrasierten Gesicht, seinen Backenknochen, über Kinn und Wangen, und die vor Übermüdung rot geränderten Augen lagen tief in den Höhlen. Sein Blick wirkte leer, fiebrig und doch entschlossen, voll gezügeltem Entsetzen und voll unbändigem Hass.
Der Offizier schüttelte den Kopf. »Wir finden sie nicht mehr«, wiederholte er. »Meine Männer brauchen eine Rast. Wir kehren nach Ardres zurück, Sieur.«
»Nein«, sagte Henri. Seine Stimme klang heiser und brüchig.

»Diese Suche führt ins Nichts«, sagte der Offizier. Er strich sich erschöpft über die Wange. »Die Mörder müssen ihre Verstecke gut vorbereitet haben, Sieur. Diese Tat ist überlegt begangen worden. Sie war bestens geplant.«
»Wir werden dem König berichten, dass Ihr diese Suche abgebrochen habt«, sagte Marot.
Die Haltung des Offiziers versteifte sich. »Er wird es von mir selbst erfahren, Monsieur.«
»Geht zur Hölle«, sagte Henri, als er ihn ansah.
»Ihr seid nicht bei Sinnen, Sieur.« Der Offizier legte eine Hand an seinen Degengriff. »Sonst würde ich Euch fordern.«
»Verdammter und verfluchter Narr«, sagte Henri und riss sein Pferd herum. Er galoppierte die Anhöhe hinauf, an deren Fuß die schottischen Garden standen.
»Das muss ich mir nicht bieten lassen«, sagte der Offizier mit kreideweißem Gesicht.
»Habt Ihr noch nicht verstanden, dass seine Frau auf bestialische Weise ermordet wurde?«, fragte Marot.
»Das muss ich mir nicht bieten lassen«, wiederholte der Offizier und presste die Lippen zusammen.
Marot legte seine Hand auf den Oberarm des Kommandanten. »Reitet nach Ardres zurück und vergesst die ganze Sache.«
Der Offizier schüttelte Marots Hand ab. »Wir haben alles getan, was wir tun konnten.«
»Mehr als das.«
Der Offizier sah Marot schweigend an. Dann nickte er stumm und gab den Gardisten das Zeichen, ihm zu folgen. Marot sah den Davongaloppierenden kurz nach, gab dann seinem Pferd die Sporen und ritt zu Henri auf die Kuppe des Hügels.
»Der Mann war übermüdet«, sagte Marot.
Henri antwortete nicht. Er schwankte leicht im Sattel, als er über die Ebene hinblickte, die sich vor ihnen erstreckte.
»Ich bleibe bei dir«, sagte Marot.
»Gut.«
»Nur sag mir, wenn du nicht mehr weiterkannst.«
»Ich werde es dir sagen.«
Marot sah ihn an. »Wie lange willst du sie noch suchen?«

»Bis sie tot sind«, sagte Henri. »Bis sie alle tot sind.«
Dann trieb er sein Pferd an und ritt den Hügel hinunter, hin zu jenen weichen und hellen Wiesen, gesättigt vom Licht und all den Farben früh und voll erblühter Sommerblumen.

Die Trümmer der Kirche St.-Barnabé ragten wie schwarze Masten eines urzeitlichen Schiffes in den dunklen Nachthimmel. Briards Augen hatten sich mittlerweile an die Finsternis gewöhnt, und nach einigem Suchen fand er schließlich Henri, der auf den Überresten einer geborstenen Säule saß. Briard ging langsam auf ihn zu. Kleine Steine rollten unter seinen Schritten den abschüssigen Pfad entlang. Henri blickte für einen Moment auf. Dann erkannte er Briard. »Du bist mir gefolgt, nicht wahr?«
»Ja.«
»Ich werde mir nichts antun.« D'Ardans schwieg kurz. »Es wäre sinnlos«, sagte er. »Ich könnte diese Teufel nicht mehr fangen. Ich könnte sie nicht mehr töten.«
»Du solltest nach Ardres zurückkehren.«
Henri schüttelte den Kopf. »Ich kann sie jetzt nicht sehen. Ich ertrage sie nicht.«
»Es sind die gleichen Menschen wie vorher.«
»Ich ertrage sie nicht.«
Briard setzte sich neben Henri und blickte zum Himmel auf. Ein abnehmender Mond kroch langsam über den Horizont, um seine vorgegebene Bahn zu beginnen.
»Louise de Savoie will dich sprechen.«
»Später. Irgendwann.«
»Sie sorgt sich um dich.«
Henri sah zu Briard hin. Dann blickte er wieder in die Dunkelheit, die vor ihm lag.
»Sie haben ihr die Kehle durchgeschnitten.«
»Ich habe es gehört.«
»Wir haben keine Spur von den Mördern gefunden.«
»Man wird sie ergreifen. Eines Tages.«
»Ich werde sie töten. Jeden von ihnen mit meinen eigenen Händen.« Henris Stimme war ruhig und klar, als er sprach.
Briard schwieg.

»Ich habe sie geliebt, Bernard.«
»Ich weiß.«
»Nun ist sie tot, Bernard.«
»Ja«, sagte Briard, »nun ist sie tot.«
Henri legte die Hände um seinen Brustkorb, als wäre ihm kalt.
»Warum sagst du mir nicht, dass ich es endlich begreifen muss?«, sagte er plötzlich hasserfüllt. »Warum sagst du mir nicht, dass jedermann sterben muss, dass dies der Lauf des Lebens ist, dass wir letztlich alle vor dem Geheimnis des Unerklärbaren verstummen müssen? Warum sagst du mir nicht all diese großartigen Weisheiten, Briard? Wo bleibt denn nur dein kümmerlicher Trost?«
»Wahrscheinlich gibt es keinen Trost.«
Briard sah zu den Trümmern der Kirchenwand hin. Die Schwärze ihrer Konturen glitt glatt und sanft in die Dunkelheit der Nacht über.
»Komm mit mir, Henri.«
D'Ardans schüttelte den Kopf. »Es genügt, dass du hier bist. Jeden anderen als dich würde ich zum Teufel schicken.« Er griff nach dem Ledersack neben sich und nahm einen tiefen Schluck. »Ich trinke und trinke und bleibe doch nüchtern und klar.« Henri wandte sich Briard zu. »Sag mir, warum ich nicht betrunken werde?«
»Ich weiß es nicht.«
»Ich werde es dir erklären, Bernard.« Henri warf den Lederbehälter von sich. Er prallte auf einen Stein. Das Geräusch war hohl, stumpf. »Weil ich sterbe. Weil Stück um Stück von mir stirbt. Jeder meiner Gedanken ist ein Todesurteil. Ich richte mich selbst hin, Bernard. Ich genieße mein Krepieren.«
»Das wird niemandem helfen, Henri.«
»Aber bevor ich verrecke, Briard, werde ich die Mörder finden und sie töten. Jeden Einzelnen von ihnen werde ich töten.«
»Die Mörder werden schwer zu fassen sein.«
»Ich werde sie finden, und wenn ich mein Leben lang nach ihnen suche.«
Briard beugte sich zu Henri hin. »Rache ist ein schmaler Weg für ein ganzes Leben, Henri.«
»Breit genug für den Mann, zu dem ich geworden bin.« Er sah Briard an. »Wirst du mir helfen, sie zu finden?«

»Ja«, sagte Briard, »das werde ich.«
»Gut.« Henri zog den Mantel fester um sich. »Gut.«
»Komm mit mir, Henri. Du musst schlafen.«
»Verflucht, Briard«, sagte Henri. »Sie ist tot. Ich kann keine Ruhe, keinen Schlaf mehr finden. Sie ist tot, Bernard!« Er schrie es beinahe.
»Ich habe nie geglaubt, dass mich ein solcher Schicksalsschlag treffen könnte«, sagte Henri nach einem Augenblick. »Ich habe geglaubt, dass Glück sei ewig an meiner Seite. Ich habe geglaubt, ich sei vor allem Bösen geschützt.« Henri nickte, als hätte er eine Wahrheit begriffen. »Ich war wie vom Himmel verdammt.«
»Niemand kennt die Wege, die wir noch gehen müssen. Der deine war bisher klar und leicht.«
Henri schüttelte den Kopf. »Mein Leben lang bin ich ausgetretenen Pfaden gefolgt, Bernard. Ich konnte sie nicht so lieben, wie ich es hätte tun sollen. Sie hat das ganze Leben verdient. Ich habe ihr nur ein halbes geschenkt.«
»Sie hat dich geliebt, Henri.«
»Ich habe es nicht verdient.«
Henri schwieg.
»Es schmerzt, Briard. Es schmerzt«, sagte er dann.
»Ja. Das ist so.«
Henri legte von neuem die Arme um den Oberkörper, als wollte er sich an sich selbst festklammern. »Die Erinnerung ist diese Hölle, von der wir immer sprechen, Bernard.« Er hob den Kopf. »Sie ist tot, Bernard.«
Briard scharrte unbehaglich mit den Füßen.
»Ich kann es nicht verstehen. Ich kann es nicht begreifen.«
»Komm mit mir, Henri. Ich bringe dich nach Hause.«
Henri lachte kurz auf. Ein kaltes, ein freudloses Lachen. »In welches Zuhause?«
»Komm endlich, d'Ardans.«
»Ein Mensch mit einem Messer ist stärker als alle Liebe dieser Welt. Ist das nicht verrückt, Bernard?«
»Vieles ist verrückt in dieser Welt. Dennoch leben wir in ihr.«
»Und sterben.«
»Und sterben.«

Briard stand auf. Henri fasste ihn am Arm.
»Ich werde sie alle töten, Briard. Alle«, flüsterte er.
»Ja, das wirst du.«
Henri sah vor sich hin und blickte dann auf. »Wohin willst du mich bringen?«
»Nach Ardres.«
Henri schüttelte den Kopf.
»Dann, wohin du willst.«
»Irgendwohin.« Henri lachte von neuem. »Bring mich nach Irgendwohin.«
Briard legte Henri den Mantel, der zu Boden gerutscht war, über die Schultern.
»Du hast noch einen langen Weg vor dir, Henri.«
»Mein Leben ist nur mehr ein langer Weg in die Finsternis.« Henris Stimme klang emotionslos.
Briard nickte und legte den Arm um die Schulter Henris. Dann führte er ihn aus den Trümmern der Kirche heraus, so als führte er einen Blinden, dem die Dunkelheit der Welt noch fremd und erschreckend scheint, einen Blinden, dem die Farben des Lichts und der Dinge noch gegenwärtig sind und dessen Entsetzen nun grenzenlos ist.

2. Kapitel

Mai 1522

Nirgendwo gab es noch eine Mitte in seiner Welt.

Das Leben schien unwirklich, schon seit langer Zeit. Manchmal schien es Henri, als lebe er verschiedene Leben, als bewege er sich, wie eine Marionette reagierend, durch ein Tal von Ereignissen, deren Wirklichkeit er nicht mehr zur Kenntnis nehmen konnte. Er war nur mehr Erinnerung, ein Bündel von Gedanken des Gestern, ein versteinertes Relikt einer Welt, die längst ausgelöscht war. Er hörte Stimmen der Vergangenheit, durchlebte Begebenheiten der Vergangenheit, bewegte sich in einem Kreislauf der Vergangenheit, dachte an Christiane, spürte Christiane, sah sie vor sich, redete mit ihr, lebte mit ihr und starb mit ihr. Seine Sehnsucht, einen Kosmos wieder auferstehen zu lassen, der längst verglüht war, würgte und fesselte ihn. Die Welt war ohne Konturen, lichtlos und eng, wie jede Welt es sein musste, in der Christiane nicht mehr war, wie jedes Universum vergehen musste, wenn die Kraft, die es erhielt, verschwunden und auf ewig verloren war. Es erschien ihm jetzt als sonderbar, dass er dieses Leben einmal geliebt hatte, es erschien ihm als eigenartig, dass er all seine scheinbaren Gesetze als unumstößliche Wahrheiten anerkannt hatte. Er war ein Höfling gewesen, wie die ungeschriebenen Gesetze des französischen Königshofes es verlangt hatten, hatte alle Hierarchien der Macht ohne zu zweifeln akzeptiert, war dabei ein glatter, polierter Bestandteil einer Welt aus Schein und Trug geworden, ein selbstzufriedener Diener des Unzulänglichen, ein untergeordneter Gehilfe der täglichen Lüge und des ewigen Haschens nach Macht und Besitz. Jetzt trieb er an den Ufern der Verzweiflung, eine lebende Leiche, der das Wissen um die Dinge und ihren Wert abhanden gekommen war. Wo war Christianes

Körper, wo der Duft ihrer Haut, wo das Spiel ihrer Gesten, der Klang ihrer Stimme, ihr Lachen und ihre Freude am Sein? Er sah sie vor sich, täglich, immerzu, und sah die Welt nicht mehr. Er spürte nur das Gefühl der Rache, das ihn nie verließ, ein kaltes, eisiges, hässliches Empfinden, das er verwünschte und das ihn am Leben erhielt, dies ständige gallige Gefühl von Tod und Verwünschung, von Zerstörung und Vernichtung, jetzt, da seine Welt nicht mehr bestand, jetzt, da man ihm den Wunsch zu sein genommen hatte, jetzt, da Christiane fort war, unwiederbringlich, ewig und für alle Zeit.

»Ich habe schon geglaubt, es sei dir gleichgültig, ob ich überhaupt noch lebe«, sagte Pater Peres, der sich auf die Steintreppe gesetzt hatte, die hinauf zur Sakristei der baufälligen Kirche führte. Eine einzelne Kerze warf ein spärliches Licht, das nur unvollkommen sein hageres, von Falten zerschnittenes Profil erhellte.
»Ihr solltet mehr Licht machen, Pater«, sagte Henri, der beim offenen Fenster stand und in die Schwärze der Nacht hinausblickte. »So werdet Ihr mein Gesicht nicht betrachten können.«
Pater Peres lachte sein heiseres Altmännerlachen. »Ich kenne jede Modulation deiner Stimme, Henri. Ich brauche dein Gesicht nicht zu sehen, um zu wissen, ob du die Wahrheit sagst.«
»Es war mir nicht gleichgültig, ob Ihr noch lebt«, sagte Henri nach einem kurzen Augenblick. Die Konturen der Pariser Häuser nahmen sich wie kantige, scharf geschnittene Blöcke in der Dunkelheit aus. Es war seltsam still, als befänden sie sich an der felsigen Küste eines uralten, ausgetrockneten Meeres.
»Ich weiß«, sagte der Pater und legte die Hände auf die Oberschenkel. Er streckte kurz den Rücken durch, als versuche er, eine Verspannung seines Oberkörpers zu lösen. »Der Mord an deiner Frau geschah vor zwei Jahren. Es hat lange gedauert, bis du mich aufgesucht hast.«
»Ich war einige Zeit auf Reisen.«
»Um zu vergessen.«
»Ja.«
»Aber du konntest es nicht.«
»Ich habe nichts vergessen. Nichts.«

Pater Peres nickte. »Wie fühlt man sich in der Dunkelheit, Henri?«, fragte er.
»Einsam.«
»Das Zwielicht ist kein guter Platz, um zu leben.«
»Er ist der Einzige, der mir noch geblieben ist.«
Pater Peres blickte kurz in die Flamme der Kerze. »Ich habe gehört, dass du alle deine Ämter bei Hof aufgegeben hast.«
»Das ist vorbei. Ich bin nach Paris zurückgekehrt mit der Absicht, mich wieder in Louise de Savoies Dienste zu stellen.«
»Warum?«
Henri drehte sich um und lehnte sich an den Rahmen des Fensters. »Eine Laune, Pater.«
»Kein sehr schlagkräftiges Argument für einen Geheimemissär.«
»Es ist so gut wie jedes andere.«
Pater Peres strich sich über das unrasierte Kinn. »Du glaubst an nichts mehr, nicht wahr, Henri?«
»Nur an eines, Pater. Meine Rache«
»Du hast keinen der Mörder gefunden?«
»Nicht einmal eine Spur von ihnen.«
»Aber du willst nicht davon lassen, sie zu töten?«
»Das ist der einzige Grund, weshalb ich noch am Leben bin.«
Pater Peres nickte. »Ich kenne dich schon sehr lange, Henri. Ich habe dich als Jungen erzogen, war dein Hauslehrer und Jahre später dein Professor am Collège Sainte-Barbe.«
»Und jetzt seid Ihr Armenpriester.«
»Ich habe meinen Weg gefunden. Es hat lange gedauert, bis ich ihn erkannte. Manchmal lässt das Schicksal uns in die Irre gehen, damit wir am Ende unsere wahre Freiheit erkennen können.«
»Und Ihr meint, dass es mir auch so ergehen könnte?«
»Es wäre denkbar.«
Henri lächelte freudlos. »Ich will meine Vergeltung in diesem Leben. Und dann mag geschehen, was geschehen muss.«
»Ja«, sagte der Pater. Er stand auf und ging zu einer Truhe, auf der ein Krug Wein und ein Becher stand. »Ein beinahe saurer Wein. Du wirst ihn nicht mögen.«
»Ich werde Euch Geld hier lassen, Pater. Ihr solltet einen solchen Wein nicht trinken.«

Pater Peres zuckte mit den Schultern. »Ich bin ihn gewohnt. Und ich will dein Geld nicht.«
»Weshalb?«
»Es könnte eines Tages blutig sein.«
»Ich habe im Krieg auch getötet, Pater.«
»Da wusstest du es nicht besser.«
»Ihr seid strenger in Euren Ansichten geworden.«
»Krieg ist eine Art von Abschlachtung vieler zum Vergnügen weniger, Henri. Ein lästerliches Spiel des Adels.« Er ging zu den Stufen der Treppe zurück und setzte sich von neuem. »Und eine Abrechnung mit dem Schicksal ist Torheit.«
»Dann will ich ein Tor sein, Pater.«
Pater Peres trank aus seinem Holzbecher. »Das Leben ist schwer genug, Henri. Wir werden geboren, wir leben und wir sterben. Das ist die ganze Handlung unseres flüchtigen Gastspiels hier auf Erden. Angst, Armut und Verzweiflung begleiten die meisten Menschen. Tod, Verhängnis und Unglück erwarten uns an jeder Wegbiegung. Das einzig Kostbare, das wir besitzen, ist die Freiheit, die der Himmel uns geschenkt hat.« Pater Peres hob die Hände in einer Geste der Hilflosigkeit. »Und was erschaffen wir aus ihr? Feindschaft, Unterdrückung und Gewalt. Wir sollten die Liebe auf Erden vermehren, Henri, und nicht den Hass.«
Henri schwieg. Die Kerze zischte kurz, beugte ihre Flamme und zeigte dann wieder ein nach oben strebendes, flackerndes Licht.
»Weshalb bist du wirklich zu mir gekommen?«, fragte Peres schließlich. Er hatte die Augen geschlossen.
»Das ist eine sonderbare Gemeinde, der Ihr vorsteht, Pater. Ich bin sicher, Ihr habt auch Verbrecher unter Euren Gläubigen.«
Pater Peres nickte. »Alle Arten von Verbrechern.«
»Die Unterwelt von Paris hat einen heimlichen Herrn. Ich weiß bislang nur seinen Namen. Macaire.«
»Niemand von uns kennt Macaire.«
»Aber es gibt diesen Mann, Pater.«
»Ja«, sagte Peres. »Es gibt ihn.«
»Ich möchte Verbindung zu ihm aufnehmen.«
Der Pater hob den Kopf und versuchte zum ersten Mal Henris Gesicht in der Dunkelheit zu erkennen.

»Wozu?«
»Um die Mörder meiner Frau zu finden.«
Peres schwieg einen Augenblick lang. »Gut«, sagte er dann. »Ich werde versuchen, jemanden zu finden, der mit Macaire in Verbindung steht.«
»Danke, Pater.«
Peres blickte auf seine Hände. Sie schlossen sich zu Fäusten. »Weißt du, warum ich es tue?«
»Nein.«
»Weil ich will, dass du so bald als möglich Klarheit findest.«
»Ist das nicht ein verschämtes Wort für Wahrheit, Pater?«
»Liegt dir plötzlich so viel an Worten, die so schwer wie Goldstücke wiegen?«
Henri lächelte kaum merklich. »Ihr habt es mich am Collège so gelehrt.«
Peres winkte unwillig ab. »Ich habe an der Sorbonne viel Unsinn geredet.«
»Und Ihr, seid Ihr jetzt endlich glücklich?«, fragte Henri, als er unvermittelt eine Bewegung zu Peres hin machte, als wollte er seine Nähe suchen.
»Ja. Das bin ich.«
Henri hielt inne. »Ich freue mich für Euch, Pater.«
»Den Teufel tust du. Du kannst dich nicht mehr freuen.«
»Ja«, sagte Henri langsam. »So ist es wohl.«
Pater Peres blickte zu d'Ardans hin. »Ich habe deine Frau gekannt. Sie hätte dir ein anderes Leben gewünscht als jenes, das du jetzt führst.«
»Ich denke nicht, Pater. Solange ich Vergeltung suche, lebt sie weiter in mir.«
»Dann wäre dein Rachefeldzug Liebe?«
»Auf eine verquere Art mag es so sein, Pater.«
»Hör zu, Henri. Du bist immer dem Oberflächlichen im Leben gefolgt. Der Tod deiner Frau hat dich zum ersten Mal in die Tiefen der Wirklichkeit fallen lassen. So traurig die Ursache auch sein mag, so ist das Erkennen der eigenen und irdischen Grenzen nichts Übles. Es muss nur zu den richtigen Schlussfolgerungen führen.«
»Und Ihr kennt sie?« Die Stimme Henris war voller Ironie.

Peres schwieg kurz. »Du gehst jetzt wohl besser.« Er stand auf.

»Ich wollte Euch nicht beleidigen«, sagte Henri.

Peres schüttelte den Kopf. »Du hast mich nicht beleidigt. Ich verspreche dir, jemanden zu suchen, der einen Weg zu deinem Macaire findet.«

Henri blickte ihn an. »Ihr hättet mir noch viel zu sagen gehabt.«

»Worte für Jahre.«

»Warum habt Ihr geschwiegen?«

»Du hättest sie nicht verstanden. Nicht jetzt.«

»Wenn Ihr wollt, komme ich Euch von nun an öfter besuchen.«

»Nachdem du getötet hast oder vorher?«

»Überlassen wir das dem Schicksal.« Henri ging zur Tür. Die Hand an der Klinke, drehte er sich um. »Und danke, dass Ihr mir nicht von Gott gesprochen habt, Pater.«

»Ich habe nur von ihm geredet«, sagte Peres. »Aber das hast du nicht begriffen, Henri d'Ardans.«

Paris war die Mitte der Welt.

Keine andere Stadt, so fand Maxime, konnte sich mit ihr messen. Wenn er auch London, Venedig, Madrid und Wien nicht kannte, so erschien es ihm unwahrscheinlich, dass die Erde in der Lage wäre, noch einmal eine solche Vielfalt von Gebäuden, Straßen und Menschentypen hervorzubringen. Paris war einzigartig, die unverzichtbare Seele all dessen, das sich Französisch nannte. Es war besonders die morgendliche Stimmung der Stadt, die Maxime über alles liebte, und so eilte er zufrieden zwischen der erwachenden Betriebsamkeit ihrer Bewohner durch die schon belebten Gassen und Straßen. Er bahnte sich seinen Weg zwischen Straßenhändlern, die Milch, Wasser, Flechtwaren und Wein anboten, zwischen Hausfrauen und Mägden, die zu den Märkten zum Einkauf gingen, zwischen farbenprächtig gekleideten Reitern, die mit verhängten Zügeln langsam den Stadttoren zustrebten, zwischen Doktoren, die sich gemächlich auf Mauleseln zum linken Ufer der Seine begaben, zwischen knarrenden und holpernden Fuhrwerken, die Getreide und Obst auslieferten, zwischen Taschenmacherinnen, Fassbindern, Seidenstickerinnen und Glasschneidern, die ihre Geschäfte öffneten und die Zeit zur kurzen Plauderei auf der Straße nutzten. Für Maxime war Paris ein faszinierendes Amalgam all dessen, was die Menschheit sich geschaffen hatte, um das Leben erträglich, manchmal glücklich und letztlich so unbeschwert wie nur möglich führen zu können.

Paris wurde, so hatte Maxime erkannt, durch die Seine in drei große Viertel geteilt. Das Viertel zur Rechten der Seine, die Stadt oder auch das Quartier Saint-Denis genannt, war mit Abstand das größte. Dort fand man die luxuriösen Geschäfte der rue Saint-Denis ebenso wie die Handwerksläden um die rue Saint-Martin. Der Grèveplatz, der auch als Hafen genutzt wurde, war nicht nur die Hinrichtungsstätte der Stadt, sondern auch der Treffpunkt der Miliz und paradoxerweise ein Ort städtischer Feste. Im Quartier Saint-Denis befand sich auch der mittelalterliche Louvre, das Rathaus, der Sitz der städtischen Gerichtsbarkeit und das Palais des Tournelles, die Residenz der französischen Könige. Vor allem war das Viertel aber die Heimat der Großhändler, der Geldwechsler, der Kaufleute und Bankiers. Der Strom von Geld, den der jahrzehntelange innere Friede in Frankreich freigesetzt hatte, wurde hier erfasst, gesammelt und in neuen ertragreichen und zinsbringenden Kanälen nach allen Richtungen des Königreiches weitergesandt.

Die Ile de la Cité, den ältesten Teil von Paris, konnte man als das Herz des Königreiches bezeichnen. Hier befand sich Notre-Dame de Paris, die Sainte Chapelle, das bischöfliche Palais, das Parlament und der Oberste Gerichtshof. Dieses Viertel war voll von Geistlichen, Advokaten, Klägern, Angeklagten und Richtern. Selbst einkaufen konnte man bei den Gerichtshöfen. Händler hatten Hunderte von Buden errichtet, die alles führten, was das Herz begehrte, alles was man nur brauchen konnte, um einen anstrengenden Tag voll mit Rechtsstreitigkeiten zu einem getreulichen Ende zu bringen.

Zur linken Seite der Seine lag das Universitätsviertel. Es umfasste etwa fünfzig Kollegien, von denen das der Sorbonne das berühmteste war. Tausende von Studenten aus ganz Europa lebten in diesem Stadtteil, lernten redlich, hurten fleißig, prügelten sich munter und trieben alle nur möglichen Späße, die die Stadtwache und die biederen ehrbaren Bürger zur Verzweiflung brachten.

Maxime liebte alle vierhundert Straßen der Stadt und mochte kei-

nen ihrer dreihunderttausend Bewohner missen. Er war auf dem Land aufgewachsen, und Paris war und blieb für ihn ein einziges unerschöpfliches Wunder. Wunder, dachte er, bestimmen mein Leben. Es war ein Wunder gewesen, als ihn Henri d'Ardans und Moulu an einem Wintertag des Jahres 1520 vor dem Strick retteten. Er fröstelte immer noch, wenn er daran dachte. Sein stümperhafter und gescheiterter Versuch, einen Großbauern von Milleroi zu bestehlen. Der Hunger und die Kälte hatten ihn unvorsichtig gemacht. Die Leute des Dorfes hatten ihn bald gefasst und beschlossen, ihn ohne ein Gerichtsverfahren zu hängen. Man konnte es nur als Wink des Himmels auffassen, dass Henri d'Ardans in diesem Augenblick durch den Ort geritten kam. Er hatte ihn, Maxime, den Bauern abgekauft, hatte den Schaden ersetzt und ihn, den gewohnheitsmäßigen Dieb, seinem Freund und Diener Moulu anvertraut. Maxime rechnete. Das war in seinem fünfzehnten Lebensjahr geschehen. Jetzt schrieb man Mai 1522. Vor siebzehn Monaten. Vor etwa eineinhalb Jahren war er dem Leben wiedergegeben worden. Und welchem Leben. Einem Leben, das sich Paris nannte.
Maxime ging über den Pont Saint-Michel, an dessen Seite Häuser errichtet worden waren, die den Blick auf den Fluss verbargen. Wagen rollten über die Brücke, Kutscher fluchten und Menschen drängten sich zwischen dem aufgewirbelten Staub, der im frühen Sonnenlicht des Morgens wie ein goldener Atem der Stadt wirkte. Maxime wusste, dass er nur einige Straßen weiter, am Rande des Universitätsviertels, die Taverne »À la ville de Madrid« finden würde, den Ort und das Ziel seiner morgendlichen Suche.
Die Taverne lag in einem mittelalterlichen Gebäude, das sich schmal und hochstrebend zwischen zwei neuen Bürgerhäusern zu behaupten suchte. Maxime öffnete die Tür und trat in das Halbdunkel der Schenke. Seine Augen, geblendet von dem hellen Sonnenlicht des Tages, hatten Mühe, sich an das dämmrige Schattenlicht der Taverne zu gewöhnen. Dann erkannte er die Gäste, die an der Seitenwand vor einem großen Holztisch saßen, der mit leeren Bechern und Krügen übersät war. Henri d'Ardans nickte ihm zu und bedeutete ihm mit einer Geste, auf einer der Bänke des Nebentisches Platz zu nehmen.
»Die Alchemie«, sagte ein dicklicher Mann mit dem Gesicht eines

beinahe kreisrunden Mondes, »ist die Urwissenschaft. Wer sie beherrscht, kennt das Geheimnis des Kreislaufs aller Kräfte. Die unerschöpfliche Vielfalt der Erscheinungen in unserer Welt ist aus dem Chaos des Weltenanfanges hervorgegangen, und alle Kräfte und Stoffe haben die gleiche Herkunft und sind miteinander verwandt. Sie sind ständigen Wandlungen unterworfen, denn nichts im Universum ist starr und beständig.«

»Also sind auch Mann und Frau nur das Abbild des einen Prinzips, Moulu?«, fragte eine blonde, schöne Frau von etwa vierzig Jahren, die Maxime als Charlotte Mercier, die Wirtin der Taverne, erkannte. Sie gleicht einer voll erblühten Juno, fand der Junge, der ihr einen langen, bewundernden Blick zuwarf.

Moulu, der Freund und Diener Henris, nickte. »Steht denn nicht in der Bibel, dass Gott den Menschen nach seinem Bilde erschuf? Ist der Mensch nicht in zwei Geschlechter getrennt, die erst zusammen eine Einheit bilden? Wissen wir nicht auch aus den heiligen Schriften, dass die Schöpferkraft in sich eine weibliche Seite besitzt? Seit Anbeginn ist der Mensch nur vollkommen, wenn die männlichen und weiblichen Kräfte eine harmonische Verbindung bilden. Wie Tag und Nacht ein Licht, Sonne und Mond ein Licht, so sind auch Mann und Frau ein Fleisch.«

Ein junger Mann, der bei einem der gegenüberliegenden Tische saß, lachte laut auf. »Ich kenne nur eine Art, auf die Mann und Frau zu einem Fleisch werden.«

Marot, der seinen Kopf auf seine Hände gelegt hatte und zu schlafen schien, richtete sich auf. »Was hat dieser verdammte Narr gesagt?«, fragte er mit dunkler, zorniger Stimme.

»Wen bezeichnet diese Laus als Narren?«, fragte der junge Mann seinen Begleiter, einen Soldaten mit narbengezeichnetem Gesicht.

»Ruhe, Monsieur. Ruhe.« Charlotte Mercier, die einer Duellforderung vorbeugen wollte, stand auf und trat zu dem Tisch der beiden Fremden, um versöhnlich auf sie einzuwirken. Sie sah dabei zu Henri d'Ardans, der verneinend den Kopf schüttelte.

Marot erhob sich, ging zu der Frau, die unschlüssig stehen blieb, und legte ihr seinen Arm um die Schulter. »Du bist eine ehemalige Liebesdienerin, Charlotte, eine von Bacchus bekehrte Maria Magdalena des Seineufers, die wohl kaum leugnen wird, dass der

Charme ihrer Weiblichkeit in dieser Weltenschöpfung tausendmal mehr wiegt als all die lächerliche Männlichkeit dieses traurigen Hähnchens hier.«

Der junge Mann sprang von der Bank auf. Der Soldat neben ihm legte ihm die Hand auf den Unterarm. »Ruhig, Chevalier. Ihr wisst gar nicht, ob dieser Säufer hier satisfaktionsfähig ist.«

»Dieser Säufer ist Frankreichs größter Dichter«, sagte Henri d'Ardans.

»Dann sollte er besser in Versen als in Beleidigungen sprechen.«

»Ich werde in Zukunft nur noch in einer Art mit Euch sprechen«, sagte Marot und schlug auf seinen Degengriff.

Der junge Mann nickte zufrieden. »Es wird mir eine Genugtuung sein, Euch das Herz aus der Brust zu schneiden, Monsieur le poète.« Er verbeugte sich. »Chevalier Etienne de Cobère.«

Marot nickte. »Clément Marot, Kammerherr ihrer Hoheit, Marguerite d'Alençon.«

»Ich fordere Euch auch«, sagte d'Ardans zu dem narbengesichtigen Soldaten.

»Aus welchem Grund?«

»Nach einer langen Nacht ist mir alles Grund genug.«

»Das erscheint mir als eine recht vage Begründung, Monsieur. Wollt Ihr Euch vielleicht nur Euren Mut beweisen?« Der Narbengesichtige lächelte ihn an.

Henri lächelte freundlich zurück. »Ich will schon lange niemandem mehr etwas beweisen. Es ist nur schon eine gewisse Zeit her, dass ich mein Leben in die Waagschalen des Schicksals gelegt habe, mein Freund.«

»Diesem Argument beuge ich mich.« Der Narbengesichtige stand auf. »Capitano Benvenuto Paderi.«

Henri legte den Mantel um seine Schulter. »Mein Name ist Baron d'Ardans.« Er sah von der Seite zu dem Soldaten hin. »Ihr scheint ein gefährlicher Gegner zu sein.«

»In meiner besten Zeit war ich Fechtlehrer des Herzogs von Urbino.«

»Ein würdiger Widersacher also.«

Maxime trat eilig zu Henri. »Der Comte de Briard erwartet Euch ungesäumt, Herr«, sagte er leise flüsternd.

»Der Comte de Briard wird sich gedulden müssen«, stellte Henri fest und verließ als Erster die Schenke.

Die Duellanten gingen durch das morgendliche Paris, als würden sie sich zu einer Landpartie aufmachen. Henri scherzte mit Moulu und Marot, während Etienne de Cobère und der Capitano interessiert die morgendliche Geschäftigkeit um sich herum betrachteten. Henri beobachtete de Cobère kurz aus den Augenwinkeln heraus. Dann wandte er sich ihm zu.

»Seid Ihr zum ersten Mal im Universitätsviertel?«

De Cobère nickte. »Woran habt Ihr das erkannt?«

»An Eurem ebenso wachen wie forschenden Blick. An der Neugier, mit der Ihr die Studenten betrachtet.«

»Ich war bisher nur einmal in Paris. Das war vor drei Jahren.«

»Ihr habt so wenig von der Stadt gesehen und wollt schon sterben? Paris ist eine Frau. Sie wird es Euch nicht verzeihen.«

Der blonde junge Mann schüttelte seinen Kopf. »Ich fürchte, Euch enttäuschen zu müssen, Monsieur. Ich werde nicht derjenige sein, der fallen wird.« Er sah Henri von der Seite an. »Obwohl ich zugeben muss, dass ich mit Euch lieber einen Becher Wein getrunken hätte, als mich mit Eurem Poeten zu duellieren.«

Henri lächelte. »Ihr solltet nie einen ehemaligen Dominikanermönch unterbrechen, wenn er über die Wertschätzung der Frauen spricht, Chevalier. Das rächt sich mit Gewissheit.«

D'Ardans hielt vor einem großen, weitläufigen Haus an, das nahe dem Collège Montaingu lag. Er und seine Begleiter betraten den Innenhof, als ihnen der Majordomus eilig entgegengelaufen kam.

»Ist dein Herr hier?«, fragte Henri.

Der Majordomus verbeugte sich. »Der Herr ist nach Lyon zum König gereist, Seigneur.«

»Dann wird er nichts dagegen einzuwenden haben, wenn wir uns seines Hofes bedienen.« Er warf seinen Mantelumhang über die Wurzeln eines großen Kastanienbaums, der das Haus überschattete. »Clément, du bist an der Reihe, unseren Tanz zu eröffnen.«

Marot und de Cobère nahmen ihre Positionen ein, während die anderen sich um sie gruppierten. Schon nach einer Minute sah Henri, dass Clément Marot ein toter Mann war. D'Ardans hatte noch nie einen jungen Duellanten so fechten sehen wie Etienne de Cobère.

Der Blonde tanzte förmlich um Marot umher, gewandt, leichtfüßig und führte dabei seinen Degen ebenso schnell wie kräftig und zielsicher. Alle Attacken des Dichters parierte er mit einer Leichtigkeit, die bald entnervend auf Marot wirkte, denn er hatte der Gewandtheit und der Behändigkeit de Cobères kaum etwas entgegenzusetzen. Seine Angriffe gingen immer häufiger ins Leere, während der junge Mann lässig wirkende Ausweichbewegungen durchführte und dann Marot beinahe spielerisch vor sich hertrieb. Henri nickte Maxime zu, der sich mit einem Fuß auf den Erdboden niederkniete, als wollte er seinen rechten Stiefel schnüren. Dabei holte er ein an seinem Fuß festgebundenes Messer aus seinem Halfter und blickte zu de Cobère hin.
Es war bemerkenswert zu sehen, wie der junge Mann auf Marot eindrang. Seine Seitwärtshiebe mit dem Degen waren so schnell, so präzise und so stark, dass er die Verteidigung des Dichters beinahe mühelos öffnete. Marot kam durch die Wucht des Angriffs ins Schwanken, und als de Cobère immer näher rückte, fiel er rücklings über eine der Wurzeln des Kastanienbaums. Die Hand Moulus krallte sich im Arm Henris fest, während Maxime sein Messer anhob. Der Blonde stand über Marot gebeugt und richtete die Degenspitze auf dessen Brust. Er atmete kaum merkbar, während die Brust des Dichters sich vor Anstrengung hob und senkte.
»Wollt Ihr jetzt meine Entschuldigung annehmen, Monsieur le poète?«, fragte de Cobère.
»Ich die Eure?« Marot sprach stoßweise, aber die Verblüffung in seiner Stimme war nicht zu überhören.
»Ich habe eine äußerst unangebrachte Bemerkung über die menschlichen Eigenschaften von mir gegeben, die vor allem den Frauen zur Beleidigung hätte gereichen können. Ihr seht mich zerknirscht, Monsieur.«
»Dann nehme ich Euer Anerbieten in aller Form an, Chevalier.«
»Vortrefflich.« De Cobère streckte seine Hand aus und zog Marot zu sich hoch. Er wandte sich Henri zu. »Und Euch, Baron, möchte ich in aller Form bitten, von einem Duell mit Capitano Paderi abzusehen. Er ist ein alter, gichtiger, müder Mann und mir innig ans Herz gewachsen.«

Der narbengesichtige Italiener lachte laut auf.
»Ihr seid ein erstaunlicher Mann, Chevalier«, sagte Henri.
De Cobère deutete auf Maxime, während er seinen Degen in die Scheide steckte. »Hätte er mich getötet, Baron?«
»Ihr habt es bemerkt?«
»Monsieur le poète war so langsam, dass ich während des Fechtens ein Sonett hätte schreiben können.« Er lächelte. »Ich habe mich damit begnügt, die Umgebung zu betrachten.«
Henri wandte sich Maxime zu. »Wo hättest du ihn getroffen, Maxime?«
»An der Wade, Seigneur. Ihr habt mich schließlich gelehrt, nur zu töten, wenn es unvermeidbar ist.«
»Dann habe ich also gut und gerne eine meiner beiden Waden gerettet.«
»Und einen Freund gewonnen.« Henri reichte ihm die Hand, die de Cobère ergriff. »Marot zu verlieren wäre für Frankreich unerträglich gewesen.«
Der Dichter grinste. »Marot zu verlieren wäre für Marot unerträglich gewesen.«
Henri drehte sich zu Paderi um. »Eure Hand, Capitano.« Er streckte dem Italiener die Hand hin, die dieser kräftig schüttelte. »Chevalier de Cobère …«
»Etienne.«
»… Etienne, Ihr und der Capitano seid ab heute meine Gäste. Wo wohnt Ihr?«
»In einem Gasthof in der rue Saint-Martin.«
»Maxime wird Euch zu Eurer Unterkunft begleiten und Euch dann mit Eurem Gepäck zu meinem Haus bringen. Wir werden alle gemeinsam zu Abend essen.«
Sie verabschiedeten sich wortreich, und der junge Mann, Marot, der Capitano und Maxime gingen in Richtung der Saint-Michel-Brücke, während Henri und Moulu wieder der Taverne zustrebten.
»Warum habt Ihr das getan, Sieur?«
»Was getan?«
»Das Duell zuzulassen.«
Der Morgen war in einen frühen Vormittag übergegangen, und die Luft erhitzte sich zusehends, obwohl ein Wind von der Seine her

blies, ein Wind, der sich leicht und spielerisch in den Röcken der Frauen verfing und die Federn ihrer Hüte bog und zerzauste.

»Ich dachte, es würde mich amüsieren.«

»Es hätte Tote geben können.«

»Nein.« Henri schüttelte den Kopf. »Das hätte ich verhindert.«

Moulu sah zu ihm auf. »Der Capitano hätte Euch töten können, Sieur. Niemand hätte das zu verhindern vermocht.«

»Was wäre dabei gewesen?« Er sagte es auf das Natürlichste, frei von jeder Selbstgefälligkeit, als spräche er über eine Wahrheit, die längst sein Bewusstsein erfasst hatte.

Moulu schüttelte nachdenklich den Kopf. »Mich hätte es betrübt.«

»Dann wärst du der Einzige gewesen.«

»Ihr wisst, dass das nicht stimmt, Sieur.«

»Du beginnst mir um einen Hauch zu viel ins Gewissen zu reden, Moulu. Nütze meine Freundschaft zu dir nicht aus.« Henri wich einem schwerfällig dahinrumpelnden Ochsenkarren aus. »Das Spiel mit dem Tod hätte mir Freude bereitet. Das ist alles.«

Moulu blickte griesgrämig vor sich hin. »Ein Christ sollte mit dem Tod nicht leichtfertig umgehen, Sieur.«

»Du wirst den Mönch in dir nie verleugnen können, Moulu.«

Moulu hob seine Hände, als wollte er die Vorübergehenden segnen. »Wenn ich den Orden der Dominikaner auch verlassen musste …«

»Du bist ihm davongelaufen, Moulu, weil du die Frauen zu sehr liebtest.«

Moulu machte eine flatternde, beschwichtigende Geste. »Wenn der Orden und ich uns auch unterschiedlicher Ansichten wegen trennen mussten, so bin ich seinen Prinzipien und denen des großen Thomas von Aquin noch immer in Bewunderung und Ehrfurcht verbunden.«

»Und dein Heiliger lehnt das Duell ab?«

»Mit strengen Worten, Sieur.« Moulu hob den Zeigefinger. »Ihr gleicht jedoch mehr dem Jason von Pherai, den die Ärzte wegen einer Geschwulst in der Brust aufgegeben hatten. Jason, verzweifelt über seine Schmerzen, suchte mit aller Macht den Tod und stürzte sich in einer Schlacht mitten und blindlings unter seine Feinde.«

»Und?«
»Ein Schwerthieb schlug ihm eine Wunde genau an jener Stelle, an der sich die Geschwulst befand, die sofort aufplatzte und sich öffnete.«
»Worauf er gesundete?«
»Auf der Stelle, Sieur.«
Henri blickte zu einem schmalen und ärmlich wirkenden Hochzeitszug, der singend und Blumen schwenkend einer nahe gelegenen Kirche zustrebte. »Ich würde mir selbst eine solche Wunde zufügen, Moulu, wenn ich wüsste, dass ich dadurch das Vergessen lernen könnte.«
»Wirklich, Sieur?«
Henri blickte seinen Diener und Freund an. »Sei dessen versichert, Moulu«, sagte er.

»Sei dessen versichert, mein Freund«, hatte Christiane zu dem Lombarden gesagt, der sie nach Marignano eskortieren sollte. »Ich will auf das Schlachtfeld. Ich will zur französischen Armee.«
Der Lombarde, ein groß gewachsener, dunkelblonder Mann, hatte nur genickt, und so ritten sie jetzt durch die staubige Ebene Norditaliens, durch leere Dörfer, die von der Soldateska geplündert und von ihren Einwohnern fluchtartig verlassen worden waren. Ein toter Bauer lag quer über dem Weg, aufgedunsen in einer Lache von fliegenübersätem Blut. Christiane und der Lombarde ritten in die gelbliche, sonnenverbrannte Wiese, um der Leiche auszuweichen.
»Ich habe selten einen Pagen gesehen, der es so eilig damit hat, getötet zu werden«, sagte der Lombarde.
»Ich werde nicht sterben. Ich weiß das.«
»Das weiß man nie, Junge.«
»Manchmal fühlt man es. Manchmal fühlt man es, als wäre es eine Gewissheit«, sagte Christiane d'Ardans, die in ihren Männerkleidern einem bestenfalls fünfzehn Jahre alten Burschen ähnelte.
Der Lombarde deutete zu einem kahlen Hügel. »Bis dorthin begleite ich dich.«
Christiane nickte und gab ihrem Pferd die Sporen.

»Bei wem dienst du?«, fragte der Lombarde.

»Bei dem Baron d'Ardans.«

»Ein guter Herr?«

»Der beste«, sagte Christiane.

Vom Hügel aus konnten sie das Schlachtfeld in weiter Ferne sehen. Drei große Karrees, die Tausende von Schweizern umfassen mussten, stießen gegen die französischen Linien vor. Kanonen, die hinter einem Graben postiert waren, feuerten auf die Angreifer, während Infanterie und Kavallerie gegen die Seite der Schweizer anstürmten. Hier, Meilen vom Kampfgeschehen entfernt, hatte die Schlacht etwas unschuldig Buntes, etwas miniaturhaft Spielerisches an sich.

»Viel Glück, Page«, sagte der Lombarde, als er auf das Kampfgeschehen blickte.

Christiane drückte ihm einen Beutel voll Geld in die Hand. »Hier.«

»Solltet ihr siegen, findest du mich in Mailand. Ich wohne gleich hinter dem Dom. Ich zeige dir dann die besten Schenken und die hübschesten Frauen der Stadt.« Er lächelte. »Kostenlos.«

»Danke, Lombarde«, sagte Christiane und ritt den Hügel hinab, der Ebene zu, an deren Horizont sich eine fahle Herbstsonne und die Stadtmauern von Marignano abzeichneten.

Der Himmel hing über dem flachen Land, als hätte er den Wunsch, es mit seinem harten Azurblau zu bedecken. Einzelne Wolken trieben weiß und bauschig über der Erde, während die Geräusche der Schlacht nun leise aus der Ferne vernehmbar waren. Etwa zwei Meilen vor dem Kampfgetümmel stieß Christiane auf den französischen Tross. Eine Unmenge von Zelten erhob sich, ausgebrannte Lagerfeuer bedeckten wie verschorfte Geschwüre die Erde, und bunt gekleidete Huren tändelten mit Zimmermannsleuten, Erdarbeitern, Schmieden, mit all den Männern, die hauptsächlich für Belagerungen benötigt wurden und für die in der Schlacht an diesem Tag kein Platz war.

»Etwas zu trinken, junger Herr?«, rief eine pockennarbige Marketenderin, die neben einem Wagen stand, der mit Waren aller Art gefüllt war. Männer umlagerten die Frau und ließen eine Flasche Schnaps kreisen. »Guter Wein. Wein aus Frankreich, nicht aus diesem verdammten Italien.«

Christiane beugte sich zur Seite und ergriff den Becher, den die alte Frau ihr hinhielt.
»Es ist gut, wenn Ihr jetzt trinkt, Herr. In der Schlacht wird Euch der Durst noch zur Genüge peinigen.«
»Wie steht unsere Sache?«
Die Marketenderin zeigte ihren zahnlosen Mund, als sie sprach. »Die Schweizer sind wie die Teufel. Sie stürmen seit zwei Stunden auf unsere Kanonen los. Bislang halten unsere Linien stand.« Sie grinste. »Ich für meinen Teil bin zur Flucht bereit. Ich werde die Erste sein, die von hier verschwindet, wenn sie unsere Artillerie erobern.«
Christiane trank mit Genuss den herb schmeckenden Wein. »Das klingt nicht sehr ermutigend.«
Einige der Männer lachten. Der Schnaps schien ihre Laune zu beflügeln.
Die Marketenderin kicherte. »Ich war schon in Nancy dabei, als die Schweizer Karl den Kühnen und sein burgundisches Heer in Stücke gehauen haben. Es würde mich nicht wundern, wenn einige der Hurensöhne, die damals meine Waren eingesackt haben, noch heute bei den Schweizern kämpfen.« Sie lachte. »Die Bergluft hält jung, Herr.«
»Wir Franzosen werden siegen.«
»Franzosen?«, rief ein kleiner, kahlköpfiger Mann. »Wisst Ihr, wer an unserer Seite kämpft? Zwölftausend deutsche Landsknechte unter dem Herzog von Geldern. Dann achttausend Gascogner, Basken und Roncalesen unter Pedro Navarro. Der Rest sind Söldner aus aller Welt. Französisch ist nur unsere Kavallerie.«
Christiane lächelte. »Der König ist Franzose. Das genügt.«
»Der König ist für uns ein sehr ferner Herr«, sagte ein groß gewachsener Mann, der der Wortführer der Gruppe zu sein schien.
Christiane reichte der Frau den leeren Becher und einige Münzen. »Ich muss weiter.«
Die Marketenderin verstaute den Weinschlauch in ihrer aufgebundenen Schürze. »Ich würde an Eurer Stelle mit gezücktem Degen reiten, junger Herr. Ich traue unseren Landsknechten nicht. Vielleicht wenden sich einige gegen das eigene Lager.«

»Darfst du in deinem Alter eigentlich schon alleine ausreiten?«, fragte ein Bärtiger, der sich auf eine Schaufel stützte.
Die Männer lachten, während die Flasche Schnaps durch ihre Hände wanderte.
»Alles Gute, Frau«, sagte Christiane.
Die Marketenderin grinste von neuem. »Sterbt nicht zu früh, Herr.«
Als Christiane das Lager hinter sich gelassen hatte, wurde das Donnern der Kanonen lauter. Verwundete Landsknechte kamen ihr in kleinen Gruppen entgegen. Ein Mann, dessen blutiger Armstumpf zur Seite hing, schrie ohne Unterlass, während einige der Verletzten, sich auf ihre Hellebarden stützend, den Weg zum Lager hinhumpelten.
Die Anzahl der befestigten Stellungen nahm zu. Sie kam an Kompanien mit Hellebarden bewaffneter Landsknechte vorbei, die zum rechten Flügel, der vom Herzog von Bourbon befehligt wurde, hinmaschierten. Manche der Söldner waren betrunken und laut, andere still, andere wieder grölten zotige Lieder. Jeder bot dem Tod auf seine Art die Stirn, jeder ging auf seine Art ins große Sterben.
»Wo zum Teufel wollt Ihr hin?«, schrie ein gepanzerter Reiter, der an einer unbefestigten Schanze Halt machte. Er hatte seinen Helm abgenommen, und Blut strömte ihm über Augen, Nase und Mund.
»Zur Abteilung des Baron d'Ardans«, rief Christiane.
»Er steht beim König am linken Flügel. Eine Meile von hier.«
Christiane lenkte ihr Pferd nach vorne. »Kann ich Euch helfen, Sieur?«
»Zum Teufel mit Euch«, schrie der Gepanzerte. »Wenn Ihr mir helfen wollt, bringt einige der Schweizer für mich um.« Er wischte sich über das Gesicht, während er auf seinem Pferd schwankte. Sein eiserner Handschuh war voll von frischem Blut. »Bringt sie um, die verfluchten Teufel.«
Als sie nach Westen ritt, mehrte sich die Anzahl der Toten. Landsknechte und Ritter lagen verkrümmt auf dem Boden. Einer der Ritter hatte beim Sturz seinen Helm verloren. Das Pferd, das neben ihm graste, leckte sein lebloses, zerschlagenes Gesicht.
Das Gedonner der Geschütze war nun immer deutlicher zu hören.

Christianes Pferd wurde unruhig. Die Kanonen standen rechts von ihr. Sie konnte sie mit bloßem Auge erkennen. Die Schweizer Haufen überrannten die Vorhut der Landsknechte und stießen zu der Artillerie vor, die ohne Unterlass in die Reihen der Angreifenden feuerte. Sie sah, wie Dutzende von Schweizern von einer Salve zerrissen wurden, während die neben ihnen laufenden Kameraden unvermindert und unter Gebrüll mit ihren Piken und Hellebarden auf den Graben zustürzten. Trommeln erklangen im monotonen, kriegerischen Rhythmus, und ein Pfeifer blies schrill zum Sturm. Christiane sah in der Ferne die französische, gepanzerte Kavallerie, die silbrig im aufgewirbelten Staub trabte. Als die Kanone, die ihr am nächsten stand, von einer fehlerhaften Ladung in Stücke gerissen wurde, ging ihr Pferd durch. Es jagte blindlings zu den Kavallerieabteilungen vor ihr, in deren Mitte sie flüchtig den König erkannte, der selbst die größten seiner Streiter um einen Kopf überragte. Es gelang Christiane nicht, ihr Pferd zu bändigen, und das vor Angst halb wahnsinnige Tier stürmte zu den Rittern, die sich unter dem bunten Wimpel der Lanzengruppen zur Attacke vorbereiteten. Unter dem lauten Ruf »France« galoppierten die Reiter los, und Christiane sah sich zwischen zwei gepanzerten Rittern eingezwängt, die ihre Lanzen eingelegt hatten. Die Hufe der Pferde trommelten auf den Boden, Staubschwaden trieben über sie hinweg, dann bockte ihr Pferd, und sie sah kurz den stahlblauen Himmel über sich, erkannte schließlich, als ihr Pferd wieder voranstrebte und in seinen verrückten Galopp verfiel, die Schweizer vor sich, die mit aufgesteckten Piken auf sie warteten. Sie sah bärtige, lauernde, erwartungsvolle, verzerrte Gesichter hinter den drohenden Waffen, die in Totenstille auf den Anprall der herangaloppierenden, über die Ebene von Marignano donnernden französischen Kavallerie warteten. Die Reihen der Schweizer wichen nicht um eine Handbreit, selbst als die anstürmenden Franzosen die beiden ersten Reihen des Karrees niederritten. Christiane schlug mit ihrem Degen wild um sich, als ein Schweizer sie vom Pferd zu reißen versuchte. Der Mann schrie auf, als sie ihm die Finger der linken Hand abschlug. Einer der gepanzerten Ritter, der neben ihr ritt, wurde vom Pferd gezerrt, während seine Pagen auf die Schweizer einhieben, von denen sie wussten, dass sie jede Lücke in einer Rüstung kannten. Jagdmesser wurden dem Ritter in den Leib getrieben, während er seine eisernen Hände zum Himmel hob und ersticktes Gebrüll aus seinem gefiederten Helm ertönte. Staub trieb wieder in dichten Schwaden über das Feld, während die Kanonen ohne Unterbrechung auf den mittleren Haufen der Schweizer feuerten, die den Graben, der sie von der Artillerie trennte, bereits erreicht hatten.

Trompeten erklangen, Fahnen wurden geschwenkt, und die französische Kavallerie sammelte sich und machte unter dem Jubel der Schweizer kehrt. Christianes Pferd schloss sich einem reiterlosen Streitross der Franzosen an. Sie ritten im Galopp zu ihrer Ausgangsposition zurück, während einige der Offiziere ihre Helme abnahmen und heisere Kommandos brüllten.

Ich bin verrückt, dachte die junge Frau. Ich bin vollkommen verrückt. Worauf habe ich mich hier bloß eingelassen? Ich habe keine Chance, in diesem Wahnsinn Henri zu finden. Ich bin verrückt. Und ich habe Angst. Furchtbare Angst.

Der Mann neben Christiane fluchte lang und ausgiebig. »Die zwölfte Attacke, und diese Hunde weichen immer noch nicht«, sagte er dann. Schweißbäche rannen sein Gesicht herab. Er betrachtete sie mit verklebten Augen. »Ich muss den Verstand verloren haben«, sagte er plötzlich.

Christiane versuchte ihr an den Flanken zitterndes Pferd zu wenden, als der Mann ihr seine eiserne, gepanzerte Hand auf den Unterarm legte. »Ihr seid Christiane d'Ardans.«

»Verratet mich nicht, de Colons.« Ihre Stimme war heiser und ängstlich.

»Bei Gott, was macht Ihr hier?«

»Ich bin auf der Suche nach meinem Mann.«

De Colons sah sie an, als wäre sie ein Wesen aus einer anderen Welt. »Ihr sucht Euren Mann«, wiederholte er.

»Wo ist Henri?«

»Beim König.« Er gab sich einen Ruck. »Ich bringe Euch hinter die Kanonen. Dort seid Ihr genauso sicher oder gefährdet wie im Lager.« De Colons schüttelte ungläubig den Kopf. »Ihr sucht Euren Mann, bei Gott. In einer Schlacht, die die blutigste dieses Jahrhunderts werden dürfte.«

De Colons brachte sie zu einer Stellung, von der aus die Kanoniere versorgt wurden. Er betrachtete sie noch immer ungläubig, als er eilig zu der Kavallerie des Königs zurückritt.
Christiane beobachtete gebannt, wie die ersten Reihen der Schweizer den Graben überwanden und die vorderen Geschützstellungen der Franzosen eroberten. Der König und der Herzog von Bourbon ritten Attacke um Attacke gegen die Flanken der Schweizer, während die deutschen und gascognischen Landsknechte in den Graben stürmten, um die Schweizer von den Kanonen abzuschneiden und aus den Geschützbatterien zu vertreiben. Stundenlang tobte ein Kampf Mann gegen Mann, Pike gegen Pike, Hellebarde gegen Hellebarde. Baskische Arkebusenschützen wurden in aller Eile zu der Artillerie verlegt und feuerten mit ihren Waffen auf die Schweizer, als wären sie ein besonders gefährliches und bedrohliches Wild. Christiane war wie betäubt von dem Kampflärm, den Schüssen und der quälenden Angst um Henri. Staub biss ihr in die Augen, legte sich auf Mund und Zunge, während langsam das Licht des Tages wich.
Als die Nacht hereinbrach, waren auch die letzten Kanonen wieder in französischer Hand. Im Schein des Mondes setzte sich die Schlacht fort, und Christiane schien es, als kämpften nun Schatten einen wüsten Tanz des Mordens in der silbrig schimmernden Ebene von Marignano. Die Schreie der Menschen, das Feuer der Kanonen, der Waffenlärm, das Wiehern der Pferde, die rollenden Geräusche der Trommeln und die schrillen der Pfeifer erstarben erst gegen Mitternacht, als dichte Wolken sich vor den Mond schoben. Ohne dass ein Waffenstillstand verkündet worden war, erloschen die Kämpfe in der Dunkelheit. Männer fielen auf der Stelle, auf der sie standen, vor Müdigkeit und Erschöpfung zusammen. Eine seltsame Stille breitete sich über das Schlachtfeld aus, die nur von den Schreien der Verwundeten zerrissen wurde. Lagerfeuer flammten wie Totenlichter in der Ebene auf. Christiane ging in ihrem Schein zu einem kleinen Bach, um Wasser zu trinken. Der Bach war schleimig von Blut. Sie wandte sich entsetzt ab.
Später, sehr viel später, wie es ihr schien, sah sie François I., der mit einer Reihe von Offizieren zu den Geschützbatterien geritten

kam. Ob ihr Mann unter ihnen war, konnte sie nicht erkennen, sosehr sie auch nach ihm Ausschau hielt.
»Zieht die Kanonen eine Viertelmeile zurück«, rief der König, und die todmüden Artilleristen spannten die Pferde vor die schweren, bronzenen Geschütze und brachten sie in die gewünschte Position.
»Wunderbar«, sagte der einundzwanzigjährige Herrscher der französischen Länder, die von der Normandie bis zum Roussillon reichten. »So haben wir eine bessere Schussbahn.« Seine Stimme klang rau, aber ungebrochen. Die Kämpfe schienen ihm gut zu tun.
Als die Morgendämmerung des 14. September 1515 anbrach, erhoben sich die Schweizer von dem taunasssen Boden Marignanos, fassten nach ihren Piken und Hellebarden und griffen von neuem an. Es schien Christiane, als könnte nichts und niemand diesen Haufen dazu bringen, jemals den Kampf einzustellen. Aber die Verlagerung der Kanonen hatte den Franzosen ein besseres Schussfeld ermöglicht, und ihre Salven richteten fürchterliche Verwüstungen unter den Karrees der Schweizer an.
»Nichts kann diese Haufen zerstören«, sagte ein am Oberschenkel verwundeter Artillerist, der neben Christiane am Boden lag und zu den feuernden Geschützen hinblickte. »Sie sind die tapfersten Soldaten der Welt.«
»Wir werden siegen«, sagte Christiane mit ausgedörrter, emotionsloser Stimme.
»Vielleicht. Vielleicht werden wir siegen.« Der Artillerist stöhnte kurz auf. »Aber ich werde mein Bein verlieren.« Er blickte zu den Kanonen hin, als wären sie seine verlorene Heimat. »Ich werde ein verfluchter Krüppel sein. Ein Krüppel.«
Der König von Frankreich und seine Kavallerie hatten über dreißig mörderische Attacken geritten und die Schweizer Karrees nicht aufgebrochen. Sie hielten unvermindert stand und warfen sich, Angriffswelle auf Angriffswelle, gegen die Kanonen und die erschöpften, verwundeten und sterbenden deutschen Landsknechte, die sie seit Stunden verteidigten.
Es war am Nachmittag, als der Ruf ertönte: »Die Venezianer kommen! Die Venezianer kommen!«
Und tatsächlich tauchte auf einmal die italienische Kavallerie im

Rücken der Schweizer auf, in lichten eisernen Rüstungen, und unter dem Wappen von San Marco reitende Ritter, unverbrauchte und ausgeruhte Kämpfer, die den Tod in dieser Schlacht noch nicht gefühlt hatten und deren Sinn noch frei zum Kämpfen und zum Morden war.

Erst in diesem Moment gab der Kardinal von Sion, der die Schweizer kommandierte, das Zeichen zum Rückzug. Unter dem Feuer der französischen Kanonen, den Angriffen der Landsknechte, der Reiterattacken François' I. und des Herzogs von Bourbon sammelten seine Leute die Verwundeten ein und zogen sich in geordneten Gruppen nach Norden zurück.

Der Jubel, der auf französischer Seite aufbrandete, schien nicht mehr enden zu wollen. Die unbesiegbaren Schweizer hatten die Schlacht aufgegeben.

Zwanzigtausend Menschen mussten in Marignano ihr Leben lassen, aber das Herzogtum Mailand schien endgültig für Frankreich gewonnen zu sein. Noch auf dem Schlachtfeld ließ sich François I. symbolisch zum Ritter schlagen.

Christiane d'Ardans konnte trotz all des erlebten Entsetzens am Abend ihren Mann glücklich und erleichtert in die Arme schließen. Ihre lange Reise von Frankreich nach Marignano hatte endlich ein Ende gefunden. Nur wenn jemand sie über die Schlacht ausfragen wollte, schwieg sie.

Sie schwieg ihr Leben lang.

Briard erhob sich, als Henri den Arbeitsraum seines Pariser Hauses betrat. Das Zimmer war ganz in Holz getäfelt und durch die bunten Butzenscheiben tanzten Lichtreflexe über die teppichbelegten Böden.

Henri hatte Briard, seinen Freund und Trauzeugen, seit nun beinahe zwei Jahren nicht mehr gesehen. Der Comte Bernard de Briard wirkte unverändert. Ein gemessener, soignierter Adeliger mit einem schönen, meist unbewegten Gesicht, ein Mann, dessen Kraft und Gefährlichkeit auf den ersten Blick nicht zur Gänze abzuschätzen waren. Briard machte üblicherweise kein Hehl daraus, dass er der Kopf der französischen Geheimdiplomatie war.

»Schön, dass du doch noch Zeit gefunden hast, mich aufzusuchen«, sagte Briard. »Ich hätte beinahe die Stadtwache ausgesandt, um dich zu suchen.«

»Hättest du mich verhaften lassen?« Henri lächelte.

»Die Wache wäre dein Ehrengeleit gewesen.«

»Bis zur Bastille?«

Briard deutete auf einen Stuhl, auf dem Henri Platz nahm. »Eine Haft in der Bastille hätte nur Louise de Savoie anordnen können. Aber Madame befindet sich in Lyon, wie du weißt.«

»Zusammen mit dem König.«

»Zusammen mit François.« Briard setzte sich Henri gegenüber. »Wir haben uns lange nicht mehr gesehen«, sagte er nach einem Augenblick des Schweigens.

»Zwei Jahre.«

»Wie geht es dir, Henri?«

»Wie immer, Bernard. Wie immer in den letzten beiden Jahren.« Henri sah ihn an. »Du solltest es wissen, Bernard. Ich nehme an, dass du auch über mich Informationen gesammelt hast.«

Briard nickte. Er schwieg kurz. »Madame findet, dass du dich lange genug nur um deine eigenen Angelegenheiten gekümmert hast.«

Henri zuckte mit den Schultern. »Ich bin viel gereist.«

Briard verschränkte die Hände über seinem Wams. »Du wirst auch in Zukunft reisen müssen, Henri.« Er strahlte eine sonderbare Kälte aus, wenn er sich über Fragen seines Amtes unterhielt.

»Woher willst du wissen, dass ich deinen Auftrag annehmen werde?«

»Du wirst ihn nicht ablehnen wollen.« Briard öffnete seine Hände und betrachtete sie kurz. »Der Marschall Odet de Lautrec ist bei La Biccoca vernichtend geschlagen worden.«

»Warum?«

Briard lachte kurz auf. »Unsere Söldner konnten nicht bezahlt werden. Sie haben noch während der Kämpfe das Schlachtfeld verlassen.« Er beugte sich vor. »Wer hätte nach Marignano gedacht, dass wir Mailand so schnell wieder verlieren würden. Herzog Francesco II. Sforza sitzt fest im Sattel.«

»François wird auf seine italienischen Träume nicht verzichten wollen. Was für die Spanier die Neue Welt ist, bedeutet für ihn Italien.«

»Weder wollen noch können, Henri. Frankreich ist von den habsburgischen Ländern umklammert. Wenn Karl V. auch noch die italienischen Fürstentümer in seine Hände bekommt, nimmt er uns alle Luft zum Atmen. Frankreich darf den Anspruch auf Mailand nicht aufgeben.«

»Und Heinrich VIII.?«

Briard lehnte sich in seinem Stuhl zurück und betrachtete die Decke. »Ich habe vor zwei Tagen einen englischen Botschafter verabschiedet, der von London nach Lyon unterwegs ist. Er wird François die Kriegserklärung Heinrichs VIII. überbringen. Ich erwarte die Landung der englischen Truppen noch in diesem Sommer.«

»Über Calais?«

»Das ist anzunehmen.«

»Und die Spanier werden bei Fontarabie angreifen. Das tun sie stets, wenn wir im Osten oder Süden Niederlagen erleiden.«

»Du sagst es, Henri.« Briard stand auf und begann in dem weit gestreckten Raum auf und ab zu gehen.

»Wird der König Lyon verlassen?«

»Nein. François wird die italienische Offensive für nächstes Jahr vorbereiten.«

»Und die Picardie?«

»Der Herzog Vendôme wird sie verteidigen.«

Henri blickte zweifelnd. »Das wird dem königlichen Rat nicht gefallen.«

Briard blieb kurz stehen. »Und wenn es den Räten François' auch in aller Ewigkeit nicht recht sein mag, so wird Frankreichs Außenpolitik doch von diesem Raum aus gemacht.«

»Das bestreitet niemand.« Henri blickte zu Briard hin. »Was wäre mein Auftrag?«

»Nach Mailand zu reisen. Den Herzog davon zu überzeugen, dass es für ihn günstiger wäre, mit Frankreich zu paktieren als mit dem Kaiser.«

»Der Herzog wird sich nicht täuschen lassen. Er wird François' Kriegsvorbereitungen nicht übersehen.«

Briard blieb bei dem Stuhl stehen und legte eine Hand auf dessen Rücklehne. »Niemand sagt, dass Mailand das Ziel unseres nächsten Angriffs sein müsste. Wir könnten auch versuchen, die Seemächte Genua und Venedig in unsere Abhängigkeit zu bringen. Mit Mailand als Verbündeten.« Briard lächelte. »Wer könnte das Herzogtum Mailand dann daran hindern, die stärkste Macht in Oberitalien zu werden?«

»Und ich soll die Meinung des Herzogs zu diesen Plänen erkunden?«

»Das sollst du, Henri. Und ihm eine beträchtliche Summe von Goldstücken überbringen.«

»Mit den besten Wünschen von Louise de Savoie.«

Briard nickte bestätigend. »Und jenen des Königs.« Er ging zu einer der Truhen, die an den Seitenwänden standen, öffnete sie und entnahm ihr einen schmalen Packen Papier, der mit einem Band verschnürt war. Er reichte ihn Henri, der ihn an sich nahm und einen Blick auf die erste Seite warf. »Das sind deine Instruktionen, Henri. Wann könntest du reisen?«

»Wenn ich den Auftrag annehme, in etwa drei bis vier Tagen.«

»Und woran liegt es, ob du den Auftrag annimmst oder nicht?«

»An all dem, was du mir verschwiegen hast.«

Briard lächelte und deutete auf die Papiere in Henris Händen. »Du hast alles vor dir, mein Freund. Alle Pläne, um die Habsburger Umfassungsstrategie wenigstens in Italien scheitern zu lassen.« Er setzte sich wieder zu Henri. »Nichts wurde dir vorenthalten. Du brauchst nur den Inhalt der Papiere mit Francesco Sforza und seinem Kanzler Morone zu besprechen.«

Henri beugte sich vor. »Weshalb bist du dir so sicher, dass ich wieder für dich arbeiten werde, Bernard?«

»Aus zwei Gründen. Einem der Ehre und einem des Gefühls.«

»Was meinst du, befiehlt mir meine Ehre?«

»Louise de Savoie nicht zu enttäuschen.«

»Das wäre der erste Grund. Und der zweite?«

Briard zog einen zusammengefalteten Zettel aus seiner Tasche und strich ihn glatt. »Kommt dir das bekannt vor?«, fragte er und reichte Henri das Blatt Papier.

Henri betrachtete die Skizze. Dann senkte er den Zettel, der seinen Fingern entglitt und zu Boden flatterte. »Das ist eine Zeichnung eines Halsbandes meiner Frau.« Seine Stimme klang rau.

Briard beugte sich über den Seitenarm seines Stuhles und hob das

Blatt Papier auf. »Ein Schmuckstück, das sie bei dem Überfall vor zwei Jahren trug. Ein Schmuckstück, dass einer ihrer Mörder entwendet haben muss.«

»Woher kennst du es?«

Briard faltete den Zettel von neuem, drehte ihn zwischen den Fingern und hielt ihn wie nach einem gelungenen Kunststück zwischen dem Zeige- und Mittelfinger fest. »Hast du vergessen, dass du mir Beschreibungen über den fehlenden Schmuck deiner Frau hast zukommen lassen?«

»Nein.«

»Dieses Halsband wurde in Mailand verkauft und von einer Bekannten des Herzogs erworben. Deshalb weiß ich davon.« Er reichte Henri abermals den Zettel. »Nimm. Er gehört dir.«

»Wie heißt die Frau, die das Halsband gekauft hat?«

»Beatrice Geberoni, eine Kaufmannswitwe.« Briard blickte Henri an. »Befrage sie, und sie wird dich zu dem Dieb bringen. Und zu dem Mörder.«

»Haben deine Spione nichts erfahren?«

»Meine Spione haben sich gar nicht darum bemüht. Das ist eine Sache, die nur uns Franzosen betrifft.«

»Und die gestohlenen Pläne da Vincis? Was ist damit?«

Briard schwieg kurz, dann lehnte er sich wieder in seinem Stuhl zurück und schlug die Beine übereinander. »Wie du weißt, hat ein Diener Budés dessen Gespräch mit Maître Vincent belauscht. Ein gewisser Louis Demars. Er muss nicht nur die Informationen über die Pläne weitergeleitet haben, sondern hat auch deren Kopien vernichtet. Louis Demars wurde am Tag nach dem Überfall erstochen aufgefunden. Seine Mitwisser dürften sich seiner so schnell wie möglich entledigt haben. Maître Vincent hat versucht, die Pläne da Vincis aus dem Kopf nachzuzeichnen. Vergeblich.«

»Das sind die bekannten Fakten. Und die anderen?«

Briard lächelte schwach. »Es gibt keine anderen. Nur du, Henri, hast dich ständig bemüht, Hinweise für finstere Verschwörungen und dunkle Komplotte zu finden. Die Sache selbst ist viel einfacher. Louis Demars hat einige Strauchdiebe darüber informiert, dass mit der Erwerbung der Papiere ein großes Geschäft zu machen sei. Die Verbrecher haben die Zeichnungen an sich gebracht und versucht, sie zu Geld zu machen. Es ist immer noch strittig, ob ihnen das gelungen ist.«

»Weshalb?«

»Zum Ersten haben wir nie eine Information darüber bekommen, dass sie je in einem fremden Land aufgetaucht wären. Zum Zweiten waren noch alle Waffenbauten nach da Vincis Entwürfen in der Praxis zum Scheitern verurteilt.«

»Maître Vincent war hier anderer Ansicht.«

»Auch Maître Vincent kann irren.«

Henri schwieg kurz. »Soll ich in Mailand auch nach den Zeichnungen Leonardos suchen?«, fragte er dann.

Briard nickte. »Natürlich. Es wäre nur wünschenswert, wenn wir sie wieder in unsere Hände bekämen. Aber vermeide, mit deinen Nachforschungen wieder allzu große Unruhe zu stiften, Henri. Es genügt, dass deine Suche in Paris zu Unfrieden geführt hat.«

»Unfrieden?«

»Hast du dich nicht selbst mit dem spanischen Botschafter, dem Botschafter einer feindlichen Macht, zusammengetan, nur um eine Spur der Mörder deiner Frau zu finden? Der König war darüber verärgert. Louise de Savoie befremdet.«

»Ich würde mich selbst mit dem Teufel verbinden, um die Mörder meiner Frau zu finden.«

»Das ehrt dich vielleicht, bringt uns aber in der alltäglichen Arbeit der Diplomatie kaum weiter.«

»Ich bin kein Diplomat, wenn es um den Tod meiner Frau geht, Bernard.«

Briard nickte. »Das kannst du in dieser Sache wahrscheinlich nicht sein.«

»Ich glaube nicht an diese Strauchdiebe, Bernard. Ich glaube nicht, dass Louis Demars sich an eine Bande von Gaunern gewandt hat. Man hätte sie in Paris kennen müssen.«

Briard zuckte mit den Schultern. »Vielleicht war kein Franzose an dem Mord an deiner Frau beteiligt. Vielleicht waren alle Ausländer?«

»Und woher hatte Demars dann von ihnen gewusst?«

»Das entzieht sich unserer Kenntnis.«

»Hier in Paris liegt die Lösung des Rätsels, Bernard.«

Briard erhob sich. »Stell erst diesen Mann in Mailand, Henri.«
»Das werde ich. Sei unbesorgt.«
Briard nickte. »Ich hoffe, dich vor deiner Abreise noch als Gast in meinem Haus begrüßen zu dürfen. Dann werden wir weniger formell miteinander sprechen können.« Er deutete auf die Papiere, die Henri in den Händen hielt. »Wenn du noch Fragen hast, dann wende dich sofort an mich.« Der Comte Bernard de Briard reichte Henri die Hand. »Bis bald, Henri.«
»Ich danke dir, Bernard.«
»Da gibt es nichts, wofür du mir zu danken hättest.«
Henri nickte, drehte sich um und ging zur Tür.
»Henri«, rief Briard, als Henri bereits die Türklinke niederdrückte.
Henri wandte sich um.
»Wirst du den Mörder deiner Frau langsam oder schnell töten?«
»Wenn ich alles von ihm erfahren habe, dann werde ich ihn sehr schnell töten.«
Briard lächelte. »Ich wusste, dass du ein wahrer Edelmann bist, Henri d'Ardans. Ich habe es nie bezweifelt.«

Einige Edelmänner und ihre Frauen begleiteten den König und seine Truppen auf seiner Reise nach Bologna. Henri genoss die Frische des klaren Dezembertages, und Christiane schien die Fröhlichkeit selbst, als sie durch die friedliche Landschaft der Romagna zogen. Es waren sonnige Wintertage, und die Luft besaß eine Transparenz, die die Bäume und Felder sich in einer ungewöhnlichen Schärfe vor dem Horizont abzeichnen ließ. Es waren gute und frohgemute Tage, als sie nach Süden zogen, um den unumschränkten Fürsten des Kirchenstaates, seine Heiligkeit, Papst Leo X., wegen eines Konkordats zwischen Frankreich und der Kurie zu treffen.
Schon vor Bologna zogen Scharen von neugierigen Menschen mit dem prächtigen Zug des französischen Königs mit. Schaulustige standen an der Seite der Straße, die zur Stadt hinführte, und riefen ohne Unterlass »Francia, Francia!« mit aller Begeisterung, die die Armen und Unterdrückten immer dann entflammt, wenn eine neue und ungewohnte Macht jene überkommene herauszufordern scheint, die sie niederhält und entrechtet.

Das Tor von San Felice war wie ein Triumphbogen geschmückt, farbenprächtig und mit Symbolen des Sieges überhäuft, und Henri fragte sich, wo um Himmels willen sie all die frischen Blumen aufgetrieben hatten, die die Mauern der Stadt bekränzten, während nur mit durchsichtigen Gewändern bekleidete Mädchen an den Seiten des Bogens doppelsinnige Allegorien von Nymphen und Göttinnen darstellten. Es war der 11. Dezember 1515, als François I. und sechstausend Bogenschützen, des Königs Zeichen, den roten Salamander auf ihre Schultern aufgestickt, den einundzwanzig Kardinälen zustrebten, die in Begleitung von zweihundert Armbrustschützen, die in des Papstes Farben, Grün, Weiß und Rot gewandet waren, bei einem riesigen Triumphbogen nahe des San Felice-Tores ungeduldig auf den neuen Herkules und Cäsar Frankreichs warteten. Die Glocken der Kampanile läuteten, die Menschenmassen, die längs der Straße standen, schrien laut und vor heller Begeisterung, während Frankreichs König, bekleidet mit einem aus Goldfäden gestickten Wams, mit einem Mantel, der wie von Silber wirkte, und einem Barett aus Zobelpelz, auf seinem Schlachtross den Zug der Sieger von Marignano anführte. Sie zogen weiter, nun von den Kardinälen und den Leuten des Papstes begleitet, zogen weiter unter blumengeschmückten Triumphbögen und mit Teppichen und Girlanden dekorierten Häuserreihen, immer unter der Wucht der unentwegten »Francia, Francia!«-Rufe, dem Lärm der Marschtritte und dem unaufhörlichen Läuten der Kirchenglocken.
Auf der Piazza erwartete sie der Papst, der auf dem Balkon des Rathauses stand, in dem er während seines Aufenthaltes in Bologna residierte. Der Heilige Vater hob seine Hände inmitten des aufbrausenden Jubels, umfasste damit die Menschen auf dem Platz mit einer vollkommenen graziösen Handbewegung und segnete dann mit einem weit ausholenden Kreuzeszeichen den König von Frankreich, seine adelige Begleitung und die Bogenschützen einer Armee, die bei Marignano an die zwanzigtausend Menschen vom Leben zum Tod befördert hatte.

Es war am zweiten Tag ihres Aufenthaltes in Bologna, als François I. sich im wappengeschmückten Saal des Palais, das er bewohnte, an Henri d'Ardans wandte.

»Der Teufel hole diesen Fuchs von Papst«, sagte der allerchristliche König Frankreichs. »Ich bin bereit zuzugestehen, dass die Annaten wieder an Rom gehen, wenn er mir das ausschließliche Recht für die Ernennung des Klerus in Frankreich zubilligt. Das ist doch ein vorzügliches Angebot, nicht wahr, d'Ardans?«

»Ein vortreffliches, Sire«, antwortete Henri. »Besonders für Euch. Die Möglichkeit, Bischöfe und Erzbischöfe über ihre Ernennung zu lenken, würde Frankreichs Kirche in eine politische Abhängigkeit zum König bringen.«

François schlug lautstark mit der Hand auf die Lehne eines Stuhls. »Du sagst es, d'Ardans. Der König von Frankreich könnte alle höheren kirchlichen Ämter mit den Mitgliedern seines Hauses oder jenen der ihm ergebenen Familien besetzen. Ein vorzüglicher Weg, um treue Diener zu bekommen und die Kirche an die Zügel zu nehmen.« François nahm seine rastlose Wanderung durch den Saal wieder auf. »Und ich bin bereit, dafür zu bezahlen! Die Annaten! Ein Jahreseinkommen jeder Pfründe für den Papst, als Bestätigung seiner geistlichen Oberherrschaft! Seit 1483 hat er von Frankreich keinen Sous mehr gesehen. Womit soll er seinen Michelangelo und seinen Raffael, seine Feste und Prunkumzüge, all seine Bauten und Bibliotheken bezahlen, wenn er von den Königen kein Geld mehr bekommt?«

Henri d'Ardans' Blick folgte François. »Und woran krankt plötzlich des Papstes Abneigung gegen Berge französischer Goldmünzen?«

»Dieser alte Verräter, der bei Gott schon alles verraten hat, was es unter der Sonne nur geben mag, hat Angst davor, sein Ansehen bei der Kurie zu verlieren, wenn er zur Gänze die kirchlichen Rechte der Bischofsernennungen in Frankreich aufgibt.«

»Dann sollte man seine Rechte nicht zur Gänze beschneiden«, sagte Christiane d'Ardans, die in ihrem blauweißen Brokatkleid auf einem der Stühle bei dem großen Holztisch saß und dem Gespräch schweigend folgte.

François I. wirbelte zu ihr herum. »Wie meint Ihr das, Madame?« Seine Stimme klang unwillig.

»Man sollte dem Papst einige Ernennungen in Frankreich zubilligen«, sagte Christiane sanft. »Auf eine begrenzte Zeit natürlich.

Vielleicht auch gewisse Sonderrechte, die kaum jemals zur Geltung kommen werden.«
»Welche Sonderrechte meint Ihr?«, fragte François plötzlich interessiert.
»Nehmen wir an, ein französischer Bischof verbringt Seinen Lebensabend in Rom. Dann könnte der Papst aus eigenen Reihen seinen Nachfolger bestimmen.«
François blieb vor ihr stehen und sah sie an. »Kein französischer Bischof wird so verrückt sein, das Herz seiner Macht und seines Reichtums zu verlassen, um im Alter nach Rom zu pilgern.«
Christiane lächelte. »Das weiß Eure Majestät, das weiß seine Heiligkeit und das weiß auch der päpstliche Hof. Aber der Papst hätte eine Möglichkeit, darauf zu verweisen, dass dem König von Frankreich doch nicht die alleinige Ernennung der Bischöfe zusteht.«
François wandte sich beinahe verblüfft Henri zu. »Eure Frau ist die Krone ihres Geschlechts!«, rief er. »Nicht nur, dass sie in Männerkleidern auf das Schlachtfeld von Marignano eilen wollte, um Euch inmitten von Kavallerieattacken und Artilleriefeuer zu umarmen, nun scheint sie mir auch noch über geringfügige Zugeständnisse einen Ausweg zu bieten, wie ich diesem Kleriker erlaube, seine Ehre zu retten.«
Henri lächelte Christiane zu. »Meine Frau erstaunt mich immer aufs Neue, Sire«, sagte er.
Christiane blickte auf ihre Hände, die ineinander verschränkt in ihrem Schoß lagen. »Ihr solltet zu einem Bündnis mit dem Papst kommen, Sire. Der König von England war von Eurer Niederlage überzeugt. Weshalb wohl hat er während Eures Marsches nach Italien eine Galeere bauen lassen, die zweihundertzwanzig Kanonen tragen kann?« Sie hob unvermittelt den Kopf. »Wie viele Schlachtschiffe dieser Art wird er wohl fertigen lassen, wenn Ihr den Papst neuerlich zum Feind habt?«
François schüttelte ungläubig den Kopf und ging wieder in dem Saal auf und ab. »Madame, Ihr habt mir ungefragt einige Vorschläge gemacht. Ihr habt damit den königlichen Rat übergangen und Euch ein Verbrechen gegen den Staat zuschulden kommen lassen. Wisst Ihr, was ich gerne mit Euch machen würde?«

»Nein«, sagte Christiane d'Ardans.
François I. lachte plötzlich. »Zum Kanzler würde ich Euch gerne ernennen! Zum Kanzler des ganzen, großen französischen Königreiches!«

Der Kopf des Papstes war gerundet und wies dicke Wangen, volle Lippen, eine große Nase, ebensolche Ohren und ein Doppelkinn auf. Unter seinem Gewand aus weißem, pelzverbrämtem Samt und dem scharlachroten Überwurf erriet man einen Mann von mittlerer Größe und beträchtlicher Beleibtheit. Unter den zusammengezogenen Brauen und den herabhängenden Lidern blickten kurzsichtige, wässrig wirkende Augen in eine für ihn verschwommene Welt, während seine weichen, schlaffen und beringten Hände ein mächtiges Vergrößerungsglas hielten. Nichts von seiner Haltung und seinem Aussehen verriet den leichtherzigen Musiker, den großzügigen Mäzen oder den kultivierten Epikureer, als der er von den Literaten und Dichtern dieser Welt gelobt wurde. Und dennoch hatte unter diesem unförmigen Mann Rom eine Zeit kultureller Blüte erlebt, mit der sich nicht einmal das perikleische Athen messen konnte.
»Nehmt Platz, mein Kind«, sagte der Papst, als er Christiane den Stuhl vor sich zuwies.
Er blickte zu Henri hin. »Wenn es Euch nicht stört, Baron d'Ardans, so bitte ich Euch stehen zu bleiben. Das Rathaus von Bologna weist einen erstaunlichen Mangel an Stühlen auf.«
Henri d'Ardans verneigte sich und ging zu einem der Fenster, die auf die Piazza hinausführten. Er hatte vor, sich im Hintergrund zu halten.
»Ich bin begierig darauf, Eure Bekanntschaft zu machen, meine Tochter«, sagte der Papst zu Christiane.
»Weshalb, Eure Heiligkeit?«
Der Papst hob sein Vergrößerungsglas und blickte sie durch die Lupe hindurch an. »Wenn ich recht unterrichtet bin, habt Ihr einen entscheidenden Beitrag zum Konkordat geleistet, das zwischen dem Heiligen Stuhl und dem Königreich Frankreich geschlossen wird. Ich muss gestehen, dass ich neugierig bin, eine Frau kennen zu lernen, die eine Sackgasse in den Verhandlungen

zu einer offenen, weiten und für alle Beteiligten Schatten spendenden Allee verwandelt hat.«

»Ihr wisst von meinen bescheidenen Überlegungen?«

Der Papst lächelte. »Jedes Wort Eures Gesprächs mit dem französischen König ist belauscht worden. Ich muss gestehen, dass ich jährlich ein Vermögen für halbwegs gewitzte Spione ausgebe.«

Christiane lächelte ihm zu. »Sie scheinen ihr Geld wert zu sein, Eure Heiligkeit.«

»Mitunter, Madame, mitunter.« Er hob seine Lupe von neuem. »Ihr seid schön, meine Tochter. Ich liebe jede Art von Schönheit. Findet Ihr nicht, dass sie der unberührteste Ausdruck der Vollkommenheit ist?«

»Die Schönheit der Dinge ist mitunter ein Ausdruck von Wahrheit, Eure Heiligkeit. Bei jener der Menschen hege ich gewisse Zweifel, dass man aus ihr auf den Wert der Seele schließen könnte.«

»Vortrefflich! Vortrefflich!« Der Papst klatschte in die Hände. »Diese These sollte ich meinen Kardinälen vortragen. Vielleicht würden sie dann von einigen allzu teuren Kurtisanen lassen.«

»Es wäre schlimm für mich, Eure Heiligkeit, Ursache der Betrübnis Eurer treuesten Diener zu sein.«

Der Papst wiegte den Kopf. »Ihr seid klug, meine Tochter, und deshalb kann ich in aller Offenheit mit Euch sprechen. Meine Kardinäle betrachten sich nur in den wenigsten Fällen als Geistliche. Nach ihrer eigenen Meinung sind sie Staatsmänner, Diplomaten, hohe Beamte, römische Senatoren einer römischen Kirche. Wenn man von ihnen priesterliche Enthaltsamkeit und Mäßigkeit erwartet, so lächeln sie nur, denn sie urteilen nicht nach moralischen, sondern nach ästhetischen Prinzipien. Ich fürchte, dass dies ein Zug der Zeit ist, den manche barbarische Moralisten, vor allem in Deutschland, nicht verstanden haben. Erasmus von Rotterdam, der unbestritten ein Mann von Kultur ist, war davon hingerissen, als er mich in Rom besuchte.«

»Ein Gelehrter, der ohne Zweifel die Schönheit schätzt.«

Der Papst lehnte sich kurz in seinem Stuhl zurück. »Auf die Schönheit, meine Tochter, auf die Schönheit fällt schließlich jedes Erkennen zurück. Ist sie letztlich nicht die Quelle der Erkenntnis

Gottes? Gewisse Dinge haben eine veränderliche Schönheit, wie die meisten vergänglichen Dinge. Gott aber ist in jeder Hinsicht schön.« Der Papst lächelte und beugte sich wieder nach vorne, Christiane zu. »Gott ist die Quelle absoluter Schönheit, und alles Schöne kommt von Gott. Was mit einem jeden an sich und ursprünglich in Harmonie ist, ist mit allem und immer und überall in Harmonie. So besitzen alle Geschöpfe ihre Einheit, worin sie auch bestehen mag, aus der Kraft der Schönheit.«
»Und der Hunger der Armen und Benachteiligten, Eure Heiligkeit?«
»Verletzt diese Schönheit auf das Schlimmste. Es sollte alles unternommen werden, um die ursprüngliche Harmonie des Schönen wieder herzustellen.«
»Was aber nicht geschieht, Eure Heiligkeit.«
Der Papst hob seine Hände. »Weil das Reich Gottes noch fern dieser Erde ist, meine Tochter. Weil der Glauben in den Menschen noch schwach und unfertig ist.«
Einen kurzen Augenblick lang herrschte Stille.
»Verzeiht mir diese neuerliche Frage, Eure Heiligkeit, aber sind dies alle Gründe, die zu Eurem Wunsch geführt haben, mich zu sehen?«, fragte Christiane dann.
»Nun, es gibt nichts Wunderbareres, als mit einer klugen und schönen Frau ein Gespräch zu führen. Es ist, als würde ein kühler Bach an einem Sommertag einen ermatteten Jäger erquicken.« Der Papst hob seinen Zeigefinger. »Wie Ihr wisst, bin ich ein begeisterter Jäger. Wenn ich auch das Wild mit der Lupe suchen muss.« Dann wies er mit der Hand um sich. »Ihr müsst verstehen, dass ich in einer abgeschirmten Männerwelt lebe, in der das frauliche Element auf grausame Weise fehlt. Ist das Weibliche nicht der beste Schutz gegen die schwarzen Schwingen der männlichen Weltangst, diesem ätzenden Furchtgefühl vor der Irrationalität des Lebens? Zudem seid Ihr mutig. Habt Ihr nicht die Alpen alleine überquert, nur um zu Euren Mann zu gelangen? Auch mir sagt man einen gewissen Mut nach. Man rühmt Eure Güte. Auch mir billigt man ein Quäntchen davon zu. Ihr seid schön. Ich liebe die Schönheit. Sind Euch dies genug Gründe für mich, Eure Bekanntschaft zu suchen, meine Tochter?«

»Ihr seid sehr liebenswürdig, Heiliger Vater.«

Leo X. blickte kurz vor sich hin. »Seht, meine Tochter, es ist nicht leicht, Papst zu sein. Auch der Heilige Vater braucht Zerstreuung, wenn er dieser Welt gegenübersteht.« Er seufzte. »Als ich zum Nachfolger Petri gewählt wurde, wollte ich eine grundlegende Reform der Kirche durchführen. Sie ist am Widerstand meiner politisierenden Kardinäle gescheitert. Sehr viele Leute, die das manchmal verderbte Leben der Mönche und Brüder, der Nonnen und Weltgeistlichen betrachten, entsetzten sich darüber. Sie werden in ihrem Glauben irre und kennen nichts Höheres mehr als die Dächer ihrer Häuser. Die Dinge, die um unseres Glaubens willen geschrieben worden sind, halten sie nicht mehr für wahr, sondern vermeinen, sie seien trügerische Erfindungen der Menschen und nicht durch göttliche Inspiration eingegeben. Sie verachten die Sakramente und sagen, es gäbe keine Seele, auch haben sie weder Furcht vor der Hölle noch Verlangen nach dem Himmel, sondern hängen ihr ganzes Herz an vergängliche Dinge und wollen, dass die Welt ihr Paradies sei. Die Wissenschaften und die Ratio gelten ihnen alles. Menschliche Erkenntnis jedoch ist nichts als eine immer weiter zurückweichende Luftspiegelung in einer immer endloseren Wüste des Nichtwissens.« Er blickte durch sein Vergrößerungsglas auf Christiane. »Die Kirche, meine Tochter, ist in eine bedauerliche Verteidigungsposition geraten. Ich fürchte, dass sich dies auch in den Beschlüssen des laufenden Laterankonzils niederschlagen wird.« Er klopfte mit der Lupe leicht auf seine Finger. »Ist das nicht schade, meine Tochter?«

»So bleibt Eurer Heiligkeit nur mehr die Schönheit als Trost.«

»Die Schönheit und die Sehnsucht nach ihrer Vollkommenheit, meine Tochter. Sie hilft mir, die Last meiner Bürden zu tragen.« Er blickte Christiane mit seinen kurzsichtigen Augen traurig an. »Denn die Welt braucht diese Kirche. Meist heißt der Mensch, müde vom rastlosen Denken und all den unbeweisbaren irdischen Standpunkten, die Stütze eines fest gefügten Glaubensbekenntnisses, die Führung durch eine in Weisheit gewachsene Kirche und die Reinigung in der Beichte willkommen. Von Sünde befleckt, vom Tod seiner Nächsten verwundet und selbst das Erlöschen fürchtend, fühlt er sich durch göttliche Hilfe geleitet und be-

schützt, von Schuld und Angst erlöst, mit Hoffnung und Glauben erfüllt und für ein himmlisches, unsterbliches Geschick vorausbestimmt. Wer sonst als die Kirche soll ihm dieses Vertrauen in seine Reinheit und seine Ewigkeit schenken?«

»Vielleicht sollten Eure Kardinäle mehr darüber nachdenken, Eure Heiligkeit.«

Leo X. senkte sein Vergrößerungsglas. »Findet Ihr nicht auch?«, fragte er erfreut. »Meine Kardinäle sind allerdings nur schwer zu überzeugen, meine Tochter. Sie sind wie Kinder, die in einer Sandkiste spielen und vermeinen, den Lauf des Schicksals zu bestimmen. Als ich zum Papst gewählt wurde, sagte ich, dass ich das Papsttum genießen wolle, weil es mir von Gott gegeben war. Damit meinte ich, dass es einmal einen von Heiterkeit erfüllten Papst geben sollte, der Freude daran hat, die Welt um sich herum glücklich zu machen. Und trotz aller Widrigkeiten, die mir seit damals zugestoßen sind, möchte ich von dieser Absicht nicht lassen.« Er blickte Hilfe suchend zu Christiane hin. »Verurteilt Ihr mich deshalb, mein Kind?«

»Dies ehrt Euch über alle Maßen, Eure Heiligkeit.«

Der Papst beugte sich vor. »Liebt Ihr Klatsch ebenso wie ich?«, fragte er vertraulich. »Wenn Ihr welchen erfahrt, so schreibt mir davon nach Rom. Ich bin gespannt, in welche törichten Ungelegenheiten sich der französische Hof noch in Zukunft begeben wird.« Er lächelte. »Vor allem die Aussprüche der Hofnarren liebe ich sehr. Sie sind meist von erfrischender Klarheit.«

»Unser Triboulet ist immer zu einem ätzenden Scherz bereit, Heiliger Vater.«

Der Papst legte seine weiche Hand auf die ihre. »Dann berichtet mir davon. Und solltet Ihr einen außergewöhnlich guten Gaukler oder Schauspieler sehen, so schickt ihn mir nach Rom. Kaum etwas erfreut mich mehr, als die Künste eines hervorragenden Spaßmachers zu betrachten und auf gebührende Weise zu würdigen.«

Christiane nickte lächelnd und zustimmend. »Es wird mir eine Freude sein, Euren Wünschen nachzukommen, Eure Heiligkeit.«

»Ihr dürft jetzt gehen, meine Tochter«, sagte der Papst und reichte Christiane und Henri den Ring zum Kuss. »Ich habe Euch gesehen,

und es hat mich erfreut. Schickt Kardinal Bibbiena wieder zu mir, damit er mich mit den letzten Einzelheiten des Konkordats quälen kann. Er ist ein Mann ohne Humor, meine Tochter, ein Mensch mit einer halben Seele, der nichts von der letzten Wahrheit der Schönheit ahnt. Wie er mich mit Fakten peinigt, meine Tochter! Ihr habt keine Ahnung, wie ich darunter leide.«

»Ihr dauert mich, Heiliger Vater.«

Christiane und Henri hatten sich unter Verbeugungen bis zur Tür des Raumes zurückgezogen, als der Papst plötzlich mit lauter und entschiedener Stimme fragte: »Woran glaubt Ihr, Christiane d'Ardans?«

»An die Liebe«, antwortete die Frau beinahe leise. »An die Liebe, die Barmherzigkeit und den Großmut.«

»Ich wusste es«, sagte Papst Leo X. vergnügt und legte sein Vergrößerungsglas zur Seite. »Ich wusste, dass ich mich in Euch nicht getäuscht habe.«

Christiane d'Ardans wurde vom französischen Hof als eine Art Rätsel und Wunder betrachtet. Nicht nur, dass sie alleine und als Mann verkleidet durch halb Frankreich, die Alpen und die Poebene geritten war, um zur Armee zu gelangen, hatte sie nun auch in einer einzigen, kurzen Unterredung das geistliche Oberhaupt der Christenheit bestrickt. François I. bezeichnete sie als eine Zauberin, eine Fee, eine Magierin, die aus fernen Zeitaltern heraus, über Regenbogen schreitend, in das ihrige gefunden hatte. Alle waren sie mit dem Konkordat zufrieden, das dem Hause Valois neue Macht und Prestige verleihen würde. Ihre Abreise nach Paris wurde nur von den Angehörigen des päpstlichen Hofstaats verflucht, die meinten, dass die Franzosen entschieden zu geringe Bestechungsgelder gezahlt hatten.

Etienne de Cobère schritt die rue St. Denis entlang, bis er zu einem schmalen, aus rötlichem Backstein gefertigten Haus kam. Er betätigte den Türklopfer und wartete geraume Zeit, bis eine junge hübsche Zofe ihm öffnete. Ihr kastanienbraunes Haar war weitgehend unter einer gestärkten weißen Haube versteckt, die in der Sonne hell schimmerte. Ihr großzügiger Mund öffnete sich leicht,

und die Augen schienen förmlich zu lachen, als sie Etienne erblickte.
Das Mädchen knickste. »Chevalier, Ihr kommt zu früh.«
»Von den Schwingen der Liebe getragen, kann man nie zu zeitig erscheinen, mein schönes Kind.«
»Madame ist im Bad.«
»Dann werdet Ihr Madame fragen, ob sie meine Anwesenheit in ihrem Haus gestattet, während sie als unvergleichliche Nixe die Fluten ihres Zubers durchmisst.«
Das Mädchen kicherte und ließ Etienne in das Haus eintreten. Dann wandte sie sich nach links und ging in einen hellen, sonnendurchfluteten Raum. Die Tür zu dem Zimmer war nur halb angelehnt und Etienne konnte deutlich Antoinettes melodische Stimme vernehmen. »Stell den Paravent auf und führe den Chevalier herein. Junge Männer haben keine Geduld.«
Er hörte Lachen und Rumoren in dem Raum, und schließlich erschien die Zofe, knickste von neuem und verkündete: »Madame ist bereit, Euch nun zu empfangen, Monsieur.«
Etienne trat ein und blickte auf einen bunten, mit Blumen gemusterten Paravent. Von dem Fenster an der Gartenseite fielen helle Lichtstreifen in das Zimmer und man konnte deutlich das von einem leichten Wind bewegte, in der Sonne irisierende grüne Laub der Bäume erkennen.
»Ihr kommt zeitig«, sagte Antoinette, die hinter dem Paravent in einem geräumigen Bottich saß, der einer ganzen Familie Platz geboten hätte. Sie war eine dunkelhaarige, schlanke Frau mit einem hübschen, ovalen Gesicht, großen, festen Brüsten und langen, wohlgeformten Beinen. Sie mochte etwa zwischen Anfang und Mitte dreißig sein, eine erfahrene Frau, die noch den jugendlichen Schmelz einer Frische an sich hatte, die an den Geschmack von Milch und Honig erinnert.
»Zu Euch, Antoinette, kann man nie zu früh kommen. Die Stunden ohne Euch haben die Schwere von Edikten der Sorbonne und die Traurigkeit eines vergessenen Bechers guten Weines.«
Antoinette lachte. »Ihr seid zu gütig, Chevalier.«
»Ihr seid zu gütig, Madame, mich zu empfangen, obwohl Ihr in den Fluten Eures häuslichen Meeres untergetaucht seid.«

»Neidet Ihr mir das, Chevalier?«
»Ich beneide nur das Wasser, das Euch umspülen darf, Antoinette.«
Die Frau und die Zofe lachten. »Nehmt Platz, Chevalier«, sagte Antoinette, während sie im Zuber planschte. »Macht es Euch bequem.«
Etienne setzte sich auf einen mit Schnitzereien verzierten Holzstuhl und legte seine Hände auf die Armlehnen. »Ihr habt versprochen, mir heute die Stadt zu zeigen, Madame.«
»Aber erst in einer Stunde, Monsieur.«
Etienne zuckte mit den Schultern. »Ich hatte nur ein kurzes Duell, bevor ich zu Euch kam. Mir wurde die Zeit lang.«
»Seid Ihr verletzt?«, fragte Antoinette besorgt.
»Nein.«
»Habt Ihr Euren Gegner verwundet?«
»Ich habe ihm das Leben geschenkt.«
»Das war sehr großzügig«, sagte die Frau erleichtert.
»Ich musste an Eure Schönheit denken, Madame, und schon war es mir unmöglich, so etwas Hässliches wie Blut zu vergießen.«
»Wie charmant Monsieur sich auszudrücken versteht«, flüsterte die Zofe beinahe ehrfürchtig Antoinette zu. Die Frau lächelte.
»Meint Ihr nicht, Chevalier«, sagte sie, »dass wir einander vorstellen sollten? Ich finde, die Tatsache, dass wir vor zwei Tagen miteinander geschlafen haben, entbindet uns nicht gänzlich dieser Pflicht.«
Die Zofe kicherte. Sie wusch Antoinettes Rücken und warf mit gerötetem Gesicht Blicke zum Paravent, als könne sie de Cobère dahinter erkennen.
Etienne erhob sich und verbeugte sich in Richtung Paravent. »Etienne de Cobère, Chevalier aus der Maine.«
»Welch eine ausführliche Präsentation«, sagte Antoinette mit einem Hauch von Ironie. »Ich meinerseits heiße Antoinette Carrère und bin die Witwe des Kaufmannes Baptiste Carrère. Mein Mädchenname ist Antoinette de Claine. Geboren wurde ich in der Normandie, erzogen in einem Kloster in Rouen. Ich lebe jetzt hauptsächlich in Amiens, von wo aus ich den Woll- und Tuchhandel meines seligen Mannes weiterführe.«

»Ich bin entzückt, Madame«, sagte Etienne.
»Und Ihr? Was habt Ihr vorzuweisen, außer, dass Ihr ein verflixt hübscher Chevalier aus der Maine seid?«
Etienne nahm wieder auf seinem Stuhl Platz. »Ich bin der erstgeborene Sohn des Baron de Brissac. Mein Vater ließ mich in Fechten und Reiten unterrichten, und meine Mutter drängte darauf, dass ich mich in den sieben Künsten bilde. So habe ich kurz in Paris studiert, dann in Wittenberg ...«
»Wittenberg?«, rief Antoinette und klatschte aufgeregt mit ihrer Hand in das Badewasser. »Seid Ihr Luther begegnet?«
»Selbstverständlich.«
«Wie ist er?«
»Eine machtvolle Persönlichkeit.« Etienne dachte kurz nach. »Erhebend und umwerfend in einem, könnte man sagen.«
Antoinette nickte und suchte nach der Seife, die ins Wasser geglitten war. »Und habt Ihr Euch mit seinen Lehren beschäftigt?«
»Durchaus.«
»Was hat Euch daran am meisten beeindruckt?«
»Die Lehre von der Sündhaftigkeit.«
»Wie meint Ihr das?«
»Dass man, wenn man den Glauben Luthers wahrhaftig annimmt, zu den Erwählten gehört, die der göttlichen Gnade teilhaftig sind. Wenn man wirklich ein Erwählter ist, so kann man auch manch lässliche Sünde begehen, ohne in Schuld darüber zu verzweifeln. Wenn Satan uns in Versuchung führt, so ist es manchmal klug, ihm einige Zugeständnisse zu machen. Man kann durchaus fröhliche Gesellschaft aufsuchen, trinken, spielen, lockere Reden führen und sich belustigen. Man muss manchmal ein oder zwei Sünden begehen aus bloßer Verachtung des Teufels und um ihm die Möglichkeit zu nehmen, einen wegen bloßer Nichtigkeiten kopfscheu zu machen. Wenn ein Mensch allzu große Angst vor dem Sündigen hat, so ist er verloren.«
»Es lebe die tiefe Einsicht dieses Mönches«, flüsterte die Zofe, als sie die Arme Antoinettes einseifte. Die Frau gab ihr ein Zeichen, still zu sein.
»Und seine Angriffe auf die katholische Kirche«, fragte sie, »haben Euch nicht entsetzt?«

»Im Gegenteil«, sagte Etienne mit Verve. »Hat er denn nicht Recht, wenn er sagt, dass sich eine Schicht von Klerikern angemaßt hat, zwischen Gott und den Menschen zu vermitteln, und dabei eine Hierarchie mit dem Papst an der Spitze errichtet hat, die, statt das Christentum zu präsentieren, sich auf unselige Weise mit den weltlichen Mächten vermengte und dabei die christliche Botschaft für die eigenen Herrschaftsinteressen missbraucht hat? Hat er denn nicht Recht, wenn er meint, dass die Kirche nicht mehr die Heilige Schrift verkünde, sondern eine Lehre, die die Meinung des Klerus ausdrückt? Hat er denn nicht Recht, wenn er denkt, dass die Kirche zwischen dem alle Gnade gewährenden Wort Gottes und dem Menschen ein von ihr verwaltetes System von Sakramenten errichtet hat, das sie nach ihrem Belieben einsetzen kann? Hat er denn nicht Recht, wenn er uns zuschreit, dass Heiligenverehrung Götzendienst ist und uns von der heiligen Lehre des Evangeliums abbringt?«
Antoinette tauchte ihren Kopf in das Wasser. Als sie prustend hochkam, sagte sie: »Ihr hört Euch wie ein lutherischer Eiferer an, Chevalier.«
»Ich hab die Kirche noch nicht verlassen«, sagte Etienne, »weil ich hoffe, dass Luthers Lehren auch den Katholizismus von dem Ballast von tausend Jahren Spitzfindigkeiten reinigen wird. Wie Luther will ich endlich von Ablass, klerikaler Knechtschaft, heuchlerischer Werkfrömmigkeit befreit und einzig und allein dem Wort des Evangeliums unterstellt werden.«
Er trommelte mit den Fingern seiner rechten Hand auf das Holz der Armlehne.
»Mir hat Père Lucien«, antwortete Antoinette mit freundlicher, ruhiger Stimme, »der mich im Kloster unterrichtet hat, erklärt, dass die Kirche die Frucht des Erlösungswerkes Jesu Christi ist und seine Sendung über alle Zeiten hinweg weiterführt. Sie kommt von Gott und ist auf dem Weg zu Gott. Wenn sie auch durch die Verschiedenartigkeit der Menschen geprägt ist, wenn auch Sünde und Schuld manchmal ihr göttliches Geheimnis verdunkeln und sie anhalten sollten, Buße zu tun, so lebt doch Gottes heiliger Geist in ihr und verkündet durch den Mund ihrer Diener fortwährend das Wort des Lebens.«

»Klerikergerede«, sagte Etienne.

»Wenn Ihr meint«, sagte Antoinette, während ihr die Zofe das Haar mit einem Handtuch rubbelte. »Wie haltet Ihr es mit der Prädestination?«

»Warum sollte es einem Menschen nicht von Geburt an bestimmt sein, verdammt oder erlöst zu werden?«

»Nein, Monsieur«, rief Antoinette und stand abrupt in ihrem Bottich auf, dass das Wasser nur so zur Seite spritzte. Sie deutete anklagend auf den Paravent, hinter dem sich Etienne befand, als stünde dort Herodes selbst. »Glaubt Ihr denn ernsthaft, dass Gott die Menschen als Marionetten in seinen Händen tanzen lässt und sie nach Belieben mit seinem Willen füttert, als wären sie Mastgänse auf dem Weg zur Schlachtbank? Dann müsst Ihr auch glauben, Chevalier, dass die Menschen ihm nicht mehr bedeuten als gehorsame Puppen, mit denen er gemäß seiner göttlichen Launen spielt? Habt Ihr denn nicht verstanden, Chevalier, dass die Welt uns von Gott anvertraut wurde und dass sie das werden wird, was wir aus ihr machen – zum Guten, zum Bösen hin? Nein, Gott manipuliert keine Menschenherzen, er geht nicht über die Freiheit hinweg, die er uns als größtes Geschenk vermacht hat. Diese Freiheit, Chevalier, bedeutet unsere Größe und Würde als Menschen und Kinder Gottes!« Antoinette zeigte auf den vom Paravent verdeckten Etienne, als sei sie eine Statue der Nemesis.

»Ihr werdet Euch verkühlen, Madame«, sagte die Zofe zaghaft.

»Männer!«, sagte Antoinette verärgert und setzte sich mit einem Plumps ins Wasser zurück. »Lutheraner!« Sie winkte der Zofe, den Raum zu verlassen. Das Mädchen kam um den Paravent herum, zuckte hilflos mit den Achseln, als sie Etiennes ansichtig wurde, und verließ mit einem Knicks das Zimmer.

Einige Zeit herrschte Schweigen.

»Habe ich Euch erzürnt, Antoinette?«, fragte Etienne schließlich vorsichtig.

»Das habt Ihr, Chevalier.«

»Ihr habt mich mit solch großem Interesse nach Luther befragt, dass ich meinte, Ihr stündet auf seiner Seite.«

»Ich leugne auch seine Größe nicht, Monsieur.«

»Das freut mich, Madame.«

Wieder breitete sich Schweigen aus.
»Lasst Euch ansehen, Chevalier«, sagte Antoinette schließlich mit weicherer Stimme.
Etienne ging um den Paravent herum und blickte mit Wohlgefallen auf die nackte Antoinette in dem Zuber.
»Beim Himmel, zu kleiden versteht Ihr Euch«, sagte die Frau, als sie Etienne betrachtete.
Etienne verneigte sich. »Ich bin nur Staub vor Eurer Schönheit, Madame.«
Antoinette musterte ihn ausführlich. Schließlich lächelte sie.
»Wollt Ihr ein Bad nehmen, Chevalier?«
Etienne blickte sie überrascht an. »Jetzt?«
»Jetzt.«
»Seid Ihr sicher, dass dies der richtige Moment dafür ist, Madame?«
»Jetzt oder nie«, sagte die Frau und deutete mit dem Finger auf das Wasser in dem breiten Bottich.
»Nun«, sagte Etienne mit gespieltem Zögern und griff nach den Bändern seines Wamses. »Vorgestellt haben wir ja einander.«
»Seid nicht so ängstlich«, sagte Antoinette und lächelte freundlich. »Es ist genug Seife für uns beide da.«

Das Haus von Henri d'Ardans lag im Marais, nicht allzu weit vom Palais des Tournelles entfernt. Es war ein geräumiges Gebäude. Der Speisesaal, der an diesem Abend erleuchtet und geschmückt war, vermochte einer Fülle von Gästen Platz zu bieten. Es war ein Raum wie geschaffen für Feste, und obwohl er nun beinahe zwei Jahre nicht mehr benutzt worden war, zeigte er, wie zum Hohn Henris, all seine Pracht und all seine Schönheit.
»So werdet Ihr also nach Mailand reisen«, sagte Etienne de Cobère.
»Nach Lyon und von dort in die Lombardei.«
Der Chevalier deutete auf Paderi, der neben ihm saß. »Wisst Ihr, Henri, dass der Capitano alle Italienfeldzüge von Charles VIII. und Louis XII. mitgemacht hat?«
Henri d'Ardans blickte ihn interessiert an. »Dann wart Ihr mit Louis in Mailand?«
Paderi nickte. »Ich habe mitgeholfen, den Herzog Ludovico Moro

zu stellen und zu fangen. Ich war auch in Pisa dabei, als Louis versuchte, die Kardinäle zu bestechen und Papst Julius II. abzusetzen. Und ich habe den Rückzug miterlebt, als seine gestiefelte und gespornte Heiligkeit uns wie Hasen aus der Lombardei jagte.«
»Die Franzosen werden seit Jahrzehnten von Italien wie die Motten vom Licht angezogen«, meinte Marot. »Es ist das blühendste Land der Erde.«
»Und das reichste«, ergänzte Henri.
»Es wird interessant sein, zu sehen, ob ihr nun in ein französisches oder italienisches Mailand reist.«
»Es wird kein französisches sein.«
Etienne de Cobère schwieg kurz. »Seid ihr sicher, Henri?«, fragte er dann.
»Leider, mein Freund.«
»Dann sind wir besiegt?«
Henri blickte in die Runde. »Die Nachricht wird morgen wohl ganz Paris erreicht haben. Das französische Heer wurde bei La Biccoca geschlagen.«
»Und der König?«, fragte Etienne.
»Wird ein neues Heer für einen neuen Italienfeldzug aufstellen.«
»Ein neues Heer ...« Der Chevalier blickte nachdenklich vor sich hin.
»Der König plant also einen neuen Feldzug in Italien?«
»Der König wird viele Feldzüge führen müssen, um Frankreich zu ruinieren, Monsieur le Capitano.« Marot legte einen abgenagten Hühnerknochen fein säuberlich auf seinen Teller. »Wir Franzosen sind ein reiches, gutes und gefälliges Volk. Wir wissen von ganzem Herzen zu beten und fluchen danach ebenso herzhaft wie ausgiebig. Unsere Frauen knien sonntags keusch vor der Madonna und lassen sich wochentags mit innigster Begeisterung verführen. Liebespoesie ergießt sich in Strömen, und unsere Drucker haben daneben einen blühenden Markt für pornographische Schriften entdeckt. Das Ansehen und die Einkünfte der Hurerei wachsen ebenso wie der kommerzielle Betrug. Bestechung gehört zum Gewohnheitsrecht, und mindest ein Fünftel der Pariser Bevölkerung lebt in schreiender Armut.« Marot erhob seinen Becher. »Was aber tut ein wahrer Franzose? Er vergibt bereitwillig jeder mit Eleganz began-

gene Sünde. Er schimpft und lacht und liebt und lässt alles so, wie es ist.«

Moulu erschien in der Tür des Speisesaales und gab zwei Dienern Anweisung, die leeren Teller abzuservieren.

»Komm zu uns, Moulu«, sagte Henri.

Der ehemalige Mönch verbeugte sich vor den Gästen.

»Das ist Martin Mouluson, genannt Moulu. Mein Haushofmeister, Diener, Gefährte und Freund.« Henri deutete auf einen Sessel an dem Tisch. »Setzt dich zu uns, Moulu.«

»Was bedeutet Moulu?«, fragte der Capitano.

»Einer, der wie gerädert ist«, antwortete Marot.

Der Capitano lachte. »Seid Ihr gerädert?«

»Vom Leben, verehrter Signore. Stellt Euch vor, jemand stünde auf einem hohen Turm und schaute, wie es die Dichter von Jupiter behaupten, auf die Erde herab, wie viel Elend müsste er dann entdecken, dem das Leben der Menschen unterworfen ist. Wie schmerzhaft ist die Geburt, wie mühsam die Erziehung, welchen ungerechten Strafen ist das Kind ausgesetzt, welche Erziehungsschwierigkeiten hat die Jugend zu überwinden, wie vergänglich sind die Erfolge der Reife, wie bedrückend ist das Alter und wie qualvoll ist schließlich der unabwendbare Tod.«

Moulu blickte traurig auf den leeren Teller vor sich, bevor ein Lakai ihn ihm entzog.

»Ich sehe, Ihr seid wahrhaftig aufs Rad gespannt«, sagte der Chevalier.

»Das kann doch nicht die ganze Summe deiner Weisheit sein, Moulu«, sagte Henri.

Moulu, erfreut darüber, weitersprechen zu dürfen, hob belehrend den Zeigefinger. Der Ausdruck seines Gesichtes bekam etwas strahlend Dozierendes. »Das ist natürlich nur eine Seite der Medaille, Seigneurs. Thomas von Aquin nennt diese Haltung die Acedia, den Makel der Trauer. Die Acedia, dieser Überdruss am Leben oder diese Trägheit des Herzens, ist ein ernsthaftes Übel der Menschheit. Andererseits – je mehr wir über geistige Güter nachdenken, umso mehr gefallen sie uns, sodass die Acedia wie kraftlos in sich zusammensinkt. Durch die Lust wird das Bewusstsein des Menschen vergrößert und erweitert, so wie Sünden gegen die

Hoffnung gefährlicher sind als Sünden gegen den Glauben. Wenn die Hoffnung stirbt, verlieren wir das Herz und versinken im Bösen, denn die Verzweiflung ist der Weg zu ungehemmter Sünde. Ergo gibt es nichts Gefährlicheres, als eine Leere, die die Menschen in die Grube der Verzweiflung wirft.«

»Und wie vereinbarst du diese beiden Seiten deines Wissens?«, fragte Marot.

»Gar nicht. Sie zermalmen, rädern und malträtieren mich ohne Unterlass.«

Henri lächelte. »Moulu ist ein entlaufener Dominikanermönch, der wahrhaft verzweifelt an den Fortschritt der Menschheit glaubt.«

Der Capitano lachte. »Als besäße dieser Bruder im Herrn zwei Seelen.«

»Vielleicht hat die Seele auch nur verschiedene Eigenschaften, Signore?«, fragte Henri.

»Die einer Frau nicht«, sagte Marot. »Eine Frau hat tausend Seelen.«

»Die Seele einer Frau ist der eines Mannes gleichwertig«, meinte Moulu entschieden, als verkünde er das elfte Gebot.

»Das bezweifle ich zutiefst, mein Freund«, rief Marot. »Eine Frau hat eine Morgen- und eine Abendseele, eine des Tages und eine der Nacht. Sie hat eine Seele für die Zeit, wenn die Liebe ungestüm an jeden ihrer Reize pocht, und eine andere Seele, wenn ihr Empfinden kalt und lustlos wird. Sie hat eine Seele für die Zeit des Reichtums und eine für die Zeit der Armut. Ihre Seele wechselt, wenn sie ihren Mann, ihren Liebhaber oder ihr Kind an sich drückt. Eine Frau, Moulu, hat ebenso viele Seelen wie Empfindungen.«

»Henri«, sagte der Chevalier unvermittelt. »Ihr werdet in Lyon wohl den König aufsuchen?«

»Ja. Das werde ich.«

Etienne trank von seinem Wein. »Der König wird Offiziere benötigen, wenn er nächstes Jahr nach Italien ziehen will.«

»Ohne Zweifel.«

Etienne sah Henri an. »Wäre es für Euch sehr mühsam, mich und den Capitano nach Lyon mitzunehmen und Euch für uns zu verwenden, dass wir in der königlichen Armee Aufnahme finden?«

»Es zieht Euch in den Krieg?«
»Man sollte den Weg zum Ruhm nicht zu spät begehen, Henri.«
»Ruhm ist nicht mehr als ein leerer Schatten.«
»Wobei man auch nicht vergessen sollte«, sagte Moulu mit erhobenem Zeigefinger, »dass Epikur uns ein Leben im Verborgenen anrät, um jene Meeresstille der Seele zu finden, derer wir benötigen, um aus der Fülle der Freude heraus leben zu können.«
Etienne schüttelte lächelnd den Kopf. »Mir geht es dennoch um den Ruhm und den Kampf, Messieurs. Ich habe keine Angst davor, Blut fließen zu lassen.«
»Habt Ihr schon einen Mann gesehen, der um sein Leben schreit, während ihm die Eingeweide aus dem Bauch hängen?«, fragte Marot.
Etienne de Cobère hob sein Glas. »Das ist ein Anblick, der mich nicht zu schrecken vermag. In der Kriegskunst ist das Hässliche der Weg zur Vollkommenheit, so wie jede der Künste ihre dunklen Aspekte besitzt. Damit werden wir wohl leben müssen.«
»Wisst Ihr, wie viele Männer bei Marignano gefallen sind?«, fragte Henri. »Über dreißigtausend. Wer kennt heute noch ihre Namen, Etienne?«
De Cobère zuckte mit der Schulter. »Den meinen wird man nicht vergessen.«
»Ihr seid ehrgeizig, Etienne.«
De Cobère suchte Henris Blick. »Und Ihr, Sieur? Wart Ihr es nie?«
»Im Übermaß, Etienne.«
»Seht Ihr, Sieur.«
»Wahrscheinlich beneide ich Euch nur um Eure jugendliche Unschuld«, sagte Henri schließlich. »Es wird mir jedenfalls eine Freude sein, Euch François vorzustellen.«
Etienne de Cobère sprang auf und reichte d'Ardans seine Hand. »Schlagt ein, Baron! Wenn Ihr wollt, geben wir Euch dann Geleitschutz bis nach Mailand.«
Henri ergriff Etiennes Hand. »Einverstanden, Chevalier.«
»Wer wird dich sonst noch begleiten, Henri?«, fragte Marot.
»Nur Moulu und Maxime.«
»Dann ist es wahrhaft besser, wenn ihr zu fünft seid.«

»Ich glaube, dass der Capitano und ich in Augenblicken der Gefahr nicht gänzlich hilflos sind.«

»Das ist die Untertreibung der Untertreibungen, Chevalier«, rief Marot aus. »Wir alle haben Euch heute bei unserem Duell erlebt.«

Etienne de Cobère lächelte Marot zu. »Ihr seid sehr gütig, Monsieur«, sagte er. Dann wandte er sich Henri zu. »Wann gedenkt Ihr zu reisen?«

»In vier Tagen.«

»Das ist vorzüglich. Bis dahin werden meine Geschäfte in Paris erledigt sein.«

»Dann ist es eine beschlossene Sache«, meinte Henri.

»Vielleicht ist es dir verboten, mir zu antworten, Henri«, fragte Marot. »Aber was wirst du in Mailand tun?«

»Ich werde ein sonderbares Wild zu Tode hetzen.«

»Du gehst nach Mailand auf die Jagd?« Marot schien verblüfft.

»Nur auf eine einzige kurze, erfolgreiche und tödliche Jagd, Clément.« Henri lächelte dem Dichter grimmig zu. »Nur dazu. Nur dazu gehe ich nach Mailand.«

Von Bologna waren sie zurück nach Parma geritten und dann nach Mailand weitergezogen, wo François I. und sein Hof die Weihnachtsfeiertage verbrachten. Am 8. Januar 1516 verließ der König die Hauptstadt seines neu gewonnenen Herzogtums, überquerte in nur fünf Tagen die verschneiten Alpen und erreichte am 13. Januar um sechs Uhr abends Sisteron in der Provence, wo ihn Louise de Savoie, Marguerite d'Alençon und seine Frau Claude erwarteten. Zwei Tage lang wurde das Wiedersehen gefeiert, wurden Zärtlichkeiten, Worte der Liebe und Vertraulichkeiten ausgetauscht, bevor die Valois, umgeben von ihrem Hofstaat, in dem sich auch Henri und Christiane befanden, nach Marseille weiterzogen. Die mächtige Handelsstadt an den Ufern des Mittelmeeres durfte zum ersten Mal in ihrer Geschichte den Besuch eines französischen Königs erwarten und versuchte in ihren glanzvollen Feiern alles was der Süden bislang gesehen hatte, zu übertreffen. Zweitausend weiß gekleidete Kinder schritten dem König entgegen, und alle Schiffe, die im Hafen ankerten, feuerten ohne Unter-

lass ihre Kanonen ab. Hunderte lebender Bilder und kostbar geschmückter Triumphbögen säumten den Zug François' und seines Hofes.

»Es ist nicht übel, als Sieger in die Heimat zurückzukehren«, sagte Henri zu Christiane, als sie die malerisch dekorierten Häuserzeilen entlangritten, von deren Fenster aus man sie mit Blumen bewarf.

»Es ist gut, überhaupt zurückzukehren«, antwortete sie amüsiert.

Henri lachte. »Für eine Frau, die waffenstarrende Schweizer Karrees bei Marignano niedergeritten und in Bologna einen skeptischen Papst bezaubert hat, sind das zögerliche Worte.«

»Es sind die Worte einer Frau, die nichts mehr aufs Spiel setzen möchte. Einer Frau, die alles besitzt.«

»Alles?« Henri sah sie von der Seite her an.

Christiane lächelte ihm zu. »Alles«, sagte sie. »Alles.«

Auf dem Hauptplatz erwarteten sie Mädchen und Burschen, die traditionelle Tänze aus dem Süden zeigten. Dutzende von Musikern fiedelten, trompeteten, pfiffen und trommelten, dass sie die noch immer feuernden Kanonen der Schiffe übertönten.

Plötzlich erschienen dunkel gekleidete Männer und bewarfen die Tanzenden mit Früchten. Innerhalb einer Minute hatte sich der Hauptplatz in das Schauspiel einer, unter Johlen und Lachen geführten Schlacht der Orangen verwandelt.

Der König sprang vom Pferd und lief zu den sich verteidigenden Tänzern, während Bonnivet, Marguerite d'Alençon, Henri und Christiane ihm folgten. Unter den Klängen der Musik, die unermüdlich weiterspielte, warf François, der allerchristlichste König Frankreichs, Nachfolger des Heiligen Ludwig und Karls des Großen, mit größtem Vergnügen Orange um Orange auf die vermummten Angreifer, während ein lächelnder Bonnivet, eine fröhliche Marguerite, eine lachende Christiane und ein überaus munterer Henri seinem Beispiel folgten. Als sie alle von einer Fülle von Früchten getroffen waren, gebot François dem Treiben Einhalt.

»Lasst das Obst zu den Hospitälern und Hospizen bringen«, befahl er. Dann gab er den Wachen das Zeichen, zur Seite zu treten, und die jubelnden Bewohner Marseilles strömten auf den Platz

und begannen den König zu umringen oder zu den Klängen der unermüdlich spielenden Musik zu singen und zu tanzen. Alles geriet durcheinander, jegliche höfische Ordnung wurde verwischt, alle Unterschiede von Rang und Titel fielen für die Dauer dieses goldenen Augenblicks einer großen, einer tiefen Freude zum Opfer.

Christiane drehte sich inmitten der ausgelassenen Menge zur Musik im Kreise, die Arme nach oben gestreckt. Es schien Henri, als tanze sie mit Himmel und Erde zugleich.

»Ich bin so glücklich«, rief sie, während im Hafen die Kanonen Salut um Salut feuerten. »Ich bin so glücklich, Henri.«

Henri schätzte die Belebtheit der Pariser Straßen. Es schien ihm zuzeiten wie ein harmloses Gegengift gegen jene innere Einsamkeit, in die er sich nach dem Tod seiner Frau zurückgezogen hatte. Er wusste, dass er im Brachland seiner Seele lebte, in einem Niemandsland, das nur er betreten durfte. Es war ein sonderbares Nichts, in dem er sich befand, eine Wüste, aus der Wünsche und Hoffnungen sich zurückgezogen hatten, versengt von der Sonne einer stillen Verzweiflung und eines vergangenen Entsetzens. Es war ihm, als lebte er nicht mehr wahrhaftig, als suchte er traumwandelnd Wege, deren Ziele ihm ebenso verschlossen waren wie die Freude am Alltäglichen. Nur der Gedanke an Rache schien ihm real.

D'Ardans sah sich um. Die Gastwirtschaft musste zu seiner Linken sein. Die junge Frau kam aus Lothringen, hatte ihm Marot erzählt, und suche verzweifelt nach einer Möglichkeit, nach Mailand zu gelangen. Es war bezeichnend für Marot, dass er auf sie gestoßen war. Clément hatte ein unfehlbares Talent dafür, alle nur möglichen Verlorenen, Verstoßenen und Verfolgten aufzuspüren und ihnen umgehend seine Hilfe anzubieten. Marot hatte sie als jung, intelligent und hübsch bezeichnet. Ein Mädchen mit rötlichem Haar, großen, leuchtenden Augen und einem sanft geschwungenen Mund, sinnlich und doch energisch. Marot hatte unverschämt eindringlich von ihr geschwärmt, ihre Hilflosigkeit im liederlichen Paris herausgestrichen und dabei den Ansatz ihres Busens beschrieben, der an Milch und Honig denken ließ. Er hatte Henri so lange gedrängt, bis dieser sich entschlossen hatte, die junge Frau aufzusuchen. Und so betrat d'Ardans, durchaus über sich selbst erstaunt, das Gasthaus »Zum Englischen Hof« und fragte nach den Gästen aus Lothringen. Die Dame erwarte ihn auf ihrem Zimmer, bedeutete ihm der Wirt und wies zu der dunklen Holztreppe, die in das obere Stockwerk führte.

Nachdem Henri angeklopft hatte, trat er in das Zimmer. Eine junge Frau, die keine zwanzig Jahre alt war, saß an dem Tisch, der sich in der Mitte des Raumes befand. Ein mächtiger großer Mann stand bei den Fenstern und betrachtete ihn eingehend.

»Jeanne des Marckes?«, fragte Henri das Mädchen.

Die junge Frau blickte ihn mit ihren schönen Augen an, erhob sich und knickste leicht. »Zu ihren Diensten, Baron d'Ardans.«

»Ihr kennt meinen Namen?«

»Monsieur Marot hat Euch angekündigt.« Sie wandte sich zu dem Riesen um. »Mein Diener Josua.«

Der große Mann verneigte sich mit erstaunlicher Grandezza.

»Nehmt Platz«, sagte Jeanne und deutete auf einen der Stühle, die neben dem Tisch standen. Henri setzte sich und musterte die Frau, die ihrerseits Platz nahm.

»Ihr wollt Euch meiner Reisegruppe anschließen?«

»Ich muss nach Mailand. So schnell wie möglich.« Sie griff nach einer Karaffe und schenkte Henri einen Becher Wein ein.

»Könnt Ihr für die Kosten Eurer Reise aufkommen, Mademoiselle?«

Das Mädchen schüttelte den Kopf. »Nein.«

»Nein?«

»Ich könnte Euch erst in Mailand bezahlen.«

Henri war im Begriff aufzustehen. »Ich denke, dass ich besser gehen sollte.«

Das Mädchen hob die Hände. »Bitte bleibt, Sieur d'Ardans. Ihr seid meine einzige Hoffnung.« Ihre Stimme klang eindringlich und bittend.

»Weshalb?«

Das Mädchen schien beinahe verstört vor Sorge, als es antwortete. »Ihr seid meines Wissens nach der einzige Ehrenmann, der in der nächsten Zeit dorthin reist.«

»Woher wollt Ihr wissen, dass ich ein Mann von Ehre bin?«
»Monsieur Marot verbürgt sich für Euch.«
Henri ließ seinen Blick von Josua zu Jeanne wandern. »Ich denke, Ihr solltet mir so viel wie möglich über Euch erzählen, Mademoiselle.«
Jeanne nickte. »Ich bin die Tochter eines lothringischen Chevaliers.«
»Seid Ihr mit den de la Marck verwandt? Den Adeligen aus der Champagne?«, unterbrach sie Henri.
»Nein. Wir sind die des Marckes. Zur Hälfte deutsch, zur Hälfte französisch.«
Henri trank von dem Wein. »Erzählt, Mademoiselle, es ist in Eurem Interesse, wenn Ihr meines wecken könnt.«
»Ich bin meinem Vater davongelaufen. Er wollte mich verheiraten.«
»Und Ihr schätzt die Ehe nicht?«
»Nicht mit dem Mann, den er dazu ausgesucht hat.«
»Töchter sind ihren Vätern zu Gehorsam verpflichtet.«
Das Mädchen senkte leicht den Kopf. »Das mag die Meinung der Väter sein.«
Henri lächelte zum ersten Mal, seit er den Raum betreten hatte. »Aber nicht die Eure?«
»Nicht die meine, Sieur.«
Henri nickte. »Wie seid Ihr nach Paris gekommen?«
»Ich bin den ganzen Weg geritten.«
»Im Damensattel?«
»Als Mann verkleidet. Ich reite und fechte wahrscheinlich so gut wie Ihr, Monsieur.«
Henri lächelte kurz. »Und wer hat Euch das gelehrt?«
»Mein Vater und ein Waffenmeister aus Siena.«
»Ein sonderbare Erziehung für ein Mädchen.«
»Mein Vater hielt lange Zeit nichts von Konventionen. Er hat mich wie einen Jungen behandelt.«
»Wahrscheinlich sprecht Ihr auch Latein?«
»Und Griechisch, Englisch, Italienisch und Spanisch.«
Henri betrachtete das Mädchen mit einer gewissen Hochachtung. »Und Ihr habt selbstredend die Philosophen gelesen?«

»Die Schönheit«, zitierte Jeanne, »ist nichts anderes als eine Grazie, die aus der Angemessenheit und Harmonie in den Dingen entsteht. Je vollkommener die Proportionen sind, desto lieblicher und liebenswerter erscheinen sie uns. Und so wie derjenige Körper schön ist, dessen Glieder untereinander die Ausgewogenheit erhalten, so ist auch diejenige Seele schön, deren Tugenden untereinander eine Harmonie bilden.«

»Lorenzo Ghiberti?«

»Pietro Bembo. Aus dem ›I Asolani‹.«

Henris Finger strichen der Maserung des Bechers entlang. »Ja«, sagte er, »natürlich.« Dann hob er den Kopf. »Wie alt seid Ihr?«

»Nächsten Monat werde ich neunzehn.«

Henri nickte. »Hat Euch Euer Vater nicht verfolgen lassen?«

Das Mädchen warf den Kopf zurück. Ihre Haare flossen ihre Schultern entlang, ein rötlich bewegter Schimmer auf grünem Leinen. »Er vermutete, dass ich mich nach Süden, nach Mailand begeben würde. Deshalb habe ich den Weg nach Westen gewählt.« Sie deutete mit dem Kopf zu dem Riesen. »Josua war früher bei Fundbergs Landsknechten. Er kennt alle Möglichkeiten, sich zu verbergen und Spuren zu verwischen.«

»Josua steht Euch nahe.«

»Er hat mich beschützt, seit ich auf der Welt bin.«

»Ich bin der Herrin treu ergeben«, sagte der mächtige Mann.

»Du bist ein kräftiger Kerl.« Henri betrachtete ihn eingehend. »Du bist beinahe so groß wie der König.«

»Das ehrt mich«, meinte Josua.

»Was wollt Ihr in Mailand?«

»Eine Tante von mir lebt dort. Sie steht mir sehr nahe. Sie würde mich aufnehmen.«

»Und weil Ihr kein Geld habt, wollt ihr Euch mir anschließen.«

»Nicht nur deshalb, Monsieur.«

Henri sah sie überrascht an. »Weshalb sonst noch?«

Das Mädchen schenkte ihm einen Blick ihrer großen Augen. »Es ist möglich, dass mein Vater die Geduld aufbringt, mich auf der Straße nach Mailand zu erwarten. Ihr werdet mich beschützen, Monsieur.«

»So. Werde ich das?«

»Ich hoffe darauf zählen zu dürfen.«
Henri lachte leise. »Wisst Ihr, dass ich mich eines Vergehens schuldig machen würde, wenn ich Euch Eurem Vater vorenthielte?«
Das Mädchen hob den Kopf und warf die Haare in den Nacken. »Marot meinte, dass Ihr Euch den Teufel darum scheren würdet.«
»Marot. Marot ist ein Dichter mit einer großen, umfassenden Phantasie.«
Das Mädchen sah ihn an. »Ihr enttäuscht mich, Monsieur. Ich hielt Euch für einen Mann von großer Ehre.«
Henri stellte seinen Becher abrupt ab. »Ihr seid nicht ohne eine gewisse Dreistigkeit, Mademoiselle. Ihr wünscht, dass ich nicht nur die ganze Reise von Paris nach Mailand für Euch aufkomme, sondern Euch noch nebenher vor Eurem Vater und seinen Häschern beschütze. Findet Ihr nicht, dass Ihr ein wenig zu viel von einem Unbekannten erwartet?«
Das Mädchen senkte den Kopf. »Entschuldigt. Ich war töricht«, sagte es mit leiser Stimme.
»Weshalb«, fragte Henri beinahe wütend, »weshalb wart Ihr töricht?«
»Ich hatte Monsieur Marot geglaubt. Er meinte, dass Ihr keinen Menschen im Stich lassen würdet, der sich in Not befindet.«
»Marot«, sagte Henri verärgert und stand auf. Er ging zu einem der Fenster und blickte kurz auf die belebte, hell im Licht des Tages schimmernde Straße.
»Und du«, sagte er zornig zu Josua, als er sich umwandte. »Du, sieh mich nicht so an.«
»Gewiss, Herr«, antwortete der große Mann gleichmütig.
Henri setzte sich wieder auf seinen Stuhl. Er betrachtete Jeanne und schwieg. Dann nahm er einen weiteren Schluck von seinem Wein. »Könnt Ihr Strapazen erdulden?«
Die Augen des Mädchens leuchteten auf. »Das habe ich auf meiner Flucht bewiesen.«
D'Ardans deutete auf Jeannes Diener. »Josua muss sich meinem Kommando unterstellen.«
»Das wird kein Problem sein.«
»Wir reiten zuerst nach Lyon an den Hof des Königs. Es kann sein, dass sich unsere Reise dadurch verlängert.«

»Das macht nichts, Monsieur. Die Vorteile, die Ihr mir bietet, überwiegen leicht diesen kleinen Nachteil.«
»Gut. Wir reisen in zwei Tagen. Seid bei Morgengrauen am Stadttor.«
Jeanne erhob sich, als Henri von seinem Stuhl aufstand. »Ich danke Euch, Monsieur. Ich danke Euch von Herzen.«
»Dankt mir in Mailand.« Er wandte sich zum Gehen.
»Seid ohne Sorge, Monsieur. Ihr begeht damit eine Tat der Schönheit. Eine Tat des ganzen Seins.«
Henri drehte sich um. »Was wisst Ihr von der Schönheit meiner Handlungen, bei allen Göttern?« Seine Stimme klang unfreundlich.
Jeanne lächelte leicht. »Jede Tat, die von aller Schönheit entfernt ist, ist auch von allem Sein entfernt. Wer jedoch die ganze Schönheit besitzt, hat auch das ganze Sein, denn das erste Sein und die Schönheit sind dasselbe.«
Henri blieb, die Hand an der Türklinke, stehen. »Pico della Mirandola?«
»Marco Ficino. Aus der ›Theologia Platonica de immortalitate animorum‹.«
»Ja«, sagte Henri. »Natürlich.«

»Ein schönes Versteck besitzt Ihr hier, Sieur«, sagte Giovanni Borgia, als er die geräumige Jagdhütte betrat.
Der Mann, der in dem breiten Sessel an der hölzernen Wand saß, betrachtete ihn amüsiert und mit einem Blick, der so kalt wie die Meere des Nordens war. »Es besitzt den Vorteil, dass kaum jemand es kennt, Signor.«
Giovanni Borgia setzte sich, als der Mann ihn bat, Platz zu nehmen. »Ihr wollt mich anwerben, Sieur?«
Der Mann schwieg kurz. »Ihr seid ein Borgia, Signor. Ich kann mir nicht vorstellen, dass Ihr nicht einige Qualitäten Eures Geschlechts besitzt.«
»Ich bin gut mit dem Degen und dem Dolch, Sieur.«
Der Mann nickte. »Und gewissenlos, wie ich hoffe.«
Borgia zuckte mit den Achseln. »Ich möchte nach oben kommen.«
»Wie hoch?«

»Sehr hoch, Sieur.«
»Und Ihr seid bereit, alles dafür zu tun?«
»Alles, Sieur.«
»Wie schön«, sagte der Mann. »Wie schön.« Er sah an Borgia vorbei zum Fenster. »Die Landschaft um Paris berückt mich immer aufs Neue, Signor. Ihre Lieblichkeit entspricht einer Spielart der Glückseligkeit.« Er riss sich nur mit Mühe von dem Anblick der blumenübersäten Wiese los und wandte sich wieder dem Italiener zu. »Ich bin beeindruckt von dem uomo nuovo, den Ihr in Eurem Heimatland geschaffen habt. Erzählt mir von ihm.«
Borgia räusperte sich. »Die Eigenschaften dieses Menschen kreisen um zwei Sonnen, zwei moralische und gefühlsmäßige Schwerpunkte: geistigen und körperlichen Mut. Sein Verstand ist scharf, wendig, suchend: sein Geist jeder Wahrnehmung, jeder neuen Idee geöffnet; sein Gemüt empfänglich für Schönheit und begierig nach Ruhm. Er ist ein rücksichtsloser Individualist, dieser neue Mensch. Er verachtet christliche Demut, menschliche Schwäche und alle Unvollkommenheiten wie Angst, Furcht und Verzweiflung. Er fordert Sitte, Herkommen, Verbote und manchmal Gott selbst in die Schranken. Als Soldat kommandiert er Armeen, als Kleriker wird er Kardinal, und als Politiker beherrscht er eine ganze Stadt. Er ist kühn im Planen, kraftvoll im Handeln, ein Liebhaber der Musik, ein Kenner der Literatur, charmant mit allen Damen und erbarmungslos mit seinen Gegnern. Er ist eitel, doch diese Eitelkeit bildet einen Teil seines Schönheitsgefühls, denn seine Begabung, das Schöne, wo immer es in Erscheinung tritt – in der Frau, in der Natur, in der Kunst oder in einem wohl durchdachten Mord – zu erkennen und zu achten, ist das Herz seiner Weltbetrachtung. Er ersetzt das moralische Gesetz durch das ästhetische und das christliche durch das der Bravour. Er ist ohne Gewissen und dem Leben zugewandt wie kein Zweiter.« Borgia öffnete die Hände, als legte er dem Mann ein Geschenk zu Füßen. »Voilà, hier ist er, Euer neuer Mensch.«
Der Mann klatschte kurz in die Hände. »Fein beschrieben, Signor.«
Giovanni Borgia lächelte zufrieden. »Ich habe Euch nur Cesare Borgia geschildert.«
»Und Ihr wollt so werden wie er?«

»Ich bin wie er.«
Der Mann nickte. »Tausend Florin im Jahr«, sagte er.
»Und ich bekomme alle Auslagen ersetzt?«
»Solange sie sich im Rahmen des Vernünftigen bewegen.«
»Was wäre meine Aufgabe, Sieur?« Borgia beugte sich vor.
»Henri d'Ardans.«
»Der Vertraute von Louise de Savoie?«, fragte Borgia erstaunt.
»Ich möchte, dass Ihr ihn in Lyon trefft und es so einrichtet, dass Ihr ihn auf seiner Reise nach Mailand begleiten könnt.«
Borgia blickte den Mann interessiert an. »Werdet Ihr auch in Lyon sein?«
»Vielleicht. Wir werden sehen.« Der Mann entfernte ein unsichtbares Stäubchen von seinem violetten Wams. »Henri d'Ardans beginnt von neuem Nachforschungen über den Mord an seiner Frau anzustellen. Ein Priester erkundigt sich in seinem Namen nach Macaire, einem Kopf der Pariser Unterwelt. Es wird nicht dabei bleiben. Es ist notwendig, dass alle Mitwisser dieses Mordes verschwinden.«
»Und Henri d'Ardans.«
Der Mann nickte. »Vielleicht auch er. Das hängt von der jeweiligen Situation ab.«
»Könnt Ihr das präzisieren, Sieur?«
Der Mann lehnte sich wieder in dem Stuhl zurück und legte seine Arme auf die breiten Lehnen. »In Mailand lebt einer der Mörder Christiane d'Ardans'. Ein Mann, der für meinen Geschmack zu viel Aufsehen erregt. Ich habe ihm Euch bereits angekündigt. Er meint, dass Ihr ihm beistehen werdet.«
»Und das tue ich nicht?«, fragte Borgia lächelnd.
»Zum Schein, Signor. Zum Schein. Ich möchte, dass Ihr es so einrichtet, dass dieser Mann getötet wird. Ob von einem rachsüchtigen d'Ardans oder von Euch, ist mir gleichgültig.«
»Und d'Ardans selbst?«
Der Mann zuckte mit den Schultern. »Sollte er in Mailand einen Unfall erleiden, so würde ich mich nicht allzu sehr darüber grämen.« Er blickte durch das Fenster auf die frühlingsgesättigte Wiese hinaus. Eine Lerche flatterte vom Boden auf, segelte schräg über das Grün der Ebene und erhob sich dann zum Himmel. »In London

soll ein weiterer Mörder seiner Frau leben. Ein Mann, der seine Identität gewechselt und sich meiner Kontrolle entzogen hat. Ihr werdet ihn eines Tages aufspüren müssen.«

»Und der dritte der Mörder seid Ihr?«

Der Mann wandte sich überrascht Borgia zu. »Habt Ihr nach all diesen Einzelheiten noch daran gezweifelt, Signor?«

Borgia schüttelte den Kopf. »Im Grunde nicht, Sieur.«

»Das hoffe ich. Sonst hätte ich Eure Intelligenz gröblichst unterschätzt.« Der Blick seiner Augen, als er Borgia ansah, war kalt und abschätzend wie immer. »Es geht um Papiere Leonardo da Vincis. Es ist notwendig, dass ich Euch darüber informiere. Sollten in Mailand oder London noch Kopien dieser Dokumente existieren, so müsst Ihr sie vernichten.«

»Wann soll der Londonauftrag stattfinden?«

»Wenn sich ein Anlass dazu findet.«

Borgia lächelte. »Außer Henri d'Ardans und Eure Mitwisser sind bis dahin tot.«

»Ja«, sagte der Mann langsam. »Außer sie sind alle bis dahin tot.«

Der Italiener nickte. »Wie heißt dieser Mann in Mailand?«

»Das werdet Ihr in Lyon erfahren.«

»Ich möchte zweihundert Florin Vorschuss.«

»Ihr werdet sie bekommen.« Der Mann betrachtete Borgia von neuem. »Spielt in Lyon den enttäuschten Höfling, der von den französischen Würdenträgern nicht das bekommen hat, was er sich sehnlichst wünschte. Zeigt Euch bedrückt, mutlos und ein wenig larmoyant. Rührt damit d'Ardans' empfindsame Seele und erschleicht Euch sein Vertrauen.«

»Gut.«

»In Lyon werdet Ihr Näheres erfahren.« Der Mann gab Borgia ein Zeichen, dass die Unterredung beendet war.

Der Italiener stand auf und verneigte sich. »Ich werde Euer Vertrauen nicht missbrauchen, Sieur.«

»Das hoffe ich, Signor Borgia. Sonst werdet Ihr sterben.«

»Mit aufgeschlitzter Kehle?«

»Wie habt Ihr das nur erraten, Signor?«, sagte der Mann und lachte leise.

3. Kapitel

Der Kastrat auf dem hölzernen Podium sang mit hoher, geschulter und klarer Stimme. François I., der allerchristlichste König Frankreichs, saß im mittleren der Lehnstühle, die vor der improvisierten Bühne aufgestellt waren, während an seiner rechten Seite Louise de Savoie und an seiner linken Marguerite d'Alençon Platz genommen hatten. Der Rest des Hofes stand im Halbkreis um Mutter, Sohn und Tochter.

»Die heilige Dreieinigkeit Frankreichs«, sagte Anne Boleyn halblaut, während sie sich Luft zufächelte.

Es war warm an diesem Frühsommertag in Lyon, und die Sonne tauchte den Garten in ein Licht aus Gras und Rosen, fing sich in dem kleinen Teich, der sich hinter dem Podium erstreckte.

»Kein Wunder, dass Königin Claude in diesem Land nichts zu sagen hat. Dieses Trio royal erdrückt alles, das sich ihm entgegenstellt.«

Henri lächelte. »Ihr solltet nicht so laut sprechen, Mistress. Eine Eurer Feindinnen könnte Euch hören.«

Anne faltete den Fächer mit einem Schlag zusammen. »Wisst Ihr nicht, dass ich den Hof verlasse? Es wird Krieg zwischen England und Frankreich geben.«

»Und Ihr wollt nicht als unsere schönste Geisel in Lyon bleiben?«

»Ich werde nie eines anderen Gefangene sein«, sagte Anne entschlossen. »Nicht die eines Mannes und nicht die eines Landes.«

»Wollt Ihr also nicht wie Eure Schwester Mary gefügig in den Armen eines Königs festgehalten werden?«

Anne verzog ihren schönen Mund. »Meine Schwester besitzt keine Kraft. Wäre ich an ihrer Stelle, wäre Heinrich VIII. meine Beute.«

Es lag Ironie in Henris Stimme, als er sprach. »Ihr seid gefährlicher, als ich glaubte, Mistress.«
Anne warf ihm von der Seite einen Blick zu. »Ja, das bin ich, Seigneur.«
Der Kastrat hatte sein Lied beendet und verbeugte sich unter dem Applaus des Hofes. Marguerite d'Alençon forderte, dass er weitersänge. François nickte zustimmend, der Sänger dankte geschmeichelt und intonierte unter neuerlichem Applaus ein Lied, zu dem der König die Worte geschrieben hatte und das bei keiner Gesangsdarbietung am Hofe fehlen durfte.
»Ihr wart lange fort«, sagte Anne Boleyn.
Henri zuckte mit den Schultern. »Ich war auf Reisen.«
»Ihr werdet Euch rettungslos in den Untiefen des Hofes verlieren, mein armer Seigneur.«
Henri ließ den Blick über die Umstehenden wandern. »Es gibt nichts, das mir noch viel bedeutet, Mistress.«
»Dennoch ... Diese Menschen hier sind Euer Leben, ob Ihr es nun wollt oder nicht.« Sie ergriff unvermittelt Henris Hand. »Der Konnetabel Charles de Bourbon ist wieder an den Hof zurückgekehrt, wie Ihr seht.« Sie deutete leicht mit dem Kopf in die Richtung eines groß gewachsenen, schlanken Mannes, dessen ovale blaue Augen wachsam jede Regung in den Gesichtern der königlichen Familie beobachteten. Er war ein gut aussehender Mann um die dreißig, mit hohen Backenknochen, ausdrucksstarken, schönen Lippen und einem gut geformten, markanten Kinn. »Man sagt, dass er Louise de Savoie wieder mit seiner ganzen Männlichkeit beehrt.« Sie lächelte amüsiert. »Die im Übrigen beträchtlich sein soll.« Dann sah sie mit selbstzufriedener Miene zu Henri empor. »Und wisst Ihr, warum?«
»Ihr werdet es mir sagen, Mistress.«
»Weil Louise Ende April einen Prozess zum Einzug der Güter seiner verstorbenen Frau angestrengt hat. Geht dieser Prozess ungünstig für ihn aus, würde er die riesenhaften bourbonischen Ländereien verlieren.«
»Also versucht er Louise zu besänftigen.«
Anne klappte ihren Fächer wieder auf. »Man flüstert sich in den Gängen des Schlosses zu, kaum hörbar natürlich, wie Ihr Euch

denken könnt, dass die Königinmutter ihm im Geheimen einen Heiratsantrag gemacht haben soll.«

»Sie ist vierzehn Jahre älter als er.«

Anne Boleyn schien nicht sonderlich beeindruckt. »Sie sieht immer noch gut aus. Er ist ein schöner Mann. Beide sind reich. Was stünde einer Ehe im Wege?«

»François. Der König wird einen so mächtigen Mann wie Bourbon nicht zum Stiefvater haben wollen.«

Anne sah über den Fächerrand zu Henri hoch. »Und wenn Charles de Bourbon alle seine Güter dem Hause Valois vermacht? Der Besitz der königlichen Familie würde sich damit verdoppeln. Wie Ihr wisst, weiß Louise den Wert des Geldes zu schätzen.«

Henri blickte nachdenklich zu Charles de Bourbon hin. »Wenn Ihr Recht hättet, Mistress ...«

Anne lachte leise. »Ich habe meist Recht, Seigneur.«

Heftiger Applaus setzte ein, als der Kastrat sein Lied beendet hatte. Der König wirkte zufrieden und forderte den Sänger auf weiterzumachen. Der Kastrat faltete seine Hände über dem Bauch, als wollte er beten, und blickte kurz zu den Musikern, die eine neue Melodie intonierten.

Anne zupfte Henri am Ärmel. »Aber Ihr wisst noch längst nicht alles.« Sie deutete kaum merkbar auf eine junge Frau, die in der Nähe Bourbons stand. »Seht Ihr dieses Mädchen dort?«, fragte sie, und Henri nickte, als er die dunkelblonde, zartgliedrige Schönheit beobachtete, ihre schimmernde, weiche Haut, Augen, die braun und träumerisch blickten, und Lippen, die korallenrot und sinnlich waren. »Das wird die neue Beute von François werden, wenn seine Maitresse es zulässt.«

»Wie heißt sie?«

»Diane de Poitiers. Sie ist erst seit kurzem am Hof.« Anne betrachtete sie abschätzend. »Sie fügt sich wunderbar in François' Kult des Schönen. Schöne Bauten, schöne Dinge, schöne Frauen. Eine Welt der Jugend, der Freude und des beständigen Genusses. Ein immer während der Tanz von Frühling und von Liebe.« Anne lächelte mit einem Male amüsiert. »Seit des Königs Neigung für jedermann ersichtlich ist, erweisen ihr alle Höflinge ohne Unterbrechung ihre Ehrerbietung.«

»Außer jenen, die auf seine Maitresse, Françoise de Chateaubriant, setzen.«
»Wie unschuldig Ihr seid, Henri d'Ardans. Was hat das eine mit dem anderen zu tun? Françoise ist wie eine Sonne, die immerzu zu erglühen scheint, Diane der Blitz, dessen leuchtenden Augenblick man zu erhaschen sucht. Die eine hofiert man, die andere umschmeichelt man, und alle strahlenden Trabanten um François sind glücklich, als befänden sie sich ohne Unterlass in Arkadiens blühenden Gärten.« Sie deutete auf Jeanne des Marckes, die ein wenig verloren am Rande der höfischen Gesellschaft stand. »Und dieses Mädchen dort? Weshalb habt Ihr sie mitgebracht?«
Henri blickte zu Anne hin. »Sie ist alleine und auf sich gestellt, Mistress. Vielleicht hilft es ihr, wenn ich sie bei Hofe vorstelle.«
»Eure Geliebte?«
»Wäre sie dann alleine und auf sich gestellt?«
Anne Boleyn ging auf seinen Scherz nicht ein. »Ich weiß es nicht, Henri d'Ardans. Man sagt, dass Ihr Euch nach dem Tode Eurer Frau sehr verändert habt. Ich weiß nicht, unter welchem Blickwinkel Ihr jetzt die Frauen betrachtet.«
»So, wie ich sie immer sah.«
Anne warf ihm einen kurzen, forschenden Seitenblick zu. »Das glaube ich Euch nicht ganz, d'Ardans.«
»Seid dessen versichert, Mistress, dass ich kein Unmensch geworden bin.«
»Dann sagt mir, weshalb Ihr sie wirklich hierher gebracht habt, Seigneur.«
Henri zuckte mit den Achseln. »Sie amüsiert mich.«
»Nicht mehr?«
»Nicht mehr, Mistress.«
»Schade. Ich fürchte, Ihr liebt die Welt nicht mehr, die Euch umgibt, Seigneur.«
»Ich lebe, Mistress.«
»Es gibt auch Lebende, die bereits tot sind, Seigneur.«
»Das ist eine alte Erkenntnis, die keine Bedeutung für mich besitzt, Mistress.«
»Das wünsche ich für Euch, Henri d'Ardans.«
Die Darbietung des Kastraten war nun endgültig zu ihrem Ende

gekommen. Die königliche Familie stand auf, und sofort öffnete sich ihr ein Weg zwischen den Mitgliedern des Hofstaates, die sie wie aufgeregte, pfauenartige Vögel zu umschwirren schienen. Henri schickte sich an, zu Jeanne des Marckes zu gehen.

»Henri d'Ardans«, rief Anne Boleyn, die ihr Lächeln wieder gefunden hatte, »hütet Euch vor jungen Mädchen!«

»So wie Ihr eines seid, Mistress?«

»So wie ich eines bin«, sagte Anne spöttisch. »Oder so wie Eure Jeanne eines ist.«

Henri erwies François I. seine Reverenz, als der König an ihm vorüberging. François blieb unvermittelt stehen, blickte ihn an und schloss ihn dann in seine Arme.

»Henri«, sagte er, als er sich von ihm löste und ihn dabei eingehend betrachtete. »Ich glaube, es ist zwei Jahre her, dass ich dich gesehen habe.«

»Ich war auf Reisen, Sire.«

François sah ihn mit leicht schräg geneigtem Kopf an. »Wir hatten beinahe das Gefühl, dass du uns im Stich lässt, d'Ardans. Es war eine sehr lange Reise, auf der du dich befunden hast, mein Freund.«

»Das war sie, Sire. Eine sehr lange Reise.«

»Ich hoffe«, sagte François, als er Henri freundschaftlich die Hand auf die Schulter legte, »ich hoffe, dich nun öfter an meiner Seite zu sehen, Henri.«

Henri verneigte sich. »So wird es sein, Sire, wenn Ihr es wünscht.«

François lächelte und wandte sich an Louise und Marguerite. »Wir lieben die Freunde unserer Kindheit.«

Louise de Savoie lächelte d'Ardans zu. »Und wir vergessen sie auch nie.«

Henri verbeugte sich. »Ich danke Euch, Madame.«

Die königliche Familie schritt huldvoll an ihm vorbei, und der Hofstaat folgte ihr wie die Flut im Kielwasser eines Prunkschiffes.

»Kaum ist Ulysses am Hof des prächtigen François eingetroffen, schon werden Fässer von Huld über sein hässliches Haupt ausgegossen, als ginge es darum, einen Halbgott, statt eines besseren Ziegenbockes zu ehren.«

Henri umarmte den Mann, der ihn angesprochen hatte. »Triboulet, du mein freundlich ätzender Narr. Du hast mir gefehlt, du liebenswürdiges Schandmaul.«
Triboulet zog seinen Hut und verbeugte sich. »Ich fehle jedem, der einmal in den Genuss meiner narrentief abgründigen Weisheiten gekommen ist. Ich bin der blank polierte Spiegel des Doppelbödigen.«
Giovanni Borgia legte den Arm auf Triboulets Schulter. »Und ein Scharlatan, der das Gewand des Narren angezogen hat, um hemmungslos prassen, trinken und jungen Hoffräulein seine Hand auf den Busen legen zu können.«
Triboulet zog seine Augenbrauen hoch. »Was ist dagegen einzuwenden, mit Anstand und Genuss die Früchte des Lebens zu verzehren? Sollen wir ständig in der Bitternis gallenartiger Verschrobenheit verharren? Die Lust ist ein Abglanz des Himmels, ein Versprechen für alle Beglückungen, die uns im Jenseits begegnen werden. Wer sie hier auf Erden missachtet, verschmäht den Gedanken der Vollendung des Unzulänglichen und somit jenen der ewigen Seligkeit im Angesicht Gottes.«
»Triboulet«, fragte Giovanni, »seit wann kennst du einen Gott?«
»Seit ich das Leben kenne, du mein kleines Zweiglein am großen Stamm der Borgias.«
Giovanni wandte sich lächelnd Henri zu. »In Spanien würden sie ihn verbrennen. In Frankreich ist er ein von allen geschätzter Narr.«
Triboulet blickte zum Himmel auf. »Was würde ich erst in Deutschland oder Italien sein? Ein Prediger der letzten Wahrheiten, ein ruhmbekränzter Fürst oder gar ein römischer Kaiser, in Purpur gekleidet und mit heiligen Ölen gesalbt?«
»Die Deutschen besitzen bereits einen Kaiser«, sagte Giovanni, »einen, der ihnen genug Ärger bereitet.«
Henri blickte sich im Garten um. Er sah eine geordnete Welt, ein aus Bäumen, Hecken und Blumen geschaffenes Abbild des gedachten Schönen. Sein Blick fiel auf Jeanne, die in einigem Abstand auf ihn wartete und in der Betrachtung eines Rosenstrauches versunken schien.
»Mademoiselle des Marckes«, rief Henri, und das rothaarige Mäd-

chen wandte sich ihm zu. »Mademoiselle, schenkt uns doch die Freude Eurer Gegenwart.«
Jeanne lächelte und ging auf sie zu.
»Deine Enkelin?«, fragte Triboulet.
»Ich bin dreißig, mein Freund.«
»Man sollte es nicht glauben«, meinte der Narr.
Henri stellte das Mädchen Triboulet und Borgia vor. Der Italiener lächelte sie an, als hätte der Morgen eine lange Nacht vertrieben.
»Hütet Euch vor ihm, Mademoiselle«, sagte Triboulet, »er ist Italiener und noch dazu ein Borgia.«
»Ich glaube, ich kann auf mich selbst aufpassen, Monsieur Triboulet«, antwortete das Mädchen freundlich.
»Ihr kennt ihn nicht.« Der Narr schüttelte besorgt seinen Kopf. »Er hat Anne Boleyn so lange und so hitzig den Hof gemacht, bis sie sich nicht mehr zu helfen wusste und es mit dem König trieb.«
»Eine schamlose Lüge mehr«, sagte der Italiener. »Eine Lüge, die nicht nur mich befleckt, sondern auch die Ehre einer unschuldigen Frau.« Sein bedauernder Blick wanderte von Jeanne zu Triboulet. »Ihr müsst wissen, er ist der Narr des Königs. Sein Gehirn gleicht einem wild wuchernden Gewächs absonderlichster Blüten.«
»Besser ein königlicher Narr sein als ein fürstlicher Vagabund.« Triboulet beugte sich zu Jeanne vor. »Und werdet Ihr uns hier am Hof als eine Bereicherung unserer mannigfaltigen weiblichen Zierden erhalten bleiben, Mademoiselle? Wie Ihr wisst, schätzt der König junge und schöne Frauen sogar noch mehr als seine Jagdhundmeuten, eine Eigenschaft, die ihn unter allen europäischen Fürsten zu einer von Cupido und Venus gesegneten Ausnahme heranreifen ließ. Er ist jene Sonne der Einmaligkeit, unter der eine Frau ihr einzigartiges Glück machen könnte.«
Jeanne sah ihn belustigt an. »Ich habe die Absicht, nach Mailand zu reisen.«
»Bald?«
»Bald.«
Triboulet deutete auf Henri. »Mit diesem Seigneur hier?«
»So ist es, Monsieur.«
Triboulet blickte sie scheinbar entsetzt an. »Wisst Ihr denn nicht,

dass er keinen Charme mehr besitzt? Dass er zu einem Verächter des Lebens und der Lebendigkeit wurde? Wollt Ihr Euch tatsächlich eine ganze Reise lang mit ihm in der Grabkammer seiner Düsternis einschließen? Ihr werdet verlernen, dem Gesang der Vögel und des Windes zu lauschen, Ihr werdet in der Dunkelheit des Schweigens das Licht Eurer Augen schließlich ermatten sehen, mehr noch, Ihr werdet Eure Freude an der Schöpfung zu einer Anbetung des Jammers, des Elends und der tagtäglichen Klage verkümmern lassen.«
Jeanne sah zu Henri, der scheinbar unbeteiligt die Mauern des Schlosses betrachtete, die in der Sonne bei all ihrer Weiße honigfarben wirkten, Mauern, denen das Licht eine helle, bernsteinfarbige Klarheit verlieh.
»Ich bin mit Monsieur schon von Paris nach Lyon gereist«, sagte Jeanne mit einem Hauch von Ironie in der Stimme. »Monsieur d'Ardans war wortkarg, aber höflich.«
»Und dies genügt Euch? Wollt Ihr nicht von den Schwingen der Verehrung in die Morgenröte der Anbetung eintauchen? Bleibt im goldstaubfarbenen Glanz des Hofes, und der Weg Fortunas wird von einem gebirgigen Saumpfad zu einer ebenso ebenen wie edelsteinbedeckten Straße werden.«
»Monsieur Triboulet, die Aussichten, die Ihr mir hier eröffnet, sind verlockend und ich danke Euch dafür, dass Ihr sie mir in all ihrer Pracht und Verführung darlegt. Aber mein Weg führt mich ohne Zweifel nach Mailand.«
Giovanni Borgia, der bislang geschwiegen hatte, richtete nun das Wort an Henri. »Dürfte ich Euch nach Mailand begleiten? Ich müsste sonst alleine reisen.«
»Wohin?«
»Nach Rom. Kardinal Berni hat mir eine Anstellung am Päpstlichen Hof versprochen.«
»Wollt Ihr nicht hier, in Triboulets Paradies bleiben?«
Giovanni Borgia lächelte freudlos. »Der französische Hof gleicht einem Schachspiel, in dem wir uns ständig bemühen, von Feld zu Feld zu gelangen, um uns die Gunst des Königs zu erschmeicheln. Ich, Seigneur, bin und bleibe in diesem Spiel nur ein ewiger Bauer.«
Übertreibe es nicht, dachte Borgia und lächelte innerlich. Eine wohldosierte Weinerlichkeit genügt für diese Narren.

»Wie meint Ihr das?«
Giovanni zuckte mit den Achseln. »Man füttert mich an diesem Hof nur durch, weil ich der Sohn Cesare Borgias, des Herzogs von Valenciennes bin. Sonst sieht man in mir nur ein entbehrliches Nichts, mit dem man bestenfalls Mitgefühl empfindet. Wisst Ihr, dass ich selbst den Titel eines Herzogs von Camerino trage?«
»Ein Titel, der nicht einmal eine Hand voll fauler Äpfel wert ist«, sagte Triboulet.
»Dennoch«, meinte Borgia, »dennoch bin ich Herzog von Geburt an. Ich glaube, dass mir mehr vergönnt sein sollte, als nur die Rolle eines alternden Pagen am französischen Hof zu spielen.«
»Es wird mir eine Freude sein, wenn Ihr Euch unserer Reisegesellschaft anschließen wollt, Signore.«
»Du solltest Herzog zu ihm sagen«, ätzte Triboulet.
»Bevor ich nach Rom reise«, erwiderte Giovanni, »werde ich dich noch nach Strich und Faden verprügeln, Triboulet.«
»Versucht es, und Ihr werdet Euch als Galeerenruderer vor Eurem geliebten Rom wieder finden.«
Sie gingen auf einem der Kieswege zu dem Portal des Schlosses. Der Weg schlängelte sich um gestutzte Büsche, die wie ein Labyrinth wirken sollten.
»Ist der englische Botschafter noch in Lyon?«, fragte Henri.
Triboulet hob die Arme, als wollte er die Blumen segnen. »Seine Exzellenz ist bereits auf dem Weg zurück zu Albions grünen Wiesen. Vorher hat er Madame und dem König die Flammen von Britanniens unauslöschlichem Zorn entgegengeschleudert und uns dafür mit Heinrichs VIII. neuester Komposition zu beschwichtigen versucht.«
»Wie heißt sie?«
»›Greensleeves‹. Sehr hübsch und melodisch. Nicht so schwer wie Heinrichs übliche geistliche Messen.«
Borgia nickte bestätigend. »Dafür hat uns der Statthalter der spanischen Niederlande einen Sonderemissär geschickt. Einen Mjinheer Justus van Heyden.«
»Mit welchem Auftrag?«
»Dass François I. von seinem Italienfeldzug ablassen solle. Im Ge-

genzug würde sich der Statthalter bei Karl V. dafür einsetzen, dass der Kaiser mäßigend auf Heinrich VIII. einwirke.«

»Eine Finte?«

»Eine weitere Luftspiegelung allerhöchster kaiserlicher Politik. Karl V. greift uns so sicher bei Fontarabie an, wie ein junger Mann dem Charme einer gerissenen Kurtisane erliegt.«

»Eure Vergleiche sind äußerst bildhaft, Monsieur Triboulet«, sagte Jeanne lächelnd.

Triboulet blieb stehen. »Ich bin ein Maler der Worte, Mademoiselle. Worte sind Farben, ebenso wie die Gefühle und die Musik. Es gibt grüne, rote, blaue und schwarze Gefühle, aber auch gelbe, violette und regenbogenfarbene Töne. Die ganze Welt und alle ihre Ausdrucksformen sind Farben von der Palette des Unermesslichen und des Unergründlichen.«

»Welche Farbe hat dann unser Gespräch, Monsieur?«

Triboulet dachte kurz nach. »Ein mattes Gelb, durchmischt mit leichtem Schwarz und einem Hauch von Smaragdgrün.«

»Könnt Ihr das erklären?«

»Nun, die Mattheit des Gelbs, das sind wohl Borgia und ich, und das Smaragdgrün, das seid unbestritten Ihr, Mademoiselle.«

Henris Augen verengten sich leicht, als er zu Triboulet hinblickte. »Und das Schwarz, das bin ich?«

Triboulet sah ihn an. »Ja, das Schwarz, das bist ganz sicher du, Henri d'Ardans.«

Françoise de Chateaubriant, eindrucksvoll in einem mit Goldbrokat verzierten Kleid aus rotem Satin, saß im Schatten einer der Lauben des Gartens und streichelte ihrem Windhund den Kopf. Dabei schien sie den Mann, der mit gezogenem Hut vor ihr stand, nicht zu bemerken. Schließlich hob sie den Kopf und betrachtete den gut gekleideten Kavalier, der sie mit ausdruckslosen Augen beobachtete.

»Ich mag Euch nicht besonders, Monsieur van Heyden.«

»Das betrübt mich, Madame.«

Françoise lächelte kühl. »Ich weiß, dass Ihr ein falsches Spiel spielt und dass es Eure Absicht ist, dem Königreich Frankreich zu schaden.«

»Ihr irrt Euch, Madame. Ich bringe den Frieden.«
»Einen vergifteten Frieden, wie mir scheint, Monsieur. Ein Frieden, der uns davon abhalten soll, unsere Besitzungen in Italien wiederzugewinnen und der den Kaiser zu nichts als zu einigen mäßigenden Worten verpflichtet.«
Van Heyden zuckte mit den Schultern. »Ich sehe das anders, Comtesse.«
»Karl V., König von Spanien, Herr der Spanischen Niederlande, Kaiser des Heiligen Römischen Reiches, hat Frankreich beinahe vollständig eingekreist. Sein sehnlichster Wunsch ist es, das französische Burgund für seine Familie wiederzugewinnen. Dieser Habsburger würde nichts unterlassen, um Frankreich zu schaden, Mijnheer.«
Françoise begann den Windhund von neuem zu streicheln. Der Hund blickte schläfrig und zufrieden vor sich hin. »Und dennoch gibt es Ereignisse, Mijnheer van Heyden, die uns dazu bringen könnten, die gleichen Absichten zu verfolgen.«
»In der Tat?«
»In der Tat, Monsieur. Es freut mich zum Beispiel nicht besonders, dass Louise de Savoie den Herzog von Bourbon umwirbt.«
»Weshalb nicht, Comtesse?«
Françoise zog ihre Hand vom Kopf des Windhundes zurück und legte sie auf die Armlehne des Stuhles. Der Hund knurrte unwillig und setzte sich auf.
»Mit Louise de Savoie als Gattin könnte Charles de Bourbon ebenso mächtig wie der König von Frankreich werden.«
»Dessen Geliebte Ihr seid.«
»So ist es.«
Das Licht, das zwischen den Blättern und den Rosen auf Françoise fiel, zeichnete ein durchbrochenes Muster auf ihr dunkles Haar, betonte die Röte ihres Mundes und die Klarheit ihrer Haut.
»Es kann nicht im Interesse des Kaisers sein, dass das einzige noch unabhängige Herzogtum auf Frankreichs Boden in die Hände der königlichen Familie fällt.«
»Der Kaiser schätzt Charles de Bourbon sehr. Er ist der Lehnsherr von Bourbons östlichen Besitzungen.«
Françoise strich sich mit den Fingern ihrer linken Hand über die

Stirn. »Der Kaiser wird einen unabhängigen Herzog, der im Streit mit den Valois liegt, wohl mehr schätzen als einen Bourbon, der zum Stiefvater François' I. wird.«

Van Heyden blickte kurz auf den Hund, der ihn anknurrte und dabei die Zähne bleckte.

»Er ist eifersüchtig«, sagte Françoise de Chateaubriant.

»Wird der König nicht zornig sein, wenn den Valois die Besitzungen Bourbons entgehen?«

Françoise hielt den Hund am Halsband fest und sprach liebevoll auf ihn ein. »Weshalb sollten sie ihnen entgehen?«, fragte sie dann. »Es gibt immer noch den Prozess.«

»Und Charles de Bourbon wäre ein Todfeind des Königshauses.«

»Besser ihn zum Feind haben als zum ersten Mann im Staat, findet Ihr nicht, Monsieur van Heyden?«

Der Emissär lächelte. »Man sagt, dass Louise de Savoie Euch hasst, Comtesse.«

»Sagt man das?«

»Ich fürchte ja, Madame.«

»Und was sagt man noch?«, fragte Françoise mit gleichgültiger Stimme.

»Dass Ihr fürchtet, dass Euer Bruder Odet de Lautrec von Charles de Bourbon als Oberbefehlshaber des königlichen Heeres in Italien abgelöst werden könnte.«

»Man spricht sehr viel an einem großen Hof, Mijnheer van Heyden. Das solltet Ihr wissen.«

Van Heydens Lächeln wurde noch breiter. »Ihr habt jedenfalls ein gewisses Interesse daran, Louise de Savoie zu schaden.«

Françoise sah ihn mit unbewegtem Gesicht an. »Und ein großes, dem König zu nützen.«

Van Heyden senkte den Kopf und blickte unruhig auf den Hund, der sich neuerlich bewegte. Der Windhund stieß jedoch nur einen Seufzer aus und legte sich umständlich zu den Füßen von Françoise de Chateaubriant nieder.

»Was soll ich tun, Comtesse?«

»Euch einen Plan ausdenken, der ebenso einfach wie wirkungsvoll ist. Einen Plan, der verhindert, dass der Herzog von Bourbon Louise de Savoie zur Frau nimmt.«

»Ich werde mein Bestes tun, Comtesse.«
»Sucht mich in zwei Tagen wieder auf, Monsieur van Heyden.«
»Und was ist, wenn unser Plan misslingt?«
»Euer Plan, Herr Gesandter. Euer Plan.«
Justus van Heyden verbeugte sich. Der Hund, gestört durch die unvermittelte Bewegung, bellte laut auf. »Wie Ihr wünscht, Comtesse.«
»Sollte Euer Plan nicht gelingen, Monsieur van Heyden, dann seid Ihr wohl ein toter Mann und ich eine Mätresse im Exil.«
»Das wären keine wünschenswerten Zukunftsaussichten, Madame.«
»Nein«, sagte Françoise de Chateaubriant und streichelte dem Hund wieder beruhigend über den Kopf, »das wären sie wohl ganz und gar nicht.«

Bernard de Briard saß in seinem Pariser Arbeitszimmer, bequem in einem Sessel lehnend, und las die Depesche mit ungeteilter Aufmerksamkeit. Henri d'Ardans war in Lyon angekommen, teilte ihm sein Gewährsmann mit. Die Reise sei ohne besondere Ereignisse verlaufen. Er würde d'Ardans auch weiterhin mit Genauigkeit und der notwendigen Sorgfalt beobachten. Henri d'Ardans mache noch einen unausgeglichenen Eindruck. Seine Mission in Mailand, so meinte jedenfalls Briards Gewährsmann in seinem Schreiben, sei dadurch allerdings nicht gefährdet.
Gut, dachte Briard. Gut. Man durfte Henri in seiner jetzigen Verfassung noch nicht aus den Augen lassen. Dafür stand zu viel auf dem Spiel. Für ihn und für Frankreich.

Maxime mochte Lyon. Die Stadt war ein bedeutender Flusshafen und Umschlagplatz von Waren aller Art und Herkunft. Franzosen, Italiener, Deutsche, Schweizer und Spanier gaben sich in ihr ein Stelldichein, reiche Bankiers und gewitzte Geldwechsler benutzten die wirtschaftliche Kraft und die begünstigte Lage der Handelsmetropole an der Saône und der Rhône. Die Seidenfabrikation gehörte zu der bedeutendsten Europas und ernährte allein an die zehntausend Menschen, der Buchdruck hatte an Umfang und Produktion jenen von Paris beinahe eingeholt. Als Tor zu Italien, als Frankreichs Brücke zu Mailand und Florenz, hatte Lyon einen bedeutenden Anteil an vermögenden lombardischen, toskanischen und venezianischen Geschäftsleuten. Es war eine Stadt der Kontraste, in der sich üppiger Reichtum und eine erbärmliche Armut in skurriler Vertrautheit berührten und in der das Geld als das ewige Herz und Hirn der Welt empfunden wurde.

Es war kein Zufall, dass Maxime das brünette Mädchen am Blumenmarkt nahe des Domes auffiel. Es war kein Zufall, dass er wie benommen stehen blieb und es mit einem Erstaunen und einer Erregung betrachtete, als hätte er Mond und Sonne zum ersten Mal in all ihrer Pracht erblickt. Es war kein Zufall, dass er sich dem jungen Mädchen mit Scheu und Ehrfurcht näherte. Es war dies alles kein Zufall, denn Maxime hatte sich zum ersten Mal in seinem kurzen Leben auf den ersten Blick hin verliebt.

Der Blumenmarkt schien alle Farben dieser Welt zu zeigen, und dennoch erschien es Maxime, als wäre das grüne Kleid und der frische Teint des Mädchens das Leuchtendste, das die Erde je gesehen hatte.

Das junge Mädchen mit dem zarten kleinen Mund, der elfengleichen Statur und den ausdrucksvollen braunen Augen stand bei einer der hölzernen Buden, in denen eine Vielfalt von Blumen angeboten wurde. Maxime trat neben das Mädchen und kaufte für alles Geld, das er bei sich hatte, rosafarbene und rote Rosen. Den mächtigen Strauß an seine Brust gedrückt, sprach er sie an.

»Ihr seid die Schönste«, sagte er.

Das Mädchen blickte zu ihm hoch. »Was meint Ihr, Monsieur?«

»Dass Ihr jede nur mögliche Blume, wie vollendet sie auch sein mag, überstrahlt. Dass Eure Erscheinung jede nur denkbare Sonne verblassen lässt.«

Das Mädchen lachte. »Findet Ihr nicht, dass Ihr übertreibt?«

Maxime schüttelte den Kopf. »Ihr seid das Vollkommenste, was ich je erblickt habe. Ihr dürft mich niemals verlassen, Mademoiselle.«

»Wie sollte ich Euch verlassen, da ich nicht zu Euch gehöre?«

»Ihr täuscht Euch, Mademoiselle«, sage Maxime mit Würde. »Ihr gehört seit der Stunde Eurer Geburt zu mir. Gott hat uns nur erschaffen, damit wir uns begegnen.«

»Ihr seid verrückt«, sagte das Mädchen belustigt. »Vollständig verrückt.«
»Ich bin verrückt nach Euch. Meine Seele hat zu tanzen begonnen, als ich Euch erblickte.«
Das Mädchen sah ihn mit ihren braunen Augen an. »Ich habe zu tun, Monsieur.«
»Ich werde Euch dabei helfen. Wie heißt Ihr, Mademoiselle?«
Das Mädchen zögerte kurz. »Lisette«, sagte es dann.
»Nehmt, Lisette.« Er reichte ihr den Strauß Rosen. »Er gehört Euch.«
Das Mädchen strich mit dem Handrücken sacht an den Blumenköpfen entlang. »Diese Rosen sind wunderschön.«
»Sie sind nur ein schwacher Abglanz dessen, was ich für Euch empfinde.«
Lisette betrachtete noch einen Augenblick lang die Blumen und hob dann den Kopf. »Und wie heißt Ihr, Monsieur?«
Maxime verbeugte sich. »Maxime. Zweiter Diener des Sieur Henri d'Ardans. Und Ihr«, fragte er, »was ist Euer Gewerbe?«
»Ich bin die vierte Kammerzofe der Baronin Corinne de Bolle.«
»Bei der es gewiss eine Fülle von Kammermädchen gibt.«
»Ich muss Euch enttäuschen, Monsieur. Ich bin die Unbedeutendste von ihnen.«
»Dann fehlt es der Baronin an Geschmack.« Maximes Stimme senkte sich leicht. »Ihr seid das schönste Mädchen der Welt.«
Das Mädchen schüttelte den Kopf. »Monsieur …«
»Sagt bitte Maxime zu mir.«
»Maxime, Ihr dürft mir solche Dinge nicht sagen.«
»Weshalb?«
Das Mädchen errötete. »Dazu gefallen sie mir zu gut.«
Maxime berührte kurz ihre Hand. Das Mädchen sah ihn beinahe erschrocken an. »Wie alt seid Ihr, Lisette?«
»Beinahe sechzehn. Und Ihr?«
»Siebzehn.«
»Schon siebzehn?«
»Beinahe«, fügte Maxime leise hinzu.
Das Mädchen lachte. »Für Euer Alter wisst Ihr Euch gut auszudrücken, Maxime.«

»Es ist die Liebe, die mich sprechen lässt. Sie und meine Ausbildung bei Sieur d'Ardans.«
»Ihr schätzt Euren Sieur d'Ardans wohl sehr?«
»Er ist der beste Herr, den man sich nur denken kann.«
Das Mädchen bat mit einem zauberhaften Lächeln um Nachsicht. »Ich muss Blumen für meine Baronin kaufen, Maxime. Ich darf nicht zu spät ins Schloss zurückkehren.«
Maxime setzte eine eifrige Miene auf. »Lasst mich Euch tragen helfen«, sagte der junge Mann, und Lisette nickte zustimmend.
Sie gingen durch die engen Straßen hinter dem Dom in Richtung Fluss, langsam und fröhlich, so als wollten sie die Zeit und die Freude, die sie ihnen schenkte, vollkommen auskosten.
»Woher kommt Ihr, Maxime?«, fragte das junge Mädchen.
»Aus einem Dorf in der Auvergne. Und Ihr?«
»Aus Toul. Das ist nahe der lothringischen Grenze.«
»Das Leben bei Hof muss wunderbar sein«, sagte Maxime dann. »All die Bälle und die Feste.« Er schwieg kurz. »Habt Ihr viele Verehrer?«, fragte Maxime unvermittelt.
»Weshalb fragt Ihr das?«
»Ich muss doch wissen, mit wie vielen Männern ich zu kämpfen habe, um Euch nicht zu verlieren.«
»Diese Frage werde ich Euch nicht beantworten, Maxime.«
»Ihr stoßt mich ins Verderben, Lisette. Nun werde ich Nacht für Nacht wach liegen und mich fragen, ob Ihr nicht jemand anderem schöne Augen macht.«
»Ihr seid zu bedauern, Maxime«, sagte Lisette mit leisem Spott.
Maxime nickte. »Ich bin zu bedauern wie jeder Liebende, der nicht weiß, ob sein Flehen Gehör findet.«
Das Mädchen schenkte ihm einen Augenaufschlag. »Dann findet es doch heraus.«
Es war Maxime, der diesmal errötete. »Wenn Ihr es mir gestattet?«
Das Mädchen senkte den Blick. »Vielleicht gestatte ich es Euch, Monsieur.«
Sie standen vor dem Eingangstor des Schlosses, das von zwei Schweizer Gardisten bewacht wurde, die mit steinerner Miene in eine unbestimmte Ferne blickten, die offenbar nur sie erkannten.
»Ich muss nun gehen«, sagte Lisette.

»Schade. Wie schade.«
»Ihr seid sehr nett, Maxime.«
»Es ist so, weil ich Euch liebe.«
Das Mädchen hielt die Blumen fest an sich gepresst. »Weiß man das immer sofort?«
»Manchmal. Manchmal schon.« Maxime räusperte sich kurz. »Wann sehe ich Euch wieder?«
»Wann immer es sich ergibt.«
»Ich werde jede Sekunde bis dahin zählen.«
Das Mädchen blickte ihn an. »Lebt wohl.«
»Bis bald, Lisette.«
Das junge Mädchen nickte und ging zu dem Tor mit den Schweizer Gardisten. Dann drehte es sich um, lief auf Maxime zu und drückte ihm einen Kuss auf die Wange. Maxime wollte etwas sagen, aber das Mädchen legte ihm einen Finger auf den Mund und lief den Weg zurück. Maxime blickte ihr nach, als sie eilig die kiesbedeckte Straße zum Portal entlangging. Er blickte noch auf das Schloss, als ihr grünes Kleid schon längst nicht mehr sichtbar war. Maxime stand entrückt wie ein Heiliger, der plötzlich eines Engels ansichtig geworden war. Einen Moment lang glaubte er einen der Schweizer lächeln zu sehen. Aber das musste eine Sinnestäuschung gewesen sein. Gardisten lächelten nicht.

Josua und Moulu saßen im berüchtigten »Haus zur Häsin« und tranken Wein, während Justus van Heyden am Nebentisch unter den Augen seines Leibwächters Sudema und seines Dieners mit Benvenuto Paderi um Geld würfelte. Anne Marie, Mathilde und die übrigen Mädchen saßen bei Josua und Moulu oder standen bei den Spielern und feuerten sie an.
»Diese Gesellschaft ist ungerecht«, meinte Josua und goss sich einen Becher Wein ein. »Wir sollten sie durch eine andere ersetzen.«
»Nun«, sagte Moulu behaglich, während das neben ihm sitzende Mädchen den Arm um seine Schulter legte und ihren Busen an ihn presste, »dann suchen wir uns eine gerechte Ordnung.«
»Du wirst sie nicht finden«, sagte Josua plötzlich voller Ernst.
»Weshalb?«
»Weil du nie Hunger in deiner Kindheit gekannt hast. Weil du nie

mit Lumpen bekleidet auf den Märkten gestohlen hast. Weil du nie tief in deinem Herzen die Verzweiflung verspürt hast, nirgendwo im Leben einen Ausweg zu besitzen.«

»Ich kenne die Einsamkeit, wie jeder Mensch«, erwiderte Moulu bedächtig.

Josua lächelte. »Aber nicht jene Einsamkeit, die man verspürt, wenn man glauben muss, dass Gott und die Satten einen auf ewig vergessen haben. Du hast nie vor den Reichen im Kot kriechen müssen. Du hast nie die Angst gekannt, nach einem vergeudeten Leben ohne einen Groschen alt und verlassen zu sterben. Du bist nie in den Dreck der Gosse gerutscht, weil dir jegliche Hilfe verweigert wurde. Du hast nie lachen müssen, weil andere es von dir gefordert haben, während deine Seele sich dabei gekreuzigt fühlte. Ich glaube, Moulu, das hast du nie gekannt. Das nicht und all die immer wieder enttäuschten Sehnsüchte, dass die Gerechtigkeit dich eines Tages aus deiner Hölle der Demütigung erlösen würde. Du hast nie über deine eigenen Träume gelacht, Moulu, weil sie von der Welt bespuckt und lächerlich gemacht wurden, Stunde für Stunde und Tag für Tag. Du bist noch nie so tief in Not geraten, dass du ohne nachzudenken jeden Glauben und jede Meinung angenommen hättest, wenn sie nur Brot und die Stillung deines Durstes versprochen hätten. Nein, Moulu. Du hast nie zu den Ungeschickten gehört, die bei allem, was sie tun, ertappt werden. Die ihr Leben lang auf dem Bauch rutschen, die sich im Schmutz hinschleppen müssen, damit sie den nächsten Tag noch erleben dürfen. Du wirst keine gerechte Gesellschaft finden, Moulu, weil du nicht in der Hölle geboren wurdest.«

Einen Augenblick lang herrschte Stille. Dann applaudierte das Mädchen, das Anne Marie hieß. »Eine langer Vortrag«, sagte sie schließlich.

»Gott hat mich mit der Gabe der Rede gesegnet.«

»Woher kommst du, Josua?«, fragte Moulu.

Der groß gewachsene Mann lächelte jetzt. »Ich bin der Sohn von Hunger leidenden Bauern aus dem Elsass.«

»Und bist Landsknecht geworden.«

»Zuerst Landsknecht und dann Diener bei den des Marckes. Ein Weg, der mich ständig nach oben geführt hatte.«

»Sosehr ich auch den Busen einer Frau schätze, so ziehe ich doch ihren Hintern vor«, philosophierte van Heyden am Nebentisch, während er drei Sechsen warf.

»Damit steht Ihr nicht allein, Mjinheer«, antwortete Paderi.« Wie oft schon ist ein Männerherz zwischen den Hinterbacken einer Frau zerrieben worden.«

Moulu sah Josua aufmerksam an. »Nun kennst du sie also, die Welt der Reichen.«

Josua nickte. »Gerade die Satten und die Reichen sollten gezwungen werden, etwas von ihrem Überfluss an die Armen abzugeben. Steht denn nicht in der Bibel, dass wir alle Brüder sind? Wurden wir alle denn nicht nackt und bloß geboren?« Er deutete mit ausgestrecktem Finger auf Moulu. »Und du als ehemaliger Mönch solltest wissen, dass die Kirche in die Hände der Mächtigen spielt. Sind Bischöfe und Kardinäle denn etwas anderes als mit Mitra und Stab bedachte Fürsten? Wenn schließlich die Päpste, die Stellvertreter Christi auf Erden, versuchten ein ihm ähnliches Leben zu führen, ihm nachzufolgen in seiner allumfassenden Güte, wohin käme es denn dann mit dem Reichtum der Diözesen, den Tausenden Steuern und Ablässen, mit Ämterkauf und Unzucht?«

»Für die Unzucht«, sagte van Heyden, während er mit Verve weiter würfelte, »gilt für die Frauen Folgendes:
Wenn du täuschst, Mädchen, habe nur recht Acht, dass er es nicht merke,
Und bewege dich geschmeidig so, blicke lustvoll so, dass er dir glaubt –
Dass es dir wohl tut, bezeuge durch dein stoßweises Wort,
Durch das Keuchen deines Atems!«

»Pietro Aretino«, stellte Paderi fest, während er über van Heydens erneuten Wurf von drei Sechsen aufstöhnte.

Moulu schüttelte den Kopf. »Josua, du bist ein an den Antichrist verlorener Lutheraner.«

»Ich bin von ganzem Herzen Lutheraner, und wenn ich auch wenig Glauben besitze, dass die Welt zu ändern ist, so werde ich doch niemals die Hoffnung darauf verlieren. Niemals werde ich ruhen, lauthals dort zuzustimmen, wo das Reich Gottes auf Erden gefordert wird.«

Die Mädchen neben van Heyden und Paderi schrien auf, als der kaiserliche Gesandte von neuem drei Sechsen warf.
»Ich glaube, Ihr betrügt«, ertönte plötzlich Paderis laute Stimme. Alle Gespräche im Saal verstummten mit einem Schlag.
»Was habt Ihr gesagt?«, fragte Mjinheer van Heyden mit leiser, drohender Stimme, während sein Leibwächter Sudema einen Schritt auf den Italiener zutrat.
Paderi ergriff die Würfel und ließ sie auf den Tisch fallen. Ein Würfel fiel herunter und kollerte über den Boden, bis er, immer langsamer um sich selbst kreisend, schließlich liegen blieb.
»Das sind gezinkte Würfel«, sagte Paderi.
»Sudema«, sagte van Heyden kaum hörbar.
Während er sich geschickt vom Stuhl fallen ließ, trat Paderi dem groß gewachsenen Holländer in den Bauch, schnellte dann vom Boden hoch und zog seinen Degen. Eines der kreischenden Mädchen wollte sich auf ihn stürzen, aber Mathilde riss sie an den Haaren zurück.
»Ihr vergreift Euch an einem Gesandten!«, schrie van Heyden und zog seinerseits seinen Degen gegen Paderi.
Anne Marie wehrte mit kleinen Schlägen das Mädchen Sudemas ab, das dem Holländer zur Hilfe kommen wollte, während van Heydens Begleiterin mit Moulus Liebster zu ringen begann. Im Nu kämpften Paderi, Josua und Moulu gegen Sudema, van Heyden und seinen Diener, während sich an den Haaren reißende, schreiende, heftig kratzende und beißende Frauen über den Fußboden wälzten. Der Wächter des Hauses stürmte mit einem Knüppel bewaffnet in den Saal, bereit, Ordnung und Ruhe wiederherzustellen, aber Josua versetzte ihm mit einer Seitwärtsdrehung einen Schlag in den Nacken, der ihn hilflos gegen die Wand taumeln ließ. Dann ergriff Josua van Heydens Diener, riss ihn an sich und entwand ihm mit bloßer Hand ein Messer.
»Wie geht es Euch, Paderi?«, rief Moulu, der erstaunlich gelenkig über Mathilde hinwegsprang, die kreischend ihrer Feindin das Mieder zerriss. Moulu trieb van Heyden vor sich her, der mit einem Aufschrei über sein Mädchen, die hoch gewachsene Blonde, stürzte.
»Dieser Holländer ist mühsamer, als ich glaubte«, rief Paderi, sprang auf den Tisch, focht mit Sudema und glitt dann über einen

kippenden Stuhl auf den Boden. Er schnellte hoch, drehte das Handgelenk mit Eleganz beim folgenden Seitwärtshieb. Sudema wurde der Degen aus der Hand gerissen und flog in hohem Bogen in den Saal.
Der Wächter hatte sich mittlerweile wieder erholt und versuchte sich auf Josua zu stürzen, an dessen Kleidung van Heydens Diener hing. Josua spannte die Arme und schleuderte ihn kraftvoll zur Seite. Dann schlug Josua dem Wächter gegen die Brust, der stürzend den sich hochrappelnden van Heyden kopfüber über die aufschreiende Anne Marie warf.
»Sudema«, sagte Paderi, während Josua van Heyden packte und ihn hochhob. »Bückt Euch.«
Sudema senkte den Kopf, und Josua stieß mit Wucht van Heydens Kopf gegen den des Leibwächters. Die Mädchen taumelten zerzaust durch den Raum, als Moulu einen Krug auf dem Schädel des Wächters, der verzweifelt nach seinem Knüppel suchte, zerschlug.
»Durch die Weisheit wurden sie geheilt«, sagte er, »Buch der Weisheit 9, Vers 19.«
Ein Junge, der im »Haus zur Häsin« Dienst tat, lief aufgeregt in den Saal:
»Die Wirtin hat die Stadtwache gerufen, Messieurs!«, rief er.
»Danke«, sagte Paderi, griff nach einer Münze in seinem Wams und warf sie dem Jungen zu. Dann machte er einen Hechtsprung durch das offene Fenster in den ebenerdigen Garten. Josua küsste die derangierte Anne Marie und folgte Paderi auf dem Fuße. Moulu gab dem Jungen eine Silbermünze.
»Vergesst nicht Gutes zu tun und zu teilen«, sagte er, als er bedächtig aus dem Fenster kletterte. »Hebräer 13, Vers 16.«
Der Junge blickte um sich. »Das sagt Ihr mit gutem Grund, Monsieur.«

»Seid nicht beunruhigt, Jeanne«, sagte Henri d'Ardans zu dem jungen Mädchen. »Louise de Savoie ist beinahe euphorischer Laune, seit man den kaiserlichen Gesandten van Heyden in einem Bordell der Stadt festgenommen hat.«
Das Mädchen trug ein kostbares Kleid aus dunkelblauem Satin. Das hellere, miederartige Oberteil zeigte eine bis zur Taille rei-

chende Verschnürung, unter der zarte, feine Spitze sichtbar wurde. Jeanne lächelte nervös. »Die Wege zur Gunst sind ungewöhnlich und verwinkelt, wie ich erkennen muss.«

»Sie sind nirgendwo so merkwürdig wie an einem königlichen Hof.« Henri ergriff ihre Hand und bemerkte, dass sie kaum merklich zitterte.

»Mut, Jeanne«, sagte er.

Sie warteten in einem kleinen holzgetäfelten Vorraum, dessen Wände mit Teppichen bedeckt waren, die die Entführung Europas durch den Stier zeigten. Auch eine nackte Venus, die einer Reihe lieblicher Nymphen wohl Anweisungen gab, wie sie den Satyrn im Hintergrund gefällig sein konnten, bedeckte eine der quadratischen Wände.

Ein Page öffnete die Tür. »Der Baron Henri d'Ardans und Jeanne des Marckes«, kündigte er an.

Jeanne durchschritt an Henris Hand den lang gestreckten Raum. Vor dem Stuhl Louise de Savoies angekommen, beugte Henri sein Knie, während das Mädchen so tief knickste, dass sich ihr Kleid wie eine blaue Blume am Boden ausbreitete. Louise de Savoie glänzte in einem tief dekolletierten Kleid aus Goldbrokat. Perlenreihen waren entlang der Nähte aufgesetzt, und ein goldenes Halsband mit einem prachtvollen Diamanten reichte bis zu den Wölbungen ihrer Brüste. Ein Haarreif, der mit großen, leuchtenden Rubinen besetzt war, teilte ihr dunkles Haar. Das Sonnenlicht, das durch das Glas der Fenster fiel, leuchtete auf Louise de Savoies Kleid und gab ihrer Haut einen matten, honigfarbenen Schimmer. Die Königinmutter schien bester Laune zu sein. Sie war eine schöne Frau, fand Henri. Beinahe so schön wie Françoise de Chateaubriant.

»Ihr seid also Jeanne des Marckes, die an meinem Hof bereits eine Fülle von Verehrern gewonnen hat?«

Jeanne knickste erneut. »Majestät …«

»Erhebt Euch, mein Kind. Wie alt seid Ihr?«

»Neunzehn, Madame. Seit drei Tagen.«

Louise de Savoie wandte sich Henri zu. »Habt Ihr den Geburtstag dieses Mädchens ausgiebig gefeiert?«

»Ich fürchte nein, Madame. Ich war zu Kanzler Duprat gerufen worden.«

Louise de Savoie runzelte die Stirne. »Ihr seid ein Spielverderber, Henri d'Ardans. Die Feste einer Frau haben Vorrang vor jeder Politik.«
»Ich werde es mir merken, Madame.«
»Tut das, Henri d'Ardans, tut das. Ich wünsche Euch in Zukunft auch mehr unter Menschen zu sehen, Monsieur. Ihr wart zwei Jahre lang verschollen.«
»Ich war auf Reisen, Madame.«
Louise de Savoie machte eine ungeduldige Handbewegung. »Lasst mich mit Euren misanthropischen Reisen zufrieden, Henri. Lebt endlich wieder wie ein Mann des Hofes. Lebt endlich das Leben, für das Euch das Schicksal vorgesehen hat.« Sie lächelte Jeanne zu. »Und was führt Euch nach Lyon, mein Kind?«
Jeannes Stimme war kaum merkbar unsicher, als sie antwortete. »Ich bin auf dem Weg nach Mailand, Madame. Der Sieur d'Ardans war so freundlich, mich in seine Reisegesellschaft aufzunehmen.«
»Und weshalb wollt Ihr nach Mailand?«
Jeanne schien einen Augenblick lang unschlüssig. »Um einem ungeliebten Bräutigam zu entgehen«, sagte sie dann zögernd.
Louise de Savoie starrte sie kurz an und brach dann in lautes Lachen aus. »Bei Gott, Ihr gefallt mir immer besser, Jeanne des Marckes!« Sie schmunzelte, als sie sich Henri zuwandte. »Und Ihr unterstützt das, d'Ardans?«
»Ich war von ihrem Mut angetan, Madame.«
»Mut und Liebe sind auch das Einzige, das in dieser Welt zählt. Merkt Euch das, Jeanne des Marckes.« Louise de Savoie stand auf und schritt die wenigen Stufen, die zu ihrem Thronsessel führten, hinunter. Sie trat zu Jeanne und blickte sie freundlich und prüfend an. »Nein«, sagte sie dann, »Ihr werdet nie einen Mann heiraten, den Ihr nicht liebt.« Sie fasste Jeanne am Arm. »Ich habe meinen Mann geliebt und habe es nie bereut. Wisst Ihr, wie alt ich war, als ich mit ihm vermählt wurde?«
»Nein, Madame.«
»Ich war elf. Ich war elf, als ich ihn heiratete.« Sie lachte neuerlich. »Ich war vierzehn, als ich den berühmten Einsiedler François de Paule wegen meiner scheinbar unheilbaren Unfruchtbarkeit aufsuchte.« Sie ergriff Jeannes Hand mit solch jugendlicher Impulsi-

vität, dass Henri lächeln musste. »Und de Paule prophezeite mir, dass mein Sohn König von Frankreich werden würde. Und er wurde es, gegen alle dynastischen und politischen Wahrscheinlichkeiten, mein Kind.« Sie setzte sich mit Jeanne auf eine Truhe, die an einer der Wände des Saales stand. »Ich habe meinen Mann geliebt, obwohl ich bereits bei meiner Ankunft im Schloss von Cognac von seiner Geliebten in Empfang genommen wurde. Eine reizende Frau übrigens, eine Antoinette de Polignac. Sie hat mich auch später für meine Hochzeitsnacht vorbereitet, mich das Wichtigste gelehrt und mich in meiner Furcht beschwichtigt. Ihre Tochter Madeleine, meine ...« Louise de Savoie zögerte.

»Stieftochter?«, schlug Henri vor.

»Nennen wir sie Stieftochter«, sagte Louise de Savoie, »war längere Zeit meine erste Hofdame, bevor sie heiratete.« Louise seufzte. »Es war eine schöne Zeit in Cognac. Mein Mann, ich, seine zwei Geliebten ...«

»Ich dachte, seine Geliebte wäre alleine Antoinette de Polignac gewesen?«, fragte Jeanne ungezwungen, um dann innezuhalten, erstaunt über die Dreistigkeit ihrer eigenen Frage.

Louise machte eine wegwerfende Handbewegung, als wolle sie sich mit solch kleinlichen Einwänden nicht abgeben. »Es gab noch eine zweite. Jeanne Conte, ein hübsches Mädchen aus der Umgebung. Still und sehr folgsam. All unsere Kinder, die ehelichen und die unehelichen ...«, fuhr sie fort. »Welch ein buntes und reiches Leben.«

»Danach hört es sich an, Madame«, sagte Jeanne, deren Mut angesichts der Natürlichkeit Louise de Savoies wuchs.

Louise deutete auf Henri. »Euer d'Ardans war ein Jugendfreund meines Sohnes François und meiner Tochter Marguerite. Erinnert Ihr Euch noch, wie Ihr von Amboise aus mit François die Loire hinuntergesegelt seid, Henri? Oder wie wir alle in den Wäldern um Blois gejagt haben? Welch unbeschwerte Tage. D'Ardans ist ein Teil dieser schönen Zeit.«

»Und auch ein Teil Eurer Gegenwart, Madame.«

»Das hoffe ich, d'Ardans«, antwortete Louise. »Das hoffe ich.« Sie ergriff von neuem Jeannes Hand. »Als mein Mann im Sterben lag, war ich verzweifelt und wie von Sinnen. Tage- und nächtelang habe ich an seinem Bett gewacht, ohne auch nur einen Bissen Nahrung zu mir zu nehmen, und pflegte ihn ohne Unterlass. Es nützte alles nichts. Er starb.« Sie stand unvermittelt auf und ging zu ihrem Stuhl zurück. »Heute allerdings«, sagte sie, »würde ich keinen Mann mehr mit einer anderen teilen. Das kann man sich nur erlauben, Jeanne, wenn man die Jüngste und die Schönste ist.« Sie setzte sich auf den Thronsessel und winkte Jeanne des Marckes zu sich. »Wisst Ihr, warum ich Euch das alles erzählt habe, mein Kind?«

»Nicht ganz, Madame«, gestand Jeanne.

»Weil nichts von erwiderter Liebe je verloren geht. Weil es sich lohnt, zu lieben, jetzt und immerdar.«

»Ich verstehe, Madame.«

»Und für die Liebe, Jeanne, ist man bereit, viel zu akzeptieren. Also heiratet nur einen Mann, der Eure Opfer auch wert ist.«

Jeanne nickte. »Ich werde daran denken, Madame.«

Louise de Savoie lächelte. »Seht mich an, mein Kind. Ich bin sechsundvierzig, und ich denke keinen Augenblick daran, von den Schönheiten des Lebens zu lassen. Ich kann das, weil mein Leben von der Liebe, der Zärtlichkeit und der Wertschätzung begleitet wurde.«

Henri lächelte freundlich. »Ihr vergesst ihr zu erzählen, Madame, dass Ihr der klügste Kopf des Landes seid«, meinte er.

»Nach dem König.«

Henri schüttelte den Kopf. »Nein, Madame. Der König kommt nach Euch.«

Louise de Savoie zeigte mit dem Finger auf ihn. »Das ist Majestätsbeleidigung, d'Ardans.«

»Ich mache mich ihrer gerne schuldig.«

»Ihr werdet noch in den Katakomben des Louvre landen, mein Freund.«

»Nur wenn Ihr mir Eure Gunst entzieht.«

Louise schwieg kurz. »Das wird kaum geschehen«, sagte sie dann. »Es freut mich, dass Ihr von den Toten auferstanden seid, d'Ardans.«

»Ich weiß es noch nicht.«

»Was wisst Ihr noch nicht?«

»Ob ich wirklich lebe.«
»Ihr werdet es herausfinden.«
»Daran besteht kein Zweifel, Madame.«
»Lasst die Vergangenheit und Eure Frau in Frieden ruhen, d'Ardans.« Louise de Savoie winkte Henri näher zu sich heran. »Hat Briard etwas über den Verbleib der Pläne da Vincis in Erfahrung bringen können?«
»Nichts, Madame.«
»Solange dieser Diebstahl auch her ist, er beunruhigt mich noch immer. Kümmert auch Ihr Euch darum, Henri.«
»Wie Ihr wünscht, Madame.«
Louise de Savoie winkte leicht mit der linken Hand. »Ihr dürft nun gehen, Henri d'Ardans. Ihr und dieses schöne, rothaarige Mädchen.«
Henri beugte das Knie, und Jeanne knickste. Sie schritten, sich verbeugend, zur Tür.
»Henri!«, rief Louise de Savoie unvermittelt.
»Madame?«
»Ihr dürft aber auch zu mir zurückkehren, Ihr und dieses Mädchen. Ihr dürft es, wann immer Ihr es wollt.«

Bernard de Briard lehnte sich in seinem prachtvoll geschnitzten Stuhl zurück.
Sollte d'Ardans in Mailand getötet werden, müsste jemand anderer Henris Auftrag übernehmen. D'Ardans würde seinen Rachefeldzug auf keinen Fall aufgeben. Es war nicht auszuschließen, dass er dabei zu Tode kam. Briard spürte ein unbestimmtes Bedauern, wenn er daran dachte. Er mochte Henri. Auf seine Weise. Aber er durfte sich keine Gefühle erlauben. Er, Briard, würde Europa ein neues Gesicht geben. Gefühle waren dabei hinderlich. Gefühle waren dabei gefährlich.
Das Verlangen nach Rache war eine solche unberechenbare Empfindung. Eine Narrheit. Aber gerade diese Schwächen erlaubten es ihm, die Vorgehensweise der Menschen vorauszusehen.
Er schüttelte, beinahe unbewusst, den Kopf.
Dennoch konnte auch in der ausgefeiltesten Planung ein unberechenbarer Faktor, ein unvorhergesehenes Ereignis auftreten. Bri-

ard rühmte sich, diese Bruchstellen in Plänen stets zur rechten Zeit aufzuspüren. So würde es auch hier sein. Wenn d'Ardans getötet werden sollte, würde er improvisieren müssen. Mailand musste stillhalten, so lange, bis der erste Angriff Englands abgewehrt war. Dann konnte er langsam beginnen, der Welt eine neue Ordnung zu schenken.

Er würde in die Geschichte als neuer Perikles eingehen. Ein Gedanke, der ihm gefiel. Er war es leid, der im Verborgenen handelnde Geheimdiplomat zu sein. Es war an der Zeit, dass die Welt ihn kennen lernte. Es war an der Zeit, dass jedermann ihn kannte.

Briard lächelte und schloss zufrieden die Augen.

Er dachte an die Zukunft.

François I. ging mit Charles de Bourbon auf das königliche Ballhaus zu, als er Henri d'Ardans erkannte.

»Henri«, rief der König. »Du hast also nicht vergessen, dass ich dich hierher bestellt habe?«

»Ich würde niemals eine Anweisung Eurer Majestät unbeachtet lassen.«

»Wenn sie dir passt«, sagte François. Er betrachtete Etienne de Cobère, der neben Henri stand. »Und das ist dein junger Freund, der meine Armeen verstärken will?«

»So ist es, Sire.«

»Könnt Ihr mit Waffen umgehen, Monsieur?«, fragte der König Etienne.

»Ein wenig, Sire.«

»Er ist der beste Fechter«, sagte Henri, »der mir je begegnet ist.«

»Woher kommt Ihr?«

»Aus dem Anjou, Sire.«

Charles de Bourbon hatte dem Gespräch mit verschränkten Armen zugehört. Sein Gesicht trug den üblichen arroganten Ausdruck.

»Ihr seid also ein Meisterfechter?«, fragte der Herzog Etienne.

»Ein Mann von mittelmäßigem Talent«, antwortete er.

»Zeigt mir Euer Talent«, sagte Bourbon und zog seinen Degen.

Etienne de Cobère blickte fragend zum König hin.

»Zeigt es ihm«, sagte François lächelnd. »Zeigt es ihm unbenommen.«

Der Herzog von Bourbon drang stürmisch auf Etienne ein, der seine Angriffe locker und gewandt parierte. Er tat nur das Nötigste, um seinen Gegner abzuwehren.
»Gut, Monsieur de Cobère«, rief François amüsiert. »Genug getänzelt. Geht nun zum Angriff über.«
Etienne machte einen Ausfall, den Bourbon nur mit Mühe abwehren konnte. Dann griff er unvermittelt und mit solcher Schnelligkeit an, dass der Herzog zurückweichen und all sein Können einsetzen musste, um die Angriffe Etiennes zu parieren.
François' Augen blitzten, als er Bourbon fragte: »Ist Euch nicht wohl, Herzog?«
»Dieser Junge«, antwortete der Herzog unter Keuchen, »ist der schnellste und gewandteste Fechter, der mir je begegnet ist.«
»Ihr seid auch sehr gut, Monsieur«, antwortete de Cobère, als er Bourbon vor sich hertrieb.
Eine Gruppe von Adeligen, die zum Ballhaus gingen, war stehen geblieben und verfolgte das Gefecht mit Interesse. Henri sah, dass es nur mehr einen Augenblick dauern könnte, bis sie Wetten über den Ausgang des Zweikampfes abschließen würden.
»Er darf Bourbon nicht allzu sehr demütigen«, sagte François zu Henri, sichtlich vergnügt über die Zwangslage, in der sich der Herzog befand.
»Messieurs«, rief d'Ardans, »Ihr seid euch gleichwertig. Der König wünscht, dass Ihr den Kampf beendet.«
Etienne senkte sofort seinen Degen, während Bourbon einen Augenblick lang schwer atmend zögerte und seinen Degen dann abrupt in die Scheide steckte.
»Ihr seht mich beeindruckt, de Cobère«, sagte der König. »Beherrscht Ihr auch das Jeu de Paume?«
»Ein wenig, Sire.«
»Wenn Ihr sagt, dass Ihr es nur ein wenig beherrscht, müsst Ihr der Meister der Meister sein.« François legte den Arm um de Cobères Schulter. »Ihr werdet beim Spiel mein Gegner sein. Ihr seid dessen würdig.«
Das Ballhaus war groß, lang gestreckt und rechteckig. An der Seite, an der sich die aufstrebenden Galerien befanden, lagen auch die hohen Fenster, durch die das Nachmittagslicht schräg einfiel.

»Willst du mein Partner sein, Henri?«, fragte der König, als er sein dunkelgrünes Wams auszog und es einem der Pagen reichte.
»Es wäre mir eine Ehre, Sire.«
Der König ließ sich vom Ballmeister sein Rakett reichen und prüfte dessen Bespannung. »Und Ihr, Bourbon, wollt Ihr unseren neu entdeckten Fechtmeister als Euren Mitspieler annehmen?«
»Wenn Ihr es wünscht, Sire.«
François warf die Bälle, die ihm gereicht wurden, zu Boden und beobachtete ihre Art, aufzuspringen. »Ich wünsche es, Bourbon.«
Der König wandte sich dem Ballmeister zu. »Sind das französische Bälle?«
»Aus Lyon, Sire.«
»Besitzen wir keine Pariser Bälle mehr?«
Der Ballmeister nickte eifrig. »Doch, Sire.«
»Dann steht nicht herum und lasst sie schnellstens holen.« François sah Henri an. »Die Bälle aus Paris sind die besten. Ich nehme an, du hast von Lautrecs Niederlage bei La Bicocca gehört?«, fragte er übergangslos.
»Eine Katastrophe, Sire.«
»Sechzehntausend Schweizer, fünftausend Florentiner, viertausend Venezianer und dreitausend Franzosen umfasste Lautrecs Armee, und was ist davon geblieben, Henri? Tote, Deserteure und Flüchtende. Lautrec behauptet, die vierhunderttausend Écus nie bekommen zu haben, die ich beschlossen hatte, ihm zuzusenden. Deshalb seien auch die Schweizer Söldner von der Kampfstatt abgezogen.«
»Und weshalb ist das Geld nicht angekommen?«
»Mein Finanzminister meint, meine Mutter hätte es zurückbehalten.«
»Zu welchem Zweck?«
François wandte sich Bourbon zu, der abseits stand und mit einem Adeligen aus dem Poitou plauderte. »Wir müssen noch auf die Gräfin von Chateaubriant warten. Sie hat mir versprochen, unser Spiel mit aller Aufmerksamkeit zu verfolgen.«
Bourbon nickte und begann wieder auf den Mann aus Poitou einzusprechen, während de Cobère am Spielfeldrand stand und mit dem Schläger in der Hand wartete.

»Meine Mutter hasst die Familie Françoises«, sagte der König. »Louise de Savoie würde nie etwas tun, das Frankreich schaden könnte. Niemals.«

Der König klopfte mit seinem Schläger auf seine offene Hand. »Das glaube ich auch, Henri. Sprich mit ihr. Kläre diese Angelegenheit. Ohne Françoise darin zu verstricken.«

»Wenn ich es kann, gerne, Sire.«

»Vortrefflich. Ich besitze eine wunderbare Familie, die aber beizeiten recht anstrengend sein kann.«

Die Tür des Ballhauses öffnete sich, und Françoise de Chateaubriant betrat den Saal, gefolgt von Diane de Poitiers und einer beträchtlichen Menge von Ehrendamen und Höflingen. Der König eilte zu Françoise und küsste ihr und Diane de Poitiers die Hand. Dann geleitete er die beiden Damen auf die Galerie.

»Ich werde nur für Euch, Françoise, und für Euch, Diane, spielen.«

»Und für die Königin Claude nicht?«, fragte die Comtesse de Chateaubriant spöttisch.

»Die Königin Claude ist so im Innersten meines Herzens verankert, Comtesse, dass ich sie nicht eigens erwähnen muss.«

»Wie schön, dass Ihr immer die Wahrheit sprecht, Sire«, sagte Françoise.

François verneigte sich leicht und sah Diane de Poitiers an. »Das ist eines Königs Pflicht, wenn er sich einer Schönheit in Vollendung gegenüber sieht.«

Françoise lächelte leicht. »Und meine Schönheit, Sire?«

»Ihr seid immer meine unübertreffbare Sonne gewesen, Gräfin, und so wird es auch bleiben, solange es die Pracht des Mondes gibt, sich Tag und Nacht in ihrer Herrlichkeit abwechseln und die wunderbaren, unendlichen Meere an Frankreichs lang gestreckte Küsten schlagen.«

»Ich danke Euch, Sire.« Françoises Augen lachten, als sie sich an Diane de Poitiers wandte. »Ist er nicht bewundernswert, Diane?«

»Majestät ist der größte König der Erde«, antwortete das Mädchen errötend.

»Das will ich, wenn Ihr gestattet, beim Jeu de Paume beweisen.« François verbeugte sich neuerlich und verließ die Galerie, um auf den Spielplatz hinunterzugehen.

»Wie gefällt sie dir?«, fragte er Henri, als er die Pariser Bälle prüfte, die der Ballmeister ihm eilfertig gebracht hatte.
»Wer?«
»Diane.«
»Ein Reh. Sehr schön. Sehr anmutig.«
Der König schlug einige Bälle versuchsweise gegen die linke Wand des Ballhauses. »Wenn ich nur wüsste, warum Françoise sich so um sie bemüht.«
»Wahrscheinlich will sie durch Diane ihren Einfluss auf Euch aufrecht erhalten. Sie dürfte sehr verschreckt über die Niederlage ihres Bruders bei La Bicocca sein.«
Der König nickte. »Das könnte einer der Gründe sein.« Er blickte zu Bourbon hin. »Seid Ihr bereit, Herzog? Und Ihr, Monsieur de Cobère?«
Die Angesprochenen nickten, und der Schiedsrichter, jener Edelmann aus Poitou, mit dem Bourbon so ausführlich gesprochen hatte, warf eine Münze.
»Das Antlitz des Königs«, sagte der Adelige aus Poitou, als er den Écu prüfte. »Der König beginnt.«
»Tenez«, rief der König und schlug den Ball über das straff gespannte Seil, von dem eng aneinander liegende, grüne Fransen herunterhingen. Der Ball war mit einer solchen Wucht geschlagen, dass Bourbon und de Cobère kaum reagierten. Heftiger Applaus brandete von der Galerie her auf.
»Fünfzehn zu null«, rief der Ballmeister, während der Markierer das Ergebnis mit einem Strich Kreide auf der großen Schiefertafel, die gegenüber der Galerie aufgehängt war, eintrug.
»Das war kein Mönchleinsschlag, Bourbon«, sagte der König lachend. »Behaltet ihn im Gedächtnis, wenn es an Euch ist, den Aufschlag zu haben.«
»Ich werde mein Bestes geben, Sire, wenn es so weit ist.«
»Tenez«, rief François von neuem und schlug den Ball über das mit Fransen besetzte Seil. De Cobère erwischte den scharf geschlagenen Ball, den Henri mit einer Rückhand übernahm und Bourbon so schräg vor die Beine spielte, dass der Herzog ihn ins Leere passieren lassen musste.
»Dreißig zu null«, rief der Ballmeister.

»Dein de Cobère beherrscht auch das Jeu de Paume, Henri. Ich werde ihm zumindest eine Kompanie geben, wenn ich wieder nach Italien ziehe.« Der König warf den Ball in die Luft und schlug zu. »Tenez!« Der Herzog von Bourbon erwischte den Ball mit der Holzumrahmung, und Etienne hechtete dem Ball nach und brachte ihn noch auf das Seil, von dem er in das Feld des Königs rollte. Ein Stöhnen entrang sich der Galerie.
»Dreißig zu fünfzehn«, schrie der Ballmeister, als der Edelmann aus Poitou den Ball gut gegeben hatte.
»Er sollte allerdings nicht zu vortrefflich spielen, sonst lasse ich ihn noch vorher hängen.« François wartete auf den Ball, den ein Junge dem Ballmeister brachte, der ihn dem König reichte. »Und wie geht es dir, Henri? »
»Ich komme über die Fragen des Todes nicht hinweg.«
»Du wirst es müssen, mein Freund. Meine Mutter und ich brauchen dich.« Der König nahm Maß. »Tenez«, rief er. Der Ball wurde von de Cobère zurückgeschlagen, von Henri zurückgespielt und von Bourbon verwertet.
»Dreißig zu dreißig.« Einzelner Applaus erklang von der Tribüne. Françoise de Chateaubriant war von ihrem Platz auf der Galerie aufgestanden und winkte dem König zu. »Für uns, Sire«, rief sie. Der König nickte lächelnd. »Als mein Vater Charles d'Orleans starb«, sagte er zu Henri, »da meinte ich, die Welt müsse untergehen.«
»Ich weiß, Sire. Ich war bei Euch.«
»Und jetzt? Jetzt bin ich König von Frankreich und von Herzen entschlossen, diesen Punkt zu gewinnen.« Er warf den Ball in die Luft. »Tenez!« Der Ball passierte mit ungeheurer Schärfe Bourbon und Etienne. Von der Galerie ertönte heftiger Applaus und einzelne Schreie der Begeisterung.
»Seht Ihr, wozu das Haus Valois in der Lage ist, Bourbon?«, rief der König.
Der Herzog lächelte. »Ich habe nie an der Entschiedenheit Eurer Familie gezweifelt, Sire.«
»Vierzig zu dreißig!«
»Man glaubt, dass die Finsternis nie endet, aber das Leben ist stärker, Henri. Und das ist gut so.«

»Eine Finsternis kann auch ohne Ende sein, Sire.«
»Nein«, sagte der König, »daran glaube ich nicht. Das Leben ist letztlich stärker.« Auf der Tribüne war es still geworden.
»Tenez!«, schrie der König. Henri meinte, nie zuvor einen so gut geschlagenen Ball gesehen zu haben. Der Herzog und Etienne blieben beinahe unbeweglich stehen, weil sie ihn in seinem Tempo kaum erkennen konnten. Die Menschen auf der Galerie sprangen auf und riefen laute Hochrufe, Hüte und Taschentücher wurden geschwenkt.
»Ein Punkt für den König!« Der Ballmeister sah zu dem Schiedsrichter, der keine Einwände hatte.
»Du solltest so leben, wie ich diesen Ball geschlagen habe, Henri«, sagte der König.
»Ich werde daran denken, François«, erwiderte d'Ardans.
Der König stutzte kurz, weil Henri ihn mit seinem Vornamen angesprochen hatte. Dann lächelte er breit. Mit diesem Lächeln auf den Lippen ging er zu Françoise de Chateaubriant und Diane de Poitiers hin, um sich gebührend von ihnen huldigen zu lassen.

4. Kapitel

Die Straße der Tuchhändler war von Lärm, Gebrüll und Buntheit erfüllt. Verschiedenfarbige Stoffe aus Lyon, Brügge, Antwerpen, Palermo und London lagen auf den Tischen, die vor den Läden aufgestellt waren, während Kunden und Händler gestikulierend Bezeichnungen und Zahlen riefen, als wären sie die Kennworte alchemistischer Berechnungen, sich verschwörerisch vorbeugten und die Geheimnisse verstohlener und ungewöhnlicher Rabatte murmelten oder sich mit Gesten reiner Verachtung, ausgeprägter Verzweiflung und des offensichtlichen, unübersehbaren Missfallens von ihren Gesprächspartnern abwandten.

»Ich bin sehr glücklich, dass Ihr nach Lyon gekommen seid«, sagte Etienne, als er zwei gut genährten streitenden Tuchhändlern auswich, die einander mit erhitzten Gesichtern vorwarfen, auf unlautere Art Kunden abzuwerben.

»Ich bin so froh, wieder in Eurer Gesellschaft zu sein«, erwiderte Antoinette Carrère. »Obwohl ich zugeben muss, dass mich auch geschäftliche Probleme nach Lyon geführt haben.« Sie raffte ihren Rock mit beiden Händen, als sie mit ihren hochhackigen Plateauabsätzen über eine Pfütze schritt. »Probleme, von denen ich Euch bereits gestern erzählt habe.«

Etienne warf einen anerkennenden Blick auf einen Stapel gelber Seide, der, wie der hagere Händler, der seitwärts von ihm stand, lauthals rufend versicherte, erst gestern aus Aleppo eingetroffen sei. »Wie viele Eurer Transporte, die von Eurer Lyoneser Niederlassung nach Italien gingen, sind in der letzten Zeit überfallen und ausgeraubt worden, meine einzigartige Venus der Tuchballen?«

»Zwei«, sagte Antoinette. »Einer letztes Jahr und einer in diesem

Frühling. Die Verluste, die ich dabei erlitten habe, sind äußerst schmerzhaft, Etienne.«
»Latet anguia in herba, wie ein lutherischer Prediger in Wittenberg zu sagen pflegte. Die Schlange lauert im Grase.«
Antoinette stützte sich auf Etiennes Schulter, als ein herumlaufender Gassenjunge sie anstieß. »Diese Schuhe geben keinen Halt. Ich habe sie für mich anfertigen lassen, weil sie so gut zu diesem Kleid passen. Und jetzt sind sie zu eng«, beklagte sie sich.
»Angesichts des Schmutzes in den Straßen müsst Ihr sie wohl tragen. Ihr könnt Eure feenhaften Füße nicht gut in unförmigen Stiefeln verstecken.«
»Sie sind zu eng«, klagte Antoinette weiter.
»Es ist die Eigenschaft des weiblichen Geschlechts, leidend zu siegen.«
Antoinette schritt tapfer in dem Gedränge weiter, während Etienne ihr den Arm bot. »Dabei wurden bei jedem Transport die Routen geändert.«
»Und trotzdem wussten die Wegelagerer Bescheid?«
»Ja«, antwortete Antoinette.
»Das ist sonderbar«, stellte Etienne fest.
»Was denkt Ihr darüber?«, fragte Antoinette, die einen Haufen knisternden Reisigs durchschritt, das unter ihren Schuhen wie Funken davonstieb.
»Bei einer Vorlesung in Wittenberg meinte der unvergleichliche Luther, dass man das Naheliegende als Ursache des Ungewöhnlichen suchen sollte.«
»Lasst mich für den Augenblick mit Eurem Luther zufrieden. Selbst im Bett sprecht Ihr von nichts anderem.«
»Eure klösterliche Erziehung verlockt dazu, Madame. Aber zu meiner Entschuldigung muss ich anführen, dass Luther auch lehrt, dass nur von wahrem Wort her die Gnade kommt.«
Antoinette wich trippelnd einer kleinen Grube aus. »Die Gnadenvorstellung Eures Luther ist leicht anzufechten, wie ich Euch schon gestern nach unserer ersten Umarmung sagte. Bei jeder Sünde hofft er, dass einzig die Barmherzigkeit und Vergebung Gottes ihn errettet, während ein guter Katholik von Geburt an weiß, dass durch Buße seine Sünden von dem gütigen Gott getilgt

werden. Ihr seid feige einer Diskussion dieser Frage ausgewichen, indem Ihr auf ungebührliche Art meine Brustwarzen erregt habt!«
»Wir schweifen ab, Madame. Diese Gespräche sollten wir uns für zart fühlende Augenblicke aufheben.«
»Sagte ich das nicht vorhin, mein hübscher Chevalier?« Sie glitt auf einer Apfelschale aus. Etienne fing sie gerade noch auf, bevor sie stürzte. »Welch ein Opfergang, auf diesen engen Schuhen dahinzutänzeln. Ich bin jedenfalls froh, dass Ihr mich zu den Leitern meiner Lyoneser Niederlassung begleitet.« Sie lag halb in Etiennes Armen, als sie zu seinem Gesicht aufsah. »Vielleicht kommt Euch ein Einfall, wie wir diese unverschämten Überfälle auf mein teuer erworbenes Hab und Gut abstellen könnten?«
»Ich werde mein Bestes tun, Madame«, sagte Etienne, der hingerissen in ihre hübschen dunklen Augen blickte. »Omnia vincit Amor! Alles besiegt der Gott der Liebe.«
Als sie vor dem kleinen Handelshaus, das Antoinette als ihr Ziel bezeichnete, angekommen waren, hielt Etienne die hübsche Frau zurück.
»Habt Ihr Angst, einige Minuten alleine auf dieser Straße zu warten? Ich würde mich gerne kurz und unerkannt in Eurem Geschäft umsehen.«
»Ist das Euer Ernst, Etienne?« Sie wies um sich. »Hier? Auf diesen Schuhen?«
De Cobère winkte einem blonden, aufgeweckt wirkenden Gassenjungen und drückte ihm fünfzig Sous in die Hand.
»Du passt auf Madame auf, du mein Hermes kotiger Wege. Wenn sie jemand belästigt, brichst du ihm das Genick oder holst mich stante pede, also unverzüglich, aus diesem Geschäft.«
Der Junge grinste und zeigte ein lückenhaftes Gebiss. »Ich werde auf sie aufpassen, als wäre sie meine Tante.«
Etienne tätschelte seinen Kopf. »Ich hoffe, du liebst deine Tante?«
»Über alles, Monsieur«, versicherte der Junge und blickte hingebungsvoll Antoinette an.
»Und wie lange soll ich hier stehen bleiben?«, fragte Antoinette verärgert.
»Fünf Minuten, meine Allerliebste. Nicht länger.«
»Seid nicht überrascht, wenn Ihr sie seht«, sagte Antoinette, die

von der Aussicht, nur kurz warten zu müssen, einigermaßen besänftigt wirkte.

»Wen, Madame?«

Antoinette lächelte freundlich. »Ihr werdet schon sehen. Mein eifersüchtiger Mann hat sie angestellt.«

»Ihr sprecht in Rätseln, Madame«, sagte Etienne mit einer Verbeugung. Dann öffnete er die Tür zum Laden.

Der Zwerg war so groß wie ein Kind, der Riese so groß wie ein Baum. Der Zwerg trug wallende Locken, während der Kopf des Riesen kahl war. Der Zwerg besaß einen schönen, wohl klingenden Bariton, während die Stimmlage des Riesen ein heiserer Tenor war. Der Riese und der Zwerg standen nebeneinander, einem Berg und einem von Feen ausgesetzten Kobold vergleichbar, während der beleibte Handelsherr, der sich bei den farbigen Tuchballen an der Seite aufhielt, ihnen aufmerksam zuhörte.

»Es geht noch in diesem Monat eine Sendung nach Genua ab«, sagte der Zwerg beflissen. »Wenn Ihr Euch mit Euren Waren unserem Transport anschließen wollt, so würden wir Euch nur die Frachtgebühren verrechnen.«

»Nicht einen Sous mehr, Monsieur«, sagte der Riese geziert.

Etienne hob erstaunt eine Augenbraue, als er den Riesen neugierig betrachtete.

»Nicht einen Sous mehr«, wiederholte der mächtige Mann mit zarter Stimme und gespreizter Bewegung.

»Und begleitet Ihr den Transport?«, fragte der Handelsherr.

»Das ist uns zu unserem Leidwesen nicht möglich«, sagte der Zwerg verbindlich. Er breitete verzweifelt die Arme aus. »Die Arbeit hier in Lyon …«

»Sie hält uns von jeglicher anderer Tätigkeit ab«, ergänzte der Riese.

Der Handelsherr kratzte sich an der Nase. »Euer letzter Transport wurde überfallen.«

«Dieser nicht, Monsieur«, entgegnete der Zwerg lebhaft. »Diesmal schicken wir eine Bedeckung mit, die jeden noch so kühnen Wegelagerer abschrecken würde.«

»Selbst Karl V. würde sich davor fürchten«, sagte der Riese.

»Ich werde über Euer Angebot nachdenken«, sagte der dickliche Handelsherr.

»Bitte tut das, Monsieur«, sagte der Zwerg mit einem artigen Kratzfuß.
»Erweist uns die Ehre Eures Vertrauens«, ergänzte der Riese und verbeugte sich seinerseits.
Der Handelsherr nickte freundlich und verließ mit einem neugierigen Seitenblick auf Etienne das Geschäft.
»Monsieur«, sagte der Zwerg und kam eilfertig auf ihn zugeschritten. »Womit können wir Euch dienen?«
»Mit der Wahrheit.«
Der Zwerg verneigte sich. »Wir und mein Kompagnon sind Eure aufrichtigsten Diener.«
Etienne nickte. »Das Mädchen und der Junge haben gestanden.«
Der Zwerg erbleichte. »Welches Mädchen? Welcher Junge?«
Etienne lächelte ihn an. »Euer Mädchen.« Er zeigte auf den Riesen. »Sein Junge.«
In diesem Augenblick öffnete sich die Tür des Ladens und Antoinette trippelte an der Hand des Gassenjungen die Treppe in das Gewölbe herunter.
»Madame weiß alles«, rief Etienne pathetisch und wies auf die Frau. »Sie weiß, dass Ihr selbst den Auftrag gegeben habt, die Transporte zu überfallen. Sie weiß, dass Ihr die Waren dann verkauft und das Geld in Eure eigenen Taschen gesteckt habt. Wollt Ihr nicht Vergeltung, Madame?«
»Für dieses Zeug hier will ich Vergeltung«, sagte Antoinette, zog ihre Schuhe aus und warf sie in die Ecke des Ladens.
»Ihr seht«, sagte Etienne zu den beiden Tuchhändlern und öffnete die Arme. »Ihr seid rettungslos entdeckt. Madame kommt, um Rechenschaft zu fordern.«
»Du und dein verdammter Strichjunge!«, knurrte der Zwerg dem Riesen zu.
»Du und deine geile Hure«, antwortete der Riese mit Verachtung.
»Bring ihn und die Carrère um!«, rief der Zwerg, zog seinen Dolch und lief auf Antoinette zu. Der Gassenjunge stellte ihm ein Bein, warf sich auf den stürzenden Zwerg und versuchte die Hand mit dem Dolch zu fassen. Der Riese griff nach einem schweren, eisernen Schürhaken und schlug auf Etienne mit solch einer Wucht und Schnelligkeit ein, dass de Cobère nicht dazu kam, den Degen zu

ziehen. Etienne sprang beinahe artistisch zur Seite, warf sich zu Boden, rollte von den Schlägen weg, wirbelte herum und stieß dann dem Riesen mit dem Fuß zwischen die Beine. Der mächtige Mann heulte in einem schrillen Wimmern auf und fiel krachend mit den Knien auf die Dielen. Der am Boden kauernde Etienne wartete, bis sein Gesicht auf einer Höhe mit jenem des Riesen war und versetzte ihm dann einen kräftigen Faustschlag. Der große Mann verdrehte die Augen und stürzte schließlich schwerfällig und besinnungslos zur Seite.

»Wie weit bist du mit seinem Kompagnon?«, fragte Etienne den Gassenjungen, als er sich herumdrehte.

Der Junge drückte den vor Wut heulenden Zwerg mit Händen und Knien an den Boden. »Ich glaube, ich habe meiner Tante das Leben gerettet.«

»Etienne, was soll das alles?«, schrie Antoinette plötzlich mit einem Hauch von Hysterie in der Stimme.

De Cobère stand auf und putzte sein elegantes Wams ab. »Die beiden haben Eure Transporte selbst überfallen, um sich mit ihrem Erlös ihre kostspieligen Geliebten leisten zu können.«

Antoinette betrachtete ihn mit großen Augen. »Und wie habt Ihr das erfahren?«

Etienne lächelte. »Ich habe es ihnen auf den Kopf zugesagt.«

»Und wenn Ihr Euch geirrt hättet?«

»Dann wäre ich wohl bis auf die Knochen blamiert gewesen, Madame.« Er zupfte seine seidenen Manschetten zurecht. »Aber ihr schlechtes Gewissen hat die beiden nicht einen Augenblick an der Richtigkeit meiner Aussage zweifeln lassen.«

Antoinette schüttelte ungläubig den Kopf. »Ihr seid wahrhaftig ein bemerkenswerter Mann, Etienne.«

De Cobère lächelte. »Meinte nicht schon Luther, dass man das Naheliegende als Ursache des Ungewöhnlichen suchen sollte?«

»Befreit mich denn niemand von diesem Gnom?«, rief der Gassenjunge, der den fluchenden Zwerg noch immer zu Boden presste, unwillig dazwischen.

»Doch«, sagte Etienne. »Um deiner Tante willen will ich es tun.«

Antoinette griff nach einem ihrer Schuhe und warf ihn nach de Cobère.

»Um deiner schönen Tante wegen«, verbesserte sich Etienne und verbeugte sich vor der lachenden Antoinette. »Um der unübertrefflichsten Frau dieser Welt wegen, die den eifersüchtigsten Mann auf Erden hatte.«

Giovanni Borgia saß beim Licht einer einsamen Kerze und blickte aus seinem Fenster auf die vom Dämmerlicht umfangene Saône hinunter. Er genoss diese zeitlosen Momente der Scheidung von Tag und Nacht, dann, wenn die Konturen des Ufers und der Bäume formloser wurden, dann, wenn der Fluss blautrübe, matt und träge wirkte, dann, wenn eine sonderbare Stimmung von Langsamkeit und diffuser Erkenntnis die Menschen zu überfallen schien.
Giovanni Borgia blickte auf den Fluss und trank einen Schluck Wein aus dem Holzbecher, der auf dem Tisch neben ihm stand.
Er war mit dem Weg, den sein Auftrag bisher genommen hatte, alles in allem zufrieden. D'Ardans schien Gefallen an ihm gefunden zu haben und glaubte ihm sichtlich, dass er aus dem alleinigen Grunde über Mailand reisen wollte, um später in Ferrara und Rom seine Schwester Lukrezia und Kardinal Berni treffen zu können. Wie leicht die Menschen zu täuschen waren, wenn man sein Unterfangen mit einigem Geschick anstellte. Wie leicht sich auch kluge Menschen zu Narren machten, wenn man die Kraft der Täuschung und der Lüge mit einer gewissen künstlerischen Fertigkeit einsetzte.
Giovanni Borgia lächelte in sich hinein.
Viele Menschen hatten eine Art verschwommener Gutgläubigkeit, die ihre Kindheit begleitet haben mochte, nie zur Gänze abgelegt. Er, Giovanni, hatte sie nie besessen. Fremde hatten sich entsetzt bekreuzigt, hatten die Finger zur Abwehr des bösen Blicks gekreuzt, wenn er als herausgeputzter Knabe hoch zu Ross durch die Straßen Roms paradierte. Damals, als er noch ein glanzvoller Herzog von Cremona war. Damals, als die Welt den Borgias untertan schien.
Giovanni Borgia beugte sich vor, als Rufe vom Fluss her ertönten. Ruderer, die eine Fuhre Bauholz zum Kai hinsteuerten. Kleine Leute. Unbedeutend. Dreck.
Er, Giovanni, würde all diesen Kreaturen der Mittelmäßigkeit, die

ihn den Makel seiner Geburt hatten spüren lassen, in den Staub zwingen, würde sie durch seine eigene Stärke dazu zwingen, seine Kraft, seinen Mut und seine Bravour zu bewundern. War es für einen Mann denn von Wichtigkeit, wessen Schoß er entsprungen war? War es von Bedeutung, durch welchen Samen er seine Knochen, Sehnen und Muskeln gewonnen hatte? Er war er selbst, ein Mann, der aus sich heraus lebte und das erbärmliche Gejammer jener verachtete, die stets das Leben und seine wunderbaren Unberechenbarkeiten für ihr Versagen und ihre Unzulänglichkeit verantwortlich machten. Er, Giovanni Borgia, liebte das Leben. Das Leben war das prachtvolle Alles, in dem es nirgendwo ein Jenseits, eine Auferstehung und eine Erlösung gab. Priestergeschwätz. Lächerliche Ammenmärchen, die von Narren für Narren erzählt wurden. Der Tod war das abrupte Ende allen Seins und die Welt nur ein glänzender, schillernder Widerschein des Bewusstseins. Der Mensch erschuf sich das Leben durch sein Empfinden. Je mehr es durch einen klaren Mut Gestalt annahm, umso mehr würde es sich nach eigenen Vorstellungen formen lassen wie fester Lehm, den man zwischen harten und zupackenden Fingern knetete. Gott war eine Attrappe der Herrschenden, um die Furchtsamen in Ketten zu schlagen. Es gab keine Strafen als jene, die die Menschen einander selbst zufügen. Es gab nichts als das Recht des Stärkeren.

Fackeln wurden an den Ufern der Saône entzündet. Die Dunkelheit saugte rasch den Fluss auf. Eine Finsternis des Südens, machtvoll und zupackend. Eine gute Finsternis. Eine, die man nur mit dem eigenen Feuer überwinden konnte.

Er, Giovanni, war seinem brennenden Dornbusch begegnet, als er erkannte, dass man die Menschen benutzen musste, um seinen eigenen Weg zu gehen. Die Menschen, ob Frauen oder Männer, waren Tiere, die man zu bändigen hatte, um sie für die eigenen Zwecke einsetzen zu können. Da es keine Seele, keine Sünde und keine Lossprechung gab, waren das eigene Vergnügen und die eigene Berufung zur Macht die einzigen Gradmesser, nach denen sich das Wollen zu richten hatte. Die Menschen waren das Vieh, das man mit der Peitsche zu lenken hatte.

Er riss seinen Blick von dem schwarzdunklen Fluss los und lehnte

sich in seinem Sessel zurück. Er blickte in das Licht der Kerze und lächelte von neuem.
Sein, Giovanni Borgias Weg würde ganz nach oben führen. Wenn er sich bis dahin zu verstellen hatte, wenn er lügen, morden und zerstören musste, so würde er es ohne Hemmungen tun. Was war gegen das Böse einzuwenden? Hatten nicht bereits die Juden ihrem Hirtengott eine zürnende und rächende Seite zugesprochen? War Satan nicht ein Engel? Die Menschheit wusste von ihrem Anbeginn an von der Wucht und der Stärke des Dunklen. Mitleid war nur eine stupide Verschwendung von Gefühlen an Missratene, Krüppel, Verformte und übel riechende Kranke, ein morbider Geruch von Pestilenz und Tod, der sich an seiner eigenen Fäulnis entzückt. In allem strebte der Mensch nach Macht. Liebe war nur der Wunsch nach Besitz, Werben ein Kampf und die Paarung eine wechselseitige, wollüstige Knechtschaft, die von Geilheit und einem mörderischen Trieb nach Unterdrückung gespeist wurde. Zur Hölle mit den Furchtsamen, den Ängstlichen und den ewig Zitternden! Die Hölle war gut, fand Giovanni Borgia, die Hölle war ausgezeichnet. Ihre Erfindung hatte den Himmel auf die Erde zurückgeholt.
Beraubt man den Menschen seiner Leidenschaften, seiner Gier, seines Hasses und seiner Wut, wird er ein unweigerliches Opfer der anderen. Die Leidenschaften und der Neid waren eine mächtige Triebfeder auf dem Weg nach oben. Wäre das Böse nicht gut, es wäre längst von der Welt verschwunden.
Giovanni Borgia blies das Licht der Kerze aus. Die Nacht zeigte hellere und dunklere Töne. Es waren die Schattierungen, die den Hintergrund der Finsternis ausmachten. Das wusste er, Borgia, schon lange.
Vielleicht würde er sich noch lange Zeit verstellen und das lächerliche Bild eines gutgläubigen Tölpels abgeben müssen. Er würde der Welt so lange von Freundschaft und Verständnis sprechen, bis er sie in seinem Griff hatte.
Dem Sieger gehörte alles. Der Sieger würde in das Leben eintauchen, wie in den offenen, feuchten Schoß einer gefesselten und zugleich hingebungsvollen Frau.
Die Vorstellung gefiel ihm. Sein Glied begann sich zu regen, als er

sich ein Bild davon ausmalte. Er verschränkte die Arme hinter dem Kopf. Nahe der Straße der Schmiede gab es ein Freudenhaus, in dem man die Kunst der Peitsche würdigte. Vielleicht würde er dorthin gehen. Er schloss träge die Augen.
Später.
Später, vielleicht.

In der Galerie des Schlosses herrschte wie immer um die Zeit des Levers ein Kommen und Gehen der Edelmänner, Hofdamen und Pagen. Diener eilten den breiten Gang entlang, und Gruppen von Adeligen standen beieinander, besprachen sich und vertrieben sich die Zeit, bis der Augenblick kam, da ihre Dienste von der königlichen Familie gewünscht wurden. Das Morgenlicht fiel durch die Fenster der Galerie auf die Gemälde und Teppiche, die den Gang entlang aufgehängt waren. Eine Stimmung von Erwartung schwang in dem wirren Stimmengeflüster mit.
»Euer Abenteuer im ›Haus der Häsin‹ hat dem Hof einigen Gesprächsstoff geliefert«, sagte Françoise de Chateaubriant.
Justus van Heyden sah mit unbewegtem Gesicht an ihr vorbei. »Man hat mir eine Falle gestellt.«
»Hat man Euch betäubt und gegen Euren Willen in das Bordell gezerrt, Mijnheer?«, fragte die Maitresse lächelnd.
»Es war eine Verkettung unglückseliger Zufälle, Madame.«
»Wahrscheinlich.« Françoise sah sich um. »Was die Damen des Hofes nicht verstanden haben, ist, dass ein gut aussehender Mann wie Ihr hier solche Not gelitten hat, dass Ihr Euch käuflicher Frauen bedienen musstet? Diese Art von Pein gerade am französischen Hof? Das ist doch so, Mijnheer, als würdet Ihr nahe der Quelle verdursten.«
»Es waren bedauernswerte Zufälle, sagte ich Euch.«
»Gewiss.« Françoise lächelte ihn an. »Oder habt Ihr ein geheimes Laster, dem eine junge hübsche Hofdame nicht genügen könnte? Wenn es so ist, so erzählt uns bitte davon, denn wir meinten bisher, sie alle zu kennen.«
»Ihr legt es darauf an, mich zu beschämen, Madame.«
»Ihr habt mich zum Lachen gebracht, Mijnheer, und dafür bin ich Euch ewig dankbar. Wir alle haben gelacht, der König, seine Frau,

ich, Louise de Savoie, die Ehrenjungfrauen, die Gardisten und die Küchenjungen. Ich glaubte sogar, einen Mops lächeln zu sehen.«

Van Heyden stand starr und unbeweglich. »Ihr bestärkt mich in meiner Absicht, so bald als möglich nach Brüssel zurückzukehren.«

Françoise legte die Hand auf die seine. »Aber nicht bevor wir unser kleines Rondeau mit Louise de Savoie und Charles de Bourbon gespielt haben. Nicht bevor Ihr mich und den Kaiser erfreut habt.« Ihre Finger strichen über die seinen. »Entspannt Euch, Mijnheer, und lächelt. Das Leben ist schön, und wir alle sind nur Harlekine vor der Ewigkeit.«

Triboulet blieb, begleitet von Anne Boleyn und Giovanni Borgia, bei der Maitresse des Königs stehen. »Habe ich das Wort Harlekin fallen hören, jene wunderbar klangvolle Bezeichnung für den jüngsten, uns von Italien geschenkten Heiligen? Denn ein Heiliger ist dieser Arlequino ohne Zweifel, der für unser Seelenheil die Spinnennetze der Raffgier, des Stolzes und der Falschheit zerreißt.«

Françoise seufzte. »Triboulet, solltest du nicht beim König sein, um ihn am frühen Morgen zu erfreuen?«

Triboulet zuckte mit den Achseln. »Der König will heute nicht mit Scherzchen zum Lachen gebracht werden. Er hat die ganze Nacht über seinen Hof und alle Höfe dieser Welt nachgedacht. Da hat ihn in einem solchen Ausmaß der Furor des Gelächters ergriffen, dass er jetzt Abstinenz walten lassen muss.«

»Ich sehe dich in letzter Zeit immer in Begleitung von Signore Borgia und Mistress Boleyn.«

Triboulet breitete seine Hände auseinander. »Die beiden verreisen, Comtesse. Sie haben die Unvollkommenheiten ihrer Seelen verspürt und vermeinen, durch einen Ortswechsel nun neue bekommen zu können.«

»Und? Wird das geschehen?«

»Nein, Comtesse. Sie werden nur noch enttäuschter sein, wenn sie bemerken, dass sie auf jedem Fleck der Erde dieselben bleiben werden.«

Françoise de Chateaubriant beugte sich leicht vor. »Wann verreist Ihr, Mistress Boleyn?«

»In zwei Tagen, Madame.«
»Geht Ihr an den Hof Heinrichs VIII.?«
»Zuerst nach Hause zu meinen Vater. Ich werde sehen, ob mich der König zu sich ruft.«
Françoise lächelte leicht. »Eure Schwester hat er gerufen.«
Anne Boleyn schenkte ihr ein strahlendes Lächeln. »Ich teile nicht mit meiner Schwester.«
»Schade. So könnte alles in der Familie bleiben.«
»Alles?«
»Nun, die wichtigsten Teile der königlichen Gunst.«
»Ich bescheide mich nicht mit Teilen, Madame.«
»Sie in Euren jungen Jahren in den Händen zu halten, wäre bereits eine große Gunst.«
»Es mag königliche Mätressen geben, die sich damit begnügen.«
»Mag sein. Aber nicht hier in Frankreich. Bestenfalls in Eurem England.«
Triboulet räusperte sich. »Sosehr ich es auch genieße, den geschliffenen Gesprächen zweier erlesener Damen des Hofes zu lauschen, so muss ich doch darauf hinweisen, dass ich Mistress Boleyn und Signore Borgia zum König bringen muss, damit sie auf gebührende Weise ihren Abschied von den französischen Paradiesen nehmen können.«
»Der König wird dir nicht zürnen, Triboulet, wenn du ihm erzählst, dass Euch die Comtesse de Chateaubriant aufgehalten habe.«
Der Narr blickte zur getäfelten Decke der Galerie hoch. »Der Himmel und die königlichen Morgenlaunen geben es.«
»Und Ihr, Signore Borgia, wohin verreist ihr?«
Giovanni erwies Françoise seine Reverenz. »Nach Rom, Comtesse.«
»Wollt Ihr Papst wie Euer Großvater werden?«
»Ich wäre schon glücklich, wenn ich es zu einer guten Pfründe brächte.«
Françoise blickte den jungen Italiener freundlich an. »Der Ehrgeiz der Borgias scheint im Sinken begriffen. Und auf welchem Weg werdet Ihr nach Rom reisen?«
»Mit Sieur d'Ardans bis nach Mailand. Und dann nach Ferrara zu meiner Schwester Lukrezia.«

»Die immer sehr mütterliche Gefühle für Euch empfunden hat, wie ich gehört habe.«
Giovanni erbleichte. Einen Augenblick schien es, als würde er die Fassung verlieren. Triboulet fasste ihn hart an der Schulter. »Es gibt keine Frau, die nicht Zuneigung zu unserem Signore empfinden würde. Ein Ergebnis seines lauteren Wesens und seiner jugendlichen Anmut.« Triboulet wandte sich Françoise zu, indem er sich verbeugte. »Und nun verzeiht, Ihr, die Ihr die unbestrittene Krönung weiblicher Sanftmut und fraulicher Schönheit seid. Die Sonne Frankreichs, der König erwartet uns, um uns unsere kleinen Geister zu erleuchten.«
Giovanni Borgia erwies der Mätresse seine Reverenz, während Anne knickste. Dann zogen sie sich inmitten des Gewimmels der Höflinge zurück.
»Ich sehe mit Freuden, dass Ihr Euch nicht nur mir alleine gegenüber kompromittierend verhaltet«, sagte Justus van Heyden.
»Das sind nur kleine, unbedeutende Übungen für die Soiree, Mijnheer. Ich muss heute Abend noch einen Ball mit der Königin und Louise de Savoie eröffnen.«
Justus van Heyden blickte sich kurz um. Sie standen alleine.
»Louise de Savoie wird Liebesbriefe von Charles de Bourbon finden. Liebesbriefe, die an Eure Person gerichtet sind«, sagte er dann.
Françoise blickte heraus in den Garten, in dem Hecken gestutzt und Blumenbeete gegossen wurden. »Das müssen ausgezeichnete Fälschungen sein, Mijnheer.«
»Man wird sie von den Originalen nicht unterscheiden können.«
Der Fingernagel Françoises fuhr langsam das Glas der Fensterscheibe entlang. »Wird der Inhalt der Briefe mich nicht bloßstellen?«
»Sie werden so abgefasst sein, dass nur die Eifersucht des Königs erhöht wird. Ihr werdet durch sie nur gewinnen, Madame.« Van Heyden lächelte. »Ich brauche nur noch einen Originalbrief von Charles de Bourbon.«
»Das wird keine Schwierigkeiten bereiten.«
»Dann wird unser Rondeau in Bälde erklingen, Madame.«
Françoise schürzte kurz die Lippen. »Wir werden Frankreich von einer großen Gefahr erretten.«

»So ist es, Comtesse.«
»Ihr solltet jetzt gehen, Mijnheer. Wir sind schon lange genug zusammen.«
Van Heyden nickte. »Ich hätte nur noch eine Frage, Comtesse …«
»Ja.«
»Diese Leute, die mich in dem Bordell behelligt haben, waren Leute von Henri d'Ardans. Gibt es keine Möglichkeit, ihn zu treffen? Ein wenig Rache würde mir gut tun.«
Françoise blickte an van Heyden vorbei und nickte einer Hofdame zu, die in einiger Entfernung vor ihr knickste. »Eine solche Möglichkeit gibt es immer, Mijnheer. Man muss nur etwas Phantasie entwickeln.«
»Und wohin führt Euch Eure Phantasie?«
»Zu einer Variante, die sich gut mit unserem Plan verbinden lässt.«
Van Heyden blickte neugierig. »Erzählt, Madame.«
»Später. Wenn ich die Entwürfe der Briefe in den Händen halte.«
Sie lächelte van Heyden zu. »Nun geht, Mijnheer.«
Der Gesandte erwies ihr seine Reverenz. »Es war mir ein Vergnügen, Madame.«
»Ihr sagt es«, meinte Françoise de Chateaubriant lächelnd. »Ihr sagt es, Mijnheer.«

Es geschah in einer Schenke am Ufer der Saône, dass Justus van Heyden Corinne de Bolle die gefälschten Briefe des Herzogs von Bourbon übergab. Corinne de Bolle, eine hübsche Frau Anfang dreißig, war in den attraktiven kaiserlichen Gesandten verliebt und durchaus bereit, die Rolle zu übernehmen, die van Heyden ihr zugedacht hatte.
Nachdem sie die Briefe übergeben hatte, würde sie nach Avignon flüchten und von dort aus nach Brüssel weiterreisen, während der kaiserliche Gesandte die Irrmeldung publik machen würde, sie sei nach Marseille abgereist und wolle mit dem Schiff Antwerpen erreichen.
Justus van Heyden versprach Corinne de Bolle die Ehe, das ewige Glück und unsagbaren Reichtum. Sie sog diese Beteuerungen in sich auf, als wäre es Nektar aus dem Garten Eden selbst, und versprach dem Gesandten eifrig, was immer er wollte.

Als Justus van Heyden gegangen war, dachte Corinne de Bolle an Brüssel und den Glanz des spanischen Hofzeremoniells. Sie hatte immer schon eine Vorliebe für geschliffene Manieren gehabt, und an Geld hatte es ihr bislang ständig gemangelt. Sie dachte zufrieden daran, dass sie nun reich sein und einen Mann besitzen würde, während die kaiserliche Gnade sie huldvoll behütete. Sie dachte daran, wie gut es war, eine gesicherte Zukunft zu besitzen, und trank mit Genuss und Andacht den Rest ihres vortrefflichen Weines.

Die noble Gastwirtschaft, in der Antoinette Carrère logierte, lag hart am Ufer der träge dahinfließenden Saône. Die kleine Gesellschaft traf sich in einem großzügig ausgestatteten Speisezimmer des ersten Stockes, dessen Erkerfenster wie der Bug eines Schiffes über den dunklen Fluss hinausragte. Es war ein milder Abend, und als Etienne eintraf, war der Raum mit Kerzen erleuchtet, das Fenster geöffnet, und drei ihm fremde Menschen blickten ihm erwartungsvoll und neugierig entgegen.

»Erlaubt«, sagte Antoinette eifrig, »dass ich Euch meine besten Freunde vorstelle. Diese Dame hier …« Sie wies auf eine spitznasige, dunkelhaarige und magere Frau, »… ist Donna Isabella de Viverano. Donna Isabella kommt aus Salamanca und ist die Gattin eines hier in Lyon ansässigen spanischen Kaufmannes. Sie wurde wie ich im Kloster erzogen.«

Etienne begrüßte die hagere Andalusierin und wandte sich der rundlichen, munteren Frau zu, die neben der Spanierin saß. »Frau Ulrike Meißendorf ist Schweizerin. Ihr Mann handelt wie ich mit Tuchwaren.«

Etienne verbeugte sich und blickte interessiert auf den Mann in der Kutte.

»Pater Vincent ist Kapuziner und hier in Lyon mein von mir tief verehrter Beichtvater.« Der gut genährte Mönch, der um die fünfzig sein mochte, trug einen Vollbart, der ihm bis zur Brust reichte. Er grüßte Etienne, der sich höflich verneigte, mit Bedächtigkeit.

»All diese Herrschaften«, sagte Antoinette, die beinahe zur Gänze in blütenreines Weiß gekleidet war, »sind begierig, von Euch mehr über Luthers Lehren zu erfahren.«

Etienne nickte und blickte in drei aufmerksame, lächelnde Gesichter.

Während gefüllter Kapaun, Braten vom Kalb, Hühnerleber, Suppe, Steinbutt und Lachs aus der Saône aufgetragen wurden, entwickelte sich ein lockeres Gespräch.

»Was haltet Ihr von der Feststellung, Monsieur de Cobère«, fragte Ulrike Meißendorf, »dass die Liebe ein süßes Gift, eine erfreuliche Krankheit, eine angenehme Folterkammer, eine honigsüße Bitternis, eine leichte Last und eine weise Torheit ist?«

»Ich finde diese Bezeichnungen sehr treffend«, antwortete Etienne.

»Für den Verliebten ist der Besitz des geliebten Wesens der höchste Schatz«, meinte Donna Isabella. »Kein Wert auf der Welt ist so kostbar, dass er ihn nicht dafür opferte, keine Gefahr so groß, dass er sie nicht aus Liebe bestünde.«

Antoinette lächelte Etienne zu. »Unter der Wirkung der Liebe reinigen sich die Empfindungen des Liebenden, ja, alle Anzeichen des Edlen treten verstärkt und geläutert hervor.«

Donna Isabella strahlte. »Vor allen Dingen aber schenkt die Liebe dem Verliebten die Klarheit seiner Ziele. Er sehnt sich nur noch nach einer Frau.«

»Wie wunderbar ist es doch, wenn dieser hoch gestimmte Zustand in die Geborgenheit der Ehe übergeht«, sekundierte Ulrike.

»Nur in der Ehe vermag der Mann die Läuterung seiner Begierden zu erfahren«, sagte Donna Isabella, während sie ein Stück vom Kapaun nahm.

»Ein hervorragender Steinbutt«, meinte Pater Vincent, der den Fisch kostete.

»Findet Ihr wirklich, Donna?«, sagte Etienne. »Ich für meinen Teil bin ledig …«

Donna Isabella hob den Zeigefinger. »Ein lediger und sinnlicher Mann kann nur in der ehelichen Zweisamkeit Liebe erfahren. Solange er noch alle Frauen begehrt, die ihm über den Weg laufen, gleicht er einem Hund oder einem Esel, der sich wahllos zu paaren versucht.«

»Abscheulich«, sagte Ulrike Meißendorf.

»Schockierend«, meinte Donna Isabella und schüttelte den Kopf.

Antoinette bemerkte Etiennes Verlegenheit. »Sprechen wir doch den Speisen zu, liebste Freundinnen. Nehmen wir uns ein Beispiel an Pater Vincent.«

Bis zu den kleinen Desserts wurde das Essen nur von Kommentaren kulinarischer Begeisterung unterbrochen. Dann fragte die Spanierin plötzlich: »Meint Ihr mit Luther, dass alle Gläubigen Priester sind, Senor de Cobère?«

»Ja. Das denke ich«, sagte Etienne überrascht.

»Und Ihr seid auch gegen die Marien- und Heiligenverehrung?«

»Ja, das bin ich.«

Die Schweizerin lächelte. »Was Ihr braucht, Herr de Cobère, ist eine gute katholische Frau, die Euer Weltbild zurechtrückt.«

»Denkt Ihr?«, fragte Etienne leicht befremdet.

»Es würde Euren Hang zum Revoltieren zähmen«, meinte Donna Viverano mit einem schmallippigen Lächeln.

Frau Ulrike Meißendorf griff nach einem Becher Wein. »Und wie sieht Luther die Liebe zwischen Mann und Frau?«

»Nun, er meint, dass die beiden Geschlechter einander dringend benötigen. Die begehrende Liebe, die zwischen Mann und Frau herrscht, kann sich sehr wohl zu einer schenkenden Liebe verwandeln. Wenn Liebende als Leib, Seele und Geist im Einklang mit ihrem gottgegebenen Wesen stehen, so verherrlichen sie in ihrem Miteinander das Göttliche.«

»Das ist hübsch«, sagte Antoinette.

»Und gut katholisch«, ergänzte die Spanierin.

»Und was meint Luther über die Ehe?«, fragte Ulrike Meißendorf.

»In einer erfüllten Ehe sind das Geschlechtliche, das Menschliche und das Göttliche zu einer Einheit verschmolzen.«

Donna Isabella de Viverano zeigte mit dem Finger auf ihn. »Aber sie ist kein Sakrament?«

»Kein Sakrament, aber die von Gott eingesetzte unverbrüchliche Urordnung des Lebens.«

»Kann ich bitte den Rotwein haben?«, unterbrach Pater Vincent das Gespräch.

»Wie wahr«, stellte Ulrike fest. »Ohne das anschauliche Dasein wahrer Gattenliebe spräche die Liebestat Christi an den Menschen nicht so machtvoll zu ihren Herzen.«

Donna Isabella drohte mit dem Zeigefinger. »In der katholischen

Kirche wird die Ehe vor einem Priester und zwei Zeugen geschlossen. Sonst ist sie ungültig.«

Etienne sah sich um. Er blickte in die Gesichter Antoinettes, zweier lächelnder Frauen und eines ihn forschend betrachtenden Paters.

»Ja«, sagte er zögernd«, ich weiß das …«

»Darum wird ein Mann Vater und Mutter verlassen und wird an seiner Frau hängen, und die beiden werden ein Fleisch sein!«, zitierte die Spanierin.

»Matthäus, Kapitel 10«, dozierte Ulrike.

»Und wie steht Ihr zu Luthers Lehren?«, fragte Etienne den Pater, um abzulenken.

Der Pater schluckte die gedörrte Pflaume, die er im Mund hatte, hinunter. »Wisst Ihr, ich kümmere mich um meine Armen und Bedrückten. Ich habe keine Zeit für Theologie.« Er blickte Antoinette erwartungsvoll an. »Gibt es noch Kuchen?«

»Pater Vincent ist ein Geistlicher, der sehr oft zu Hochzeiten gerufen wird«, sagte Donna Isabella.

»Er vollzieht die schönsten Trauungen in Lyon«, ergänzte die Schweizerin.

»In der Tat?«, sagte Etienne unsicher.

»Wie gefällt dir mein weißes Kleid?«, fragte Antoinette.

Etienne sah sich nervös um. »Ich glaube …«

»Die Ehe ist unteilbar«, meinte die Spanierin.

»Niemand weiß das besser als eine Frau«, säuselte Ulrike.

Donna Isabella hob wieder ihren Zeigefinger. »Sie ist ein heiliger Stand!«

Die Schweizerin nickte bestätigend. »Unauflöslich.«

»Drum prüfe, wer sich bindet«, meinte Donna Isabella.

»Aber er zögere auch nicht«, flötete Ulrike.

Antoinette lächelte ihn an. »Du hast mir noch immer nicht gesagt, wie dir mein weißes Kleid gefällt?«

Etienne sah neuerlich in die erwartungsvollen Gesichter der Frauen und den gespannten Ausdruck in Pater Vincents Miene. Mit einem unsicheren Lächeln sprang er von der Bank auf.

»Ich denke, ich muss Euch verlassen, liebste Antoinette. Die Geschäfte bei Hof rufen …«

Antoinette blickte ihn verblüfft an. »Jetzt, um diese Zeit?«

»Im Dienste des Königs ruht man nie, meine Schöne. Seid versichert, dass Ihr meinem Herzen immer nahe bleiben werdet, dass ich Euch nie vergessen kann, dass meine Träume stets von Eurer lichten Gestalt erfüllt sein werden …«

»Ich verstehe Euch nicht, Etienne …«

»Ich danke Euch für das Wunderbare, das Ihr mich in meinem Leben erfühlen ließet. Aber jetzt ruft die Weite und das Abenteuer der Welt …« Er wandte sich der Tür zu.

In diesem Moment erklang Musik, die Tür zum Speisesaal wurde aufgestoßen und Musikanten betraten den Saal, gefolgt von Schankmädchen, die eine mit Kerzen verzierte, riesige, weiße Torte trugen. Kaufleute, Gaukler, Damen und, als Abschluss, zwei würdige Prälaten strömten in den Raum.

Etienne wich vorsichtig zum Fenster zurück. »Ich danke Euch, Antoinette, für die Mühe, die Ihr Euch mit diesem Essen gemacht habt. Ich danke den beiden Trauzeugen, die sich für mich inkommodiert haben. Ich danke dem Pater für sein Erscheinen, den Musikanten für ihr Lied und den Zuckerbäckern für diese Torte. Ich danke Euch, Antoinette, dass Ihr mich heiraten wolltet! Aber ich bin zu jung für die Ehe!«

Antoinette sah ihn immer erstaunter an. »Ich verstehe Euch noch immer nicht …«

Etienne lächelte sie unsicher an. »Ihr werdet einen Besseren als mich finden«, rief er, drehte sich um und sprang durch das offene, vorgeschobene Fenster in die Fluten der Saône. Antoinette stieß einen spitzen Schrei aus und stürzte zum Erker hin.

»Etienne«, rief sie.« Kommt sofort zurück!«

Von der Ferne hörte man die leiser werdenden platschenden Geräusche eines Schwimmers.

Antoinette drehte sich um. »Versteht ihr das?«, fragte sie verdutzt.

Pater Vincent nahm ein neues Stück Kuchen von dem Teller. »Er hat gefürchtet, dass Ihr hier und heute heiraten wollt. Mit mir als Priester.«

»Aber ich wollte ihn doch nur mit meinem Geburtstag überraschen. Um nichts in der Welt hätte ich ihn geheiratet.«

»Mein Gott«, sagte Donna Isabella tonlos, »welch ein Missverständnis.«

Das Gesicht der Schweizerin war bleich. »Den jungen Mann seht Ihr niemals wieder, arme Antoinette!«
Der Pater hob kaum merkbar den Kopf. »Freude, meine Tochter, misst sich an ihrer Intensität, nicht an der Dauer erlebter Zeit.« Er kaute genüsslich seinen Kuchen. »Ist es nicht der, so ist es ein anderer.«
Antoinette sah mit unverminderter Verblüffung den Mönch an. »Da habt Ihr wohl Recht, Pater«, sagte sie.
Dann blickte sie mit staunendem Gesichtsausdruck auf die Gäste, die Torte und die Musikanten, sah zu dem Fenster hin und brach schließlich in schallendes Gelächter aus.

Lisette war damit beschäftigt, das Kammsortiment der Baronin de Bolle in eine mit Schnitzereien verzierte Holzkassette zu räumen, als Maxime die Tür öffnete und sich so geräuschlos wie möglich in das Zimmer stahl.
»Ihr?«, fragte das Mädchen verblüfft, als es das Geräusch des Einschnappens der Tür hörte.
»Verzeiht mir, Lisette, aber ich konnte nicht länger warten.« Er lächelte sie unsicher an, als er vor ihr stand, verlegen und stolz zugleich.
»Wie seid Ihr ins Schloss gekommen?«
»Mit dem Sieur d'Ardans. Ich durfte ihn begleiten. Ich konnte mich nicht mehr gedulden. Ich musste Euch sehen, sonst hätte ich den Verstand verloren. Ich konnte nur mehr an Euch denken.«
»Auch ich habe an Euch gedacht«, sagte das Mädchen und sah ihn an. »Oft. Aber Ihr dürft hier nicht bleiben«, sagte Lisette, während ihre Finger die Form seines Gesichtes nachzeichneten. »Es ist zu gefährlich.«
»Du bist wunderschön«, sagte er, in das vertrauliche Du fallend, während er unsicher seine Hand um ihre Taille legte. »Ich liebe dich, Lisette.« Er sagte es stockend und beinahe zornig.
Das Mädchen verharrte kurz regungslos und drängte sich dann kaum spürbar an ihn. »Du musst gehen«, sagte Lisette, während sein Mund langsam die Linien ihres Halses erforschte.
»Ich werde bei dir bleiben.«

»Du bist verrückt«, sagte das Mädchen, während ihre Zunge über seine Wange strich. »Man wird uns finden.«
»So soll man uns finden.«
Ihre Lippen berührten einander, als Stimmen aus dem Vorzimmer erklangen. Lisette stieß einen kleinen Schrei aus, stürzte zu der Holzkassette, ergriff sie und zerrte Maxime mit sich. »Ins Ankleidezimmer, schnell!« Sie flüsterte es hastig. Lisette konnte die Tür des Zimmers nur mehr anlehnen, als zwei Frauen den Schlaf- und Wohnraum der Baronin betraten.
»Welch ein furchtbares Wetter, meine Liebe«, sagte Corinne de Bolle. »Es regnet ohne Unterbrechung seit letzter Nacht.«
»Ich muss gestehen, dass ich den Sommerregen manchmal liebe«, erwiderte Jeanne. »Er ist beruhigend und fern jeder Melancholie.«
»Wie Ihr meint.« Corinne nahm auf dem Himmelbett Platz. »Setzt Euch zu mir, Jeanne. Es gibt keine Stühle in diesem Raum. Ich habe nie verstanden, warum der reichste Hof Europas immer so beengt wohnen muss. Wisst Ihr, dass ich bei der Reise von Blois nach Lyon in einem Zelt schlafen musste?«
»Und weshalb?«
»Weil der Reisemarschall nicht in der Lage war, alle zehntausend Mitglieder des Hofes standesgemäß unterzubringen. Ich musste mir das Zelt mit einer ältlichen Gräfin teilen, die schnarchte wie eine Horde betrunkener Söldner.«
Im Ankleidezimmer drückte Maxime Lisette an sich und flüsterte ihr ins Ohr: »Das junge Mädchen ist Jeanne des Marckes, die Reisebegleiterin meines Sieur d'Ardans.«
Lisette nickte und machte ihm ein Zeichen, um jeden Preis zu schweigen.
»Dieses Zimmer«, sagte Corinne, »verdanke ich nur dem Einfluss Charles de Bourbons. Sonst hätte man mich wahrscheinlich in einem Gasthof der Stadt oder in einem der Klöster der Umgebung untergebracht.« Sie stand auf. »Ich will nur sehen, ob wir alleine sind.« Sie öffnete leicht die Tür zum Ankleidezimmer, hinter der Lisette und Maxime Schutz gesucht hatten und sich angstvoll an die Wand pressten. »Ich will Vertrauliches mit Euch besprechen, Jeanne.«
»Ihr könnt auf mich zählen. Ich werde Euch nie vergessen, dass Ihr

Euch vom Beginn meines Aufenthalts an meiner angenommen habt.«
»Es war mir eine Freude, Jeanne. Ihr seid ein so wunderbares Mädchen, eine so frische, kostbare Ausnahme an diesem Hof.« Corinne schüttelte den Kopf und ging zu dem Bett zurück. »Ich besitze vier Kammerzofen, und nie finde ich eine. Sie müssen in den Gängen des Schlosses auf geheimnisvolle Art verloren gehen. Oder sich mit frühreifen Pagen in irgendwelchen dunklen Nischen herumdrücken.« Sie setzte sich zu Jeanne und legte vertraulich ihre Hand um ihre Schulter. »Wie auch immer, heute ist es von Vorteil.«
Jeanne blickte sie an. »Womit kann ich Euch helfen, Corinne?«
Corinne seufzte. »Ich muss morgen verreisen. Mein Vater in Luxemburg ist ernstlich erkrankt. Ich werde von Marseille aus ein Schiff nach Antwerpen nehmen. Um diese Jahreszeit ist der Seeweg kürzer und bequemer.«
Jeanne wirkte bestürzt. »Das bedauere ich zutiefst. Ihr wart mir eine so gute Freundin, Corinne.«
»Wir werden uns wieder sehen«, sagte Corinne begütigend. »Ich kehre an den Hof zurück.«
»Nur werde ich dann in Mailand sein.«
»Ihr werdet mich von Mailand aus besuchen.« Corinne blickte sie freundlich an. »Ich bin sicher, Ihr werdet zu uns zurückfinden.«
»Vielleicht. Eines Tages, vielleicht.«
Corinne legte ihre Hand auf die Jeannes. »Hört zu, Jeanne. Es geht hier um eine delikate Angelegenheit. In zwei Tagen sind Unterlagen an die Comtesse Françoise de Chateaubriant zu übergeben. Geheime Unterlagen. Ich werde zu diesem Zeitpunkt nicht mehr in Lyon sein. Meine Bitte geht dahin, dass Ihr die Freundlichkeit hättet, diese Papiere der Comtesse zuzustellen.«
Jeanne sah sie überrascht an. »Welcher Art sind diese Unterlagen?«
»Das darf ich Euch nicht sagen.«
Jeanne dachte kurz nach und schüttelte dann den Kopf. »Ohne um die Beschaffenheit der Papiere zu wissen, kann ich Euch nicht behilflich sein.«
Corinne stand einen Augenblick lang regungslos. »Also gut«, sagte sie dann, »ich werde Euch den Hintergrund dieser Geschichte er-

klären. Aber Ihr müsst mir als meine Freundin versprechen, niemandem davon zu erzählen.«

»Das verspreche ich Euch.«

»Bei diesen Unterlagen handelt es sich um Schuldscheine, die die Comtesse de Chateaubriant einer hoch gestellten Persönlichkeit ausgestellt hat. In zwei Tagen sind sie ihr zurückzubringen.«

»Und das hättet Ihr tun sollen?«

»Ja«, sagte Corinne, »aber in zwei Tagen bin ich längst auf dem Weg nach Marseille.«

Jeanne wirkte nicht überzeugt. »Warum könnt Ihr der Comtesse diese Schuldscheine nicht heute oder morgen selbst überbringen?«

»Weil dies Terminzahlungen sind, meine Liebe. Und der Termin ist erst in zwei Tagen.« Corinne lächelte. »Bankgeschäfte sind ebenso geheimnisvoll wie die okkulten Riten der einstigen Templer.«

Jeanne blickte zu ihr auf. »Ihr seid mit dem Herzog von Bourbon befreundet?«

»Ja«, sagte Corinne langsam. »Das bin ich.«

»Könnte es sich bei dieser hoch gestellten Persönlichkeit um Charles de Bourbon handeln?«

Corinne schwieg kurz. »So ist es. Françoise de Chateaubriant schuldet ihm Geld. Nun wisst Ihr alles.«

»Ich schätze die Comtesse de Chateaubriant nicht sehr.«

»Vergesst nicht, dass Ihr vor allem mir helft, wenn Ihr Euch dieser Angelegenheit annehmt.«

»Und das ist der ganze Hintergrund der Geschichte?«

»Der ganze, Jeanne. Aber für beide könnte es peinlich sein, wenn der Hof erführe, dass sich der Herzog als Bankier betätigt und dass die Mätresse nicht mit dem Nadelgeld des Königs auskommt.« Corinne setzte sich wieder zu Jeanne. »Also, werdet Ihr es tun?«

Jeanne zögerte. Sie blickte verunsichert zu Corinne de Bolle hin, die sie flehentlich ansah.

»Werdet Ihr es tun, liebste Freundin?«

»Ja«, sagte Jeanne nach weiterem Zaudern. »Um Euch zu helfen.«

»Ich danke Euch!«, rief Corinne und küsste Jeanne auf die Wange. »Bei jeder anderen Dame des Hofes müsste ich damit rechnen, dass sie das Päckchen öffnet und es der Reihe nach ihrem Geliebten, ihrer Kammerzofe und ihrem Pudel zeigt.«

Jeanne lachte. »Diese Gefahr lauft Ihr bei mir nicht.«
Corinne strahlte. »Das ist auch der Grund, weshalb ich gerade Euch um diese Gefälligkeit bitte, Jeanne. Weil Ihr vertrauenswürdig und verschwiegen seid.« Corinne stand auf, zog einen Schlüssel, der an einem Kettchen um ihren Hals hing, hervor und öffnete eine Truhe, die neben dem Himmelbett stand.
»Hier sind die Schuldscheine«, sagte sie, als sie Jeanne das Päckchen reichte. »Übergebt sie der Comtesse de Chateaubriant übermorgen um elf Uhr am Fuße der großen Treppe. Ich bin sicher, die Comtesse wird Euch belohnen.«
»Ich wünsche keine Belohnung.«
»Ihr werdet sie bekommen«, sagte Corinne. »Ich bin sicher, dass Ihr Eure Belohnung bekommen werdet.« Corinne lächelte. »Erzählt niemandem von diesem Päckchen, Jeanne. Auch Eurem Henri d'Ardans nicht.«
»Er ist nicht mein Henri d'Ardans.«
Corinne blickte verständnisvoll. »Ihr habt Recht. Ihr seid jung. Lasst Euch noch Zeit, bis Ihr Euch an einen Mann bindet.«
»Und Ihr?«
»Was ist mit mir, meine Liebe?«, fragte Corinne freundlich.
»Werdet Ihr niemanden vermissen, wenn Ihr nach Antwerpen reist?«
»Nein. Ich glaube nicht.« Sie sah Jeanne beinahe wohlwollend an. »Aber Ihr habt Recht, wenn Ihr damit meint, dass ich mich binden sollte. Für mich ist es hoch an der Zeit.«
»Wie alt seid Ihr denn, Corinne?«
»Dreißig. Ich bin vor zwei Monaten dreißig geworden. Und ich merke, dass sich die Blicke der Männer jüngeren Frauen zuwenden. Ich habe nicht mehr viele Möglichkeiten an einem Hof, der in die ewige Jugend verliebt ist. Die Zeit vergeht für mich wie für alle Menschen. Und die Zeit, Jeanne, ist die größte Feindin der Frauen.«
»Eine Frau besticht nicht alleine durch ihre Jugend, finde ich.«
»Es gibt Männer, die das anders sehen.« Corinne ergriff Jeannes Hände und zog sie von dem Himmelbett zu sich hoch. »Ich bin so glücklich, Euch begegnet zu sein, Jeanne. Ihr seid eine wahre und herzerquickende Freundin.«
»Treffe ich Euch noch, bevor Ihr nach Marseille abreist?«

»Natürlich«, sagte Corinne voller Zuneigung. »Wir sehen uns heute Abend. Der König gibt eine musikalische Soiree, bei der Ihr erwartet werdet.«
Jeanne griff nach dem Päckchen. »Ich werde niemandem davon erzählen.«
»Ich weiß«, sagte Corinne, ebenso liebevoll wie dankbar. »Ich weiß.«
»Dann sehen wir uns heute Abend.«
»Bis später, meine Liebe.« Corinne küsste sie auf beide Wangen. »Bis später.«
Als Jeanne des Marckes das Zimmer verlassen hatte, setzte sich Corinne de Bolle auf das Himmelbett. Dann lachte sie kurz auf. Die Baronin wartete noch einige Minuten, in denen sie ihre Frisur richtete und ihr Lippenrot ergänzte. Schließlich verließ auch sie den Raum.
»Komm«, sagte Lisette, als sie mit Maxime hastig ins Zimmer trat. »Du musst so schnell wie möglich gehen.«
»Als sie die Tür zum Ankleideraum öffnete, dachte ich, sie entdeckt uns.«
»Dem Himmel sei Dank, dass sie uns nicht gefunden hat.«
Maxime küsste sie auf die Stirne. »Ich bitte dich um Verzeihung, dass ich dich in eine solche Lage gebracht habe.«
»Du verrückter Narr, du«, sagte Lisette und küsste ihn auf den Mund. »Geh endlich.«
Maxime ergriff ihre Hand. »Wann sehe ich dich wieder?«
»Heute Abend, wenn die Soiree ist, werde ich im Garten sein. Sieh zu, dass du den Sieur d'Ardans begleiten kannst.«
»Ich werde alles tun, was möglich ist.« Er schloss sie in seine Arme, drehte sich um und verließ eilig das Zimmer. Lisette stieß einen kleinen Seufzer aus, trat dann zum Spiegel und betrachtete sich. Sie kam zu dem Schluss, dass die Zeit ihre Freundin war. Sie fand, dass sie hübscher als die Baronin de Bolle war. Wesentlich hübscher.

Am übernächsten Tag, knapp vor elf Uhr, wurde Jeanne des Marckes in aller Heimlichkeit von zwei Kammerherren Louise de Savoies verhaftet, noch bevor sie zu der großen Treppe gelangen und Françoise de Chateaubriants ansichtig werden konnte. Zur selben Zeit wurde Henri d'Ardans, der verdächtigt war, mit Jeanne des Marckes zu konspirieren, von zwei Gardisten zu einem unfreundlichen, lichtarmen Raum des Untergeschosses geleitet, der auch den Nachteil hatte, dass seine Fenster vergittert waren. Diese Maßnahmen wurden ohne jegliches Aufsehen vollzogen. Freunden Henri d'Ardans' wurde bedeutet, dass der Sieur mit Jeanne des Marckes auf eine kleine Reise gegangen sei und wohl bald zurückkehren werde.

»Ich bin erfreut, Euch hier begrüßen zu dürfen«, sagte der Wärter zu Jeanne des Marckes, als er sie aus den Händen der Kammerherren Louise de Savoies in Empfang nahm. Der Raum, in dem sie sich befanden, war feucht, schmutzig und wurde von zwei beinahe herabgebrannten Kerzen nur unzulänglich beleuchtet. Der Wärter, ein kleiner, kahlköpfiger Mann mit einem kleinen verwitterten Gesicht und zarten Händen, setzte sich zu dem kleinen, wackeligen Holztisch, der unter einem kleinen, vergitterten Fenster stand.
»Weshalb hat man mich festgenommen?«, fragte Jeanne des Marckes. Ihre Stimme klang unsicher und leise. »Das muss doch ein Irrtum sein, Monsieur.«
Der kleine Mann sah von seinem Tisch, auf dem er sich Feder und Tinte zurechtgelegt hatte, auf. »Jeder, der hier ankommt, Mademoiselle, beteuert, dass seine Einweisung in diese Katakomben auf einem Irrtum beruhen müsse.« Er blickte betrübt. »Aber niemand von all jenen, die hier landeten, konnte diese Ansicht jemals den Herrschenden gegenüber durchsetzen. Woraus wir schließen müssen, dass die Mächtigen ständig irren oder die Delinquenten einer beharrlichen Fehleinschätzung unterliegen.«
Das Mädchen fröstelte kurz. »Ich möchte mit dem Baron Henri d'Ardans sprechen«, sagte es dann.
»Monsieur le Baron ist verschwunden.«
»Verschwunden?«
»Verschwunden, Mademoiselle.« Der Wärter betrachtete die Spitze seiner frisch zugeschnittenen Gänsefeder. »Bei Hof gibt es solche Phänomene, meine Liebe. Jemand erfreut sich über Jahre hinweg allerhöchster Gunst, und dann, ohne zu wissen, weshalb und

warum, ist er mit einem Male verschwunden. Es ist, als wäre er der Welt plötzlich und unvermittelt abhanden gekommen. Und jedermann weiß dieses Zeichen zu deuten.« Der Wärter schüttelte den Kopf. »Niemand spricht mehr von ihm. Selbst seine besten Freunde nicht. Es ist, als hätte er nie gelebt.«
»Dann benachrichtigt Louise de Savoie!« Jeannes Stimme war lauter und heftiger geworden.
Der Wärter sah sie an. »Ich werde niemanden benachrichtigen, Mademoiselle. Wir werden uns beide in christlicher Geduld üben und in Ruhe abwarten.« Dann notierte er sich etwas auf einem der Zettel, die vor ihm lagen, und stand auf. »Ich werde Euch jetzt zu Eurer Zelle führen.«
Jeanne legte erschreckt die Hand auf seinen Unterarm. »Man kann mich doch nicht wie eine gewöhnliche Verbrecherin in Gewahrsam nehmen, Monsieur!«
Der Wärter sah sie aus seinen trüben, gelblichen Augen an. »Weshalb nicht, Mademoiselle?«
»Weil ich nichts verbrochen habe, Monsieur!«
Der kleine Mann griff vorsichtig nach ihren Fingern und löste sie behutsam von seinem Arm. »Mademoiselle, ich lebe seit Jahren in diesem Untergeschoss. Ich muss gestehen, dass ich die Welt über mir kaum noch kenne. Aber aus der reichen Erfahrung, die mir von meiner Klientel zuteil wurde, weiß ich, dass man niemals grundlos in den Kellern dieses Palastes landet. Irgendwie, auf welche Art auch immer, habt Ihr Euch den Zorn einer der strahlenden Sonnen der Oberwelt zugezogen.« Er lächelte sanft. »Ich behaupte nicht, dass dies eine Frage der Schuld ist. Es ist einfach nur eine schlichte Tatsache, die für mich und die anderen hier keiner besonderen Begründung bedarf.« Er griff nach einem mächtigen Schlüsselbund, das an einem Haken an der Wand hing.
»Ist der Sieur d'Ardans auch in diesem Verlies?«
»Das Dasein des Sieur d'Ardans hat an diesem Hof sichtlich sein Ende gefunden.«
Jeanne griff nach dem kleinen Mann, der ihr behände auswich. »Was habt Ihr mit ihm getan?«
»Benehmt Euch, Mademoiselle«, sagte der Wärter ungehalten. »Oder ich muss Euch in Eisen schließen.«

Jeanne fühlte, dass sie den Tränen nahe war. Tränen des Zorns, der Angst und der Verzweiflung. »Sagt mir, was mit ihm ist.«
»Verschwunden ist er, Mademoiselle.« Die Finger des Wärters zeigten das Dahinkrabbeln eines kleinen Tieres an. »Verschwunden. Einfach nur verschwunden.« Der kleine Mann ging zu der massiven Holztür des Raumes und öffnete sie. »Marcel!«, rief er. Beinahe augenblicklich erschien ein Soldat in verschmutzter Montur. »Du begleitest mich und Mademoiselle zur Zelle des verrückten Basken.«
»Was ist das für eine Zelle?«, fragte Jeanne, erschreckt zurückweichend.
»Seien Sie unbesorgt, Mademoiselle. Sie ist eine unserer freundlichsten. Nur hat sie vierzig Jahre lang ein Baske bewohnt, der seinerzeit König Ludwig XI. verärgert hatte. Um die Wahrheit zu sagen, niemand wusste, weshalb er überhaupt in Gewahrsam gehalten wurde. Mit der Zeit wurde er lahm. Dann blind. Und schließlich verrückt.« Der kleine Mann schüttelte den Kopf. »Ein überaus trauriges Schicksal.«
Sie gingen durch einen Gang, an dessen Wänden Fackeln angebracht waren, und hielten schließlich vor einer Tür aus Eisen, die der Wärter umständlich aufschloss. Dann wies er mit einem Hauch von Stolz auf das Innere.
»Ihr künftiges Domizil, Mademoiselle.«
»Mein Gott«, sagte Jeanne entsetzt, als sie auf das Lager aus schmutzigem Stroh blickte, das an der linken Wand lag. Ansonsten war die Zelle leer.
»Da Ihr eine Frau seid, habt Ihr Anrecht auf eine Kerze und einen Kübel voll Wasser. Marcel wird Euch diese Dinge bringen.«
»Das könnt Ihr doch nicht mit mir machen«, sagte Jeanne beinahe tonlos.
Der kleine Mann zuckte mit den Achseln. »Wenn ich Euch einen Rat geben darf, Mademoiselle, so stemmt Euch nicht allzu sehr gegen Eure Lage. Das kostet Euch nur unnütz Kraft, die Ihr für ein Leben hier unten benötigen werdet.« Der Wärter sah sich um. »Diese Zelle ist nicht die schlechteste. Ihr werdet kaum Ratten darin vorfinden. Der Baske pflegte sie bei lebendigem Leib zu verspeisen.« Der kleine Mann nickte ihr zu und schloss die Zellentür hinter sich.

Nach Augenblicken der Erstarrung ließ Jeanne sich auf das modrige Stroh fallen. Sie versuchte ihre Gedanken zu sammeln und die aufsteigende Panik zu unterdrücken. Sie dachte an die glücklichen Tage, die sie in Lyon bisher verlebt hatte. Dann begann sie leise und hemmungslos zu weinen.

Josua, Moulu und Paderi saßen in der gewaltigen Küche des königlichen Schlosses beisammen, um zu beratschlagen, wie sie in Erfahrung bringen könnten, was mit Jeanne des Marckes und Henri d'Ardans geschehen war, als Maxime, wie von Furien gehetzt, bei ihnen auftauchte. Der Junge hatte belauscht, dass Jeanne und Henri am kommenden Vormittag von Louise de Savoie vernommen werden sollten. Auch erzählte er den Männern von dem Gespräch zwischen Corinne de Bolle und Jeanne, das er und Lisette mit angehört hatten. Moulu erkannte als Erster, dass ein Zusammenhang zwischen den Briefen und dem geheimnisvollen Verschwinden Jeannes und Henris bestehen könnte. Es war Moulu, der sich sofort aufmachte, um mit Lisette zu sprechen, und es war Moulu, der sich erbot, die beiden jungen Leute am kommenden Vormittag zu Louise de Savoie, der bedeutendsten Frau des Königreiches, dem unumstrittenen Stern Frankreichs, zu begleiten.

»Liebesbriefe! Ihr habt Liebesbriefe an Françoise de Chateaubriant überbringen wollen? Briefe des Herzogs von Bourbon!«
Louise de Savoie zitterte beinahe vor Wut, als sie zu Jeanne des Marckes und Henri d'Ardans sprach. Sie schlug mit ihrer flachen Hand auf eine der Bücherstellagen. Feiner Staub tanzte weißlich golden im Licht der Sonne, das durch die hohen Fenster in dem lang gezogenen Raum fiel.
»Liebesbriefe an diese Schlampe!« Sie nestelte nervös an dem Medaillon ihrer goldenen Kette.
»Ich bin überzeugt, dass Mademoiselle des Marckes dafür eine einleuchtende Erklärung haben wird«, sagte Henri d'Ardans.
»Ihr seid ruhig!«, rief Louise de Savoie mit lauter Stimme. »Ich weiß sehr gut, dass dieses Mädchen sich das nicht allein ausgedacht hat. Ich bezichtige Euch vielmehr, sie zu dieser Tat angestiftet zu haben!«

»Ich würde niemals eine so haarsträubende Dummheit begehen, Madame.«

»Dummheit?« Die Stimme Louise de Savoies wurde schrill. »Hier geht es um Hochverrat, d'Ardans! Der König und ich wurden in diesen Briefen auf das Gröbste beleidigt!«

Jeanne des Marckes wirkte blass und übernächtigt, aber der Ausdruck ihres Gesichtes war dennoch klar und entschlossen. »Wenn ich sprechen dürfte, Madame …«

»Ihr dürft nicht! Niemand in diesem Raum wird auch nur das Geringste tun, das ich nicht befehle!«

Die Gesichter der beiden Gardisten, die bei der Tür der Bibliothek Wache standen, waren ausdruckslos und undurchdringlich. Einen Augenblick lang herrschte Schweigen. Louise de Savoie ging zum Fenster und blickte in den Garten.

»Der Herzog von Bourbon ist gestern abgereist. Ich bin sicher, dass ich ihn niemals wieder sehen werde. Er hat abgestritten, diese Briefe verfasst zu haben. Ich habe ihm nicht geglaubt.«

»Habt Ihr ihn zur Rede gestellt?«

Louise de Savoie drehte sich abrupt zu Henri d'Ardans um. »Ja, d'Ardans, ich habe ihn zur Rede gestellt. Ich habe ihn zur Rede gestellt, wie es jede Frau tut, die sich auf infamste Art und Weise hintergangen fühlt.«

»Ihr seid sehr temperamentvoll, Madame. Der Herzog …«

Louise de Savoies Gesicht wurde noch bleicher als bisher. »Kennt Ihr den entehrenden Inhalt dieser Briefe, d'Ardans?«

»Nein.«

»Das hoffe ich für Euch. Denn wenn Ihr ihn kennen solltet, werdet Ihr hängen.« Louise de Savoie ging zu einem der Tische und setzte sich auf einen bereitgestellten Stuhl. »Sprecht, Jeanne des Marckes«, sagte sie dann.

Jeanne trat einen Schritt vor. Ihre Stimme klang angestrengt, aber fest. »Die Baronin de Bolle hat mir vor drei Tagen ein Päckchen übergeben, das ich am gestrigen Tag der Comtesse de Chateaubriant überbringen sollte. Sie sagte mir, dass sich in diesem Päckchen Schuldscheine der Comtesse an Charles de Bourbon befänden …«

»Was wären Euch die Schuldscheine dieser Hure angegangen?«, unterbrach sie Louise de Savoie.

»Nichts, Madame.«
»Weshalb habt Ihr Euch dann dieser Aufgabe unterzogen?«
»Aus Freundschaft für Madame de Bolle, die dringend nach Luxemburg reisen musste und dieses Päckchen hätte überbringen sollen.«
Louise de Savoies Finger trommelten nervös auf die Tischplatte. »Corinne de Bolle ist eine Freundin Charles de Bourbons.«
»Ich weiß, Madame.«
»Umso wahrscheinlicher ist es, dass sie den Inhalt des Päckchens kannte.«
»Mag sein«, sagte Henri d'Ardans. »Aber umso glaubhafter ist es, dass sie sich der unwissenden Mademoiselle des Marckes bedient hat.«
»Schweigt, d'Ardans«, sagte Louise de Savoie. »Die Schlüsse aus Euren Aussagen werde ich selbst ziehen. Ich benötige Euch nicht dazu.« Sie wandte sich wieder an Jeanne. »Und d'Ardans wusste nichts davon?«
»Nicht das Geringste«, beteuerte Jeanne.
Louise de Savoie stand wieder auf und schritt zu einer Tafel, auf der die Landkarte Frankreichs aufkaschiert war. Ihre Hand klatschte gegen die Stelle, an der das Herzogtum Bourbon eingezeichnet war.
»Ich werde meine Klage gegen Charles jetzt aufrechterhalten müssen. Diese Angelegenheit könnte den Adel Frankreichs spalten.« Sie wandte sich zu Jeanne und Henri um. »Hier geht es nicht allein um die Rache einer eifersüchtigen Frau, d'Ardans. Hier geht es um die Macht der Valois.«
»Ein Grund mehr, dass ich Euch schon jetzt meine Hilfe anbiete, Madame.«
»Schweigt, bei Gott, d'Ardans, schweigt!« Louise de Savoie atmete tief durch. »Wie wäre es, wenn sich die Sache ganz anders darstellen würde?« Sie deutete auf Henri. »Ihr, d'Ardans, habt Euch der Partei Françoise de Chateaubriants angeschlossen und mit ihr paktiert. Ihr seid es, der sich Jeanne des Marckes' bedient hat, um eine unverdächtige Botin zwischen dem Herzog und der Comtesse zu besitzen.«
»Dem, Madame, steht die Aussage Jeanne des Marckes entgegen.

Dem steht die Tatsache entgegen, dass Corinne de Bolle, die all dies eingefädelt haben dürfte, den Hof verlassen hat. Und dem steht vor allem Euer Wissen entgegen, dass ich Euch niemals hintergehen würde.«

Louise de Savoie blickte zornig zu Henri hin. »Seid dessen versichert, d'Ardans, dass ich die Baronin de Bolle bald in meiner Gewalt haben werde.« Sie wandte sich Jeanne zu. »Welchen Weg hat sie genommen?«

»Den über Marseille.«

»In einer Woche wird sie zurück am Hof sein. Dann werden wir die Aussagen der Demoiselle des Marckes überprüfen können.«

»Wie seid Ihr an die Information gelangt, dass Jeanne dieses Päckchen überbringen würde?«, fragte Henri.

Louise de Savoie sah ihn wütend an, antwortete aber schließlich. »Durch einen anonymen Hinweis.«

»Durch einen Hinweis ...« Henri dachte kurz nach. »Seid Ihr sicher, dass diese Briefe wirklich von Bourbons Hand sind?«

»Wofür haltet Ihr mich, d'Ardans? Das Erste, wozu ich den Befehl gab, war, Schriftproben der Briefe mit Charles' Handschrift zu vergleichen. Es steht unzweifelhaft fest, dass der Herzog ihr Verfasser ist.«

»Die Siegel?«

»Die Briefe waren nicht versiegelt.«

»Weshalb mehrere Briefe? Warum nicht nur einer?«

»Es war die widerwärtige Chronik einer widerwärtigen Seele. Liebesergüsse und Schmähungen, die sich über Tage hingezogen haben.«

Henri schüttelte den Kopf. »Verzeiht mir, aber ich glaube dennoch an eine politische Intrige.«

»Ich sagte Euch doch, dass die Briefe authentisch sind!« Louise de Savoie setzte sich wieder zu dem Lesetisch. »Ich werde Euch, Jeanne des Marckes und Euch Henri d'Ardans, so lange in Gewahrsam halten, bis wir die Aussage von Corinne de Bolle besitzen.«

Henri verbeugte sich. »Behaltet mich in Haft und lasst Jeanne des Marckes in Freiheit, Madame. Sie wird den Hof nicht verlassen, glaubt mir.«

Ein Kammerherr klopfte und öffnete leise die Tür.

»Was ist, d'Ebois?«, rief Louise de Savoie ungehalten. »Hatte ich Euch nicht gesagt, dass ich nicht gestört werden will?«

»Es ist nur, Madame …«

Der Kammerherr hob mehr hilflos als entschieden die Hände. »Hier ist eine Kammerzofe und ein Diener, die eine wichtige Aussage über Mademoiselle des Marckes machen wollen.«

»Führt sie herein.«

Lisette und Maxime betraten verlegen und unsicher den Raum. Das Mädchen knickste tief, und der Junge verbeugte sich beinahe bis zum Boden. Dann nannten sie ihre Namen.

»Was habt Ihr mir zu erzählen?«

Es war Lisette, die den Vorgang in den Räumen Corinne de Bolles schilderte. Louise de Savoie hörte schweigend zu, während Henri d'Ardans kaum merkbar lächelte, als das Mädchen auf ihre Liebschaft mit Maxime zu sprechen kam.

»Und du würdest deine Aussage vor dem Antlitz der Jungfrau beeiden?«

»Ja, Madame«, sagte Lisette.

»Und du?«

»Ich würde sie beim Namen Jesus Christus, meines Herren, beschwören.«

»Es ist gut«, sagte Louise de Savoie. »Ihr dürft gehen.«

Als der Kammerherr Lisette und Maxime hinausgeleitet hatte, herrschte kurz Schweigen in der Bibliothek.

»Ihr werdet ein Geschenk von mir bekommen, Jeanne des Marckes«, sagte Luise de Savoie. »Ein sehr schönes Geschenk.«

»Madame …«

»Ihr werdet es annehmen, oder Ihr würdet mich auf das Tiefste beleidigen.«

»Nichts liegt mir ferner, Madame …«

Louise de Savoie lächelte sie plötzlich an. »Dann ist es gut. Geht jetzt, Jeanne. Wir sehen einander später.«

Jeanne knickste und verließ rückwärts schreitend den Raum. Louise de Savoie trat zu einem der Fenster und blickte in den Garten. Im hellen Tageslicht wirkte sie klein und sehr zerbrechlich.

»Ihr habt mich vor kurzem als besten Kopf Frankreichs bezeichnet. In dieser Angelegenheit war ich es nicht.«

»Ihr seid verletzt, Madame.«
Louise de Savoie wandte ihren Blick von der Buntheit des Gartens ab. »Ihr dürft gehen«, sagte sie zu den Gardisten.
Die Schweizer salutierten, präsentierten ihre Hellebarden und schlossen dann die Tür hinter sich.
»Ihr wisst nicht, wie verletzt ich bin«, sagte Louise.
»Ich kann es nur vermuten.«
»Man sollte als Frau nicht altern, Henri.«
»Ihr seid eine schöne Frau, Madame.«
»Eine schöne Frau von sechsundvierzig. Charles de Bourbon ist vierzehn Jahre jünger. Das ist die Tatsache. Ich war einen Augenblick lang zu blind, um sie zu sehen.«
»Woher wisst Ihr, dass Bourbon Euer wert war?«
Louise de Savoie lächelte freudlos. »Ihr vergesst meine verletzte Eitelkeit, Henri. Meinen erniedrigten Hochmut. Es schmerzt, wenn man auf den Boden der Wirklichkeit zurückgebracht wird. Wisst Ihr, ein junger Grieche namens Thrasonides war derart in die Liebe vernarrt, dass er es ablehnte, das Mädchen, dessen Gunst er gewonnen hatte, zu berühren, um das Feuer zu ihr nicht zu dämpfen. Vielleicht sollte ich mich auch von nun an in die Liebe verlieben, statt junge Männer zu begehren.«
»Habt Ihr wirklich geglaubt, dass ich Euch hintergehen könnte?«, fragte Henri in das Schweigen hinein.
»Nein. Ich habe es in Wahrheit nie geglaubt.« Louise de Savoie ging auf ihn zu. Ihre Schritte hallten auf dem Boden, als wenn gegen hartes Holz geklopft würde. »Aber dass Eure Schutzbefohlene Jeanne als Amorsbotin durch die Gänge unseres Schlosses eilte, war schon mehr als nur sonderbar. Dem müsst Ihr beipflichten, Henri.«
»Das gestehe ich gerne, Madame.«
Louise de Savoie stand vor Henri und sah zu ihm auf.
»Es schmerzt so sehr, Henri«, sagte sie plötzlich, mit einer unvermuteten Hilflosigkeit in ihrer Stimme.
Henri legte einen Arm um ihre Schulter. Louise de Savoie ließ es geschehen.
»Es wird vergehen«, sagte er.
»Wie?«

»Die Zeit, Madame. So banal es ist. Die Zeit lässt alles vergessen.«
Ihre Hände lagen auf seiner Brust. »Hat die Zeit Euch Eure Christiane vergessen lassen?«
»Nein.«
»Die Zeit«, sagte sie. »Die Zeit verlängert nur den Schmerz. Sie bindet ihn an unser Fühlen, bis wir vergehen und sterben.«
»Ihr seid Frankreichs mächtigste Frau, Madame.«
Louise schüttelte den Kopf. »Ich bin eine gedemütigte Frau, die Angst empfindet. Angst, alt zu sein, Angst, keine Zeit mehr zu haben.«
»Ihr werdet ewig leben.«
Sie sah zu ihm auf. »Ewig. Welch ein Wort, Henri. Wir sind nur ein Gedanke, ein Hauch von Sein. Wir sind nichts, Henri.«
D'Ardans lächelte sie an. »Und dennoch …«
»Und dennoch«, sagte sie, nun ihrerseits lächelnd, schlug ihm leicht mit der Hand auf die Brust und löste sich von ihm. »Und dennoch … Ein Wort, das uns leben lässt. Wir sind nicht nur das unendlich Kleine, wir sind auch das unendlich Große. Das meint Ihr doch?«
»So ist es, Madame.«
»Ich hätte niemals geglaubt, dass der junge Henri, den ich in Cognac kannte, eines Tages ein Philosoph wird.«
»Seit Cognac sind viele Tage vergangen, Madame.«
»Zu viele.« Ihre Hand umfasste das Medaillon, in dem sie eine Miniatur ihres Sohnes aufbewahrte. »Wir werden morgen über Euren Auftrag in Mailand sprechen.«
»Wie Ihr wünscht, Madame.«
»Diese Unterredung hat es nie gegeben.«
»Selbstverständlich, Madame.«
»Ihr dürft Euch zurückziehen.«
Henri verbeugte sich und ging zur Tür.
»D'Ardans«, sagte Louise de Savoie.
Henri blieb stehen und blickte sie an.
»Ihr solltet Euch mehr Schwächen erlauben.«
»Vielleicht würde ich dann das Leben nicht mehr ertragen, Madame.«
»Das Leben bietet einem Menschen viel Platz. Ihr selbst habt es mir gerade vorhin erklärt.«

»Es ist leichter, über das Sein zu sprechen, als es zu leben. Wisst Ihr das nicht?«
»Doch«, sagte Louise de Savoie. »Das weiß ich. Aber für Euch, d'Ardans, ist das keine Ausrede.«

Der Mann und die Frau, die sich im Garten ergingen, wurden an diesem Tag einer königlichen Jagd von niemanden von Rang beobachtet.
»Nun?«, fragte van Heyden. »Seid Ihr zufrieden, Comtesse?«
Françoise de Chateaubriant blieb bei einem Rosenstrauch stehen und berührte sacht die Blumen. »Was ist mit Corinne de Bolle?«
»Sie ist auf dem Weg nach Brüssel.«
Françoise sah ihn an. »Werdet Ihr sie heiraten?«
»Ich denke nicht daran«, sagte van Heyden. »Sie wird reich belohnt werden. Das muss ihr genügen.«
»Mir wird immer klarer, warum ich Euch nicht ausstehen kann, Mijnheer.«
»Ich habe Bourbon für Euch erledigt, wie niemand es besser konnte. Ihr solltet nicht undankbar sein.«
Françoise lächelte und ging wieder mit van Heyden an ihrer Seite den Kiesweg des Labyrinths entlang. »Und habt dabei Eurem Kaiser gedient.«
»Das heißt, das Angenehme mit dem Nützlichen zu verbinden, Comtesse.«
»Und was werdet Ihr nun tun, Mijnheer?«
»Ich werde die ersten Stürme der Empörung vorübergehen lassen und dann in aller Ruhe nach Brüssel zurückkehren.«
»Ein achtbarer Mann, der an einem achtbaren Hof zurückkommt.«
Van Heyden lächelte leicht. »Die Politik der Könige hat ihre eigenen Gesetze, Madame. Das wisst Ihr besser als ich.«
»So sonderbar es ist, so bedaure ich doch beinahe Louise de Savoie.«
Van Heyden zupfte sein Wams zurecht. »In jedem Schachspiel gibt es Opfer.«
Françoise de Chateaubriant schenkte ihm ihr schönstes Lächeln. »Ab jetzt sind wir wieder Feinde, Mijnheer.«
»Waren wir je etwas anderes?«

Françoise nickte. »Wie hat Euch mein Schachzug mit Jeanne des Marckes gefallen?«, fragte sie dann.

»Er hätte noch wesentlich effektiver sein können, wenn dieses Kammermädchen und dieser Junge nicht ihr Gespräch mit Corinne de Bolle belauscht hätten.«

»Für die Fehler der Baronin kann ich nichts, Mijnheer.«

»Nun, d'Ardans hat einige unangenehme Stunden verbracht. Das ist zumindestens etwas. Und wie verbleiben wir nun bis zu meiner Abreise, Comtesse?«

Françoise lächelte ihn an. »Ich wünsche Euch wie bisher die Pest an den Hals.«

Van Heyden verbeugte sich. »Und ich werde Euch auch in Zukunft als des Kaisers lieblichste und gefährlichste Gegnerin betrachten. Schärfen wir also unsere Schwerter, Comtesse.«

Françoise deutete um sich. »Zuerst müssen wir wieder aus diesem Labyrinth herausfinden, Mijnheer.«

»Ein Labyrinth ist wie ein politisches Problem, ähnlich dem Bourbons, Comtesse. Und bei beiden finden wir zusammen sogleich die Lösung.«

Françoise lachte, hakte sich bei van Heyden unter und ging zufrieden mit ihm die Kiespfade entlang, dem Ausgang des Irrgartens zu.

5. Kapitel

Sie rasteten nahe dem Ufer der Rhône, nicht weit von der Straße, die nach Süden, nach Valence führte. Weit gezogene Wiesen erstreckten sich über die Ebene hin, während vereinzelte Bäume spärlichen Schatten spendeten. Die Sonne brannte von einem beinahe wolkenlosen Himmel, und Josua errichtete Jeanne des Marckes ein provisorisches Zeltdach, eine olivfarbene Plane, die er zwischen einer Gruppe von hoch gewachsenen, blühenden Büschen aufspannte. Das Mädchen setzte sich unter das helle Dach aus Leinen und blickte auf die lichtgetränkte Landschaft. Alles war weit. Sie verspürte mit einem Mal eine Freude, die sie sich nicht erklären konnte, die sie aber ganz ergriff, die sie durchdrang, die ihre Gedanken leicht und schwerelos werden ließ. Es gibt keine Grenzen, dachte sie. Das Leben schien ewig, leicht, ein Spiel von Licht und Schatten, das in dieser frühsommerlichen Landschaft seine Erklärung und Begründung finden konnte, wenn sie nur die richtigen Fragen stellen könnte, an dieser sonderbaren Barriere zwischen Bewusstsein und Erkenntnis, an der sie sich nun befand, unvermutet, plötzlich, das Aufblitzen eines Augenblicks lang.
Sie blickte beinahe verstört auf, als Henri d'Ardans zu ihr trat.
»Gestattet Ihr, Mademoiselle?« Er deutete auf den Boden vor sich.
Das Mädchen bedeutete ihm, sich zu setzen. Sie betrachtete ihn nun konzentriert und mit Interesse.
»Eine seltene Ehre, Monsieur d'Ardans.«
Henri d'Ardans stützte sich auf seinen Ellbogen und sah sie an.
»Ihr habt Euch in Lyon gut gehalten. Ihr habt Mut bewiesen.«
»Ich hatte keine Wahl.«
»Ihr hättet feige sein können.«
Das Mädchen lächelte. »Feigheit ist keine Alternative, Monsieur.«

Henri blickte in ihre braunen Augen. »Ich habe mich seither öfter gefragt, ob ich Euch etwas Gutes getan habe, Euch bei Hof vorzustellen.«

Jeanne lachte jetzt. »Es war eine wunderbare Erfahrung.«

»Auf welche Art?«

»Als würde man in einem offenen Boot auf einer stürmischen See treiben.«

»Ihr habt diese Stürme gemeistert.«

»Mit Eurer Hilfe.«

D'Ardans schüttelte den Kopf. »Meine Hilfe war nicht allzu groß.«

Das Licht schimmerte in ihrem rötlichen Haar, das ihr über die Schultern fiel. Henri betrachtete ihren sensiblen, sanft geschwungenen Mund, die klaren Augen und die helle, zarte Haut. Sie ist sehr hübsch, dachte er. Sehr hübsch und verständig und klug.

»Welchen Eindruck hat der Hof von François bei Euch hinterlassen?«

»Nun, es ist eine große Komödie. Ein prachtvolles Schauspiel grenzenloser Eitelkeit.«

»So hat nichts Euer Wohlgefallen gefunden?«

»O doch. Der Schmuck und die Kleider. Ich kann mir nicht vorstellen, dass es auf Erden noch irgendwo so viel Pracht und Reichtum gibt.«

Henri lächelte. »Also seid Ihr von den Gütern der Welt doch nicht gänzlich unbeeindruckt.«

Das Mädchen strich sich die Haare aus dem Gesicht. »Ich bin ein Mensch, Monsieur d'Ardans, der hier auf Erden lebt.«

Er betrachtete sie. »Eine Frau«, sagte er dann.

»Ja«, sagte das Mädchen und sah ihn an. »Eine Frau.«

»Wie hat Euch der König gefallen?«

»Das ist ein Mann, der das Leben liebt wie kein Zweiter. Ein Mann, mit dem man ohne Unterlass lachen und sich des Daseins erfreuen könnte.«

Henri nickte amüsiert. »François würde diese Einschätzung gefallen. Vergesst nicht, es ihm beim nächsten Mal zu sagen.«

»Es wird kein nächstes Mal geben, Sieur d'Ardans. Ich werde in Mailand leben.«

Henris Hand strich über das Gras. »Das könnt Ihr nicht wissen. Niemand kann in die Zukunft blicken.« Er hob den Kopf. »Und was haltet Ihr von Louise de Savoie?«
»Eine prachtvolle Frau«, sagte Jeanne mit aufrichtiger Begeisterung in der Stimme. »Stark, schön und intelligent. Eine wahre Herrscherin. Es ist unendlich schade, dass der Herzog von Bourbon sie hintergangen hat.«
»Wenn er es getan hat.«
»Aber die Briefe? Die Briefe, die uns unsere Haft eingetragen haben?«
»Könnten gefälscht sein. Wie auch immer«, sagte Henri und setzte sich aufrecht hin. »Louise de Savoie ist eine bemerkenswerte Frau. Darin habt Ihr Recht.«
»Eine Frau, die Euch liebt, Monsieur.«
»Liebt, Mademoiselle?«
»Liebt, Monsieur. Was immer sie Euch gesagt haben mag, sie würde Euch niemals fallen lassen.«
»Vielleicht«, sagte Henri, »vielleicht ist es so.« Er blickte Jeanne des Marckes an. Woher konnte diese junge Frau dies nur wissen? Woher hatte sie so einen klaren Blick?
»Dennoch haben wir kurz zu spüren gelernt, was es bedeutet, in königliche Ungnade gefallen zu sein. Gefängnis und die erfrischende Aussicht, ehebaldigst gehängt zu werden.«
Jeanne lächelte jetzt. »Hattet Ihr Angst, Monsieur?«
»Nein. Angst gehört nicht zu meinen Lastern.«
»Und was sind Eure wahren Laster, Sieur d'Ardans?«
Henri sah sie an. Sein Gesicht war ausdruckslos. »Rache. Rache ist mein Laster, Mademoiselle.«
Jeanne betrachtete ihn kurz und wandte dann den Blick ab. Sie sah zur klaren Bläue des Himmels auf. Ich bin zu unerfahren, dachte sie. Zu unerfahren, um mir stets vor Augen zu halten, was in diesem Mann vorgeht. Er ist um ein Jahrzehnt älter und um tausend Wunden reicher.
»Entschuldigt diese Frage, Monsieur. Sie war unbedacht.«
»Ich habe sie bereits vergessen, Mademoiselle.« Er lächelte wieder. »Und sonst hat Euch am Hof nichts beeindruckt, Jeanne des Marckes?«

»Doch.«
»Und das wäre?«
»Die Freiheit der Sitten. Die Leichtigkeit, mit der die Frauen dem Werben der Seigneurs nachgekommen sind.«
»Nun«, sagte Henri, »das ist leicht zu erklären. Diese Frauen werden aus gutem Grund von ihren Familien an den Hof geschickt. Sie alle haben Väter, Männer oder Brüder, die um die Mehrung ihres Besitzes oder ihrer Macht bemüht sind. Frauen können Wege ebnen, die für sie sonst unbeschreitbar wären.«
»Ihr meint, das wäre der alleinige Grund?«
»Ein sehr gewichtiger, Mademoiselle. Obwohl ich zugeben muss, dass die Jugendlichkeit und die Lebendigkeit des französischen Hofes eine weitere Ursache für die allgemeine Schwerelosigkeit der Sitten darstellt. François liebt die Frauen über alles und, wie es nicht anders sein kann, eifern ihm die Höflinge darin nach.«
»Was Ihr missbilligt?«
Henri schüttelte den Kopf. »Nein. Nur hat es aufgehört, mich zu amüsieren.«
Jeanne sah ihn an. »Ich glaube«, sagte sie dann, »ich muss mich noch einmal für all den Schmuck und die Kleider bedanken, die Ihr mir für meine Vorstellung bei Hof gekauft habt.«
»Es war mir eine Freude, Jeanne des Marckes, Euch einmal in etwas anderem als in Reithosen zu sehen.«
Das Mädchen lachte auf. »Das ist nicht meine Schuld, Monsieur. Ich kann nicht gut in einem Reifrock auf einem Pferd sitzen.«
»Obwohl ich beinahe davon überzeugt bin, dass Euch sogar das gelingen würde.«
»Ihr überschätzt mich, Monsieur«, sagte Jeanne amüsiert.
»Ich glaube nicht.« Er blickte zu den Rastenden, die sich im Gras der Wiese niedergelassen hatten. Der Capitano schien zu schlafen, während Etienne und Giovanni Borgia in ein angeregtes Gespräch verwickelt waren. Moulu, Maxime und Josua saßen um eine Pferdedecke gruppiert, lachten und würfelten.
»Ihr seid eine ausgesprochen hübsche Frau, Jeanne«, sagte Henri, als er sich ihr wieder zuwandte. »Eine junge Frau mit Stil und Charakter. Ich muss gestehen, dass mir das gefällt.«
Das Mädchen lächelte. »Ihr ehrt mich, Monsieur.«

Henri sah sie an. »Macht Euch nicht lustig über mich.«
»Das tue ich nicht«, sagte Jeanne.
Henris Blicke tasteten ihr Gesicht ab. »Es würde mich interessieren, was Eure Wünsche und Hoffnungen sind. Was Ihr wohl denkt und fühlt.«
»Ich soll also meine Seele vor Euch entblößen?«
»Vielleicht. Vielleicht solltet Ihr das.«
Jeanne blickte ihn freundlich an. »Ich weiß sehr wenig von Euch, Monsieur.«
»Dann schätzt mich aufgrund meiner Freunde ein, Jeanne. Marot, Etienne de Cobère, Moulu. Bildet Euch über sie eine Meinung von mir.«
»Das ergäbe ein gutes Bild, Sieur. Das Bild eines Mannes, der zu seinem Wort steht. Das Bild eines Mannes, der dem Leben mit Menschlichkeit und Tapferkeit begegnet.«
»Ein Bild, an das Ihr nicht glaubt.«
»Ich weiß nicht. Ich weiß es nicht, Monsieur.« Sie warf anmutig ihren Kopf zurück. »Ihr scheint viele Gesichter zu besitzen.«
»Was«, fragte Henri, »was wollt Ihr vom Leben, Jeanne des Marckes?«
Das Mädchen sah ihn an. »Weite. Weite und Helligkeit.«
Henri schwieg. »Ihr werdet sie nie bekommen«, sagte er dann. »Das Leben setzt zu enge Grenzen.«
»Ich glaube, Ihr täuscht Euch, Sieur d'Ardans.«
Henri schüttelte den Kopf. »Ich habe diese Wahrheit längst gelernt.«
»Nein, Monsieur. Ihr seid nur zutiefst verwundet.«
Henri blickte sie an. »Das Leben ist eine Enttäuschung, Jeanne.«
»Das Leben ist eine Erklärung, Monsieur.«
»Ihr seid überaus klug für Euer Alter«, sagte Henri plötzlich gereizt.
Jeanne senkte kurz den Blick. »Ihr wolltet wissen, was ich fühle.«
»Ohne dabei belehrt zu werden.«
»Ihr habt das Leben hassen gelernt, Monsieur d'Ardans.«
Einen kurzen Augenblick lang wirkte Henri beinahe hilflos. »Ich will nicht hassen, Jeanne.«
»Und dennoch tut Ihr es.«

»Ja«, sagte er und stand auf. »Und dennoch tue ich es.« Er nickte ihr förmlich zu und ging dann hinüber zu den Pferden, weg von den Rastenden, weg von ihrer sonnengetränkten Gelassenheit, weg von ihrem Gleichmut und ihrem unbeschwerten Lachen.

Schräg und seitwärts, vom Wind getrieben, peitschte der Regen die Gruppe der Reitenden, die den Weg nach Süden eingeschlagen hatten, trommelte scharf und aufspritzend auf die Steine, tränkte das dunkle Grün und Braun der Wiesen und Felder und verwandelte die erdige Straße in eine morastige Schlammlandschaft. In der lang gestreckten Ebene, die sie durchquerten, konnten sie den Wagen schon von weitem erkennen. Zwei Männer und ein Junge machten sich an einem der Hinterräder des quer gestellten Gefährts zu schaffen. Die Plane, die den Wagen überdachte, schimmerte nassgrau im Licht des Regentages, während die beiden ausgeschirrten Rappen wie Schatten vor einem milchigfarbenen Horizont wirkten. Als die Leute des Planwagens die Gruppe der Reitenden erblickten, kletterten die beiden Männer und der Junge in das Fahrzeug zurück. Der dicke, groß gewachsene Mann, der der Anführer zu sein schien, schritt in seinen lehmbedeckten Stiefeln, die so hochgestreckt waren, dass sie noch seine Oberschenkel bedeckten, bis zur Mitte der Straße und winkte ihnen zu. Henri d'Ardans wandte sich um. Die Männer hatten die Degen gezogen und Josua seine Lanze eingelegt.
»Friede«, schrie der Dicke, als sie mit gezückten Waffen näher kamen. »Audi partem alteram – Höre die andere Partei!«
»Hat das nicht Augustinus als Erster niedergeschrieben?«, rief Jeanne ihm amüsiert zu, als sie ihr Pferd zügelte. Es hob und senkte den Kopf, tänzelte leicht zur Seite. Wasser spritzte auf, als seine Hufe in die matschige Erde traten.
»Eine Leuchte des Geistes«, sagte der Dicke überrascht, »eine Leuchte des Geistes in der Gestalt einer schönen jungen Frau.«
Henri gab seinen Leuten das Zeichen, den Wagen zu umringen. Es hatte oft genug Hinterhalte auf Landstraßen gegeben. Und der Mann, der sie angesprochen hatte, schien ein sehr sonderbarer Kaufmann zu sein.
Henri stieg vom Pferd. »Was habt Ihr in Eurem Wagen?«, fragte er.

Der Dicke lächelte. Trotz seines breitkrempigen Hutes rann ihm das Wasser über das Gesicht.
»Schätze«, sagte er, als er sich mit dem Handrücken das Regenwasser von Mund und Kinn wischte.
»Welche Schätze?«
»Menschen.«
Henri d'Ardans ging zu dem Wagen und schlug die Plane zurück. Eine junge, stark geschminkte Frau lächelte ihm freundlich zu. Zwei Männer und ein Junge grüßten ihn höflich. Henri ging zu dem Dicken zurück, der eine Taschenflasche aus seinem Wams herausgeholt hatte und einen tiefen Schluck nahm.
»Was sind das für Leute?«, fragte Henri.
»Pilger.«
»Auf den Weg in das nächste Bordell?«
»Pilger auf den Seitenstraßen des Lebens, Monsieur. Einzelstücke. Kostbarkeiten. Ich sammle sie.«
»Ihr sammelt sie?«
»Richtig«, sagte der Dicke und zog schwungvoll seinen Hut. Eine kleine Wasserfontäne spritzte von seiner Krempe in den Regen und vermischte sich mit ihm. »Erlaubt Ihr, dass ich mich vorstelle? Jacques d'Eauvive, Kaufmann, Literat und Grundbesitzer.«
»Sind alle Eure Bezeichnungen auch in der richtigen Reihenfolge angeführt, Monsieur d'Eauvive?«
»Vollkommen, Monsieur. Mein Leben verdiene ich mir als Kaufmann, meine Freude erwerbe ich mir über die Literatur und meine Muße gewinnt ihre Kraft aus der Beschaulichkeit des Landlebens. Geld, Freude, Muße. Die Reihenfolge stimmt.«
»Vortrefflich«, sagte Henri. »Und Ihr seid Sammler.«
»Nein, Monsieur. Ich bin ein Kollektionar erstaunlicher Leben.«
»Dessen Wagen ein gebrochenes Hinterrad hat.«
Jacques d'Eauvive zuckte fatalistisch mit den Schultern. »Und dies schon seit einer Stunde.«
»Josua«, rief Henri. Der Riese nickte und ritt zu ihm.
»Glaubst du, dass du ein solches Rad flicken könntest?«
»Beinahe im Handumdrehen, Sieur. Ich habe das auf den Besitzungen des Baron des Marckes schon einige Male getan.«
»Gut«, sagte Henri.

»Aber ich brauche das richtige Werkzeug.«
Jacques d'Eauvive drehte sich so schwungvoll um, wie es seine Beleibtheit zuließ.
»Damit kann ich Euch dienen, Monsieur.« Er ging zum rückwärtigen Teil des Wagens und kramte eine breite und flache Kiste hervor. »Die Materie war vorhanden, nur der Geist, sie zu beseelen, fehlte«, meinte er, als er leicht keuchend Josua und dem herbeigeeilten Moulu den schweren Behälter überreichte.
Josua schaffte es, innerhalb einer halben Stunde das Rad behelfsweise zu richten. Bis zum Einbruch der Dunkelheit müsse es wohl halten, meinte er. Jacques d'Eauvives Gesicht strahlte auf, als er die Auskunft des Riesen hörte.
»Es sind noch gut acht Stunden bis zum Anbruch des Abends, Messieurs. Ein minusküler Bruchteil der Ewigkeit zwar, aber ein schöner Batzen Zeit, um einen beachtlichen Flecken dieses regnerischen Landes hinter sich zu bringen.«
Jacques d'Eauvive zog neuerlich seinen Hut und lud Jeanne ein, im Wagen Platz zu nehmen. Das Mädchen lächelte zustimmend und stieg vom Pferd, dessen Zügel sie Josua überreichte. D'Eauvive wandte sich Henri zu. »Und Ihr, Sieur, dessen Name noch im Zwielicht meiner Erwartung ruht, seid ein ebenso gern gesehener Gast wie Mademoiselle.«
»Es wird mir eine Freude sein, ein wenig über die Wunderlichkeiten des Lebens zu plaudern.« Er nickte d'Eauvive zu. »Und mein Name ist Henri d'Ardans.«
»Von welchem Gewerbe seid Ihr, Monsieur?«
»Ich bin Reisender.«
»Im Raum oder in den Ideen?«
»In beiden. Ungehemmt in beiden.«
»Ad maioram Dei gloriam – Zum größeren Ruhme Gottes, wie ich hoffe.« D'Eauvive wandte sich Jeanne zu. »Wen habe ich zitiert, Mademoiselle?«
»Gregor den Großen, Monsieur. Aus den ›Dialogi‹.«
»Eine Kostbarkeit«, sagte Jacques d'Eauvive beinahe verzückt, als er das Mädchen anblickte. »Eine Kostbarkeit mehr!«
Die Gruppe der Reiter setzte sich wieder in Bewegung, während sich in ihrer Mitte der Wagen des Kaufmannes durch den Morast

quälte. Der Regen hatte sich weiter verstärkt, trommelte gegen das wild schwingende Laub der vereinzelten Bäume, die die Straße säumten, und formte kleine Bäche.
»Ihr sammelt also Leben«, sagte Henri zu Jacques d'Eauvive, der vorsichtig die Pferde über die sumpfige Erde der Straße lenkte.
»Lebensläufe, Monsieur. Alle Herrschaften, die sich in diesem Wagen befinden, habe ich zum Mitkommen aufgefordert, nachdem sie mir ihren bemerkenswerten Werdegang angedeutet haben.«
»So sind wir eine Auslese des Kuriosen?«, fragte Jeanne amüsiert.
»Material für mein Buch. Ich beabsichtige eine Geschichte erstaunlicher Leben unbekannter Geister auszuführen.«
Jeanne blickte um sich. »Und unser Lohn ist es, bei heftigem Regen in diesem Planwagen mitfahren zu dürfen?«
»Der Lohn ist es, am unsterblichen Werk der Schöpfung mitarbeiten zu können. Ist nicht jedes Leben ein Rätsel und eine Antwort Gottes?« Jacques d'Eauvive blickte zu Jeanne hin. »Was gibt es Schöneres, als dazu beizutragen, dass die Seele des Menschen sich zur Größe der Erkenntnis aufzurichten vermag?«
»Ihr wirkt recht überzeugend, Monsieur«, sagte Henri.
»Signor Gianobbe«, rief d'Eauvive in den Wagen hinein. »Wollt Ihr nicht kurz die Zügel übernehmen?«
Ein bärtiger junger Mann richtete sich halb auf und zwängte sich an den anderen vorbei, während sich Jacques d'Eauvive auf dem Platz hinter dem Kutschbock fallen ließ, ein Manöver, das den Wagen gefährlich zum Schwanken brachte.
»Seht diese Dame hier«, sagte er und wies auf die stark geschminkte Frau, die neben Jeanne saß. »Madame Vérène Buttier, die sich tatsächlich auf dem Weg in ein Freudenhaus in Nîmes befindet. Madame war die Gattin eines reichen Händlers ...«
»Bankiers«, unterbrach ihn Vérène.
»... eines reichen Bankiers in Dijon. Und nun ist sie eine Dienerin der Venus.«
»Wie kam das?«, fragte Henri.
»Seht Ihr, Monsieur d'Ardans«, sagte d'Eauvive erfreut. »Ihr seid bereits begierig darauf, ein Leben zu sammeln. Willkommen im Bund der Verehrer des Ungewöhnlichen.«
Vérène zuckte mit den Achseln, als sie Henri ansah. »Als mein

Mann auf Reisen war, drang eine Gruppe junger Burschen in mein Haus ein und vergewaltigten mich. Einer nach dem anderen.«

»Hat man sie bestraft?«, fragte Jeanne mit einem Hauch von Entsetzen in der Stimme.

»Nein. Aber mein Mann hat mich bestraft. Er erklärte mir, dass er mit einer besudelten Frau wie mir nicht mehr zusammen leben könne.«

»Ist das nicht die Pikanterie des Absurden?«, fragte Jacques d'Eauvive beinahe fröhlich. »Alle diese Burschen, die Vérènes Leben zerstört haben, werden eines Tages ehrbare Handwerker, Advokaten und Familienväter sein. Sie, die das unschuldige Opfer ist, bekommt die ganze Fülle der Strafe zu spüren.«

»Was habt Ihr nur für einen Mann gehabt ...«, sagte Jeanne zornig.

Die Frau schüttelte den Kopf. »Er war bis dahin sehr nett zu mir gewesen. Ich glaube, auf seine Art liebte er mich. Er hat die Schande nicht ertragen.«

»Ihr habt Schande erlitten, nicht er!«

»Er hat es anders gesehen«, sagte Vérène.

»Aber damit ist dieser Leckerbissen des Widersinnigen noch nicht ausgekostet«, sagte Jacques d'Eauvive. »Vérène war nach der Trennung mittellos geworden. Kein anständiger Bürger von Dijon wollte noch etwas mit ihr zu tun haben. Nicht einmal als einfache Näherin hätte man sie noch genommen. Also blieb ihr nichts anderes übrig, als in ein Bordell in einer Nachbarstadt zu gehen, um überleben zu können. Und wisst Ihr, wer dort einer ihrer eifrigsten Kunden war?«

»Ihr Mann«, sagte Henri d'Ardans.

Jacques d'Eauvive nickte zufrieden. »Ich sehe, Ihr seid ein Mensch, dem die Abgründe des Frivolen nicht unbekannt sind.«

Jeanne blickte Vérène beinahe fassungslos an. »Aber wie konntet Ihr Euch noch mit ihm abgeben?«

»Ich hatte keine Wahl.« Vérène zog den Schal enger um sich. Die Adern auf ihren Händen wirkten angespannt. »Und er war jedes Mal sehr großzügig.«

Jacques d'Eauvive legte seine Hand auf ihre Schulter. Es war eine zarte, beinahe zärtliche Geste. »Weshalb, Monsieur d'Ardans, ist wohl der Ehemann zu seiner von ihm verworfenen Herzensdame zurückgekehrt?«

»Weil er eine perverse Genugtuung in der Demütigung seiner geopferten Frau fand? Weil er sie noch liebte? Wer kann schon hinter die Fassaden von Wollust, Zuneigung und Abscheu blicken?«

D'Eauvive nickte. »Wenn man eine solche Frage unvermittelt beantworten könnte, wäre man auch in der Lage, über die Schwärze der Milchstraße zu schreiten, in die Fülle all des Lichts einer Sonne zu fliegen oder in die tiefsten, verborgenen Länder der Ozeane zu tauchen.«

Jeanne richtete sich im Sitzen auf, so weit es die Säcke, die den Boden des Wagens bedeckten, zuließen. Ihre Stimme klang wütend. »Wie könnt Ihr nur so sprechen, als würde es einen namenlosen Dritten betreffen? Das Opfer dieses Verbrechens ist hier, mitten unter uns. Ihr Schicksal ist empörend, es schlägt jeder irdischen Gerechtigkeit ins Antlitz!«

»Wer sagt Euch, Jeanne des Marckes, dass ich nicht betroffen bin?«, fragte Henri.

»Die Kälte Eures Urteils, Sieur!«

Einen Augenblick lang herrschte Stille. Man hörte nur das dumpfe Schlagen des Regens auf die voll gesogene Plane und das Schleifen der Räder im Schlamm.

»Niemand auf dieser Welt ist allzu unglücklich«, rief Jacques d'Eauvive, »solange er noch Hoffnung besitzt! Seht diesen Herrn hier«, sagte er und wies auf einen lang aufgeschossenen, bartlosen jungen Mann, der an der Rückseite des Wagens saß. »André wurde als armer Bauernsohn in einem elenden Dorf in Burgund geboren. Als er ein Halbwüchsiger war, wanderte er durch die Welt. Eines Tages kam André in Konstanz an. Er war siebzehn Jahre alt, konnte kaum lesen und trat dennoch in die Schule des …«

D'Eauvive zögerte.

»Maximilian Begetus«, sagte André.

»… des Maximilian Begetus ein. Und heute zählt André zu einem der klügsten Studenten Frankreichs, der nun munter auf dem Weg nach Padua ist, um sein wohlverdientes Doktorat zu erhalten.«

»Bewunderswert«, sagte Jeanne.

Der Wagen schlingerte und blieb mit einem Ruck stehen. Der

Italiener, der auf dem Kutschbock saß, sprang auf die Straße, um festzustellen, wie tief die Räder in dem Schlamm eingesunken waren. Dann streckte er den Kopf in das Innere des Gefährts und bedeutete den Reisenden auszusteigen. Der Wagen sei festgefahren; man müsse ihn aus dem Morast ziehen. Henri trug Jeanne vorsichtig zu einer Stelle, an der der Boden halbwegs fest war.

»Ihr seid sehr streng zu mir«, sagte er lächelnd, als er sie absetzte.

»Weil Ihr Euch selbst verleugnet«, sagte das Mädchen. »Weil Ihr Euren Panzer zu keiner Zeit öffnet.«

»Panzer?«, sagte Henri und blickte sie fragend an.

»Ihr seid mit einer solchen Rüstung versehen, dass Euch ihr Gewicht in diesen sumpfigen Boden ziehen müsste.«

D'Ardans lächelte und blickte kurz zu dem grauen, bedeckten Himmel auf. »Es hat beinahe zu regnen aufgehört.«

»Lenkt nicht ab!«, sagte das Mädchen unwillig. »Damals, bei unserer Rast auf dieser sonnigen Wiese, da habt Ihr einen Anflug von menschlicher Betroffenheit besessen. Da habt Ihr ein wenig gelebt.«

»Und jetzt?«

»Gebt Ihr nur vor, es zu tun.«

D'Ardans beobachtete, wie André Vérène über den Morast trug.

»Und weshalb empört Euch das so?«

»Weil ich spüre, dass Ihr anders sein könntet.«

»Anders?«

»Menschlicher. Verständnisvoll. Gütig.«

Henri sah sie an. »Erwartet nicht zu viel von mir, Jeanne des Marckes.«

»Ich will nicht viel. Aber ich will, was möglich ist.«

Henris Finger berührten kaum spürbar die Spitzen ihres Haares. »Und die Weite all der Welt.«

»Ihre Fülle, Monsieur d'Ardans. All das Wunderbare«, sagte Jeanne leise.

Jacques d'Eauvive trat zu ihnen. »Nun, Sieur«, sagte er, »findet Ihr meine Schätze von menschlichen Schicksalen nicht erlesen?«

»Was werdet Ihr mit ihnen tun?«, fragte Henri, dessen Gesicht wieder einen unpersönlichen Ausdruck angenommen hatte.

»Ihnen allen helfen, so gut ich es kann. Mithelfen, eine Welt aus mündigen Menschen zu schaffen.«
»Dann wird die Welt aber ein verdammt einsamer Ort«, sagte Etienne, der zu ihm trat. »Was veranstaltet Ihr hier, Henri? Ein platonisches Symposium im Morast einer occitanischen Landstraße?«
Henri lachte auf, während ihm Jeanne einen erfreuten Blick zuwarf.
»Ich wollte Euch nur aufmerksam machen, Sieur, dass es kaum mehr regnet. Wir hätten gute Aussichten, weiter im Süden ein trockenes Stück Erde für die Nacht zu finden.«
Henri warf einen Blick um sich. »Dann schirrt den Wagen wieder an. Sammelt die Leute.«
»Wollt Ihr und die junge Dame meine Gastfreundschaft nicht weiterhin genießen?«, fragte ihn Jacques d'Eauvive und wies auf den Planwagen.
»Danke. Wir haben nachzudenken, Monsieur.«
»Über die Mannigfaltigkeiten des menschlichen Lebens?«
»Über die bizarren Wege des Daseins und der Liebe, Monsieur.«
Jacques d'Eauvive zog seinen Hut und erwies Jeanne und Henri eine schwungvolle Reverenz. »Ein wunderbares Thema für eine Reise«, sagte er.
»Ja«, sagte Henri und sah das Mädchen durchaus freundlich an. »Eine sehr gute Frage für eine sehr lange Reise.«

Einige Meilen weiter südlich fanden sie in einer Senke einen Rastplatz, der sich für sie alle eignete. Der Boden war trocken, und der Wind fing sich in den bewaldeten Hügelkämmen, die sich schützend zur Seite hin erhoben. Es dauerte einige Zeit, bis die Zelte aufgestellt und die Feuer entzündet waren, es dauerte einige Zeit, bis Moulu, Maxime und Josua sich um das Essen kümmern konnten. Aber die Stimmung war gut, und die Reisenden fanden sich zusammen, plauderten und trockneten ihre Kleidung an der Wärme der ruhig flackernden Feuer.
»Ist diese Reise nicht sehr beschwerlich für Euch?«, fragte Henri Jeanne des Marckes. Das Licht der Flammen betonte das schimmernde Rot ihres Haares und zeichnete helle Punkte in das Braun ihrer Augen.

»Ich genieße sie.« Sie lächelte ihn an. »Ich genieße meine Freiheit.«
»Eine Freiheit, die bis Mailand währen wird.«
Das Mädchen schüttelte den Kopf. »Länger, Sieur. So lange, wie es mir gefällt. Ich gehe in keines der freiwilligen Gefängnisse, die man in dieser Gesellschaft für Frauen errichtet hat.«
Henri nahm ein Stück Holz, das von dem Stoß herabgeglitten war, und warf es in die Glut zurück. »Ihr wollt Euch also an keinen Mann binden.«
»Nur an einen, der mir meine Freiheit belässt.«
»Einen solchen werdet Ihr nur schwerlich finden, Jeanne.«
Das Mädchen zuckte mit den Achseln. »Und wenn schon, Monsieur. Ich verkaufe mich nicht.«
»Wovon wollt Ihr leben, Jeanne?«
»Meine Tante wird mich fürs Erste unterstützen. Dann werde ich weitersehen.«
»Das ist ein sehr unbestimmter Plan.«
Sie sah ihn an. »Habt Ihr einen besseren für mich?«
Henri verneinte.
Das Mädchen lächelte unvermittelt. »Ich könnte versuchen, als Lehrer oder Philosoph aufzutreten.«
Henri lachte. »Ihr könntet der erste weibliche Kardinal werden.«
Das Mädchen blickte ihn lächelnd an. »Ihr scheint mir viel zuzutrauen, Monsieur d'Ardans.«
»Ich traue Euch beinahe alles zu.«
»Und weshalb?«
Henri strich sich über sein Kinn. »Ihr seid jung, klug, tapfer und eine hübsche, kultivierte Frau. Welche Grenzen sollte es für Euch geben?«
»Nur jene, die die Männer für jedes weibliche Wesen errichtet haben.«
Henri zuckte mit den Schultern. »Es hat immer Frauen gegeben, die sie überwunden haben. Ich vertraue auf Eure Intelligenz, Jeanne.«
Das Mädchen erhob ihren Becher mit Wein. »Dann trinkt auf meine Zukunft, Sieur!«
Henri prostete ihr zu. »Auf Eure Zukunft, Jeanne.«

Jeanne trank und setzte den Becher ab. »Wisst Ihr«, sagte sie, »dass Ihr in letzter Zeit öfter gelacht habt?«
»Ja?«, fragte Henri. »Habe ich das?«
»Ihr seid weniger unglücklich, Sieur.«
»Ja«, sagte Henri, »vielleicht bin ich das. Vielleicht bin ich das wirklich.«

»Du könntest mit mir kommen«, sagte Jacques d'Eauvive zu Vérène Buttier.
»Wohin?«
»Ich besitze ein Gut in der Nähe von Avignon. Es ist sehr groß und das Haus geräumig.«
»Eure Frau würde sich sehr freuen, wenn Ihr mit mir ankämt.«
Jacques d'Eauvive lächelte. »Ich habe keine Frau. Deshalb mache ich dir auch diesen Vorschlag.«
Vérène blickte ihn an. »Und was sollte ich auf diesem Gut?«
»Mir den Haushalt führen. Ich besitze eine Reihe von Bediensteten, die es nötig hätten, die starke Hand einer klugen Frau zu spüren.«
»Und wenn Ihr Euch in mir täuscht?«
Jacques d'Eauvive schüttelte den Kopf. »Ich bin ein guter Menschenkenner, Vérène. Alles, was mir in meinem Leben von Herzen kam, hat mich nur selten betrogen.«
»Und Ihr wollt, dass ich mit Euch schlafe.«
»Ja. Das will ich.«
Vérène sah ins Feuer. »Und spätestens, wenn Ihr heiratet, jagt Ihr mich zum Teufel.«
Jacques d'Eauvive schüttelte den Kopf. »Ich werde erst heiraten, wenn es sich nicht mehr vermeiden lässt, Vérène. Bis dahin wirst du so viel Geld besitzen, dass du in Wohlstand leben kannst.« Er legte seine Hand auf die ihre. »Sei klug und nimm an.«
Vérène hob den Kopf. »Weshalb ich?«, fragte sie.
»Ich mag dich. Ich kann es dir nicht besser erklären.«
Vérène sah ihn an. »Wenn ich nur wüsste, ob ich Euch vertrauen kann.«
»Folge dem, was du fühlst.«
»Ich habe kein Empfinden mehr dafür. Mir ist alles Vertrauen verloren gegangen.«

»Dann musst du es wieder finden, Vérène. Glaube, Hoffnung, Liebe. Alles beruht darauf.«
»Ihr habt leicht reden, Monsieur. Euch hat man noch nie ins Nichts gestoßen.«
»Vertrauen in einen Menschen zu haben ist wie einen Abgrund zu überqueren. Du kannst alles verlieren und hast doch die Hoffnung, alles zu gewinnen.«
»Das sind schöne Worte.«
»Ich vertraue dir. Auch du könntest mich betrügen.«
»Nein«, sagte die Frau. »Nicht, wenn Ihr mir helft.«
»Niemals?«
»Niemals.«
Jacques d'Eauvive lächelte. »Viel Vergnügen auch weiterhin.«
»Wobei?«, fragte Vérène erstaunt.
»Bei der Überquerung deines eigenen und sehr persönlichen Abgrunds, Vérène.«
Die Frau sah ihn einen Augenblick verblüfft an. Dann lächelte sie.

»Wie war Eure Frau?«, fragte Jeanne unvermittelt.
Henri d'Ardans sah sie starr an und schwieg. »Sie war der wunderbarste Mensch dieser Welt«, sagte er dann.
»Ihr habt sie wirklich geliebt.«
»Mehr als alles andere auf dieser Erde.«
Jeanne hatte die Hände ineinander verschränkt und betrachtete sie.
»Wie war es, wenn sie bei Euch war?«
»Ich war fröhlich. Fröhlich, unbeschwert und frei.«
»Und sie? Wie war sie?«
»Sie war weltgewandt, erfahren und jeder Lage gewachsen.«
Jeanne schwieg kurz. »Es müsste wunderbar sein, eine solche Frau zu werden«, sagte sie dann. Sie hob den Kopf. »Ihr könntet sehr froh sein, dies alles erfahren zu haben.«
»Solange sie lebte, war ich glücklich.«
»Ihr hattet das Glück, es erleben zu dürfen, Henri.«
»Was?«
»Das Unglaubliche.«
»Das Einzigartige«, verbesserte sie der Mann sanft.
»Ja«, sagte Jeanne leise. »Das Einzigartige.«

»Früher«, sagte Henri d'Ardans und sah das Mädchen an. »Früher war ich ein Mensch, der an die Zukunft glaubte. Es gab keine Grenze, die ich nicht überschreiten wollte.«
»Und heute?«
»Heute frage ich mich manchmal, warum ich noch auf dieser Welt bin.«
»Weil Ihr nicht für Euch alleine leben dürft, Henri d'Ardans.« Sie wies um sich. »Sie alle brauchen Euch. Moulu, Maxime, Etienne.« Sie sah ihn an.« Und ich brauche Euch auch.«
»Bis Mailand.«
»Ja«, sagte das Mädchen langsam. »Bis Mailand.«
»Gut«, sagte Henri d'Ardans und nickte. »Gut.«

Der Wald zog sich dunkelgrün und ansteigend über mehrere Hügelkämme hin. Die Straße, der sie bisher gefolgt waren, verengte sich am Saum des Waldgebietes zu einem Weg, der gerade noch dem Planwagen Platz bot.
»Monsieur d'Eauvive«, fragte Henri den Kaufmann, der vom Kutschbock abgestiegen war und seine Pferde ausspannte. »Habt Ihr jemals diesen Wald durchquert?«
»Nein«, sagte der dickliche Mann. »Bisher haben mich meine Geschäfte noch nie in die Gegend geführt, Sieur.«
»Was wollt Ihr mit Eurem Wagen machen?«
»Ich werde ihn ziehen müssen.« D'Eauvive deutete auf André und Gianobbe.« Mit Hilfe meiner Kollektion, wie ich hoffe.«
»Eure Sammlung von Seelen scheint sich jetzt zu bewähren.«
Jacques d'Eauvive lächelte. »Es gibt keine geistige Wohltat, die nicht auch im Irdischen ihre Entsprechung fände.«
Henri blickte über die Weite des Waldes. »Wir werden einen guten Tag brauchen, um ihn zu durchwandern.«
»Wenn uns eine geräumige und saubere Gastwirtschaft als unser Ziel erwartet, Sieur, dann ist die Last dieser Prüfung mit einiger Leichtigkeit zu ertragen.«
Wie Henri d'Ardans gesagt hatte, mussten nach einer Meile die Reiter absteigen. Der Weg, von dichtem Unterholz gesäumt, verengte sich immer weiter. Der verhangene Himmel ließ nur wenig Licht in das Dunkel dringen. Ein leichter Wind bewegte die Blätter

an den Ästen der Bäume und zeichnete Schatten und matthelle Konturen auf den Lehmboden. Maxime ging an der Spitze der kleinen Kolonne und hielt die beiden Rappen d'Eauvives an den Zügeln. Dann folgten Josua und der Capitano, die wie alle anderen ihre Pferde mit sich führten. D'Eauvive, André und Gianobbe, die den Planwagen mehr schleppten als zogen, hielten sich hinter dem Riesen. Jeanne, Vérène und Moulu, der die Packpferde hielt, gingen vor Borgia, Henri und Etienne, die den Abschluss des Zuges bildeten. Eine sonderbare, undefinierbare Spannung hatte sich ihrer bemächtigt. Auf eine Anweisung Henris hin hielten sie alle ihre Waffen griffbereit.

»Hoffen wir, dass dieser Weg nicht abbricht«, sagte Giovanni Borgia.

»Ich kann mir nicht vorstellen, dass eine Straße ins Nichts mündet«, meinte Etienne.

»In Italien wäre es möglich.« Borgia sah sich um. »Allerdings scheinen die französischen Wälder Furcht erregender als die meiner Heimat zu sein.«

»Seid ruhig, Messieurs«, sagte Jeanne, die sich umgedreht hatte, »Ihr macht einen Lärm, der empfindsame Rehe zum Auswandern bewegen könnte.«

Henri unterdrückte ein Lächeln. »Mademoiselle hat Recht«, sagte er zu Borgia und Etienne, die das Mädchen mit einiger Verblüffung anstarrten. »Soldaten wie wir sollten sich vorsichtiger verhalten.«

Als sie eine steile Anhöhe hinaufschritten, bei der das den Weg säumende Dickicht immer undurchdringlicher wurde, hörte Henri vor ihnen ein fernes Rabengeschrei. Der Wind hatte sich verstärkt, und das Laub über ihnen raschelte, zischte und zitterte. Henri entschloss sich, auf der Anhöhe, auf der sich eine Lichtung zu erstrecken schien, zu rasten. Es würde ihnen gut tun, eine Pause zu machen, dachte er.

Maxime hatte wohl als Erster etwas bemerkt. Er schrie, und als sein Schrei noch die Luft durchschnitt, begann das Unterholz zu leben. Von beiden Seiten des Weges brachen brüllende Männer hervor, mit Spießen, Äxten und Knüppeln bewaffnet. Henri bemerkte, dass Vérène taumelnd zu Boden stürzte, während Etienne einen bärtigen, mit einem zerschlissenen Rock bekleideten Banditen mit seinem Degen durchbohrte. Jeanne hielt ihren Dolch in ihrer rechten Hand und hieb damit auf einen jungen Burschen mit einer Augenklappe ein. Josua und der Capitano schlugen mit ihren Schwertern wild um sich, während Gianobbe, d'Eauvive und André sich mit Dolchen verteidigten. Maxime lag bewegungslos auf dem Lehmboden des Weges, während zwei der Räuber versuchten, die beiden Rappen mit sich zu ziehen. Einige der Angreifenden waren in den Planwagen eingedrungen, um die gefundene Beute in das Unterholz zu werfen, wo Halbwüchsige darauf warteten, sie zu ergreifen und damit in den Wald zu flüchten. André kletterte auf den Kutschbock des Wagens und stürzte dann mit einem der beiden Diebe, der im Fallen seine Mütze verlor und sich als Frau entpuppte, zu Boden. Einer der Banditen, die die Nachhut bedrängten, begrub Jeanne mit seinem Gewicht unter sich und versuchte, ihr mit der Axt einen tödlichen Schlag zu versetzen. Henri trieb ihm seinen Degen in die Seite, während Moulu neben ihm auf dem Lehmweg saß und sich den Kopf hielt. Eines der Packpferde wurde unter Schreien und Brüllen in den Wald getrieben; ein Narbengesichtiger stürzte mit seinem Spieß auf Giovanni Borgia los, als Jeanne ihm ihren Dolch in den Oberarm stieß und Etienne den Degen in seinen Brustkorb versenkte. Josua und der Capitano, die jeden Handbreit Raum zu ihrem Vorteil ausnutzten, hatten wohl schon an die sieben, acht der Diebe getötet, als ein Pfiff ertönte und die überlebenden Banditen mit einem Male ins Unterholz stürzten und das Weite suchten. Man hörte noch kurze Schreie, das Brechen dürres Holzes und weiteres Rabengekrächz. Dann war es unvermittelt still. Nur das Wiehern eines Pferdes und das schwere Atmen der Männer durchbrach noch die Ruhe.

Henri steckte seinen Degen weg und ergriff Jeanne bei der Schulter. »Seid Ihr unverletzt?«

»Ja«, antwortete das Mädchen. Ihr Gesicht wirkte erhitzt und ratlos zugleich, als sie auf die Männer sah, die tot zu ihren Füßen lagen.

D'Eauvive lief zu Vérène und half ihr auf. Tränen liefen über das Antlitz der Frau und ließen ihre Schminke in einem porzellanfarbenen Weiß zerrinnen. Ihr Kopf lag auf der Schulter des beleibten Mannes, während sie ein Schluchzen schüttelte.

»Maxime ist verwundet«, rief Josua, als er den Jungen umdrehte. Henri drückte kurz Jeannes Hand, ließ sie dann los und lief zu dem Riesen, der neben Maxime kniete.
»Wo hat es ihn getroffen?«, fragte er.
»Am Oberschenkel, Sieur. Und an der Schulter.« Josua hatte das Wams des jungen Mannes geöffnet. »Diese Wunde scheint tief zu sein.«
»Moulu«, rief d'Ardans, der den Rücken Maximes sanft stützte. »Wir brauchen Verbandszeug!«
Der Diener schüttelte benommen den Kopf und machte sich an dem Packpferd zu schaffen, das ihnen noch verblieben war.
»Wer ist sonst noch verletzt?«, fragte Etienne de Cobère, der von Mann zu Mann ging.
»Ich habe einen Schnitt am Unterarm «, sagte André, dessen linke Hand, von Blut überströmt, herunterhing.
»Und sonst?«, fragte der Chevalier, der sich umsah.
Niemand antwortete.
»Wir haben Glück gehabt«, sagte Giovanni Borgia mehr für sich als für die Umstehenden. »Sehr viel Glück.«
Sie verbanden Maxime und André und sahen dann nach den Banditen, von denen drei, zwei Männer und eine Frau, noch lebten.
»Was machen wir mit ihnen?«, fragte Etienne.
»Wir sollten ihnen die Kehle durchschneiden«, meinte der Capitano. »Hängen dauert zu lange.«
Henri kniete sich neben die verletzte Frau und gab ihr Wasser zu trinken. »Was machst du bei den Banditen?«, fragte er.
Die Frau hatte dunkle, große Augen, die ihn verschreckt ansahen.
»Wir sind eine Gemeinschaft«, antwortete sie stoßweise.
»Die in den Wäldern lebt.«
»Ja.« Das Sprechen schien ihr Mühe zu bereiten.
»Wie viele von euch gibt es noch?«
Die Frau blickte zur Seite. Zwei der Angreifer lagen neben ihr, die Körper verrenkt, die Köpfe blutverschmiert, die Augen blicklos.
»Das waren alle.«
Henri nickte. Er blickte um sich.
»Diese Kinder, die am Wegrand die Waren aus dem Wagen aufgefangen haben, waren die von dir?«

»Zwei. Zwei waren meine.«
»Soll ich dich hängen lassen?«
Die verletzte Frau schluckte mühsam. »Was habt Ihr davon?«
Henri sah sie an. »Rache.«
»Ja«, sagte die Frau und schloss die Augen. »Natürlich.«
Henri betrachtete das verschmutzte Gesicht der Frau. Ihr Körper roch nach Schweiß, Blut und Angst. Henri betrachtete ihr Gesicht und erhob sich dann.
»Lasst sie hier liegen«, sagte er. »Ihre Leute werden sie holen, wenn wir fort sind.«
»Das sind Mörder.« Etienne de Cobère sah ihn an.
Henri zuckte mit der Schulter. »Ich habe keine Lust, sie töten zu lassen.«
»Ihr vergesst den verletzten Maxime, Monsieur. Ihr vergesst die Gefahr, in der die Frauen geschwebt haben.«
»Nein, Etienne. Ich habe nichts von dem vergessen. Ich sehe nur keinen Sinn darin, diese verwundeten Leute abzuschlachten.
Etienne deutete auf die Banditen. »Dieses Pack fällt nicht unter das Kriegsrecht, Henri.«
»Sie fallen unter das Recht meiner Entscheidung, Etienne. Das sollte diese Reise lang auch für Euch verbindlich sein.«
Etienne de Cobère blickte ihn starr an. »Wie Ihr meint«, sagte er dann, drehte sich steif um und ging zu seinem Pferd.
Maxime wurde in den Wagen gebettet, in dem sich Moulu um ihn kümmerte. Ein Packpferd, die beiden Rappen d'Eauvives und einige der Waren waren verloren gegangen. Der Zug formierte sich von neuem, setzte sich langsam in Bewegung und strebte der Lichtung auf der Anhöhe zu.
»Ihr wart einmal mehr sehr tapfer«, sagte Henri, der neben Jeanne ging.
Das Mädchen schüttelte den Kopf.
»Mir ist übel von all dem Blut.«
»Der Schock wird vielleicht noch kommen, Jeanne.«
»Ich weiß. Ich bin zu ruhig. Viel zu ruhig.«
Sie schritten einen Augenblick lang schweigend nebeneinander her.
»Ich danke Euch«, sagte Jeanne dann. »Ich danke Euch dafür, dass Ihr die Verwundeten am Leben gelassen habt.«

»Ihr braucht mir deshalb nicht zu danken. Ich habe damit nicht viel zu tun.«
»Dennoch, Sieur …«
»Ich habe sie nur Euretwillen am Leben gelassen.«
»Das ahnte ich«, sagte Jeanne und sah ihn von der Seite her an. »Danke, Henri d'Ardans.«

Eine Woche später erreichten sie Jacques d'Eauvives Besitz nahe Orange. Einer seiner Pächter war am Vorabend vorausgeeilt und hatte ihre Ankunft gemeldet. So erwartete sie zum Empfang eine kleine Gruppe von Bauern, die Quer-, Altflöte und den Dudelsack spielten, sauber gekleidete Mädchen, die ihnen Blumensträuße zuwarfen, und der Pfarrer des Dorfes, der ihnen Wein reichen ließ und eine kurze, mit lateinischen Zitaten gewürzte Rede hielt.
»Eure Pächter scheinen keine Armut zu leiden«, sagte Henri, als er um sich blickte.
D'Eauvive lächelte. »In einer Welt, in der ich etwas zu sagen habe, lebt niemand in Armut. Ich will glückliche Menschen um mich sehen.«
»Ihr seid und bleibt ein erstaunlicher Kaufmann und Gutsherr.«
»Weil ich das Gute und die Schönheit liebe. Das Verlangen nach Freude und Glück ist die Wurzel aller Tugenden. Wisst Ihr, wer das gesagt hat?«
»Plato? Epikur?«
Jacques d'Eauvive blickte ihn amüsiert an. »Thomas von Aquin.«
»Erstaunlich.«
»Die Wahrheit war zu allen Zeiten bekannt, Sieur d'Ardans. Wir werden sie nicht neu entdecken. Wir werden ihr bestenfalls ein neues, hübscheres Gewand überziehen.«
Jacques d'Eauvive ließ ihnen Zimmer zuteilen und mit heißem Wasser gefüllte Zuber für das Bad herrichten. Als sie sich gereinigt und neue Kleidung angelegt hatten, kam man im geräumigen Bankettsaal des schlossartigen Gebäudes zusammen. Die kleine Musikantengruppe, die sie bereits bei ihrer Ankunft erwartet hatte, spielte auch hier, und nach dem ausgiebigen, vielgängigen Essen tanzten die Frauen mit Freude und Lust. Es waren gute Melodien, die erklangen, rhythmische Tänze des Südens, Lieder von Liebe,

von Freude und von Sehnsucht. Henris Hand schlug im Takt gegen die hölzerne Lehne des Stuhls, in dem er saß, und er beobachtete Etienne, der Jeanne um sich herumwirbelte und sie dann, den Arm um ihre Hüfte gelegt, lachend wieder auffing.

»Ich habe gehört, einer Eurer Männer wurde bei dem Überfall verwundet«, sagte der Pfarrer, der links neben Henri saß.

»Maxime. Mein Diener. Wir haben ihn in Ile le Preux gelassen«, antwortete Henri. »Mein Vertrauter Moulu kümmert sich um ihn.«

»Ist er schwer verletzt?«, fragte der Pfarrer besorgt.

»Eine tiefe Wunde an der Schulter. Es ist nicht gefährlich, Pater, aber äußerst schmerzhaft. Moulu besitzt genügend ärztliche Kenntnisse, um ihn so bald wie möglich wiederherzustellen.«

»Das freut mich wirklich«, sagte der Pfarrer.

Jacques d'Eauvive tanzte voller Eifer und Feuer mit Vérène. Das Gesicht des großen, rundlichen Mannes glänzte vor Schweiß, als er sich mit der Frau im Kreise drehte. Er lachte und schwankte schließlich zum Tisch, als die Melodie endete. Ein neues Lied setzte ein. Gianobbe übernahm seinen Platz, während Etienne keine Anstalten machte, Jeanne eine Pause zu gönnen.

»Warum tanzt Ihr nicht, Sieur d'Ardans?«, fragte d'Eauvive keuchend.

»Ich beherrsche diese Tänze nicht.«

»Ihr müsst nur der Melodie folgen.« D'Eauvive zog ein Tuch aus der Hose und wischte sich das Gesicht. »Zugegebenermaßen sind es nicht gerade geistliche Gesänge.«

Henri wandte sich an den Pfarrer. »Und Ihr verurteilt den Tanz nicht, Pater?«

Der Pfarrer schüttelte den Kopf. »Es gibt Priester, die meinen, er sei des Teufels. Aber ich sehe das anders.«

Henri betrachtete Jeannes Gesicht, das vor Freude und Fröhlichkeit leicht gerötet war. Ihre Augen strahlten und sie lächelte, als sie Etienne bei einer Gaillarde am Arm fasste.

»Ein hübsches Paar«, sagte d'Eauvive, der zu ihnen hinblickte.

»Ja«, antwortete Henri. »Ein hübsches Paar.«

Jeanne des Marckes wirkt glücklich, dachte Henri. Sie kann sich endlich, nach all den Strapazen der letzten Wochen, der Unbe-

schwertheit des Tanzes und des Vergnügens hingeben. Und Etienne de Cobère ist ein entsprechender Partner dafür. Ein gut aussehender, selbstbewusster junger Mann, der sich wie sie freuen kann.
Henri betrachtete die beiden und stand schließlich auf. Er ging zu den Haken, an denen ihre Degen hingen.
»Etienne«, rief er laut.
Der junge Mann hörte ihn nicht, tanzte, lachte weiter, und Henri deutete den Musikern, leiser zu spielen. Die Musik schwoll ab und d'Ardans rief von neuem: »Etienne!«
Der junge Mann wandte sich kurz von Jeanne ab und blickte zu Henri hin. D'Ardans warf ihm seinen Degen zu, den Etienne mit der rechten Hand auffing. Er sah fragend zu Henri hin.
»Seit Eurem Zweikampf mit Marot will ich diesen besonderen Tanz mit Euch wagen.« Henri lächelte. »Zieht, de Cobère.«
Jeanne trat an die Seite Etiennes. Ihre Stimme klang ärgerlich und besorgt in einem. »Was soll das, Sieur d'Ardans?«
»De Cobère und ich werden jetzt unsere eigene Gaillarde tanzen.« Henris Gesichtsausdruck war entspannt, sein Lächeln beinahe amüsiert.
Etienne zog seinen Degen aus der Scheide. »Seid Ihr sicher, dass Ihr wisst, worauf Ihr Euch hier einlasst, d'Ardans?«
»Ganz sicher«, antwortete Henri. Dann wandte er sich den Musikern zu. »Ihr solltet spielen, meine Freunde. Wir tanzen jetzt das Menuett vom Leben und vom Tod. Monsieur de Cobère und ich würden eure Begleitung zu diesem alten Reigen schätzen.«
Die Musik setzte unsicher ein, wurde voller, gewann an Kraft.
»Bereit?«, fragte Henri.
»Bereit«, sagte Etienne.
Es war der junge Mann, der den ersten Ausfall wagte. Henri parierte und trieb Etienne über den halben Raum zurück. Der junge Mann griff von neuem an, seine Hand schnellte vor, und Henri fing den Stoß in die Quart, seinen Degen der Waffe Etiennes entgegensetzend. Der junge Mann runzelte die Stirn.
»Ihr seid schnell«, sagte er.
»Nur erfahren, mon ami. Bloß erfahren.«
Der junge Mann nickte und ließ blitzschnell einen Fintangriff ge-

gen den Oberkörper Henris folgen, den d'Ardans mit Geschick abwehrte. Aber schon führte Etienne eine Faustdrehung durch, mit der er seinen Degen gegen Henris Magen trieb. D'Ardans parierte, und beide Degenspitzen bohrten sich in den Holzboden des Bankettsaales.

»Wo habt Ihr das gelernt?«, fragte de Cobère leise keuchend.

»Marignano«, antwortete Henri. »Ich habe in der Schlacht von Marignano geübt.«

Henri spürte, dass der junge Mann zornig zu werden begann, und beschloss, ihn für eine gewisse Zeit auf Distanz zu halten. De Cobère drang auf Henri ein, suchte eine Lücke in seiner Verteidigung und verzweifelte fast an den schnellen Paraden d'Ardans'.

»Ich glaube, wir sollten unseren Freunden mehr bieten«, rief Henri, sprang auf einen Stuhl und von dem Stuhl auf den Tisch. »Für die Schönheit unseres kleinen Rondeaus, de Cobère!«

Der junge Mann fluchte kurz und sprang seinerseits auf den Tisch. Sie trieben sich gegenseitig über die polierte Holzplatte, während Teller und Becher hinunterfielen und auf dem harten Boden in Stücke zersprangen. Plötzlich begann Henri d'Ardans mit seinen eigenen Angriffen, Schlägen und Stichen, die aus dem Nichts zu kommen schienen. Etienne parierte, so gut er konnte, und versuchte den Attacken d'Ardans' eigene Vorstöße entgegenzusetzen, büßte aber stetig mehr von seinen Möglichkeiten ein, den Kampf selbst zu bestimmen. Bei einer Parade zur Seite hin glitt der junge Mann in einer Lache aus Wein aus und stürzte lautstark von dem Tisch zu Boden. Bevor er sich noch erheben konnte, war Henri bei ihm, trat mit seinem Fuß leicht auf seine rechte Hand, die immer noch die Waffe hielt, und setzte ihm die Degenspitze an die Brust.

»Ich bin ausgeglitten«, sagte Etienne nach einem Augenblick.

Henri nickte und steckte seinen Degen in die Scheide zurück. Er streckte Etienne seine Hand hin. »Wir würden wohl noch bis zum Morgen kämpfen, wenn dies nicht geschehen wäre.«

»Ihr seid ein glänzender Fechter«, sagte Etienne, als er von Henri hochgezogen wurde.

»Und Ihr der Beste Eures Alters.«

Jacques d'Eauvive, Giovanni Borgia, André, der Capitano und Josua umringten die Kombattanten und gratulierten ihnen mit gro-

ßer Lautstärke, während die Musikanten noch begeisterter aufspielten, als sie es bislang den ganzen Abend getan hatten.
»Welch ein Gastmahl«, rief Jacques d'Eauvive mit Begeisterung. »Nicht nur, dass ich vollendete Tänzerinnen in meinem Haus begrüßen durfte, man bietet mir auch noch den bestechenden Kampf zweier der besten Fechter Frankreichs!«
Diener säuberten den Saal, bevor sich die Gesellschaft wieder zu Tisch setzte. Es wurde gelacht und gescherzt und der Wein floss in Strömen. Nur Jeanne des Marckes schien in sich gekehrt und beteiligte sich kaum an den Gesprächen.
»Ich hatte Angst um Euch, d'Ardans«, sagte sie schließlich zu Henri, der neben ihr saß. »Ihr hättet verletzt werden können.«
»Ihr hättet keine Furcht zu haben brauchen«, sagte Henri und lächelte. »Ich wusste, wie weit ich gehen konnte.«
Das Mädchen sah ihn an. »Weshalb habt Ihr gekämpft, Sieur?«
»Um der Welt die Gelenkigkeit des Alters vorzuführen.«
Jeanne nippte an ihrem Wein. »Er ist in der Tat weit jünger als Ihr.«
»Und hübscher.«
»Weit hübscher.«
»Seht Ihr«, sagte Henri, »so wollte ich mich vor meinem Abgang ins Greisenalter noch mit Würde von der Gesellschaft verabschieden.«
Das Mädchen lächelte. »Ihr wart eifersüchtig, Sieur«, sagte es dann.
»Glaubt Ihr?«
»Ja«, sagte Jeanne, »das glaube ich.«
»Und wenn Ihr Euch täuscht?«
»Dann wäre ich sehr überrascht.«
»Weshalb?«
»Weil Ihr Euren Panzer immer mehr aufbrecht. Weil Ihr Eure Welt des Dunklen immer häufiger verlasst.«
Henri schwieg einen Augenblick. Dann sah er sie an. »Es ist noch ein weiter Weg bis Mailand.«
»Ja«, sagte das Mädchen beinahe fröhlich. »Es ist noch ein weiter Weg bis Mailand.«

6. Kapitel

Sie hatten das Anwesen Jacques d'Eauvives schon lange hinter sich gelassen, als sie unter einer glühenden Sonne durch die karge Landschaft des französischen Südens nach Antibes zogen.

Spärliche Sträucher säumten die gewundene, staubige Straße, die sich über der felsigen Küste des Mittelmeeres bis nach Ligurien zog. In der Ferne konnte man die Konturen der Berge erkennen, und ein leichter Wind strich über die Landschaft hinweg, bewegte Blätter und Gräser und wirbelte den Staub des Weges in feinkörnige, spiralförmige Bewegungen auf.

»Es scheint mir, als ginge es im Leben darum, die Liebe zu erfahren«, meinte Borgia, der an Etiennes und Henris Seite ritt und sich am Anblick der Oliven- und Pinienbäume erfreute.

»Was für eine Feststellung! Bei Gott, das ist die Aussage eines Italieners«, sagte Etienne. »Der Sinn des Lebens, Borgia, liegt ausschließlich im Kampf.«

»Dann werdet Ihr dem Sinn Eures Seins wohl gleich begegnen, de Cobère«, sagte Henri mit freundlicher Stimme, als er seine Waffe zog. »Diese liebenswerten Herren scheinen uns fordern zu wollen.«

Acht Lanzenreiter standen in zwei Reihen angriffsbereit auf der staubigen Landstraße. Weitere zehn näherten sich ihnen von rückwärts. Ein junger Mann, um die zwanzig, mit einem hübschen, glatten Gesicht und hellem Haar schien ihr Anführer zu sein. Er zügelte sein unruhig tänzelndes Pferd und hatte seinen Degen gezogen.

»Jeanne«, rief er. »Jeanne de Marckes! Zeig dich!«

Das Mädchen zögerte kurz und ritt dann an die Spitze der Gruppe, während Henri ihr mit gezückter Waffe folgte.

»Männerkleidung«, sagte der junge Mann verächtlich. »Warum haben sie dir nicht gleich ein Kettenhemd übergeworfen?«
»Gib den Weg frei, Pierre«, rief das Mädchen.
»Wozu glaubst du, dass ich achtzehn Söldner gemietet habe? Um dir eine angemessene Eskorte nach Mailand zu bieten?«
»Ich gehe nicht mit dir, Pierre. Niemals.«
»Große Worte«, sagte der junge Mann. »Man hat dich dein Leben lang falsch erzogen.« Er deutete mit dem Finger auf sie. »Eine bedauerliche Nachlässigkeit.«
»Gebt die Straße frei«, sagte Henri. »Und wir alle werden friedlich unseres Weges ziehen.«
Der junge Mann lachte. »Ihr seid zu siebt und wir sind neunzehn Mann, Monsieur. Es dürfte wohl kaum an Euch liegen, uns Forderungen zu stellen.«
»Hört gut zu, mein Freund«, sagte Henri. »Ich bin Henri d'Ardans, Berater Ihrer königlichen Hoheit Louise de Savoie und ein Freund Seiner Majestät des Königs François I. Es wäre besser, mich innerhalb der Grenzen Frankreichs nicht anzugreifen.«
Der junge Mann lachte. »Dann gebt das Mädchen kampflos heraus.«
»Hast du das verstanden?«, sagte Henri zu einem vollbärtigen Lanzenreiter, der der Anführer der Söldner zu sein schien. »Wenn du mich angreifst, wirst du hängen.«
Der Vollbärtige schwieg kurz. Dann wies er mit dem Kopf auf den jungen Mann. »Er bezahlt uns vierzig venezianische Dukaten.«
»Du bekommst sechzig, wenn du mit deinen Leuten friedlich nach Antibes heimreitest.«
»Verdammt!«, sagte der junge Mann. »Ihr verderbt die Preise!«
»Und woher«, fragte der Vollbärtige, »weiß ich, dass Ihr wirklich eine so wichtige Persönlichkeit seid?«
»Kannst du lesen?«
»Ja.«
»Gut«, sagte Henri und zog ein Papier aus dem Wams, das er dem Söldner vor die Füße warf. Der Vollbärtige stieg vom Pferd und hob das Dokument auf.
Als er es gelesen hatte, ging er zu Henri und reichte es ihm.
»Sechzig Dukaten, Sieur?«, fragte er.

»Sechzig.«
Der Vollbärtige nickte und schwang sich wieder auf sein Pferd.
»Achtzig«, rief der junge Mann mit einer Stimme, die unsicher und heller geworden war. »Ich zahle Euch achtzig!«
Jeanne des Marckes lachte zufrieden auf, während Henri den Söldner nicht aus den Augen ließ.
»Es tut mir Leid«, sagte der Vollbärtige zu dem jungen Mann. »Diesen Mann anzugreifen hieße Selbstmord begehen. Ihr hättet es vor Nizza versuchen sollen. Diese Stadt gehört zum Piemont.«
»Haltet mir jetzt keine Vorlesungen in Geographie«, sagte der junge Mann ärgerlich, »und tut Eure Pflicht.«
»Es tut mir Leid, Chevalier«, wiederholte der Vollbärtige und ritt zu Henri, der ihm eine gefüllte Börse übergab.
»Ich brauche nicht nachzuzählen, Sieur?«, fragte der Söldner.
Henri lächelte. »Nein.«
Der Vollbärtige nickte und winkte seinen Lanzenreitern zu. »Sollen wir Euch heimbegleiten, Chevalier?«, fragte er den jungen Mann.
»Geht zur Hölle«, sagte der junge Mann zornig gereizt. »Ich kämpfe, wenn es nötig ist, alleine mit ihnen.«
Jeannes Lachen wurde immer erstickter, als die Lanzenreiter um den jungen Mann herumritten und in Richtung Osten, nach Antibes, abzogen. Als die Söldner nur mehr Silhouetten in der Ferne waren, gab Jeanne ihrem Pferd die Sporen und ritt zu dem jungen Mann, der sie zornig betrachtete. »Ach, Pierre«, sagte sie, »du wirst dein Leben lang ein vollkommener Narr bleiben.« Dann küsste sie ihn auf die Wange.
»Zehn«, sagte der junge Mann wütend zu Henri, »zehn venezianische Dukaten haben diese Höllenhunde Vorschuss von mir genommen!«
»Mein Bruder«, sagte Jeanne und deutete auf den jungen Mann. »Mein Bruder Pierre des Marckes.«

Sie saßen auf der Terrasse des einzigen Gasthofes von Antibes und blickten auf die schimmernde, dunkle Bläue des Meeres, auf die Boote, die am Kai vertäut waren. Möwen segelten flach und spitze Schreie ausstoßend vor dem sich mit dem Meer vermischenden

Himmel, und Tauben, dunkle und vage Formen, flogen den Vordächern der Häuser zu, um einen Schlafplatz für die Nacht zu suchen.

»Ich soll dich also nach Mailand ziehen lassen«, sagte Pierre des Marckes.

»Ja, das sollst du, Pierre«, antwortete Jeanne.

»Das wird Vater nicht gefallen.«

»Wenn ich mit dir zurückkehre, Pierre, wird er mich mit Charles d'Elare verheiraten wollen. Und dieser Ehe werde ich niemals zustimmen.«

»Ich weiß«, sagte Pierre. Er sah bekümmert aus.

Henri trank aus seinem Becher Wein. »Warum«, sagte er, als er ihn abstellte, »warum lasst Ihr Eure Schwester nicht für einige Monate nach Mailand gehen? Wenn ein wenig Zeit vergangen ist, steht einer Versöhnung zwischen Vater und Tochter doch nichts mehr im Wege.«

»Jeanne besitzt keinen Pfennig Geld.«

»Soviel ich gehört habe, wird ihre Tante in Mailand für sie sorgen.«

»Ja«, sagte Pierre, »Beatrice ist vernarrt in sie.« Er blickte Henri an. »Ihr habt bisher für sie bezahlt, Monsieur.«

»Ich bin für ihre notwendigen Unkosten aufgekommen.«

Pierre schüttelte den Kopf. »Auch das wird meinem Vater nicht gefallen.«

Henri lächelte. »Mademoiselle hat mir versprochen, mir in Mailand alles Geld zurückzuzahlen, das ich ihr geliehen habe.«

Jeanne blickte ihn an. »Das habt Ihr fein ausgedrückt, d'Ardans. Vom Schmuck und den Kleidern habt ihr kein Wort gesagt.«

»Schmuck? Kleider?« Pierre sah Henri verstört an. »Ihr habt ihr Schmuck geschenkt, Monsieur?«

Henri zuckte mit den Achseln. »Ich konnte sie nicht gut in Reithosen Louise de Savoie vorstellen.«

Pierre blickte sie erstaunt an. »Wie? Du hast Louise de Savoie kennen gelernt?«

Jeanne lächelte ihn an. »Und die Königin Claude, Françoise de Chateaubriant und den Herzog von Bourbon. Ganz zu schweigen vom König selbst.«

Pierre schwieg kurz und pfiff dann durch die Zähne. »Es wäre wirklich ein Fehler gewesen, Euch umzubringen, Monsieur d'Ardans.«

»Ihr ehrt mich, Monsieur des Marckes.«

»Mein Vater«, sagte Pierre, »ist ein ehrenwerter Mann und ein bedingungsloser Vasall Karls V. Meine Familie war stets habsburgisch gesinnt. Mein Vater ist dadurch notgedrungen ein erbitterter Gegner von François I.«

»Und Ihr?«, fragte Henri.

»Ich halte nicht viel vom Kaiser. Ich glaube, er ist ein engherziger und knausriger Herr. Kein Mann, dem man leichten Herzens sein Leben opfern möchte.«

»Ja«, sagte Henri. »Ich glaube, ich verstehe.« Er drehte seinen leeren Becher zwischen den Fingern. »Wie habt Ihr uns gefunden?«

»Das war nicht allzu schwer, Sieur. Es gibt nur wenige Reisende, die mit einer als Mann verkleideten Frau nach Süden unterwegs sind.«

Ein Fischerboot kehrte verspätet zum Hafen zurück. Sein weißes Segel war ein Splitter von Licht auf der zunehmenden Dunkelheit des Meeres.

Pierre blickte zu Henri hin. »Seid Ihr Jeannes Liebhaber?«

»Nein«, sagte Henri.

»Das ist gut«, meinte Pierre des Marckes. »Das vereinfacht die Lage.«

Jeanne des Marckes trat ihren Bruder gegen das Schienbein. Der junge Mann schrie auf und hielt sich das Bein. »Was soll das?«, fragte er zornig.

Seine Schwester lächelte ihn an. »Das war für deine Frage.«

»Ich muss alle Umstände kennen, verdammt nochmal«, rechtfertigte sich Pierre des Marckes. »Ich bin für dich verantwortlich.«

»Ich bin für mich selbst verantwortlich. Schon seit längerer Zeit. Zumindest seit ich meinen Vater und dich verlassen habe.«

»Sie ist ein kratzbürstiger kleiner Teufel«, sagte Pierre und deutete auf seine Schwester. »Schon in der Wiege hat sie nach mir gebissen.«

»Wie war sie als Kind?«, fragte Henri amüsiert, während Jeanne ihm einen ärgerlichen Blick zuwarf.

»Wie ein Junge. Wie ein von allen Teufeln gehetzter streitsüchtiger Junge.«

Henri lächelte ihr zu. »Jetzt verstehe ich, weshalb Ihr Euch bei Hofe so gut gehalten habt, Mademoiselle.«

Jeannes Augen zogen sich zu Schlitzen zusammen. »Ihr scheint Euch mit meinem Bruder vorzüglich zu verstehen, Sieur.«

»Das muss ich wohl bei einem Mann, den ich dem König vorstellen werde.«

Pierre des Marckes sah ihn zuerst überrascht und dann strahlend an. »Das würdet Ihr für mich tun, Sieur?«

»Ich würde mich sogar dafür verwenden, dass er Euch eine Charge gibt.«

»Und die Gegenleistung?«, fragte Jeanne.

»Gibt es eine Gegenleistung?« Henri blickte zu Pierre hin.

»Nun«, sagte der junge Mann,« ich könnte vergessen, Jeanne in Antibes begegnet zu sein.«

Henri nickte. »Das könntet Ihr, natürlich.«

Jeanne trank hastig von ihrem Wein. »Euch hat die Diplomatie verdorben, d'Ardans. Ich will, dass mein Vater erfährt, dass es mir ohne ihn glänzend geht.«

Der Wirt kam mit einem jungen, üppigen Schankmädchen auf die Terrasse und stellte Kerzen auf die Tische. Pierre sah das Mädchen anerkennend an und wandte sich dann wieder Jeanne und Henri zu.

»Ich könnte meinem Vater aber auch berichten, dass Jeanne sich um jeden Preis weigert, nach Hause zurückzukehren. Dass sie mir entflohen ist.«

Henri lächelte. »Ihr könntet ihm natürlich auch einfach die Wahrheit erzählen.«

»Ja«, sagte Pierre des Marckes beinahe erstaunt, »das könnte ich allerdings auch. Und das würde Euren Entschluss, mir beim König zu helfen, nicht beeinträchtigen?«

»Nein«, sagte Henri, »das würde es nicht.«

»Wenn Ihr keine Gegenleistung meinerseits wünscht«, fragte Pierre beinahe unsicher, »weshalb wollt Ihr mir dann eigentlich helfen, Seigneur?«

»Weil ich Eure Schwester schätzen gelernt habe.«

Pierres Gesicht hellte sich mit einem Male auf. Er schnippte mit den Fingern. »Und weil Ihr wünscht, dass ich Euch für den Rest der Reise in Frieden lasse.«

»Keine Söldner vor Nizza. Keine Lanzenreiter vor Genua.«

»Gut«, sagte Pierre des Marckes zufrieden. »Das ist kein Problem.«

»Ich freue mich, dass Ihr das Wohl Eurer Schwester im Auge habt.«

»Etwas anderes lag nie in meinen Absichten.«

»Bei Gott«, sagte Jeanne, »ihr handelt um mich, als wäre ich eine tscherkessische Sklavin auf einem Verkaufsstand in Adrianopel!«

»Meine Schwester versteht nichts von Diplomatie«, sagte Pierre zu Henri.

»Ihr habt Recht. Sie ist zu klug dazu.«

»Ja«, sagte Pierre, der mit einem Male wieder verunsichert wirkte. »Vielleicht.« Er erhob sich. »Entschuldigt mich bitte. Ich habe im Schankraum etwas Wichtiges vergessen.« Er nickte ihnen zu und ging zu der Tür, die von der Terrasse ins Innere des Gasthofes führte.

»Das Schankmädchen wahrscheinlich«, sagte Jeanne. »Oder seine Würfel.«

»Er scheint sehr jung für sein Alter zu sein.«

Jeanne sah Henri an. »Ihr schätzt ihn nicht besonders?«

»Ich kenne ihn zu wenig, Jeanne.«

Das Mädchen strich sich das Haar aus der Stirne zurück. »Er mag tausend Fehler haben, aber …«

»Aber Ihr liebt ihn.«

»Ja. Ich liebe ihn.«

»Dann mag es vielleicht Fragen, aber nie ein endgültiges Urteil geben.«

»Ja. So ist es.«

»So ist es immer, Jeanne. So war es zu allen Zeiten.«

Die beiden Personen trafen einander in einem verlassenen Haus nahe von Antibes. Die Dämmerung hatte eingesetzt, und das Licht in dem verwahrlosten Haus war matt und von einem stumpfen Grau.

»Ich komme von dem Mann, den Ihr den Wolf nennt«, sagte der

staubbedeckte Bote, in dessen Gesicht Spuren der Übermüdung gezeichnet waren.
»Gut«, sagte Giovanni Borgia.
»Ich soll nach Mailand vorausreiten und Eure Order überbringen.«
»Sagt unserem Mann in Mailand, dass der Comte de Briard d'Ardans überwachen lässt.«
Der Bote nickte.
»Sagt ihm weiter, dass d'Ardans auf die Pläne Leonardo da Vincis angesetzt wurde.«
Der staubbedeckte Mann blickte besorgt durch das zerbrochene Fenster ins Freie. »Und sonst?«
»Unser Mann in Mailand soll sich bereit halten.«
»Kann er auf Euch zählen?«
»Selbstverständlich. Wir werden gemeinsam unsere Mission zu Ende führen.«
Der Bote nickte von neuem. »Welchen Decknamen soll ich ihm von Euch nennen?«
»Nun«, sagte Giovanni Borgia. »Nennt mich ganz einfach die Schlange.«

Der Page war von beinahe unglaublicher Schönheit. Er mochte etwa an die neunzehn Jahre alt sein, hatte einen harmonisch proportionierten schlanken Körper, langes blondes Haar und das Antlitz eines vom Himmel gefallenen Engels.
»Ich heiße Genodi Maggiano«, sagte der Junge, als er sich mit Grandezza verbeugte. »Ich komme im Auftrag der Contessa Blanca di Saliano, die überaus erfreut und geehrt wäre, wenn Monsieur Baron d'Ardans und Mademoiselle des Marckes in den nächsten Tagen ihre Gäste sein könnten.«
Sie hatten längst Antibes und Pierre des Marckes hinter sich gelassen, der besänftigt zum väterlichen Besitz nach Lothringen zurückkehren wollte. Henri hatte mit ihm vereinbart, dass er ihm Nachricht geben würde, wann der junge Mann nach Frankreich kommen sollte, um dem König vorgestellt zu werden. Pierre des Marckes war glücklich gewesen und hatte sich von seiner Schwester unter vielen Küssen und guten Wünschen verabschiedet. Der

kleine Trupp unter der Führung Henris war weitergezogen, südwärts, Italien und der Schwüle eines heißen Sommers entgegen.
»Wie finden wir die Contessa?«, fragte Henri den hübschen Pagen.
»Wenn Ihr gestattet, Seigneur, werde ich auf Euch und Mademoiselle warten, bis Ihr bereit seid aufzubrechen. Ich führe Euch dann zum Besitz der Contessa.«
Henri sah ihn an. »Ihr seid ein sehr höflicher Mann.«
Der Page hob fragend eine Augenbraue unter seinem breitkrempigen Samthut. Henri zollte ihm innerlich seine Anerkennung.
»Die Contessa duldet nur höfliche und gebildete Menschen um sich.«
»Also wärt Ihr zufrieden, wenn ich Euch die Schriften Senecas schenkte?«
»Ich kenne sie bereits.«
»Auswendig?«
Der Junge verzog keine Miene. »Beinahe«, sagte er.
Henri, der eine Falle nicht ausschloss, hatte sich bei Etienne und Borgia erkundigt, ob sie eine Contessa Blanca di Saliano kannten. Giovanni Borgia erklärte, sie nie kennen gelernt, aber von ihr gehört zu haben. Sie gelte als ausgesprochen gebildete Frau, die überall in Piemont Freunde besaß. Die Bevölkerung liebe sie und versorge sie ständig mit Informationen über alles, was sich im Land abspiele. Eine Einladung bei ihr gehöre zu den größten Ehrungen, derer man im Piemont teilhaftig werden konnte.
Henri ließ seine Reisebegleiter in Tenda zurück und machte sich mit Jeanne auf den Weg nach Saliano. Sie waren unter der Bedeckung von fünf Arkebusieren eine Stunde von Tenda aus nach Süden geritten, bis der Page auf einen Park deutete, der sich beinahe übergangslos mit der Landschaft zu vereinen schien. Geometrische Formen gestutzter Hecken zogen sich um leuchtende, farbenfrohe Blumenbeete, während vereinzelte Bäume mit ihren mächtigen Kronen Schatten spendeten. Eine Straße durchschnitt das Grün des Gartens und führte zu einem Schloss mit großen, unbewehrten Fenstern. Ein mittelhoher Turm, von einer Zinnhaube gekrönt, lehnte sich an das Hauptgebäude, weiß gekalkt auch er, wie alle anderen Teile des Bauwerkes. Junge Lakaien nahmen ihre Pferde entgegen und führten Jeanne und Henri in das Innere des Hauses, in

eine große, mit Deckengemälden geschmückte Halle, an deren Wänden kostbare Gobelins hingen.
»Habt ihr nie Plünderungen von Franzosen und Kaiserlichen erleben müssen?«, fragte Henri den Pagen.
»Nie«, sagte der Junge. »Die Contessa wusste sich stets davor zu schützen.«
»Die Contessa di Saliano scheint eine bemerkenswerte Frau zu sein.«
»Sie ist mehr als das, Seigneur. Sie ist die bewundernswerteste Frau der Welt«, sagte der Page.
Ein ganz in Schwarz gekleideter Haushofmeister nahm sie in Empfang. Er entschuldigte wortgewandt die Contessa di Saliano, die erst in einer Stunde im Schloss eintreffen würde, drückte aber seine Überzeugung aus, dass der Baron und Mademoiselle des Marckes zuerst ein Bad zur Erfrischung nehmen würden. Henri und Jeanne willigten ein, und ein blutjunger Lakai führte sie durch einen lichten Gang zu den Bädern.
»Bis auf den Haushofmeister ist keiner in diesem Haus über fünfundzwanzig«, sagte Henri zu Jeanne.
»Ihr braucht Euch deshalb nicht allzu alt und verbraucht zu fühlen, Sieur«, sagte Jeanne, während Henri leise lachte.
Das Bad bestand aus einem großen, mit klarem Wasser gefüllten Becken, das in altrömischer Manier gestaltet und mit Mosaiken ausgelegt war. Säulen stützten den großen Raum, während lang gestreckte steinerne Liegen an den Wänden zum Ausruhen einluden. In den Ecken standen ausladende Pflanzen, am Beckenrand Wein in Krügen und Früchte in gläsernen Schalen. Zwei junge, dunkelhaarige Mädchen, die Brüste und die Scham mit einem farbigen Tuch bedeckt, erwarteten sie und verbeugten sich, als sie ihrer ansichtig wurden.
»Ich bin Gabriella«, sagte die Schwarzhaarige.
»Und ich heiße Gentiana«, sagte die mit dem dunkelbraunen Haar.
»Wir stehen Euch hier zu Diensten«, setzte Gabriella hinzu.
»Uns?« Henri blickte sie fragend an.
»Die Contessa nimmt an, dass der Signore und die Signorina zusammen baden.«
»Weshalb, zum Teufel?«, fragte Henri.

»Das ist in unserer Gegend so Sitte, Signore.«
Henri wandte sich zu Jeanne um. »Ich verspreche Euch, dass ich die Augen schließe, wenn Ihr ins Wasser steigt«, sagte Jeanne.
»Und die Mädchen?«, fragte Henri. »Ich bin in der Lage, mich selbst zu waschen.«
Gabriella schenkte ihm einen Augenaufschlag. »Die Contessa wäre sehr traurig, wenn Ihr unsere Dienste als ungenügend betrachten würdet.«
»Ich will sie gar nicht erst in Anspruch nehmen«, meinte Henri.
»Darüber wäre die Contessa noch betrübter«, sagte Gentiana und sah ihn traurig mit ihren dunklen Augen an.
»Quod enim ab omnibus communiter dicitur, impossibile est totaliter falsum. Was alle gemeinsam aussprechen, kann unmöglich falsch sein«, sage Jeanne und deutete auf zwei Nischen, die mit Vorhängen verdeckt waren. »Sind dort die Umkleideräume?«
»Ja, Signorina«, sagte Gentiana und zog den Vorhang zur Seite. Jeanne nickte Henri zu und schloss dann entschieden die Gardine hinter sich zu.
»Sie hat Thomas von Aquin zitiert«, sagte Henri zu Gabriella.
Die Schwarzhaarige lächelte ihm zu. »Ich habe nicht die Ehre, diesen Signore zu kennen.«
Henri seufzte. »Er wäre hier auch fehl am Platze«, sagte er und begab sich in den zweiten Umkleideraum.
Henri saß bereits im Becken, als Jeanne mit offenem Haar aus ihrer Garderobe trat. Sie war in ein weißes Handtuch gehüllt, das sie am Rand des Bassins fallen ließ. Sie prüfte mit den Zehenspitzen die Temperatur des Wassers und stieg dann in das Becken. Ihr Körper war vollkommen, fand Henri. Hoch angesetzte, sanft geschwungene Brüste, ein makelloser, flacher Bauch, eine schwellende, mit gekräuselten, rötlichen Haaren besetzte Scham und samthäutige lange, schlanke Beine. Er spürte, wie sein Hals rau wurde, und räusperte sich verstohlen.
»Wie fühlt Ihr Euch, Sieur?«, fragte Jeanne lächelnd.
»Ungewohnt.«
»Ihr habt schöne breite Schultern, Monsieur.«
»Eure Sommersprossen kleiden Euch auch auf das vorteilhafteste, Mademoiselle.«

Jeanne lachte leise auf. Sie rekelte sich im warmen Wasser des Beckens, während Gabriella ins Bassin stieg.
»Ihr seid sehr verkrampft, Signore. So könnt Ihr das Bad nicht genießen.« Das Mädchen stellte sich hinter Henri und begann seine Schultern zu massieren. »Das wird Euch helfen, Euch zu entspannen.«
Gentiana stand bei Jeanne und seifte ihr Hals, Busen und Oberkörper ein.
»Ich bin sehr daran interessiert, unsere Gastgeberin kennen zu lernen«, sagte Jeanne.
»Die Contessa ist wie die Helligkeit des Morgens«, sagte Gabriella.
»Sie scheint sehr großzügig zu sein«, meinte Henri.
»Die Contessa ist in allem, was sie tut, wie das weite Licht eines Sommertages«, sagte Gentiana.
Jeanne tauchte kurz im Wasser unter. Als sie wieder prustend an die Oberfläche kam, wischte sie sich die Augen, sah Henri an und lächelte.
»Ihr seht noch immer sehr befangen aus, Sieur. Habt Ihr noch niemals mit einer Dame zusammen gebadet?«
»Doch«, sagte Henri. »Nur ist das eine ganze Weile her.« Er rutschte noch weiter in das Wasser, während Gabriella seinen Oberkörper sanft streichelte. »Und Ihr? Ihr scheint mir darin nicht ganz unerfahren.«
»In Lothringen ist es oft Sitte, dass die ganze Familie zusammen badet. Ich habe einen Bruder und einen Vater, Sieur. Der männliche Körper ist mir nichts Fremdes. Ihr braucht Euch nicht vor mir zu schämen.«
«Nun – ich bin nicht gerade Euer Bruder oder Vater.«
Jeanne lächelte. »Was seid Ihr mir gegenüber denn?«
Henri dachte kurz nach. »Ich denke, ich bin Euer Beschützer, Jeanne.«
»Mein Mentor«, sagte das Mädchen ironisch.
»Wenn Ihr so wollt.«
»Mein Tutor, mein Erzieher und mein Bändiger.«
Henri lächelte »So weit würde ich nicht gehen.«
Jeanne stand auf, damit Gentiana ihr den Rücken, den Po und die Schenkel einseifen konnte. Henri brauchte sich nicht zu rühren,

um das Mädchen von allen Seiten betrachten zu können: Sie drehte und wendete sich mit der ihr eigenen Grazie, während Wasser über ihre hellfarbene Haut perlte und silbrig im Licht glänzte.
»Henri d'Ardans – mein Präzeptor, mein Dompteur und mein Meister.«
»Ihr übertreibt, Jeanne des Marckes.«
»Findet Ihr?«, fragte das Mädchen. »Fragt Euch doch in aller Aufrichtigkeit, ob Ihr mir gegenüber nicht doch eine dieser Masken aufgesetzt habt.«
»Masken? Wozu bräuchte ich eine Maske?«
»Um mich auf Distanz halten zu können, Sieur. Um Euch ständig neue Fluchtmöglichkeiten zu bieten.«
Henri schüttelte den Kopf, während Gabriella ihm den Rücken wusch. »Seid vernünftig, Jeanne. Wovor sollte ich denn flüchten?«
»Vor Euren Gefühlen, Sieur.« Das Mädchen tauchte wieder im Wasser unter, um sich den Seifenschaum vom Körper zu waschen.
»Wünscht Ihr eine Massage, Signorina?«, fragte Gentiana sie, als Jeanne wieder aufgetaucht war und sich das Wasser aus Gesicht und Haaren strich.
»Das wäre wunderbar«, sagte das Mädchen, das aus dem Becken stieg, während ihr Gentiana ein Badetuch umlegte und ihr damit den Rücken rieb. Gentiana entschuldigte sich kurz und ging zu einem Klingelzug, den sie zweimal ruckartig auf und ab bewegte. Ein baumlanger, am ganzen Körper tätowierter Nubier erschien im Eingang, verbeugte sich und breitete Tücher auf einer der Liegen aus.
»Das muss ein Traum sein«, sagte Henri beinahe fassungslos, als er den Afrikaner betrachtete.
Gabriella kicherte. »Doch, Signore, er ist echt. Ein Geschenk des Conte an die Contessa. In Venedig erstanden.«
»Er war, bei Gott, das Einzige, das in diesem Bad noch gefehlt hatte«, sagte Henri, als Jeanne sich, ein Tuch um die Hüften geschlungen, auf die Liege schwang.
»Nun, Signore«, sagte Gabriella zufrieden, als sie mit ihren seifigen Händen über seine Schenkel strich, »dann wären wir endlich komplett.«

»Die Männer sterben selten an gebrochenem Herzen. Sie schlafen vorher ein«, sagte die Contessa, als sie später Henri und Jeanne durch den Garten führte. »Die meisten von ihnen lieben ihre Frauen wie die Wölfe das Schaf. Begierlich und grausam. Als ich diese beiden Facetten des Männlichen erkannt hatte, beschloss ich, mein Leben zu ändern.« Die Contessa, eine schöne Frau um die vierzig, mit blaugrünen Augen, langem braunem Haar und einem großzügigen Mund, blieb kurz stehen, um einen der voll erblühten Rosensträucher zu inspizieren. »Kennt Ihr den Anfang von Tristan und Isolde: ›Ihr Herren, seid Ihr geneigt, eine schöne Erzählung von Liebe und Tod zu hören?‹ Ich mag diesen Vers nicht besonders. Er verbindet unvermittelt die Liebe und den Tod, und ich ziehe es für meinen Teil weit mehr vor, Liebe und Leben miteinander zu vereinen. Für mich darf Liebe nicht mehr erlittenen Schmerz bedeuten, sondern muss zur Freude und zum Genuss emporsteigen.«
»Wie wollt Ihr das in einer Welt des Vergänglichen erreichen?«, fragte Henri.
Die Contessa schien mit dem Aussehen der Rosen zufrieden zu sein und richtete sich auf. »Beginnt einfach, Sieur, damit, das zu schmecken, was Ihr esst. Schmeckt alles, erspürt es, und kostet es aus. Und wenn Ihr das beherrscht, Monsieur, dann lebt auf die gleiche Art, wie wenn Ihr essen würdet. Ihr werdet eine sehr reiche Welt entdecken. Eine Welt der Beständigkeit, die Euch überraschen wird.«
»Das klingt sehr einfach.«
»Es ist schwer«, sagte die Contessa di Saliano, »wie alles, das einfach scheint. Und dann, wenn Ihr das eines Tages mit allen Fasern Eurer Seele beherrscht, dann, Monsieur Henri d'Ardans, Seigneur und Soldat, werdet zum Frühling, wenn Frühling ist, zum Sommer, wenn Sommer herrscht, zum Herbst, wenn der Herbst kommt, und zum Winter, wenn die Kälte und der Schnee die Landschaft mit ihrer schweren Kraft erfüllen.«
»Ich werde es versuchen«, sagte Henri.
»Wie vorsichtig doch dieses Geschlecht, das uns Frauen ohne Ende zusetzt und uns mit der ihm eigenen Gewalt zu unterdrücken versucht, mit seinen Zugeständnissen ist. Welch eine Be-

sorgnis und Behutsamkeit in der Antwort.« Die Contessa lächelte. »Liegt es vielleicht daran, dass den Männern der Mut zu bekennen fehlt? Dass Eure scheinbare Überlegenheit nur Schall und Rauch ist? Ich sage Euch, Sieur Henri d'Ardans, dass Frauen tiefe Wahrheiten schneller begreifen, als Männer es je könnten. Denn sosehr der Körper der Frauen weicher ist als der des Mannes, schwächer und vielleicht in weniger Dingen geschickt, so sehr ist ihr Verstand dort, wo sie ihn gebrauchen, um vieles schärfer und beweglicher.«

»Ich ziehe meinen Hut vor der Überlegenheit der Frauen«, sagte Henri.

Die Contessa lachte. »Das könnt Ihr leicht behaupten, Sieur, da Ihr keinen Hut tragt.« Sie gingen den Weg durch den Garten entlang, als Henri fragte: »Wie habt Ihr von unserer Ankunft in Tenda erfahren, Contessa?«

Die Contessa di Saliano deutete um sich. »Wie Ihr gesehen habt, hat mein Besitz keine Mauern. Wie glaubt Ihr, kann ich mir dies in diesen kriegerischen Zeiten leisten?«

»Das habe ich mich bereits gefragt.«

»Ich werde es Euch erklären, Sieur d'Ardans. Nichts im Umkreis von hundert Meilen geschieht in diesem Land, ohne dass ich davon Kenntnis erhalte. Die Treue und die Liebe der Menschen sind die Mauern von Saliano. Seit Ihr den Boden Piemonts betreten habt, wusste ich beinahe alles über Euch. Größe und Umfang Eurer Reisegruppe, die Art Eurer Bewaffnung, den Weg und das Ziel. Ich weiß, dass Mademoiselle des Marckes unter Eurem Schutz steht und in Mailand Asyl sucht. Ich weiß, dass Ihr auf grausame Weise Eure Frau verloren habt, dass Ihr ein Sonderbotschafter Louise de Savoies seid und Morone, den Kanzler des Herzogs, aufsuchen wollt.«

»Meine Geheimhaltung scheint entscheidende Lücken aufzuweisen.«

Die Contessa lächelte von neuem. »Wirte, Schankmädchen, Pferdeknechte belauschen oft Gespräche, die man unter höchster Verschwiegenheit zu führen glaubt.« Sie legte ihre Hand auf seinen Unterarm. »Seid beruhigt, Sieur d'Ardans, der politische Hintergrund Eurer Reise bedeutet mir nichts. Mich interessieren nur die

Menschen, oder wenn Ihr es deutlicher formuliert haben wollt, das, was sie bewegt, antreibt und letztlich auf den Weg ihres Schicksals bringt.«
»Und da haben wir Eure Aufmerksamkeit erregt, Contessa?«
»Meine allergrößte. Ich habe eine Geschichte von Liebe, Tragik, Verzweiflung und Hoffnung erspürt, Sieur. Meine Neugierde wurde geweckt.«
»Obwohl Ihr den Schmerz in der Liebe ablehnt?«
»Gerade deshalb, Monsieur«, sagte die Contessa beinahe belustigt. »Gerade deshalb.«

Der Speisesaal war von Hunderten von Kerzen erhellt. Lakaien in roten Jacken mit schwarzen Aufschlägen standen um den Tisch, an dem die Contessa, Jeanne und Henri standen. Der Saal selbst war in hellen Farben gehalten, mit plastischen, farbenprächtigen Wandmalereien. Hohe Fenster ermöglichten einen Blick in den beleuchteten Garten, in dem sich die Konturen der Bäume und Hecken abzeichneten. Aus dem Park erklang Musik, deren Ursprung den Gästen verborgen blieb.
»Ich habe nur ein kleines Essen ausrichten lassen«, sagte Blanca di Saliano, »Speck, Schinken, Suppe, Forellen, Kapaune in Lauch gebraten, Kuchen und Gelees, Mandeltörtchen und Obst. Ich hoffe, Ihr entschuldigt die Bescheidenheit des Mahls.«
Henri nickte ihr freundlich zu. »Eure Küche beschämt jene des Königs von Frankreich, Signora.«
»Ihr übertreibt, Sieur d'Ardans.«
Henri schenkte sich Wein ein. »Verzeiht mir die unverschämte Frage, Contessa. Aber gibt es auch einen Conte di Saliano?«
Blanca winkte einem der Lakaien, der sich verbeugte und den Speisesaal verließ.
»Natürlich. Ich war fünfzehn Jahre alt, als ich zur Ehe mit ihm gezwungen wurde. Ich habe ihm in kurzer Zeit zwei Söhne geschenkt, und er hat sich mit der ihm eigenen Grandezza nach Venedig zurückgezogen, um dem zu frönen, was er am besten beherrscht: die Hurerei und das Kartenspiel.«
»Und Eure Söhne, Contessa?«, fragte Jeanne.
»Der eine dient dem Herzog von Parma und der andere dem Her-

zog von Modena. Zwei liebe Jungen, die dem Vater ähneln und die in dieser männlichen Welt von Meineid, Lasterhaftigkeit, Spiel, Völlerei und Gewalttat durchaus ihren Weg machen könnten, wenn ihr Vater ihrer Erziehung noch den letzten Schliff gibt.«

Der Speck und der Schinken wurde zusammen mit der Suppe aufgetragen. Henri bemerkte, dass er hungrig war, und ließ sich seinen Teller anrichten, während Jeanne abwinkte und sofort der Suppe zusprach.

»Und da meine Söhne mit zwölf bereits außer Haus waren«, sagte die Contessa, »habe ich beschlossen, das Leben einer freien Frau zu führen.«

»Was Euch gut bekommen ist«, sagte Jeanne.

»Bestens, meine Schöne. Bestens«, meinte die Contessa. »Die Ehe, wie sie von einer reichen Frau heute in Italien geführt wird, ähnelt einem prunkvollen Gefängnis, dessen goldene Gitter sie mit ihrer eigenen Mitgift finanziert hat. Dennoch soll es nur den Männern zustehen, sich Mätressen zu halten, während die Frauen in ihrer Keuschheit in Frömmigkeit verblühen sollen. Ich habe die Logik dieser Argumente nie begriffen und mich ständig widersetzt. Von Kindheit an wird dem Mädchen beigebracht, dass es in Liebe leben soll, in Anmut, Verführung und Koketterie. Kein schweres Werk, denn die Liebeskunst ist ihren Adern angeboren und wird von der Natur ständig neu eingehaucht. Und diese natürliche Heftigkeit ihres Verlangens soll von einem Mann gestillt werden, den sie vielleicht nicht liebt und dessen Begehren auf andere Frauen zielt?« Die Contessa schüttelte den Kopf. »Eine Frau sollte Liebhaber für jede Tageszeit, jeden Monat und jede Jahreszeit besitzen. Meint Ihr nicht auch, Sieur d'Ardans?«

»Ich fühle mich in dieser Frage nicht allzu sattelfest, Signora«, sagte Henri d'Ardans.

»Aber Ihr müsst doch zugeben«, meinte die Contessa belustigt, »dass es Männer gibt, die des Morgens voller Kraft sind, und andere, die des Abends brennen. Dass manche zu Mittag den Höhepunkt ihrer Leidenschaft erleben und andere wieder die Nacht bevorzugen. Dass es Männer des April und Männer des September gibt. Dass viele im Winter die Nähe einer Frau suchen und manche im Frühling oder im Sommer, während eine Frau das ganze Jahr über offen und bereit ist. Würdet Ihr mir hier nicht zustimmen, Sieur d'Ardans?«

Jeanne lachte leise auf, während sie Henri beobachtete. Lakaien entfernten die Teller des ersten Ganges und brachten Tabletts mit gebratenen Forellen.

Henri blickte die Contessa freundlich an. »Ich fürchte, Ihr wollt mich in Verlegenheit bringen, Signora.«

»Nun«, sagte Blanca di Saliano, »ich glaube, in vielen Gesellschaften wurde das männliche Glied deshalb zur Gottheit erhoben, weil die Männer sich ihrer Unzulänglichkeit nur allzu bewusst waren. Weshalb tragen sie heute aufgenähte Hosenbeutel, die vermuten lassen, sie hätten das Gehänge eines zur Enthaltsamkeit gezwungenen Zuchtstiers?«

»Ihr werdet es mir sagen, Contessa.«

»Weil die Männer aus ihrem aufsässigen und tyrannischen Glied, wie Plato es nennt, ihren Besitzanspruch über das Weibliche herleiten. Und dennoch wird eine Frau erbarmungslos verurteilt, wenn sie den Lockungen des anderen Geschlechts zur unpassenden Zeit nachgibt. Männer und Frauen sind zu unzähligen schlimmeren Taten fähig, als es die Sinnenlust ist. Aber die Männer richten sich bei der Wertung des Lasters nicht nach der Grausamkeit oder der Brutalität. Die Männer verurteilen die Natur, die der Frau ebenso das Bedürfnis nach Lust eingibt wie jedem Mann auf dieser Erde.«

Henri betrachtete sie interessiert. »Und was habt Ihr daraus geschlossen, Signora?«

Die Contessa spießte auf das artigste ein Stück Forelle auf. »Dass ich drei Dinge auf dieser Welt für mich und alle Menschen, die mich umgeben, wünsche, ja sogar verlange: Liebe, Freiheit und Schönheit. Wie Ihr wohl festgestellt habt, umgebe ich mich gerne mit schönen Menschen und Dingen.«

»Es ist viel Jugend in Eurem Haus«, sagte Jeanne.

»Ist das verwunderlich? Der Reife nähere ich mich selbst. Ich will Menschen mit einem ungebrochenen Sinn um mich haben, Menschen, die noch nicht von Konventionen, Gebräuchen und Überlieferungen verformt sind. Ich will Jugend um mich spüren, denn eines Tages wird auch meine Zukunft zur Vergangenheit werden, und zurück bleiben dann nur erschreckend leere Hände, verschwindende Erinnerungen an das ewig Unwiederbringliche.« Sie lächelte. »Ich eigne mich nicht zur Melancholie. Und deshalb wünsche ich mir auch Euch, Sieur d'Ardans, tolerant, weitherzig und verzeihend.«

»Verzeihend?«

»Verzeihend Eurer eigenen Vergangenheit gegenüber. Das Leben ist wunderbar und endlich zugleich, Monsieur, und Ihr verschenkt es, als wäre es ein alter Tand, eine Nichtigkeit oder gar eine Last, die Ihr zu tragen habt.«

Henri d'Ardans strich sich bedächtig mit seiner Hand über das Kinn. »Woher wollt Ihr das wissen?«

Die Contessa winkte einem der Lakaien, der ihr Wein nachschenkte. »Von dem, was ich über Euch gehört habe, Sieur. Von dem, was ich in Euch erspüre. Ihr seid hoffnungslos in Bildern und Vorstellungen gefangen. Ihr könnt die Wirklichkeit nicht mehr erkennen.«

»Meint Ihr?«

Die Contessa sah ihn an. »Ich könnte sie Euch zeigen.«

»Dann tut es doch, Signora.«

Die Contessa lachte. »Später, Sieur. Später.« Sie machte ihrem Haushofmeister, der jetzt neben der Tür Position bezogen hatte, ein Zeichen. »Es wird Zeit für die Kapaune, Paolo.«

Der Haushofmeister nickte, und zwei Lakaien machten sich eilig auf den Weg, die Speisen zu holen.

»Niemand auf dieser Welt«, sagte die Contessa lächelnd, »sollte jedoch den Einfluss des Körperlichen auf die Liebe verneinen. Wer würde die Macht des Penis und des weiblichen Schoßes über den Menschen leugnen? Bedenkt nur, wie oft Eure Gedanken auch nur in einer Stunde in Bilder der Leidenschaft zerfließen, wie viele uneingestandene und unterdrückte Wünsche nach Beischlaf Euch im Laufe eines Tages bedrängen können. Auch die treueste Frau wird beim Anblick eines schönen Mannes das Verlangen nach Lust empfinden, auch der beständigste Mann wird beim Betrachten verführerischer Augen und eines schönen Busens das Begehren nach dem Geruch frischer Haut und einem feuchten weiblichen Schoß

verspüren.« Die Contessa breitete eine frische Serviette, die ein Diener ihr gereicht hatte, auf ihrem Kleid aus. »Was denkt Ihr darüber, Monsieur d'Ardans?«
»Dass Lust eine Kraft ist, die niemand auf Erden leugnen kann.« Henri sah zu Jeanne hin. »Was aber meint Mademoiselle des Marckes dazu?«
»Dass ich mich weigere zu glauben, dass der Mann und die Frau in dieser Hinsicht gleich empfinden.«
Der Haushofmeister kam an den Tisch und zerteilte fachgerecht die Kapaune, die die Diener auf silbernen Tabletts am Tisch abgestellt hatten.
»In einer gewissen Hinsicht habt Ihr Recht, meine schöne Jeanne«, sagte die Contessa, die an einem Glas Wein nippte. »Wenn Frauen geheime Neigungen verspüren, den Geliebten aufzusaugen, ihn sich einzuverleiben, dann ist dies meist nur der Grund des Verlangens nach vollkommener Verschmelzung. Frauen bedrängt die Unmöglichkeit des ständigen Einsseins stärker als den Mann, der in seiner Oberflächlichkeit die Bitterkeit der Trennung weit weniger empfindet. Das Bedürfnis nach letzter Erfüllung kann eine Frau hin bis zur Ekstase treiben, während der Mann ein Gefangener seiner Ichbezogenheit bleibt.«
»Ich werde bald bedauern, nicht als Frau geboren worden zu sein«, sagte Henri.
Die Contessa lachte auf. »Seid nicht beleidigt, Sieur d'Ardans. Ihr könnt nichts dafür, dass die Frauen von Geburt an in ihrer Liebe die Tieferen, die Ehrlicheren und die minder Ichsüchtigen sind. Unehrlich und ichsüchtig sind Frauen nur, wenn es um das Glück des Geliebten geht. Dieses Glück muss ihm durch die liebende Frau zufließen und nur durch sie. Hier sind die Grenzen der Weitherzigkeit der Frauen erreicht. Jede Nebenbuhlerin, jeder Rivale, und seien es seine Freunde, sei es seine eigene Mutter, wird von der Geliebten erbarmungslos bekämpft. Auch dies ist ein Aspekt der Liebeskunst.«
»Würdet Ihr auch so handeln, Jeanne?«, fragte Henri das Mädchen.
»Die Liebeskunst ist nur ein Ausdruck der Liebe.«
»Was aber ist die Liebe selbst?«

»Der Mittelpunkt des Kreises«, antwortete Jeanne.
»Was meint Ihr damit?«, fragte Henri und betrachtete aufmerksam das Mädchen.
»Wenn die Welt einem Kreis gleicht, nie beginnend, nie endend, dann ist es die Liebe, die sein Zentrum ist. Sie ist der Punkt, unteilbar und nicht erkennbar, von dem aus sich der Kreis der Welt erschafft, sie ist es, die ihm Gestalt verleiht und ihm das Licht des Sichtbaren verleiht. Die Liebe schafft die Welt, die Liebe trägt die Welt, die Liebe erhellt die Welt.«
»Und wenn die Welt keinem Kreis gleicht?«, fragte die Contessa lächelnd.
»Die Welt ist ein Kreis, Signora«, antwortete Jeanne. »Ein Kreis, in dem wir uns unser ganzes Leben lang bewegen und vermeinen frei zu sein. Es ist die Liebe, unsichtbar, erweckend und erlösend, die uns aus den Irrgärten unseres Tastens und Suchens errettet.«
Den Hauch eines Augenblicks lang blickten Jeanne und Henri sich schweigend an, während die Contessa applaudierte.
»Gut gesprochen, Jeanne des Marckes«, sagte Blanca di Saliano.
»Dies klang anders als Euer Hymnus auf die Sinnenfreude, Contessa«, meinte Henri.
»Seht Ihr, Sieur, keine Wahrheit ist eindeutig. Es sind die Schatten, die dem Licht Tiefe verleihen. Es ist das Licht, das dem Schatten die Klarheit seiner Konturen ermöglicht. Ich glaube an die Liebe und die Lust. Die Liebe, die Ihr einem Stück Stein schenkt, bringt die versteckte Schönheit in diesem Stein zum Erwachen, weil es in allen und jeglichen Dingen verborgene Schönheit und Liebe gibt, die nur darauf warten, erweckt zu werden. Ihr müsst diese Gesetze des Austausches suchen, Sieur d'Ardans, wenn Ihr zum Eigentlichen vordringen wollt.«
Zwei Lakaien traten zum Tisch und brachten frischen Wein. Ihre Gesichter waren ausdruckslos, als sie die Gläser voll schenkten.
»Ich zum Beispiel«, fuhr die Contessa fort, »versuche mich an der Bildhauerei. Eine unweibliche Kunst, die ich mir zugestehe, weil ich von willkürlich festgelegten Vorschriften der Geschlechter nichts halte. Wenn ich nun ein Stück Stein vor mir habe, so versuche ich zu erkennen, was dieser Stein in sich birgt. Er schreibt mir ebenso seine Form vor, wie ich ihm die meine vermittle. Ich will

einfach nichts und niemandem etwas aufzwingen, wie ein Mann es wohl und ohne jede Hemmung tun würde.«
»Also verachtet Ihr die Männer?«, fragte Henri.
Die Contessa legte ihr Besteck beiseite und hob abwehrend die Hände. »Aber niemals! Ich liebe sie, wenn meine Freiheit gewährleistet bleibt. In diesem Haus leben sechs Liebhaber von mir. Vergangene, jetzige und zukünftige. Ich brauche das Männliche, weil ich eine Frau bin. Ich will nur nicht, Sieur, dass es mich versklavt.«
»Ihr würdet Euch gut mit Louise de Savoie verstehen«, sagte Henri. »Sie ist die einzige Frau, die ich kenne, die ein ähnliches Freiheitsverlangen wie Ihr besitzt.«
Die Contessa blickte lächelnd zu Jeanne hin. »Unterschätzt dieses Mädchen nicht, das Euch begleitet, Monsieur.«
Henri folgte ihrem Blick. »Ich unterschätze sie ganz und gar nicht.«
»Das ist gut«, meinte die Contessa, »denn Ihr werdet heute Nacht ein Zimmer mit ihr teilen. Es ist längst zu spät, nach Tenda zurückzureiten.«
»Ich kann in der Halle nächtigen.«
»Dort würdet Ihr keine Ruhe finden, Sieur. Dort schlafen meine Hunde, die bisweilen recht angriffslustig und bissig sein können.«
Henri zuckte mit den Achseln. »Dann gebt mir einfach ein anderes Zimmer.«
»Die sind alle belegt, Sieur. Wie Ihr wisst, brauche ich genügend Platz für alle meine männlichen Schützlinge.« Die Contessa schüttelte ihren Kopf. »Nein, ich fürchte, es wird nicht anders gehen, als dass Ihr mit dieser Frau zusammen das Gästezimmer teilt. Oder habt Ihr Angst davor, Sieur?«
Henri lächelte ihr zu. »Habe ich Angst?«
Die Contessa sah ihn an. »Nein«, sagte sie dann. »Und Ihr habt wahrscheinlich auch keine Angst, ein Elixier zu trinken, das ich Euch reichen werde.«
»Welches Elixier, Signora?«
»Eines, das Euch der Wirklichkeit näher bringen wird.«
»Und Jeanne?«
Die Contessa schüttelte den Kopf. »Sie braucht es nicht. Sie ist nicht gefangen.«

»Ein Elixier, das Ihr allen Männern gebt?«, fragte Henri interessiert.
»Nein. Nur jenen, die zu leben verlernt haben.«
»Und wenn ich es nicht trinke?«
»Dann bringt Ihr Euch um den vielleicht einzigen Weg, der Euch in die Freiheit führen könnte.«
Henri trank von seinem Wein. »Das klingt sehr geheimnisvoll, Contessa di Saliano.«
»Es ist auch ein Geheimnis darum, Sieur d'Ardans.« Sie schob ihren Teller von sich weg. »Wir werden sehen, ob Ihr wirklich Mut besitzt.«
Henri hob sein Glas. »Dann lasst uns alle darauf trinken, Signora.«
Die Contessa nickte.« Auf die Freiheit und die Liebe!«, sagte sie.
Jeanne hob ihr Glas. »Auf die Liebe und die Freiheit!«
Henri prostete ihnen lächelnd zu. »Auf die Liebe und den Mut! Auf den Mut und auf die geheimnisvollen Elixiere der Frauen!«

Das Zimmer, das ihnen im zweiten Stock zugewiesen wurde, war groß und geräumig. Ein Bett mit Baldachin und blauen Vorhängen stand an einer der Wände, eine geräumige Truhe seitwärts von einem offenen, mit Waffen geschmückten Kamin, während ein Tisch und zwei bequeme Stühle die andere Ecke des Raumes einnahmen. Kerzenleuchter erhellten den Raum und gaben den in mattbräunlichen Tönen gehaltenen Gobelins einen goldenen Schimmer. Henri ging zu dem mit rötlichen Vorhängen drapierten Fenster und öffnete es. Die vereinzelt dastehenden Bäume wirkten jetzt, im schwachen Licht des Mondes, wie bizarre Skulpturen, während das Dunkel der Wälder schwarzen, in der Zeit erstarrten Wogen glich. In den Seitentrakten brannten Lichter, kleine Fackeln inmitten der sommerlichen Stille. Die Glocke der Kirche aus dem nahen Dorf begann zu läuten. Klänge der Hoffnung in einer silbermatten Dunkelheit, Klänge eines lichten Ahnens, wenn die Nacht lange oder einsam schien.
»Bleibt umgedreht«, rief Jeanne. »Ich ziehe mich jetzt aus.«
»Was haltet Ihr von unserer Gastgeberin?«, fragte Henri mit dem Rücken zu Jeanne.
»Sie ist eine faszinierende Frau. Ich bewundere sie sehr.«

Henri hörte das Rascheln eines Rockes und das Aufklappen eines Truhendeckels.
»Faszinierend ohne Zweifel. Aber nur eine reiche Frau wie sie kann sich all diese seltsamen Eigenheiten leisten. Ich weiß nicht, wie eine Näherin aus Paris oder eine Seidenspinnerin aus Lyon darüber denken würde.«
Wieder raschelte Gewand.
»Ich habe soeben etwas neu entdeckt«, sagte Henri beinahe belustigt.
»Was?«
»Die Leidenschaft des Hörens.«
»Wie meint Ihr das, Henri?«
»Ich höre, wie Euer Gewand zu Boden fällt. Die Vorstellungen, die sich damit verbinden, sind äußerst anregend.«
Jeanne lachte auf. Dann vernahm Henri Schritte über den Holzboden und das Geräusch, wie die Decke des Bettes zurückgezogen wurde.
»Ihr könnt Euch nun umdrehen«, sagte Jeanne.
Ihr Haar wirkte tizianfarben im Licht des fünfarmigen Leuchters, der neben dem Bett stand. Ihre großen Augen sahen ihn fragend und erwartungsvoll an, während ihre sanft geschwungenen Lippen voll und rot schimmerten.
Henri betrachtete sie einen Augenblick lang und ging dann zu dem Bett. Er zog sacht die Decke vom Körper des Mädchens weg.
»Du bist wunderschön«, sagte er, als er sie betrachtete.
Jeanne strich ihm mit ihrer Hand über sein langes, dunkles Haar.
»Ich liebe dich«, sagte er beinahe verzweifelt. »Gott verdamme mich, aber ich liebe dich!«
»Ich liebe dich auch«, sagte Jeanne zärtlich. »Schon seit langer Zeit, Henri.«
»Ich wünsche mir seit einer Ewigkeit, deine Nähe zu spüren.«
»Küss mich«, sagte sie. »Küss mich einfach.«
Er umarmte sie sanft, und seine Hände strichen leicht über ihre festen Brüste. »Ich sehe sie immer vor mir, was immer ich tue. Ich sehe sie tot oder lebendig vor mir, erstarrt oder sprechend. Ich bin ihr Gefangener, Jeanne. Ich kann tun oder lassen, was ich will, stets begleitet sie mich. Meine Lippen sagen Jeanne und ein Teil meines

Wesens spricht von Christiane. Meine Seele zerbirst vor Verlangen nach Freiheit, und mein Geist bleibt stumm und taub. Ich bin im Niemandsland meiner Hoffnung. Ich bin in der Hölle meiner Sehnsucht.«

»Ich weiß«, sagte Jeanne, »ich weiß es längst.« Das Mädchen griff nach dem durchsichtigen Pokal, den ihr Blanca di Saliano gegeben hatte, und reichte ihn Henri. »Trink das, mon amour.«

Henri lächelte beinahe, als er das fein geschliffene Glas in die Hände nahm. »Was kann das sein? Ein Aphrodisiakum?«

»Sei kein Narr, Henri d'Ardans. Sie hat mir gesagt, es sei ein großes Geschenk. Ein Geschenk, das man nur einmal im Leben bekommt.«

Seine Hand liebkoste ihre Schulter. »Eine Probe meines Mutes.«

Ihre Finger strichen kaum spürbar über seine Augen, seine Wangen und seinen Mund. »Eine Probe deines Mutes.«

Sie saß jetzt halb auf die Kissen aufgestützt. Ihr Haar fiel ihr über die Schultern herab und liebkoste die Spitzen ihrer Brüste. Ihre Haut wirkte golden im Licht der Kerzen, und ihre Lippen schienen ein Versprechen zu besiegeln, nach dem er sich mit ganzer Seele sehnte. Sie ist so schön, dass es mich beinahe schmerzt, dachte er. Sie ist wunderschön und wunderbar und ich liebe sie.

Dann trank er.

Das Mädchen rückte zur Seite. »Leg dich zu mir«, sagte es. »Leg dich einfach nur zu mir.«

Henri fühlte sich angenehm benommen, als er sich entkleidete. Er fühlte sich locker und entspannt, und sein Körper war von einer wohligen, behaglichen Mattigkeit erfüllt. Er war nicht überrascht, als er die Lichtpunkte auf Jeannes Körper tanzen sah, ein steter, unaufhaltsamer Fluss von leuchtender und starker Kraft.

»Es sind Sterne auf deiner Haut«, sagte er.

»Es wird Zeit, dass du sie erkennst«, sagte das Mädchen und zog seinen Kopf zu sich herab.

Als er sie küsste, verband sich ihr Wesen mit seinem Körper. Er fühlte ihre Empfindungen, als sein Glied an ihrer Scham rieb, er blieb er selbst und wurde doch zu ihr, als sie sich vereinten, fühlte keine Trennung, keine Grenze mehr, die sie geschieden, die ihre Wesen voneinander abgesondert hätte. Er spürte ihre Lust und die seine, verging in ihr, taumelte auf einmal inmitten von Sonnen und Planeten, fiel in die Tiefe, versank in der Dunkelheit, tauchte auf, schmeckte Wasser des Meeres und Weine von fremden Küsten. Er glitt auf der Schneide der Zeit, wusste von der Wahrheit des Ewigen, erkannte, dass nie jemals etwas geschehen war, dass alles nun, jetzt sich ereignete, sah die blühende Jugend den blühenden Tod umarmen, Freunde, Brüder des Lichts. Dann zerteilte sich sein Wesen, zerbrach in tausend Stücke von spiegelndem Glas, trieb dahin, bis es sich von neuem zu einem Ganzen formte, glanzvoll, leuchtend, sonnengleich, ewig und unzerstörbar. Nichts verging, da nichts geschah, nichts wurde verloren, da alles nur der Schein des unbewegbaren Unendlichen war. Er schrie vor Genuss, war Mann und spürte dennoch die Empfindungen des Weiblichen, trieb weiter auf den Wellen seiner Suche, dorthin, wo alle Wesen sich berührten, dorthin, wo das All zersprang, inmitten der Lichtschauer des Unmöglichen, inmitten des Widerscheins aller Geburten und aller Tode. Dann durchschritt er Wiesen von weichem Gras, hörte das Lachen der Götter, hörte Klänge, die aus der Weite des Universums erklangen, starb in Lust, wurde wieder geboren in Lust, war Felsen, Pflanze, Tier, Mann, Frau, war nichts, war alles, balancierte am Rande des Unfassbaren, stürzte ab, sah sich selbst nun auf dieser Frau liegen, sah, wie er sich herumwälzte, sah, wie sie ihn beritt, leicht und gleitend, feuchter Schoß, der sich auf seinem Glied bewegte. Er trieb von der Erde weg, sah sie hell unter sich schimmern, fiel in spiralener Form zurück auf die Weite eines Ozeans, tauchte unter, ging durch versunkene Städte, betrat den Boden längst verschwundener Vergangenheiten, sah, dass alles im Nun gebettet war, fühlte ein Glück und eine Freude in sich, denen er nie mit Worten hatte Ausdruck verleihen können, jetzt, da er erkannte, dass die Welt Jeannes Wesen war, immer sein würde, solange er und sie sich verbanden, solange die Trennung der Zeit sie nicht scheiden würde. Ewigkeiten glitten über ihn hinweg und immer war Liebe und Licht und Freiheit, was immer er auch sah. Er erahnte Gesichter von einer Schönheit, die ihm unerklärlich war, bemerkte, dass sie alle nur Formen des Antlitzes Jeannes waren, lachte vor Freude über die Befreiung all der Fesseln, die sein Wesen an diesen Käfig von Heute, Gestern und Morgen gekettet hatten, tauchte ein in die Sonne, die sich inmitten des Kelches einer Rose darbot, fühlte, wie sein Samen sich in den Mittelpunkt des Seins ergoss, verbrannte im Licht des Einzigen, spürte den Körper des Mädchens, sah die Sterne rasend auf ihrer Haut verglühen, stürzte in Dunkelheit und Frieden, fiel in bergende Nacht und in feuchte, liebliche Süße.

»Es war vollkommen«, sagte Jeanne, die ihren Kopf auf Henris Brust gebettet hatte, nach Augenblicken der Ermattung und eines schwebenden Schweigens.

»Ja«, sagte Henri, »es war vollkommen.«

Das Mädchen richtete sich leicht auf und küsste ihn mit einer Wildheit, die an eine kleine Raubkatze erinnerte. »Du gehörst mir«, sagte sie. »Du gehörst mir alleine!«

Henri lächelte sie an. »Ich gehöre nur dir, Jeanne. Dir, Louise de Savoie und dem König von Frankreich.«

Jeanne schlug ihm mit der Faust auf die Brust. »Kaum hast du mich gewonnen, teilst du mich auch schon mit der halben Welt.«

»Wer weiß, ob ich dir auch in Zukunft alleine genügen werde?«

Das Mädchen strich mit den Nägeln seinen Nacken entlang. »Wenn es immer so sein wird wie heute, hast du nichts zu befürchten, großer Seigneur.« Sie sah ihn mit einem Male ernst an. »Hast du etwas gesehen? Die Contessa meinte, du würdest Bilder erkennen, in Erscheinungen eintauchen.«

»Ich habe dich gesehen. Dich, Sonnen und die Unendlichkeit.«

Jeanne lächelte. »Die Contessa lässt dir ausrichten, dass die Welt nicht nur das ist, was das Auge erkennt.«

»Jetzt ist der Vorhang wieder über diese Bilder gefallen.«

»Ein Blick, meinte die Contessa, genügt für das ganze Leben«, sagte Jeanne. »Ein Blick genügt für alle Zeit.«

»Wie gut, dass es in einer Welt wie dieser eine Contessa wie diese gibt«, sagte Henri mit leichter Ironie.

»Ja«, sagte Jeanne ernsthaft und sah ihn an. »Wie gut. Wie gut, Henri.«

Sie brachen früh am nächsten Morgen auf. Die Contessa ließ sich nicht blicken, aber Paolo, ihr Haushofmeister, überreichte ihnen ein Abschiedsgeschenk. Ein Medaillon, das Blanca di Saliano in der Nacht zuvor verfertigt haben musste. Es zeigte eine lächelnde

Jeanne, die einen erstaunten Henri betrachtete. Jeannes Gesicht war bis ins letzte Detail ausgeformt, während Henris Gesicht nur aus Konturen bestand, so als würde es die Contessa der Zeit und dem Schicksal überlassen, seinem Gesicht die letzte Wahrheit zu verleihen.

7. Kapitel

Einige Meilen vor Mailand passierte es.

»Ich habe dich nie danach gefragt, wie deine Verwandte heißt«, sagte Henri zu Jeanne, als sie die Landstraße entlangtrabten. »Ich glaube, du solltest mir einiges über sie erzählen, bevor ich dich für einige Zeit ihrer Obhut anvertraue.«

»Sie heißt Beatrice de Geberoni, ist die jüngere Schwester meines Vaters und die Witwe eines der adeligen Kaufleute der Stadt.«

Henri zügelte sein Pferd mit solcher Heftigkeit, dass es schmerzerfüllt den Kopf zur Seite warf.

»Wie heißt sie?«

»Was hast du, Henri?«, fragte Jeanne überrascht, deren Stute die Unruhe spürte und hin und her zu tänzeln begann.

»Ihr Name, schnell!«

»Ich sagte dir doch bereits, dass sie Beatrice de Geberoni heißt.«

»Mein Gott«, sagte Henri, »mein Gott.« Er sah Jeanne fassungslos an.

»Was hast du nur, Henri?«

»Beatrice de Geberoni ist die Frau, die eines der gestohlenen Schmuckstücke Christianes gekauft hat. Eines, das meiner Frau entwendet wurde, als man sie vor Ardres ermordet hat.«

Jeanne schüttelte den Kopf. »Das glaube ich nicht.«

Henri richtete sich in seinem Sattel auf. »Du kannst es mir unbesehen glauben, Jeanne. Deine Verwandte ist die einzige Spur, die mich zu den Mördern Christianes führen kann.«

Eine sonderbare Unruhe ergriff Henri. Es schien ihm, als hätte er eine Vorwarnung erhalten, deren tieferer Sinn ihm noch verborgen war. Er gab der kleinen Gruppe ein Zeichen. »Nach Mailand. Schneller. Wir müssen so bald wie möglich in der Stadt sein.«

Die Tote lag auf dem grünen, prächtigen Baldachinbett in ihrem großen, prächtig eingerichteten Schlafzimmer. Die Totenwäscherinnen hatten sich die Mühe gemacht, die von der Sonne beschienene klaffende Wunde, die sich um den Hals der Frau zog, so gut es ihnen möglich war zu überschminken. Rechts und links des Bettes standen duftende und ruhig brennende Wachskerzen, deren Licht sich in dem mächtigen, silbernen Kreuz spiegelte, das die Verstorbene zwischen ihren gefalteten Händen hielt.

»Die Signora wurde heute Nacht ermordet«, sagte der ältliche Majordomus. »Es ist traurig, dass Ihr sie nicht mehr lebend angetroffen habt, Signorina des Marckes.«

Jeanne starrte auf die leblose Frau. Sie hatte nur mehr eine schwache Erinnerung an sie, als sie bei ihnen und ihrem Vater in Lothringen lebte. Sie entsann sich ihrer als eines großen, freundlichen und beinahe erwachsenen Mädchens. Es schien Jeanne jetzt sonderbar, wie klein und alt sie im Tod wirkte. Klein, starr und jenseits aller menschlichen Fragen.

»Ihr könnt später Totenwache halten, Signorina«, meinte der Majordomus. »Jetzt erwartet Euch der Notar, wenn ich Euch untertänig darauf aufmerksam machen darf. Er ist bereits vor einer halben Stunde eingetroffen.«

Jeanne löste langsam den Blick von der Toten. »Was will dieser Notar von mir?« Am Klang ihrer Stimme hörte man, dass sie geweint haben musste.

»Ich weiß nur, dass er sehr aufgeregt war, als er erfuhr, dass Ihr in Mailand eingetroffen seid.«

Jeanne nickte. »Der Sieur d'Ardans wird mich begleiten.«

Der Majordomus verbeugte sich. »Wie Ihr wünscht, Signorina.«

Der Notar, der in dem holzgetäfelten Arbeitszimmer auf sie wartete, war klein, mager und in ständiger Bewegung, als ginge es ihm darum, die Augenblicke seines aufgeregten Lebens einzufangen und in seinen fahrigen Gesten zu bewahren. Seine Augen waren groß, seine Nase klein und sein Spitzbart von mittlerer Größe. Ein kleines, gewitztes Männchen, das sich unentrinnbar in der Bedeutung seiner eigenen Wichtigkeit gefangen hatte.

»Ich bin untröstlich«, sagte der Notar, der aufsprang, als Jeanne das Zimmer betrat, »ich bin untröstlich, Signorina, Euch in dieser

Stunde der Qual und der Erschütterung stören zu müssen. Bitte nehmt mein tief empfundenes Beileid entgegen. Seid meiner eigenen Trauer versichert.«

»Ich danke Euch, Signor ...«

Der Notar verbeugte sich eilig. »Demosta, Signorina, Nicolo Demosta.«

Jeanne stellte sich und Henri vor und setzte sich an den großen Tisch, der sich in der Mitte des Raumes befand.

»Bitte nehmt Platz, Signor Demosta.«

»Ich danke Euch, Signorina.«

Der Notar saß zur rechten Seite Jeannes, während Henri sich an ihrer linken niederließ. Demosta nahm den Faden des Gesprächs sofort wieder auf.

»Zu allererst möchte ich Euch meines Entsetzens über diese grauenvolle Bluttat versichern, Signorina. Ein schändliches Verbrechen, das der Beauftragte des herzoglichen Rates bald aufgeklärt haben dürfte.«

»Die Signora wurde in der Vorhalle des Hauses ermordet?«, fragte Henri abrupt.

»So ist es«, antwortete Demosta. »Sie dürfte ihren Mörder erwartet haben. Sie hatte ihre Dienerinnen auffällig früh zu Bett geschickt.«

»Wer könnte gewusst haben, dass die Signorina des Marckes und ich nach Mailand unterwegs waren?«

Einen Augenblick lang blickte Demosta verblüfft. »Niemand, nehme ich an«, sagte er dann. »Der Besuch der Signorina des Marckes hat uns alle überrascht.«

Henri blickte den Notar nachdenklich an. »Mir erscheint der Mord und unser Erscheinen in einem ebenso merkwürdigen wie deutlichen Zusammenhang zu stehen.«

Demosta sah unsicher von Henri zu Jeanne. »Ich verstehe nicht ...«

Henri beugte sich vor. Sein Gesicht war angespannt. »Die Signora Geberoni hat vor einigen Monaten eine teure goldene Halskette erworben. Wisst Ihr als ihr Rechtsberater etwas darüber?«

Demosta hob die Hände, als wollte er jede Verantwortung von sich weisen. »Nur, dass der Verkauf im Geheimen abgewickelt wurde. Näheres hat sie mir nie erzählt. Die Signora Geberoni tat sehr geheimnisvoll, als es um den Erwerb dieser Kette ging.«

»Was wünscht Ihr von mir, Signor Demosta?«, unterbrach Jeanne beinahe gereizt das Gespräch, nachdem sie Henri einen ärgerlichen Seitenblick zugeworfen hatte.
Das Gesicht des Notars hellte sich auf. Er befand sich wieder auf seinem, auf sicherem Territorium. »Die Signorina Geberoni hat mich mit der Abfassung ihres Testaments betraut. Ich darf mich rühmen, ihr engster Vertrauter gewesen zu sein. Da ich nicht weiß, wie lange Ihr in Mailand zu bleiben gedenkt, möchte ich es nicht unterlassen, Euch mitzuteilen, dass Ihr in ihm bedacht seid. Ja, ich meine sogar, dass ich keinen Vertrauensbruch begehe, wenn ich Euch bereits vor der offiziellen Verlesung die Grundzüge seines Inhaltes offen lege.«
»Ich danke Euch für Euer Vertrauen, Signor Demosta.«
Der Notar rückte seinen Sessel zurecht. »Die Signora de Geberoni war keine arme Frau«, sagte er eilfertig, »wie schon allein die Pracht dieses Palazzos bezeugt. Sie besaß eigenes Vermögen, erbte jedoch vor allem die Hälfte des Besitzes ihres verstorbenen Gatten Piero de Geberoni, da ihre Ehe mit ihm, zu beider Leidwesen, kinderlos blieb. An die Familie ihres Mannes gehen dieses Haus und alle anderen Mailänder Besitzungen. Das Gut Acres du Lay, das sich in der Nähe von Paris befindet, und zudem all ihren für seine Erlesenheit bekannten Schmuck erbt Ihr, Signorina. Ihr Bargeld geht zur Gänze an das Clarissenkloster, das nahe des Kastells liegt. Der Herzog von Mailand, der die Familie der Geberoni sehr schätzte, hat dieses Testament bei seiner Abfassung eigenhändig bestätigt. Es wird mit Sicherheit nicht angefochten werden.« Demosta stand auf und verbeugte sich. »Ich darf Euch zu meiner Freude als Erster zum Besitz von Acres du Lay beglückwünschen. Euer zukünftiger Mann wird berechtigt sein, den Titel eines Chevalier des Königs von Frankreich zu tragen.«
»Befindet sich unter dem Schmuck auch jene Halskette, das die Signora auf so geheimnisvolle Weise erwarb?«, fragte Henri.
»Ohne jeden Zweifel«, meinte der Notar. »Trotz des grauenhaften Mordes wurden aus dem Palazzo keinerlei Wertsachen entwendet.«
»Ich möchte sie sehen«, sagte Henri brüsk.
Demosta zögerte. »Jetzt?« Er blickte fragend zu Jeanne.

»Zeigt sie uns bitte, Signor. Seid so gut, und holt sie, falls sie sich im Haus befindet.«

Der Notar stand auf, verbeugte sich neuerlich und verließ den Raum.

Jeanne blickte auf ihre Hände. »Du wirst diese Halskette von mir zurückbekommen.«

»Ich will sie nicht.«

Jeanne vermied es noch immer, Henri anzusehen.

»Ich noch weniger.«

»Ich werde dich bitten, sie zu behalten.«

»Das wird zwecklos sein, Henri.«

»Was ist mit dir, Jeanne?«

Jeanne hob den Kopf. »Eine Frau wurde getötet. Vielleicht deinetwillen, Henri.« Sie stockte kurz. »Ich trauere um einen Menschen«, sagte sie dann, »der mir noch aus meiner Kindheit lieb und vertraut war. Jedermann in diesem Haus trauert und ist bedrückt, nur du denkst ohne Unterlass an deinen Wunsch nach Rache. Du bist ohne Gefühl für andere, wenn du an Christiane denkst.«

»Gefangen in meinen maßlosen Träumen von Vergeltung.« Er lächelte ohne Freude.

»Du bist verändert, seit wir in Mailand sind. Du hast alles vergessen, was du von mir erfahren hast.«

»Willst du nicht, dass deine Verwandte gerächt wird?«

»Durch Gerichte und Gesetze. Aber nicht durch deine Hand, Henri.«

Henri schüttelte entschieden den Kopf. »Ich werde den Mörder finden. Und ich werde ihn umbringen.«

Jeanne sah ihn an. »Wenn du dich nur reden hörtest, Henri. Wenn du deine Augen sehen könntest.«

»Ich habe schon vor langer Zeit eine Entscheidung getroffen.«

»Deine Liebe zu mir zerfällt in Bruchstücke, kaum dass die Erinnerung an deine Frau wieder lebendig in dir wird.«

»Ich werde erst wieder ganz frei sein, wenn ich sie gerächt habe. So einfach ist das, Jeanne.«

»So einfach ist das, ja.« Ihr Gesicht wirkte blass und verzweifelt. »In deinen Gedanken gibt es mich kaum mehr.«

»Du bist eifersüchtig auf eine Tote.«
»Sie ist nicht tot. Sie hat deine Seele längst in ihren Besitz genommen, ohne dass du es je bemerkt hättest.«
Signor Demosta öffnete die Tür, verbeugte sich und trug eine Schatulle zum Tisch. Er stellte sie vor Jeanne hin und öffnete sie. Jeanne betrachtete kurz ihren Inhalt und schob sie dann Henri zu. »Ist das die Kette, die du suchst?«
»Ja«, sagte Henri, und seine Hände umklammerten das Kästchen. »Das ist sie.«
»Ein prachtvolles Stück, in der Tat«, sagte der Notar, der wieder am Tisch Platz nahm.
»Wisst Ihr, wo sie diese Kette erworben hat?«, fragte Henri, der sie mit einer seltsamen Faszination betrachtete. »Hier im Haus oder an einem anderen Ort?«
»Nein«, sagte der Notar ehrerbietig. »Das weiß ich nicht.«
Henri nickte, sprang dann auf, hievte den zierlichen Demosta hoch und warf ihn auf den Tisch.
»Seid Ihr verrückt?«, schrie der Notar, der sich mit seiner geringen Kraft kaum zu wehren vermochte. Henri drückte den Mann fast zitternd vor Wut auf die Tischplatte, während Jeanne verzweifelt versuchte, ihn zurückzuhalten.
»Ihr wart der engste Vertraute der Geberoni, Demosta. Der Teufel soll mich holen, wenn sie Euch nicht sagte, wo sie das Schmuckstück erworben hat.«
»Helft mir, Signorina«, schrie der Notar.
Henri schüttelte Jeanne ab, die sich an ihn klammerte, und schlug mit der Faust neben Demostas Kopf hart auf die Tischplatte. »Wo, Demosta? Wo?«
»Im Dom«, keuchte der Notar. »Bei allen Heiligen, lasst mich los!«
Henri lockerte den Griff. »Wo im Dom?«
»Unter der Statue des heiligen Stephanus«, sagte der Notar stoßweise. »Dort wurde das Geschäft abgewickelt.«
»Hat Euch die Signorina davon erzählt?«
»Ja.«
»Wie sah der Mann aus?«
»Er trug eine Mönchskutte. Sein Gesicht war durch eine Kapuze verhüllt. Die Signora hat ihn nicht näher gesehen.«

Henri ließ Demosta los und trat zu einem der Fenster, durch das helles Sonnenlicht fiel. Demosta hielt sich die Kehle, während Jeanne einen Becher Wein aus der bereitgestellten Karaffe füllte und ihn dem Notar reichte.

Henri drehte sich um. »Wo wart Ihr, als sie ermordet wurde?«

Demosta trank und hustete kurz. »Hinter der Treppe verborgen.«

»Warum?«

»Weil sich der geheimnisvolle Mönch neuerlich angesagt hatte. Ich sollte das Gespräch zwischen ihr und ihm belauschen. Die Signora wünschte einen vertrauenswürdigen Zeugen dieser Unterredung.«

»Und? Habt Ihr gelauscht?«

Demosta hustete von neuem. »Es gab nichts zu hören«, sagte er dann. »Der Mann kam auf sie zu, packte sie an den Schultern und schnitt ihr die Kehle durch.«

»Habt Ihr ihn erkannt?«

»Nein.«

»Und was habt Ihr getan?«

»Ich hatte Angst. Ich bin geflohen. Ich wollte nicht mit diesem Mord in Zusammenhang gebracht werden.«

Henri nickte. »Und wollt es wohl auch weiterhin nicht.«

»Nein«, sagte Demosta.

»Ich werde den Beauftragten des Herzogs nichts davon erzählen«, sagte Henri.

Der Notar sah zu Jeanne hin. »Und Ihr, Signorina?«

»Ich werde meinerseits schweigen, Signor Demosta.«

Der Notar zupfte seinen Rock zurecht. Er schwankte leicht. »Ich kann nicht behaupten, dass es eine Freude war, Eure Bekanntschaft zu machen, Signor d'Ardans.«

»Seht nur zu, dass Euer Gewissen so rein bleibt, wie Ihr es Euch selbst vorzumachen versucht.«

»Ich habe die Ehre, mich jetzt verabschieden zu dürfen«, sagte der kleine Notar.

Henri sah ihn an. »Demosta?«

»Ja?«

»Wenn Ihr mir etwas verschwiegen haben solltet, werde ich Euch das nächste Mal nicht so freundlich begegnen.«

Der Notar verbeugte sich. »Ihr seid offenbar ein mutiger Mann. Hoffentlich gilt das auch Männern gegenüber, die Eure Körpergröße besitzen.«

»Dieses Schmuckstück gehörte seiner ermordeten Frau«, sagte Jeanne beinahe hilflos.

»Das ist keine Entschuldigung für sein Verhalten.«

»Und Eure Lügen?«, fragte Henri.

»Ich habe mich nur bemüht, das Andenken an Signora de Geberoni vor jeder Anfechtung zu bewahren.«

»Verschwindet jetzt, Demosta, oder ich breche Euch entzwei.«

Der Notar verbeugte sich ein letztes Mal vor Jeanne und verließ dann, so würdevoll, wie es ihm möglich war, den Raum.

Jeanne sah Henri an. »Du bist besessen«, sagte sie dann. »Du bist besessen von Rache, Zorn und Melancholie. Du hast in Wahrheit nichts von dem verstanden, was ich dir begreiflich machen wollte. Du hast gesehen, gefühlt, gespürt, aber du hast nicht begriffen.«

»Dieser Mann ist ein Lügner und ein Heuchler.«

Jeanne hob die Schatulle hoch, schloss sie ab und legte sie vor Henri auf den Tisch. »Hier«, sagte sie. »Die Kette.«

Henri blickte sie an. »Ich will sie nicht.«

»Niemand will sie«, antwortete Jeanne. »Niemand wird diese Kette tragen wollen, Henri.«

»Seine Gnaden, der Herzog von Mailand«, sagte der Kanzler Morone und wies auf einen der Arbeiter der überhitzten Werkstatt. Die Haare des Mannes waren zerrauft, und er trug einen ledernen Schurz über dem schmutzigen Hemd, das ehemals von heller Farbe gewesen sein mochte. Als er den Kanzler erblickte, wandte er seinen Blick von einem der Gefäße, die über den verschiedenen Feuerstellen standen und deren Inhalt mehr oder minder bewegt vor sich hin köchelte. Der Mann mit dem Schurz strich sich kurz über seinen Bart, blickte missmutig auf einen Glaskolben mit einer hellgrünen Flüssigkeit, trat dann zu ihnen und reichte Henri die mit Farbe verschmierte Hand zum Kuss.

»Willkommen im Castello Sforzesco«, rief seine Gnaden, Francesco II. Maria, Herzog von Mailand und der Lombardei, als drei

Männer mit Hämmern auf einen Eisenbalken einzuschlagen begannen.

»Euer Gnaden«, murmelte Henri, der kaum eine Chance sah, sich in dem Lärm verständlich zu machen.

»Quecksilber«, schrie Francesco II. »Ich experimentiere mit Eisen und Quecksilber. Quecksilber ist ein hochorganisches Material, das man sich nicht ausschließlich zur Heilung der Franzosenkrankheit aufheben sollte. Alchemie ist schließlich das Erkennen aller Umwandlungen, die ständig im Kosmos tätig sind. Eine überaus nützliche Erkenntnis, die auch dem Quecksilber eine neue, die Wissenschaften aufwühlende Rolle zuweisen sollte.«

»Durchaus, Euer Gnaden«, schrie Henri zurück. »Die Frage der Mannigfaltigkeit des Quecksilbers beschäftigt auch meinen erlauchten König schon sehr lange.«

»Wie schön!«, rief Francesco II. Er blickte auf die hämmernden Arbeiter und winkte Morone und Henri, mit ihm die Werkstatt zu verlassen.

»Ich unterbreche meine Leute nur sehr ungern«, sagte er zu Henri, als er sich im Freien die Stirne wischte. »Oft ist der genau errechnete Ablauf eines Experiments von entscheidender Bedeutung. Schließlich ist das Materielle nur eine Manifestation der Zeit.«

»Euer Kastell besitzt beträchtliche Ausmaße, Euer Gnaden«, meinte Henri, der sich in dem weit gestreckten Hof umsah. Es herrschte ein reges Treiben. Karren rollten durch auseinander stiebendes Geflügel, Köchinnen, Mägde und Hofdamen schritten vor den Mauern des Schlosses, mit Hellebarden bewaffnete Soldaten trabten im Laufschritt über das Gelände, und gemessen spazierende Hofbeamte besprachen zu zweit oder in Gruppen die Erfordernisse des Tages.

»Das Castello Sforzesco besitzt zweiundsechzig Zugbrücken«, sagte Morone stolz, »die sich über den Wassergraben spannen. Zwölfhundert Söldner leben innerhalb seiner Mauern, zudem ein Stab von vierzig Kammerherren, Kohorten von Unterkammerherren und Legionen von Hofdamen, Schreibern, Sekretären, Gärtnern, Köchen, Mägden, Knappen und Stallburschen. Das Kastell ist eine kleine Stadt in sich.«

»Beeindruckend«, meinte Henri, als er einem Karren, der voll mit Lebensmitteln beladen war, auswich. Der Kutscher grüßte ihn mit einer Grandezza, die einem spanischen Hidalgo angestanden hätte.
»Der Park, zu dem wir jetzt gehen«, fuhr Morone fort, »besitzt einen künstlich angelegten Teich, Gärten mit Blumen und Pflanzen aus allen Teilen der bekannten Welt, ein Labyrinth, eine Menagerie mit Löwen und Elefanten und hundert Spazierwege, die zu heimlichen Lauben und versteckten Pavillons führen.«
»Ein Ort der Erbauung, den besonders meine Knappen und Hoffräulein sehr lieben«, sagte der Herzog. »Ihr müsst entschuldigen, Baron d'Ardans, dass ich Euch nicht in der Salla della Palla empfangen habe, in die ich üblicherweise meine Besucher bitte. Aber es schien mir nützlich, Eurer Aufwartung die gebührende Heimlichkeit zuteil werden zu lassen. Der Gesandte des Kaisers ist von einer beinahe überreizten Eifersucht.«
Morone nickte. »Ein Mann mit einem Charakter, der dem Element des Feuers zugeordnet werden muss.«
Der Herzog stimmte dem mit einer schwungvollen Bewegung der Hand zu. »Und ein Adept der Alchemie, der vollkommen irrige Ansichten vertritt. Zwar meint auch er, dass die Skala des Seienden hierarchisch ist und aus symmetrischen Ebenen und ihren Entsprechungen besteht. Aber der Mensch erscheint ihm als eine Ausnahme. Er sei kein Seiendes unter Seienden, sondern stelle eine eigene Wirklichkeit dar. Der Mensch sei Offenheit und Möglichkeit in einem. Offenheit gegenüber allen Seinsstufen und Möglichkeit gegenüber der Magie der Umwandlung.« Der Herzog kicherte kurz. »Ist das nicht lachhaft? Einen Fünfjährigen würde eine solche Theorie zu einem Heiterkeitsausbruch hinreißen.« Francesco II. blickte traurig zum Himmel auf. »Mir jedoch will der Gesandte sie aufdrängen.«
Morone lächelte. »Nicht nur die Frauen bedrängen uns mit ihrer Besitzgier.«
Sie kamen zu einem orange gestrichenen Pavillon am Ende des Parks, und Herzog Francesco II. bat Henri hinein und ersuchte ihn, Platz zu nehmen.
»Die Zahl fünf hat in meiner Familie eine große Bedeutung. Wie Ihr sicher wisst, Sieur d'Ardans, ist sie für die Pythagoräer das

Symbol geistiger Vollendung und seit alters her in der Form des Pentagramms ein Abwehrmittel gegen alle Kräfte des Bösen.«
Henri nickte aufmerksam.
»Denkt nur an die Dämonensiegel in den alten romanischen Kirchen«, fügte Morone hinzu. »Ein Fünfeck, das die schädigenden Einflüsse der Finsternis abwehren wollte.«
»Gewiss.«
»Und zudem bin ich der Fünfte aller großen Sforzas. Nach Giacomuzzo, dem Gründer des Geschlechts, nach Francesco I., der Genua eroberte, nach Ludovico il Moro, der von Louis XII. aus Mailand vertrieben wurde, und meinem Bruder Massimiliano, der François I. weichen musste. Ich wurde, wie Ihr sicher wisst, von Karl V. (wieder die Fünf, Sieur!) 1521 als Herzog von Mailand wieder eingesetzt. Zweimal haben die Franzosen die Sforzas verjagt, einmal die Habsburger sie wieder in ihre angestammte Herrschaft zurückgeführt. Ich habe also wenig Grund, die Franzosen allzu sehr zu lieben, vor allem wenn ich bedenke, dass nur Eure Niederlage bei La Biccoca verhindert hat, dass ich mich meinerseits auf die Flucht hätte begeben müssen. Habt Ihr bedacht, Sieur d'Ardans, dass ich dabei meine alchemistischen Studien hätte unterbrechen müssen?«
»Ein bedrückender Gedanke«, stimmte Henri zu.
»Und deshalb fragt sich Seine Gnaden«, meinte Morone, »was er bei Verhandlungen mit dem König von Frankreich zu gewinnen hätte?«
Henri lächelte dem Herzog zu. »Das Königreich Frankreich könnte sich in den Besitz von Genua setzen. Gemeinsam mit einem verbündeten Herzogtum Mailand und einer wohlwollend gesinnten Republik Venedig würde sich hier ein Sperrriegel ergeben, der es dem Kaiser unmöglich machen würde, Italien vom Norden aus zu beherrschen.«
Morone lächelte seinerseits. »Und der Süden Frankreichs wäre gegen jeden Angriff gefeit.«
»Das wäre ein erfreulicher Nebeneffekt.«
»Und worin liegt der Vorteil Mailands?«, fragte der Herzog.
»Der König von Frankreich könnte auf seine Erbansprüche auf das Herzogtum verzichten.«

»Gut«, sagte Francesco II.

»Mailand würde eine Schlüsselposition bei einer Neuordnung Italiens zufallen.«

»Bestens.«

»Das Herzogtum bekäme eine jährliche Unterstützung von hunderttausend Livres aus Frankreich.«

»Vorzüglich.«

»Ihr habt bei einem Bündnis mit Frankreich nur zu gewinnen, Euer Gnaden.«

»Was abzuwarten wäre.«

Henri beugte sich zum Herzog. »Ihr werdet immer nur die Wahl zwischen dem Haus Valois und dem Haus Habsburg haben, Euer Gnaden. Der Kaiser aber ist ein sehr harter Herr.«

Francesco II. spitzte die Lippen. »Ich muss gestehen«, sagte er dann, »dass sein Gesandter sich beizeiten aufführt, als sei er der Gebieter des Herzogtums. Ein sehr autoritärer Mensch, der, wie Ihr wisst, nicht einmal in den göttlichen Fragen der Alchemie von seinem läppischen Hochmut abrückt.«

»Wir könnten mit Frankreich verhandeln«, meinte Morone, »wenn wir die Garantie hätten, nicht den einen Herrn gegen einen anderen, vielleicht noch schwierigeren, einzutauschen.«

Henri nickte. »Solche Garantien könnten in einem Geheimvertrag festgelegt werden.«

»Mit Kanzler Duprat?«

»Mit Duprat und Comte de Briard.«

»Briard«, sagte Morone, »Briard ist verlässlich.«

»Ein König von Frankreich«, sagte Francesco II., »den es nicht nach dem Herzogtum Mailand gelüstet, könnte durchaus ein Verbündeter all jener werden, die für die Freiheit Italiens einstehen. Einem Italien, das sich entschieden dem Zugriff der Habsburger entziehen würde.«

»Garantien«, wiederholte Morone und hob die Hände. »Gebt uns Garantien, Sieur d'Ardans.«

Henri lächelte dem Herzog und dem Kanzler zu. »Ich werde berichten, dass der Herzog von Mailand bereit ist, ein Gespräch mit dem Comte Bernard de Briard zu führen. Ein Gespräch, das überaus fruchtbar für die Zusammenarbeit der beiden Staaten Frank-

reich und Mailand werden könnte, wenn der Hof sich auf vertrauenswürdige Art und Weise für die Unabhängigkeit des Herzogtums verbürgen würde.«
Francesco II. klatschte in die Hände. »Tut dies, Sieur d'Ardans! Ich werde unterdessen meinen Hofastrologen konsultieren.«
Henri nickte freundlich. »Der, wie ich annehme, auch ein Adept der Alchemie ist.«
Der Herzog nickte eifrig. »Ein überaus begabter, Sieur. Sein Forschungsgebiet ist die Verbindung des Astralleibes mit dem irdischen. Ein erstaunlich gelehrter Mann. So konnte er mir erklären, weshalb das Hufeisen als Glück bringend gilt.«
»Und weshalb, Euer Gnaden?«
»Weil es die Form des zunehmenden Mondes besitzt. Und der Mond, wie Ihr wisst, nährt den Geist des Wassers, der das Weibliche bezeugt.«
»Tatsächlich?«
»Ja, Sieur. Und so meint mein Hofastrologe, dass man die Empfängnis beim Liebesakt dadurch verhindert, dass man einem Frosch dreimal ins Maul spuckt.«
»Ist das nicht etwas umständlich, Euer Gnaden?«
Der Herzog hob seine Hände. »Manchmal genügt es auch, wenn man während des Ergusses einen Stein aus Jaspis zwischen Zeigefinger und Daumen reibt.«
Henri nickte neuerlich. »Ich muss gestehen, dass ich auf das Urteil Eures Astrologen über eine politische Verbindung Mailands mit Frankreich gespannt bin.«
»Die Wege zur Wahrheit sind mannigfaltig, Sieur«, meinte Morone lächelnd. »Alle Formen und Erscheinungen sind letztlich nichts anderes als der Widerschein eines kosmischen Herzschlages.«
»So ist es«, sagte der Herzog und hob den Zeigefinger. »Reproduziert mit Hilfe geeigneten Materials, werden die himmlischen Kräfte in ein irdisches Abbild hineingezwungen, das sie auf gültige Weise imitiert.« Er wandte sich Henri zu. »Ihr werdet natürlich in Zukunft im Castello Sforzesco wohnen, Sieur. Ich erwarte Euch und Eure Reisebegleiter noch heute Abend im Schloss.«
»Und der kaiserliche Gesandte?«

Der Herzog verschränkte seine Hände ineinander. »Da wir nun privat über ein mögliches Bündnis gesprochen haben, werde ich Euch offiziell nicht mehr empfangen. Ich werde Euch erbarmungslos brüskieren, d'Ardans.«

»Das wird den kaiserlichen Gesandten erfreuen«, meinte Morone. »Da er sich aber nicht sicher sein kann, ob wir nicht ein geheimes Gespräch führen oder geführt haben, wird ihn wohl auch ein Hauch von Unsicherheit streifen. Eine Situation, die zumindest kurzfristig zu einer Mäßigung der kaiserlichen Ansprüche führen könnte.«

»Und ihn davon abhält, mich mit seinen abstrusen Meinungen über die Hintergründe der Mutationen in der Alchemie zu beglücken«, ergänzte Francesco II.

Der Herzog erhob sich, und Morone und Henri standen ihrerseits auf.

»Ich hätte noch eine Bitte an Euch, Euer Gnaden«, sagte Henri.

Der Herzog winkte leutselig mit seiner Hand. »Sprecht, mein Freund, sprecht.«

»Die Verwandte einer Freundin von mir, eine Signora Beatrice de Geberoni, wurde auf brutale Art und Weise ermordet. Ich möchte Nachforschungen über ihren Tod anstellen lassen.«

Morone runzelte die Stirn. »Soviel ich weiß, kümmerte sich bereits die Behörde darum.«

»Es wäre mir dennoch daran gelegen, wenn ich meine eigenen Untersuchungen durchführen könnte.«

Francesco II. sah ihn an. »Ihr seid, wenn auch nur inoffiziell, Gesandter des Königs von Frankreich.«

»Ich würde die Erhebungen nur leiten. Ein anderer würde die Nachforschungen betreiben.«

»Wer?«

»Ein Capitano Benvenuto Paderi.«

»Ein Mann aus Eurer Begleitung?«

»Ja, Euer Gnaden.«

»Lasst eine diesbezügliche Ermächtigung an den Capitano ausstellen«, sagte der Herzog zu Morone. »Wir wollen einen Mann wie d'Ardans, der uns die Herrschaft über Oberitalien verspricht, doch nicht enttäuschen.«

»Nein«, antwortete Morone lächelnd. »Das wollen wir nicht.«

Der Herzog legte die Hand um Henris Schulter und trat mit ihm auf den kiesbedeckten Weg hinaus. »Ach, wenn Ihr Euch doch nur für die Alchemie erwärmen könntet! Glaubt mir, wenn es der Seele eines Menschen gelingt, sich mit den himmlischen Kräften in Einklang zu setzen, so ist es ihr auch möglich, alle Formen der Wirklichkeit zu durchdringen. Nehmt in der Sphäre des Irdischen nur Eisen und Quecksilber, die durchaus in Verbindung miteinander ...«
Der Herzog, Morone und Henri schritten nun einträchtig den Weg entlang, der sie von dem Pavillon wegführte, hinein in den Garten des Palastes.

Sie gingen an den Totenlichtern vorüber, vorbei auch an den betenden Frauen, die an einem Seitenaltar vor dem Bild der himmlischen Jungfrau knieten, durchquerten das Kirchenschiff mit hallenden Schritten und traten zu der Mauer, an der ein in Lumpen gehüllter Mann neben einer Statue des Heiligen Johannes am Boden saß und einen Rosenkranz zwischen den Fingern hielt.
»Das ist der Mann«, sagte Paderi.
Henri ließ sich neben dem Bettler zu Boden gleiten. Er betrachtete ihn kurz.
»Man sagt, du seist verrückt?«
Der verwahrloste Mann lächelte ein eingefallenes, zahnloses Lächeln. »Gib mir einige Münzen, und ich werde dir zeigen, wie normal ich bin. Meine Augen werden aufleuchten, meine Hände vor Begierde zittern, und in meinen Mundwinkeln wird sich der Geifer des Begehrens sammeln.«
»Der Mönch«, sagte Henri. »Der Mönch, die Frau und die Halskette.«
Der Bettler nickte. »Sie konnte es kaum erwarten, die Kette in ihren Händen zu halten. Alles, was fleischlich an ihr war, war in das Verlangen nach diesem Schmuckstück eingeflossen. Ich habe nie verstanden, weshalb die Heilige Mutter Kirche die Gier nicht als die achte Todsünde gebrandmarkt hat.«
»Hat die Frau dafür bezahlt?«
Der Bettler deutete den Umfang eines prallen Geldbeutels an. »Einen Sack voll Gold, nehme ich an.« Er blickte auf seinen Rosenkranz. »Ja, sie hat bezahlt.«

»War jemand bei ihr?«
»Niemand.«
Henri nickte. »Und dich haben sie nicht bemerkt?«
»Es war Abend«, sagte der Bettler. »Die Dunkelheit war bereits eingefallen. Ich saß hier in der Finsternis.« Er lachte leise. »Ich saß dort, wo ich hingehöre.«
Henri wies auf Paderi. »Der Capitano sagte, du hättest den Mann erkannt.«
Der Bettler lächelte wieder. »Dein Capitano sagte mir auch, dass du mir Gold geben würdest, wenn ich ihn dir beschriebe.«
»Ich werde dir Gold geben«, bestätigte Henri.
»Gold.« Der Bettler kicherte. »Ich habe seit Jahrzehnten kein Gold mehr besessen. Ich werde mich in ein anderes Wesen verwandeln. Ich werde vom Hund zum Menschen werden.«
»Die Beschreibung«, sagte Henri.
»Noch nicht.« Der Bettler schüttelte den Kopf. »Einmal in meinem Leben besitze ich etwas von Bedeutung. Ich will diesen Augenblick nicht ohne Genuss verstreichen lassen.«
»Soll ich mit ihm reden?«, fragte Paderi.
Henri schüttelte den Kopf. »Nein.«
Der Bettler sah zu dem Capitano auf. »Was würdest du tun, Soldat? Mich schlagen? Ich bin in meinem Leben genug geschlagen worden. Es würde mich nicht beeindrucken.« Sein Gesicht verzog sich unvermutet zu einer Grimasse, und er begann haltlos zu weinen. »Nur wenn du Böses von meiner Frau und meinem Kind sagen würdest, dann würde es mich schmerzen. Dann würdest du eine Wunde in mein Herz schlagen, die nie vernarben könnte.« Tränen rannen über seine stoppeligen Wangen.
Paderi wandte sich angewidert ab.
»Was ist mit deiner Frau geschehen?«, fragte Henri.
Der Bettler wischte sich die Augen. »Sie und meine Tochter sind an der Pest gestorben. Sie sind elendiglich verreckt. Gott war blind, als sie starben. Aber manchmal ist Gott blind. Manchmal sieht und hört er nicht. Manchmal ist er abwesend.«
»Das mit deiner Tochter und deiner Frau bedaure ich«, sagte Henri.
»Ich habe es nicht verstanden. Ich habe nicht verstanden, weshalb es geschehen musste. Ich wollte sterben, sterben inmitten meiner

Einsamkeit und meiner Verzweiflung. Aber der Himmel ließ es nicht zu. Seit damals suche ich.«

»Was suchst du?«, fragte Paderi. »Gold?« Seine Stimme klang unfreundlich und hart.

Der Bettler wandte sich Henri zu und blies ihm seinen säuerlichen Atem ins Gesicht. »Den Baum«, sagte er verschwörerisch.

»Den Baum?«

Der alte Mann wies auf die Statue des Johannes über ihm. »Siehst du den Baum, der mit dem Heiligen verschmilzt? Dieser Baum ist das Geheimnis des ungehemmten Wachstums zum Himmel, das Geheimnis der ewigen Wiederkehr. Er bedeutet den ewigen Sieg über den Tod.«

»Der Mönch«, sagte Paderi. »Wir wollen von dem Mönch hören.«

»Dieser Baum ist das Kreuz«, sagte der Bettler und legte seine mit Geschwüren überzogene Hand auf die Henris. »Dieses Holz gehört mir, auf dass ich die ewige Seligkeit gewinne. Ich nähre mich von ihm und bin in seinen Wurzeln. Ich wachse mit seinen Blättern, und seine Früchte vermitteln mir Befreiung, Früchte, die ich pflücke, Früchte, die seit dem Beginn des Seins auf mich warten. Um meinen Hunger zu stillen, finde ich in ihm eine unübertreffliche Nahrung, für meinen Durst eine Quelle und für meine Nacktheit ein Gewand.« Der alte Mann legte einen Finger an seine Lippen. »Hier ist die Jakobsleiter, auf der die Engel emporsteigen und an deren Spitze Gott, der Herr, wohnt.«

»Hör zu …«, sagte Henri.

»Deshalb bleibe ich hier bei diesem Baum. Dieser Baum ist der Anfang und das Ende. Wenn ich ihn verlasse, bin ich blind.«

»Verdammter Aberglaube«, knurrte Paderi.

Henri gab dem Capitano ein Zeichen. Paderi nickte unwillig und zog einen Beutel aus seinem Wams. Dann reichte er ihn d'Ardans. Henri wog ihn kurz in seiner Hand und zeigte ihn dem Bettler. »Zwanzig Goldstücke«, sagte er dann.

Der Bettler entblößte seinen nackten, entzündeten Gaumen, als er grinste. »Zwanzig Goldstücke für die Beschreibung eines Gesichtes, das ich durch Zufall gesehen habe?«

»Ja«, sagte Henri. »Zwanzig Mailänder Dukaten.«

Der Bettler leckte sich die Lippen. Sein Gesichtsausdruck gewann etwas Verschlagenes. »Und niemand wird erfahren, dass ich es war, der Euch auf die Spur des Mönches gesetzt hat?«

»Niemand«, sagte Henri.

»Gebt her«, sagte der Mann und griff nach dem Beutel.

Henri zog seine Hand zurück. »Zuerst die Beschreibung.«

Der alte Mann ließ den Geldbeutel nicht aus den Augen. »Der Mönch wollte die Münzen prüfen und öffnete eilig die Börse, die die Frau ihm gegeben hatte. Zwei der Goldstücke fielen zu Boden. Als der Mönch sie aufheben wollte, fiel ihm die Kapuze vom Kopf.«

»Wie sah der Mönch aus?«

»Helles Haar, das aber noch nicht von reinem Blond war. Eine kräftige, gerade Nase. Augen, die mir blau zu sein schienen. Schmale Lippen. Und …«

»Und?«

Der Bettler lächelte zufrieden. »Und eine sichelförmige Narbe, die sich auf seiner linken Wange abzeichnete.«

Henri nickte. »Wie lange hast du ihn gesehen?«

»Lange genug. Einige Sekunden. Dann hat er sich wieder eilig die Kapuze über den Kopf gezogen.«

»Wie alt war er?«

»An die dreißig, Signor.«

»Von welcher Statur?«

»Groß und breitschultrig. Kräftig.«

»Gut«, sagte Henri. Er ließ die Börse auf die schmutzige, zerschlissene Decke fallen, mit der der alte Mann seinen Schoß und seine Beine bedeckt hatte.

»Judasgeld«, sagte der Bettler, der den Beutel ungeöffnet ließ und auf ihn herabsah. Er begann von neuem zu weinen.

»Dieser Mönch ist nicht Jesus Christus.«

»Man sollte seinen Nächsten nie verraten«, sagte der alte Mann mit einem weinerlichen Gesichtsausdruck, in dem Stursinn, Pedanterie und Narrheit miteinander verschmolzen.

Henri stand auf. »Denke an deinen Baum. Er nährt dich und stillt deinen Durst. Das ist schon sehr viel.«

Der alte Mann hob überrascht den Kopf. Er schniefte. »Habt Ihr denn nicht auch solch einen Baum?«

Henri blickte sich in der Kirche um, in der Hunderte von Kerzen die Altäre, Bilder und Statuen erleuchteten. »Nein«, sagte er. »Ich habe keinen solchen Baum. Ich hatte nie daran gedacht, mir einen zu suchen.«

Er nickte dem Bettler zu. Dann verließen Henri und Paderi die Kirche.

Die Schenke glich einer Grotte. Die Decke war niedrig, und die drei Querbalken, die sie stützten, schienen sich unter dem Gewicht des oberen Stockwerkes zu biegen. Der Rauch der Kerzen und des Kamins hatte das Holz des Plafonds dunkel verfärbt und es mit einer zähen, fleckigen Masse von Ruß bedeckt. Die Wände waren ehemals in einem hellen Grün gestrichen gewesen, aus denen grob skizzierte mythologische Figuren entwuchsen, die Arbeit eines drittklassigen Künstlers, der sich mit diesem Werk wohl mühsam das Recht auf einige freie Mittagessen erstritten hatte. Die Feuchtigkeit und die Jahre hatten die Farbe im unteren Teil der Wände zerstört und ließen das Mauerwerk wieder in seinem natürlichen Urzustand in den Blickpunkt des meist betrunkenen Betrachters treten. Eine Treppe, unter der eine Reihe von Fässern standen, zog sich hinauf zu einer Galerie, von der schwere Holztüren abgingen. Der Kamin, in dem ein mächtiges Feuer brannte, warf sein Licht in den Raum und zeichnete die Schatten der Gäste als flackernde, irrlichternde Karikaturen an die Wände, während ein aufflackerndes Scheit rot glühende Holzteile auf den steinernen Boden schleuderte. Die Gäste, die auf massiven Bänken saßen, stützten sich auf das Holz von Tischen auf, das zerkratzt und zerschnitten war, dunkel gefärbt von Speiseresten und den Flecken verschütteten Weines. Männer schrien, schlugen mit den Fäusten auf die Tische, während andere laut und falsch vor sich hin sangen. Die Mädchen, die meistens zu zweit von einer Gruppe zur anderen streunten, trugen grelle, billige Kleider und schweren, unechten Schmuck. Manche paradierten mit Männern, in deren Arm sie sich unterhakt hatten, die Treppe hinauf zu den Zimmern, deren eigentlicher Zweck auch einem byzantinischen Säuleneremiten nicht hätte verborgen bleiben können.

»Das Schloss von Chenonceau«, sagte Etienne, als er sich in der

Gastwirtschaft umsah. »Nur die alleredelsten Gäste und die Crème der auserlesensten Schönheiten.«

Er, Borgia, Paderi und Josua bildeten eine Gruppe, der auch die erfahrensten Schenkenkämpfer freiwillig den Weg freigaben. Der Wirt hatte sie auf den ersten Blick als ebenso zahlungskräftige wie ungewöhnliche Gäste eingeschätzt und kam unter Verbeugungen näher, um sie zu begrüßen.

»Womit kann ich Euch dienen, Signori?«, fragte er mit höflichem wie unüberhörbaren Misstrauen.

»Cossa. Realdo Cossa. Du kannst uns mit ihm dienlich sein«, antwortete Etienne.

Der Wirt zuckte mit den Achseln. »Ich kenne keinen solchen Mann.«

»Hör zu«, sagte Etienne. »Hör mir gut zu, du Bote ranziger Speisen und des ewig sauren Weines. Entweder erinnerst du dich eiligst an Cossa, oder wir zerschlagen deine elysische Halle und zünden sie an allen vier Ecken an.«

Der Wirt schüttelte den Kopf. »Hier sind einige sehr kräftige Männer, Signore.«

Etienne seufzte. »Ein letzter Versuch im Guten, du Hierophant aller gepanschten Getränke. Bevenuto, zeig ihm das Schreiben.«

Paderi zog ein zusammengefaltetes Dokument aus seinem Wams und reichte es dem Wirt. »Kannst du lesen?«

»Ja.«

»Dann tu es.«

Der Wirt fuhr mit dem Finger die Zeilen entlang und bewegte lautlos die Lippen. Dann faltete er sorgsam das Dokument zusammen und reichte es Paderi.

»Kennst du nun einen Realdo Cossa?«, fragte Etienne.

»Ich wusste nicht, dass Ihr Beauftragter des Herzogs seid.«

»Jetzt weißt du es.«

»Wartet hier«, sagte der Wirt und ging zu einem der Tische nahe des Kamins. Er flüsterte kurz mit den Gästen. Dann erhoben sich alle, bis auf einen, und suchten sich neue, weit abgelegenere Plätze. Etienne trat mit seinen Begleitern zu dem Tisch, an dem der nun einsame, hagere Mann saß. Der Mann erhob und verbeugte sich. »Realdo Cossa.«

»De Cobère«, stellte sich Etienne vor und nahm mit den anderen Platz.
»Was wünscht Ihr von mir?«, fragte Cossa, der über den Rand des Bechers, den er zum Mund hob, hinausblickte und die Gruppe um ihn herum musterte.
Etienne winkte dem Wirt und deutete auf den Krug, der vor ihnen stand. »Du bist Hehler?«, fragte er dann Cossa.
»Ich bin ein kleiner, bescheidener und ehrlicher Juwelier.«
Etienne nickte und wandte sich dann an Borgia. »Wie schätzt Ihr die Folterkammern des Herzogs ein, Giovanni?«
»Als äußerst unangenehm, mein lieber de Cobère.«
Etienne beugte sich zu Josua. »Wie lange wird Cossa dort durchhalten?«
»Nicht länger als zwei Stunden.«
»Er wird sofort gestehen«, sagte Paderi und sah Cossa unverwandt an. »Er wird sein Geständnis herausheulen, wenn er nur die ersten Zangen zu Gesicht bekommt.«
Der Wirt kam zu ihnen, stellte den Krug frischen Weines auf den Tisch und betrachtete ausdruckslos den blassen Cossa.
»Fühlt Ihr Euch wohl, Signore Cossa?«, fragte der Wirt.
»Ich habe mich nie wohler gefühlt«, krächzte der Juwelier.
»Gut«, sagte der Wirt und verließ den Tisch.
»Ihr scheint ein verständiger Mann zu sein, Signore Cossa«, sagte Etienne. »Ein Mann mit Familie, einer gesellschaftlichen Stellung und einer weitgehend gesicherten Zukunft. Es ist für uns und den Herzog unerheblich, ob Ihr gestohlenen Schmuck aufkauft. Wir wollen nur einen Namen von Euch. Den Namen eines Mörders.«
Cossa trank eilig seinen Becher Wein aus. »Wie seid Ihr auf mich gekommen?«
Etienne wies auf Paderi. »Der Capitano hier hat sich in einschlägigen Kreisen umgehört. Wen immer er auch fragte, nannte Euren Namen.«
Cossa nagte an seiner Unterlippe. »In welchem Zusammenhang?«
»In Zusammenhang mit gestohlenem Schmuck.«
Der Capitano holte eine Zeichnung aus seinem Wams und legte sie ausgebreitet vor Cossa auf den Tisch. »Kennt Ihr diese Halskette?«
»Nein«, sagte Cossa.

Etienne schüttelte unmutig den Kopf. »Signor Borgia«, sagte er. Giovanni nahm Cossa beim Kragen und drückte sein Gesicht auf das Holz der Tischplatte. Cossa heulte erstickt auf, und Borgia ließ ihn langsam los. Blut tropfte aus der Nase des Juweliers.
»Seid Ihr sicher, sie noch nie gesehen zu haben?«, fragte Etienne.
»Signore ...«, sagte der Juwelier, tupfte sich die Nase und wandte sich Hilfe suchend an Josua, der unbeteiligt vor sich hin blickte. Josua sah Cossa an und schüttelte verneinend den Kopf.
»Nun, Cossa, seid Ihr wirklich sicher, diese Kette noch nie gesehen zu haben?«, wiederholte Etienne seine Frage.
»Doch«, sagte Cossa mit rauer Stimme. »Ich habe sie gesehen.«
Etienne beugte sich vor. »Wann?«
Cossas Finger strichen über seine schmerzende Nase. »Vor fünf Monaten. Man hat sie mir zum Kauf angeboten.«
»Und? Habt Ihr sie gekauft?«
»Nein.«
»Und weshalb nicht?«
»Sie war mir zu auffallend.«
Etienne nickte und betrachtete seine Hände, die ausgestreckt auf der Tischplatte lagen. »Wer hat sie Euch zum Verkauf angeboten?«
»Ich habe es vergessen«, sagte Cossa stockend.
»Das ist jammerschade«, meinte Etienne. »Dieser germanische Herkules hier«, sagte er und deutete auf Josua, »wird Euch nun den Ellbogen der rechten Hand brechen. Das ist eine Verletzung, die nur selten heilt, Signore Cossa.«
Cossa zog seine Hände hektisch an sich. »Rührt mich nicht an«, heulte er.
Etienne lächelte den umsitzenden Gästen, die zu ihnen herüberblickten, freundlich zu. Dann wandte er sich neuerlich an Cossa.
»Wer wollte sie Euch verkaufen, Signore?«
Cossa blickte gehetzt um sich. Die übrigen Gäste hatten sich von ihm abgewandt und sprachen wieder laut und unbekümmert miteinander.
»Denk an die Folterkammern des Herzogs, du jämmerlicher Hund, und sprich endlich«, sagte Paderi zornig. Er packte Cossa am Kragen. »Rede!«
»Corvo«, sagte der Juwelier leise.

»Wer?«
»Corvo. Der Rabe.« Der Juwelier flüsterte kaum hörbar.
Paderi ließ Cossa los. »Hat der Mann eine Narbe auf der linken Wange?«
Cossa nickte.
»Dann dürften wir der Entdeckung der Wahrheit ein gutes Stück näher gekommen sein«, meinte Etienne. »Benvenuto ist unbestritten ein wahrer Leonardo da Vinci eigentümlicher Ermittlungen.«
»Welchen Namen hat Corvo noch?«
»Ich kenne ihn nur unter seinem Spitznamen«, sagte Cossa.
Paderi umklammerte die Hand des Juweliers. Der hagere Mann schrie leicht auf. »Hast du Corvo an Beatrice de Geberoni verwiesen?«
Cossa nickte neuerlich.
»Was hat er dir dafür bezahlt?«
»Zehn Goldstücke.«
Etienne goss die Becher voll. »Und nun, mein Zauberer der erlesenen Metalle, wollen wir von dir wissen, wo wir diesen Corvo finden können.«
Cossa blickte gehetzt in die Runde. »Der Rabe ist untergetaucht. Bitte glaubt mir das.«
»Wer hält mit ihm Kontakt?«, fragte Paderi.
»Er hat eine Freundin. Sie ist Schankmädchen im ›Gelben Löwen‹. Gabriella Catelli. Sie könnte wissen, wo er sich aufhält.«
»Und wer noch?«
»Giorgio Matarazzo. Er ist Corvos ständiger Begleiter in der Umgebung von Mailand.«
»Und wo finden wir diesen Matarazzo?«, fragte Etienne.
Cossa blickte mit einer erbarmungswürdigen Miene zu de Cobère. »Ich weiß es nicht.«
»Glaubt Ihr ihm?«, fragte Etienne.
»Ich glaube ihm«, sagte Josua.
Borgia und Paderi nickten bestätigend.
»Ihr seht, wie vertrauenswürdig Ihr auf uns wirkt, Signore Cossa«, sagte Etienne. »Das sollte Euch noch mehr Zuneigung zu uns fassen lassen.« Er blickte zu Borgia, Paderi und Josua. »Wir kehren in das Castello Sforzesco zurück und erstatten Sieur d'Ardans Be-

richt, sobald er von seiner Besprechung mit dem Kanzler Morone zurück ist.« Etienne warf einige Geldstücke auf den Tisch und winkte dem Wirt.
»Habt Ihr ein Boot?«
Der Wirt deutete auf die Tür, die sich neben der Treppe befand. »Es ist hinter der Schenke vertäut.«
»Ich möchte, dass Ihr uns in das Castello Sforzesco rudern lasst.«
»Es wird mir ein Vergnügen sein, Euch das Boot und die Männer zur Verfügung zu stellen.«
Etienne nickte und stand auf. »Habt noch einen schönen Abend, Signor Cossa«, sagte er zu dem hageren Juwelier. »Ihr wart alles in allem ein sehr munterer Gesprächspartner.«
Cossa blickte misstrauisch zu ihm auf und rieb sich die Nase.
Dann gingen Etienne, Borgia, Paderi und Josua durch die Tür zu dem Kai des Kanals, der ganz Mailand durchquerte. Sie stiegen in das Boot, und de Cobère ließ auf ihren Erfolg hin eine Flasche Wein kreisen, während sie zwischen den mit Fackeln beleuchteten Häuserreihen der Stadt hindurchglitten.
»Ein Hoch«, sagte Etienne und hob die Flasche, während er zum nächtlichen Himmel aufsah, »ein dreifaches Hoch auf das Venedig der Lombardei.«

Das Bankett war nun vorüber, und die Gäste schlenderten durch den mit Fackeln erleuchteten Park des Castello Sforzesco. Musik ertönte aus allen Richtungen, und vor den Pavillons unterhielten Tänzer, Pantomimen und Clowns all jene Auserwählten, die der Ehre teilhaftig geworden waren, vom Herzog von Mailand an diesem aufregenden Abend eingeladen worden zu sein. Der Geruch von frischem Gras und Blumen lag in der Luft, und die Nacht, die nun hereingebrochen war, war mild und lau.
»Ich beabsichtige die Verse des Ariost zu vertonen«, sagte der bärtige Mann zu Henri, der mit einer sehr schweigsamen Jeanne zu einem der erleuchteten Pavillons ging. »Dazu werde ich die kunstvolle Form der polyphonen Motette anwenden, bei der alle vier Stimmen einander gleichwertig sind, anstatt dass drei von ihnen einer vierten nur zur Begleitung dienen. Versteht Ihr das, Sieur?«
»Durchaus, Signore Trisbino«, antwortete Henri.

»Ich will es so lösen, dass diese vier Stimmen sich in den kunstvoll verschlungenen Formen des Kontrapunkts und der Fuge zu einem einzigen Strom der Harmonie verbinden. Seid Ihr denn nicht auch der Meinung, Sieur, dass dies die beste Lösung wäre, das Wort von der harten Ausdrucksweise der Sprache zu lösen und in die schwebenden Klänge der Musik zu erheben?«
»Ich könnte mir keine bessere Lösung vorstellen.«
Der bärtige Mann strahlte. »Vortrefflich, Sieur, vortrefflich. Zu meiner großen Freude will Seine Gnaden, der Herzog, den Hof von Mailand wieder zu einem Treffpunkt aller großer Musiker Italiens machen, einen Rang, den er bereits unter Ludovico il Moro innehatte. Wisst Ihr, dass Leonardo da Vinci in Mailand in erster Linie als Musiker begrüßt wurde?«
Henri nickte. »Ich zweifle nicht daran, dass Francesco II. sein Ziel erreichen wird.«
Trisbino kicherte. »Neben der Liebe ist die Musik in Italien nicht nur die Hauptbeschäftigung, sondern auch der Trost und das Vergnügen von Arm und Reich. In Mailand versammelt sich in den Sommernächten oft das Volk, um zu singen und zu tanzen. Die cantori di piazza, die Straßensänger, mit ihren heiteren oder auch melancholischen Weisen, leiden in diesem Land nie Not. Und vor den Muttergottesbildern könnt Ihr in jeder Stadt Italiens Laudes zum Lob und Preis der Jungfrau hören. Ich muss gestehen, dass auch ich mir immer wieder Anregungen aus dem unerschöpflichen Quell des traditionellen Volksliedes hole.«
Sie waren bei einem Pavillon angelangt, vor dem ein kleines Ballett gezeigt wurde. Musik ertönte, von einem unsichtbaren Orchester gespielt, und bärtige Satyrn tanzten mit kaum bekleideten Nymphen ein gefälliges Spiel der Liebe und des Verlangens. Trisbino verabschiedete sich von ihnen und schlenderte zu einem der anderen Pavillons hin, während Jeanne und Henri am Rande der kleinen Gruppe von interessierten Betrachtern stehen blieben.
»Josua hat mir erzählt, dass Ihr eine Spur gefunden hättet«, sagte Jeanne, während ein Satyr eine der Nymphen ergriff und sie nach hinten bog. Die Nymphe entwischte ihm mit einer geschmeidigen Bewegung, und der Satyr stand mit überraschtem Gesichtsausdruck und leeren Händen da. Einige der Zuschauer lachten.

»Wir werden den Mörder Beatrice de Geberonis finden.« Henri war sich der ganzen Pathetik und Hohlheit dieses Satzes bewusst. Er fühlte sich nicht wohl bei einem Gespräch über dieses Thema und wünschte, Jeanne hätte es nicht begonnen.

»Ja«, sagte Jeanne, »du wirst den Mörder finden.«

Die Nymphen und Satyrn wirbelten jetzt durcheinander, ohne sich zu berühren. »Ich möchte, dass du davon ablässt, Henri.«

»Das möchtest du?«

»Ja. Das möchte ich.«

»Das klingt wie ein Befehl, Jeanne.«

»Fass es als Bitte auf. Als Bitte um unserer beiden willen.«

Einer der Satyrn schlug einen Salto, kam geschmeidig wieder auf die Beine und streckte triumphierend die Hände zum Himmel.

»Ich verstehe nicht«, sagte Jeanne, »wie dir diese Rache wichtiger sein kann als dein Gefühl, das du für mich empfindest.«

»Ich tue es auch deiner Verwandten zuliebe.«

»Geh zum Teufel«, sagte Jeanne und wandte sich ab. Henri befürchtete, dass sie zu weinen beginnen würde. »Geh zum Teufel mit deinen Lügen, Henri d'Ardans.«

Henri wollte Jeanne die Hand um die Schulter legen. Die junge Frau entzog sie ihm.

»Ich kenne dich nicht mehr, Henri. Du bist einfach nicht mehr der Mann, den ich zu lieben gelernt habe. Seit Mailand bist du verändert. Du bist wie verrückt, Henri. Du bist besessen von deiner Christiane. Du bist besessen von Rache und vom Tod.«

»Sag so etwas nicht.«

»Wir könnten alles besitzen. Uns. Die Schönheit. Die Liebe. Wir könnten ein friedliches, menschliches Leben führen. Ein greifbares Leben, mit alltäglichen Freuden und Sorgen. Wir könnten glücklich sein.«

Eine der Nymphen küsste einen der Satyrn, wurde kraftvoll von ihm hochgestemmt und über seinen Kopf um ihre eigene Achse gedreht, während sie sich anmutig zur Seite bog, eine Hand über den Kopf hielt und die andere über ihren Schenkel bis zu ihrem Fuß hinabgleiten ließ.

»Jeanne«, sagte Henri. »Ich habe durch dich wieder Freude an diesem Leben gefunden. Aber das entbindet mich nicht meiner Pflicht zur Rache an den Mördern meiner Frau. Ich werde nicht von dir lassen, aber ich werde auch meine Schwüre nicht vergessen.«

Jeanne schüttelte beinahe verzweifelt den Kopf, sodass ihr Haar zur Seite glitt und über eine Schulter herabfiel, rötlich im Licht der Fackeln.

»Wenn du dich nur hören würdest, Henri. Pflicht. Schwüre. Alles was du sagst, klingt falsch und aufgesetzt, hohl. Es ist alles viel einfacher. Du liebst mich nicht genug. Du bist immer noch an deine tote Frau gefesselt. Du bist dir dessen längst bewusst und weißt dir mir gegenüber nicht anders zu helfen, als in Floskeln und leblose Parolen zu flüchten.«

»Du bedeutest mir sehr viel, Jeanne.«

»Zu wenig. Viel zu wenig, Henri d'Ardans.«

Einer der Satyrn ließ sich zu Boden fallen, fing sich mit seinen Händen auf, krümmte sich und machte einen Überschlag nach rückwärts, während die Nymphen auseinander stoben.

Jeanne ergriff das Wams d'Ardans'. Ihre Stimme klang weich und eindringlich zugleich. »Warum lässt du uns nicht einfach leben wie Tausende anderer Menschen auch? Das Leben kann so klar und wunderbar sein, wenn man sich nicht in den Irrgärten der Phantasie verirrt. Du musst nicht Wege von Blut und Rache gehen, Henri, nur um dich wieder zu finden. Du verschenkst eine Möglichkeit, die du vielleicht nie mehr wieder finden wirst, Henri. Du verschenkst die Möglichkeit, ein glückliches und freies Leben führen zu können. Glaub mir, mon amour. Bitte glaub mir.«

Henri legte seine Hand um Jeannes Kopf und drückte sie fest an seine Schulter. Das Mädchen wurde von einem kurzen Aufschluchzen geschüttelt. Sie standen still aneinander gepresst, bis Jeanne den Kopf hob.

»Henri …«, sagte sie dann.

»Ich kann nicht anders«, sagte Henri.

Das Mädchen löste sich von ihm und strich ihr Haar zurück. »Ja. Natürlich.«

»Verstehe es, bitte.«

»Ja«, sagte sie. »Ich verstehe es.«

»Dann verzeihe mir.«

»Nein«, sagte Jeanne. »Niemals. Wenn du weiter diesem verfluch-

ten Mörder hinterherjagst, Henri, dann werde ich mich von dir trennen. Ich will, dass du das weißt.«
Henri und Jeanne sahen einander an. Das rötliche Licht tanzte über ihre Gesichter, während die Zuschauer heftig applaudierten, als die Satyrn ihre Nymphen endlich erobert und gefangen hatten und unter lautem Gelächter mit ihnen in der Dunkelheit der Wege und Büsche verschwanden.

»Ich möchte mit dir sprechen«, hatte Henri d'Ardans zu dem schwarzhaarigen Schankmädchen gesagt und den Golddukaten in ihre Hand gleiten lassen. Das mandeläugige, hübsche Mädchen hatte ihn forschend angesehen und ihm zugeflüstert, dass es in einer halben Stunde in der Kirche San Giovanni sein würde. Henri hatte genickt und war dann über die kleine, in der prallen Sonne liegende Piazza zu der Gasse gegangen, in der sich die Kirche befand. San Giovanni war dunkel und kühl, und Henri beobachtete den Lehrer, der bei einem der Seitenaltäre unterrichtete. Es war nicht ungewöhnlich, dass Philosophen, Theologen, Mathematiker und Ärzte einen Platz in einer Kirche mieteten und dort ihre Vorträge hielten. Der Vortragende, ein hoch aufgeschossener, hagerer Mann, sprach gestenreich vor einer Gruppe von etwa einem Dutzend Studenten, von denen der Älteste kaum mehr als fünfundzwanzig Jahre zählen mochte. Die Studenten waren bunt und in der Mehrzahl stutzerhaft gekleidet. Manche hielten Schreibtäfelchen und Griffel in den Händen. Die meisten von ihnen hörten aufmerksam zu. Die Stimme des Vortragenden war klar und weit tragend, und selbst nahe des Portals, wo Henri stand, waren seine Worte noch zu verstehen.
»Man muss erkennen«, sagte der Lehrer, »dass der Mensch als einziges von den materiellen Wesen in der Mitte zwischen dem Vergänglichen und Unvergänglichen steht. Er balanciert wie auf einem Seil zwischen Begriffen, die einander scheinbar ausschließen.«
Gabriella Catelli hatte Henri bald erspäht und kam auf ihn zugeschritten. Sie trug den gleichen Rock wie in der Schenke, hatte aber ein blaues Tuch über ihre schwarzen Haare gezogen. Sie beugte das Knie vor dem Altar am anderen Ende der Kirche und stellte sich neben Henri.

»Was wollt Ihr von mir?«, fragte sie leise.
»Corvo. Den Raben.«
»Ich kenne keinen Corvo.«
Henri sah sie an. Sein Lächeln war ohne Freude.
»Das Körperliche am Menschen ist vergänglich«, meinte der Vortragende. »Insofern gehört der Mensch dem Vergänglichen an. Zieht man jedoch seine Seele in Betracht, so ist der Mensch unvergänglich. Hier erscheint uns in der Zeitlichkeit das Immerwährende mit dem Währenden verknüpft.«
»Ich habe mich über dich erkundigt, Gabriella«, sagte Henri. »Du kommst aus Tortona und bist seit zwei Jahren die Geliebte des Corvo. Seit einigen Monaten musst du ihn allerdings mit einer anderen Frau teilen. Er ist nun auch noch mit einer reifen Witwe, die nahe des Duomo wohnt, liiert. Nach dem Mord an Beatrice de Geberoni ist er untergetaucht, fort von seiner liebreizenden Witwe und fort von dir.«
Das Mädchen schwieg kurz. »Das ist alles, was Ihr von Corvo wisst?«
Henri zuckte mit den Achseln. »Mehr oder minder.«
»Das ist nicht viel.«
Henri legte die Hand auf ihren Unterarm. »Deshalb habe ich dich gebeten, dich mit mir zu treffen. Ich möchte mehr über ihn erfahren.«
Der Vortragende hob die Stimme. »Der Mensch, des Irdischen und des Ewigen teilhaftig, ist nun auf zwei Ziele hin ausgerichtet: die Glückseligkeit im Leben zu erfahren, die in der Verwirklichung der eigenen Fähigkeiten besteht, und die Erfüllung im Ewigen zu erreichen, die im Genuss der Erfahrung Gottes besteht.«
»Ich glaube nicht, dass es dir gefällt«, meinte Henri, »dass dein Geliebter sich im Bett einer anderen Frau breit gemacht hat, einer Frau, die noch dazu älter und weniger hübsch ist als du.«
»Sie ist reich.«
»Und ihr Geld wird Corvo nicht mehr loslassen. Es ist Zeit für dich, dass du dich von ihm zurückziehst.«
»Was hat Euch Corvo getan?«
»Er war einer jener Männer, die meine Frau getötet haben.«
Das Mädchen zögerte. »Habt Ihr sie geliebt?«, fragte sie dann.

»Mehr als mein Leben.«
Das Mädchen nickte. »Und jetzt wollt Ihr Rache.«
»Ich will Corvos Kopf.«
»Diese Glückseligkeiten«, rief der Vortragende, »erreichen wir über zwei Wege. Die irdische über die philosophische Unterweisung und die geistliche durch die Verwirklichung von Glaube, Hoffnung und Liebe.«
Ein Mesner kam von der Sakristei heraus, beugte schwerfällig das Knie vor dem Altar, rückte die Blumen zurecht und humpelte dann durch das Kirchenschiff zu der Statue eines Heiligen, vor der er mühsam niederkniete.
»Wie viel wollt Ihr mir zahlen, wenn ich Euch Corvo ausliefere?«
»Hundert Dukaten. Mehr als genug, um Mailand zu verlassen und in deiner Heimatstadt einen vermögenden Mann zu heiraten.«
»Hundert Dukaten«, sagte das Mädchen.
»Ein kleines Vermögen, Gabriella.«
»Dies sind also die Schlussfolgerungen, die uns aufgezeigt werden«, meinte der Vortragende. »Die einen durch den menschlichen Verstand, der unser Rüstzeug im Irdischen ist, und die anderen vom Heiligen Geist, der uns durch Jesus Christus und die heiligen Schriften die übernatürliche Wahrheit offenbart. Hüten wir uns also vor Stolz, Neid, Geiz, Zorn, Wollust, Rache und Gier und nähren wir in allen Weisheit, Tapferkeit, Gerechtigkeit, Besonnenheit, Glaube, Hoffnung und Liebe. Beachten wir dies, so wird uns die irdische und die göttliche Glückseligkeit – Anrecht des Menschen von Beginn seiner Erschaffung an – zuteil werden und uns den Weg in die Pfade des Lichts weisen.«
Die Studenten applaudierten, und der Vortragende kam hinter seinem tragbaren Pult hervor. Einige der Hörer gratulierten ihm, während andere laut diskutierend den Weg zum Kirchenportal nahmen.
Das Mädchen betrachtete die jungen Burschen, die an ihr vorübergingen. Einige der Studenten sahen sie mit Wohlgefallen und Anerkennung an und grüßten sie freundlich.
»Ich hasse ihn«, sagte das Mädchen.
»Weil er dich betrügt?«
»Er ist ein Schwein.«

»Hat er dich geschlagen?«
»Nicht nur das. Er hat Vorlieben, über die ich in dieser Kirche nicht sprechen möchte.«
Henri sah sie von der Seite an. Ihr Gesicht war hart geworden. »Und doch warst du über zwei Jahre mit ihm zusammen?«
Das Mädchen zog das Tuch fester um den Kopf. »Zuerst liebte ich ihn. Dann bin ich bei ihm geblieben, weil er mir Schmuck schenkte.«
»Geraubten Schmuck.«
»Ich kann nicht so wählerisch sein wie die reiche, verfluchte Hure, mit der er es jetzt treibt.«
»Was weißt du über einen Giorgio Matarazzo?«
Das Mädchen sah ihn an. »Ihr seid doch besser informiert, als ich glaubte.«
»Matarazzo«, wiederholte Henri.
Das Mädchen blickte von ihm weg, zur Statue der Mutter Gottes hin. »Ich weiß noch nicht, ob mich die hundert Dukaten wirklich interessieren.«
Henri legte einen Finger unter ihr Kinn und drehte ihren Kopf zu sich. »Willst du die Büttel des Herzogs am Hals haben? Willst du Gefahr laufen, gefoltert zu werden?«
»Nein«, sagte das Mädchen und sah ihm in die Augen. Dann senkte es beinahe verstört den Blick. »Nein. Das will ich nicht.«
»Matarazzo, Gabriella. Erzähl mir von ihm.«
Das Mädchen stockte kurz. Dann sprach es schnell, eindringlich und leise. »Matarazzo ist der Kumpan des Corvo. Sie sind unzertrennlich. Die meisten ihrer Raubzüge in der Umgebung von Mailand werden von ihnen beiden gemeinsam begangen. Matarazzo ist mittelgroß, kahlköpfig und trägt einen Bart. Ein ausgezeichneter Fechter.«
»Besser als Corvo?«
»Nein. Aber beinahe so gut.«
»Verkehrt er in deiner Schenke?«
»Nein«, sagte Gabriella. »Sein Treffpunkt ist im ›Weißen Pelikan‹. Er ist jeden Abend dort. Er weiß gewiss, wo sich Corvo befindet.«
»Und du?«
»Ich besitze ein Amulett. Einen in ein Kupferblechstück geritzten Skarabäus. Wer immer es dem einbeinigen Bettler vor der Kirche

San Maria presso San Satiro zeigt, wird zu Corvo gebracht. Es war für den Fall gedacht, dass etwas Unvorhergesehenes passiert und Matarazzo nicht erreichbar wäre.«

»Hundert Dukaten«, sagte Henri. »Hundert Dukaten für das Amulett.«

Das Mädchen sah zum Altar hin. »Ich habe ihn einmal geliebt.«

»Das ist vorbei.«

»Ja. Das ist vorbei.«

»Wenn du nicht ewig ein Schankmädchen bleiben willst, musst du Mailand verlassen. Mit genügend Geld, dass sich davon auch noch eine schöne Mitgift abzweigen lässt.«

Das Mädchen schüttelte den Kopf, als könne es etwas nicht begreifen. »Mein Glück gegen sein Verderben.«

»Du wirst niemals mehr so viel Geld wie jetzt in der Hand haben, Gabriella. Dieses Geld bedeutet deinen einzigen Weg zur Freiheit.«

»Ich hasse Corvo«, sagte das Mädchen, wie um sich selbst zu überzeugen.

»Ja. Du hasst ihn.«

Gabriella sah Henri an. »Habt Ihr jemals daran gedacht, dass er Euch töten könnte?«

»Ja«, sagte Henri. »Vielleicht hast du alles Glück der Welt und er tötet mich.«

»So habe ich es nicht gemeint.«

»Natürlich nicht.«

Das Mädchen blickte zur Jungfrau hin und schlug ein Kreuz. »Ich hole das Amulett aus meinem Zimmer. Wartet hier auf mich.«

»Wo ist dein Zimmer?«

»Oberhalb des Schankraumes.«

»Gut. Ich warte.«

Gabriella nickte, beugte das Knie vor dem Altar und verließ die Kirche.

Henri blieb an seinem Platz und beobachtete den alten Mesner, der noch immer inbrünstig vor dem Bild des Heiligen betete. Henri wartete eine Viertelstunde. Seine Ungeduld stieg von Minute zu Minute. Schließlich stand er auf und verließ die Kirche. Er sah den Altar in der Ferne des Kirchenraumes, und es schien ihm, als erinnere er sich kurz und undeutlich an etwas Fernes, längst Vergangenes. Als er ins Freie trat, blendete ihn die Helligkeit des Tages, sodass er einen Moment die Augen schließen musste. Er ging die Gasse entlang, überquerte die erhitzte Piazza und betrat die leere Schenke.

»Wo ist Gabriella?«, fragte er das magere Schankmädchen, das die Tische polierte.

»Sie ist nach oben gegangen.«

»Wo ist ihr Zimmer?«

»Die dritte Tür rechts, Signore.«

Henri dankte ihr und ging über die gewundene Holztreppe in das obere Stockwerk. Die Tür zu Gabriellas Zimmer war nicht abgeschlossen, und Henri sah das Mädchen. Ein Dolch steckte in ihrer Brust und Blut tränkte ihr Kleid und das Holz des Bodens, auf dem sie lag.

Henri beugte sich neben ihr nieder und fühlte ihren Puls. Der Herzschlag war nur mehr schwach zu vernehmen. Er griff nach der Waschmuschel, die auf dem Tisch stand, tränkte das Handtuch mit Wasser und wischte der Sterbenden das Gesicht. Ihre Augenlider flatterten kurz. Sie flüsterte etwas, das kaum zu verstehen war. Henri neigte den Kopf zu ihr hinunter.

»Matarazzo«, flüsterte sie abgehackt. »Das Amulett … Corvo …«

Sie bäumte sich auf und fiel dann nach rückwärts, während ein Rinnsal von schäumendem Blut ihr aus dem Mundwinkel rann und ihre Augen aufgerissen ins Nichts starrten.

Henri lief zu dem offenen Fenster, durch das Matarazzo gekommen und verschwunden sein musste. Er blickte über die Dächer, konnte aber nichts erkennen. Rasch schwang er sich auf das Fensterbrett und sprang auf das gegenüberliegende Dach. Er zog seinen Dolch und ging auf die Suche, ging weiter seinen Weg, der vor Jahren vor Ardres begonnen hatte und dessen Ende er nicht abzuschätzen vermochte, heute nicht, morgen nicht und vielleicht niemals.

Henri saß allein an einem der Seitentische der Schenke »Zum weißen Pelikan«. Als er den dritten Krug Wein bestellte, trat einer der besser angezogenen Gäste an seinen Tisch und setzte sich ungefragt. Henri hob leicht den gesenkten Kopf und blickte ihn an.

»Warum wollt Ihr Euch so alleine betrinken, Fremder?«, fragte der Mann.

»Ich bin heute dem Tod begegnet.«

Der Mann nickte. »Kein sehr angenehmes Stelldichein, wie ich Euch zugestehen muss. Darf man fragen, wer in das Himmelreich aufgefahren ist?«

»Meine Frau. Meine Frau ist zum zweiten Mal gestorben.«

Der Mann zog sein Barett vom Kopf und legte es neben sich auf die Bank. »Ist das nicht um ein Mal zu viel, Signore?«

Henri schüttelte den Kopf. »Manchmal begatten sich die Ereignisse und verschlingen sich zu einem.«

Der Mann schnalzte mit der Zunge. »Welch ein lüsternes Bild.« Er beugte sich nach vorn. »Gestattet, dass ich mich vorstelle. Lodovico Avignano. Gossendichter.«

»Henri d'Ardans. Gaukler, Narr und Schatten der Vergangenheit.«

Avignano lachte. »Ihr bedürft des Zuspruchs, d'Ardans. Wenn Ihr es erlaubt, werde ich mich mit Euch betrinken. Lasst uns wundervolle, weinselige Wege in den blühenden Wiesen der Phantasie beschreiten.« Der Mann strich sich mit einiger Eitelkeit über sein gelocktes, langes und volles Haar. »Lasst uns Worte neu erfinden, glatt und ungebraucht, so als hätte Gott der Herr die Welt erst heute Morgen erschaffen.«

«Meine Frau ...«, sagte Henri.

Avignano nickte. »Sprecht, d'Ardans, sprecht. Öffnet Eure Seele und zeigt mir ihr innerstes Licht.«

»Ich habe sie geliebt.«

»Euch ist die Erinnerung an sie geblieben.«

Henri griff umständlich in sein Wams und warf die Halskette Christianes auf den Tisch. »Und dies.«

Avignano stieß einen Pfiff aus und hob die Kette hoch. »Sie muss ein Vermögen wert sein«, sagte er bewundernd.

»Ich möchte sie verkaufen. Kennt Ihr einen Mann, der Interesse daran hätte?«

»Jeder Juwelier in der Stadt.«

Henri schüttelte schwerfällig den Kopf. »Ich möchte sie an einen Mann verkaufen, dessen Frau dieser Kette würdig ist. Ich möchte, dass ein Engel sie trägt.«

Avignano zuckte mit den Schultern. »Wie überall auf der Welt sind auch in Mailand die weiblichen Engel spärlich gesät.«

»Könntet Ihr einen für mich ausfindig machen?«

Avignano nickte. »Ohne jeden Zweifel.« Er schob Henri das Geschmeide wieder zu. »Trefft Euch morgen Abend mit mir in dieser Schenke. Ich werde Euch einen Käufer bringen.«

Henri nahm die Kette wieder an sich und verstaute sie in seinem Wams. »Ihr seid ein guter Mensch, Gossendichter.«

»Ich bin nur von der Magie dieser Stunde berührt, mein guter Narr und Schatten. Sonst besitze ich kein Herz.«

»Und wie lebt es sich ohne Gefühle?«

Avignano schüttete wieder die Becher voll. »Prächtig. Man ist frei von der lächerlichen Bürde des Gewissens und den bedrückenden Ahnungen der Strafe.«

»Und die Frauen?«

»Glauben einem nur selten, dass man sich um ihre kleinen Qualen rein gar nicht kümmert. Im Gegenteil. Eine wohl dosierte Kälte macht sie anhänglich und brünstig.«

Henri nickte mit verständnisvoller, bedeutsamer Miene. »Ihr seid ein weiser und erfahrener Mann, Avignano. Man hätte Euch zum Poetus laureatus von Mailand ernennen sollen.« Er schwankte auf seinem Stuhl.

Avignano legte ihm die Hand auf die Schulter. »Ihr scheint nicht viel Wein vertragen zu können, d'Ardans.«

»Dies ist schon die dritte Kneipe, die ich heute Nacht aufgesucht habe.«

Henri stemmt sich mit beiden Händen auf der Tischplatte hoch. »Es ist Zeit. Ich muss nach Hause. Ich muss meine Toten für heute begraben.« Schwerfällig warf er sich den Mantel über.

Avignano war aufgestanden. »Habt eine gute Nacht, Narr und Schatten.«

»Schließt mich in Euer Abendgebet ein, Gossendichter.«

Henri verließ die lärmende Schenke und trat in die Dunkelheit. Er ging mühsam an den Wänden der Häuser entlang, tastend, strauchelnd und unsicher. Der Mond warf beizeiten Licht in die Enge der Gassen, dort, wo keine vorspringenden Erker Schatten warfen. Henri hörte die Schritte hinter sich erst, als das freie Feld eines unverbauten Gevierts vor ihm auftauchte. Er begann zu laufen, bis er die Wiese erreicht hatte, die glänzend und unberührt im Mondlicht lag. Die drei Männer, die ihn verfolgt hatten, zogen ihre Degen.

»Zwei von Euch kenne ich bereits«, sagte Henri, der seinerseits die Waffe ergriff. »Signor Avignano war mein liebenswürdiger Zechkumpan und Signore Matarazzo ist mir durch eine Beschreibung bekannt. Wenn der dritte Herr nun so gütig wäre sich vorzustellen?«

»Verflucht«, sagte Matarazzo, »dieser Hund ist nicht betrunken! Du hast dich täuschen lassen, Avignano.«

»Was soll's«, sagte der Dichter. »Wir sind drei gegen einen.«

Henri hob die Stimme. »Paderi, Ihr werdet hier gebraucht!«

Der Capitano erschien hinter den drei Männern, die gezogene Waffe in der Hand. »Wir werden nicht viel Probleme mit ihnen haben, Sieur«, sagte er.

Matarazzo und der dritte Mann wirbelten zu Paderi herum, während Avignano Henri angriff. Der Dichter führte einen Fintangriff gegen Henris Oberkörper, und d'Ardans beschränkte sich darauf, seinen Stoß zu parieren. Ihre Klingen hatten kaum Berührung aufgenommen, als Henri aus einer Faustdrehung heraus einen Ausfall machte und Avignano zwang, nach rückwärts auszuweichen. Der Dichter heulte vor Wut auf und stürzte neuerlich auf Henri zu, ungeschützt diesmal und ohne jede Vorsicht. Wie ein Verrückter rannte er in die nach oben gestellte Klinge Henris. Avignano schrie auf, ließ den Degen fallen und spuckte Blut. D'Ardans zog seine Klinge aus dem Oberkörper des Dichters, der ein weiteres Mal aufschrie und vor ihm zu Boden sank. Henri sah sich schnell um. Einer der Gegner Paderis lag kampfunfähig auf der Erde, während der Capitano Matarazzo mit ständig wechselnden Angriffen vor sich hertrieb.

»Matarazzo«, rief Henri. »Wenn du nicht sofort deinen Degen fallen lässt, dann bringen wir dich um.«

Matarazzos Gesicht war schweißbedeckt. Seine Stimme klang abgehackt. »Habe ich Euer Wort, dass Ihr mich nicht tötet, wenn ich mich ergebe?«

»Das hast du.«

Matarazzo ließ seine Waffe fallen. »Was wollt Ihr von mir?«, fragte er dann, ein gedrungener Schatten vor der weißlich schimmernden Wiese.
»Corvo. Wir wollen Corvo von dir.«
Matarazzo schüttelte seinen Kopf. »Ich kenne keinen Corvo.«
»Paderi«, sagte Henri.
Der Capitano trat zu Matarazzo, ergriff seine Hand und brach ihm den Mittelfinger. Der Mann schrie auf, gellend und schmerzerfüllt. Er taumelte kurz.
»Corvo«, sagte Henri.
Der Schweiß perlte über Matarazzos Gesicht. »Ich kann es Euch nicht sagen«, sagte er stockend, mit schmerzverzerrtem Gesicht.
Henri nickte Paderi zu. Der Capitano verzog kurz und ärgerlich den Mund und brach mit einer kurzen, knappen Bewegung den Daumen der linken Hand. Der Mann schrie kreischend auf und sank vor Schmerz vor Henri auf die Knie. Paderi blickte unwillig auf ihn und trat ihm ins Gesicht.
Matarazzo kroch über den Boden und schluchzte vor sich hin. Dann gelang es ihm, sich mit den Ellbogen auf der Erde aufzustützen. Er versuchte sich aufzusetzen.
»Corvo«, sagte Henri.
»Am Kanal.«
»Wo?«
»Ich zeige es Euch.«
»Heute noch.«
»Ja. Heute noch.«
Henri trat zu Matarazzo und sah auf ihn hinab. »Für den Mord an Gabriella Catelli wirst du dich vor einem Gericht zu verantworten haben.«
Matarazzo hob die Hände. Die gebrochenen Finger standen gekrümmt und verbogen von den Gelenken ab. »Ihr habt versprochen, mich am Leben zu lassen.«
»Der Herzog wird dich nicht zum Tode verurteilen. Dafür werde ich sorgen. Du wirst den Rest deines Lebens in einem Verlies des Castello Sforzensco zubringen.«
»Das ist weit mehr, als dieses Schwein verdient hat«, sagte Paderi und tippte Matarazzo mit der Stiefelspitze an. Matarazzo kroch

zurück, so als fürchtete er, neuerlich getreten zu werden. Der Capitano sah kurz und angeekelt zum Mond auf und wandte sich dann an Henri. »Und was machen wir jetzt, Sieur?«
»Wir gehen friedlich zum Kanal und suchen uns ein Boot. Dann werden wir im Mondenschein eine romantische Ruderpartie unternehmen, um uns die Heimstatt des Corvo anzusehen. Und morgen …«
»Morgen?«
»Morgen werden wir einen Raben aufscheuchen.«
Paderi lachte und zog Matarazzo hoch. Zu dritt verließen sie die mondbeschienene Wiese, die weit und leer zurückblieb.

Henri stand in der Dunkelheit und beobachtete das Haus. Er wusste, dass Corvo gefasst werden würde. Selbst wenn er, Henri, sterben sollte, würde ihnen der Rabe nicht entgehen. Paderi wartete auf einem Boot, das draußen auf dem Kanal trieb, und Etienne und Borgia standen an den Ausgängen der Gasse, in der sich das Haus Corvos befand. Der Rabe würde den Tod durch seine Hand finden oder hängen. Seine Zeit war abgelaufen. Zwei Jahre nach Ardres würde das Schicksal ihn ereilen, würde ihn verschlingen, zermalmen und ausspeien. Corvo war tot wie Aas, selbst wenn er jetzt noch für einige Momente fühlte, dachte und sich all den Schimären seiner Zukunft ergab.
Henri blickte auf die Fackel, die über dem Eingang des Hauses brannte und leicht im Nieselregen zitterte. Das Kopfsteinpflaster der Gasse glänzte in rötlicher Nässe, und das Wasser des Kanals, der auf der einen Seite des Hauses sichtbar war, stand schwarz und ruhig vor der steinernen Treppe, die vom Kai zu den Bootsstegen hinführte.
Einige Augenblicke noch. Henri vergewisserte sich, dass der Mantel an seiner Schulter befestigt war. Dann prüfte er Dolch und Degen. Er wischte sich die Regentropfen aus dem Gesicht und trat aus der Dunkelheit in den Lichtkreis der Fackel.
Als er die Gasse überquerte, hallten seine Schritte laut und hart wider. Er ergriff den Türklopfer in der Form eines Eberkopfes und schlug an das Holz der Tür.
»Wer ist da?«, fragte eine ältliche Frauenstimme.

»Matarazzo.«
Die alte Frau öffnete die Tür und sah ihn verwirrt und ängstlich an. »Ihr seid nicht Matarazzo.«
Henri betrat das Haus und schob die alte Frau zur Seite.
»Corvo«, schrie die Frau, die ihn nicht aus den Augen ließ, »Corvo!«
Auf der Estrade des ersten Stockes erschien ein Mann, dessen Oberkörper nackt war. Ein dunkelhaariges Mädchen im Unterhemd und mit zerrauftem Haar folgte ihm.
»Wer zum Teufel bist du?«, fragte Corvo. Die Narbe auf seiner Wange war nicht zu übersehen.
»Henri d'Ardans. Der Mann der Frau, die du vor Ardres getötet hast.«
Der Rabe fluchte. Er griff nach rückwärts und riss einen Degen an sich.
»Woher weißt du, dass ich hier wohne?«, sagte er und trat eine Stufe die Treppe hinab.
»Matarazzo. Matarazzo hat dich verraten.«
»Matarazzo«, sagte Corvo. Das Licht der Kerzenständer im Erdgeschoss beließ die Treppe und den Flur der Estrade in flackerndem Halbdunkel. Corvo ging eine weitere Stufe der Treppe hinunter. »Sie war eine Hure.«
»Wer?«
»Deine Frau. Sie hatte höllische Angst. Sie wollte für uns alle die Beine breit machen, wenn wir sie leben ließen.« Die Augen Corvos glänzten im dämmrigen Kerzenlicht.
»Du wirst sterben, Corvo«, sagte Henri. Er öffnete die Schließe seines Mantels und ließ ihn zu Boden fallen.
»Man konnte es in ihren Augen sehen. Ihre Angst wurde zur Lust.«
Henri betrat die unterste Stufe der Treppe. Er zog den Degen. »Wie viele wart ihr?«
»Drei«, sagte Corvo, der ihn mit gesenkter Waffe erwartete. »Wir waren drei. Und jedem von uns hätte sie den Schwanz ausgesaugt, wenn wir es gewollt hätten.«
»Du hast eine hübsche Phantasie, Corvo«, sagte Henri, der nun die Treppe hinaufschritt. »Eine Phantasie, die bereits jetzt nach Kloake und aasiger Verwesung riecht.«

»Sie war nass, als sie starb, d'Ardans«, sagte Corvo und lächelte. »Nass vor Erregung.«

Als Henri attackierte, parierte der Rabe und griff seinerseits an. Klinge lag an Klinge, als Corvo d'Ardans gegen das Geländer presste.

»Eine Hure war sie«, flüsterte der Rabe. »Eine Schlampe. Ein geiles Vieh.«

Henri stieß Corvo mit dem Gewicht seines Körpers zurück und trieb ihn mit Degenangriffen die Treppe hoch. Geschickt wehrte der Rabe sie ab, und als Henri die Estrade erreicht hatte, stürzte sich das Mädchen auf ihn und riss ihn zu Boden. Henri rollte sich mit aller Kraft zur Seite und wich damit dem Stoß des Raben aus, dessen Degen sich in das Holz des Flurbodens bohrte. Henri befreite sich von dem Mädchen und stieß es von sich fort. Das Mädchen verlor das Gleichgewicht und polterte langsam und aufschreiend die Treppe hinab. Corvo stieß von neuem zu, und Henri ließ sich nach rückwärts fallen. Dann kam er, gewandt wie eine Katze, wieder auf die Füße. Er attackierte sofort und trieb Corvo in das Zimmer, in dem sich der Rabe mit dem Mädchen vergnügt hatte. Corvo stellte sich Henri, darauf achtend, dass er die Klinge d'Ardans band, damit Henri keine kraftvollen Seitwärtsschläge ausführen konnte. Dann führte er unvermittelt Stoß um Stoß gegen Henri, die d'Ardans nur mit Mühe parierte.

»Auch du wirst sterben, Franzose«, sagte Corvo, der vor Anstrengung keuchte. »Du wirst sterben, so wie dein Drecksweib starb.«

Sie waren bei dem Bett angelangt, dessen Vorhänge offen standen. Corvo griff nach seinem Dolch und schleuderte mit der rechten Hand das Kissen gegen Henri. D'Ardans taumelte zurück, und der Rabe fiel ihn mit dem Messer an. Henri rollte sich zur Seite und bekam Corvos Hand zu fassen. Die Degen waren nun zu Boden gefallen, und Corvo versuchte, den Dolch in Henris Brust zu stoßen. Henri schleuderte den Raben zurück und schaffte es, wieder auf die Füße zu kommen. Er griff nach seinem Degen, als Corvo sich aufrappelte, seine Waffe fasste, sich über das Fensterbrett lehnte und aus dem ersten Stock in die Tiefe sprang. Henri sah, wie er auf dem Boden aufkam, hochschnellte und wegzulaufen versuchte.

»Paderi!«, schrie Henri und sprang seinerseits in die Tiefe.

Mündungsfeuer blitzte vom Kanal aus auf. Corvo warf sich zu Boden und dann auf den Rücken. Er sah, wie Henri sich auf dem Kaipflaster aufrichtete und zu ihm hinlief. Ein gehetzter Ausdruck trat auf sein Gesicht. Aufzustehen traute er sich nicht mehr, denn er wusste nicht, ob Paderi nicht eine zweite, noch geladene Pistole zur Hand hatte. Es dauerte nur einige wenige Sekunden, bis Henri bei ihm angelangt war.

»Jetzt wirst du sterben, Corvo«, sagte d'Ardans leise.

»Geh zum Teufel, Franzose. Geh zur Hölle«, sagte der Rabe und sprang auf, Henris Körper als Deckung gegen Paderi nehmend. Corvo stieß mit seinem Dolch zu, und Henris Degen durchbohrte seinen Arm. Blut quoll aus der Wunde, rann zur Hand hin und tropfte auf den regennassen Boden.

»Verflucht. Sei bei allen Teufeln verflucht«, sagte der Rabe und hielt sich den verwundeten Arm.

»Die Namen. Die Namen der Mörder meiner Frau.«

»Weshalb sollte ich sie dir sagen?«

Henri legte die Degenspitze an Corvos Herz. »Weil es schnell gehen wird, wenn du redest. Sonst lasse ich dich foltern, bis du gestehst.«

Corvo schüttelte den Kopf. »Ich habe Angst vor dem Tod.«

»Es wird schnell gehen. Es wird gnädiger sein, als du es verdienst.«

Der Rabe schwieg. Das Licht der Fackel über der steinernen Kaitreppe schimmerte in dem Blut, das ihm den Arm entlangrann. Dann blickte er Henri an. »Die Frau in dem Haus. Ich will, dass ihr nichts passiert.«

»Weshalb?«

»Weil ich sie liebe.«

»Du kannst lieben, Corvo?«

Der Rabe zeigte beinahe den Anflug eines Lächelns. »Sie liebe ich. Sie ist die Einzige.« Das Gesicht wurde durch den Blutverlust immer blasser.

»Die Namen«, sagte Henri. »Dem Mädchen wird nichts geschehen.«

»Das versprichst du mir?«

»Bei meiner Ehre.«

»Gut«, sagte der Rabe und atmete tief ein. »Der Anführer war …«

Corvo riss die Arme in die Höhe, und mit einem Ausdruck der Verwunderung blickte er auf den Dolch hinab, der in seiner Brust stak. Henri warf sich zur Seite, und ein zweiter Dolch zischte an seinem Kopf vorbei, kam klirrend auf dem Pflaster des Kais auf und schlitterte aufklatschend in den Kanal. Der in einen Mantel gehüllte, vermummte Mann lief die rechte Straßenseite hinunter. Paderi feuerte ein zweites Mal, aber die Entfernung schien für einen Treffer zu groß zu sein. Henri warf einen Blick auf den toten Corvo und rannte dem Mann hinterher. Als Henri das Ende der Gasse erreicht hatte, war der Unbekannte verschwunden. Giovanni Borgia lag bewusstlos an der Ecke des Hauses, das an die Piazza grenzte. Die Schritte eines laufenden Mannes erklangen hinter d'Ardans in der Gasse. Henri blickte sich um und erkannte Etienne, der mit gezogenen Degen zu ihm gerannt kam.

»Seid Ihr unverletzt?«, rief ihm de Cobère keuchend zu.

»Ja.« Henri wandte sich wieder zu Borgia um, der sich jetzt den Kopf hielt und versuchte, sich an der Mauer hochzustemmen.

»Kommt Ihr zurecht?«, fragte Henri und ergriff Borgias Arm, um ihn zu stützen.

»Verflucht«, sagte der Italiener und schüttelte den Kopf. »Ich habe mich übertölpeln lassen. Er muss mich in dem Augenblick niedergeschlagen haben, als der Schuss ertönte.«

»Es waren zwei Schüsse.«

»Von einem zweiten weiß ich nichts.« Borgia taumelte leicht.

Henris Gesicht war hart und unbewegt. »Corvo wollte mir gerade die Namen der anderen Mörder meiner Frau nennen.«

»Mein Gott«, stöhnte Giovanni Borgia. »Wie könnt Ihr mir jemals verzeihen?«

Etienne hatte die letzten Sätze mit angehört. »Ich für meinen Teil kann Euch keine Schuld geben, Giovanni. Niemand hat mit diesem Vermummten gerechnet.«

»Wer war dieser Mann?«, fragte Borgia verstört.

»Es gibt hier jemanden in Mailand, der über alle unsere Pläne Bescheid weiß.«

»Wer kann das bloß sein?«

»Das ist eine gute Frage, Etienne de Cobère«, sagte Henri und drehte sich um. »Das ist eine verdammt gute Frage.«

Er ging zurück zu dem Haus, in dem Corvo Zuflucht gesucht hatte. Das Mädchen stand in einen Mantel gehüllt unter der Fackel, während Regentropfen ihm über das Gesicht liefen.
»Er ist tot, nicht wahr?«
Henri steckte seinen blutigen Degen in die Scheide.
»Seine letzten Worte haben dir gegolten.«
»Was hat er gesagt?«, fragte das Mädchen beinahe teilnahmslos.
»Ich habe ihm versprochen, dass dir nichts passieren würde.«
Das Gesicht des Mädchens blieb ausdruckslos. »Und Ihr werdet jetzt für mich sorgen, Signore?«
»Ich werde verhindern, dass dich die Beauftragten des Herzogs finden.«
Das Mädchen hüllte sich enger in den Mantel. »Was für ein wunderbarer Edelmann Ihr doch seid.« Plötzlich verzerrte sich ihr Gesicht. Sie spuckte ihm vor die Füße. »Mörder«, sagte sie. »Du auf ewig verfluchter Mörder!«
Henri sah sie an. »Das sind wir wohl alle«, sagte er. »Das sind wir wohl auf irgendeine Art alle in dieser verdammten Welt.«
Dann drehte er sich um und ging über das regennasse Pflaster zurück zum Kai und dem toten Corvo.

Henri d'Ardans betrachtete die beiden Punkte am Horizont, die in der Morgendämmerung langsam näher kamen. Zwei Reiter, die die Ruhe dieses frühen Morgens durchbrachen, kaum spürbare Bewegung in einer Landschaft, die in ihrer Farblosigkeit erstarrt schien. Henri ging in die Jagdhütte zurück, schnallte sich seinen Degen um und trank einen Becher Wein. Er hielt den Becher kurz in der Hand und warf ihn dann mit aller Wucht gegen die Wand, an der er zerbrach und zersplitterte. Er schloss kurz die Augen und fuhr sich mit der rechten Hand über die Stirne. Dann trat er wieder aus der Hütte ins Freie, um Jeanne des Marckes zu erwarten.
»Du bist die ganze Nacht über fort gewesen. Du bist nicht ins Castello gekommen«, sagte die junge Frau, als sie abstieg. Josua nahm ihr Pferd und band es bei der Hütte fest.
»Ich wollte allein sein.« Henri betrachtete sie. Sie sah traurig, wütend und entschlossen aus. Das Mädchen ging zu der Packtasche seines Pferdes und entnahm ihr einen Beutel.

»Ich musste dir das nachtragen«, sagte es und warf ihm den Beutel zu. Henri fing ihn nicht auf und ließ ihn in das Gras fallen.

»Dein Geld«, sagte Jeanne. »Das Geld, das dich meine Reise von Paris nach Mailand gekostet hat. Das Geld, das du für meine Kleider in Lyon ausgegeben hast.«

»Das hättest du dir ersparen können«, sagte Henri.

Jeanne sah ihn an. »Ich möchte dir nichts schuldig bleiben. Nichts.«

»Macht es dir Freude, mich zu verletzen?«

»Ich weiß es nicht«, sagte Jeanne. »Ich weiß es wirklich nicht mehr.«

Henri betrachtete kurz den Geldbeutel und dann Jeanne. »Wann reist du?«

»Heute noch. Nicolo Demosta wird die Erbschaft für mich abwickeln.«

Henri nickte.« Und wohin wirst du gehen?«

»Nach Acres du Lay. Ich will meine neue Heimat kennen lernen.«

Josua stand außer Hörweite von ihnen, die Arme über der Brust verschränkt, und betrachtete beide.

»Es hat wohl keinen Sinn, wenn ich dir sage, dass es mir Leid tut.«

Jeanne schüttelte den Kopf. »Nein. Das hat keinen Sinn.«

»Ich musste es tun.«

Die junge Frau nickte.« Ich weiß. Jetzt weiß ich es.« Sie wandte sich ab.

Ein Schwarm Vögel flog in der Ferne auf, kreiste unter dem dämmrigen Himmel und flog dann weiter nach Osten zu.

»Es ist vorbei.«

Jeanne wirbelte herum. Ihr Gesicht war zornig und wütend. »Nichts ist vorbei, Henri. Deine Jagd hat eben erst begonnen. Weiß der Himmel, wie viel Blut noch fließen muss, ehe du zur Ruhe kommst. Wenn du je zur Ruhe kommst.«

»Ich habe einen Schwur getan, Jeanne.«

»Einen Schwur! Du hast unsere Liebe zerstört, bist aber deinem unvergleichlichen Schwur nachgekommen.« Sie trat auf ihn zu. »Du hattest die Möglichkeit, zwischen dem Tod und der Liebe zu wählen. Du hast deine Entscheidung getroffen.«

Henri schüttelte den Kopf. »Ich habe dich dadurch nicht verleugnet, Jeanne.«

Jeanne schwieg. Sie sah zu Boden. Dann hob sie den Kopf. »Man kann nicht zwei Frauen gleichzeitig lieben, Henri.«
»Christiane ist tot.«
»Ja. Sie ist tot. Du hast dich für sie entschieden. Aber du verstehst nicht, was das bedeutet.«
Die Sonne schob sich leicht über den Horizont, flammend, rot und sichelförmig, und warf ihr Licht über die letzten dämmrigen Schatten der Nacht.
Henri blinzelte in das Licht. Seine Augen schmerzten. »Josua alleine wird nicht ausreichend für deine Begleitung sein.«
»Ein Mailänder Kaufmann reist mit einer Gruppe von Handelsherren nach Paris. Ich werde mich ihnen anschließen.«
Henri schwieg. »Also ist es unwiderruflich?«, fragte er dann.
»Ja.« Die junge Frau wandte sich ab.
»Werde glücklich, Jeanne«, sagte Henri.
Das Mädchen wandte sich um. Tränen standen ihm in den Augen. »Du Narr! Du von allen Heiligen verfluchter Narr! Du hast alles zerstört.« Sie lief von ihm weg und blickte in das Licht der Sonne.
Josua ging zu ihrem Pferd und machte es los. Als er an Henri vorbeikam, blieb er stehen.
»Vielleicht bringt Euch das auf andere Gedanken, Sieur. Justus van Heyden ist am gleichen Tag von Mailand abgereist, als wir in der Stadt ankamen.«
Henri sah ihn an. »Van Heyden.«
»Ja, Sieur. Mijnheer van Heyden.«
Henri nickte und sah dann zu Jeanne hin. »Pass gut auf sie auf, Josua.«
»Das werde ich tun, Sieur. Das verspreche ich Euch.«
»Gehab dich wohl, Josua.«
»Behüte Euch Gott, Sieur.« Der Riese führte das Pferd zu Jeanne hin.
Das Mädchen stieg auf. Es sah Henri an.
»Es war ein kurzer Blick in das Wunderbare. Trotz allem«, sagte Jeanne des Marckes dann, leise, tonlos beinahe. Sie gab ihrem Pferd die Sporen und ritt nach Osten davon. Josua hob die Hand, grüßte Henri stumm und folgte der jungen Frau.
Henri blieb stehen und sah ihnen nach. Er sah ihnen so lange nach,

bis sie nur mehr zwei Punkte im roten Rund der nun vollen Sonne waren, weit und entfernt, abseits seiner Welt, ungreifbar und auf ewig verloren.

Henri lag in der Dunkelheit der Nacht auf dem Feldbett der Jagdhütte. Nur manchmal, wenn ihm alles als zu viel erschien, setzte er sich auf und trank aus dem Krug mit Wein. Er versuchte nicht zu denken, aber die Überlegungen und Gedanken überwanden die Barriere seines Bewusstseins, überwanden die Schranken seiner Sachlichkeit und setzten sich in seiner verstörten Seele fest wie Krankheitskeime in einem geschwächten Körper.

Vielleicht existiert Gott nicht, dachte er. Oder vielleicht schläft Gott wie ein alter, müder Mann den Schlaf der Verzweiflung, angewidert von dieser Schöpfung, die von Tag zu Tag ihre tödlichen Fehler wiederholt. Vielleicht ist alles sinnlos. Vielleicht steckt kein anderer Gedanke hinter dem Leben, als sich bis zum letzten Tag des Seins fortzuplagen, närrisch und toll geworden von der aberwitzigen Lust nach Zeugung und Empfängnis. Vielleicht war das tiefe Gefühl der Sinnlosigkeit das Höchste, das ein Mensch erreichen konnte? War das Nichts nicht nahe liegender als das Bestehen der Dinge? Großes Nichts, betete er, das du bist auf Erden, geheiligt sei dein Name, dein Reich ist gekommen, dein Wille geschieht in allen Handlungen wie in allem Geschehen.

Er wälzte sich zur Seite und griff nach dem Krug Wein.

Was bedeutet es, dass Christiane auf einer Landstraße vor Ardres getötet wurde? Was bedeutet es, dass Jeanne ihn verlassen hatte? Was bedeutet es, dass Corvo tot ist? Alles ist bedeutungslos und ohne Sinn. Er, Henri d'Ardans, tötet, weil sein Wille es ihm befiehlt. Er tötet nicht Gottes oder der Moral wegen. Er tötet, weil er nach Rache strebt, weil er sich entschlossen hat, der Rache zu folgen. Nichts hat Bedeutung in einer auf dem Kopf stehenden Welt.

Er drehte sich auf den Rücken und blickte in die Dunkelheit der Hütte. Er war abgrundtief müde und konnte doch nicht schlafen. Seine Gedanken verfolgten ihn, mit Widerhaken versehene Pfeile, die sich in ihn hineinbohrten, tiefer und tiefer.

Er hatte Jeanne aus seinem Leben vertrieben. Den Glauben, die Liebe, die Hoffnung. Er hatte die Liebe und die Hoffnung zerstört.

Den Glauben hatte er längst verloren. Trugbilder. Er hatte seiner Rache nur Trugbilder geopfert.
Jeanne wollte ihm etwas zeigen, mehr noch, sie wollte ihm etwas beweisen. Aber das lag an ihrer ungebrochenen Jugend, an ihrem Gefühl, das von Schmerz und Verzweiflung noch unberührt war. Auch sie würde eines Tages alles verlieren, wie jedes menschliche Wesen, das auf dieser verfluchten Welt von Geburt bis zum Tod umhergetrieben wurde. Es gibt zwei Weltuntergänge, hatte ein arabischer Dichter einmal geschrieben. Einen kleinen, wenn deine Frau stirbt, und einen großen, wenn du selbst stirbst. Die Welt war nur eine nichtige Widerspiegelung der Sinne. Ersterben die Sinne, so verlöscht alles. Alles ist von Beginn an verloren, alles ist von Beginn an verspielt.
Ihm blieb nur die Rache als Zweck eines zwecklosen Lebens. Van Heyden. Sonderbar, dass er in Mailand gewesen war. Und wer war jener Vermummte gewesen, der Corvo getötet hatte und der versucht hatte, ihn zu ermorden? Und von wem hatte Corvo gewusst, dass sie auf dem Weg nach Mailand waren? Er war zu müde, um diese Fragen jetzt zu beantworten. Er war zu müde, um sich noch neue Fragen zu stellen.
Er drehte sich zur Seite und schloss die Augen. Er dachte an seine verlorene Christiane, deren Gesicht jetzt mit jenem von Jeanne des Marckes verschmolz. Er dachte an eine Zeit, als das Leben noch einfach war, eine Zeit, als Gott noch über ihn wachte.
Schließlich schlief er ein und träumte von lichten Wiesen unter einem Himmel, der ohne Grenzen war, träumte von Freiheit und Schönheit, bis das verzerrte Gesicht des sterbenden Corvo vor ihm auftauchte und ihn in eine Dunkelheit riss, in der die Träume und ihre Sehnsüchte keinen Platz mehr fanden, eine Dunkelheit, in der das Vergessen, lautlos und wie gleitend, in eine Finsternis einmündete, in der alles vergangen und alles unbegreiflich war.

8. Kapitel

»Ich habe Corvo getötet, bevor er noch reden konnte, aber Henri d'Ardans knapp verfehlt«, sagte Giovanni Borgia, als er in der abgelegenen Jagdhütte seines Auftraggebers saß.

»Ich habe Eure Berichte gelesen.« Der Mann legte die Kuppen seiner Finger aneinander. »D'Ardans wird Euch nicht entgehen.«

»In London, meint Ihr?«

»In London, Signor. Ihr werdet Euch des Tatendranges d'Ardans' bedienen und gemeinsam mit ihm den dritten Mörder aufspüren. Ich wünsche, dass Ihr ihn umbringt. Er ist ein Mitwisser, den ich mir nicht länger leisten kann.«

»Ihr habt keinen Anhaltspunkt, wer er sein könnte?«

»Keinen.«

»D'Ardans soll ihn für mich finden?«

»Richtig, Signor. Und dann tötet beide. So einfach ist das.«

»So einfach.«

»Ganz recht, Signor. Erzählt d'Ardans eine traurige Geschichte, die sein Mitgefühl rührt. Dass Euch Kardinal Berni aus Rom fortgejagt hat oder Ähnliches. Er wird Euch ganz gewiss in seine Delegation aufnehmen.«

»Und wenn er es nicht tut?«

»Er wird einen Weg finden, Euch zu helfen, und dieser Weg wird Euch nach London führen.«

Giovanni Borgia nickte. »Ist das alles?«

»Bis Ihr die beiden getötet habt, ist das alles«, sagte der Mann und lächelte. »Bis dahin, Signor.«

Briard empfing Henri d'Ardans mit der ihm eigenen Herzlichkeit. In seinem Stadthaus in Paris versicherte er Henri, dass er seine

Aufgabe in Mailand im Interesse Frankreichs auf das beste und Gewissenhafteste erledigt hätte. Aber trotz all des berechtigten Lobes antwortete Henri nur einsilbig und mürrisch. Er schwieg beharrlich, als Bernard ihn auf den Tod Corvos, der mittlerweile bekannt geworden war, ansprach. Der Comte, der d'Ardans seiner tiefen Freundschaft versicherte, befahl ihm, sich unverzüglich und ohne Umwege auf seine Besitzungen zu begeben. Eine Zeit der Muße und der Entspannung, so meinte Briard, würde die seelische Anspannung d'Ardans' mildern und beruhigen.
Er dankte Henri aus ganzem Herzen für seine Bemühungen, umarmte ihn und wünschte ihm eine erholsame und friedliche Zeit in der Heimat. Das Mailänder Abenteuer sei zu Ende, meinte er. Ein für alle Mal.
Danach zog sich Henri mit seinen Freunden auf seine Güter ins Poitou zurück. Zu ihrer Überraschung tauchte im Februar 1523 Giovanni Borgia auf den Besitzungen d'Ardans' auf. Wie er berichtete, hatte er Lukrezia Borgia in Ferrara besucht, als ihn ein Brief Kardinal Bernis erreichte, der seine Einladung, nach Rom zu kommen, knapp und ohne Begründung zurückgenommen hatte. Borgia sah keine Zukunft mehr für sich in Italien, griff nach seinem letzten Strohhalm und vertraute sein Schicksal Henri an, der ihm versprach, sich bei Bernard de Briard für ihn einzusetzen.
D'Ardans tat die Gesellschaft seiner Freunde in diesem Winter gut, und einiges von der unerträglichen Düsternis, die ihn in Mailand nach Jeannes Abreise ergriffen hatte, war von ihm abgefallen. Es war der 13. März 1523, als sie auf den einige Meilen langen Zug trafen, der sich wie eine gigantische Schlange über die staubige Landstraße von Blois nach Amboise bewegte. Sie hatten auf einem Hügel Halt gemacht und blickten auf die unzähligen Menschen, Pferde und Wagen herab. Wolken von Staub wurden aufgewirbelt und vom leichten Ostwind über die Straßen und Wiesen getrieben, dicht zuerst und sich dann langsam in durchsichtige Schleier auflösend, die schwerelos dahintrieben und schließlich mit der klaren Märzluft verschmolzen.
»Das ist eine Armee«, sagte Etienne de Cobère mit Ehrfurcht.
Henri lächelte. »Der Hof des Königs. Etwa zehntausend Menschen, achtzehntausend Pferde und an die tausend Karren. Ein-

fach nur der Hof des Königs, der den Frühling in Amboise begrüßen will.«

Er gab seinem Pferd die Sporen, sie ritten zu der Kolonne von Menschen und Tieren hinunter und begleiteten sie, indem sie die lang gezogenen, grünenden Wiesen entlangpreschten, die sich an der Seite der Straße erstreckten. Sie kamen an Wagen vorbei, die voll mit Priestern und Mönchen steckten, an Wagen, die von Kaufleuten mit kostbarer Ware gelenkt wurde, und an Wagen, in denen Goldschmiede und Edelsteinschleifer saßen. Bei einem Karren zügelte Etienne sein Pferd.

»Hier sind lauter Vogelkäfige«, sagte der Chevalier erstaunt. »Hunderte.«

»Zur Unterhaltung der Damen«, erklärte Henri. »In Amboise werden sie wieder an die Besitzerinnen verteilt.«

»Dort vorne ist ein Löwe«, rief Maxime und deutete auf einen Wagen, in dem das Tier in einem Käfig gehalten wurde.

»Aus dem königlichen Zoo«, erwiderte Henri und ritt zu einem Wagen vor, der so stark nach Kräutern und Gewürzen roch, dass seine Begleiter, schwarz gekleidete, würdige Männer, es vorzogen, auf Maultieren vor ihm zu reiten.

»Die königliche Apotheke«, sagte Henri. »Wenn Euch ein Übel plagt, meine Freunde, so solltet Ihr es jetzt bekunden.«

Etienne lachte. Er ritt mit dem Capitano den Zug entlang, während Henri, Moulu und Maxime ihm folgten. Sie kamen zu drei Karren, die voll von fröhlichen, lachenden und hübschen, jungen Frauen waren. Etienne lüpfte den federbesetzten Hut und grüßte mit einer galanten Verbeugung aus der Hüfte heraus.

»Die Freudenmädchen des Königs«, sagte Henri. »Von allen Herren des Hofes wohlgelitten.«

»Baron d'Ardans«, rief eine kleine, vollbusige Brünette, deren großer, leicht schmollender Mund alle Freuden der Küsse versprach. »Obwohl ich nie die Ehre hatte, Euch in meinen Armen zu halten, erinnere ich mich doch an Euer markantes Gesicht. Ihr seid ohne Zweifel einer der bestaussehenden Männer des Hofes.«

»Gueniѐvre ist anders als wir«, rief eine fröhliche, leicht mollige Blonde. »Sie erkennt ihre Verehrer an ihren Gesichtern wieder.«

Gueniѐvre ignorierte den Einwurf. »Aber dem jungen, wohl-

erzogenen Herrn an Eurer Seite ist noch niemand von uns begegnet.«
»Chevalier Etienne de Cobère«, stellte sich Henris Freund höflich vor.
»Weshalb wurde er uns vorenthalten?«, fragte eine Schwarzhaarige mit dunklen, großen Augen.
»Er war in Lyon beim König zu Gast.«
»Nach Lyon dürfen wir nie mitkommen«, sagte die Blondine betrübt. »Die haben dort ihre eigenen Huren.«
»Sie sind sehr eifersüchtig unten im Süden«, erklärte die Schwarzhaarige.
»Habt Ihr gute Geschäfte gemacht?«, fragte Henri.
»Der Winter in Blois war kalt und hart«, sagte Gueniévre. »Manch einen der Herren fröstelte in der Nacht, und verzweifelt suchte er die Wärme unserer Körper.«
»Ich habe sogar einige kennen gelernt, die sie des Tages verzweifelt suchten«, bemerkte die Blondine.
Die Mädchen sprachen jetzt lachend durcheinander.
»Nach der Morgenmesse.«
»Nach der Jagd.«
»Und vor der Jagd.«
»Im Stehen.«
»Im Liegen.«
»Im Sitzen.«
»Und im Knien.«
»So furchtbar und erschreckend kalt war es in diesem Winter in Blois«, schloss Gueniévre mit einem Augenaufschlag die Aussagen.
»Dann wünsche ich Euch alle die mitreißende Beschwingtheit des Frühlings für Amboise«, sagte Henri und machte Anstalten weiterzureiten.
»Verzeiht, Messieurs.« Der Capitano stieg beinahe artistisch von seinem Pferd auf den Karren um, wo er sich inmitten der aufkreischenden Mädchen hineinfallen ließ. Er hob den Kopf und blickte über den Wagenrand hinaus. »Ich bin zu dem Schluss gekommen, diese armen Mädchen unter meine Aufsicht stellen zu müssen.«

»Du wirst tot in Amboise ankommen, Paderi«, sagte Etienne.
»Verzeiht, Chevalier, aber ich denke, dass nur ein kleines Stück von mir gestorben sein wird«, sagte der Capitano und wandte sich den Mädchen zu.
Sie ritten weiter und passierten den langen Zug der Möbelwagen. Die Schlösser der französischen Könige standen leer. Es war notwendig, die gesamte Möblierung mit allen Vorhängen und Gobelins von Schloss zu Schloss zu transportieren. Auch die königlichen Großküchen, die Hofbäckerei und alle Gerätschaften, die zur Verpflegung von zehntausend Menschen notwendig waren, wurden von einem Ort zum anderen gebracht. Alles Personal, vom Schneider, Sticker, Friseur und Schuhmacher bis zu den königlichen Ärzten, Jägern, Kerzenanzündern und Fackeldienern, reiste von Hofsitz zu Hofsitz.
Sie kamen an den Falknern vorbei, die in den Planwagen über dreihundert Falken versorgten, an den Hundemeuten der Jäger, in der riesige Doggen, speziell für die Jagd ausgebildet, an ledernen Leinen geführt wurden, und an den Gruppen von berittenen, bunt gekleideten Pagen, die, jung wie sie waren, die Tiere noch in ihrem Lärmen übertrumpften.
»Dort sind die Garden des Profos«, sagte Henri und deutete nach vorne zu den Reihen von marschierenden Soldaten. Sie trugen Rüstungen, die bis zum Oberschenkel reichten und die Arme freiließen. Die Soldaten waren mit hellen Puffärmeln und blauen Beinkleidern ausstaffiert und wirkten recht eindrucksvoll, als sie im Marschtritt den Staub der Straße aufwirbelten.
»Wir nähern uns langsam dem Kern des Hofstaates«, sagte Henri, als Maxime aufschrie und zu einem der Karren, der voll von jungen, gut gekleideten Mädchen war, hinritt.
»Lisette!«, rief er und winkte dem Mädchen.
Lisette stand in dem rumpelnden Wagen auf und winkte zurück.
»Erlaubt Ihr, Sieur?«, fragte Maxime mit gerötetem Gesicht.
»Nur zu«, sagte Henri lächelnd.
Maxime stieg von seinem Pferd und lief neben dem Karren her. Dann schwang er sich über den Wagenrand ins Innere. Henri beobachtete, wie Lisette ihn umhalste und auf den Mund küsste.
»Unsere Gruppe wird auf das grausamste von den Frauen dezi-

miert«, sagte Henri zu Etienne. »Ich frage mich schon, bei welchem Wagen ich Euch verlieren werde.«
De Cobère lachte auf und ritt mit Henri und Moulu, der nun zwei Pferde am Halfter führte, die marschierende Schweizer Garde entlang, deren Uniform längsseits farblich geteilt war. Die rechte Seite der Kleidung war in Gelbweiß, die linke in Rotbraun gehalten. Die Schweizer, die mit Schwert und Hellebarde bewaffnet waren, trugen rote Beinkleider und gelbe Puffärmel, während auf dem Rücken ihre Hüte herabbaumelten, ausladend mit Federbüschen in Rot, Gelb und Weiß, die ein milder Wind auffächerte und leicht zur Seite bewegte.
Sie kamen an einem prächtig geschmückten Wagen vorbei, in dem Françoise de Chateaubriant mit Diane de Poitiers, ihren Hofdamen und Kammermädchen saß. Sie trug ein kostbares, tief dekolletiertes Kleid, dessen Rock, eng tailliert, in einem mit Gold verzierten Saum abschloss, während Diane, ihrem Namen entsprechend, in ein hellbraunes Jagdkostüm gekleidet war.
»Baron d'Ardans«, rief Françoise de Chateaubriant, »kaum hatte man sich in Lyon wieder an Euch gewöhnt, seid ihr von neuem verschwunden. Ihr scheint auf unheilige Weise zwischen höfischem Dienst und dem Eremitentum hin- und hergerissen zu sein.«
»Der König war so grausam, mir Euren Anblick zu entziehen, Mesdames. Er hat mich im Dienste Frankreichs nach Italien geschickt.«
»Für diese matte Entschuldigung solltet Ihr Euch schämen«, sagte Diane de Poitiers.
»Und?«, fragte Françoise de Chateaubriant. »Seid Ihr dem Mädchen nahe gekommen, das Euch in Lyon begleitet hat?«
»Nein«, sagte Henri.
Die Gräfin lachte auf. »Wenn Ihr sehen könntet, was für ein Gesicht Ihr macht, d'Ardans. Wenn Ihr Euch nur sehen könntet!« Sie wandte sich amüsiert Etienne zu. »Und Ihr, seid Ihr nicht der kühne Fechter, der Bourbon eine Lektion erteilt hat?«
De Cobère verneigte sich aus dem Sattel heraus. »Ich hatte nur die Ehre, kurz die Klinge mit dem Herzog zu kreuzen.«
»Und hättet ihn gewiss besiegt, wenn der König den Kampf nicht unterbrochen hätte. Am Hof hat man tagelang von nichts anderem

gesprochen.« Sie winkte Etienne mit der Hand. »Kommt und erzählt uns von diesem Kampf. Wir langweilen uns schrecklich.«
Françoise de Chateaubriant gab einer ihrer Hofdamen ein Zeichen. Die Hofdame beugte sich zum Kutscher vor, sprach auf ihn ein, während der Mann nickte und den Wagen anhielt. Ein Treppchen wurde herabgelassen und Etienne, der mittlerweile vom Pferd gestiegen war, schritt elegant hinauf, küsste der Comtesse und Diane de Poitiers formvollendet die Hand und nahm neben ihnen Platz.
»Das artet tatsächlich in ein Gemetzel aus, Sieur«, sagte Moulu, der nun noch ein drittes Pferd am Halfter führte. »Die Frauen des Hofes richten ein Cannae unter uns an.«
Die schottische Garde beeindruckte durch ihre Disziplin und ihr Aussehen. Die Kavalleristen trugen weiße Umhänge, auf denen am Rücken und auf der Brust der gekrönte Salamander, das Zeichen François' I., eingestickt war. Der Saum der Kriegsröcke war mit rosa, blauen und gelben Streifen versehen, den Farben des Königs. Es waren ausnahmslos schottische Aristokraten, die in dieser Garde der Garden dienten, und die Adeligen aus den Low- und Highlands waren für ihren Hochmut, ihre Großzügigkeit und ihre Kampfeslust berühmt.
Triboulet und Marot erkannten Henri erst, als sie über den Rand der Wiese auf die Straße geritten kamen.
»Die Sonne erbleicht vor Neid«, sagte Triboulet, als er Henri erblickte. »Das Licht der Weisheit und des Verstehens ist den Unwürdigen dieser Welt wiedergegeben worden.«
»Henri«, rief Marot und umarmte ihn freundschaftlich. »Wir haben uns lange nicht mehr gesehen.«
»Seit beinahe einem Jahr, Clément.« Er wies auf Triboulet. »Mit dir hatte ich noch das Vergnügen, den Frühling in Lyon zu verbringen.«
»Es ist mir unvergesslich, wie dein Antlitz François' düsteren und erbärmlichen Hof zum Leuchten gebracht hat. Besonders in dem Augenblick, als Louise de Savoie dich ins Verließ sperren ließ.«
»Ich wusste gar nicht, dass du ein Gefangener der Königin warst«, sagte Marot überrascht.
»Es sollte ein Staatsgeheimnis bleiben. Und das war es wohl auch, so lange, bis Triboulet davon Kenntnis erhielt.«

»Was immer wenige Augenblicke nach Stattfinden des besagten Ereignisses erfolgt«, sagte Triboulet. »Vergesst nicht, dass ich der bestinformierte Mann des Hofes bin. Ich bin das flinke Auge des Königs, das zierliche Schatzkästlein seiner geheimsten Gedanken und die eisenbeschlagene Truhe, in der seine zukünftigen Handlungen verborgen sind.«

Marot lächelte. »Ich hoffe, dass Louise de Savoie dich wieder in Ehren aufgenommen hat.«

Triboulet wischte sich eine imaginäre Träne aus dem Auge. »Als d'Ardans eine Nacht bei all den widerwärtigen königlichen Ratten und Spinnen in der Unterwelt des Schlosses verbracht hatte, schmolz das gütige Herz Madames. Sie hat ihn in ihre Arme geschlossen und die Unbill des Vergangenen in den Hades des Vergessens geschleudert. D'Ardans stieg so hoch, dass ein kleiner Narr wie ich ihn mit nacktem Auge nicht mehr erkennen konnte. Er schwebte in den Himmeln der Gunst wie ein goldschimmernder Engel in Gottvaters lichten Höhen.«

»Und dir, Marot? Wie geht es dir?« Henri ritt neben ihm und legte ihm die Hand auf die Schulter.

»Ich bin den Frauen nachgestiegen, habe einige Rondeaux geschrieben, die das Wohlwollen Marguerite d'Alençons und ihres königlichen Bruders gefunden haben, und habe alles in allem und mit einigem Erfolg versucht, dem Leben seine besten Seiten abzugewinnen.«

»Trotz all der harschen Texte deines Luther?«

»Luthers Schriften sind nun in Paris verboten. Es ist schon ein Verbrechen, nur über sie zu sprechen.«

»Welch ein Unsinn, Marot. Wie will man eine Grenze zwischen christlichem Humanismus und den Thesen Luthers ziehen?«

»Man versucht jede Reform in der katholischen Kirche zu ersticken.«

Henri schüttelte den Kopf. »Das ist keine kluge Taktik der Sorbonne.«

»Wann, Henri, war die Sorbonne je klug?«

»Womit bewiesen wäre«, sagte Triboulet, »dass die illustren Professores der Universität nicht besser ausgerüstet sind, den Glauben zu schützen, als ein Türsteher des Palais des Tournelles.« Triboulet hob den Finger. »Und weshalb? Weil sich der Glaube nur durch die Kraft der eigenen Gewissheit oder gar nicht verteidigen lässt.«

Marot nickte anerkennend. »Das war eine deutliche Antwort für einen Narren.«

Triboulet lächelte ihn an. »Das war auch eine gute Frage für einen Narren.«

Marot blickte zu Henri hin. »Und du, Henri? Hast du dein Wild in Mailand erjagt?«

»Ja«, sagte Henri knapp. »Das habe ich.«

Marot sah ihn stumm und nachdenklich an. Henri wandte sich ab. Er ritt von der Straße wieder auf die Wiese und hob die Hand zum Gruß. »Wir sehen uns heute Abend in Amboise!«

Er galoppierte nun an großen Seigneurs des Hofes vorüber, alten und berühmten Namen, die von Macht, Krieg und Reichtum sprachen. Louise de Savoie ritt, klein und zierlich auf einem Damensattel sitzend, zwischen all den Größen des Königreiches, als das erscheinend, was sie auch in den Augen des Hofes und des Volkes war: als Frankreichs geheime Seele.

Ein Lächeln trat in ihr Gesicht, als sie Henri erkannte. Sie winkte ihm zu, und Henri ritt zu ihr, bis er sich auf gleicher Höhe mit ihr befand.

»Seid willkommen, d'Ardans! Es ist lange her, dass wir einander in Lyon gesehen haben.«

Henri zog seinen Hut und verneigte sich. »Ich war in Mailand, Madame.«

Louise lächelte. »Ich weiß. Aber Ihr hättet den Winter bei Hof verbringen können.«

»Ihr habt keine Aufträge für mich gehabt, Madame.«

Louise schlug mit ihrer Hand nach seiner. »Bin ich schon so alt, dass ich besondere Aufträge vergeben muss, nur um die Gesellschaft eines attraktiven Mannes zu gewinnen?«

Henri schüttelte den Kopf. »Ihr seid immer noch die schönste Frau am Hof, Madame.«

Louise lächelte von neuem. »Das ist zwar äußerst unwahrscheinlich, aber dennoch überaus schmeichelhaft, d'Ardans. Für diese Feststellung vergebe ich Euch.« Sie blickte zu ihm hoch. »Euer Auftrag in Mailand war von Erfolg gekrönt, wie ich hörte?«

»Mehr oder weniger, Madame.«
»Wart Ihr in jeder Hinsicht der Sieger, d'Ardans?«
»Nein, Madame. Nicht in jeder Hinsicht.«
»Ach«, sagte Louise de Savoie und blickte auf ihre goldbestickten Handschuhe. »Wie bedauerlich. Ich hoffe, es wird Euch nicht noch mehr schmerzen, wenn ich Euch sage, dass mein Sohn einen neuen Italienfeldzug plant.«
»Mit Mailand als Ziel?«
»Mailand und jede andere Stadt, in der es uns gelingt, das Lilienbanner aufzupflanzen.«
Henri sah sie an. »Wir sind nahe daran, den Herzog von Mailand als Verbündeten zu gewinnen, Madame.«
Louise de Savoie blickte auf die lichtgesättigte, bunte Frühlingslandschaft. »Henri, glaubt mir, noch dieses Jahr werden uns Heinrich VIII. und Karl V. angreifen. Wenn wir den Süden nicht sichern, werden wir von Italien aus aufgerollt.«
»Damit ist mein Auftrag in Mailand gescheitert. Meine Mission war umsonst.«
Louise de Savoie lächelte. »Blickt nicht so traurig drein, d'Ardans. Ihr wisst, dass jede Regierung der Welt sich stets mehrere Möglichkeiten des Handelns offen halten muss. Und wie immer gibt es in diesen Beschlüssen etwas Fließendes und Ungreifbares. Wer weiß? Vielleicht sind Eure guten Beziehungen zum Herzog von Mailand doch noch von Nutzen? Vielleicht benötigen wir Mailand in einer strategisch ungünstigen Position doch noch als Verbündeten?«
»Ihr glaubt mit Sicherheit an die Fortsetzung des Krieges?«
Louise de Savoie seufzte. »Solange mein Sohn und Karl V. leben, wird es ihn unweigerlich geben. Nur die Erschöpfung des einen oder des anderen wird uns kurzfristig Frieden verschaffen. Karl V. von Habsburg will um jeden Preis das französische Burgund besitzen und unser Königreich schwächen, wo immer er nur kann. Wir müssen diese Umklammerung durch England, das deutsche Reich und Spanien aufbrechen. Da Habsburg das Reich und Spanien beherrscht, können wir nur auf ein Ausscheiden Heinrichs VIII. aus der Allianz gegen das Haus Valois hoffen.« Sie zog die Zügel ihres Pferdes etwas fester an. »Ihr werdet deshalb in den nächsten Wo-

chen nach London reisen, d'Ardans. Ich wollte bereits nach Euch schicken lassen, um Euch darüber zu informieren.«
Henri nickte. »Ein Geheimauftrag, Madame?«
»Ihr sagt es. Ihr werdet dem König von England und seinem Kanzler Kardinal Wolsey einige unorthodoxe Vorschläge François' I. unterbreiten. Inoffiziell selbstverständlich, d'Ardans. Strikt inoffiziell. Genaueres erfahrt Ihr wie immer von Briard.«
»Ich stehe wie stets zu Euren Diensten, Madame.«
Louise lächelte ihm zu. »Das habe ich von Euch auch nicht anders erwartet, Henri.«
Sie lächelte noch, als sie ihren Blick wieder der Straße zuwandte. »Ihr werdet in London noch einen privaten Auftrag für mich erledigen. Eine meiner Hofdamen, Charlotte de Begailles, wurde in London unter Spionageverdacht verhaftet.«
»Berechtigterweise?«
Louise neigte amüsiert den Kopf. »Das Einzige, das Charlotte ausspionieren würde, ist die Schamkapsel an den Hosen eines schmucken Kavaliers, wenn Ihr mir diese unanständige Bemerkung verzeihen wollt, Henri.« Louise de Savoie schüttelte den Kopf. »Nein, ich weiß nicht, was die arme Charlotte angestellt hat, um den Verdacht der Engländer zu erregen. Vielleicht hat sie ein geheimes Dokument zur Justierung von Schiffskanonen mit dem verschlüsselten Rezept für ein extravagantes Aphrodisiakum verwechselt. Charlotte ist alles zuzutrauen. Auf jeden Fall hat sie es nicht verdient, in einem englischen Gefängnis zu enden.«
»Ist sie noch in Freiheit?«
»Man hält sie in ehrenhaftem Gewahrsam im Tower von London. Mary und Anne Boleyn haben sich für sie verbürgt.« Sie schwieg kurz. »Es ist jedenfalls ein Jammer, dass sich dieses junge Mädchen, das Ihr mir in Lyon vorgestellt habt, nicht mehr in Eurer Gesellschaft befindet. Jeanne hieß sie, nicht wahr?«
»Jeanne des Marckes, Madame.«
»Ja, ich erinnere mich jetzt. Jeanne des Marckes. Sie hätte gut zu Euch gepasst, d'Ardans.«
Henri zuckte mit den Schultern. »Sie hat mich verlassen.«
»Die berühmte, alles erklärende Aussage eines Mannes.« Sie blickte ihn an. »Ihr habt in Mailand einen Mann getötet?«

»Ich war schuld an seinem Tod, Madame.«
Louise de Savoie winkte mit der Hand ab, als wären solche Nuancen Auswüchse einer Sophisterei, die von intelligenten Männern zum Überdruss angewandt wurden, um den Frauen das Eigentliche zu verschleiern. »Es war Christianes wegen, nicht wahr?«
»Ja. Madame. Es war wegen Christiane.«
Louise de Savoie nickte. »Ich hätte Euch auch verlassen, d'Ardans. Ich hätte keinen Augenblick gezögert.«
Henri sah sie an, und Louise de Savoie lachte von neuem. »Seht jetzt nicht drein wie eine Dänische Dogge, der man den Futternapf unter der Nase weggezogen hat, Henri d'Ardans. Reitet nach vorn und begrüßt Euren König, wie es sich für einen Edelmann gehört.«
Henri verneigte sich aus dem Sattel heraus und ritt bis an die Spitze des Zuges. François I. wirkte groß und königlich wie immer und überragte seine hoch gewachsenen Begleiter um Haupteslänge.
François I. lächelte, als er Henris ansichtig wurde. »Du kommst zur rechten Zeit, d'Ardans. Reite mit mir um die Wette!«
François gab seinem Pferd die Sporen und galoppierte die Landstraße entlang.
Henri, Admiral Bonnivet und der Großseneschall René de Savoie folgten ihm dicht auf. Sie preschten über die Straße, während Bäume, Wiesen und Felder an ihnen vorbeijagten. einen Moment konnte Henri zu François aufschließen. Der König blickte ihn gut gelaunt von der Seite an und galoppierte ihm dann davon, Henri um einige Pferdelängen zurücklassend. Schließlich riss der König sein Pferd zurück, lockerte die Zügel und ließ es auslaufen. Henri schloss wieder zu ihm auf, während Bonnivet und Savoie zurückblieben und sich im Hintergrund hielten.
»Nun, d'Ardans, du bist geschlagen.«
Henri blickte voll Bewunderung auf den Hengst des Königs. »Ihr habt ein wunderbares Pferd, Sire.«
François lachte laut auf. »Bei Gott, du bist vollkommen verbauert, d'Ardans. Noch vor zwei Jahren hättest du mir strahlend erklärt, dass ich der bessere Reiter sei.«
»Der seid Ihr wahrscheinlich wirklich, Sire.«
François klopfte seinem Pferd liebevoll auf den Hals. »Zu spät,

d'Ardans. Du hast meine Gunst auf ewig und für alle Zeiten verspielt.« Er blickte freundlich zu Henri hin und grinste. »Mein Gott, lächle doch einmal, Henri. Siehst du denn nicht, welch wunderbaren Frühlingstag wir haben?«

»Ich bin noch dem Winter verhaftet, Sire.«

François I. machte eine wegwerfende Handbewegung. »Zum Teufel mit dieser düsteren und unfruchtbaren Jahreszeit, Henri. Du wirst mich nach Amboise begleiten und einige fröhliche Tage mit mir verbringen. Nach der Morgenmesse und den Staatsgeschäften, denen kein König der Welt entgehen kann, werden wir ausreiten, jagen und uns die Nächte mit Festen für die bezauberndsten Frauen des Hofes um die Ohren schlagen. Das Leben ist dazu da, um gelebt zu werden, mein Freund.«

»Dann will ich Euch nicht widersprechen, Sire.«

»Nun gut«, erwiderte François I. »Das ist zumindest ein Anfang.« Er strich seinem Hengst über die Mähne. »Dieses Pferd ist ein Geschenk des türkischen Sultans. Eine kleine Aufmerksamkeit, die mein Interesse für eine türkisch-französische Zusammenarbeit im Mittelmeer verstärken soll.«

»Es wird von manchen nicht gerne gesehen werden, wenn Ihr Euch mit den bedrohlichsten Feinden eines christlichen Europa verbündet, Sire.«

François schmunzelte. »Frankreich ist eine Frau, Henri. Es wird ein wenig mit dem Sultan kokettieren, wird sich von ihm den Hof machen lassen, aber immer vermeiden, zu ihm ins Bett zu steigen, solange es von seinem ungebetenen Freier, dem Kaiser, nicht zum Äußersten getrieben wird. Es ist nicht schlecht, Henri, sich jede Bündnismöglichkeit offen zu lassen, wenn man von England, Deutschland und Spanien zugleich bedroht wird.«

»Was meint Eure Mutter zu diesen Überlegungen?«

»Noch ist sie darüber nur mäßig entzückt. Aber sollten unsere Friedensbestrebungen mit England scheitern, wird sie sich wohl meiner Strategie anschließen.« François legte seine Hand auf die Henris. »Hast du bereits mit ihr gesprochen?«

»Ja, Sire.«

»Auch über London?«

»Auch über London, Sire.«

»Hat sie dabei den Herzog von Bourbon erwähnt?«
Henri schüttelte den Kopf. »Nein, das hat sie nicht.«
François zog seine Hand zurück. »Nehmen wir es als gutes Zeichen. Seit der Prozess gegen Bourbon läuft, scheint ihre Haltung ihm gegenüber wieder auffallend milder zu werden.«
»Seid Ihr Bourbon gegenüber noch misstrauischer als bisher geworden, Sire?«
François I. nickte. »Ich glaube nicht, dass er nach den Ereignissen von Lyon noch einmal ein unbedingter Freund der Valois werden kann. Ich traue ihm nicht. Er ist kein verlässlicher Diener des Königreiches. Und da nun der Prozess läuft, soll er ihn auch verlieren. Die Gerichte werden nicht gegen meinen Willen entscheiden.« Das Pferd des Königs bewegte unruhig den Kopf hin und her. François klopfte ihm leicht und begütigend den Hals. »Dein Auftrag in London wird von besonderer Bedeutung sein.«
»Weshalb, Sire?«
»Weil es bereits einen Beistandspakt zwischen Heinrich VIII. und den Habsburgern gibt.«
»Dann ist meine Mission sinnlos.«
»Den Teufel ist sie sinnlos«, sagte François ärgerlich. »Du musst erreichen, dass England neutral bleibt. Ich kann mir eine Front in der Picardie nicht erlauben. Ich werde in Lyon sein, um Truppen für den Italienfeldzug auszuheben.«
»Der englische Kanzler Wolsey wird keine bestehenden Verträge brechen. Und Heinrich VIII. beneidet Euch seit dem Treffen im ›Goldenen Tal‹.«
François zog heftig an den Zügeln seines Pferdes. »Du sollst mir nicht erzählen, warum es nicht gehen wird. Du sollst Wege finden, das Unmögliche möglich zu machen. Es bestehen Pläne, Frankreich zwischen England und Karl V. aufzuteilen.«
»Ihr besteht darauf, dass ich reise, Sire?«
»Ich bestehe darauf.«
»Was wird geschehen, wenn ich scheitere?«
»Dann wirst du in Ungnade fallen.«
»Die Bastille?«
»Kein schlechter Ort für Gescheiterte.«
»Es sind schon Menschen in diesem Gefängnis vergessen worden.«

»Das ist geschehen, ja.« François' Gesichtszüge glätteten sich. »Aber du wirst nicht scheitern, Henri. Ich weiß es.« Der König blickte ihn jetzt freundlich an. »Und nun lassen wir all diese Dinge. Wir reiten in den Frühling von Amboise, Henri. Wir werden aus diesen besten Jahren unseres Lebens die allervortrefflichsten machen. Wir werden der Liebe und dem Genuss frönen. Wir werden den Himmel auf die Erde holen und der Schönheit tausend frische und unverbrauchte Wirklichkeiten einhauchen. Wir werden dem Jammer der Stumpfheit und der Niedertracht der Trübsal auf ewig entsagen. Meinst du nicht auch, dass dies mein und Frankreichs Weg sein sollte?«

»Ja«, sagte Henri. »Das meine ich. Das meine ich auch, mein König.«

François lachte und trieb sein Pferd wieder zum Galopp an. Henri folgte ihm, und auch der meilenlange Zug des königlichen Hofes beschleunigte sein Tempo, obwohl jenen Namenlosen an seinem Ende zur Gänze verborgen blieb, weshalb die Reise nun noch entschiedener und schneller vonstatten ging, sie in noch größere und undurchdringlichere Wolken von Staub hüllend, die ihnen die letzte Sicht und allen Überblick über den Weg nahm, dem blind zu folgen sie zu Ehren ihres großen Königs zu jeder Zeit gezwungen und verpflichtet waren.

Jeanne des Marckes erreichte Acres du Lay im Hochsommer des Jahres 1522. Das Gut war groß, bewaldet und mit fruchtbaren Feldern gesegnet. Auf Anraten Josuas, der meinte, dass man die Pächter beeindrucken müsste, hielt sie einen durchaus pompösen Einzug. Sie mietete ein Dutzend Söldner und ritt auf einem weißen Pferd, das sie sich in Paris besorgt hatte, an der Spitze eines prächtigen Zuges, zu dem Marot noch einige elegant gekleidete Ehrenjungfrauen zweifelhaften Ursprungs beigesteuert hatte, durch das Dorf Acres du Lay zur gleichnamigen kleinen kastellartigen Burg, die auf einem Hügel nahe eines Weihers lag. Dort wurde sie mit allen Ehren von dem Verwalter des Gutes, einem jungen Mann namens Gauthier du Meillet, und den Bediensteten der Burg erwartet. Eine kleine Musikgruppe spielte ihr zu Ehren, und die Pächter, ihre Frauen, Söhne und Töchter betrachteten sie mit Neugier und

Interesse, mit jenem sonderbaren Gemisch aus ängstlicher und freudiger Erwartung, das mit einer grundlegenden Änderung der Herrschaftsverhältnisse einherzugehen pflegt, auf deren Auswirkungen niemand Einfluss hatte.

Jeanne hielt eine kurze Ansprache, die allgemein Anklang fand, und wartete, wieder auf den Rat Josuas hin, mit ihrer großen Rede bis zum nächsten Tag, einem Sonntag, wo sie nach Beendigung der Messe von ihrem erhöhten Platz an der Seite der Kirche zu den versammelten Einwohnern von Acres du Lay sprach. Sie gelobte, eine gute Gutsherrin zu sein, wenn die Pächter nicht versuchten, sie zu hintergehen. Beeinflusst von Josuas lutherischen Gemeinschaftsidealen und erschreckt von dem kränklichen, mageren Aussehen mancher ihrer Untergebenen, versprach sie, jeden einzelnen Fall auf ihren Besitztümern nach seiner Leistungsfähigkeit zu beurteilen und wirtschaftlich gesondert einzuschätzen.

Bei den Pächtern hinterließ sie einen vortrefflichen Eindruck, und ihre Bereitschaft, sich jeder Petition selbst anzunehmen, verbreitete eine Stimmung von Hoffnung. Ohne zu zögern, wandte sie sich mit Gauthier de Meillet, den sie rasch schätzen gelernt hatte, der Reorganisation des Gutes zu, die durchzuführen dem jungen Mann von Beatrice de Geberoni untersagt geblieben war.

Jeanne dachte oft an Henri d'Ardans, dachte mit Sehnsucht und mit Bitterkeit, Liebe und Enttäuschung an ihn. Er fehlte ihr, wie ein verlorener Teil ihres Wesens ihr fehlen würde, ein bizarrer Mangel, der in einem sonderbar zärtlichen Schmerz eingebettet war. Sie konnte sich nicht darüber klar werden, ob ihre Entscheidung, ihn zu verlassen, richtig oder falsch gewesen war. Aber sie wusste, dass sie sich nun auf ein Leben ohne ihn einstellen musste. Das Gut brachte Arbeit. Das Gut lenkte sie ab. Das Gut nahm ihre ganze Aufmerksamkeit in Anspruch.

Das Leben ging weiter, immerzu. Jeanne des Marckes wusste, dass sie ihre Zeit zu nutzen hatte.

Der Mann saß vor einem Feuer am Ufer der Seine und blickte zur Stadt vor ihm auf. Er war klein und kahlköpfig, ein in allen Kämpfen erfahrener Mann mit wachen, aufmerksamen und im Lichtschein leuchtenden Augen.

»Ich soll dich von Pater Peres grüßen«, sagte Henri und setzte sich gegenüber dem Mann zum Feuer. Moulu blieb hinter ihm stehen und behielt die Umgebung im Auge.
»Ein guter Mann, der mehr handelt als spricht. Ein Mann, der das Evangelium lebt.«
»Ich sehe, Macaire beschäftigt in Paris zutiefst gläubige Verbrecher.«
Der Mann zeigte ein zahnlückiges Lächeln. »Keiner von uns würde ohne die Tröstungen der Kirche sterben wollen.«
Die Feuer an den Ufern des Flusses hatten sich vermehrt. Ihr Schein erhellte die Ränder der Seine. Schiffsleute, Holzarbeiter, Flößer gaben sich ein Stelldichein. Auch Frauen waren darunter. Wäscherinnen hauptsächlich, die tagsüber hier ihre Arbeit versahen. Es war laut geworden. Lachen und Rufen erfüllten die Ufer, hallten über den Fluss, vermengten sich zu einem Abgesang an den Tag.
»Wer ist Macaire wirklich?«, fragte Henri.
»Der König der Pariser Unterwelt.«
»Das weiß ich. Ich will wissen, was für ein Mensch er ist.«
Der Mann rieb sein stoppeliges Kinn. »Der geborene Anführer. Intelligent, mutig und grausam.«
Henri beugte sich vor, dem Feuer zu. »Ist er vertrauenswürdig?«
»Ja, das ist er.«
Henri nickte. »Wie heißt du?«, fragte er dann.
»Vasco. Ich heiße Vasco, Seigneur.«
Henri blickte kurz in das Feuer. »Was hat Macaire mir zu sagen?«
Vasco sah ihn an. »Macaire hat nichts mit dem Tod Eurer Frau zu tun. Niemand von uns war in diesen Mord verwickelt.«
»Was hat Macaire über die Hintergründe in Erfahrung bringen können?«
Ein Boot wurde zum Ufer gerudert. Der Fischer zog das Boot ans Ufer und verstaute die Ruder. Er pfiff ein Liebeslied, das in Paris in diesen Tagen häufig gesungen wurde.
»Der Grund des Überfalls waren die Papiere Leonardo da Vincis. So viel steht fest, Seigneur.«
»Warum wurde meine Frau getötet?«
Vasco blickte in das Feuer und hob dann den Blick. »Sie muss einen der Mörder erkannt haben.«

Henri fühlte, wie die Muskeln seines Nackens und seiner Arme sich anspannten. »Woher weiß Macaire das?«
Vasco schüttelte den Kopf. »Er weiß es nicht. Er nimmt nur an, dass es so war.«
Henri betrachtete das Gesicht des Mannes, über das Licht und Schatten tanzten. »Er will nicht mehr darüber sagen, nicht wahr?«
Vasco verschränkte die Hände im Schoß. »Nein, Seigneur. Macaire mutmaßt nur.«
Henri sah zum Himmel auf. Der Widerschein des Lichtes in seinen Augen tanzte noch kurz über die Schwärze des nächtlichen Firmaments. Dann senkte er den Blick und sah Vasco an. »Wenn Macaire mir nicht die ganze Wahrheit sagt, werde ich ihn zu finden wissen.«
Vasco erwiderte ruhig Henris Blick. »Drohungen bringen Euch nicht weiter, Seigneur.«
»Wen könnte meine Frau erkannt haben?«
»Es muss ein Mann von Rang gewesen sein. Ein kleiner Gauner hätte kaum ihr Interesse erregt.«
Henri griff in den Holzstoß, riss ein brennendes Scheit heraus und warf es auf Vasco. Der kleine, kahlköpfige Mann sprang auf und klopfte die Glutstücke aus, die sich in seinem Wams verfangen hatten.
»Sag mir endlich die Wahrheit!«, schrie Henri.
Vasco betrachtete ihn gelassen und setzte sich dann wieder. »Ihr seid unbeherrscht, Seigneur.«
»Die Wahrheit«, sagte Henri und beugte sich vor. »Ich will endlich die Wahrheit hören, Vasco. Ich warte seit Jahren darauf, sie zu hören.«
Vasco blickte zur Seite hin. Manche der Boote hatten Lichter gesetzt und trieben den Fluss hinab, nach Süden zu, dort, wo am Stadtrand von Paris die großen Mühlen standen.
»Es war ein kaiserlicher Beauftragter, den Eure Frau erkannt hat. Der Auftrag zum Überfall kam aus dem Umfeld Karls V.«
»Wie hat Macaire das erfahren?«
»Das ist seine Sache, Seigneur.«
Henri zog seinen Umhang fester um die Schultern. »Wie hieß dieser kaiserliche Beauftragte?«

Vasco zuckte mit den Achseln. »Das weiß Macaire nicht. Aber allzu viele dürften sich allerdings zur Zeit des Treffens von Ardres nicht in Frankreich aufgehalten haben.«
»Was ist mit den beiden anderen?«
»Nun«, sagte Vasco, »einen von ihnen habt Ihr in Mailand getötet ...«
»Woher weiß Macaire das?«
Vasco lächelte. »Er weiß es eben. Macaire weiß über sehr vieles Bescheid.«
»Und der andere?«
»Dürfte auch ein Ausländer sein, Seigneur. Fremde Bravos, die von dem Beauftragten gemietet wurden.«
Ein Haufen Betrunkener torkelte singend und grölend an ihnen vorbei. Henri blickte zu Moulu hin. Der Diener nickte beruhigend. Es schien von den Betrunkenen keine Gefahr zu drohen.
»Was ist, wenn dieser Beauftragte des Kaisers anonym in Frankreich war?«
»Dann«, sagte Vasco, »dann dürfte Eure Aufgabe, ihn zu finden, schwieriger als angenommen werden.«
Henri nickte wieder. »Mehr hast du nicht zu sagen?«
Vasco schüttelte den Kopf. »Nein, Seigneur.«
Henri gab Moulu ein Zeichen. Der Diener zog eine Börse aus der Tasche und warf sie Vasco zu.
»Für dich«, sagte Henri.
Vasco stand auf. »Ich werde das Geld Pater Peres geben«, sagte er.
»So sehr schätzt du den Priester?«
»Er hat meine Tochter gerettet, als sie vom Fieber geschwächt im Sterben lag. Ich verehre ihn zutiefst.« Vasco blickte zu Henri auf, der seinerseits aufgestanden war. »Ich bin nur seinetwillen gekommen. Ich will, dass Ihr das wisst, Seigneur.« Er griff nach einem angebrannten Scheit aus dem Holzstoß des Feuers, wog es in der Hand, sah zu Henri und ließ es dann lächelnd in das Feuer zurückfallen.
»Ich bin gekommen, ein Feuer anzuzünden auf Erden«, sagte er.
»Lukas, Kapitel 12, Vers 49«, antwortete Moulu.
Vacso lächelte von neuem. »Ein sehr gebildeter Diener«, sagte er, hob die Hand zum Gruß, drehte sich um und ging das Ufer der

Seine entlang, vorbei an all den Menschen, die vergebens von der Nacht die Erlösung von den Plagen des Tages erwarteten, schritt weiter aus, bis er nur mehr ein unscheinbarer Punkt inmitten der Lagerfeuer war.

Vasco schritt durch die dunkle Straße, die vom Palais des Tournelles abzweigte, und klopfte an die Tür eines Hauses. Ein Mann öffnete ihm und ließ ihn eintreten.
»Wie ist es gegangen?«, fragte der Mann.
»Gut«, sagte Vasco. »Ich habe ihm die Wahrheit erzählt und ihn doch auf die falsche Spur gelockt.«
»Sag Macaire, dass ich zufrieden mit ihm bin.«
»Ich werde es ihm ausrichten.«
»Was wird d'Ardans nun tun?«
»Nach dem kaiserlichen Beauftragten suchen.«
Der Mann lächelte Vasco zu. »Seine Suche soll dennoch endlich ein gnädiges Ende finden. Ich habe die Schlange auf ihn angesetzt.«
Vasco zuckte mit den Schultern. »Ein zweites Mal wird er ihr wohl nicht entgehen. Obwohl es jetzt vielleicht nicht mehr vonnöten wäre.«
Der Mann schüttelte den Kopf. »Es ist immer gut, zwei Eisen im Feuer zu haben, Vasco.«
»Wie Ihr meint.«
Der Mann ging zu der Truhe, die im Vorzimmer stand, und griff nach einem bereitgelegten Beutel voll Münzen.
»Kein Geld«, sagte Vasco. »Von Euch nehme ich kein Geld.«
»So sehr verehrst du mich?«
»Ja«, sagte Vasco, »so sehr steht Ihr mir nahe.«
»Dann danke Macaire in meinem Namen.«
»Das werde ich tun«, sagte Vasco, verbeugte sich und zog die Haustür hinter sich zu. Er blickte auf die Tür zurück, als könne er noch den Hausherren in ihrem Rahmen erkennen, und spuckte angewidert auf den Boden. Dann ging er in das Dunkel der Stadt zurück.

Im März 1523 erhielt Jeanne unerwarteten Besuch. Ihr Bruder Pierre erschien in Acres du Lay. Kaum hatte er Jeanne begrüßt überschüttete er sie schon mit Vorwürfen, die Beziehung zu Henri

d'Ardans abgebrochen zu haben. Welche Aussichten hätte er jetzt noch, am französischen Hof unterzukommen? Die Verbindung zu seinem Vater war unwiderruflich zerbrochen, da er dessen tyrannisches Wesen nicht mehr ertrug. Jeanne musste erkennen, dass Pierre immer noch weit davon entfernt schien, erwachsen zu werden. Sie bot ihm an, so lange in Acres du Lay zu bleiben, bis es ihr gelänge, vielleicht über Marot, vielleicht über ihren guten, wenn auch vergangenen Kontakt zu Louise de Savoie, eine passable Position für ihn zu finden. Pierre des Marckes willigte freudig ein und trat fortan ein in den Kreis der landadeligen Gesellschaft, die begonnen hatte, die vermögende Jeanne in ihrer Mitte aufzunehmen.
Jeanne des Marckes lebte ein ruhiges Leben ohne besondere Ereignisse. Sie hatte sich in die Arbeit für das Gut vertieft, lebte in einer geruhsamen Beständigkeit, die Höhepunkte ausschloss, aber die Stetigkeit des Alltags in diesem Windrad der Zeit, an dem die Menschen bis zu ihrem Tode leiden, sicherte, schützte und bewahrte und den Augenblicken eine eigene Würde und Schönheit verlieh.
Jeanne des Marckes war nicht unglücklich. Nur manchmal dachte sie an diesen sonderbar mutigen und gequälten Mann, der ihr eine Welt der Pracht, der Macht und des Hofes gezeigt und ihr ein Leben des Bunten und Vielfältigen offenbart hatte. Jeanne verdrängte dann diese Gedanken, Sehnsüchte und Hoffnungen und verdoppelte ihre Anstrengungen, das schönste, lieblichste und gerechteste Anwesen von ganz Frankreich zu erschaffen. Jeanne des Marckes lebte. Sie lebte in Frieden und Wohlstand. Und manchmal fragte sie sich, was das Leben denn noch mehr bieten konnte.

Bernard de Briard erhob sich, als sei alles wie vor einem Jahr, als Henri den Arbeitsraum seines Pariser Hauses betrat. Das kostbare, holzgetäfelte Zimmer schien unverändert, und wie damals tanzten auch jetzt bunte Lichtreflexe über die teppichbelegten Böden.
Briard umarmte Henri und bot ihm einen Stuhl an, während er sich ihm gegenübersetzte.
»Deine Mission in Mailand war ein Erfolg, aber der König macht ihn zunichte«, sagte Briard.
»Auch Louise de Savoie ist der Meinung, dass ein Italienfeldzug unvermeidbar ist.«

Briard ging zu einem Bord und holte einen Krug Wein und zwei silberne Becher. »Der König und sie irren. Es wäre klüger, den Süden zu neutralisieren, als Krieg zu führen. Und wenn wir schon kämpfen, dann an der Seite der Italiener gegen die Schweizer und die Deutschen.« Er schenkte den Becher Henris voll. »Diese verfehlte Politik wird Frankreich noch viele Söldner und sehr viel Geld kosten.«

Henri hob den Becher und prostete Briard zu. »Hast du in dieser Sache keinen Einfluss auf den König?«

»Zu wenig, Henri. Viel zu wenig. François I. ist von Italien fasziniert. In manchen Augenblicken fürchte ich, dass er sich mehr als römischer Cäsar denn als französischer König fühlt.« Er nahm nun selbst einen Schluck von dem Wein. »Wir hatten im November keine Zeit, über private Dinge zu sprechen, da du mir im Palais des Tournelles in Gegenwart des Kanzlers Bericht erstattet hast. Ich weiß nur, dass du deinen Mann in Mailand gestellt hast.«

»Und getötet.«

»Richtig. Ich freue mich, dass es mir möglich war, dir diesen Hinweis auf das Schmuckstück geben zu können.«

Henri blickte ihn über den Rand des Bechers hinweg an. »Genau genommen hat ein Vermummter Corvo getötet.«

»Corvo?«

»Der Mörder meiner Frau.«

Briard runzelte die Stirne. »Ein Vermummter?«

»Er hat versucht, auch mich umzubringen.«

Briard setzte sich auf. »Was?«

»Irgendjemand, Bernard, war über all unsere Schritte in Mailand informiert.«

Briard blickte Henri nachdenklich an. »Und was folgerst du daraus?«

Henri zögerte. »Es könnte jemand aus meiner Begleitung gewesen sein, was ich aber mit großer Sicherheit ausschließe. Ich nehme an, dass uns kaiserliche Agenten von Paris bis nach Mailand gefolgt sind. Dass wir während der ganzen Reise unter ständiger Überwachung standen.«

Briard lehnte sich in seinem Stuhl zurück. Er faltete die Hände über seinem Wams. »Dann muss es in der Umgebung Louise de

Savoies einen Verräter geben. Denn nur sie und ihre engsten Mitarbeiter waren über die Hintergründe dieser Unternehmungen informiert.«

Henri nickte. »Ich würde dir empfehlen, dieser Sache nachzugehen.«

Briard blickte ihn verärgert an. »Du hättest mich schon im November darüber informieren müssen, Henri.«

»Damals wollte ich nur alles vergessen.«

»Das war beinahe fahrlässig von dir«, sagte Briard zornig.

Henri stellte den Becher abrupt auf dem Tisch ab. »Was soll ich jetzt tun? Mich vor dir auf den Boden werfen und um Verzeihung bitten?«

Briard winkte ab. »Beruhige dich. Wir werden ein andermal in Ruhe darüber sprechen.« Er stand auf, ging zu der Truhe, die an der Wand stand, und entnahm ihr einen Packen Papiere. »Deine Unterlagen für London. Als Erstes wirst du in England unsere guten Beziehungen zu Mary und Anne Boleyn vertiefen. Mary ist noch immer die Geliebte des Königs, und Anne ist mit Henry Percy, dem Sohn des Grafen von Northumberland, liiert. Beide Frauen besitzen großen Einfluss am Hof. Man sollte ihre Hilfe nicht unterschätzen. Kardinal Wolsey, dem Kanzler des Königs, sicherst du die unumschränkte Unterstützung Frankreichs bei der nächsten Papstwahl zu.«

»Und was haben wir Heinrich VIII. anzubieten?«

Briard lächelte jetzt. »Fünfhunderttausend Pfund Sterling, zahlbar in fünf Jahresraten, wenn er Karl V. fallen lässt.«

Henri schwieg. »Kann Frankreich diese Summe denn aufbringen?«, fragte er endlich.

Briard schenkte sich Wein nach. »Frankreich wird diese Summe aufbringen müssen. Unsere Lage ist verzweifelt, Henri. Wenn alles so geschieht, wie wir es erwarten, wird ein Zangenangriff auf Paris durchgeführt werden. Die Engländer werden über Calais angreifen und die Deutschen in der Champagne einfallen. Ganz abgesehen vom Kriegsschauplatz in Italien, wo wir unsinnigerweise eine dritte Front eröffnen.«

»Soll ich unseren Gesandten in London in die Gespräche einbeziehen?«

Briard schüttelte den Kopf. »Nein. Du sondierst nur, wie weit die Engländer bereit sind, auf diese inoffiziellen Vorschläge einzugehen. Und du wirst noch ein Angebot in der Hinterhand haben, das du aber nur einsetzt, wenn es unumgänglich ist.«
»Welches?«
»Dass Frankreich bereit ist, seine Flotte im Ärmelkanal nicht aufzurüsten. Zumindest für dieses Jahrzehnt.«
Henris Finger glitten die verzierte Oberfläche des silbernen Bechers entlang. Sie stellte ineinander verschlungene Löwen dar. »Das sind großzügige Vorschläge.«
»Wenn wir England auf Frankreichs Seite ziehen könnten, sind wir einer furchtbaren Bedrohung entkommen. Mehr noch, wir könnten Flandern und die Spanischen Niederlande bedrohen. Wir könnten endlich in die Offensive gehen. Das wäre den Preis wert.« Briard deutete auf den Stapel Dokumente. »Alles Nähere findest du in den Unterlagen.«
»Ja«, sagte Henri. Seine Finger berührten den Rand des Bechers. »Wenn es einen Informanten des Kaisers im Umfeld von Louise de Savoie gibt, ist es möglich, dass unsere Pläne schon verraten sind.«
»Nein. Nur Duprat, Madame und ich haben darüber Kenntnis. Und der König selbstverständlich.«
»Gut«, sagte Henri. »Ausgezeichnet.« Er stellte den Becher ab. »Könntest du für Giovanni Borgia etwas tun?«
Briard schlug die Beine übereinander. »Er war hier, als du in Amboise warst. Ich bin nicht sehr glücklich über ihn.«
»Seine Situation ist beinahe hoffnungslos.«
»Nun gut. Ich werde ihn dir beiordnen. Er wird als dein Begleiter nach London reisen. Die Kanzlei Louise de Savoies wird ihn besolden. Setze ihn ein, wie du glaubst.«
Henri nickte. »Ich möchte auch Etienne de Cobère und den Capitano Benvenuto Paderi mit mir nehmen. Beide haben sich in Mailand sehr bewährt.«
Briard lehnte sich wieder in dem Stuhl zurück und verschränkte die Arme über der Brust. »Wir werden für ihre Unkosten aufkommen.«
»Danke.«
»Dein Auftrag gehört zu den wichtigsten, die du je auszuführen

hattest, Henri. Frankreich braucht die Neutralität Englands. Wenn du versagst ...«

Henri winkte ab. »Der König hat mir bereits mit der Bastille gedroht.«

Biard nickte. »Ich glaube, er meint es ernst, Henri.«

Sie schwiegen beide kurz. »Diese Geschichte mit dem Vermummten gefällt mir nicht«, sagte Briard dann. »Ich ziehe es vor, dass unsere kleinen politischen Schachpartien ohne einen geheimnisvollen Dritten gespielt werden.«

»Das allein ist es nicht, das dich beunruhigt, Bernard. Ich kenne dich. Du sorgst dich um noch etwas anderes.«

Briard beugte sich vor, nah zu Henri. »Ein Mann hat versucht, dem venezianischen Gesandten eine Zeichnung Leonardo da Vincis zu verkaufen. Als der Gesandte sie behalten wollte, um sie prüfen zu lassen, ist der Mann mit der Skizze verschwunden.«

Henri fühlte, wie sein Mund trocken wurde. »Eine Zeichnung?«

»Eine Zeichnung, die Waffen und deren Einsatzmöglichkeiten zeigte.«

»Bei Gott«, sagte Henri, »bei Gott, Bernard, wenn das wahr ist ...«

»Es war von Beginn an mein Plan, dich diese Sache überprüfen zu lassen. Wenn aber ein Dritter im Spiel ist, der nicht davor zurückschreckt, zu töten, könnte es gefährlich sein.«

Henri trank hastig einen Schluck Wein. »Und wenn es mich das Leben kostet! Dieser Spur werde ich nachgehen, Bernard.«

»Es ist aber nicht sicher, ob es sich bei dieser Zeichnung um ein Blatt aus unseren Dokumenten von Leonardo da Vinci handelt.«

Henri stellte den Becher auf dem Tisch ab. »Das werde ich herausfinden.«

»Es wäre für Frankreich unerhört wichtig, diese Papiere wieder in seinem Besitz zu haben.«

»Natürlich«, sagte Henri. Er blickte kurz in das gefilterte Licht, das durch die farbigen Butzenscheiben hereinfiel. »Wie heißt dieser Gesandte?«

»Giustiniani.« Briard sah Henri an. »Wir haben einen Zuträger in seiner Umgebung. Von ihm haben wir diese Information. Pasquale Dinomestras. Er wird sich mit dir in Verbindung setzen, wenn du in London eintriffst.«

»Wann soll ich reisen?«
»Sobald du kannst.«
»Gut«, sagte Henri und stand auf. Er griff nach den Dokumenten, die auf dem Tisch lagen.
»Und ich werde inzwischen die nächste Umgebung Louise de Savoies überprüfen. Wenn es einen Informanten des Kaisers gibt, werde ich ihn finden.«
»Benachrichtige mich, wenn du Näheres weißt.«
»Das werde ich tun, Henri.« Briard legte ihm die Hand auf die Schulter. »Viel Glück.«
»Danke, Bernard.« Henri wandte sich zum Gehen.
»Das mit der Zeichnung mag natürlich nur ein Zufall sein, Henri«, rief Briard ihm nach.
»Ja«, sagte Henri und wandte sich kurz um. »Es kann natürlich nur ein Zufall sein. Alles, was mit den Leonardo-da-Vinci-Papieren zusammenhängt, mag nur ein einziger Zufall sein.«
Dann drehte er sich um und ging.

9. Kapitel

Der Bankettsaal von Whitehall Palace, aus Holz gefertigt und mit Zeltleinwand abgeteilt, hatte dreihundert Fenster und eine mit Sonnen, Wolken und Sternen bemalte Decke. Seine Dimensionen waren ebenso riesig wie die Palastanlage, die zweitausend Räume umfasste und in Dutzende von Häusern aufgeteilt war. Alles schien unvergleichlich in Whitehall Palace, und sein Herzstück, der Bankettsaal, sprengte im Besonderen ebenso alle Vergleiche wie das Ganze im Allgemeinen.

Es war ein Fest zu Ehren des Frühlings, das man gab, jetzt, da die Fastenzeit und Ostern vorüber waren. Englands Adel schien sich prächtig zu amüsieren, und als die Musik eine Volta spielte, war die riesige Tanzfläche bis auf den letzten verfügbaren Platz gefüllt. Es war ein beinahe vollendetes Fest der Farben, der eleganten Bewegung, des verführerischen Lächelns und der geheimen Intrigen, das sich in kultivierter Schönheit und geschliffenem Stil unter den mächtigen Kerzenleuchtern darstellte.

Henri d'Ardans betrachtete einen Wandgobelin, auf dem die jagende Diana mit ihrer Begleitung, den Waldnymphen, dargestellt war, als eine helle Stimme überrascht ausrief: »Henri! Henri d'Ardans!«

Henri wandte sich um und blickte in das leuchtende Gesicht von Anne Boleyn, die von einer Gruppe von Männern begleitet wurde.

Henri küsste ihre Hand. »Kaum in London angelangt, wird mir schon das Glück zuteil, die verführerischste Frau des englischen Hofes begrüßen zu dürfen.«

Anne lächelte. »Ihr habt Eure Höfischkeit wiedererlangt, d'Ardans.«

Henri musterte sie. »Ich bin einfach hingerissen von so viel Charme, Mistress.«

Anne neigte kurz mit Wohlgefallen ihren Kopf. »Ich freue mich so sehr, Euch wieder zu sehen, d'Ardans. Was macht Ihr nur in England?«

»Ein verirrtes Hoffräulein wieder finden.«

»Charlotte de Begailles?«

»Ja, Mistress.«

Anne schüttelte den Kopf. »Das wird schwierig werden, Sieur. Sie ist im Tower. Sie wird eines schweren Vergehens beschuldigt.«

»Ich werde dennoch das Unmögliche versuchen.«

Anne drehte sich zu ihrer Begleitung um. »Lasst mich Euch meine Freunde vorstellen.«

Sie wies auf einen groß gewachsenen, blonden und gut aussehenden Mann. »Das ist Sir Henry Percy, Erbe des Grafen von Northumberland und Diplomat wie Ihr.«

Henri verneigte sich, als Anne bereits auf einen mittelgroßen Mann mit dunklem Haar zeigte. »Und das ist Jacques Tribet, ein französischer Maler, den ich für den Hof entdeckt habe. Monsieur Tribet arbeitet gerade an einem Porträt von mir.«

Sie nahm den dritten Mann bei der Hand und führte ihn die zwei Schritte zu Henri. »Und dies ist Mijnheer Justus van Heyden, dem Ihr sicherlich in Lyon begegnet seid.«

Van Heyden, dachte Henri. In seinem Nacken prickelte es. Van Heyden? Konnte er nicht der kaiserliche Beauftragte sein, von dem Corvo gesprochen hatte? Er war kurz vor ihm in Mailand gewesen. Er hätte jedes nur mögliche Interesse an den Papieren Leonardo da Vincis gehabt.

»In der Tat. Mijnheer van Heyden hat in Lyon einiges Aufsehen erregt.«

»Worauf spielt Ihr an, Seigneur?«, fragte van Heyden und seine Lippen wurden schmal.

»Nur auf Eure unvergleichliche diplomatische Begabung, Mijnheer. Nur darauf.«

»Seid Ihr schon lange in London?«, fragte Percy, der die Missstimmung van Heydens bemerkt hatte.

»Erst seit zwei Tagen, Sir.«

«Seid Ihr mit dem hübschen Mädchen hier, das Ihr mir in Lyon vorgestellt habt?«, unterbrach Anne die beiden Männer.
»Nein.«
Anne Boleyn sah ihn an. In ihren Augen war ein Hauch von Mitgefühl zu erkennen. »Wie schade. Habt Ihr wenigstens Freunde mitgebracht?«
»Chevalier de Cobère, den Capitano Benvenuto Paderi, Giovanni Borgia und Moulu.«
Anne klatschte in die Hände. »Jetzt fehlt nur noch Triboulet und man könnte sich wieder wie am französischen Hof fühlen.«
»Anne hat die Zeit in Frankreich sehr genossen«, sagte Percy.
»Es war die schönste Zeit meines Lebens. Es war die Zeit meiner Jugend.«
Henri lächelte. »Sehr gealtert erscheint Ihr mir noch immer nicht, Mistress.«
»Was wollt Ihr, d'Ardans? Ich werde bereits siebzehn.«
»Dies allerdings nähert sich bedenklich der Bürde der Greisenhaftigkeit«, sagte Henri.
Anne lachte. »Einige Freundinnen von mir sind bereits verheiratet, Sieur.« Sie fasste Tribet am Arm und hängte sich bei ihm ein. »Jacques«, sagte sie, »erklärt uns endlich das Hilfsmittel, das Ihr beim Malen verwendet. Das Auftauchen Monsieur d'Ardans' hat uns aus Eurer spannenden Schilderung gerissen.«
Tribet räusperte sich kurz. Er schien nicht allzu verlegen in der Gesellschaft all dieser hochrangigen Herrschaften, die ihn umgaben. »Es ist eine Art Glastafelapparat«, sagte er dann. »Leonardo da Vinci und Dürer haben Ähnliches benutzt. Ich zeichne mittels eines Lots die Konturen und Linien meines Objekts auf eine senkrecht stehende Glasplatte nach. Das Auge wird dabei durch eine Visiereinrichtung auf den Gegenstand fixiert. Das erlaubt mir eine präzisere Darstellung, als es der freie Blick der Augen selbst ermöglichen würde. Dann übertrage ich meine Zeichnungen mit grauer Tusche auf Holztafeln. Erst jetzt arbeite ich die bemalte Oberfläche mit größter Genauigkeit aus, entwerfe alle Details, wie Einzelheiten von Farbe und Schmuck, und übertrage schließlich das beinahe fertig gestaltete Gemälde auf die Leinwand.«
»Wunderbar!«, rief Anne Boleyn.

»Beeindruckend«, sagte Sir Percy.
»Seid Ihr wirklich nur dieser Charlotte de Begailles wegen in London?«, fragte van Heyden Henri.
»Ich bin in Geschäften hier, Mijnheer«, sagte Henri knapp. »Ihr werdet mir gestatten, dass ich sie vertraulich behandle.«
»Himmel«, rief Anne und fasste Henri am Arm. »Ihr werdet mir noch über Politik zu reden beginnen, wenn ich nicht aufpasse.« Sie führte Henri außer Hörweite der Gruppe.
»Weshalb seid Ihr gekommen?«, fragte sie dann.
»Ich habe Eurem König und Kardinal Wolsey Vorschläge zu unterbreiten.«
»Gute Vorschläge?«
»Ja.«
»Das müssen sie auch sein, denn der Hof ist auf Krieg mit Frankreich eingestellt.« Sie blickte auf die Tanzenden, die in Prunk, Freude und Leichtigkeit über den Dielenboden wirbelten. »Erinnert Euch das nicht an die Feste beim ›Camp du drap d'or‹ vor drei Jahren? Dieselbe Pracht und dieselben Menschen.«
»Nur die Franzosen fehlen.«
Anne wandte sich ihm zu. »Für sie ist in England augenblicklich kein Platz.« Sie sah kurz zu der Gruppe ihrer wartenden Begleiter. »Wir dürfen sie nicht allzu lange warten lassen, sonst werden sie eifersüchtig, Sieur. Alle drei sind in mich verliebt.«
Henri lächelte. »Glückliche Anne.«
»Ich werde mit meiner Schwester Mary reden, dass der König und Wolsey Euch bald und wohlwollend empfangen. Eure Pläne sind doch mit Louise de Savoie abgesprochen?«
»Selbstverständlich, Mistress.«
»Bringt Ihr Geld für Wolsey mit?«
»Genug, um Hampton Court ein zweites Mal zu bauen.«
Anne nickte. »Das wird den Kardinal erfreuen.« Sie sah Henri an. »Dennoch wird Euer Auftrag mehr als nur schwierig sein. Wenn Ihr irgendetwas benötigt, wendet Euch sofort an mich.«
»Ich danke Euch, Mistress.«
»Ihr wart einmal der Traum meiner vierzehn Jahre, d'Ardans.«
Sie gingen zu der Gruppe der wartenden Männer zurück.
»Entschuldigt, Sirs, dass ich Euch kurz allein ließ. Aber wir muss-

ten uns den neuesten Tratsch des französischen und englischen Hofes erzählen.«

»Dafür habt Ihr sehr kurz gesprochen, Mistress«, sagte van Heyden.

»Wir haben nur die größten Skandale erwähnt. All die pikanten Einzelheiten werden Sieur d'Ardans und ich ein anderes Mal besprechen.«

Percy verbeugte sich vor Anne. »Dann müsst Ihr mir jetzt die Freude des nächsten Tanzes gewähren.«

»Mit Vergnügen, Sir Henry.«

Sie nickte allen zu und schritt am Arm Percys zur Tanzfläche.

»Wenn Ihr mich entschuldigen wollt«, sagte van Heyden zu Henri und Tribet und ging in Richtung einer der Mundschenken, den er herbeiwinkte, um sich einen Becher Wein geben zu lassen.

»Ihr seid Franzose?«, fragte Henri den Maler.

»Ja, Seigneur.«

»Und wann seid Ihr nach London gekommen?«

Der dunkelhaarige Mann antwortete in seiner gelassenen Art. »Vor etwa drei Jahren. Ich hatte das Glück, eine der Freundinnen von Mistress Boleyn porträtieren zu dürfen. Mistress Boleyn hat das Gemälde so gefallen, dass sie sich entschlossen hat, mich zu patronieren.«

Henri winkte nun seinerseits einem der Pagen und ließ sich einen Becher Ale reichen.

»Wen habt Ihr Euch als Vorbild erkoren?«

»Leonardo da Vinci. Er ist nicht nur ein wunderbarer Porträtist, sondern auch ein Genie auf dem Gebiet der Mechanik.«

Henri nahm einen Schluck. »Und Ihr beschäftigt Euch auch mit dieser Materie?«

Tribet lächelte. »In dilettierender Weise. Es fehlt mir der Erfindungsreichtum dieses Meisters.«

»Und fühlt Ihr Euch in London wohl?«

»Sehr wohl, Seigneur. Ich fühle mich hier glücklicher als in Frankreich.«

»Weshalb?«

Tribet verneigte sich leicht.« Verzeiht mir, Seigneur, aber das hat persönliche Gründe.«

»Die Liebe?«
Tribet zögerte und nickte dann. »Die Liebe, Seigneur.«
Anne Boleyn kam mit Percy von der Tanzfläche zurück. Sie wirkte erhitzt, frühlingshaft und schön. Eine Frau, die alles vor sich hatte, was Jugend und Reichtum, Stellung und Rang, einem bevorzugten Menschen am Anfang seines Daseins zuteil werden ließen. Van Heyden kehrte sofort zu ihr und ihren beiden Verehrern zurück, als er erkannt hatte, dass der Tanz mit Sir Henry beendet war.
»Ihr müsst uns nun entschuldigen, Seigneur d'Ardans«, sagte Anne, »aber ich habe einige Leute im Saal gesehen, die ich unbedingt begrüßen muss.«
Henri verneigte sich. »Es war schon eine große Ehre für mich, dass Ihr mir so viel Zeit Eurer Aufmerksamkeit gewidmet habt.« Er nickte den Männern zu. »Sir Henry, Mijnheer van Heyden, Monsieur Tribet.«
Anne schritt an der Spitze ihrer Verehrer an das andere Ende des Saales und begrüßte unter Küssen eine große rothaarige Frau, während sich die Kavaliere der beiden Gruppen höflich und distanziert zunickten.
Henri blickte auf die Tanzenden, auf die tief dekolletierten Damen mit ihren Roben, Diademen und edelsteinbesetzten Halsbändern, auf die Männer mit ihren Goldketten und farbenprächtigen Überwürfen, blickte hoch zu den schimmernden, leicht flackernden Kerzenleuchtern und dann durch das Fenster in den Hof des Bankettsaales, in dem an den Wänden befestigte Fackeln die Kronen der mächtigen Kastanienbäume in ein unruhiges, rötliches Schwarz tauchten.
Er würde in London seine Ziele erreichen, dachte Henri d'Ardans. Er würde alles erreichen, was er sich vorgenommen hatte.
Alles.

Der König von England war groß, stattlich und prächtig anzusehen. Sein Gesicht umrahmte ein rötlicher Bart. Die blauen Augen blickten amüsiert und forschend, seine Nase war gerade und von mittlerer Länge, sein kleiner Mund voll und zugleich sinnlich. Auf dem Kopf trug er ein blaues Barett mit einer silbernen Feder. Sein Wams war aus blauer, mit Gold bestickter Seide und mit prächtigen Silberbordüren abgeschlossen. Das Hemd quoll durch Schlitze aus dem Wams hervor, und der vordere Verschluss der Weste, die er über den Schultern trug, war mit goldgefassten Rubinen besetzt. Um den Hals trug er eine schwere goldene Kette, an der ein großes, mit Smaragden besetztes Medaillon hing. Heinrich VIII. war ein gut aussehender Herrscher, der von seiner Macht und Stärke wusste und dessen Intelligenz und Willenskraft von niemandem auf dieser Welt bezweifelt wurden. Der König war unverkennbar eine Persönlichkeit und eine Erscheinung, die auf das Vortrefflichste dem Bild entsprach, das sich das Volk üblicherweise von dem Glanz und dem Wesen seines Regenten macht. Ein großer König in einem aufstrebenden Land, das sich immer mehr seiner eigenen Kraft bewusst wurde.

An diesem Vormittag jedenfalls war der große Heinrich VIII. leutselig. Er genoss den prachtvollen Frühlingstag im sonnigen Park und schien bester königlicher Laune.

»Nehmen wir an, Baron d'Ardans, dass das Zentrum dieser Zielscheibe das Herz Frankreichs sei. Meint Ihr, dass ich es treffen werde?«

»Über das Herz Frankreichs könnte nur mein König Auskunft geben.«

Heinrich hob die Armbrust. »Dann wollen wir sehen, was François I. jetzt tut.«

Der Bolzen schnellte ab und blieb zitternd in der schwarzen Mitte der Zielscheibe stecken.

»Nun«, fragte der König, »was macht unser François jetzt?«

»Er sucht Englands Freundschaft«, sagte Henri d'Ardans, »wie er es immer getan hat.«

Heinrich hob die Stimme. »Seid Ihr auch der Meinung, Surrey und Suffolk, dass François stets nach meiner Geneigtheit gestrebt hat?«

Der Herzog von Surrey lachte, während der Herzog von Suffolk seine Armbrust hob, abdrückte und seinen Bolzen einige Fingerbreit neben jenen des Königs ins Schwarze jagte.

Heinrich VIII. lächelte, als er zu der Zielscheibe unter den alten Buchen des Parks von Whitehall blickte. »Frankreichs Herz leidet jetzt manche Unbill, findet Ihr nicht, d'Ardans?«

Der Herzog von Surrey lachte von neuem. »Wir wollen dafür sorgen, dass Ihr bald in Paris dem Armbrustschießen frönen könnt, Majestät.«

»Denn wie Ihr wisst, Baron d'Ardans«, sagte Heinrich VIII., »bin ich auch König von Frankreich.«

»Ihr müsst mir allerdings zubilligen, Majestät«, sagte Henri, »dass Frankreich seine englischen Könige nie anerkannt hat.«

»Nie ist ein großes Wort, Baron.« Heinrich legte die Hand auf Henris Schulter. »Seht hier den Herzog von Suffolk. Er wird die Invasionsarmee leiten, die Frankreichs Ende sein wird.«

Suffolk verbeugte sich vor dem König und Henri und legte einen neuen Bolzen in seine Armbrust.

»Ich hoffe, dass es nicht so weit kommt, Majestät«, sagte Henri.

»Dann müsste mir François schon Ungewöhnliches anbieten«, meinte Heinrich.

»Der König ist bereit, sehr weitreichende Vorschläge zu machen.«

Eine Turteltaube flatterte auf die Zielscheibe nieder und gurrte glucksend.

»Eine Friedenstaube«, meine Heinrich VIII. »Ihr scheint die Natur für Euch zu haben, Baron.«

Der Herzog von Surrey hob seine Armbrust und brachte sie in Anschlag.

»Wenn Ihr dieses Symbol der Eintracht erlegt, Henry Howard«, sagte der König, »lasse ich Euch an Händen und Füßen gebunden an Vendôme ausliefern.«

Der Herzog von Surrey grinste und ließ seine Armbrust sinken. »Ich hätte sie gerne als Symbol an unseren französischen Gast ausgefolgt.«

»Henry Howard«, sagte Heinrich. »Ihr seid kein Diplomat. Überlasst diese Dinge Kardinal Wolsey.« Der König wandte sich wieder an Henri. »Was würde Frankreich tun, wenn ich es in Frieden ließe? Es würde sich auf Flandern und die Spanischen Niederlande stürzen. England braucht aber den Handel mit einem prosperierenden Flandern. Euer König würde die englischen Webereien ruinieren, mehr noch, die englische Warenausfuhr in den Untergang ziehen.«

»Frankreich und England könnten eine Vereinbarung über Flandern treffen.«

Eine Feldmaus rannte über die Wiese. Surrey schoss seine Armbrust ab, und die Maus wurde einige Yards weit geschleudert, zuckte kurz und blieb dann, den Bolzen im Leib, unbeweglich liegen.
»Ihr seid die Geißel der Tierwelt, Surrey«, sagte der König. »Zuerst wollt Ihr eine unschuldige Taube morden und jetzt tötet Ihr eine friedfertige Maus.«
«Mir schien sie französischer Nationalität zu sein«, sagte Surrey, und Suffolk lachte laut auf.
Heinrich VIII. schmunzelte kurz. »Vereinbarungen, Baron d'Ardans, haben die Eigenschaft, nicht allzu oft eingehalten zu werden. Frankreich müsste etwas Substanzielleres bieten. Eine Einschränkung seiner Ärmelkanalflotte zum Beispiel.«
»Das ist viel verlangt, Sire.«
»England aus dem Bündnis mit Karl V. herauszulösen, ist eine noch größere Forderung.«
Wie durch Zufall tauchten Anne und Mary Boleyn auf dem Weg, der nach Whitehall führte, auf. Henri blickte ihnen zufrieden entgegen. Auf Anne war Verlass. Die Erinnerungen an die Jugendzeit in Frankreich wirkte noch nach.
»Ladys«, rief Heinrich, »seid uns hochwillkommen.«
Anne und Mary knicksten vor dem König und den Herzögen.
»Wollt Ihr einen Meisterschuss sehen, Ladys?«
»Mit dem größten Vergnügen, Majestät«, sagte Mary Boleyn.
Der König riss seine Armbrust empor. Man hatte nicht den Eindruck, dass er zielte. Aber der abgeschossene Bolzen bohrte sich zwischen den beiden anderen in das Schwarze der Zielscheibe.
Der Herzog von Surrey schrie vor Begeisterung auf, während Suffolk, Henri und die beiden Frauen applaudierten.
»Wahrlich ein unübertrefflicher Schuss, Majestät«, sagte Mary Boleyn.
»Ein Wunder an Können«, sekundierte ihr Anne.
Heinrich wandte sich Henri zu. »Das ist englische Zielstrebigkeit«, sagte Heinrich VIII. »Ihr Franzosen lasst die Dinge zu sehr treiben und gebt Euch mit Zweitrangigem zufrieden.«
»Wie meint Ihr das?«, fragte Henri.
Heinrich schüttelte ungehalten den Kopf. »Euer Adel ist viel zu

unabhängig, viel zu leicht bereit, in Gegnerschaft zum Königtum zu verfallen. Ich erinnere mich in Ardres an einen, den ich für seinen Hochmut sofort hingerichtet hätte.«

»Wen meinen Eure Majestät?«

»Den Herzog von Bourbon. Würde Suffolk sich mir mit dieser Arroganz nähern, wäre er um einen Kopf kürzer. Und das weiß mein guter Henry Grey.«

»Und ob er es weiß«, sagte Suffolk freundlich.

Heinrich VIII. hob die Hände. »Und dann die Lauheit, mit der Ihr Franzosen gegen die lutherische Ketzerei vorgeht. Selbst die Schwester Eures Königs sympathisiert mit diesem Unglauben. Ich würde niemals erlauben, dass in England solche Verirrungen Fuß fassen. Ihr wisst, welchen Titel mir seine Heiligkeit der Papst verliehen hat?«

»Defensor fidei.«

Heinrich nickte. »Und das bin ich auch: Ein Verteidiger des einzigen, ewigen und katholischen Glaubens. Niemals würde ich dulden, dass ein Mitglied meiner Familie sich mit einer irrigen, spekulativen Theologie abgibt, wie es Marguerite d'Alençon ohne Scheu tut.«

»Dennoch, Majestät, ist Frankreich ein wunderbares Land«, warf Anne Boleyn ein. »Ein Land, das mit England, im Gegensatz zum Deutschen Reich, eine gemeinsame Geschichte hat.«

Heinrich lächelte. »Ihr seid in die französische Mode verliebt, Mistress Boleyn. Nicht in das Land.«

Anne knickste wieder. »Ich muss Euch widersprechen, Majestät. Frankreich wäre ein natürlicher Verbündeter Englands. Denkt nur daran, welche Verheerungen der Hundertjährige Krieg in England und in Frankreich angerichtet hat.«

»Ihr habt hier eine eifrige Fürsprecherin, Baron d'Ardans«, sagte Heinrich VIII. »Auch Mary Boleyn erzählt mir ständig von ihrem Abscheu vor Karl V.«

»Er ist auch zu hässlich«, sagte Mary. »Sein furchtbarer Unterkiefer, der einem Hammer ähnelt. Ein Mann, der so verbaut ist, dass er nicht mehr durch die Nase, sondern nur mehr durch den Mund atmen kann.«

»Das Aussehen des Kaisers sollte nicht das Entscheidende für die

Beurteilung von Englands Verbündeten sein«, meinte Suffolk ärgerlich.
Anne blickte wie verwirrt zu dem Herzog. »Es war immer Englands Politik, ein Gleichgewicht auf dem Kontinent zu schaffen. Wenn aber Frankreich von Karl V. überwältigt wird, kennt Europa denn nicht nur mehr einen, nämlich den habsburgischen Herrscher?«
Heinrich VIII. brüllte vor Lachen auf. »Was werdet Ihr denn jetzt entgegnen, Suffolk? Nun hat sie Euch wahrlich in die Ecke getrieben wie die Katze die Maus!«
Suffolk blickte freundlich. »England wird selbst eine Kontinentalmacht sein, wenn Ihr den Thron François' I. einnehmt, Majestät.«
Mary Boleyn zeigte auf Suffolk. »Ihr meint wirklich, dass Karl V. eine Thronbesteigung unseres großen Königs erlauben würde? England müsste dann erst recht Krieg gegen Spanien, Italien und das Reich führen.«
»Die Franzosen haben einige gute Generäle, aber keinen langen Atem«, sagte Surrey. »Das sieht man in Italien.«
»Nun«, sagte Heinrich VIII. zu Henri. »Was meint Ihr zu dem allen?«
»Dass Frankreich wie auch England Frieden brauchen.«
Der König von England warf seine Armbrust in das Gras. »In zwei Wochen gibt Kardinal Wolsey einen Empfang mir zu Ehren in Hampton Court. Ihr werdet dort erscheinen, Baron d'Ardans, und Euer Anliegen mir und dem Kanzler vortragen.«
Henri verneigte sich. »Ich danke Eurer Majestät.«
Heinrich nickte und bot Mary Boleyn seinen Arm. »Ich habe ein neues Lied geschrieben, Mylady. Wollt Ihr es hören?«
»Mit größter Begeisterung, Majestät.«
Heinrich und Mary schlenderten den Weg, der nach Whitehall Palace führte, entlang, während Suffolk und Surrey sich abwandten und ein Gespräch begannen. Henri blinzelte Anne kaum merklich zu, bevor die junge Frau sich lächelnd umdrehte und ihrem König in gebührender und ehrerbietiger Distanz folgte.

Etienne war den ganzen Weg von Whitehall Palace bis zum Tower geritten. Er hatte London durchquert und war angetan von dieser

Stadt mit ihren Fachwerkhäusern und strohgedeckten Katen, mit ihren alten, schattigen Kirchen und blumengeschmückten Gärten. Natürlich gab es auch Armut, wie in den Elendsvierteln hinter Westminster Hall, und der Ruß der Kohlen hatte die meisten Häuser dunkel gefärbt, die sich oft so nahe gegenüberstanden, dass sie kaum noch Tageslicht in die schmalen Gassen fallen ließen. Aber wenn man die Themse und die Boote und Schiffe auf ihr sah, spürte man die Weite des Meeres und den Duft ferner Kontinente. London war kleiner als Paris, schien aber verbundener mit der Weitläufigkeit und den Besonderheiten dieser Welt als die große, kontinentale Metropole an der Seine.

Der Tower war eindrucksvoll in seiner massigen Größe. Er war im Inneren durch zahllose Anbauten vergrößert worden, um der immer größeren Anzahl von Bewohnern Quartier und Obdach zu bieten. Eine kleine Armee von Arbeitern und Dienern, Wäscherinnen, Köchen, Küchenjungen, Maurern, Schreinern und Ziegelarbeitern bewohnte ihn ebenso wie die aus Adeligen bestehende königliche Leibgarde. Im Tower waren auch die Münzanstalt und der königliche Zoo untergebracht, während seine Waffengießereien am Kai lagen und die Raben ihn als ihre angestammte Heimat betrachteten.

Es waren meist Höflinge und Gentlemen, die im Tower gefangen gehalten wurden. Wie die Bastille war sie ein Gefängnis des Adels. Auch Charlotte de Begailles war ob ihrer Stellung am französischen Hof ein Zimmer im Bell Tower zugewiesen worden.

Der Tower war eine mit einer Doppelmauer umgebene Festung, mit einer ganzen Reihe von Türmen und Verteidigungsanlagen, von denen die älteste, der White Tower, umgeben von uralten Bäumen, im Zentrum der Befestigung lag. Etienne hatte von der Legende gehört, dass London und die Monarchie fallen würden, wenn die Raben aus dem Tower wegflögen. Also fütterte man sie, so gut es nur möglich war, zum Ruhm und zur größeren Ehre des englischen Königtums und stutzte ihnen mit Absicht die Flügel, um jener unglücklichen Prophezeiung im Vorhinein den Stachel zu nehmen.

Vom Middle Tower, an dem er seinen Passierschein vorzeigen musste, ritt Etienne zum Byward Tower, an dem ihn ein Beefeater in Empfang nahm. Der Hellebardier führte ihn durch den Bloody Tower in das Innere der Wehranlage, das von der zweiten Mauer umgeben war. Von dort gingen sie einen schattigen Weg an Fachwerkhäusern vorbei zum Bell Tower, wo ein Gefängniswärter Etienne über eine Wendeltreppe in den ersten Stock führte.

Die Zelle Charlotte de Begailles war durchaus geräumig. Ein Bett stand an der Wand, die der Gefängnistür gegenüberlag, und eine Holzbank befand sich unter dem kleinen, vergitterten Fenster. Ein kleiner Tisch mit dazugehörigem Stuhl komplettierten die Einrichtung.

Charlotte stand auf, als die Tür aufgesperrt wurde und Etienne die Zelle betrat. Er verneigte sich mit der ihm eigenen Eleganz.

»Chevalier Etienne de Cobère, zu Ihren Diensten, Mademoiselle.«

»Mein Gott«, rief Charlotte, als sie in seine Arme stürzte, »endlich ein Franzose.«

De Cobère umfing verblüfft und überrascht die Frau und sah in das bezauberndste Gesicht, das er je erblickt hatte. Charlotte de Begailles hatte blonde Locken, große braune Augen und volle, sinnliche Lippen. Der Ausdruck ihres Antlitzes schien frei von jeder Berechnung und von einer solch unschuldigen, zauberhaften Naivität geprägt, dass Etienne sein Herz schneller schlagen fühlte, als er die schlanke, wohlgeformte Frau in seinen Armen hielt.

»Ich bin entzückt über diese Begrüßung, Mademoiselle«, sagte er.

Charlotte de Begailles löste sich von ihm und sah ihn mit ihrem kindlichen Ernst an. »Ihr könnt Euch kaum vorstellen, was diese wenigen Worte in meiner Muttersprache bei mir ausgelöst haben.«

»Freude?«, schlug Etienne vor.

»Und Glück«, sagte Charlotte de Begailles und nahm züchtig auf der Bank Platz. Etienne ergriff den Stuhl, hob ihn zu sich und setzte sich vor Charlotte nieder.

»Ich bin von Baron d'Ardans, der zur Zeit Gast des Königs von England ist, beauftragt, mich um Eure Angelegenheiten zu kümmern, Mademoiselle.«

»Das ist wunderbar«, sagte Charlotte de Begailles und schenkte ihm einen Blick aus ihren Augen, die Etienne die schönsten der Welt dünkten. »Es ist feucht und ungemütlich hier, Chevalier. Und das Essen ist eine Katastrophe.«

»Ja?«
»Ja, Chevalier. Habt Ihr einmal in Eurem Leben wochenlang gekochtes Gemüse in Pfefferminzsauce essen müssen? Das ist …«
»Eine Folter.«
Charlotte nickte. Sogar ihr Nicken wirkte auf Etienne unschuldig und reizend. »Eine der Menschenwürde unangebrachte Tortur.« Sie strahlte, als sie diesen komplizierten Satz zu Ende gesagt hatte.
Etienne betrachtete sie mit Wohlgefallen und fragte dann: »Ihr seid wegen Spionageverdachts hier untergebracht, Mademoiselle?«
»Nein. Wegen Mordverdachts.«
Etienne blickte sie verblüfft an. »Aber mir wurde gesagt …«
Charlotte unterbrach ihn mit einer zarten, schwingenden Handbewegung. »Die Idee mit diesem lächerlichen Spionageverdacht hatte Mary Boleyn. Sie meinte, nur mit einer politisch begründeten Anklage könnte ich im Tower untergebracht werden und nur so könne mir die Haft in einem dieser entsetzlichen Gefängnisse wie Newgate und Marshalsea erspart bleiben.«
»Ja«, sagte Etienne, »das sind furchtbare Verliese.«
»Ich bin überzeugt, meine Frisur hätte dort gelitten.«
Etienne kam nicht umhin zuzustimmen. »Das wäre in der Tat so gewesen, Mademoiselle.« Er schlug die Beine übereinander. »Dann erzählt mir jetzt davon, wie Ihr als wohlerzogene Französin versucht habt, einen Untertan Heinrich VIII. zu ermorden.«
»Aber ich habe niemanden zu ermorden versucht!«, sagte Charlotte de Begailles empört.
»Nein?«
»Nein«, sagte Charlotte bestimmt.
Etienne schien kurz nachzudenken. »Dann wollen wir damit beginnen, dass Ihr mir die Abfolge der Ereignisse erzählt, die Euch hierher geführt haben.«
Charlotte strahlte auf. »Das kann ich.«
»Ja?«
»Ja«, sagte Charlotte glücklich.
Etienne blickte sie an. »Vortrefflich, Mademoiselle. Dann erzählt.«
»Ich habe Tom in Paris kennen gelernt«, begann Charlotte ein wenig atemlos.
»Wer ist Tom?«, unterbrach Etienne sie geduldig.

»Sir Thomas Perk, Geschützmeister seiner Hoheit, König Heinrich VIII. von England. Ein wunderschöner Mann, Chevalier ...«
»Schöner als ich?«
Charlotte betrachtete Etienne ausgiebig und eindringlich. »Anders, Chevalier. Von anderem Reiz.«
»Ach«, sagte Etienne und stützte das Kinn in die Hand. »Und Ihr habt Euch in Sir Tom verliebt?«
Charlotte seufzte. »Unsterblich. Ich hätte alles getan, um an seiner Seite zu sein. Er hat mir den Himmel auf Erden versprochen.«
»Gut«, meinte Etienne. »Und was habt Ihr getan?«
»Ich bin ihm Hals über Kopf nach England gefolgt.«
»Nun«, sagte Etienne, »das ist noch kein Verbrechen.«
»Seht Ihr«, rief Charlotte eindringlich, »seht Ihr!«
»Aber was war dann?«
Eine Amsel hatte sich vor dem Zellenfenster niedergelassen und stimmte ihr ausdrucksvolles, dem Frühling und der Fruchtbarkeit gewidmetes Lied an.
»Das ist Louise«, sagte Charlotte glücklich und drehte sich um.
»Louise?«
»Die Amsel.« Sie stand auf und warf ihr Brotkrumen als Futter zu. »Ich habe sie zu Ehren der Königinmutter Louise getauft.«
»Louise de Savoie wird entzückt darüber sein. Besonders wenn sie hört, dass Ihr ein Männchen nach ihr benannt habt.«
Charlotte blickte ihn irritiert an. »Das ist ein Männchen?«
»Ja, Mademoiselle. Die mit dem gelben Schnabel sind die Männchen.«
Charlotte blickte einen Augenblick nachdenklich vor sich hin. »Glaubt Ihr, es würde den König freuen, wenn ich ihn François nenne?«
»Seine Majestät wird es Euch nie vergessen.« Etienne stand auf und trat zu Charlotte. Die Amsel, irritiert und erschreckt, flog vom Sims zum Himmel auf.
»Ihr habt François Angst eingejagt«, sagte Charlotte vorwurfsvoll. »Seht Ihr, welche Macht mir innewohnt? Selbst ein Karl V. kann das nicht von sich behaupten.«
Charlotte setzte sich wieder, und Etienne ging zu seinem Sessel zurück.

»Ihr seid also in aller Verliebtheit Sir Tom Perk nach England gefolgt?«, sagte de Cobère. »Und was geschah dann?«

»Seine Frau mochte mich nicht.«

Etienne schwieg kurz. »Euer Liebhaber war also verheiratet?«, fragte er dann.

Charlotte nickte bestätigend. Eine Locke löste sich und fiel ihr über die Stirne. Sie strich sie mit einer engelsgleichen Bewegung zurück. »Das hatte er mir aber in Paris verschwiegen. Und in Whitehall hat er seine Zeit zwischen uns beiden aufgeteilt.«

»Gerecht?«

Charlotte blickte unsicher zu Etienne. »Wahrscheinlich. Aber seine Frau wollte ihn ganz für sich haben.«

»Das ist verständlich, Mademoiselle.«

»Durchaus, durchaus. Nur hatte ich in England kein eigenes Geld mehr. Ich war von Sir Tom abhängig.«

Etienne schüttelte abschätzig seinen Kopf. »Dieser Herr war kein Gentleman.«

Charlotte blickte wehmütig zum vergitterten Fenster. »Das weiß ich jetzt auch, Chevalier. Aber im Rausch der ersten Liebe …« Eine Träne rann tautropfengleich über ihre zartrosenfarbene Wange.

»Ich verstehe Euch, Mademoiselle.«

Charlottes Gesichtsausdruck schwankte zwischen Weinen und Lachen. »Ja?«

»Ja.«

Charlotte seufzte erneut. »Und dann bekam seine Frau diese hässlichen Vergiftungssymptome …«

»Ernsterer Art?«

Charlotte nickte. »Sehr ernster Art. Sie beschuldigte mich, sie ermorden zu wollen.«

»Auf welchen Verdacht hin?«

»Ein Fläschchen französischen Likörs, das ich aus Paris mitgebracht hatte, wurde mit Belladonna versetzt in ihrem Schlafzimmer gefunden.«

»Und Ihr habt Sir Toms Frau dieses Fläschchen nicht versehentlich zukommen lassen?«

Ein verwunderter Blick aus großen, sanften Augen traf Etienne. »Niemals, Chevalier. Niemals. Man hatte es mir gestohlen.«

»Wer hätte die Möglichkeit dazu gehabt?«

»Fast jeder. Wie Ihr vielleicht wisst, sind die Zimmer in Whitehall beinahe nie verschlossen.«

Etienne, der wieder die Beine übereinander geschlagen hatte, betrachtete kurz seine auf und ab wippenden Stiefel. »Und wen verdächtigt Ihr?«

Ein beinahe schmollender Ausdruck trat auf Charlottes Gesicht. »Ich habe angestrengt alle Möglichkeiten durchgedacht. Ich bin auf niemanden gekommen.«

Etienne sah sie an. »Habt Ihr denn gar keine Idee, wer der Täter sein könnte?«

Charlotte schenkte ihm neuerlich einen scheuen Blick aus ihren großen braunen Augen. »Wer in meiner Umgebung könnte wohl so verderbt sein, Chevalier, eine derart verruchte Tat zu begehen?«

Etienne blickte zu dem Fenster hoch. François ließ sich nicht mehr blicken. »Ja, wer wohl?« Dann sah er zu dieser hinreißenden Frau hin. Niemals war ihm ein ähnliches Geschöpf begegnet. Etienne gab sich einen Ruck und stand auf. »Ich werde alles tun, um Euch zu entlasten, Mademoiselle.«

Charlotte de Begailles erhob sich gleichfalls. »Ich danke Euch, Chevalier.«

»Hoffen wir, dass Ihr bald einen echten Grund dazu haben werdet.«

»Chevalier?«, fragte Charlotte zögernd.

»Ja?«

Charlotte de Begailles errötete. »Darf ich Euch küssen?«

Etienne straffte seinen Körper. »Es wird mir Freude und Genuss in einem sein, Mademoiselle.«

Charlotte stellte sich auf die Zehenspitzen und hauchte einen Kuss auf seine Wange. Dem Chevalier war es, als hätte ein Taubenküken seine Haut gestreift.

»Vergesst mich nicht, Chevalier.«

»Das werde ich mit Sicherheit nicht tun, Mademoiselle.«

Etienne de Cobère verneigte sich, zog seinen Hut und verließ, auf daunenweichen Wolken schwebend, die Zelle, den Turm und den ganzen großen Tower von London.

Der kleine, beinahe leere Raum, den Henri betrat, gehörte zum Kern des alten Palastes, den noch der Bischof von York bewohnt hatte, bevor Whitehall in den Besitz des Königs kam. Die einzigen Einrichtungsgegenstände waren ein Stapel Bücher und ein Sessel, in dem jetzt ein Mann in den besten Jahren mit dunklem, wirrem Haar saß. Der Mann sprang auf, als er Henri erblickte.
»Seigneur d'Ardans?«, fragte er mit rauer Stimme.
Henri nickte. Er warf seinen Hut auf den Stapel Bücher. »Signore Pasquale Dinomestras?«
Der Mann mit dem wirren Haar verneigte sich. »Zu Euren Diensten.« Sein Französisch war hart und abgehackt.
Henri blickte ihn an. »Ihr seid der zweite Sekretär des venezianischen Gesandten Giustiniani?«
Der Mann neigte den Kopf. »So ist es, Seigneur.«
Henri blickte sich in dem kleinen, fensterlosen Raum um. »Sind wir hier unbelauscht?«
»Vollkommen, Seigneur. Das ist meine private Studierstube, die ich mit Erlaubnis des Gesandten benützen darf.«
Das Licht der Kerzen, die auf große Kandelaber gesetzt waren, leuchtete über den Schultern Dinomestras hervor. Flackernde Schatten zogen an der Wand zur Decke empor.
»Ich habe großes Interesse an dem Mann, der Eurem Gesandten ein Papier aus dem Nachlass Leonardo da Vincis anbieten wollte.«
»Ich werde Euch in allen Fragen behilflich sein, Seigneur.«
Henri blickte zu Dinomestras hin. »Wie sah der Mann aus?«
»Klein und verwachsen.«
»Verwachsen?«
Dinomestras zuckte mit den Schultern. »Er hatte einen Buckel, Seigneur.«
Henri blickte kurz in das Licht der Kerzen. »Er war nicht unbedingt das, was man sich unter einem Bravo vorstellt?«
»Das war er nicht, Seigneur.«
»Beschreibt sein Gesicht.«
»Kleine, schmale Augen, eine gerade Nase, schmale Lippen. Seine Haare waren dunkel.«
Henri nickte. »Ist Euch sonst noch etwas aufgefallen?«

Der Mann mit dem wirren Haar machte eine abschätzige Handbewegung. »Er wirkte wie der geborene Verlierer. Ein Niemand, Seigneur.«
»Seid Ihr sicher?«
»Ganz sicher, Seigneur«, sagte Dinomestras mit seiner rauen Stimme.
»Glaubt Ihr, dass das Papier, das er Giustiniani angeboten hat, echt war?«
»Das weiß ich nicht, Seigneur. Aber ich glaube es nicht.«
»Warum?«
»Der Mann sah nicht so aus, als besitze er wertvolle Unterlagen oder Gegenstände.«
Henri schwieg kurz. »Was wollte er für das Dokument haben?«
»Hundert Goldsoldi.«
»Hundert Goldsoldi?«
Dinomestras sah Henri von der Seite an. »Er behauptete, die skizzierte Waffe würde das gesamte Kriegswesen umstürzen und eine Umwälzung der militärischen Kräfte bewirken, wie die Welt sie bislang noch nicht erlebt habe.«
»Und Euer Gesandter war nicht interessiert?«
Dinomestras schüttelte den Kopf. »Er hielt den Mann, so wie ich, für einen Schwindler.«
»Wie nannte er sich?«
»John Smith«, sagte Dinomestras und lachte ein lautes, kehliges Lachen.
»Anderswo in Whitehall seid Ihr ihm nie begegnet?«
»Nein.«
Henri sah Dinomestras an. »Ihr kennt London besser als ich. Wo würdet Ihr nach ihm suchen?«
»In den Kreisen der berufsmäßigen Fälscher«, sagte der Mann mit dem wirren Haar. »Dort würde ich nach ihm Ausschau halten. Es gibt einige Schenken, in denen Ihr nach ihm fragen könnt. Aber Ihr dürft dort nicht allein hingehen, Seigneur. Es könnte gefährlich sein.«
»Ich habe zwei sehr gute Männer, die dies für mich erledigen können.«
»Umso besser, Seigneur. Umso besser.«

Henri schwieg kurz. »Ich danke Euch, Signore. Ihr habt mir sehr geholfen.« Er wandte sich um.
»Verzeiht«, sagte Dinomestras in seinem harten Französisch.
»Ja?«, fragte Henri, als er sich zu ihm umdrehte.
»Euer Augenmerk, das Ihr diesen Papieren zuwendet … Bedeutet dies ein echtes Interesse des französischen Hofes an den Papieren Leonardos?«
Henris Augen wurden zu schmalen Schlitzen. »Diese Papiere sollen mich zu dem Mörder meiner Frau führen.«
Dinomestras nickte. »Ich verstehe, Seigneur. Eine Blutrache.«
Henri blickte ihn schweigend an. »Ja«, sagte er dann. »Das ist es vielleicht wirklich geworden. Eine Blutrache.«

Im Fechtsaal von Whitehall erklangen die Degen und Rapiere, wenn sie hart aufeinander schlugen und die Kämpfenden, die nur mit Hemd und Hose bekleidet waren, stießen Rufe der Freude oder der Enttäuschung aus, wenn sie trafen oder getroffen wurden.
Sir Henry Percy hatte Henri, Etienne, Borgia und den Maler Jacques Tribet hierher geführt und kümmerte sich darum, dass sie die passenden Übungsdegen bekamen, während seine Gäste sich an der Seite des Saales ihrer Wämser entledigten.
Henri bemerkte, wie Etienne sich suchend umblickte. »Kennt Ihr hier jemanden?«, fragte er.
»Ich halte nach einem Sir Thomas Perk Ausschau, Henri.«
»Ein Freund von Euch?«
»Ein Mensch, der mich mit Sicherheit nie vergessen wird, Henri.«
Henry Percy brachte ihnen die Waffen und forderte einige der wartenden englischen Degenkämpfer auf, gegen seine Freunde anzutreten. Borgia begann als Erster und schlug sich gegen einen schlanken, hoch gewachsenen Engländer nicht allzu schlecht. Alle waren sich einig, dass dieser Übungskampf als Unentschieden zu werten war. Dann kämpfte Henry Percy mit Jacques Tribet. Diese Auseinandersetzung stand auf hohem Niveau. Besonders beeindruckten Henri die ausgefeilten Finten, über die der Franzose verfügte.
»Für einen Maler kämpft Ihr hervorragend«, sagte Henri zu Tribet, der sich nach seinem Kampf das Gesicht mit einem Handtuch abwischte.

»Ich hatte in Paris einen ausgezeichneten Lehrer, Alessandro Vernaggio. Ein Fechtmeister, der die italienische Schule unterrichtete.«
Henri betrachtete ihn aufmerksam. »Und was hat Euch als Künstler dazu gebracht, sich derart gut als Fechter ausbilden zu lassen?«
Tribet lächelte. »Die Unberechenbarkeiten des Lebens, Sieur. Die Tatsache, dass es keine Sicherheit in dieser auf Treibsand gebauten Welt gibt. Die Tatsache, dass wir alle nur Schatten sind, die aus der Ewigkeit in die Zeit geschleudert wurden.«
»Ihr seid ein recht poetischer Maler.«
Tribets Lächeln verstärkte sich. »Ich bin ein überaus poetischer Mensch.«
Er wird mir meine Geliebte nehmen, dachte Tribet. Wenn ich nicht aufpasse, wird Henri d'Ardans sie mir stehlen. Er meint, ältere Rechte auf sie zu haben. Er meint, dass sie ihm gehört. Ich muss wachsam sein. Wachsam.
Auf die Bitte Etiennes hin bat Henry Percy Sir Thomas Perk gegen de Cobère anzutreten. Der breitschultrige, gut aussehende Engländer stimmte zu, verbeugte sich höflich, griff nach seinem Degen und war nach zwei Finten von Etienne entwaffnet. Mit einem verblüfften Gesichtsausdruck betrachtete er seine rechte Hand, aus der der Degen geschleudert worden war. Die Kämpfe um sie herum hörten einer nach dem anderen, wie auf ein geheimes Signal hin, auf. Alle Degenfechter betrachteten mit Überraschung, Erstaunen und Befremden de Cobère, der lässig in die Runde blickte und dabei Sir Thomas Perk nicht aus den Augen ließ.
»Es wäre mir eine große Ehre, gegen drei von den Gentlemen auf einmal antreten zu dürfen«, sagte Etienne schließlich mit dem arrogantesten Gesichtsausdruck, zu dem er fähig war.
»Seid Ihr verrückt?«, flüsterte ihm Henri zu.
Etienne lächelte ihn an und zuckte, wie um Verzeihung bittend, mit den Schultern. »Es geht hier einzig um die Macht der Liebe, Henri.«
Ein Raunen ging durch den Fechtsaal und einige laute, höhnische Rufe ertönten. Schließlich traten schweigend drei Fechter vor und präsentierten ihren Degen.
Henri musste gestehen, dass er einen solchen Kampf noch nie ge-

sehen hatte. Etienne tanzte förmlich mit dem Degen in der Hand, wirbelte herum, duckte sich, sprang auf, drehte sich zur Seite, umkreiste, krümmte sich, glitt wie eine Schlange durch die Reihe seiner Gegner, schwenkte artistisch mit der Waffe nach außen und stieß mit dem Degen unentwegt vor und zurück. Es gelang ihm, einen seiner Gegner zu entwaffnen, und obwohl er eine Reihe von Treffern hatte einstecken müssen, hatte er zumindest ebenso viele ausgeteilt. Als er auch dem zweiten der Fechter seine Waffe aus der Hand schlug, erklangen laute Beifallsrufe, und als er schließlich, die Waffe des letzten Engländers auf seiner Brust, seinen Degen als Zeichen der Niederlage zu Boden warf, dröhnte ein mächtiger Applaus durch die ehrwürdige Fechthalle von Whitehall. Die beiden Engländer, die er entwaffnet hatte, hoben ihn auf ihre Schultern und trugen ihn im Triumphzug durch den Saal.

Henri verspürte einen Hauch von Neid, als er den lächelnden Etienne inmitten des allgemeinen Beifalls sah. Dieses jugendliche Selbstvertrauen hatte er auch einmal besessen. Damals. Damals, vor Ardres.

»Es scheint«, sagte Sir Henry Percy zu Henri, »als wäre es nicht angezeigt, sich allzu sehr mit den Offizieren des Königs von Frankreich auf einen Kampf einzulassen.«

«Etienne de Cobère ist auch für Franzosen gefährlich. Der Herzog von Bourbon kann ein Lied davon singen.«

Als Etienne wieder bei Henri angelangt war, lächelte er ebenso freudig wie schuldbewusst.

»Ich habe noch nie einen Mann so kämpfen sehen«, sagte Henri, der de Cobère zur Seite nahm. »Wenn ich allerdings Euer Oberkommandierender im Feld wäre, würde ich Euch für diese Tolldreistigkeit hängen lassen.«

»Es ist alles gut gegangen, Henri«, beschwichtigte Etienne.

»Vielleicht. Aber was wäre gewesen, wenn Ihr Euch blamiert, oder noch schlimmer, die Engländer erbost hättet? Ihr vertretet hier Frankreich, de Cobère, und Ihr solltet nicht vergessen, dass ich im Namen Frankreichs mit diesen Engländern hier verhandeln muss.«

Etienne ließ amüsiert seinen Blick über den Fechtsaal streifen, in dem die Kämpfe längst wieder aufgenommen worden waren. »Das ist ein Volk mit Respekt vor außergewöhnlichen Leistungen, Henri.«

»Wen wolltet Ihr damit beeindrucken, Etienne?«

»Sir Thomas Perk.«

Etienne zog sein schweißnasses Hemd aus, warf es zu Boden, rieb sich mit einem Tuch den Oberkörper trocken und zog dann sein Wams über die blanke Haut.

»Und weshalb? Dieser Mann hätte nie eine Chance gegen Euch.«

»Ich will, dass er dies ganz und vollkommen weiß. Ich will, dass dieses Wissen wie ein Blutegel an seiner Haut haftet.«

Dann suchte de Cobères Blick wieder nach Perk. Als er ihn an der Seite des Saales erblickte, wo er sichtlich noch den Kampf Etiennes mit seinen Freunden diskutierte, begann der Franzose fröhlich ein Lied vor sich hin zu pfeifen. Henri, der Etiennes Blick zu Sir Thomas Perk gefolgt war, bemerkte zu seinem höchsten Erstaunen, dass es ein munteres Liebeslied war.

Das Boot, mit dem sie die Themse überquerten, ähnelte in seiner Bauweise den Langschiffen der Wikinger. Es war die übliche Form der auf dem Fluss verwendeten Passagierboote, mit ihrem flachen Kiel und den fein geschnittenen Planken, die sich überkreuzend zu langen, elegant wirkenden Schiffslinien herausformten. Das Bootsinnere war in zwei Hälften geteilt. Vorne befanden sich die Ruderbänke und rückwärts der Platz für die Passagiere. Henri, Borgia, Paderi und Moulu saßen am Ende des Bootes unter einem blauen Baldachin, während sechs Mann es vom Pier in Whitehall zum Südufer Londons ruderten. Von der Themse aus konnte man die dicht aneinander stehenden, meist zweistöckigen Häuser am Nordufer sehen, die sich bis zum Kai herabdrängten, und das mächtige Langschiff der St. Pauls-Cathedral, deren sich nach oben hin verjüngender Turm spitz dem Himmel entgegenstrebte. An diesem Tag war die Themse voll von Schiffen. Genuesische, flandrische, venezianische Kauffahrer strebten mit weiß geblähten Segeln den Docks zu, und die mächtigen Kähne der Schifffahrtsgesellschaften Londons, mit ihren großen Deckaufbauten und ihren kostbar gearbeiteten Schiffsschnäbeln, den Laderaum gefüllt mit exotischen Gütern und kostbaren Waren, wurden von Dutzenden von Männern zu den Anlegestellen der Handelshäuser gerudert. Möwen kreisten zu Hunderten über den Fluss, segelten durch die Luft, weiß und schlank und spitze Schreie ausstoßend, und stachen dann vor dem Blau des Himmels hinab, hin zu den bunten Booten, hin zu dem im Sonnenlicht schimmernden Fluss.

»Erzählt mir von diesem Simon Mercant, den wir im ›Bear Garden‹ treffen sollen«, sagte Henri.

Borgia räusperte sich. »Er scheint ein einflussreicher und gefürchteter Mann unter den Verbrechern Londons zu sein. Wenn es jemanden gibt, der den verwachsenen Mann kennt, der den Venezianern die Dokumente angeboten hat, dann ist es mit Sicherheit dieser Simon Mercant.«

»Ohne dass wir mit ihm gesprochen haben, wollte uns niemand Auskunft geben«, sagte Paderi. »Moulu und ich müssen an die zwanzig Schenken aufgesucht haben.«

Moulu seufzte. »Wie sagt ein Psalm in seiner Weisheit: Wenn ich sie zähle, sind sie mehr als der Sand.«

Paderi nickte bestätigend. »Nur dieser Simon Mercant bestimmt, ob wir etwas über den Buckligen erfahren dürfen oder nicht.«

Sie stiegen am Kai von Southwark aus, und Henri gab den Ruderern die Anweisung, auf sie zu warten, bis sie zurückkämen. Sie gingen zu Fuß an den Hurenhäusern und Schenken vorbei. Jetzt am hellen Tag war noch wenig Betrieb. Einige der Mädchen saßen bei den Fenstern, frisierten sich oder sahen gelangweilt auf den staubigen Weg hinab. Aus den Schenken ertönte Lärm und Gelächter. Die Gegend strahlte Armut und Verkommenheit aus. Das Leben war nicht allzu leicht für die Armen im London des großen Heinrich VIII. Erst vor kurzem waren die Steuern und der Brotpreis erhöht worden. Und das Gesindel, wie Borgia diese Menschen nannte, war den Franzosen noch feindlicher gesinnt als das Londoner Bürgertum. Hass auf das Fremde ließ sie die Sorgen kurzfristig vergessen und wirkte als Kitt in der brüchigen Solidarität der zu jeder Epoche, zu aller Zeit Benachteiligten.

›Bear Garden‹ war eine Ansammlung von Buden und klobigen Bänken, die um einen Baum herum aufgestellt waren. Der Bär war an den Baum mit einer Kette angebunden, die so lang war, dass das mächtige Tier beinahe die erste Reihe der Bänke erreichen konnte.

Von allen Seiten sprangen ihn die Bulldoggen an, und Henri sah, dass bereits zwei Hundekadaver in dem Sand lagen, der in dieser primitiven Arena aufgeschüttet war. Hunderte von Menschen schrien und kreischten, wenn einer der Hunde den Bären anfiel und verwundete. Der Bär teilte die Luft mit furchtbaren Prankenhieben, und jeder Bulldogge war der Tod gewiss, die von einem solchen Schlag getroffen werden würde. Der Bär blutete an den Hinterbeinen und an der Seite und Henri sah, wie er aufbrüllend einem Hund einen gewaltigen Hieb auf das Rückgrat versetzte. Der Hund heulte auf, winselte und starb, während Blut und Knochen aus seinem Fell drangen.
»Ich glaube, heute wird der Bär alle Hunde töten«, sagte ein mittelgroßer, bulliger Mann mit einem kleinen Kopf und erstaunlich zarten Händen. »Will jemand von Euch darauf wetten?«
Borgia und Moulu verneinten, während Paderi in seinem Geldbeutel zu kramen begann. »Einen Shilling auf die Hunde. Wie viel bekomme ich, wenn ich gewinne?«
Der Mann pfiff durch die Zähne. »Ein Pfund. Ein ganzes Pfund.«
»Das scheint angemessen«, sagte der Capitano.
Der Mann sackte Paderis Geld ein und blickte in die Runde. »Will sonst noch jemand diese Wette wagen? Niemand? Schade.«
Henri sah den Mann an. »Und jetzt beendet Eure Wettscharade und gebt Euch endlich zu erkennen, Simon Mercant.«
Der Mann lachte. »Woher wollt Ihr wissen, dass ich dieser Simon bin?«
Henri musterte ihn. »Ihr seid ein wenig zu zielstrebig auf uns zugekommen, Mercant.«
Der Mann sah ihn anerkennend an. »Aye, Ihr müsst Henri d'Ardans sein.« Er sprach den Namen mit englischer Betonung aus.
»Ich bin d'Ardans.«
Mercant deutete auf Borgia, Moulu und Paderi. »Eure Freunde haben Unruhe in meinen Berufszweig getragen. Man liebt bei uns keine Fremden, die neugierige Fragen stellen.«
»Ich will einen Mann finden«, sagte Henri.
Mercant kniff ein Auge zusammen und sah zu ihm hoch. »Weshalb?«
»Möglicherweise war er am Mord an meiner Frau beteiligt.«

Mercant nickte. »Wie viel wollt Ihr dafür bezahlen?«
»Fünfundzwanzig Pfund.«
»Fünfzig«, sagte Mercant schnell.
Henri nickte. »Gut.«
Simon Mercant blickte zu dem verwundeten Bären hin, dessen Kette sich durch seine Kreisbewegungen immer mehr um den Baumstamm wickelte. Dann wandte er sich wieder Henri zu. »Da Ihr so schnell meine exorbitante Erhöhung angenommen habt, nehme ich an, dass Eure Begründung stimmt. Ihr bekommt meine Antworten um fünfunddreißig Pfund.« Er schüttelte den Kopf, als der Bär einen weiteren Hund tötete. »Gegen den Bären zu setzen, beinhaltet immer ein unkalkulierbares Risiko.« Er nickte Henri zu. »Aye, schildert mir Euren Mann.«
Henri beschrieb den Buckligen mit beinahe den gleichen Worten, mit denen es Pasquale Dinomestras getan hatte.
Mercant blickte kurz zum Himmel auf. »Louis Lantier«, sagte er dann. »Ein Landsmann von Euch. Ein Niemand. Ein Nichts.«
»Wo finde ich ihn?«, fragte Henri.
»Lantier ist untergetaucht. Seit etwa einer Woche.«
»Vor einer Woche sind wir in London angekommen.«
Mercant nickte bestätigend. »Ein Zusammentreffen, das sicherlich kein Zufall sein dürfte.«
»Welchen Ruf hat dieser Lantier in der Zunft der Fälscher?«
»Einen miserablen. Dieser Mann ist kein Könner, kein Meister seines Fachs und ganz gewiss kein Künstler.«
Die Zuschauer des ›Bear Garden‹ schrien noch lauter auf als sonst, als ein Hund sich in die Pranke des Bären verbiss. Der Bär brüllte auf und schleuderte die Bulldogge zum Baum, an dem sie abprallte. Der Hund rollte sich mit einem seltsam kreischenden Ton über den blutigen Sand, kam wieder hoch und griff von neuem an.
Henri vermeinte einen Augenblick lang, Jacques Tribet unter den Zuschauern gesehen zu haben. Aber das Gesicht, nach dem er suchte, war längst in der Menge untergetaucht.
Mercant schenkte dem Geschehen auf dem Kampfplatz kurz Beachtung und wandte sich dann wieder Henri zu. »Dennoch übernimmt dieser Lantier manchmal schwierige Aufträge und bewältigt sie auch.«

»Wie kommt das?«
Mercant hob den Zeigefinger als Zeichen, ihm volle Aufmerksamkeit zu schenken. »Aye, er muss einen Freund haben, der ihm hilft. Ein Mann, der über eine große Begabung verfügt.«
»Und wer könnte dieser Freund sein?«
Mercant zuckte mit den Achseln. »Ein Engländer ist er mit Sicherheit nicht. Ihr müsstet Euch unter der französischen oder der italienischen Kolonie von London umsehen.«
Henri bemerkte, dass der Bär immer langsamer wurde und die Hunde ihre Angriffe verstärkten. Die Menge quittierte es mit verstärkten Anfeuerungsrufen. Ein Stutzer presste sich mit seinem Körper an den Rücken seines Mädchens, während er die Hände auf ihren Busen gelegt hatte. Das Mädchen schien die Umklammerung nicht zu bemerken, stierte unbewegt zu dem blutenden Bären, während der Mann mit derben Worten die Hunde anspornte.
»Wann kam Lantier nach England?«
»In London ist er 1520 aufgetaucht.«
»1520. Das war das Jahr von Ardres«, sagte Henri leise.
»Ist dieser Zeitpunkt wichtig für Euch?«, fragte Mercant interessiert.
»In diesem Jahr wurde meine Frau getötet. Auf bestialische Art und Weise.«
Simon Mercant wies mit einer weit ausholenden Geste auf den Bären, die Hunde und die Menschen, die ihnen schreiend zusahen. »Es gibt viele Bestien auf der Welt.« Er blickte Henri an. »Und niemand weiß mit Sicherheit, ob er nicht eine von ihnen ist.«
Eine Frau drückte ihr Kind an den Oberkörper, als es zu schreien begann. Ihr Mann warf Erdklumpen auf den Bären, bis einer seiner Kumpane ihn zornig und unvermutet in den Bauch trat. Der Mann krümmte sich und stürzte zu Boden, während seine Frau sich ärgerlich über ihn beugte und ihn anschrie.
»Wo wohnt dieser Louis Lantier?«
»In Aldersgate. Er lebt dort mit einer Frau zusammen, die verwachsen ist wie er.«
»Kapriolen der Liebe«, sagte Giovanni Borgia.
»Sie ist eine große Kraft«, meinte Mercant zustimmend.
»Wie der Tod«, sagte Paderi und deutete auf den Kampfplatz.

Der Bär hatte sich durch seine Ausweichmanöver mit der Kette selbst an den Baum gefesselt. Als er sich vornüber neigte, um einem der angreifenden Hunde einen Prankenhieb zu versetzen, sprang eine der Bulldoggen hoch und biss sich in der Kehle des Bären fest. Der Bär heulte durchdringend auf, als der Hund ihm die Kehle aus dem Hals riss. Dann wankte er und hing leblos an der Kette fest, während sich die übrigen Bulldoggen auf den Kadaver stürzten.

»Das sieht man selten«, schrie Simon Mercant, um sich in dem ohrenbetäubenden Lärm verständlich zu machen.

»Was?«, rief Henri.

»Dass der Bär verliert.«

Während die Hunde den Bären zerfleischten, begann die Auszahlung der Wetten. An den leuchtenden Gesichtern mancher Besucher sah man, dass die Quoten hoch gewesen sein mussten. Das Mädchen riss sich aus der Umklammerung des Stutzers los und hielt ein Stück Papier hoch, das es hin und her schwenkte. Es rief etwas und warf sich dann einem fremden Mann an den Hals. Der Mann lachte, während der Stutzer verärgert einige Schritte nach vorn ging und einem der toten Hunde ins Maul trat.

»Aye, ich bekomme fünfunddreißig Pfund«, sagte Mercant.

»Das war alles, was Ihr mir über Lantier sagen könnt?«

»Ja, Sir. Fünfunddreißig Pfund, wenn ich Euch darum bitten darf.«

Henri reichte ihm einen Beutel mit Gold. »Zählt sie Euch ab.«

Mercant griff nach der Börse und holte die Münzen heraus, die er auf einer Bank zu Türmen stapelte.

»Man sieht hier einige sehr gut gekleidete Herren«, sagte Henri. »Habt Ihr auch Gäste aus Whitehall in ›Bear Garden‹?«

»Zur Genüge. In letzter Zeit haben wir sogar einen Gesandten als Stammgast gewonnen.«

Die Hunde wurden jetzt von dem zerfleischten Bären zurückgetrieben. Manche knurrten ihre Wächter an und bleckten drohend die blutverschmierten Zähne.

»Wie heißt dieser Gesandte?«

»Van Heyden«, sagte Simon Mercant, während er sich bückte, nach den Münzstapeln griff und sie einsackte. Er lächelte, als er sich erhob und zu Henri hinblickte. »Justus van Heyden.«

Jacques Tribet lag im Dunkeln seines Schlafzimmers und blickte in die Finsternis des Raumes.
Ja, er war sich sicher, dass Henri d'Ardans ihm seine Geliebte nehmen wollte. Der Franzose war ihm sogar nach ›Bear Garden‹ gefolgt. Aber er würde sich zu wehren wissen. Er würde Anne Boleyn zu seinem Schutz einsetzen. Er mochte die Engländerin mit einer Innigkeit, deren Aufrichtigkeit niemand bezweifeln konnte. Er sehnte sich nach ihrer Jugend und ihrer Frische, sehnte sich nach dem unverfälschten Reiz ihres Charmes und ihrer Ausstrahlung. Er, Jacques Tribet, begehrte Anne Boleyn. Aber er wusste, *sie*, die andere, die wunderbare, die engelsgleiche, würde ihn nicht loslassen, was immer Henri d'Ardans darüber dachte. *Sie* forderte seine ganzen Gefühle und all seine Aufmerksamkeit. Aber er wusste auch, dass *sie* ihn nie verlassen würde, was immer auch geschah, mochte er sich auch zum Narren machen, mochte er auch in tausend Fallen des Lebens tappen. *Sie* würde immer an seiner Seite sein. *Sie* verschlang ihn, schenkte ihm aber auch stets ein neues, unverbrauchtes Sein. *Sie* war sein Tod und seine Geburt, seine ewige Hölle und sein immer währender Himmel.
Er erhob sich und zündete umständlich eine Kerze an. Dann ging er die Treppe hinunter, durchmaß sein Atelier und öffnete die Tür, hinter der *sie* verborgen war. Er ging zu dem kleinen Altar, der unter einem ihrer Bilder hing und auf dem, ruhig und unbewegt, ein ewiges Licht brannte. Jacques Tribet kniete nieder und blickte auf die Dutzende von Bildern, die von ihr in dem Raum hingen. Tränen traten ihm in die Augen, als er *sie* sah. Aber er verzagte nicht. Er wusste, dass *sie* bald kommen und ihn trösten würde. Er wusste, dass er mit ihr bald alle Freuden und Segnungen dieser Welt genießen würde, wie immer, wenn *sie* zu ihm kam, wie immer, wenn *sie* seine Hoffnungslosigkeit in ihren gesegneten Händen barg und ihn mit neuem, kostbarem und blühendem Leben erfüllte.

Die Kammerzofe Lady Perks plauderte bald und ungehemmt, als Etienne ihr einen beachtlichen Betrag an Guineen versprach. Das Mädchen verschwieg ihm nichts, und Etienne erkannte recht schnell die Intrige, die dem Mordversuch an Lady Perk zugrunde lag. Nun wusste er auch, was er zu tun hatte, und beglückwünschte sich selbst zu seiner Voraussicht. Er fieberte dem Empfang von Hampton Court entgegen. Dort würde sich alles entscheiden. Dort würde das Blatt sich wenden.

10. Kapitel

Hampton Court Palace befand sich fast zwanzig Meilen flussaufwärts von London, inmitten von üppigen Wiesen und Wäldern gelegen, hart am Ufer der Themse und nahe der Stadt Richmond. Hampton Court war von Lordkanzler Kardinal Wolsey gebaut worden, der sich einen standesgemäßen Wohnsitz wünschte. Wolsey war durchaus in der Lage, sich einen prächtigen Palast zu bauen, denn ihm flossen die Einkünfte von zwei Kirchensprengeln, sechs Stiften, einer Probstei, der Abtei St. Albans, der Bistümer Bath und Wells, des Erzbistums York, des Bistums Winchester und der Bistümer Worcester und Salisbury zu.

Er war neben dem König der brillanteste Kopf des Landes, und keine politische Entscheidung von Rang wurde getroffen, ohne dass der Kardinal sie nicht gebillligt hätte. Für sich selbst genügsam, gottergeben und milde, war er von Amts wegen ungewöhnlich prunkliebend. Englands heimlicher, oder wie manche Missgünstige meinten, durchaus offener Herrscher umgab sich mit einem glanzvollen Gefolge von mindestens fünfhundert Beamten und Günstlingen. Stets um sein Wohlbefinden besorgt, hatte der Kardinal ein Ärztegremium aus Padua kommen lassen, das das Baugelände von Hampton Court auf seine gesundheitlichen Auswirkungen prüfen sollte. Die klugen Ärzte der berühmten italienischen Universität bestätigten dem Kardinal, dass es keinen besseren Platz für einen Palast in ganz Britannien gäbe als den Ort, den er sich in seiner unerschöpflichen Weisheit bereits ausgesucht hatte. Für das Trinkwasser von Hampton Court wurde eine zwei Meilen lange Rohrleitung gelegt, obwohl das Schloss sich gleich neben der Themse befand. Baderäume und sanitäre Anlagen wurden angelegt und der Schmutz fernab vom Palast durch gemauerte Kanäle in die Themse geleitet. Hunde durften in Hampton Court nicht frei herumlaufen, während in Whitehall ganze Hundemeuten durch die mit Schilf bedeckten Gänge und Säle fegten und sie verschmutzten.

In Hampton Court war alles mit kostbaren Stoffen und Gobelins behängt, von denen der Kardinal stets neue in Flandern bestellte. Auch die Möbel gehörten zu den schönsten, die in England zu bekommen waren. Aus Venedig waren zusätzlich prachtvolle Betten, Truhen, Tische und Stühle eingeführt worden. Allein für die Fremdenzimmer wurden zweihundert Betten benötigt, und all jene Wände, die nicht mit Gobelins geschmückt waren, wurden mit kostbaren Holzschnitzereien verziert. Ganze Schiffsladungen von Teppichen, Kissen und Samtstoffen nahmen ihren Weg nach Hampton Court.

Als Heinrich VIII. zum ersten Mal den Palast besuchte, verschlug es ihm die Sprache. Kardinal Wolsey, der ein brillanter Kenner der verschlungenen Pfade der menschlichen Seele war, schenkte umgehend sein Schloss dem König mit der Bitte, es bis zu seinem, Kardinal Wolseys Tod, bewohnen zu dürfen.

»Niemand darf behaupten«, sagte Henri, als sie die Themse hinaufgerudert wurden, »dass das Schicksal nicht Bocksprünge und seltsame Verrenkungen liebt.« Er blickte zu seinen Begleitern hin. »Ein ehemaliger, aber umso philosophischerer Mönch, der beste und glanzvollste Fechter Frankreichs, ein ehrgeiziger Nachfahre der Borgias und ein Jugendfreund des prachtvollen Königs von Frankreich sind gemeinsam, fröhlich und guten Mutes auf dem Weg zu einem politisierenden Kardinal, der der allmächtige Kanzler von England ist und um jeden Preis allmächtiger Papst in Rom sein möchte.«

»Die Tiara für Wolsey?«, fragte Giovanni Borgia erstaunt. »Für einen Engländer?«

»Weshalb nicht?« Etienne de Cobère nahm einen Schluck aus seinem Becher mit Wein, der samt einem Krug auf einem Tischchen unter dem rotblauen Baldachin des Bootes stand. »Es wird Zeit, dass ein anderer als ein Italiener die ebenso mannigfaltige wie vielfältige Herde der katholischen Christenheit betreut.«

Borgia schüttelte den Kopf. »Nur ein Italiener kann sich in einer Stadt wie Rom halten.«
Moulu hob den Finger. »Alle Menschen an allen Orten sind sich ähnlich. Könnte nicht die Seele durch eigenes Verschulden aus den Sphären der Reinheit in jene der Stofflichkeit gefallen sein? Würde nicht allein die Tatsache, dass wir, die wir aus der Einheit des Geistes geschieden, nun die Schwere der Körperlichkeit erfahren müssen, unsere Verwandtschaft auf der Ebene eines gemeinsamen Bewusstseins beweisen? So wird ein Heide aus der Neuen Welt nicht grundsätzlich anders empfinden als der heilige Sebastian oder der prunkliebende Sardanapal. Die Lockungen der Versuchung wie das Licht des Göttlichen, Messieurs, sind in allen Breiten dieser Erde gegenwärtig.«
Borgia lachte. »Man sieht, dass du noch nie in Rom warst, Moulu. In keiner anderen Stadt der Welt gibt es ähnlich viele Kurtisanen, Strichjungen und betrügerische Geldverleiher. Die Hurerei ist dort eine Kunst und der Betrug eine geschliffene Fertigkeit. Es gibt kein Verbrechen und keine Abartigkeit, die in Rom noch nicht erprobt worden wäre. Und die Vertreter des Glaubens? Kardinäle sind Fürsten und der Papst ein römischer Kaiser. Ich habe ein Recht, darüber zu befinden. Mein Vater war Kardinal und mein Großvater einer der gefürchtetsten Päpste aller Zeiten.«
»Ein Grund mehr«, sagte Etienne, »die so genannte lutherische Ketzerei mit anderen Augen zu betrachten, wenn selbst ein naher Verwandter eines Papstes den moralischen Verfall im Vatikan beklagt. Vielleicht sollten wir nur in aller Schlichtheit zum wahren Wort des Evangeliums zurückfinden.«
Henri lächelte. »Ich sehe Euch schon, Etienne, wie Ihr, den Degen in der rechten Hand, die Heilige Schrift in der linken, mit einem Mädchen auf dem Schoß über das Hohelied Salomos meditiert.«
»Mein Interesse für die Theologie ist ungebrochen«, protestierte de Cobère. »Nur glaube ich wie Origenes an einen dreifachen Schriftsinn der heiligen Bücher: einem fleischlichen, der den historischen Abläufen entspricht, einem seelischen, der sich im Glauben wiederfindet, und einem spirituellen, der den Hintergrund des Wörtlichen aufdeckt. So ist das Gelobte Land kein Ort, an dem man anlangt, sondern ein Zustand des Seins. Das Göttliche wieder-

um offenbart sich meist auf einem Berg, in der Höhe, über der Flachheit der gewöhnlichen Welt. Die Wüste ihrerseits ist Sinnbild für den inneren Zustand der Einsamkeit und des Hungers nach Offenbarung.«

»Das klingt faszinierend, Chevalier«, unterbrach Moulu, der de Cobère verblüfft anstarrte.

»Auch die Zahlen in der Bibel sind symbolisch aufzufassen. Jesus trat öffentlich auf, als er dreißig Jahre alt war. Die Dreißig ist eine verzehnfachte Drei. Die Drei versinnbildlicht die göttliche Einheit, die Dreißig diese Unio in tatkräftiger Wirksamkeit. Auch David war dreißig Jahre alt, als er König wurde ...«

»Ihr solltet Kardinal Wolsey ungehemmt Eure Thesen darlegen«, meinte Henri. »Dann werdet Ihr wenigstens noch in der idyllischen Umgebung von Hampton Court verbrannt.«

»Sprecht weiter, Sieur, ich bitte Euch«, sagte Moulu, der wie beschwichtigend die Hände hob. Etienne lehnte sich in die Kissen, die unter dem Baldachin lagen, zurück. »Nun, das Alte Testament schildert das Bewusstwerden der Moral im Menschlichen, das der erste Schritt zur Überwindung der irdischen Verstrickung, des Sündenfalls, ist. Das Neue Testament führt den Menschen zur Vollendung, indem das göttliche Bewusstsein Jesu in den Menschen nicht nur die Moral erweckt, sondern auch das Licht der geistigen Erkenntnis entzündet. Das göttliche Begreifen kommt mit ihm auf Erden herab und erlöst den Menschen nun gänzlich aus den Fängen des Irdischen. Das Reich Gottes, von dem Christus spricht, bezeichnet den Zustand des Selbst, das von Weisheit, Liebe und Erkenntnis erhellt wird. Das Reich Gottes ist also ein höherer Zustand als jener des Gelobten Landes. Dieses ist der Einklang mit den Zehn Geboten, jenes die geistige Erleuchtung selbst.«

»Ihr könntet eine neue Sekte neben jener Luthers gründen, de Cobère«, meinte Giovanni Borgia lachend. »Man würde Euch nicht nur hübsche Mädchen, sondern auch noch Weihrauch und Myrrhe darbringen.«

Henri betrachtete Etienne überrascht. »Wo zum Teufel hat man Euch nur solche Überlegungen gelehrt?«

Etienne lächelte geschmeichelt. »In Wittenberg. Ich hatte dort unter anderen einen Lehrer, der in der Gedankenwelt der deutschen Mystik und der jüdischen Kabbala fußte.«

»Eine aufregende Mischung, fürwahr«, sagte Giovanni Borgia, der aufstand und nach vorn zu den Ruderern ging. »Ist das dort ›Bakers End‹?«, fragte er und deutete auf eine Uferstrecke, die sich von Gebüsch gesäumt bis zu einer Biegung des Flusses hin zog.

»Aye, Sir«, sagte einer der Ruderer.

Giovanni Borgia nickte und blickte, zwischen den Bootsluken stehend, auf den in der Sonne leuchtenden Fluss hinab. Moulu, der Henri einen Becher voll Wein reichen wollte, stolperte über eines der Kissen und fiel ungeschickt auf d'Ardans, den Wein verschüttend. Der Armbrustbolzen, der vom Ufer aus abgeschossen wurde und die Stirn Henris treffen sollte, bohrte sich in den Oberarm Moulus, der aufschrie und zu Boden stürzte. Henri und Etienne warfen sich zur Seite, und der zweite Bolzen bohrte sich zwischen ihnen in eines der Kissen, aus dem wie bizarre weiße Blumen Daunenfedern hervorquollen.

Borgia schrie den Ruderern zu, das Ufer anzusteuern, als sie das Getrappel sich entfernender Pferde vernahmen. Henri konnte hinter dem Gebüsch die Schemen zweier bunt gekleideter Reiter erkennen, die nach Süden, London zu, ritten. Er beugte sich über Moulu und entfernte dem aufheulenden Mann den Bolzen aus dem Oberarm. Dann zog Henri sein Wams aus und riss von seinem Hemd einen Streifen ab, während Etienne Schnaps über die Wunde goss. Moulu schrie noch, als Henri seinen Arm abband, um die Blutung der Wunde zu stoppen.

»Du hast mir das Leben gerettet«, sagte Henri, als er Moulus Oberarm verband. »Bei Gott, du hast mir das Leben gerettet.«

»Das ist wahrscheinlich nur das in England übliche Ende einer theologischen Diskussion, Sieur«, sagte Moulu ruhig und bedächtig.

Dann wurde er ohnmächtig.

Seine Eminenz, Kardinal Wolsey, erwies seinem Gast Henri d'Ardans die Ehre, zu Fuß mit ihm über den belebten äußeren Hof von Hampton Court zu gehen, während zwei Schreiber ihnen ehrerbietig und in angemessenem Abstand folgten.

»Euer Diener wird hier im Schloss von meinen Ärzten behandelt werden«, sagte der dickliche Kardinal mit dem energischen Gesicht, aus dem die großen Augen, die markante, gerade Nase und ein kleines, entschlossenes Kinn hervorstanden. »Bei der guten Pflege, die ihm hier zuteil wird, dürftet Ihr ihn in etwa zwei Wochen wieder in London begrüßen können.«

»Das ist erfreulich zu hören, Eminenz.«

»Ich ersuche Euch jedoch, niemandem von diesem bedauerlichen Zwischenfall zu erzählen. Ich möchte nicht, dass sich bei meinem Fest ungebührliche Unruhe ausbreitet.« Der Kardinal sah ihn von der Seite her an.

»Wir werden schweigen, meine Begleiter und ich. Das versichere ich Euch, Eminenz.«

Menschen, die ihnen begegneten, verbeugten sich vor dem Kanzler. Der Kirchenfürst schlug geistesabwesend ein Kreuz über sie.

»Ich werde Erkundigungen einziehen. In Kürze werdet Ihr die Täter kennen. Ich werde Euch einen Boten mit ihren Namen schicken.«

Henri lächelte. »Ihr scheint sehr überzeugt über den Wert Eurer Informanten, Eminenz.«

Der Kardinal nickte. »Hier in England entgeht mir nichts, d'Ardans. Nichts. Das muss so sein. Mein König heißt Heinrich VIII. Ein Tudor. Ein schwieriger, wenn auch großer Herrscher.«

»Der König von Frankreich …«

»Ist auch ein bedeutender Regent«, unterbrach Wolsey Henri. »So wie der Kaiser. Wir leben in einer Zeit leuchtender Sonnen, von denen jede die anderen zu überstrahlen sucht. Eine verwirrende Epoche für bescheidene Ratgeber, wie wir es sind, Baron.«

Sie gingen jetzt über den kleinen und stillen Brunnenhof, an dessen nördlicher Seite die Gemächer des Königs lagen.

»Karl V. hat mir eine Pension ausgesetzt«, sagte der Kardinal unvermittelt.

»François I. wird ein Gleiches tun. Und die französische Pension wird höher als die kaiserliche sein.«

»Das hoffe ich«, sagte Wolsey amüsiert. »Das erwarte ich.«

»Bei der nächsten Wahl des Papstes werdet Ihr mit allen französischen Stimmen im Konklave rechnen können.«

»Ich werde auch die Stimmen der kaiserlich gesinnten Kardinäle brauchen. Und derer gibt es mehr als französische.«

»Wer sagt Euch, Eminenz, dass Karl V. einen Papst Wolsey will? Der Kaiser wird sich einen den Habsburgern wohlgesonnenen Kandidaten suchen.«

Der Kardinal blieb bei dem Brunnen stehen, schöpfte Wasser mit der hohlen Hand und strich sich über die Stirne. »Ein heißer Tag. Findet Ihr nicht auch, d'Ardans?«

»Ein prachtvoller, die Sinne belebender Frühsommertag. Wie bestellt für ein Gespräch mit Eurer Eminenz.«

»Ihr meint also, dass Karl V. einen Papst Wolsey zu fürchten hat?«

»Wie der Teufel das Weihwasser, Eminenz.«

Wolsey lachte. »Ein angemessener Vergleich.« Er blickte Henri aus seinen großen, braunen Augen an, während sein schmallippiger Mund einen Zug von Ironie ausdrückte. »Und was bietet François I. noch?«

»Fünfhunderttausend Pfund.«

»Zahlbar?«

»In fünf Jahresraten.«

»Wenn England das Bündnis mit dem Kaiser aufkündigt?«

»Wenn England an Frankreichs Seite tritt.«

Der Kardinal schüttelte den Kopf. »Fünfhunderttausend für Englands Neutralität. Und diese Summe ist sofort zu bezahlen, d'Ardans.«

»Ich habe andere Instruktionen«, sagte Henri.

»Dann werdet Ihr noch welche aus Frankreich einholen müssen, d'Ardans.«

Der Kardinal schöpfte neuerlich Wasser aus dem Brunnen und kühlte sich die Wangen. Dann zog er ein Batisttaschentuch hervor und tupfte sich die Haut ab.

Henri blickte auf die rötliche Backsteinfassade, hinter der sich die Räume Heinrichs VIII. verbargen, bevor er sich wieder Wolsey zuwandte.

»Zehn Jahre Neutralität.«

»Fünf Jahre, d'Ardans. Und die Aufgabe der französischen Ärmelkanalflotte.«

»Unmöglich, Eminenz.«

Der Kardinal winkte ab. Er wandte sich zum Gehen. »Wir müssen nicht alles heute entscheiden, d'Ardans. Wir haben genügend Zeit.«
»Ihr lasst mir keinen Spielraum zu verhandeln, Eminenz.«
Wolsey rang sich ein vertrauliches Lächeln ab. »Wir sprechen miteinander, d'Ardans. Wir wählen aus der unendlichen Fülle der Möglichkeiten einige wenige aus und vermeinen, sie wären Wahrheiten. Überzeugt mich, dass der Vorteil Englands an der Seite Frankreichs liegt, und der König wird sich Eurem Land gegenüber der wohlwollendsten Neutralität befleißigen.«
Der Kardinal betrat das Portal des Gästetraktes und führte Henri eine breite Treppe empor.
»England kann kein Interesse daran haben, dem Kaiser noch mehr Macht am Kontinent gewinnen zu lassen.«
»Auch nicht, wenn der rechtmäßige König, Heinrich VIII., auf den französischen Thron zurückkehrt?«
»Eminenz, es wird niemals des Kaisers Wunsch sein, ein mit Frankreich vereinigtes England als Gegenspieler zu haben.«
Wolsey hielt auf der Treppe inne und legte Henri den Arm um die Schulter. »Auch nicht, wenn der Kaiser Südfrankreich bekäme?«
Henri blickte den Kardinal an. »Frankreich lässt sich nicht spalten, Eminenz. Und die Valois sind die unbestrittene Herrscherfamilie des Landes.«
»Ihr habt zu wenig Phantasie, d'Ardans. Wir müssen die blitzende Fülle aller funkelnden Kombinationen durchdenken, bevor wir unsere Entscheidungen in der strahlenden Helligkeit der Vernunft treffen, Baron. Die graue Einseitigkeit ist der schale Tod des Geistes.«
Er nickte den beiden Gardisten zu, die vor einer schweren Eichentür Wache hielten. Die Gardisten salutierten und öffneten die Tür, während die beiden Schreiber respektvoll stehen blieben, um auf der Galerie auf den Kardinal zu warten.

»Wolsey«, sagte Heinrich VIII., der in einem holzgetäfelten Prunkzimmer mit Anne Boleyn an einem Tisch saß und Schach spielte. »Mistress Boleyn geruht, mich schlagen zu wollen.«

»Ein König sollte sich nicht von einem Kind aus dem Sattel heben lassen, Majestät.«
»Ich bin kein Kind«, sagte Anne Boleyn, stand auf, knickste vor dem Kardinal und nahm dann wieder Platz. »Ich bin eine Frau, Eminenz.«
»Von Frauen versteht Ihr nichts, Wolsey. Ihr seid nicht umsonst Kleriker«, sagte Heinrich VIII. und winkte den Kardinal an seine Seite.
Wolsey setzte sich, schenkte Henri ein freundliches Lächeln und wandte sich dem König zu. »Ihr vergesst, dass meine weiblichen Beichtkinder mir Geheimnisse anvertraut haben, die Eure Majestät Ihr Leben lang nicht zu hören bekommen werden.«
»Aber konntet Ihr diese Geständnisse auch durchschauen, Wolsey? Darauf kommt es wohl an.«
»Ich konnte sie nur mit Verblüffung entgegennehmen und den Sünderinnen die Absolution erteilen.«
Der König betrachtete seinen Kanzler amüsiert. »Wart Ihr ein strenger Beichtvater, Wolsey?«
Der Kardinal schüttelte den Kopf. »Ein sehr gütiger, Majestät. Deshalb kamen so viele Frauen zu mir.«
Heinrich VIII. lachte. »Und um noch mehr von ihnen zu hören, wurdet Ihr immer milder.«
Der Kardinal lächelte seinerseits. »So könnte es gewesen sein, Majestät.«
Der König blickte zu Henri auf. »Setzt Euch, Baron. Ich hasse es, wenn man mir im Stehen beim Schachspielen zusieht.«
Henri verneigte sich und nahm in einem bequemen Sessel mit holzgeschnitzten Armlehnen gegenüber dem König Platz.
Anne Boleyn hob den Springer und zeigte ihn Heinrich VIII. »Was meint Ihr, Majestät, was ich wohl mit diesem Ritter tun werde?«
»Wagt es nicht, meinen Bischof zu schlagen, Mistress. Seit der Kardinal bei uns ist, sind Kleriker in diesen Räumen sakrosankt.«
Anne Boleyn lächelte den König an. »Ich habe Besseres mit diesem Edelmann vor, Majestät. Ich bedrohe Euren Turm.«
Heinrich schlug mit der flachen Hand auf den Tisch, dass die elfenbeinernen Figuren auf dem Schachbrett erzitterten. »Ihr spielt besser als Eure Schwester, bei allen Heiligen.«

»Meine Schwester Mary hat mehr Anlass, Euch gefallen zu müssen, Majestät.«

»Ist sie nicht ein vorlautes Ding, d'Ardans? War sie an François' Hof ebenso vorwitzig?«

»Mistress Boleyns Esprit wurde von uns allen bewundert, Sire.«

Heinrich blickte auf. »Sie mag Euch.«

»Ich danke Mistress Boleyn dafür.«

»Sie hat mir von Eurem Mut und Eurem verdammten Stolz erzählt. Wie konntet Ihr nur Diplomat werden?«

»Ich bin kein Diplomat, Sire. Ich bin ein Geheimemissär. Ich trete dann in Aktion, wenn die Diplomaten versagt haben.«

Der König wandte sich dem Kardinal zu. »Ist das so, Wolsey?«

Der Kardinal zupfte gelangweilt an seinem Ohrläppchen. »Ohne Zweifel, Majestät.«

»Was habt Ihr Wolsey angeboten, damit er mich überzeugt, Karl V. von Habsburg zum Teufel zu jagen?«

»Erhebliches.«

Heinrich VIII. lachte. »Und Wolsey hat angenommen?«

»Noch nicht, Majestät.«

Der König blickte zum Kardinal hin. »Weshalb zögert Ihr, Wolsey? Wollt Ihr um eine satte französische Pension kommen?«

Der Kardinal zog seine Spitzenmanschetten zurecht, bis sie wieder straff an seinen Handgelenken saßen. »Ich habe Euren und Englands Vorteil zu bedenken, Majestät.«

Heinrich VIII. sah zu Henri hin. »Bewilligt ihm die Pension trotzdem. Eines Tages zahlt sie sich für Euch aus.« Er hob seinen Läufer und setzte ihn auf ein schwarzes Feld. »Schach.«

»Dieser Zug ermangelt der Galanterie, Majestät«, sagte Anne Boleyn. »Er ist einzig und allein dazu gedacht, mich zu erschrecken und zu verwirren.«

»Die einzige Möglichkeit, die einem Mann gegeben ist, um die Macht der Frauen von Zeit zu Zeit zu beschränken, Mistress.« Der König lehnte sich in seinem Stuhl zurück. »Ich werde England zu einer politischen und militärischen Kraft formen, die jedem anderen Staat überlegen ist. Das habe ich mir geschworen, als ich den Thron bestiegen habe. Und dazu ist mir jedes Mittel recht, d'Ardans.«

»England gehört an Frankreichs Seite.«
»Ich wurde in Canterbury nicht nur als König Englands, Irlands und Schottlands gekrönt, sondern auch als unumschränkter Herrscher von Frankreich.«
»François I. ist der König von Frankreich. Und Ihr habt das auch anerkannt, als Ihr Eure Schwester Mary Tudor mit François' Vorgänger Louis XII. verehelicht habt.«
Der König lachte von neuem. »Wolsey, rettet mich aus der Falle, die dieser Höllenhund von Geheimemissär mir jetzt gestellt hat.«
»Einen vorübergehenden Zustand als Faktum anzuerkennen«, sagte der Kardinal, »heißt nicht, ihn auch von Rechts wegen zu billigen.«
Heinrich der VIII. schmunzelte. »Hört Ihr, d'Ardans? Ich habe auf meine Ansprüche nie verzichtet. Ihr könnt es aus dem Mund unserer heiligen Mutter Kirche vernehmen.«
Henri schüttelte den Kopf. »Der französische Klerus, sein Adel und das Volk sehen das anders, Majestät.«
»Ich schlage diesen Bauern«, sagte Anne Boleyn, »und das Schach ist abgewendet, Majestät.«
»Ihr profitiert davon, dass Euer französischer Freund mich ablenkt, Mistress. Ihr beide spielt zusammen, wie ihr es wohl bereits in aller Unverschämtheit an François' Hof getan habt.« Der König betrachtete die Stellung der Schachfiguren. »Ist François wirklich so ein Weiberheld, wie man allgemein erzählt?«
»Der König von Frankreich liebt die Frauen, Majestät«, sagte Henri.
»Wie ich.« Er hob den Kopf und sah zu Anne Boleyn hin. »Habt Ihr mit ihm geschlafen, meine kleine Anne?«
»Nein, Majestät. Ich bedaure, Euch hier mit keiner Schilderung dienlich sein zu können.« Anne blickte ihn beinahe zornig an. »Und im Übrigen ist diese Frage unziemlich.«
Der König studierte gelassen das Schachbrett. »Ist sie das, Wolsey?«
»Das ist sie, Majestät.«
»Die Ärmelkanalflotte, d'Ardans«, sagte Heinrich VIII. »Ich will, dass François seine Flotte auflöst. Das ist die Bedingung für jede weitere Verhandlung.«
»Frankreichs Küsten wären wehrlos, Sire.«

»Wenn wir Verbündete sind, genügt die englische Flotte zum Schutz Frankreichs. Englands Zukunft liegt auf dem Meer. Die Frankreichs auf dem Kontinent.«
Henri legte die Hände auf die hölzernen Armlehnen seines Stuhles. »Darüber kann ich nicht allein befinden, Majestät.«
»Dann holt Weisungen von François ein.«
»Das werde ich in Bälde tun, Majestät.«
Der Kardinal seufzte kurz auf. »Frankreich könnte uns fünfhunderttausend Pfund zukommen lassen«, sagte er dann. »Eine Summe, die uns das Parlament nie auf einmal bewilligen würde.«
»Geld«, sagte der König und hob seinen Springer, »ist immer ein gutes Argument in dieser Welt. Aber es ist nicht das Einzige.«
»Das habe ich Baron d'Ardans bereits mit allem Nachdruck erklärt«, meinte seine Eminenz.
»Und natürlich habt Ihr Wolsey die Tiara zugesagt«, sagte Heinrich VIII., der zufrieden den Springer absetzte.
»Soweit Frankreich dies vermag.«
»Alle Welt will Wolsey zum Papst wählen«, meinte Heinrich VIII., »Frankreich, Karl V., die deutschen Fürsten, die mit mir paktieren … Wer, zum Teufel, hat mich jemals danach gefragt, ob ich mir das auch wünsche?«
»Ein englischer Papst würde Euch nur stärken, Sire.«
Heinrich VIII. sah seinen Kanzler an. »Und Ihr, Wolsey, was würdet Ihr als Papst tun, wenn meine Interessen mit jenen des Heiligen Stuhles in Konflikt geräten? England oder der Kirche den Vorrang geben?«
»Der Vernunft, Majestät. Sie allein ist berechtigt, uns in politischen Fragen zu lenken.«
Der König lachte. »Wenn ich mir die Welt ansehe, Wolsey, dann habe ich beileibe nicht diesen Eindruck.«
»Ich bin nicht die ganze Welt, Majestät«, sagte der Kardinal. »Ich kann immer nur für mich und meine Absichten sprechen.«
Anne lächelte Heinrich zu. »Meine Dame bedroht mittlerweile Euren Springer, Majestät.«
Der König verschränkte die Arme über der Brust, beugte sich über das Schachbrett und schwieg. Dann blickte er Anne Boleyn an. »Ihr seid eine Füchsin, Mistress Boleyn.«

»Nur eine Frau.«
»Eine Füchsin von Frau.« Er sah zu Henri hinüber. »Wie können zwei Schwestern nur so unterschiedlich sein? Mary ist liebevoll und unterwürfig und Anne raffiniert, hübsch und mit einem Verstand geschlagen, der selbst Wolsey in Verlegenheit bringen könnte.« Er hob die Hände. »Gebe Gott, dass ich mich niemals in Euch verliebe, Mistress.«
Anne schenkte ihm ihr reizendstes Lächeln. »Dafür besteht keinerlei Gefahr, Majestät. Ihr seid in zu guten Händen.«
Wolsey richtete sich in seinem Stuhl auf. »Ihr werdet Eure Vorschläge in einem Protokoll niederlegen, d'Ardans, und sie dann mit Sir Thomas More, unserem Vizeschatzkanzler, besprechen.«
»Nicht mit Euch, Eminenz?«
»Was mache ich nur? Was mache ich nur?«, murmelte der König, der wie gebannt das Schachbrett betrachtete.
Wolsey lächelte. »Sir Thomas More ist das, was man einen Geheimdiplomaten nennt. Wenn jemand einen Ausweg aus unseren bestehenden Bündnisverpflichtungen mit dem Kaiser finden kann, dann er. Ihr werdet ihn heute auf meinem Fest kennen lernen. Ein sehr liebenswürdiger Mensch und einer der brillantesten Köpfe Englands. Wisst Ihr nicht, was Erasmus von Rotterdam über ihn gesagt hat: ›Wann schuf die Natur jemals etwas, das milder, lieblicher und glücklicher als der Genius des Thomas More wäre?‹«
»Eine sehr treffende Bemerkung«, sagte der König, wandte sich Wolsey zu und wischte mit einer Seitwärtsbewegung des linken Ärmels die Schachfiguren vom Brett. »Mein Gott, welches Versehen!«, rief er aus, während das gesamte Schachbrett kippte und beinahe lautlos auf den kostbaren Teppich fiel.
»Das habt Ihr absichtlich gemacht, Majestät«, sagte Anne Boleyn und ihre Augen funkelten vor Zorn.
»Aber niemals …«, erwiderte Heinrich VIII. »Ich versichere Euch …«
»Ihr wart am Verlieren, Majestät. Ich hätte Euch besiegt.«
»Besiegt?«, brüllte der König. »Niemand besiegt mich!«
Wolsey seufzte, stand auf und bedeutete Henri, sich seinerseits zu erheben. Der Kanzler und der Geheimemissär verneigten sich

stumm vor Heinrich VIII., der sich halb aus seinem Stuhl erhoben hatte und Anne Boleyn mit der Faust drohte. »Ich habe solche Spielchen nicht vonnöten, Mistress!«

»Ihr vergesst Euch, Majestät«, sagte Anne Boleyn. »So spricht kein Ritter mit seiner Dame.«

»Ihr seid nur die Schwester meiner Dame!«

»Aber dafür die bessere Schachspielerin.«

»Glaubt Ihr, dass ein scharfer Verstand eine Zierde für eine Frau ist?«

»Seht Ihr in Frauen denn nur willfährige Püppchen?«

»Eure Schwester ist kein Püppchen.«

»Von ihr spreche ich auch nicht, Majestät. Ich spreche von jenen unzähligen Hofdamen, die …«

Der Kardinal zog die Tür hinter sich und Henri zu. Er blinzelte Henri d'Ardans zu. »Die Damen Boleyn haben an diesem Hof gewisse Vorrechte«, sagte er.

»Sie waren schon in Frankreich unvergleichlich.«

Seine Eminenz legte Henri den Arm um die Schulter und ging mit ihm die Galerie entlang. »Eine halbe Million Pfund und die Abrüstung der französischen Flotte! Es wäre mehr als bedauerlich, wenn Thomas More keinen Ausweg aus unseren Bündnisverpflichtungen fände.«

»Und wenn es ihm nicht gelingt?«

Der Kardinal zog seine Hand von Henris Schulter zurück. »Dann, Baron, würden wir uns in allernächster Zeit im Krieg befinden. Und das wäre jammerschade. Für Euch und Frankreich.« Er lächelte Henri zu. »Nicht wahr, d'Ardans? Jammerschade.«

»Jedes Gemeinwesen, das ich kenne, ist eine Verschwörung der Reichen, um die Armen auszubeuten. Sie denken sich alle nur möglichen Mittel und Kniffe aus, um die Arbeit der Armen zum geringst möglichen Preis auszunützen, und verleihen diesen unwürdigen Methoden sofort Gesetzeskraft, wenn es für sie zum Vorteil ist.«

Sir Thomas More war ein Mann von mittlerer Größe, frischer Gesichtsfarbe und dunkelblondem Haar. Er wirkte größer, als er war, ein selbstbewusster und freundlicher Mann, der trotz des luxuriösen Festes, an dem sie teilnahmen, schlicht und einfach gekleidet war.

»Und dennoch unterstützt Ihr ein Königreich, das alle Untugenden seiner Zeit besitzt«, meinte Henri.

Thomas More lächelte. »Ich bin deshalb in den Staatsdienst getreten, um diese Ungerechtigkeiten zu mildern.«

»Jedermann, Sir Thomas More«, sagte Giovanni Borgia, »hat Euer Buch ›Utopia‹ gelesen oder hat zunächst von ihm gehört. Ist es nicht so, dass Ihr in ihm den Gemeinschaftsbesitz preist?«

»Die Utopier preisen ihn, Signore. Sie preisen ihn, weil er ihre Probleme löst.«

Etienne strich sich über das Kinn. »Lehnt man in Eurem Utopia nicht sogar den Krieg ab?«

Eine Fackel tauchte More in flackerndes Licht. Er wirkte wie ein blühender, unschuldiger Geist, der unbefleckt dem Feuer entsteigt.

»Kriege führt man in Utopia nur, wenn sie unerlässlich sind. Aber nichts gilt als so unrühmlich wie der kriegerische Ruhm, Chevalier.«

»Eine seltsame Gesellschaft«, sagte Etienne.

»Und jeder darf in Eurem Utopia glauben, was er will?«, fragte Borgia.

»Vorausgesetzt er ist kein Atheist und leugnet die Unsterblichkeit der Seele nicht. Sonst kann er anbeten, was immer er will. Ob Gott, Sonne, Mond oder Sterne, das bleibt ihm überlassen. Aber niemals darf die Religion ein Anlass zu Händeln sein.«

»Vielleicht solltet Ihr das dem Papst und Martin Luther mitteilen, Sir Thomas«, meinte Etienne.

Thomas More lachte. »Das tun Erasmus und ich ohne Unterlass.«

Sie standen im Wildpark von Hampton Court, der mit Tausenden von Fackeln erleuchtet war. Ladys in kostbaren Kleidern und ihre wie Pfaue gekleideten Herren, Höflinge und Diplomaten schlenderten in Gruppen oder Paaren über die Wege, die ihn durchschnitten. Lachen und der auf und ab schwellende Lärm von Gesprächen waren ebenso zu vernehmen wie die Klänge der Musikstücke, die ein verborgenes Orchester im Garten spielte.

»Und das Volk wählt in Eurem Utopia seine Amtsträger selbst?«, fragte Giovanni Borgia.

More nickte. »So ist es. Je dreißig Familien erwählen sich jährlich ein Oberhaupt, den Phylarchen. Die Phylarchen bilden einen Senat, der seinerseits das Staatsoberhaupt kürt. So geht alle Macht vom Volk aus.«

»Das ist eine Ansicht, die Euer König mit aller Sicherheit nicht mit den Utopiern teilen wird«, sagte Etienne.

More hob die Schultern. »Utopia bedeutet Nirgendwo. Dieses Land liegt fern von uns und ist eingebettet in eine andere Zeit.«

»Ich habe vorhin mit dem venezianischen Gesandten Giustiniani gesprochen«, sagte Henri lächelnd. »Er meinte, dass Kardinal Wolseys Bankett jene Kleopatras und Caligulas an Prunk übertroffen hätte. Billigt Ihr das, Sir Thomas?«

»Billigt Ihr die Feste François' I.?«

»Durchaus. Aber ich muss zugeben, dass man ganzen Provinzen die halbe Steuerlast ersparen könnte, wenn man sie etwas schlichter gestalten würde.«

More öffnete seine Hände, als wollte er die Wahrheit selbst an seiner Brust bergen.

»Dann sind wir einer Meinung, Baron d'Ardans. Wir können nur langsam auf die Sitten einwirken und ihre Mäßigung erreichen. Jeder noch so geringe Fortschritt auf dem Weg zu mehr Gerechtigkeit sollte uns Humanisten ebenso Belohnung wie echte Freude sein.«

Henri trat zur Seite. »Auf ein Wort, Sir Thomas.« Er und More gingen allein einige Schritte des Weges entlang. »Hat Kardinal Wolsey schon mit Euch gesprochen?«

»Seine Eminenz lässt nie ungenützt Zeit verstreichen. In groben Zügen bin ich über Eure Vorschläge informiert.«

»Und was denkt Ihr darüber?«

»Es gibt Verträge mit Karl V., Baron.«

»Jeder Vertrag ist revidierbar.«

More blieb stehen. »Ich bin gegen jede Form von Krieg, Baron. Insofern werde ich alles tun, um ein Verteidigungsbündnis mit dem Königreich Frankreich zu fördern. Aber ich bin auch für die Unantastbarkeit von eingegangenen Verpflichtungen. Beides muss übereinstimmen, Sieur d'Ardans, damit ich England und Euren Vorstellungen entsprechen kann.«

»Versucht, was Ihr könnt, Sir Thomas. Unsere Länder sind nicht dazu geschaffen, sich auf Jahrhunderte hinaus zu zerfleischen.«

»Ich werde tun, was in meiner Macht steht, Baron. Das verspreche ich Euch. Das verspreche ich Euch mit all der Liebe, die ich dem Frieden auf Erden entgegenbringe.«

Henri nickte und sah den Weg entlang. »Wir bekommen Besuch.«

Anne Boleyn, Henry Percy, Jacques Tribet, Justus van Heyden und Sir Thomas Perk kamen auf sie zu.

»Sir Thomas More und Baron Henri d'Ardans«, rief Anne Boleyn. »Das Gold der Weisheit und das Scharlachrot des Mutes! Eine Verbindung, die die Helden der Griechen und Römer in Entzücken versetzt hätte!«

Man begrüßte einander höflich, und Etienne und Borgia traten nach den angemessenen Verbeugungen zu ihnen heran.

»Was heckt Ihr mit More aus?«, fragte Anne Boleyn. »Ein neues Utopia?«

D'Ardans lächelte. »Wenn man in Eurer Gesellschaft ist, Mistress Boleyn, erscheint es nicht mehr notwendig die Welt auf irgendeine Weise zu verbessern.«

»Beim Himmel, England tut Euch gut, d'Ardans! Passt nur sorgsam auf, sonst werdet Ihr am Ende noch so galant wie Euer König.«

»Ist der Charme nicht im Allgemeinen die Domäne der Franzosen?«, fragte Henry Percy.

»Dieser Mann«, sagte Anne und zeigte auf Henri, »glich immer dem Salamander, dem Wappentier seines Königs. Ein ledernes und schuppiges Benehmen, gepaart mit einer Rede, die Flammen spie.«

Justus van Heyden betrachtete Henri mehr als unfreundlich. »Besonders dann, wenn es darum geht, die kaiserliche Politik infrage zu stellen«, sagte er.

Sir Thomas Perk lachte.

»Euer Lachen gefällt mir nicht«, sagte Etienne de Cobère. Perk sah ihn verblüfft an.

»Aber Mylords«, fiel Anne schnell ein und wandte sich ihrer Begleitung zu. »Ihr werdet doch den Frieden dieses zauberhaften Abends nicht zerstören. Und noch dazu in meiner Gegenwart.«

Sie blickte zu Henri hin. »Wusstet Ihr, dass Monsieur Tribet an

einer wunderbaren Anbetung der Madonna arbeitet? Ein Meisterwerk, dass jenem des großen da Vinci nicht nachstehen wird.«
Tribet neigte als Zeichen der Dankbarkeit den Kopf.
»Besonders das Antlitz der Madonna ist von einer Schönheit, die beinahe überirdisch scheint«, sagte Henry Percy. Er sah Tribet an. »Habt Ihr dazu das gleiche Modell genommen wie bei der schaumgeborenen Venus, die ich von Euch erworben habe?«
»Ja«, meinte Tribet.
»Sagt, wer ist nur diese geheimnisvolle Frau, die Ihr selten genug als Euer Modell nehmt?«
»Meine Geliebte«, sagte Tribet, der errötete und von einer seltsamen Nervosität ergriffen schien. »Aber nun erlaubt Ihr ...« Es war offensichtlich, dass er sich verbeugen und zurückziehen wollte.
»Gar nichts erlaube ich, Tribet«, sagte Anne Boleyn lachend und hielt den Maler am Arm fest. »Welch ein schüchterner Schützling Amors er doch ist. Er, der unter seinen Modellen wildern könnte wie der reißende Wolf inmitten einer Herde fügsamer Lämmer.«
Der Maler lächelte gequält. Auf seiner Stirn stand mit einem Male ein Hauch von Schweiß.
»Habt Ihr Euren Diskurs mit dem König gut beendet?«, fragte Henri Anne.
»Wir sind in Frieden geschieden. Ich empfahl ihm, sich kürzere Ärmel nähen zu lassen, gestand ihm aber zu, der bessere Schachspieler zu sein. Das veranlasste ihn, meine zweijährige Verbannung vom Hof, die er schon ausgesprochen hatte, wieder zurückzunehmen. Morgen spielen wir bereits wieder eine neue Partie. Ende gut, alles gut, d'Ardans.«
»Ich bitte Euch, mich nun entschuldigen zu wollen«, sagte Sir Thomas More und verbeugte sich. »Signor Borgia hat versprochen, mir einiges aus seiner Jugend zu erzählen. Für einen Menschen, der sich von Berufs wegen mit der Geschichte beschäftigen muss, erwarte ich mir unbezahlbare Auskünfte über das Leben in Rom um die Jahrhundertwende.«
»Ihr seid im Namen Clios dispensiert, Sir Thomas«, sagte Anne durchaus hoheitsvoll. »Und möge diese Muse auch Euch begleiten, Signor Borgia.«
Sie lächelte More zu.

»Grüßt mir Eure Frau, Eure Kinder, Eure Hofnarren, Euren Affen und Eure Hundemeute.«

»Besteht Ihr auf dieser Reihenfolge, Mistress?«

Anne lachte. »Haltet es damit, wie Ihr glaubt, Sir Thomas!«

Thomas More und Giovanni Borgia verneigten sich erneut und gingen dann, beinahe sofort in ein Gespräch vertieft, den beleuchteten Weg entlang, der zum Schloss Hampton Court führte.

»Nun wäre nur noch eines zu erledigen«, sagte Etienne.

»Was meint Ihr damit, Monsieur de Cobère?«, fragte Anne.

»Geduld, Mistress, Geduld.« Er drehte sich Thomas Perk zu. »Ihr seid ein Halunke, Sir. Durch Euer unverantwortliches Handeln wurde die charmanteste Frau Frankreichs in den Tower geworfen.«

Thomas Perk starrte ihn verblüfft an.

»Wie meint Ihr?«

»Dass Ihr ein Schurke, ein Lump, ein Schelm, ein Bösewicht, ein Wicht, ein Gauner, ein Bube, ein Windbeutel, ein Galgenvogel und ein Betrüger seid! Ihr habt die liebliche Charlotte de Begailles unter Lügen nach England gelockt und ihr sofort den Schutz entzogen, als sie durch eine Verschwörung unter den lächerlichen Verdacht eines Mordversuches geriet! Kurzum, Ihr seid nicht nur ein als Adeliger verkleideter Bandit, sondern auch noch ein Aufschneider und ein Widerling, ein Gleisner und ein Mucker, ein Pharisäer und ein Filou, ein Schwindler und Duckmäuser, ein Verräter und ein Judas!«

»Seid Ihr verrückt, de Cobère?«, rief Anne, während Henry Percy Thomas Perk an der Schulter zurückhielt.

»Ich habe mich niemals klarer im Kopf gefühlt als in diesem Augenblick, Mistress. Mit einem Wort, ich fordere Euch, Sir Thomas Perk, als notorischer Heuchler und unverbesserliches Schlitzohr, zu einem Duell Mann gegen Mann im Park von Whitehall Palace.« Er hob die Hand und deutete mit einer eleganten Handbewegung auf Henri. »Baron Henri d'Ardans und Signor Giovanni Borgia werden meine Sekundanten sein. Benennt die Euren.«

»Henry Percy und Justus van Heyden«, sagte Perk mit aschfahlem Gesicht.

»Vortrefflich. Wir werden eine ausgewählte Schar von Zuschauern haben, wenn ich Euch meinen Degen in den Leib treibe.«

»Ihr seid ein Rüpel, de Cobère«, sagte Anne mit allem Abscheu, dessen sie fähig war.

Etienne verbeugte sich vor ihr. »Urteilt erst über mich, wenn das Duell vorbei ist, Mistress.«

»Es ist besser, wir gehen jetzt«, sagte Henry Percy und führte Perk mit sich fort, der sich immer wieder, bleich vor Zorn und Angst, nach Etienne umsah.

»Wann soll das Duell stattfinden?«, fragte Justus van Heyden Henri.

»Um acht Uhr morgens. Bei der großen Platane.«

Van Heyden nickte, drehte sich um und folgte mit Tribet wortlos den beiden Männern, die bereits ein Dutzend Meter vor ihnen den Weg zum Schloss gingen.

Anne Boleyn funkelte Henri an. »Ihr seid in meiner Achtung sehr gesunken, d'Ardans.« Sie wandte sich kurz Etienne zu. »Von Euch ganz zu schweigen, de Cobère.« Sie raffte zornig ihren Rock, wandte sich abrupt um und ließ die beiden Franzosen stehen. Etienne blickte ihr vergnügt nach.

»Wie habe ich das gemacht, Henri?«, fragte er, nicht ohne einen Hauch von Selbstgefälligkeit.

»Dafür werde ich Euch nach dem Duell nach Frankreich zurückschicken, Etienne. So schnell es nur geht. Vorausgesetzt, Heinrich VIII. macht Euch vorher nicht schon aus eigenem Entschluss um einen Kopf kürzer.«

Etienne lächelte. »Ich höre eine gewisse Ungehaltenheit aus Euren Worten, Henri.«

»Ihr täuscht Euch, Etienne. Was Ihr heraushört, ist der blanke Zorn.«

»Indem ich einer Frau das Leben rette?«

»Wie denn?«, fragte Henri wütend. »Perk hat nicht die geringste Chance gegen Euch. Seit Eurer Fechtdarbietung in Whitehall weiß das ganz England. Wie wollt Ihr durch Perks Tod, der beinahe einem Mord ähnelt, Charlotte de Begailles vor dem Scharfrichter bewahren?«

Etienne schüttelte den Kopf. »Glaubt mir, Henri, nach diesem Duell wird der Ruhm von uns Franzosen am ganzen englischen Hof noch heller und lichter erstrahlen als im Fechtsaal des königlichen

Schlosses. Sogar Anne Boleyn wird uns wieder die Gnade ihrer Freundschaft erweisen.«

Henri sah ihn an. »Was führt Ihr im Schilde, Etienne?«

»Eine List. Eine Intrige.«

»Eine List?«

Etienne lächelte ihm neuerlich zu. »Eine Kabale, Henri«, sagte er genussvoll. »Eine kleine, aber sehr feine Kabale.«

Die Platane vom Whitehall Park mochte an die dreihundert Jahre alt sein. Ein Baum mit einem mächtigen Stamm, der sich zu einem weit gespannten Dach aus dicken Ästen und grün flirrenden Blättern auffächerte. Sie war ein beliebter Treffpunkt von Liebespaaren, wenn auch an diesem klaren Frühsommermorgen den Menschen, die sich unter ihrem dichten Geäst trafen, der Sinn nach anderen, blutigeren Spielen stand.

Es mochten sich an die hundert Menschen eingefunden haben. Obwohl der König Duelle nicht allzu gerne sah, wurde tatsächlich kaum etwas gegen sie unternommen. So war es nicht verwunderlich, dass der gesamte Anhang der Schwestern Boleyn, die Freunde und Verwandten Sir Thomas Perks und schaulustige Höflinge aus Whitehall erschienen waren, um dem Zweikampf zwischen Perk und Etienne de Cobère beizuwohnen.

»Nehmt Ihr Eure Beleidigungen gegen Sir Thomas zurück?«, fragte Henry Percy, der als Sekundant die Pflicht hatte, einen letzten Versöhnungsversuch zu unternehmen.

»Zu meinem Bedauern«, sagte Etienne und zog höflich seinen Hut, »muss ich an meinen Behauptungen, dass Sir Thomas Perk ein unverschämter, heuchlerischer Windbeutel ist, unmissverständlich und mit aller Deutlichkeit festhalten.«

»Womit wohl anzunehmen wäre, dass die angebotene Versöhnung zwischen den beiden Herren als gescheitert zu betrachten ist«, sagte Giovanni Borgia nicht ohne Ironie, während Justus van Heyden wie unbeteiligt, aber durchaus befriedigt vor sich hinblickte. Der Tod Perks durch ein Missionsmitglied der Franzosen würde alle Vorschläge Henri d'Ardans' bei Hofe zunichte machen.

»Bei Gott«, sagte Henri leise zu Etienne, »ich schicke Euch in Ketten nach Paris zurück, wenn Ihr den Mann umbringt.«

Etienne lächelte. »Pflückt nur ruhig die Lorbeeren, Henri, die Ihr mir noch heute zu einem Kranz flechten werdet.«

»Ihr habt den Verstand verloren, de Cobère«, sagte Henri d'Ardans. »Ihr seid verrückter als ein toll gewordener Hund.«

Henri wandte sich wütend ab und begegnete dem Blick Anne Boleyns, die ihn aus der ersten Reihe der Schaulustigen her zornig anblickte.

Auf ein Zeichen trat er zu ihr.

»Seht Ihr diese Frau dort?«, sagte Anne Boleyn und deutete kaum merkbar auf eine gut aussehende, brünette Frau in einem roten Kleid aus glänzendem Taft, die ängstlich zu Perk hinsah. »Das ist Lady Perk. Eine Frau, die mir und meiner Schwester nahe steht. Ich werde Euch das Leben in England zur Hölle machen, wenn Sir Thomas getötet werden sollte. Jeder hier weiß, dass er de Cobère nicht gewachsen ist.«

»Ich konnte dieses Duell nicht verhindern. Nicht nach all den Beleidigungen, die de Cobère gegen Sir Thomas ausgestoßen hatte. Ein Zurückziehen de Cobères wäre als unerträgliche Feigheit erschienen. Der Verlust seiner Ehre hätte uns Franzosen noch härter getroffen als dieser Kampf hier.«

»Männer«, sagte Anne Boleyn voller Verachtung. »Franzosen.«

»Macht Euch bereit, meine Herren«, rief Henry Percy. »Macht Euch bereit zum Kämpfen.«

Thomas Perk und Etienne de Cobère legten ihre Wämser in das Gras und griffen nach ihren Waffen. Sie gingen auf eine Anweisung Henry Percys hin in Stellung und kreuzten ihre Degen. »En avant«, rief dann der hoch gewachsene Sekundant.

Perk versuchte von Beginn an, Etienne in die Verteidigung zu drängen. Er griff ungestüm an und de Cobère wehrte mit leichter Hand und seiner unglaublichen Körperbeherrschung mühelos alle Attacken von Sir Thomas ab. Es schien, als spiele er mit seinem Gegner, den er mit einem freundlichen Lächeln ins Leere laufen ließ, bevor er seinerseits zu einem Angriff ansetzte und Perk am linken Arm traf. Blut rann bis zu Sir Thomas' Händen herab und tränkte das helle Hemd rot. Ein Aufschrei des Entsetzens erklang von den Zuschauern her.

»Der nächste Treffer, Sir Thomas«, rief Etienne, der kaum heftiger

als zu Beginn zu atmen schien, »wird zu Ehren Charlotte de Begailles an Eurem linken Oberarm sein.«
Perk brüllte vor Zorn auf und stürzte sich neuerlich und vor Anstrengung keuchend auf den Franzosen. De Cobère parierte seinen Angriff, drehte sich beinahe tänzerisch zur Seite, stellte dabei Sir Thomas ein Bein, der wuchtig zu Boden stürzte und sich voller Furcht vor dem tödlichen Hieb im Gras herumwarf, in dem Spritzer, Spuren und Streifen von Blut hängen blieben.
»Es ist noch nicht nötig, vor mir zur Andacht zu liegen, Sir Thomas«, sagte Etienne, den Degen zum Kampf erhoben. »Weder bin ich ein König der Mauren noch ein anbetungswürdiger Heiliger.«
Zornige Rufe seitens der Zuschauer begleiteten den Ausspruch de Cobères. Der Franzose nickte freundlich und verbeugte sich in der Runde.
»Zu Füßen Charlotte de Begailles hätte er liegen müssen. Das hätte ihm besser zu Gesicht gestanden«, sagte er mit lauter Stimme.
»Bringt ihn um, Sir Thomas«, riefen einige der Engländer voller Wut. »Schlitzt diesem verdammten Franzosen den Bauch auf.«
Das Gesicht Lady Deborahs war wachsbleich. Etienne sah zu ihr hin und schenkte ihr sein freundlichstes Lächeln.
Sir Thomas Perk erhob sich langsam, verwundert darüber, dass de Cobère seine Lage nicht ausgenützt hatte und zornig über die lächerliche Figur, die er in diesem Zweikampf abgab. In seinem Blick zeichnete sich Angst, Wut und Unsicherheit ab.
»En garde«, rief Henry Percy. »En avant.«
Diesmal hielt Thomas Perk Abstand. Etienne griff an und vereitelte ohne Schwierigkeiten zwei Fintangriffe des Engländers. Dann stieß de Cobère nach vorne, und die Spitze seines Degens bohrte sich in Perks Oberarm. Sir Thomas schrie auf und taumelte nach rückwärts. Er ließ seinen Degen fallen und griff sich mit der Rechten an die Wunde. Als er seine Hand zurückzog, war sie verschmiert von Blut.
»Nehmt Euren Degen, Sir Thomas«, sagte Etienne mit lauter Stimme. »Und kämpft, wie ein Engländer es tun sollte.«
Sir Thomas Perk wischte sich die blutige Hand an seinem Hemd ab, beugte sich zu Boden und hob den Degen auf. Etienne ließ seine Waffe in der Luft auf und ab schnellen. »Da ich nun auf Eure linke

Seite eingestellt bin, Sir Thomas, werde ich als Nächstes, Charlotte de Begailles zu Ehren, Euch Eures linken Auges berauben.«

»Nein«, schrie Lady Deborah und stürzte zu ihrem Mann. Sie ergriff seinen linken, blutigen Arm. »Ich gebe zu, mich selbst vergiftet zu haben!« Die Frau in dem roten Taftkleid zitterte vor Aufregung. Ihre Hände öffneten und krampften sich zusammen, während Tränen ihre Wangen herabliefen.

»Aus Eifersucht?«, fragte Etienne de Cobère schnell.

»Ja.«

»Um Charlotte de Begailles einen Mordversuch unterzuschieben?«

»Ja.«

»Also ist Mademoiselle de Begailles ohne jegliche Schuld?«

»Ja«, schrie Lady Deborah. »Die verfluchte Hure ist ohne Schuld!«

Etienne de Cobère blickte freundlich zu Anne Boleyn und Henri d'Ardans hin. Dann steckte er seinen Degen gelassen in die Scheide.

»Der Kampf ist zu Ende«, sagte Henry Percy, ergriff sanft mit der einen Hand Lady Deborahs Schultern, die ihr weinendes Gesicht in den Händen vergraben hatte, und deutete mit der anderen dem Arzt, der neben van Heyden stand, Sir Thomas Perks Wunden zu verbinden.

Einige Augenblicke lang herrschte Stille. Dann, wie auf ein geheimes Signal hin, erhob sich Jubel. Die Reihen der Zuschauer lösten sich auf, und die Schaulustigen stürzten sich auf Etienne de Cobère, um ihn zu beglückwünschen.

Henri beobachtete Anne Boleyn, die zu Lady Deborah ging, sie in die Arme nahm und zu trösten versuchte, während Sir Thomas seine Frau mit einiger Fassungslosigkeit betrachtete. Als der Engländer verbunden war, ergriff Anne Lady Deborahs Hand und führte die Frau zu ihrem Gatten hin. Thomas Perk sah Lady Deborah ratlos an, bis die weinende Frau sich von Anne losriss, zu ihm stürzte und seinen Oberkörper umfing. Perk hob seine rechte Hand, hielt sie unschlüssig in der Luft und senkte sie dann, um seiner Frau sanft über das Haar zu streichen.

»Ihr habt das alles gewusst«, sagte Anne Boleyn, als sie zu Henri trat.

»Ich versichere Euch, dass ich es nicht wusste.« Er sah zu Etienne hin, der eine Fülle von Hochrufen über sich ergehen ließ. »Dieser verfluchte Kerl hat mich die ganze Zeit in Unkenntnis seiner Pläne gelassen.«

»Ein bemerkenswerter junger Mann.«

»Ein bemerkenswerter junger Mann, der eines Tages entweder zum Grafen geschlagen oder an einer Platane wie dieser hier aufgehängt wird.«

Anne blickte auf die Umstehenden. »Euer Freund Justus van Heyden scheint nicht allzu glücklich zu sein.«

Henri lachte mit einem Male, als er zu dem kaiserlichen Gesandten hinsah. »Nein, das erscheint er wahrhaftig nicht.«

Anne Boleyn zwinkerte Henri zu. »Die Franzosen sind die Helden des Tages.«

»Und Charlotte de Begailles endlich frei.« Er blickte zu Sir Thomas Perk und seiner Frau hin. »Was wird mit Lady Deborah geschehen?«

»Nicht allzu viel. Dafür sorgt Mary schon. Vielleicht wird man sie auf ein Jahr vom Hof verbannen.«

Henri sah Anne an. »Ich danke Euch, dass Ihr Euch trotz Eurer Freundschaft mit Lady Perk Charlotte de Begailles angenommen habt.«

»Mein Frankreich«, sagte Anne Boleyn und lächelte jetzt, »mein Frankreich vergesse ich nie.« Sie sah kurz zu Henri auf, senkte dann amüsiert ihren Kopf und ging wieder zu Sir Thomas und seiner Frau.

Henri winkte Etienne, der sich mit einem Scherzwort aus dem Kreis seiner Bewunderer löste.

»Nun«, sagte de Cobère, als er zu Henri hinschritt, »seid Ihr mit mir zufrieden, Monsieur le Baron?«

»Was seid Ihr doch für ein eitler und selbstgefälliger Kerl, Etienne.«

Etienne verbeugte sich mit einer Reverenz. »Ihr müsst mir aber zugestehen, dass es unter den Gegebenheiten die beste Möglichkeit war, eine eifersüchtige und hitzig verliebte Frau zu einem Geständnis zu bringen.«

»Wer hat Euch auf Lady Deborahs Spur gebracht?«

»Ihre Kammerzofe, die sich einer gewissen Zuneigung zu mir nicht erwehren konnte. Sie hat Lady Deborah dabei beobachtet, wie sie das Gift in Charlotte de Begailles' Zimmer brachte. Ihre Aussage allein wäre jedoch ohne Wert geblieben. Niemand hätte ihr geglaubt.«
»Dann habt Ihr von Eurer Darbietung im Fechtsaal bis zum heutigen Tag auf dieses Duell hingearbeitet?«
Etienne zuckte mit den Achseln. »So oder so hätte ich mich mit Sir Thomas geschlagen. Es schien mir vom ersten Augenblick an von Nutzen, dass jedermann wusste, dass er keine Chance gegen mich hatte. Wenn ich mir zugestandenermaßen auch am Beginn noch nicht klar war darüber, auf welche Art ich diesen Vorteil für mich ausnutzen würde.«
»Ihr seid nun ein wahrer Held geworden, Etienne. Man wird in England Romanzen über Euch schreiben. Das Lied vom tapferen de Cobère und seiner lieblich-unschuldigen Charlotte.«
Etienne lachte. »Ihr könnt mir Eure gesammelten Lorbeerblätter von Moulu bringen lassen. Dann, wenn er wieder gesund ist.«
»Geht zum Teufel, de Cobère.«
Etienne schüttelte heftig den Kopf. »Nein. Ich gehe jetzt schnurgerade in den siebenten Himmel, Henri.«
»Und wo liegt Euer verdammter Himmel, Etienne?«
»Im Tower«, antwortete de Cobère. »Im schönen, liebreizenden und bezaubernden Tower of London.«

11. Kapitel

Die Spielhölle befand sich im ersten Stock des Gasthofes »Lions Head«.

Ein großer, mit Tischen voll gestellter Saal empfing sie, in dem die aufgeregten oder murmelnden Stimmen der Spieler sich wie Wege, Straßen und Gassen kreuzten. An den Tischen saßen Händler, Advokaten, Richter, Gentlemen und würfelten oder spielten Karten. Münzstapel in unterschiedlicher Höhe standen vor den Männern. Entschlossene oder zögernde Hände griffen nach Gold und Silber, warfen beinahe geringschätzig, legten unsicher oder schoben zaudernd Guineen in die Mitte der Tische, bevor tastende Finger entschieden, unentschlossen oder bedächtig die Karten aufdeckten.

Henri, der sich in Begleitung Giovanni Borgias befand, bemerkte sofort, dass Tribet sich an diesem Ort heimisch fühlte. Sein Körper straffte sich und seine Augen funkelten, als sie den Saal betraten. Der Maler erinnerte d'Ardans an einen Jagdhund, der die Witterung einer erquicklichen Beute aufgenommen hatte.

»Habt Ihr Glück im Spiel?«, fragte Henri.

»Glück? Glück ist eine unfassbare Größe, Sieur d'Ardans. Aber das Schicksal herauszufordern ist eine Tat, die wir täglich vollziehen. Nirgendwo als im Spiel könnt Ihr es öfter und mit einer Eindringlichkeit betreiben, die Euch ständig an die Grenzen Eurer Möglichkeiten treibt.« Der Maler wandte sich Henri zu. »Wenn tausend Guineen auf dem Tisch liegen und Ihr plötzlich genötigt seid, um Reichtum oder Bankrott zu würfeln, dann wird dieser Augenblick Eures Lebens eine Höhe und Klarheit finden, die Ihr sonst nur im Angesicht des Todes erlebt.«

»Das klingt, als würdet Ihr gerne spielen«, meinte Giovanni Borgia.

»Bisweilen«, sagte Tribet nebenher, »bisweilen spiele ich.«
Sie drängten sich zwischen wartenden und pausierenden Spielern zu einem Tisch durch, der von einer Gruppe von Neugierigen umlagert wurde. Zwei teuer gekleidete Gentlemen, der eine blond und der andere dunkelhaarig, beide etwa um die dreißig, saßen einander gegenüber und spielten ein Kartenspiel, dessen Regeln Henri nicht geläufig waren.
»Sechzehn Stunden«, sagte ein kleiner Mann mit abstehenden Haaren am Kopf, neben dem Henri zum Stehen kam. »Sie spielen jetzt schon sechzehn Stunden.«
Henri betrachtete die Männer. Der Dunkelhaarige wirkte blasser, aber unverbrauchter, während der Blonde tief eingeprägte Ringe unter den Augen hatte und seine Hände manchmal leicht zitterten.
»Und was ist der Zweck dieses Spiels?«
»Ein Duell, Sir.« Die Blicke des Kleinen wechselten zwischen dem Spieltisch und Henri hin und her. »Derjenige, der als Erster aufgeben muss, verliert. Ein ganzes Gut steht auf dem Spiel, nicht zu reden von den fünfhundert Pfund, die der Einsatz der beiden am Tisch sind.«
Henri wandte sich Tribet zu. »Ihr scheint mir hierin ein Fachmann zu sein, Monsieur. Was treibt diese Männer zu solch einem sonderbaren Verhalten?«
»Der Augenblick der Wahrheit, Sieur. Dieser durchscheinende Moment eines schwebenden Schweigens, wenn das Schicksal Eure letzte Karte aufdeckt und Euch als glanzvollen Gewinner oder hoffnungslosen Verlierer kennzeichnet.«
Tribet nickte Henri zu und ging zu einem anderen Tisch.
»Ihr kennt den Maler?«, fragte der kleine Mann unvermittelt und neugierig.
»Ja«, antwortete Henri. »Weshalb?«
»Er weiß alles über die Tücken des Spiels.« Der kleine Mann mit den abstehenden Haaren schenkte Henri ein freundliches, rattenhaftes Lächeln. »Er hat hier schon ein Vermögen verloren.«
»Als Maler wird er nicht allzu viel besitzen, denke ich.«
Der kleine Mann schüttelte den Kopf wie eine muntere Hyäne, die einer wehrlosen Beute ansichtig wurde. »Ein hoffnungsloser Spieler wie er, Sir, wird immer zu Geld kommen. Immer.«

Der dunkelhaarige Gentleman am Spieltisch rief nach Braten und Wein. Einer der Umstehenden gab die Bestellung an den Wirt weiter, während unter den Zuschauern Wetten getätigt wurden.
»Alle drei Stunden dürfen sie eine Pause von fünf Minuten machen«, sagte Giovanni Borgia. »Die übrige Zeit müssen sie ohne Unterlass spielen. Selbst beim Essen und Trinken.«
»Wie ich sehe, habt Ihr Euch über dieses sonderbare Duell kundig gemacht.«
Borgia lächelte wolfshaft. »Verrückt. Diese Engländer sind verrückt. Selbst den Venezianern würde so etwas nicht einfallen.«
Henri verließ den Tisch der beiden Duellanten und schlenderte durch den Saal. Schwarz gewandete Magistratsbeamte spielten mit gesetzt wirkenden Zuhältern Karten, würdevoll blickende Ärzte würfelten mit teuer gekleideten Handelsherren um ihre Einsätze, während stutzerhaft aufgemachte Höflinge versuchten, die Fadesse ihres Lebens mit den Unberechenbarkeiten des Zufalls aufregender und prickelnder zu gestalten. Kerzen brannten an allen Tischen und ihre Flammen tanzten mit den Bewegungen der Spieler, Ausrufe der Wut und der Freude durchschnitten das angespannte Warten auf die Zeichen des Glücks, während Schankburschen beinahe lautlos Wein und Bier zu den Tischen brachten. Henri ging zu einem der Fenster und öffnete es. Der Geruch nach Schweiß und verhaltener Angst lastete schwer im Raum, während draußen eine frische Brise von der Themse her blies und Nieselregen auf ein im Fackellicht feucht blinkendes Pflaster fiel. Ein Vogel, der Tag- und Nachtzeit zu verwechseln schien, sandte ein Lied in den dunklen Himmel und verstummte dann abrupt. Henri lehnte sich mit dem Rücken an den Fensterrahmen und blickte in den Raum. Ein dicker Mann in einem Samtrock sah ihn an, stand von seinem Stuhl auf und ging dann auf ihn zu.
»Mein Herr«, sagte der dicke Mann, als er sich verbeugte, »hättet Ihr nicht Lust auf eine Würfelpartie? Ich und meine Mitspieler würden sich sehr freuen, Euch als Vierten in unserer Runde begrüßen zu dürfen.«
»Wie hoch ist Euer Mindesteinsatz?«
Auf den vollen Lippen des dicken Mannes erschien ein rosiges Lächeln. »Vier Guineen pro Spiel.«

»Dann ist es mir eine Ehre, einer Eurer Spielpartner zu sein.«
Die Partie entwickelte sich günstig für Henri d'Ardans. Schon nach kurzer Zeit war er in der Lage, seinen Einsatz zu steigern. Als die Würfel über den Tisch rollten und er drei Sechsen geworfen hatte, wurden die Mienen seiner Gegner zornig, steinern und wuterfüllt. Henri lächelte freundlich in die Runde, zuckte mit den Achseln und gewann weiter.
Der bucklige Mann, der am Eingang des Saales auftauchte, schien zu wissen, wen er zu suchen hatte. Er sah sich nur kurz um und ging dann zielstrebig durch den Raum. Einen Augenblick lang zögerte er. Dann schritt er zu Henris Tisch und stellte sich hinter ihn. D'Ardans blickte kurz zu ihm hoch und sah in verwaschene, blassblaue Augen. Er ergriff die Würfel.
»Der heilige Antonius möge Euren Wurf segnen«, sagte der Bucklige.
»Das kann nicht schaden, Lantier«, sagte Henri und warf.
Die Würfel zeigten zweimal sechs und einmal fünf Augen.
»Ein beinahe vollkommener Segen«, meinte Henri.
Der Bucklige lächelte kurz und schmal. »Die Anrufung des heiligen Antonius verfehlt nie seine Wirkung.«
Henri strich sein Geld ein, stand auf, verbeugte sich vor seinen Mitspielern und verließ mit dem Buckligen den Tisch.
»Ihr habt mich sofort erkannt, Sieur.«
»Es war nur eine Vermutung.« Henri sah das von Furchen zerschnittene, graufarbene Gesicht des Verwachsenen an. »Ihr seid jener Louis Lantier, der versucht hat, dem venezianischen Botschafter Pläne Leonardo da Vincis zu verkaufen.«
»Ja«, sagte der Bucklige, »so ist es.«
Henri nickte. »Wie viel?«, fragte er dann.
»Fünfhundert Pfund.« Lantier blickte kurz zur Seite. »Und ich gebe Euch damit nicht nur den Namen meines Auftraggebers, sondern auch den Namen eines der Mörder Eurer Frau.«
Henri sah ihn starr an. »Ich könnte die Stadtwache rufen und Euch auf der Stelle verhaften lassen.«
»Ich kenne Ausgänge aus diesem Haus, die der Wache unbekannt sind.«
»Und wenn ich Euch bis dahin festhalte?«

Lantier deutete mit dem Kopf zur Seite. »Seht Ihr diese Riesen von Schankburschen dort? Wenn Ihr hier Unfrieden stiftet, würden sie Euch niederknüppeln, und wenn Ihr der Kaiser selbst wärt.«
»Ich will den Namen dieses Mannes.«
Lantier hob beschwichtigend die knotigen Hände. »Geduldet Euch, Sieur. Ich habe vorher noch mit jemand anderen zu reden.«
»Mit wem?«
Lantier lächelte jetzt. »Mit meinem Auftraggeber, Sieur. Bezahlt er die Summe, seid Ihr aus dem Spiel.«
»Ich würde Euch dann bis an das Ende der Welt jagen, Lantier.«
»Spart Euch Eure Drohungen, Sieur. Man hat mich mein Leben lang zu fassen versucht und es nie geschafft.« Er lächelte von neuem. »Es wäre auch falsch mir zu folgen. Ihr hättet keinen Nutzen davon. Ich bin ein Fuchs, Sieur. Ein Fuchs.«
Er verbeugte sich mit einer grotesken Eleganz und ging zu der Tür, die zu einem Nebenraum des Saales führte.
Henri beobachtete die Tür. Sein Herz klopfte stark, seine Handflächen waren feucht und sein Gesicht zu einer Maske erstarrt. Die Kerzenflammen auf den Spieltischen erschienen ihm plötzlich wie blasphemische Totenlichter, die von der Decke baumelnden Leuchter wie sterbende Sonnen und die Spieler wie Marionetten. Er spürte, wie sich die rechte Hand in seinem Wams festkrallte. Es war schwer, ruhig zu bleiben. Es war schwer, Lantier nicht zu folgen, ihn nicht zu Boden zu werfen, ihn nicht mit Tritten zu traktieren, ihm nicht das bloße Herz aus der Brust zu reißen, wenn er nicht endlich redete, erklärte und verriet.
Schließlich erschien der Bucklige in der Tür und trat zu Henri. »In fünf Minuten bei der Balustrade der großen Treppe. Ich werde Euch dann erklären, wie Ihr mir das Geld zu übergeben habt.« Er deutete zur Tür des Nebenraumes. »Viel Vergnügen bis dahin bei der Suche nach meinem Geschäftspartner. Ihr werdet ihn nicht erkennen.« Er lachte. »Niemals. Niemals, Sieur.«
Lantier verließ mit einer höflichen Verbeugung den Saal, und Henri trat in das Seitenzimmer. Dralle, bunt gekleidete Mädchen saßen mit betrunkenen Männern um eine Reihe von Tischen, lachten, zechten und rieben sich an ihren zukünftigen Kunden. D'Ardans trat zu Giovanni Borgia und fasste ihn an der Schulter.

»Habt Ihr in diesem Raum einen Buckligen bemerkt? Er war vor kurzem hier und ist gerade gegangen.«

Der Italiener lachte. »Ihr müsst verzeihen, Sieur d'Ardans, aber bei solcher Gesellschaft steht einem kaum der Sinn nach einem Verwachsenen.« Er drückte sein Mädchen an sich, das Henri ein Lächeln wie ein Weizenfeld schenkte, während ihre Haut an Milch und Frühling denken ließ.

»Hier schätzen wir nur Männer, die überall gerade gewachsen sind«, sagte das Mädchen amüsiert.

»Ich brauche Euch, Borgia.«

Der Italiener blickte ihn an. Sein Gesicht wurde ernst und aufmerksam. »Was soll ich tun?«

»Nehmt Tribet«, sagte Henri und deutete auf den Maler, der mit einer Rothaarigen plauderte, dabei den Becher hob und ihr zutrank. »Nehmt Tribet und bewacht den Ein- und Ausgang des Hauses. Ich erkläre Euch alles später.«

»Ich hoffe, Ihr habt einen guten Grund für diesen Freundschaftsdienst, Sieur«, sagte Borgia und erhob sich. »Ich verlasse nur ungern diese Zierde der englischen Gastfreundschaft.« Er streichelte dem protestierenden Mädchen über das Haar.

»Ich erkläre Euch alles später«, sagte Henri, ging eilig in den Spielsaal zurück und trat zu dem die Spieler beobachtenden Wirt. Henri zog seine Börse.

»Fünf Pfund für Euch, wenn niemand das Haus über einen Eurer Geheimausgänge verlässt.«

Der pockennarbige Wirt sah ihn an. »Zehn Pfund.«

»Hol Euch der Teufel, Mann«, sagte Henri ärgerlich.

»Zehn Pfund.«

Henri zählte die Guineen ab und reichte sie dem Mann. »Sorgt augenblicklich dafür, dass die Ausgänge bewacht sind.«

Der Wirt neigte bestätigend den kahlen Kopf. »Es wird geschehen, wie Ihr befehlt, mein Herr.«

Henri ging durch den Saal und dann den schmalen Gang entlang, der zur Balustrade bei der Treppe führte. Er wartete. Er wartete wohl an die zehn Minuten, aber Louis Lantier erschien nicht. Dann ging er, wie auf eine Eingebung hin, den Gang entlang, der von der Treppe nach rechts abzweigte. Bei einer kleinen Tür sah er einen feuchten Fleck am Boden, der sich vor dem Türspalt abzeichnete. Henri bückte sich, tauchte seine Hand in die Flüssigkeit und betrachtete kurz die Kuppen seiner Finger. Dann sprang er auf und riss die Tür des Verschlages auf. Er konnte gerade noch der blutverschmierten Leiche des Buckligen ausweichen, die aus dem Abstellraum auf den Boden des halbdunklen Ganges fiel. Jemand hatte Louis Lantier einen Dolch in die Brust getrieben. Jemand hatte den Fuchs erjagt. Jemand hatte den Fuchs geschlachtet.

Jeanne des Marckes fühlte sich, als wäre sie die Treppe ihres Lebens hinabgestiegen. Mit Henri d'Ardans hatte sie ungeahnte Welten betreten, Welten der Liebe, Welten der Buntheit, Welten der Pracht. Jetzt, gefangen in Acres du Lay, blieb ihr nur die Alltäglichkeit belangloser provinzieller Verehrung, die ihr die kleinen Adeligen der Umgebung entgegenbrachten, ein phantasieloses Werben, das sie eher ermüdete, als ihre Sinne belebte. Liebe war nicht jene monotone Gleichgültigkeit, die sie die Männer verspüren ließ, seit sie Henri d'Ardans verlassen hatte.

Jeanne des Marckes litt. Sie war eine leidenschaftliche und gefühlvolle junge Frau, die sich von der Mittelmäßigkeit ihrer Umgebung gefangen genommen fühlte, die in der Gleichförmigkeit der Gefühle der Landadeligen um sie wie ein getriebenes, exotisches Raubtier in einem unsichtbaren Käfig des Gewöhnlichen herumirrte.

Jeanne des Marckes brauchte die Weite. Sie brauchte die Weite des Lebens und des Gefühls, brauchte die Leidenschaft einer Begierde, die sich ebenso rein wie klar darstellte, bergend und fordernd, die Kuss, Umarmung und Hingabe in einem war.

Was sollte sie mit all den kleingeistigen Nachbarn, die sie ihrer Bewunderung versicherten und dabei wirkten, als seien sie die karikierten Figuren einer italienischen Commedia dell'Arte? Sie verfluchte in aller Unweiblichkeit den Tag, an dem sie Henri d'Ardans die lichterfüllten und reinigenden Tiefen eines alles überschreitenden, unsagbaren Empfindens erleben, spüren und erfühlen ließ.

Sie vermisste ihn. Sie vermisste ihn und die Spötteleien Triboulets, die Freundschaft Marots, den Charme Etiennes, die glanzvolle Autorität Louise des Savoies und die humorvolle Brillanz eines Fran-

çois I. Sie vermisste diese bunte, zweigesichtige, verlogene, hinreißende und nie langweilige Welt des Hofes und ihrer Menschen, die diesen höfischen, unseligen, verführerischen Geist in sich trugen, wohin sie auch gingen, als wäre er ihnen von rastlosen und verwirrten Dämonen schon in der Wiege in ihre Brust und in ihr Herz gepflanzt worden.
»Zur Hölle mit Henri d'Ardans«, sagte sie laut und ärgerlich, als sie über die Ebenen der Beance ritt und ihre Stimme klang ihr wie die wilde, wütende und empörte Klage einer Verdammten, die sich hoffnungslos in einem Fegefeuer von allzu viel Durchschnittlichkeit und Langeweile gefangen und verstrickt hatte.

Die Themse rauschte dem Meer zu, beständig treibend und an den Ufern von London nagend. Das Licht der Fackeln auf dem Boot warf schimmernde, rötliche Spuren auf die Schwärze des Wassers und ein lauer Wind bewegte den durchsichtigen Schleier des Baldachins, hinter dem Charlotte de Begailles und Etienne de Cobère lagen und Wein aus zierlichen Pokalen tranken. Rufe von Fähren und Kähnen trieben wie ungelöste Fragen über das Wasser, während ein Musikant in der Mitte des Bootes gefühlvolle Lieder von der Freude, dem Glück und der Grenzenlosigkeit der Liebe sang.
»Ihr seid ein wahrer Edelmann«, sagte Charlotte de Begailles. Das Rot ihrer Lippen schimmerte und die Löckchen ihrer Haare tanzten im Takt ihres Kopfnickens, das ihre Worte begleitete.
»Findet Ihr, Mademoiselle?«, fragte Etienne lächelnd.
»Durchaus, durchaus, Monsieur. Kein anderer Mann hätte mich den Bell Tower hinunter auf Händen getragen, mich auf ein mit blumengeschmücktes Pferd gesetzt und unter der Begleitung von zwanzig Musikanten nach Whitehall Palace gebracht.«
»Bloß eine kleine Ehrung für eine zu Unrecht verdächtigte Frau.« Sie drückte seine Hand. »Wir Franzosen halten zusammen«, sagte Charlotte mit schmollmündiger Entschlossenheit.
»Das tun wir.« Etienne blickte sie treuherzig an.
»Auf immer und ewig.« Sie lehnte sich in die Kissen zurück. »Arme Lady Deborah. Wie sehr muss sie diesen unseligen Mann lieben, der die Blume meiner Tugend gebrochen hat.«

»Es wird ihr nichts Böses geschehen. Und Eure Blume ist makellos und unversehrt.«
Charlottes Gesicht rötete sich. »Findet Ihr wirklich?«
»Selbst wenn Euch eine Flotte von Berberpiraten entführt und geschändet hätte, wärt Ihr in meinen Augen jungfräulich wie ein junges Mädchen. Ihr könntet über Monate ein Meer von Schlamm durchwaten und wärt ebenso unschuldig wie am ersten Tag.«
Charlottes Augen wurden feucht. »Ihr rührt mich, Chevalier.«
»Ihr seid wie eine Rose in einem Feld von Unkraut. Nichts kann Euch beschmutzen.«
Charlottes Hand strich über Etiennes Unterarm. »Chevalier«, sagte sie leise, »Chevalier.« Sie schluckte allerliebst. »Eure Worte lassen mich beinahe die Monate der Entbehrungen vergessen.«
»Die furchtbar waren.«
Charlotte nickte. »Das Essen, Ihr wisst.«
»Ja, Mademoiselle. Ich weiß.«
»Keine Kammerzofe.«
»Auch die nicht.«
»Und die Hoffnungslosigkeit, einen anständigen Frisör zu finden.«
Etienne betrachtete sie liebevoll. »Ihr habt gedarbt.«
»Sehr«, sagte Charlotte. »Sehr.« Sie hob unvermittelt den Kopf und wandte sich dem Musikanten zu. »Hört nur! Er spielt jetzt ›Greensleeves‹. Die Komposition des Königs.«
»Des englischen Königs, Mademoiselle«, verbesserte sie Etienne amüsiert.
»Der sich nicht mit unserem großen François vergleichen lässt«, sagte Charlotte mit plötzlicher Entschiedenheit.
»Niemals«, stimmte ihr Etienne lächelnd zu.
»Die Melodie ist dennoch hübsch«, meinte sie nachdenklich und blickte dabei auf die Themse. »Wie sonderbar, dass ein so ungalantes Land so viele bemerkenswerte Musikstücke hervorbringen kann.«
»Vielleicht habt Ihr England nur unter unglücklichen Umständen kennen gelernt, Mademoiselle.« Er stützte sich auf dem Ellbogen auf. »Es wäre mir eine Freude, es Euch so zu zeigen, wie es sich mir dargestellt hat.«
»Freundlich?«, fragte Charlotte mit einem Hauch von Misstrauen.

»Ja.«
»Anziehend?«
»Zauberhaft wie Ihr, reizend wie Ihr, holdselig wie Ihr, gewinnend wie Ihr und liebreizend wie Ihr.«
»So kann das Land auch sein, Monsieur?«
»Wenn Ihr einen guten französischen Koch habt und Euch an das Wetter gewöhnt, durchaus.«
Charlotte sank in die Kissen zurück und schmiegte ihre Wange an die seine. »Dann zeigt mir Euer England, wenn es Euch glücklich macht.«
Etiennes Finger verstrickten sich in den Löckchen ihrer Haare. »Dann müsst Ihr aber alle Zeit, die Ihr noch in London bleibt, an meiner Seite sein.«
Sie seufzte zufrieden. »Wo bin ich denn jetzt, Monsieur? Bei Euch.«
»So müsst Ihr es aber auch in Zukunft halten.«
»Ich bin in Eurer Schuld, Monsieur.«
»Das ist das einzige Gefühl, das Euch zu mir treibt?«
Sie strich ihm liebevoll über die Stirne. »Das Einzige. Das Allereinzige.«
Etiennes Hand glitt zart über ihr Haar. »Eine Frage noch, Mademoiselle. Sie bewegt mich, seit ich Euch kenne.«
»Stellt jede Frage, die Ihr nur wollt, Monsieur.«
»Habt Ihr im Tower nie Angst gehabt, dass man Euch köpfen könnte?«
»Nie.«
»Weshalb?«, fragte Etienne und betrachtete sie voller Interesse.
»Ich wusste, dass ein blonder Ritter auf einem weißen Pferd kommen und mich retten würde.«
»Ja? Das wusstet Ihr?«
»Eine der bediensteten Frauen im Tower hat es in meiner Hand gelesen. Ihre Großmutter war eine Zigeunerin.«
»Welch eine interessante Versicherung auf die Zukunft.«
Ihre Finger glitten über seine Brust. »Und dann seid Ihr gekommen.«
»Ich bin nicht blond.«
Ihr Mund liebkoste sein Ohrläppchen. »Niemand ist fehlerlos.«
»Und mein Pferd ist ein leichtfüßiger Brauner.«

Ihre Lippen berührten sanft die seinen. »Was macht das schon?«
»Es ist nur der Genauigkeit wegen.«
»Ihr seid mein Ritter«, sagte Charlotte de Begailles, bevor sie ihn küsste. »Mein einziger, wahrhaftiger Ritter.« In ihren Augen zeigte sich wohliges Behagen. »Zwanzig Musikanten. Mein Gott, zwanzig Musikanten.«

»Ich finde, es sind die italienischen Weine, die die Engländer zur Sinnlichkeit verleiten. Sie weiten in unangemessener Weise die Arterien, durchbluten den Körper auf das Heftigste und bereiten damit der Vergnügungssucht im Kopf, von dem sie wie alles ihren Ausgang nimmt, ein allzu kommodes Bett.«
Henry Percy lächelte, als er sprach und seine Gäste betrachtete. Henri d'Ardans, Etienne de Cobère und Giovanni Borgia saßen locker um ihn gruppiert an dem großen Tisch, der sich in der Mitte des Speisezimmers seines geräumigen Hauses befand.
»Dann solltet Ihr französische Weine trinken«, meinte Henri. »Sie beflügeln den Geist, lösen die Verkrampfung der Seele und entspannen das Gemüt. Schwört einfach den italienischen Vergnügungen ab.«
»So wie immer versucht Frankreich den italienischen Handel abzuwürgen«, sagte Giovanni Borgia lachend.
»Ich finde, dass die Sittsamkeit der englischen Frauen nur eine umso heftigere Aufforderung zur Jagd auf sie darstellt.« Etienne stellte seinen Becher ab. »Wie überall auf der Welt herrscht auch hier die Auffassung vor, dass es besser sei, das Leben zu genießen, als vom Tod viel Aufhebens zu machen. London ist genauso heidnisch wie Paris.«
Henry Percy winkte ihm mit der Hand zu. »Nur dass Ihr die Reize der englischen Mädchen auf das Gröbste verschmäht habt, um Euch umso fester in die Arme der französischen Patriotin Charlotte de Begailles zu werfen.«
»Er ist einfach kein Kosmopolit«, sagte Borgia. »Er vergräbt sich ins Französische, wo immer er es findet.«
»Nun, die Lockerheit der Sitten ist ein Zeichen der Zeit«, sagte Henri d'Ardans. »Findet man sie auch in Eurem öffentlichen Leben?«

Henry Percy lachte.« Und ob man sie findet, Monsieur. Ohne Schmiergelder werdet Ihr in der Verwaltung des Königreiches wohl kaum Gehör finden. Der König duldet diesen Brauch, denn er entbindet ihn davon, die Gehälter zu erhöhen. Allein Kardinal Wolsey bezieht fünf ausländische Pensionen.«
»Sechs«, sagte d'Ardans. »Seit einigen Wochen sind es sechs.«
Henry Percy schlug erheitert mit der flachen Hand auf den Tisch. »Wie schön für den Kardinal. Wie gut für England! Aber er ist bei Gott nicht der Einzige. Der Kriegsschatzmeister bekommt jährlich außer seinem Gehalt an die sechzehntausend Pfund für seine Privatschatulle. Generäle und Hauptleute lassen tote Soldaten auf ihren Listen weiterleben und stecken deren Sold in die eigene Tasche. Mönche treiben ungeniert Handel, und Bischöfe schüren die Höllenfurcht, um ihre Ablässe teurer verkaufen zu können. Admiräle betätigen sich als Piraten, Geschäftsleute fälschen Waren, und die Richter verdanken ihre Würde bestenfalls ihren Schneidern.«
»Ich fühle mich immer mehr wie zu Hause«, meinte Etienne.
»Und wofür wird man in England gehängt?«, fragte Borgia.
Percy nahm einen Schluck aus seinem Becher. »Für etwa zweihundert Verbrechen. Das Fällen junger Bäume, das Abschneiden von aufgebundenem Hopfen, Zusammenrottung, Entwendung frisch gewaschener Wäsche, Kirchenschändung, Erpressung und Diebstahl im Wert von mehr als einem Shilling. Dies sind nur einige der Vergehen, die mir im Augenblick einfallen.«
»Welch eine sonderbare Rechtsprechung in einem Zeitalter, das einen Thomas More und einen Erasmus von Rotterdam hervorgebracht hat«, meinte Borgia.
»In jedem Zeitalter mischt das Barbarische sich mit Edelmut und Grandezza«, warf Henri ein. »Das unsere ist keine Ausnahme.«
»Ein gebildeter Engländer schätzt aber die Kunst über alle Maßen.« Henry Percy deutete auf die Bilder an der Wand. »Wie Ihr seht, sammle ich Gemälde.«
»Und gute noch dazu«, sagte Etienne, der seine Blicke im Raum umherschweifen ließ.
»Meine besten hängen allerdings in meiner Privatgalerie.«
»Könnten wir sie sehen?«, fragte Henri.
»Wollt ihr wirklich?«

Giovanni Borgia nickte. »Aber ja doch, Sir Percy.«

Percy schüttelte bedächtig seinen Kopf. »Es ist zwar nicht meine Art, meine Galerie der Geliebten jemandem zu zeigen …«

»Galerie der Geliebten?« Etienne hob den Kopf.

»Es sind allesamt Frauenbildnisse.«

»Freundinnen von Euch?«

Percy lachte. »Jetzt schon. Aber in Wahrheit sind es Frauenbilder aus allen Zeiten und Ländern.«

Etienne klopfte mit der Faust auf den Tisch. »Dann zeigt sie uns umso mehr!«

Percy erhob sich und rief nach einem Diener. »Für Euch«, sagte er zu seinen Gästen gewandt, »werde ich eine Ausnahme machen und Euch das Geheimnis meiner Herzensdamen offenbaren.«

Sie gingen, begleitet von zwei Lakaien, die Fackeln trugen, einen dunklen Gang entlang, bis sie zu einem Saal gelangten, der sich in seiner ganzen Länge an der Gartenseite des Hauses erstreckte. Die Diener entzündeten die Kerzen im Raum und standen dann wartend, die Fackeln in den Händen, bei der eichenen Tür.

»Hier seht Ihr die Marchesa di Pico«, sagte Percy und ging zu einem der Gemälde. »Das Bild dürfte vor etwa fünfzig Jahren in Montserrat entstanden sein. Ist sie nicht eine wunderbare Frau? Habt Ihr jemals schönere Augen und makellosere Linien des Gesichts erblickt?«

Henri d'Ardans nickte zustimmend und sah bereits zum nächsten Bild hin. Der Anblick des Gemäldes traf ihn wie ein Schlag. Sein Gesicht wurde wachsbleich und es schien ihm, als schlüge ein Schmiedehammer in seiner Brust. Das Gemälde verschwamm vor seinen Augen, hell und trugbildartig, ein farbiger Lichtstreifen in der Dunkelheit des Saales.

Percy bemerkte die Fassungslosigkeit, die in Henris Gesicht geschrieben stand, und trat einen Schritt auf d'Ardans zu.

»Ist Euch nicht gut, Sieur?«

»Von wem habt Ihr dieses Bild?«, fragte Henri mit einer Stimme, die zu einem heiseren Flüstern verebbte.

»Von Tribet. Ich habe es in seinem Atelier gesehen. Als ich einmal unvermutet bei ihm auftauchte, malte er gerade daran. Ich musste ihn unter Drohungen zwingen, es mir zu verkaufen.«

»Tribet.« Henri war kaum mehr zu verstehen. »Bringt eine Fackel her!«, schrie er plötzlich, die Stimme verzerrt.
Einer der Diener eilte zu ihm und beleuchtete das Gemälde.
»Tribet«, wiederholte Henri, auf dessen Stirn sich ein Film von Schweiß gebildet hatte. »Tribet.«
»Kennt Ihr das Modell?«, fragte Henry Percy verunsichert Henri d'Ardans.
»Ja.«
»Wer ist es denn, bei allen Heiligen?«
»Meine Frau«, sagte Henri. Er wandte sein aschfahles Gesicht Percy zu. »Meine tote Frau.«

Nieselregen fiel auf die schmutzbedeckte Straße und erschwerte den wenigen Passanten das Gehen. Moulu schritt hinter d'Ardans her und hielt eine Fackel. Sein linker Arm lag noch immer in einer Schlinge. Er hustete unvermittelt in der feuchtschmierigen Nässe, behielt aber dennoch die Umgebung im Auge. Die dicht aneinander gedrängten Häuser schälten sich wie ungewisse Schatten aus dem dunklen Hintergrund Londons. Einzelne Fackeln warfen ein unstetes Licht auf das von Kot und Urin verschmierte Pflaster. Der Nachthimmel war schwarz wie der Tod.
Als sie bei Tribets Haus angelangt waren, schlug d'Ardans mit der Faust gegen die Tür. Sie öffnete sich wie von selbst.
»Angelehnt«, sagte Moulu. »Unversperrt.«
D'Ardans nickte und nahm Moulu die Fackel aus der Hand.
»Sollte ich Euch nicht begleiten, Sieur?«, fragte der Diener.
D'Ardans schüttelte den Kopf. Dann trat er in die Dunkelheit des Hauses.
Das Licht der Fackel erhellte mit mattem Rot die enge Diele. Henri öffnete eine weitere Tür und betrat einen kleinen Saal. Grüne Farbe lag zu Pulver zerstampft in einem Mörser aus Messing. Eine ölige Masse klebte auf einer Marmorplatte. Ein Keilrahmen aus dünnen Leisten lag auf dem schmutzverkrusteten Dielenboden. Pinsel steckten farbverschmiert in einem irdenen Topf. Es roch nach frischer Farbe, nach ätzenden Substanzen und nach frischem Blut.
Jacques Tribet lag vor der großen Staffelei, und ein Dolch steckte in

seinem Bauch. Seine Brust war blutverschmiert und von Einstichen übersät. Blutspritzer waren auf die Leinwand gelangt. Sie wirkten wie phantastische rote Vögel in dieser Explosion von Grün, in der Tribet die Ufer einer noch farblosen Themse gemalt hatte. Das Gesicht Tribets hatte einen erstaunten, wutverzerrten Ausdruck angenommen. Eine der vielen Masken des Todes. Eine hässliche Maske.

Henri zog seinen Degen und leuchtete mit der Fackel den Raum aus. Farben, Porträts und Landschaften schimmerten wie erstarrte, bunte Träume in billigen, hölzernen Rahmen. Bild hing neben Bild. Farbige Landkarten einer verschwommenen und ertrunkenen Seele. Henri wandte sich zur Seite. Ein dunkler Gang öffnete sich in grauschwarze Finsternis. Henri ging den Gang entlang, der zu einer eisenbeschlagenen Tür führte. Die Tür war verschlossen. D'Ardans wandte sich um und lief die Treppe empor, die sich zum Obergeschoss emporwand. Ein Raum, in dem ein Baldachinbett stand. Henri zog einen der Vorhänge beiseite. Eine Katze, die auf dem zerknüllten Laken lag, fauchte ihn mit einem Blick aus erschreckten, gelben Augen an. Er ließ den Vorhang vorsichtig fallen und sah sich dann um. Niemand. Er trat aus dem Schlafzimmer in einen Raum, in dem sich zwei Truhen und ein mit Papieren überladener Tisch befanden. Auch hier Bilder. Gelbliche Totenköpfe, die ihn mit leeren Augenhöhlen angrinsten. Unter einem der Totenköpfe stand der Name des Königs. Unter einem anderen der Henry Percys. Er fand auch den seinen. Er war mit einem Messer, dessen Griff eine rote Rose war, durchstoßen und gespalten.

Der Schein von Henris Fackel wand sich zuckend den Gang entlang. Kein Mörder. Niemand, der mit einem Messer in der Hand ein Leben auszulöschen wünschte. Niemand, der den süßlichen Gestank des Todes an sich trug. Henri schritt die Treppe herunter, ein von einer Fackel beleuchtetes, bewegtes Bild inmitten dieser Werkstatt erstarrter Wirklichkeiten. Er ging zu Tribet zurück und kniete sich neben ihm nieder. Der Tote starrte ihn an, als wüsste er von den letzten Geheimnissen des Grauens. Henri durchsuchte Tribets Wams. Der Kopf der Leiche sackte mit beinahe unerträglicher Langsamkeit zur Seite, als suche die Seele dieses Körpers in leerer Hoffnungslosigkeit nach einem tiefen Schlaf des Vergessens. Henri hielt kurz inne. Dann zog er Tribet das Schlüsselbund aus dem Wams, erhob sich und ging neuerlich den dunklen Gang entlang. Nach einiger Suche fand er den Schlüssel für die versperrte Tür.

Er öffnete sie.

Das Bild Christiane d'Ardans' hing über dem mit heruntergebrannten Kerzen beleuchteten Altar. Alle Wände waren mit Bildern Christianes übersät. Seine Frau. Im Profil. Von vorne. Lachend. Auf jedem der Gemälde lachte sie. Eine Tote, die das Lachen liebte.

Wahnsinn, dachte Henri und Panik ergriff ihn. Ich bin an einem Ort des Wahnsinns.

Er taumelte nach vorne. Ein höllischer, fauliger, alles verschlingender Wahnsinn. Er begriff, wer Tribets geheimnisvolle Freundin war. Halluzinationen des Irrsinns. Er würgte vor Entsetzen. Mit einem Male überfiel ihn der Gedanke, nicht Tribet, sondern er hätte diesen Raum gestaltet. Jahre hatte auch er einen Altar für seine Frau errichtet. Jahre hatte auch er Bild um Bild von Christiane erschaffen, immer und ohne Unterlass. Tribet war er. Er war Tribet. Er brüllte. Brüllte wie ein verwundetes Tier vor Schmerz, während Christiane d'Ardans ihn anlachte, ihn zuletzt verlachte. Es schien, als wäre alles Gelächter der Welt in diesem Raum emporgestiegen. Er ließ Fackel und Degen fallen und presste seine Hände gegen seine Ohren. Der Raum drehte sich in einem farbigen, tollgewordenen Wirbel um ihn, und die Kerzen des Altars flackerten leicht, als er besinnungslos zu Boden stürzte.

Es war Moulu, der ihn fand. Es war auch Moulu, der das Papier entdeckte, auf dem nur flüchtig hingekritzelt stand: »London Bridge. Heute. Alleine. Mitternacht.«

Es war Mitternacht, als Henri d'Ardans über die London Bridge ging. Er hatte dem Wachtposten ein beträchtliches Trinkgeld gegeben, damit er die Brücke betreten konnte. Die Häuser, die an der Seite der London Bridge standen und auf die Themse hinauszudrängen schienen, waren dunkle Umrisse in der Finsternis. Henri d'Ardans hielt seine Fackel hoch. Der leichte Regen zischte in der Flamme. Die Luft war kalt und roch nach dem Fluss. Er war beinahe am anderen Ende der Brücke angelangt, als ein Mann sich aus einer Lücke zwischen zwei Häusern löste. Henri hielt die Fackel zur Seite und blickte in das lächelnde Gesicht Giovanni Borgias, der eine Pistole auf ihn gerichtet hielt.

»Eine wunderbare Nacht, um zu plaudern, findet Ihr nicht auch, Sieur d'Ardans?«

Henri wandte sich ihm zu. »Ihr habt Tribet getötet.«

Borgia lachte. »Ich war so frei. Und ich muss auch nur kurz am Zündstein dieser Pistole reiben, um Euch ins verdiente Jenseits zu befördern, Sieur. Was ich auch über kurz oder lang tun werde. Ich muss gestehen, dass ich Eure Fechtkünste zu fürchten gelernt habe.«

»Tribet war einer der Mörder meiner Frau, nicht wahr?«

»Ein armer Hund, der zufälligerweise Dokumente fälschen konnte. Mein Auftraggeber hatte ihm versprochen, dass der Überfall ohne Schaden für Eure Frau ausgehen würde. Als sie getötet wurde, wurde er verrückt. Nicht sofort, aber stetig. Am Ende glaubte er, Eure tote Frau sei seine Geliebte.«

»Und er hat die Dokumente da Vincis kopiert?«

Borgia lachte. »Und dabei eine Kopie für sich selbst angefertigt. Er hat sie nach London mitgebracht und hier einen neuen Namen angenommen. Als Tribet seine Spielschulden nicht mehr bezahlen konnte, hat er versucht, die Papiere über seinen Handlanger, den Buckligen, an den venezianischen Botschafter zu verkaufen.«

»Und Tribet war es, der Lantier ermordete?«

»Tribets Rolle wurde mir erst zu dem Zeitpunkt klar, als Ihr mich in dem Spielsalon danach gefragt habt, ob er mit dem Buckligen gesprochen hätte. Natürlich hat er. Nachdem Ihr die Leiche Lantiers gefunden habt, war es für mich eine Selbstverständlichkeit, dass Tribet ihn ermordet hatte. Tribet war der Mann, den mein Auftraggeber suchte.«

»Um ihn zum Schweigen zu bringen.«

Borgia lächelte. »So ist es, Sieur.«

»Euer Auftraggeber ist der dritte Mann, der meine Frau ermordet hat?«

»Wer sonst? Er hat mich gedungen, den Raben in Mailand umzubringen, falls es ihm nicht gelänge, Euch zu töten. Ich war es auch, der am Kai den Dolch auf Euch geschleudert hat. Zu meinem Bedauern habe ich Euch verfehlt. Es hätte uns bereits in Mailand eine Menge Verwicklungen erspart.«

»Und das Attentat auf der Themse, als wir nach Hampton Court reisten?«

»Mynheer van Heyden. Er hat sich mit mir abgesprochen. Eure Bündnispolitik mit England missfiel ihm.«

»Ist van Heyden Euer Auftraggeber, Borgia?«

Giovanni Borgia zögerte. Dann lächelte er. »Van Heyden. Ja, van Heyden ist es.«

Henri wischte sich den Regen aus dem Gesicht. »Warum seid Ihr zum Mörder geworden, Borgia?«

»Zum Mörder werden ist keine Schwierigkeit, Sieur. Alle Feldherren und Herrscher sind es. Das Entscheidende daran ist, dass einen das Töten nach oben bringt. Das Entscheidende ist, dass es einem zu Macht verhilft.«

»Ihr sprecht wie Cesare.«

»Möglicherweise bin ich sein Sohn. Ein Borgia, Sieur, bin ich auf jeden Fall.«

Henri deutete auf Borgias Pistole. »Das Pulver ist nass geworden, Giovanni.«

Borgia lachte erneut. »Nicht bei diesem Modell. Es wird von einer Kapsel geschützt. Ihr könntet damit mitten in einem Gewitterregen schießen. Keine Sorge, Sieur, Ihr werdet noch heut Nacht und auf dieser Brücke sterben.«

»Es konnte nur einer von Euch beiden ein Verräter sein. Das wusste ich schon seit einiger Zeit. Ihr oder Etienne de Cobère.«

Borgia lächelte amüsiert. »Ihr habt den armen de Cobère verdächtigt? Der Euch Rosen auf Eurem Weg streuen würde? Ihr enttäuscht mich, Sieur.«

»Ich habe wenig Erfahrung mit Lügnern, gedungenen Mördern und Verrätern.«

»Dann habt Ihr wenigstens für eine kurze Spanne Eures Lebens an Einsicht gewonnen, Sieur.«

»Es scheint so, Giovanni.«

Borgia verbeugte sich kurz. »Und nun genug der wohltönenden Schalmeien, Sieur. Euer Leben war lang genug, um an ein Ende zu kommen.« Er hob die Pistole. »Fahrt zur Hölle, mein Freund.«
D'Ardans schleuderte seine Fackel auf Giovanni Borgia, als der Italiener abdrückte. Ein Lichtblitz, der sie beide blendete. Ein Zischen wie von heißen Kohlen, die in eine Lache von Wasser fielen. Die Pistole hatte in der Nässe der Nacht versagt.
Henri d'Ardans packte Borgia um die Hüfte und warf ihn zu Boden. Beide versuchten, an ihre Dolche zu gelangen. Sie rollten über das nasse Pflaster der London Bridge, als Borgia sich dem Griff d'Ardans entwand und sich mit seinem Stilett auf ihn stürzte. Henri warf sich zur Seite, und der Italiener strauchelte. Er taumelte mit aller Wucht gegen das niedere Brückengeländer. Einen Augenblick schien es, als schwebe er waagerecht auf der Brüstung, bis er mit einem entsetzten, lang gezogenen Schrei in die Tiefe fiel. Als Henri sich aufrichtete und zum hölzernen Geländer lief, konnte er nur mehr die bewegte Dunkelheit des Flusses erkennen. Von Giovanni Borgia, Herzog ohne Land, engster Verwandter eines Papstes, Epigone des Cesare, Sohn oder Bruder der berühmten Lukrezia, war nichts mehr zu sehen.
Henri, dessen Augen sich an die Finsternis gewöhnten, vernahm nur das Rauschen der Themse, als er bei den Strudeln, die sich schwarzgischtig um die Brückenpfeiler wanden, nach dem Italiener Ausschau hielt.
Giovanni Borgia, dieser Sohn des Nirgendwo, des Fragwürdigen und des Unbekannten, war in die Dunkelheit zurückgekehrt, der er zu seiner eigenen Verwunderung entsprungen war.

»Sie rudern nach Southwark«, sagte Etienne, als er zu dem anderen Boot hinblickte, das etwa eine Viertelmeile vor ihnen die Themse überquerte. »Er wird zum ›Bear Garden‹ wollen. Van Heyden ist dort Stammgast. Dieser verdammte Kaiserliche lässt kein pöbelhaftes Spektakel, kein drittklassiges Bordell und keine schmutzige Schenke aus.«
Moulu nickte bedauernd. »Ein Mann simpler Vergnügungen.«
Paderi kniff die Augen zusammen, als er die Insassen des Bootes zu erkennen versuchte. »Er hat drei Männer bei sich. Leibwächter.«

»Dann werden wir ihn und seine Leute beim ›Bear Garden‹ stellen«, meinte Etienne. »Seid Ihr nicht auch dieser Meinung, Henri?«
Moulu schüttelte den Kopf. »Ein reichlich belebter Platz, um einen Mann zu entführen.«
Henri sah starr über das bräunliche Wasser des Flusses. Der Himmel, schmutzig und verhangen, ließ kein Sonnenlicht erkennen. »Er reist morgen nach Brügge ab. Es muss heute geschehen.«
Etienne warf den Holzspan, an dem er gekaut hatte, neben sich ins Wasser. »Was wollt Ihr mit ihm tun, wenn wir ihn haben?«
»Ihn an einen Ort bringen, wo ihn niemand findet.«
»Das Haus beim ›Temple‹, das Paderi für Euch kaufen musste?«
Henri nickte. »Und dort werden wir ausführlich mit ihm reden.«
»Wenn Paderi lange genug mit ihm gesprochen hat, wird er alles gestehen, was Ihr hören wollt.«
Henri sah ihn an. »Die Wahrheit.«
Etienne lächelte. »Die wird er unter anderem auch gestehen, mon ami.«
Van Heydens Boot legte am Ufer von Southwark an. Er und seine Männer verließen die schwankende Barke und gingen den Weg entlang, der von der Anlegestelle zum ›Bear Garden‹ führte.
Etienne befahl den Ruderern, nun schneller dem Ufer zuzusteuern. Er wandte sich wieder Henri zu. »Gefährdet Ihr nicht Eure Mission, wenn Ihr einen kaiserlichen Gesandten am helllichten Tag entführt?«
»Wenn van Heyden schuldig ist, wird niemand mehr danach fragen.«
»Und van Heyden ist schuldig?«
»Ja«, sagte Henri. »Er ist schuldig.«
Sie ließen ihr Boot an der Anlegestelle zurück. Etienne hatte es ausgesucht und der Mannschaft einen horrenden Lohn versprochen. Die Ruderer würden keine Fragen stellen, wenn sie mit einem Gefangenen zurückkamen. Geld war ein wunderbares Mittel, um die Blicke von einer sichtbaren Wahrheit in eine allgemein erwünschte Wirklichkeit zu lenken. Die Magie des Geldes war jeder anderen in dieser Welt überlegen, dachte Etienne, obwohl ihn beizeiten leise Zweifel über diese These befielen, wenn er an

Charlotte de Begailles dachte oder ihre sanftmütigen Augen vor sich sah.
Simon Mercant erwartete sie bei einer der Buden, die den ›Bear Garden‹ umgaben. Er wirkte hart und bullig wie immer.
»Ihr wolltet mich sprechen, Sieur d'Ardans?«
»Der Junge, den wir Euch von der Anlegestelle aus geschickt haben, hat Euch sehr schnell gefunden.«
»Aye, Sir. Ich bin bekannt hier.«
Henri sah ihn an. »Wir werden van Heyden mit uns nehmen.«
»Mit Gewalt?«
»Ja.«
Simon Mercant nagte an seiner Unterlippe. »Das wird teuer. Er ist kaiserlicher Gesandter.«
»Wir wollen nur, dass niemand für ihn Partei ergreift. Ihr habt sicher Eure Leute unter den Zuschauern.«
Simon Mercant nickte. »Fünfhundert Pfund. Und Ihr bemächtigt Euch seiner während der Bärenhatz. Da sind die meisten Leute abgelenkt.«
Henri nickte. »Gut.«
Mercant lächelte. »Wenn ihr es könnt. Er hat drei Männer bei sich. Ausgebildete Kämpfer.«
»Macht Euch keine Sorgen um uns.«
Simon Mercant zuckte mit den Achseln und wandte sich zum Gehen.
»Simon!«, rief Henri.
Der bullige Mann blieb stehen. Sein Gesicht blickte fragend. »Aye?«
»Ihr werdet uns doch nicht an van Heyden verkaufen, während wir warten.«
Mercant schob die Hände in die Taschen seiner Jacke. »Hat er mit dem Tod Eurer Frau etwas zu tun?«
»Ja.«
»Dann bekommt Ihr ihn, Sir«, sagte er und blickte Henri d'Ardans an. »Dann bekommt Ihr ihn sicher.«
Sie warteten etwa eine Viertelstunde, bis die Hatz begann. Die Hunde sprangen bellend und geifernd auf den Bären los, der mit seinen Pranken um sich schlug, als wolle er die Welt in Stücke rei-

ßen. Schon nach kurzer Zeit ertönte das schrille, jämmerliche Jaulen tödlich getroffener Bulldoggen, und der Geruch nach süßlichem Blut begann die Luft zu erfüllen.

Henri wandte sich dem Capitano zu. »Könnt Ihr es mit zwei von van Heydens Leuten aufnehmen?«

»Das sind Strauchdiebe«, knurrte Paderi. »Zu fünft könnten sie mir nicht gefährlich werden.«

»Einer von ihnen ist Sudema, den van Heyden schon in Lyon mit sich hatte. Ihn habe ich Euch zugedacht, Etienne.«

De Cobère lächelte. »Ich werde einen kleinen Reigen mit ihm tanzen, Henri. Vielleicht beflügelt das die Hunde.«

»Ich selbst übernehme van Heyden. Moulu, achte darauf, dass Simon Mercant Ruhe hält. Sollte er uns hintergehen, so schreie uns eine Warnung zu.«

Moulu nickte. »Das werde ich tun, Sieur.«

Etienne klopfte auf seinen Degen. »Dann auf zur Hatz.«

»Ja«, sagte Henri. »Gehen wir.«

Van Heyden stand am rechten Rand der Zuschauergruppe, die sich im Halbrund um den Baum gebildet hatte, an den der Bär gekettet war und mit den Hunden kämpfte. Sie schritten zu van Heyden hin. Der kaiserliche Gesandte schrie seinen Begleitern etwas zu, als er sie erblickte. Die drei Leibwächter zogen ihre Degen und bildeten einen Ring um van Heyden.

»Mein Gott, was für ein feiger Hund«, rief Paderi, der zwei der Männer angriff, während Etienne lachte, seinen Degen zog und auf Sudema zustürzte.

Paderi wie Etienne trieben die Leibwächter von van Heyden weg, während die umstehenden Zuschauer zur Seite stoben. Frauen schrien auf und Männer fluchten haltlos, während die Mehrzahl des Publikums sich nicht recht darüber im Klaren schien, wem es nun seine Aufmerksamkeit schenken sollte, dem Bär und den Hunden oder den kämpfenden Männern.

Van Heyden versuchte fortzulaufen, als er gegen eine Gruppe von mit Knüppeln bewaffneten Männern stieß, die ihn in das Kampfgeschehen zurücktrieben. Henri erkannte aus den Augenwinkeln Simon Mercant unter ihnen, der die Hände vor der Brust verschränkt hatte und ihm lächelnd zunickte.

Van Heyden blickte um sich und zog dann seinen Degen. Sein Gesicht war bleich.

»Was wollt Ihr von mir, d'Ardans?«, schrie er.

»Ihr seid der Auftraggeber Borgias gewesen, van Heyden. Ihr seid ein verfluchter Mörder!«

»Zu allererst bin ich kaiserlicher Gesandter. Ihr dürft mich nicht anrühren, d'Ardans!«

»Zur Hölle mit Euch, van Heyden«, rief Henri und drang mit dem Degen auf ihn ein. Er trieb den Mann nach Belieben vor sich her, schlug ihm nach einem kurzen Gefecht die Waffe aus der Hand. Henri warf, beinahe angeekelt, seinen eigenen Degen zur Seite, sprang nach vorne, umfasste van Heyden bei der Taille und riss ihn zu Boden. Er schlug seinen Kopf auf die staubige Erde.

»Ihr werdet alles gestehen, van Heyden. Alles!«

Sie waren dem Kampfrund gefährlich nahe gekommen. Ein Hund schnappte nach ihnen. Van Heyden nutzte den Augenblick der Unsicherheit Henris, stieß ihn zur Seite, sprang hoch und lief nach rückwärts. Der Prankenschlag des Bären riss ihm das Gesicht weg. Van Heyden ging noch einen schwankenden Schritt und stürzte dann, am ganzen Körper blutüberströmt, zu Boden. Die Bulldoggen ließen von dem Bären ab und rissen Fleisch von van Heydens Kopf und Schulter, bis die mit Knüppeln bewaffneten Hundeführer auf sie einschlugen.

Etienne zog Henri aus dem Kampfgeschehen, während die Zuschauer schrien und brüllten und der Bär zu töten versuchte, was in seine Nähe geriet.

»Wir haben die Leibwächter entwaffnet«, sagte de Cobère. »Sie haben das Weite gesucht.«

»Das wollte ich nicht.« Henri blickte auf die blutige Masse, die einst van Heydens Kopf gewesen war. »Das wollte ich nicht.«

»Nun sind alle Mörder Eurer Frau tot. Ihr habt Euch Rache erhofft. Ihr habt sie bekommen.«

»Nicht auf diese Art.«

»Sie sind tot. Habt Ihr Euch das nicht gewünscht?«

Henri blickte unverwandt auf van Heydens Leiche, während die Hunde unter den Knüppelschlägen aufheulten und der Bär über den Schmerz seiner blutenden Wunden brüllte.

»Das wollte ich nicht«, sagte er und schüttelte den Kopf. »Das wollte ich nicht.«

Am nächsten Tag wurde Henri d'Ardans verhaftet. Nach Interventionen der französischen Partei am Hof wurde der Tod van Heydens als unglückliche Folge eines Händels zwischen zwei Ehrenmännern dargestellt. Henri d'Ardans entging einer weiteren Verhaftung und dem Scheitern seiner Mission dennoch nicht. Im Juli 1523 erklärte England Frankreich neuerlich den Krieg. Nachdem sich die Schwestern Boleyn für sie einsetzten, wurden Henri, Etienne, Charlotte de Begailles, Paderi und Moulu als Gefangene auf Ehrenwort nach Whitehall Palace zurückgebracht, bis man sie gegen englische Adelige, die in französische Gefangenschaft gerieten, austauschen würde.

Im Sommer 1523 wurde Frankreich von bedeutenden Ereignissen erschüttert.

Der Herzog von Bourbon, enttäuscht und zermürbt von dem Prozess Louise de Savoies vor dem Pariser Parlament – Louises vom Zaun gebrochener Rachefeldzug, der ihn seiner Besitzungen berauben sollte –, wechselte auf spektakuläre Art und Weise das Lager. Er entzog sich in einer abenteuerlichen Flucht dem Einfluss François' I. und flüchtete nach Deutschland, wo er sich seinem Lehnsherrn im Reichsgebiet, dem Kaiser Karl V., unterstellte. Pikanterweise sollte ihm Louise de Savoie noch im Mai einen Heiratsantrag gemacht haben, den der Herzog ablehnte.

Im August 1523 landete eine sechzehntausend Mann starke englische Armee unter dem Herzog von Suffolk in Calais, die von siebentausend Flamen aus dem Reich unterstützt wurde. Im Herbst drang der Graf von Frundsberg mit zwölftausend deutschen Landsknechten in die Champagne ein. Zur gleichen Zeit regierte François I. das bedrängte Königreich Frankreich von Lyon aus und stellte unverdrossen eine Armee für seinen neuen Italienfeldzug auf.

Dem Herzog von Guise gelang es schließlich, Frundsbergs Landsknechte über die Maas zurückzudrängen, während Suffolk mit seinen Truppen bis nach Compiègne und Senlis nahe von Paris vorstieß. Fehlende Soldzahlungen und die geschickte Strategie des

französischen Oberkommandierenden Vendôme führten dann dazu, dass sich das englische Heer im November auflöste.
Mitte September überschritt Bonnivet, Freund des Königs und Marschall der französischen Italienarmeen, den Tessin und drang in die Lombardei ein. François' I. Entschluss, die Entscheidung um die Vorherrschaft in Europa in Italien zu suchen, war ungebrochen.
Anfang März 1524 begann die Offensive des kaiserlichen Vizekönigs von Neapel, Lannoys, gegen Bonnivets Armee in Oberitalien. Lannoys Geschick und die stümperhafte Strategie des französischen Marschalls führten zu einem triumphalen Sieg der habsburgischen Truppen. Bonnivet, verwundet, entmutigt und geschlagen, zog sich unter großen Verlusten nach Frankreich zurück.
Ende April brach in Troyes ein furchtbarer Brand aus, der die Stadt beinahe zur Gänze zerstörte. Den ganzen Monat Mai über fanden in Paris Prozessionen von Flagellanten statt, die sich ohne Unterlass für ihre und der Menschheit Sünden geißelten, während sich in den Kirchen eine wahre Hysterie um die heiligen, segensreichen Gebeine der Märtyrer entzündete. Ende des Monats schien der Zorn Gottes schließlich so weit besänftigt, dass eine leidliche Ruhe in den Straßen der Hauptstadt einkehrte.
Am 25. Mai 1524 wurde die Allianz zwischen Karl V. und Heinrich VIII. bestätigt, am 1. Juli fiel Charles de Bourbon mit einer Invasionsarmee in Südfrankreich ein, mit dem Ziel, Lyon für den Kaiser einzunehmen.
Am 2. Juli wurden Henri d'Ardans, Etienne de Cobère, Charlotte de Begailles, Moulu und Benvenuto Paderi gegen Lösegeld freigelassen. Sie schifften sich sofort nach Frankreich ein, begleitet von dem Segen Wolseys, freundlichen Worten Heinrichs VIII. und manch kummervollem Seufzer englischer Ladys, die den Witz und die Lebensfreude der Franzosen zu schätzen gelernt hatten.

12. Kapitel

Sie standen auf der steinernen Balustrade, die die beiden Türme von Notre-Dame de Paris miteinander verband. Die Stadt streckte sich weitgezogen unter ihnen aus, eine beinahe unübersehbare Fülle von Häusern, Türmen, Kirchen, Straßen, die im Licht des Sommertages wie polierte Kieselsteine an den kantigen Küsten eines südlichen Ozeans funkelten. Die Seine wand sich als silbernes Band durch das bunte Gewirr der ufernahen Viertel, und die Schiffe auf ihr wirkten wie weißdunkle Insekten, die sich träge von der zähen Flut des Flusses tragen ließen.
»Manchmal muss ich hier sein«, sagte Père Peres, dessen Soutane sich im Wind bauschte. »Manchmal ist es mir ein Bedürfnis, die Meere der Sorgen von ganz oben zu sehen.«
»Und? Hilft es Euch?«, fragte Henri, dessen Haare von der Sommerbrise zerzaust wurden.
Peres nickte. »Beizeiten muss man sich über das Alltägliche erheben, um es besser verstehen zu können. Es ist dann, als blicke man es von außen an. Als gewinne man das Gefühl von Distanz und einen Hauch von Abstand.« Peres blickte über das sonnenbestrahlte Paris. »Wie war deine Gefangenschaft in London?«
»Eine ehrenvolle Haft. Es fehlte mir an nichts.«
»Und deine Rache?«
»Die Mörder meiner Frau sind tot.«
Eine Möwe wurde von einem Windstoß erfasst und zur Seite getrieben. Der Vogel ließ sich fallen, suchte den Aufwind und segelte dann den Kuppen der Türme zu.
»Und? Hat es dich glücklich gemacht?«
»Nein.«
»Narr«, sagte Peres. »Du auf ewig verlorener Narr.«

»Ich musste es tun.«
Peres lachte. »Ja. Natürlich. Du musstet es tun.«
Henri strich sich durch die Haare. »Euer Zynismus ist unangebracht, Père.«
Peres wandte sich ihm abrupt zu. »Hat es dir Christiane zurückgebracht?«
»Ich habe Christiane dabei verloren.«
Peres sah ihn an. »Erkläre mir das.«
»Einer ihrer Mörder hat über ihren Tod den Verstand verloren. Er hat meine tote Frau als seine Geliebte betrachtet.« Er blickte über die Stadt.
»Sprich weiter«, sagte Peres.
»Er hat sie ohne Unterlass aus dem Gedächtnis gemalt. Hat ihr einen Altar errichtet.«
Ein Windstoß zwang sie, sich an der Balustrade festzuklammern.
»Und da hast du dich in diesem Wahnsinnigen wieder erkannt.«
»Es hat geschmerzt, Père«, schrie Henri, um den Wind zu übertönen. »Ich wusste nicht, wie weit ich mich schon verirrt hatte.«
Peres öffnete beinahe hilflos die Hände. »In einem Labyrinth scheint selbst der unsinnigste Weg zu einem Ausgang zu führen.«
»Ich habe begriffen, dass sie tot ist, Père.«
»Solange man lebt, ist es verrückt, das Lebendige von sich zu weisen, Henri. Das Tote ist und bleibt der Gnade Gottes zugehörig.«
»Ich habe es begriffen. Zu spät, wahrscheinlich.«
»Weshalb?«
Eine hellfarbige Taube ließ sich auf der Balustrade nieder. Sie flatterte erschöpft auf dem steinernen Boden, während ihre Federn vom Wind in einem wirren Hin und Her gesträubt wurden.
»Ich habe eine Frau von mir gestoßen. Eine junge Frau, die mich liebte.«
»Und du? Hast du sie geliebt?«
»Ja«, sagte Henri. »Ich habe sie geliebt. Aber ich war nicht frei, Père. Ich war an Christiane gefesselt.«
»Und jetzt? Wie denkst du jetzt über deine Frau?«
»Ich erinnere mich mit großer Dankbarkeit und Zuneigung an sie.«
Peres blickte zur Sonne auf. Er blinzelte im schneidenden Licht.

»Vielleicht solltest du nach dieser jungen Frau suchen.«
»Sie wird mich nicht mehr wollen. Auch in der Liebe gibt es einen Augenblick, in dem man sich entscheiden muss. Einen Augenblick, in dem man alles gewinnt oder alles verliert.«
»Such nach ihr«, wiederholte Peres.
»Ich werde darüber nachdenken, Père.« Henri blickte zur Seine. Die Anzahl der Schiffe und Boote hatte zugenommen, winzigen Treibhölzern gleich, die den Fluss entlangglitten, während die Menschen an den Ufern nicht mehr zu sein schienen als bewegte Punkte, die wirr und unruhig unsichtbaren Zielen zustrebten. »Was ist der Sinn des Ganzen?«
»Der Sinn des Lebens?«
»Ja.«
Peres lachte. »Du meinst also, der Sinn sei etwas, das man finden und wie einen toten Ast aufheben kann.« Er wandte sich neuerlich Henri zu. »Den Sinn des Lebens musst du erringen, mein Freund. Du musst ihn dir erarbeiten, wie ein Maurer mit seiner Kelle, der eine Wand hochzieht.«
»Ich dachte, es wäre leichter.«
»Du denkst immer, dass alles leicht ist, Henri. Du hast dein Leben lang im Reichtum und im Überfluss gelebt. Du hast nie die Armut und die Not gekannt. Du warst immer vom Glück der Satten begünstigt. Und die erste Prüfung deines Lebens hat dich aus der Bahn geschleudert. Ein halb verhungerter Tagelöhner aus meiner Pfarre hätte es besser gemacht.«
Henri lächelte mit einem Male. »Ihr sprecht mit mir, als wäre ich immer noch Euer fünfzehnjähriger Zögling im Schloss von Ardans.«
Peres sah ihn jetzt freundlich an. »Ein Schüler, der wenigstens beginnt, die richtigen Fragen zu stellen.« Er raffte die Soutane an sich, als eine neuerliche Windbö über die Balustrade der Kathedrale blies und den Staub auf dem Steinboden zu einer tanzenden, körnigen Welle aufbauschte. »Gott liebt uns nicht auf süßliche und klebrige Art, mein Freund. Er wirft uns im Gegenteil in die unmöglichsten Situationen, damit wir lernen, an ihnen zu wachsen. Gott weiß, dass der Mensch sich vor einem Hindernis offenbart – vor sich selbst, vor den Mitmenschen und vor ihm, vor Gott. Er

will uns Menschen groß haben. Wir sind in eine harte Welt hineingeboren worden, in eine Welt voller Schwierigkeiten und Probleme. Wir sollen den Gipfel des Berges unserer Mühen bezwingen.« Er lachte, als der Wind ihn beinahe umriss. »Wir sagen, dass Gott gut sei. Ja, das ist er, aber auf eine andere Art, als wir Menschen es glauben möchten. Er ist auf seine Art gut, nicht auf unsere. Wir Menschen sind wie Kinder. Wir wissen noch nicht, was gut sein bedeutet. Gott allein ist es.«

»Wo ist die Allmacht Gottes, wenn er den Menschen nicht fertig erschaffen konnte?«

Peres lachte neuerlich auf. »Gut pariert, Henri.« Eine Gruppe Kavalleristen galoppierte über den Domplatz. Von der Höhe der Kathedrale aus schien es, als ritten sie klein und lautlos über das grün gesprenkelte Pflaster, Schattenreiter in einer sonnentrunkenen Welt, in der nur mehr das Pfeifen des Windes vernehmbar war. »Gott hat sich in seiner Allmacht dem Menschen gegenüber eingeschränkt, damit wir unsere Macht erproben, damit wir wachsen und uns erkennen können. Wir sind seine Mitstreiter in dem Kampf um die Vollkommenheit der Schöpfung, in allem freie Wesen, die nach Gottes Bild erschaffen wurden. So sind wir selbst Schöpfer, fähig jeder Tat, fähig aller Phantasie. Gott löst nicht unsere Probleme. Wir selbst lösen sie.«

»Und wohin soll uns das führen?«

»In eine Welt ohne Tod und ohne Tränen.«

»Die auf den Irrtümern der Toten aufgebaut sein wird.«

Peres trat zu Henri. Er legte die Hand auf den Oberarm d'Ardans'. »Wer sagt dir, dass die Toten tot sind? Vielleicht warten sie sehnlichst auf unsere Taten, um der letzten Erlösung anheim zu fallen?«

Henri deutete auf die Stadt, die zu ihren Füßen lag. »Eure Thesen würden Euch dort den Scheiterhaufen von der Sorbonne eintragen, Père.«

»Und wenn … Ich habe längst keine Angst mehr. Dieses Jahrhundert ist das Jahrhundert der Religion. Niemals zuvor haben sich so viele Menschen bemüht, zur letzten Wahrheit vorzustoßen.«

»Wie Luther.«

Peres hob die Hände. »Lass mir diesen Deutschen in Frieden. Er hat etwas Wichtiges erkannt. Der Mensch kann seine Bindung an Gott nicht selbst erwirken, sondern nur aufgrund göttlicher Vergebung, die er als Gnade im Glauben empfängt. Das meinen letztlich auch die Katholiken, jedenfalls jene, der die Sorbonne noch nicht die Seele aus dem Leib geprügelt hat. Nur gehen wir noch weiter als Luther: Wir glauben fest daran, dass der Mensch durch die Gnade neu erschaffen wird, zurückversetzt in den anfänglichen Stand der Heiligkeit.«

»Also benötige ich Gnade, Père.«

»Fässer davon, Henri. Fässer davon.«

Henri presste das vom Wind aufgeplusterte Wams an seinen Körper. »Es ist gut, Euch wieder zu sehen, Père.«

»Such nach der jungen Frau.«

»Ich werde darüber nachdenken.«

»Zum Teufel mit deiner Angst, abgewiesen zu werden.«

»Was würden nur Eure Pfarrkinder von Euch denken, wenn sie Euch so fluchen hörten?«

Peres sah ihn an. »Diesmal wirst du mich öfter besuchen, Henri.«

»Das werde ich tun.«

Peres nickte. »Dann lass uns nach unten gehen.«

»Ja«, sagte Henri und lächelte. »Kehren wir zur Erde zurück.«

»Niederlagen«, sagte Louise de Savoie, die in ihrem neuen, prachtvollen Arbeitszimmer im Schloss von Blois auf und ab schritt. »Ich ertrage keine Niederlagen.«

Die Wände des Zimmers waren zur Gänze mit Holz verkleidet, mit Täfelungen, deren Intarsien zu dem Schönsten zählten, was Henri d'Ardans bisher gesehen hatte. Durch das offene Fenster drang Baulärm. Maurer waren unermüdlich dabei, eine Außentreppe zu errichten, von der François I. schon jetzt sagte, dass sie zu den Wundern der Welt zählen würde. »Frankreich muss endlich die Initiative auf dem Kontinent zurückgewinnen.«

»Und wie stellt Ihr Euch das vor, Madame?«

»Durch eine gezielte Invasion der Reichsgebiete Deutschlands. Die Bauern des Reiches befinden sich im Aufruhr. Niemals war die Lage günstiger.«

Henri folgte ihrem ruhelosen Auf- und Abschreiten mit seinem

Blick. Louise de Savoie schien unverändert. Eine kraftvolle, energische Frau von reifer, aber unübersehbarer Schönheit.

»Und der König?«

Louise de Savoie blieb abrupt stehen. »Sehnt sich danach, neuerlich in Italien einzufallen. Und dies, nachdem zwei seiner Marschälle innerhalb von zwei Jahren zweimal geschlagen wurden.«

»Bringt ihn unter allen Umständen davon ab, Madame.«

»Und wie meint Ihr, soll ich das tun? Indem ich ihn an einen Stuhl fessle?« Sie nahm ihre Wanderung durch das Arbeitszimmer wieder auf. »Diesmal will er sich selbst an die Spitze des Heeres stellen. Er will die Schlacht von Marignano wiederholen.«

Henri sah sie an. »Vielleicht gelingt es ihm, Madame.«

»D'Ardans, die andauernde Gesellschaft Heinrich VIII. scheint Eurem Scharfsinn nicht gut getan zu haben.« Sie hob die Hände. »Seht Ihr denn nicht, welch ungeheure Summen wir in einem verwüsteten Oberitalien verschleudern? Mein Sohn denkt an die Wiedereroberung Mailands, während Bourbon Südfrankreich verheert.«

»Was gedenkt er gegen Bourbon zu unternehmen?«

»Nach Lyon zu reisen, ein Heer aufzustellen, Bourbon zu schlagen und in die Lombardei einzufallen.«

»Ein Plan, dem eine gewisse Konsequenz nicht abzusprechen ist.«

Louise de Savoie zeigte mit dem Finger auf ihn. »D'Ardans, Ihr habt meine Partei zu ergreifen!«

Henri lächelte. »Wie Ihr meint, Madame.«

Louise blieb in der Mitte des Raumes stehen. Das Rot ihres Kleides spiegelte sich im Parkett des Bodens.

»Bourbon zu schlagen ist notwendig. Aber ebenso notwendig ist es, das Reich anzugreifen und Karl V. dort zu treffen, wo es ihn am meisten schmerzt. In den Spanischen Niederlanden und in der Kurpfalz.«

»Und wie kann ich Euch in dieser Angelegenheit dienlich sein, Madame?«

Louise de Savoie ging zu Henri und legte ihm ihre zarte, gepflegte Hand auf den Arm. »Nach Eurer langen Gefangenschaft in England seid Ihr für François von Interesse. Er ist neugierig auf Euch.

Sucht ihn dahingehend zu beeinflussen, dass er einer Invasion der Spanischen Niederlande zustimmt.«

»Ich glaube, Ihr überschätzt meinen Einfluss, Madame.«

»Ihr seid nicht der Einzige, den ich darum gebeten habe«, sagte Louise de Savoie. »Ich hoffe, dass die Fülle gleich lautender Meinungen den König beeinflusst.«

»Ein Kampf um seine Seele?«

«Ja«, sagte sie und zog die Hand zurück. »Ein Kampf um seine Seele. Ein unerlässlicher Kampf, dessen Notwendigkeit noch dadurch gesteigert wird, dass diese unselige Françoise de Chateaubriant ihn in seinen Italienabenteuern bestärkt.«

Louise de Savoie trat zum offenen Fenster und winkte ihm. Henri d'Ardans legte seinen Hut auf eine Truhe und ging zu ihr. Louise wies auf eine Gruppe junger Schönheiten, die im Hof standen und trotz des Baulärms und des Staubes vergnügt miteinander plauderten.

»Seht Ihr diese kleine Blonde dort?«, fragte sie und wies auf ein zierliches, hübsches Mädchen von etwa fünfzehn Jahren. »Anne de Heilly. Eitel, gierig nach Schmuck und mir treu ergeben. Ich werde dafür sorgen, dass sie die Stelle Françoise de Chateaubriants einnimmt. Der König hat sie bereits wohlwollend zur Kenntnis genommen.«

Henri sah sie von der Seite an. »Und Diane de Poitiers?«

»Ist zu ihrem Ehemann, dem alten, freundlichen und gichtkranken Louis de Brezé, zurückgekehrt. Es wird einige Zeit dauern, bis wir sie wieder am Hof begrüßen dürfen.« Sie sah lächelnd zu Anne de Heilly hin. »Wie gefällt sie Euch?«

»Sehr jung. Ein Reh. Überaus anziehend.«

Louise de Savoie wandte sich vom Fenster ab. »Sie wird eine Bereicherung des königlichen Bettes darstellen.« Sie ging zu ihrem Schreibtisch. »Und Françoise de Chateaubriant wird in ihre geliebte Bretagne zurückkehren müssen.«

»Ihr kämpft wahrhaftig um die Seele des Königs, Madame.«

»Mein Sohn ist mein Leben, d'Ardans. Ich werde nicht zulassen, dass irgendeine Frau ihn mir nimmt.« Sie setzte sich hinter ihren Schreibtisch. »Wie war England?«

»Ihr wisst, dass meine Mission …«

Louise de Savoie machte eine unwillige Handbewegung und griff nach einem Blatt Papier. »Ich meine nicht Eure Mission.«
»Ich habe vollendet, was ich mir vorgenommen hatte.«
Louise de Savoie hob den Kopf und sah ihn an. »Und? Seid Ihr nun von Eurem Dämon befreit?«
»Ja, Madame«, sagte Henri d'Ardans. »Ich bin zur Gänze von ihm befreit.«
Louise nickte. »Dieses Mädchen, das Ihr in Lyon bei Euch hattet … Ihr solltet es aufsuchen.«
»Das werde ich tun, Madame.«
»Vielleicht habt Ihr Glück und sie ist noch frei.«
»Ja«, sagte Henri. »Vielleicht habe ich Glück.«

»Deutschland? Was soll mir Deutschland?« François I. hob die Hände zum Himmel, als wolle er, der Jupiter Frankreichs, das Sonnenlicht in seinen gesalbten Handflächen einfangen. »Italien ist das reichste Land Europas. Wer Italien besitzt, beherrscht den Kontinent.«
Sie gingen durch den in Karrees angelegten Garten des Schlosses von Blois, eine Hymne der Vernunft und der Geometrie an die ungezügelte Schönheit von Pflanzen und Blumen. Eine Gruppe der unentbehrlichen Höflinge, bunt und prunkvoll gekleidet, folgte ihnen plaudernd in einigem Abstand.
»Wie gefallen dir die baulichen Änderungen in Blois?«
»Das Schloss wird prächtig werden, Sire.«
»Du solltest einmal nach Chambord reiten. Dort entsteht das Schloss der Schlösser.«
Er blickte über die Stadt, die sich an den Hangseiten des Parks bis zum Fluss hin erstreckte. »Leonardo da Vinci hat noch die ersten Pläne dazu entworfen. Es wird nichts Vergleichbares auf Erden geben.« Er wandte sich neuerlich Henri zu.
»Karl V. mag Deutschland behalten. Ich will Mailand, Rom, Neapel. Von der Südspitze Italiens aus wird es mir auch möglich sein, Katalonien anzugreifen. Venedig und Genua werden zu Vasallen Frankreichs herabsinken. Ausblicke, Henri, die durchaus erfreulich sind.«
»Wir sind zweimal in Italien geschlagen worden.«

François lachte auf. Schatten und Sonnenlicht teilten sein Gesicht. »Ich nie, mein Freund. Und ich werde den nächsten Feldzug leiten.«
»Ein zweites Marignano?«
»Ein Marignano, das Karl V. in die Knie zwingen wird. Ein Marignano, das mir auf ein Jahrzehnt die Vorherrschaft in Europa sichern wird.«
»Ich würde dennoch einen Angriff auf die Spanischen Niederlande und die Kurpfalz …«
François legte seinen Arm um die Schultern Henris. »Sag meiner Mutter, dass ihre Argumente auch dann nichts fruchten, wenn du sie vorträgst.«
»Begründete Argumente.«
»Wie die meinen.« François beschleunigte seinen Schritt. »Wie war Heinrich VIII.?«
»Prunkliebend und unberechenbar.«
»Du wirst mir alles genau erzählen müssen, Henri. Ich hätte dich jedenfalls nie nach London schicken sollen. Der Auftrag war unausführbar.«
»Ihr habt mir die Bastille angedroht, wenn ich versage.«
François lächelte neuerlich. »Habe ich das? Das war sehr unfreundlich von mir.« Er sah amüsiert vor sich. »Habe ich dir schon erzählt, dass ich einige neue Gedichte verfasst habe?«
»Nein, Sire.«
»Marot wird sie heute Abend vortragen. Nach dem Spektakel.«
»Welchem Spektakel?«
»Lass dich überraschen, Henri«, sagte der König lächelnd. »Lass dich überraschen.«

»Henri!«, rief Clément Marot, als er d'Ardans auf dem Schlosshof erkannte. Die beiden Männer stürzten einander in die Arme und klopften sich gegenseitig auf Schultern und Rücken. »Welch eine Freude, dich zu sehen!«
»Die Engländer«, sagte Triboulet, der Marot gefolgt war, »müssen einen erbärmlichen Geschmack besitzen, wenn sie diesem Hermes diplomatischen Scheiterns so lange Obdach und Futter in ihren strohgedeckten Hütten gewährt haben.«

»Wie ich feststellen darf, erfreust du dich bester Gesundheit, Triboulet.«
Triboulet verneigte sich. »Und bald einer noch besseren, wenn der lichte Liebling Louise de Savoies seinen krausen Überlegungen die entsprechenden Taten folgen lassen wird. Du wirst mein Herz weit und groß machen, du Jason Albions, und meine Seele wird dir zu Ehren eine Volta verhaltenen Lachens tanzen.«
»Was gibt es Neues?«, fragte Henri.
»Neues?« Triboulet runzelte die Stirne. »Wir sind im Norden, im Westen, im Osten und im Süden geschlagen worden und dennoch steht das Königreich stärker denn je da. Das ist eines jener Geheimnisse, die nur der liebe Gott und Louise de Savoie verstehen. Wobei es nicht unbedingt in dieser Reihenfolge sein muss.«
»Ich bin immer noch unbeweibt«, sagte Marot. »Ich dichte wie stets ohne Unterlass und bewundere von Tag zu Tag mehr meine Herrin, die wunderbare und unvergleichliche Marguerite d'Alençon.«
»Und dein Luther?«
»Wird von der Sorbonne mit Eifer verfolgt. Erst kürzlich hat sie den Pariser Humanisten, Louis de Berquin, verhaften lassen, weil er im Besitz lutherischer Schriften war. Der König musste diesen blutgierigen Zeloten mit entschiedenen Konsequenzen drohen, ehe sie bereit waren, ihn freizulassen.«
»Der Eifer frommer Gesinnung macht aus den klügsten Menschen reißende Wölfe«, meinte Triboulet. »Was richtet er dann erst bei professoralen Narren an?«
»Und du, Henri? Wie geht es dir?«, fragte Marot.
»Gut. Es geht mir gut.«
»Welch eine Drohung«, sagte Triboulet. »Was bedeutet dies anderes, als dass dieser Alexander der Geheimbotschaften unverzüglich Frankreichs letzte Freunde vor den Kopf stoßen wird. Dass er ohne Erbarmen Verträge und Abkommen schließen wird, über die sich noch unsere Enkel den Kopf zerbrechen werden, auf welche Art sie deren unentwirrbaren Fallstricken entkommen können. Paris wird eine Beute des Erzbischofs von Köln werden, und in Bordeaux wird der König von Thule herrschen.«
»Es gibt keinen König von Thule, Triboulet«, sagte Marot.

»Lasst Henri d'Ardans nur ungehindert gewähren, und es wird in Bälde einen geben.«
Henri lachte. »Ich bin verwundert, dass du noch immer nicht am Galgen gelandet bist, Triboulet. Alle Mitglieder des Hofes würden erscheinen, um sich an deine Beine zu hängen.«
»Ich bin unentbehrlich, du Singvogel der Schwestern Boleyn. Ich bin der Einzige, der die Wahrheit hinter den Schimären der Pracht erkennt. Ich bin der Einzige, der das Feuer der Erkenntnis entfachen und zum Lodern bringen kann. Ohne mich würde sich das Unwissen mit dunklen Adlerschwingen über den Hof von Frankreich senken. Ich bin ein Prometheus der Narrheit, der in Diensten des königlichen Zeus steht.«
»Ich werde mit dem König nach Süden ziehen«, sagte Marot.
Henri sah ihn überrascht an. »Ich habe dich nie als Soldaten gesehen, Clément.«
»Ich möchte Italien kennen lernen«, sagte der Dichter. »Es langweilt mich, mit dem Hof durch das Loiretal zu reisen.«
»Und die Kosten für Rüstung und Pferde?«
»Wird Marguerite d'Alençon tragen.«
»Ich hoffe, du wirst uns ein Epos unübertreffbarer Siege mitbringen, Clément.«
»Wenn er nach Italien kommt«, meinte Triboulet, »werden es Siege über volle Weinflaschen sein.«
»Lasst es uns sehen«, sagte Marot fröhlich. »Lasst es uns sehen, meine Freunde.«

Das Spektakel, das François I. angekündigt hatte, brauchte die Vorbereitungszeit eines halben Tages. Zimmermannsleute errichteten im Schlosshof eine Arena, die mit Palisaden eingefriedet wurde, und dahinter eine hölzerne Estrade, auf der die wichtigsten Mitglieder des Hofes Platz fanden. Die Höflinge und Damen von Blois, die nicht die Ehre hatten, auf der königlichen Tribüne zu stehen, lehnten an den Fenstern des Schlosses und blickten voller Neugierde in den geräumigen Hof hinab. Als François I. und sein Hofstaat auf der Estrade Platz genommen hatte, wurde auf ein Zeichen des Königs hin ein riesiger Keiler in die Arena gelassen und stürzte sich nach einem Augenblick der Verdutztheit auf die mit Stroh gefüllten Puppen, die an Stangen aufgehängt waren und die Feinde des Königreichs darstellten. Der Keiler wütete in der Umfriedung, während Triboulet laute Kommentare von sich gab und die Damen und Herren des Hofes über ihn und das Spektakel herzlich lachten. Plötzlich stürzte sich der Keiler auf die Palisade, die vor der Estrade stand, und riss sie mit der Wucht seiner Kraft und seines Gewichtes um. Er erblickte die Treppe, die zur Tribüne hochführte und stürmte sie empor. Während die Damen und Herren des Hofstaates vor Entsetzen aufschrien, zog der König von Frankreich ruhig seinen Degen, wich gewandt dem heranstürmenden Keiler aus und stieß ihm mit voller Wucht seine Waffe in den Nacken. Das mächtige Tier knickte mit seinen Vorderfüßen ein, zuckte und fiel mit einem schrillen Seufzer blutüberströmt zur Seite. Einen Augenblick herrschte Schweigen. Dann brandete im Hof des Schlosses von Blois ein ohrenbetäubender Jubel auf. Der König blickte gelassen um sich.

Dann lächelte er seinen Untertanen zu.

Henri d'Ardans ritt auf einem Weg, der durch die Kornfelder der Beauce führte. Ein Meer von sattem, goldenem Gelb wiegte sich in der Brise, und der Himmel war von einem metallenen Blau, über den schmale, durchscheinende, weiße Schleier zogen. Henri sah die beiden Reiter schon von weitem und ritt eilig den staubigen Weg zu der schmalen Straße hinunter. Er hob die Hand zum Gruß.

Jeanne hielt ihr Pferd an. Einen Augenblick lang standen sie sich so in dieser leuchtenden Landschaft gegenüber, wartend, unsicher und voll unausgesprochener Fragen. Dann beugte sich Jeanne zu ihrem Verwalter und sprach kurz auf ihn ein. Gauthier de Meillet warf Henri einen misstrauischen und abschätzenden Blick zu, machte kehrt und ritt die Straße zurück.

»Willkommen«, sagte Jeanne. Ihr Herz klopfte, und Röte war in ihr Gesicht gestiegen. Sie betrachtete den einzigen Mann, den sie jemals geliebt hatte, und versuchte sich über ihre wirren Empfindungen klar zu werden.

»Ich habe nach dir gesucht.« Seine Augen tasteten ihr Gesicht ab. Jeanne fühlte plötzlich Zorn und Wut in sich aufsteigen. »Zwei Jahre. Es ist zwei Jahre her.«

Sie wendete ihr Pferd und ritt in die Wiese, die sich an der einen Seite der Straße erstreckte. Bei einer Gruppe von Bäumen stieg sie ab und band ihr Pferd fest. Sie stand mit dem Rücken zu Henri und strich dem Tier zärtlich über den Hals, so als hätte sie Angst, sich umzuwenden. Dann setzte sie sich zu Füßen einer Linde und lehnte sich an ihren Stamm. Henri schritt zu Jeanne und ließ sich an ihrer Seite nieder.

»Es ist, als sei alles gestern geschehen.« Glück, Freude, Hoffnung und eine seltsame Ergebenheit in ihr Urteil erfüllten ihn.

Jeanne schüttelte unwillig den Kopf. »Es ist zwei Jahre her.«

»Gestern. Es war gestern.« Henri sah sie an. Sie war reifer geworden, von einer Schönheit, die ihm einen Moment lang den Atem raubte. Er hatte nie eine sanftere Haut, einen ausdrucksvolleren Mund und klarere Augen gesehen. Ihr rötliches Haar war dicht und ungebärdig wie je. Er konnte nicht verstehen, wie er sie hatte verlassen können. Auf einmal konnte er vieles nicht verstehen.

»Bist du glücklich?«, fragte er.

»Ja.«

D'Ardans hob den Kopf. »Und dein Mann?«

»Ich lebe allein.«

Henri strich mit der Hand über das Gras. »Ich war in England. In Gefangenschaft.«

»Pierre hat es mir erzählt.«

»Wie geht es deinem Bruder?«

»Er sucht seinen Weg. Ein wenig langsam und ein wenig mühselig.« Mein Gott, dachte sie. All die Zeit. All die verlorene Zeit.

Henri sah zu den weitgezogenen Feldern hin, die sich bis zum Horizont hin erstreckten. Er spürte den prüfenden Blick Jeannes. Er wandte sich ihr zu. Das Licht der Sonne spiegelte sich in ihren Augen.

»Du hast mir gefehlt.«

Sie musterte ihn. »Trotz Christiane?«

»Christiane ist tot. Ich habe sie mit viel Liebe und Zärtlichkeit in England begraben.«

»Also bist du frei?«

»Frei und befreit.«

Jeanne sah ihn an. »Und du? Bist du glücklich?«

Henri schüttelte den Kopf. »Nein.«
»Weshalb?«
»Ich habe zu viel Schuld auf mich geladen. Auch dir gegenüber.« Er lächelte. »Ich trage an ihr.«
»Davon kannst nur du dich befreien, Henri.«
»Ich will anders leben als bisher.«
»Wie?«
»Menschlicher. Verständnisvoller.«
Jeanne blickte kurz zur Sonne auf. Dann senkte sie den Kopf und sah ihn an.
»Hast du wieder geheiratet?«
»Nein.«
»Warum?«
»Weil ich nur dich liebe.«
Jeanne blickte neben sich zu Boden. Die Verworrenheit ihrer Gefühle überwältigte sie beinahe. »Es ist viel Zeit seit Mailand vergangen, Henri. Ich bin mir seit damals meiner mehr bewusst geworden. Ich führe jetzt ein sehr selbständiges Leben.«
»Du kannst nicht immer allein bleiben.«
»Ich bin daran gewöhnt.«
»Nein«, sagte Henri. »Daran gewöhnt man sich nie.«
Sie schwiegen kurz. Das Licht brach sich im grünen Laub der Bäume und warf bewegte Muster auf das Grün der Wiese. Komm und umarme mich, dachte sie plötzlich. Komm und umarme mich. Lass uns alles vergessen. Sie schämte sich dieses Gedankens und versuchte ihn von sich fortzuschieben.
»Ich würde alles für dich hergeben, Jeanne.«
»Und was würde das beweisen?« Geh weg. Lass mich allein. Nein. Umarme mich. Umarme mich, so fest du kannst.
»Wenn man für ein Ideal, einen Glauben oder einen anderen Menschen alles von sich abstreift, dann trägt man das Zeichen.«
»Welches Zeichen?«
»Das Siegel der Liebe.«
Jeanne sah ihn an. Du verfluchter, verrückter Kerl. Warum kann ich mich gegen dich nicht wehren?
»Es ist nie zu spät dafür, neu zu beginnen. Das Leben ist ein ewiger Fluss der Wiederkehr. Er hat kein Ende.«

Sie ließ ihre Blicke über ihn gleiten. »Du hast an Kraft gewonnen, Henri.«

»Ich bin durch meine ganz persönliche Hölle gewandert. Ich habe sie verlassen.«

»Ja«, sagte Jeanne. »Ich glaube, du hast sie verlassen.« Sie stand geschmeidig auf. Sei vernünftig, dachte sie.

»Zwei Jahre, Henri. Zwei Jahre sind eine lange Zeit. Ich muss über alles nachdenken. Ich muss mir über meine Empfindungen klar werden.«

»Das verstehe ich«, sagte Henri. »Es war schön, dich wieder zu sehen.«

Jeanne sah ihn an. »Das war es.«

Sie ging zu ihrem Pferd, blieb unvermittelt stehen und wandte sich um. »Besuche mich in einer Woche, Henri. Vielleicht sollten wir ein wenig Zeit nach dieser Begegnung vergehen lassen.«

»Du hast alle Zeit der Welt.«

Sie nickte, gab ihrem Pferd die Sporen und ritt von der Wiese zur Straße. Sie hob die Hand und winkte ihm zu. Dann ritt sie die Straße entlang. Henri sah ihr lange nach. Er sah ihr so lange nach, bis sie nur mehr ein Punkt in der Ferne war.

Charlotte des Begailles stand im Hof des Schlosses von Blois und betrachtete mit Wohlgefallen einen jungen, muskulösen Maurer, der mit nacktem Oberkörper auf einem der vielen Gerüste herumturnte. Sie zuckte kurz zusammen, als Etienne zu ihr trat und die Hand auf ihren Arm legte.

»O Etienne«, sagte sie mit einem leichten Aufschrei, »du hast mich in der Bewunderung des Bauwerkes gestört!«

»Ich habe das Gefühl, dass du mir in letzter Zeit ausweichst, Charlotte.«

Sie blickte ihn mit ihren großen blauen Augen an. »Ich bin wieder eine Hofdame Louise de Savoies. Ich habe Pflichten.«

»Dennoch sollte Zeit für mich übrig bleiben.«

»Etienne«, sagte sie und hakte sich bei ihm unter. »Ich war so lange weg vom Hof. Ich muss mir wieder eine Position erringen. Das Leben der Hofdamen ist unerbittlich. Stets kommen neue, jüngere und manchmal sogar hübschere hinzu.«

»In dieser Hinsicht hast du wenig zu befürchten.«

Sie sah ihn glücklich an. »Meinst du wirklich?«

»Das meine ich.«

»Du bist so galant, Etienne. Obwohl wir uns jetzt schon beinahe mehr als ein Jahr kennen.« Sie seufzte. »Es wird mir schwer fallen, dich zu verlassen.«

Etienne blieb abrupt stehen. »Mich verlassen?«, fragte er. »Mich?«

Charlotte senkte betrübt ihren blond gelockten Kopf. »Du ziehst mit dem König in den Krieg.«

»Was zur Hölle hat das mit dir zu tun?«

Charlotte legte ihm ihren Finger auf den Mund. »Fluche nicht, Liebster. Das ist unter deiner Würde.«

»Bei allen gottverfluchten Teufeln, ich lege die Grenzen meiner Würde selbst fest. Was soll dieses Gerede, dass du mich verlässt?«

Charlotte blickte ihn mit leicht gesenktem Blick von der Seite her an. »Es ist nicht nur Gerede, mein Schatz. Es ist die Wahrheit.«

»Weil ich in den Krieg ziehe?«

»Du wirst ein, vielleicht zwei Jahre fort sein.« Sie sah verlegen zu Boden. »So lange kann ich nicht alleine sein. Dazu liebe ich die Männer zu sehr.«

Etienne betrachtete sie mit einer gewissen Fassungslosigkeit. »Aber ich komme doch zurück.«

»Und der andere?«, fragte Charlotte empört. »Denkst du nicht an den anderen? Wie würde er leiden, wenn ich ihn dann von mir stieße.«

»Welcher andere?«

»Der nach dir kommt.«

»Wer ist er?«

»Das weiß ich noch nicht.«

»Weshalb sorgst du dich dann um ihn?«

»Weil ich ihn lieben werde. Sonst würde er nicht dieser andere sein.«

»Charlotte«, sagte Etienne. »Sag mir jetzt, wer dieser Mistkerl ist!«

In Charlottes Augen traten Tränen. »Ich kenne ihn doch noch nicht. Aber er wird ein zauberhafter Mensch sein.«

»Warum, zum Teufel?«

»Weil ich dich liebe.«

»Weil du mich liebst?«, fragte Etienne mit Verblüffung.
»Er muss deiner wert sein. Schon deinetwillen werde ich mir den elegantesten, geistvollsten und mutigsten Mann aussuchen, den es an diesem Hof gibt.«
»Meinetwillen?«
»Du sollst dich meiner nicht schämen müssen. Und schließlich sollt ihr beide Freunde sein.«
»Ich will nicht sein Freund werden!«
Charlotte wischte sich die Augen. »Aber ich muss doch glücklich mit ihm werden.«
»Was hat das mit mir zu tun?«
»Ich kann nur glücklich mit ihm werden, wenn ich weiß, dass du stolz auf ihn bist.«
»Ich soll auf meinen Nachfolger stolz sein?«
»Schließlich tue ich es auch für dich.«
»Für mich?«
Charlotte nickte trotzig. »Wenn ich eine verantwortungslose Frau wäre, könnte ich mir auch den Erstbesten aussuchen. Deinetwillen soll es der Hübscheste und Klügste sein.«
Etienne nahm seinen breiten, federgeschmückten Hut ab und wischte sich die Stirne. »Ich werde diesen Kerl erwürgen.«
»Noch gibt es ihn nicht.«
»Dann, wenn du ihn gefunden hast«, sagte Etienne entschlossen.
»Da wirst du gerade in irgendeiner dummen Schlacht kämpfen.«
»Dann, wenn ich nach Blois zurückkomme.«
»Da wirst du ihn erst recht freundlich begrüßen. Schließlich bin ich dir treu.«
»Mir treu?«, fragte Etienne mit leichter Hysterie in der Stimme.
»Wenn ich dir nicht treu wäre, würde ich dich heimlich betrügen. So suche ich mir aber einfach nur einen anderen.«
»Aber was zur Hölle tut ihr dann zusammen?!«
Charlotte betrachtete ihn indigniert. »Etienne de Cobère! Solch eine indiskrete Frage hätte ich aus deinem Mund nicht erwartet.«
Etienne schluckte kurz, knüllte dann seinen Hut zusammen und warf ihn Charlotte vor die Füße. Mit weit ausholenden Schritten strebte er dem Ausgang des Hofes zu. Marot, der an ihnen vorbeigegangen war, blieb stehen und trat zu Charlotte.

»Was hat er denn?«, fragte er.
»Ach, Clément«, sagte Charlotte unter Tränen und warf sich in seine Arme. »Manche Männer sind so kompliziert.«

Zwei Tage nachdem sie Henri d'Ardans getroffen hatte, saß Jeanne im Arbeitszimmer ihrer Burg Acres du Lay. Es war Abend, und trotz der sommerlichen Wärme brannte ein Feuer in dem schmalen Kamin an der Seite des Raumes. Die Wände der kleinen Burg waren stets kalt und feucht und kühlten des Nachts mehr, als es der jungen Frau angenehm war. Jeanne des Marckes rechnete im Schein der Kerzen die Ausgaben der letzten Wochen durch, als es an der Tür klopfte. Sie hob den Kopf. »Herein«, sagte sie.
Josua öffnete die Tür und trat in den Raum. Er blieb vor dem mächtigen, vernarbten Holztisch, hinter dem die junge Frau saß, stehen.
»Josua«, sagte Jeanne freundlich. »Was kann ich für dich tun?«
»Ich habe eine Bitte, Jeanne.«
»Dann sprich sie aus, Josua.« Sie deutete auf den Stuhl, der vor dem Tisch stand.
»Und vor allem setz dich.«
»Ich danke Euch.« Der große Mann nahm Platz.
Jeanne beugte sich nach vorne. »Nun, Josua. Sprich.«
»Ich muss Euch verlassen.«
Die Frau erstarrte. »Du musst mich verlassen, Josua?«
Der Riese nickte. »Ich habe Nachrichten aus dem Elsaß bekommen. Die Bauern werden sich im Namen der reformierten Religion erheben. Mein Platz ist dort.«
Jeanne schwieg. »Und ich?«, fragte sie dann.
Josua lächelte. »Ihr seid erwachsen geworden, Jeanne. Ihr braucht mich nicht mehr.«
Die Frau schüttelte den Kopf. »Du bist der Fels, auf den ich mich seit meinem zehnten Lebensjahr gestützt habe. Ich brauche dich immer noch.«
Josua blickte auf die Tischplatte. »Ihr wisst, dass ich Euch liebe, Jeanne. So, als wärt Ihr meine leibliche Tochter. Aber im Elsaß wird um die Ehre und die Freiheit der Menschen gerungen werden. In meiner Heimat, Jeanne.«
»So wichtig ist dir dieser hoffnungslose Kampf?«

»Hoffnungslos? Seit Jahrhunderten warten die Bauern darauf, ein Leben in Würde führen zu dürfen. Nun ist es so weit. Gott klopft an die Pforte der Mächtigen. Gott wird die Reiche der Ungerechtigkeit vom Antlitz der Erde fegen.«

»Das sind sehr große Worte, Josua.«

»Ich glaube nicht, Jeanne«, sagte der mächtige Mann mit ruhiger Stimme.

»Verlass uns nach der Ernte.«

»Ich muss sofort gehen.«

»Warte noch ein wenig, Josua. Die Bauern des Elsaß werden sich auch einige Zeit ohne dich behelfen.«

Der Riese beugte sich vor. »Jeanne, jeder Mensch ist berufen, in seinem Leben ein Werk Gottes zu tun.«

»Aber …«

»Nur die wenigsten begreifen dies. Meine Berufung ist es, gegen die Herabsetzung und Benachteiligung der Gedemütigten zu kämpfen. Es ist mein Schicksal, Jeanne.«

Jeanne stand auf und ging zum Fenster. Sie sah in die Dunkelheit der Nacht hinaus.

»Du sprichst sehr viel von Gott, Josua.«

»Er ist der Grund, dass man sich um die Welt kümmern muss.«

Jeanne wandte sich um. »Und ein Mensch wie ich zählt nicht?«

»Ihr braucht mich nicht mehr zu Eurem Schutz, Jeanne. Ich habe gehört, dass Ihr Euch wieder mit dem Sieur d'Ardans getroffen habt.«

»Was meinst du damit?«

Josua lächelte von neuem. »Es ist gut so. Der Sieur d'Ardans wird für Euch sorgen. Ihr habt nie aufgehört ihn zu lieben.«

Jeanne sah ihn an. »Woher willst du das wissen?«

»Ich weiß es, Jeanne.«

Sie hörten laute Schritte auf dem Gang und verstummten. Die Tür wurde aufgerissen und ein kalkweißer Pierre des Marckes stolperte in den Raum. Josua sprang von seinem Sessel auf, und Jeanne ging erschreckt einige Schritte auf ihn zu. Pierre stützte sich auf die Holzplatte des Tisches auf. »Ich glaube, ich habe sie abgeschüttelt«, sagte er stoßweise und mühsam atmend.

»Wen, um Himmels willen, Pierre?«

»Die Leute des Chevalier von Venac.« Er fuhr sich über die schweißnasse Stirn. »Ich habe ihn getötet.«
»Warum, mein Gott?«
Pierre des Marckes wurde mit einem Male von einem nervösen, abgehackten Schluchzen geschüttelt. »Ich habe beim Würfeln betrogen. Venac ist mir auf die Schliche gekommen.«
»Wie konntest du nur so etwas tun?«, fragte Jeanne tonlos.
Pierre wirbelte zu ihr herum. »Ich brauche Geld. Wer bin ich denn schon? Dein jüngerer Bruder, den du an der kurzen Leine hältst. Glaubst du nicht, dass ich nicht auch Lust habe, standesgemäß auf großem Fuß zu leben?«
»Und deshalb musstest du töten?«
»Es war ein Unfall. Venac ist über mich hergefallen. Ich musste mich verteidigen.«
»Womit habt Ihr ihn getötet?«, fragte Josua.
»Mit einem Messer.«
»Wann und wo hat das Spiel stattgefunden?«
»Vor etwa sechs Stunden in Paris. Bis zum Wald von Acres du Lay bin ich geritten. Ich habe mein Pferd dort gelassen, damit niemand in der Burg durch meine Ankunft aufgeschreckt wird.« Das abgehackte Schluchzen packte ihn von neuem.
»Hört zu«, sagte Josua und fasste Pierre an den Schultern. »Reißt Euch zusammen, Monsieur. Ihr müsst fliehen, sonst wird man Euch in Frankreich hängen. Ihr müsst Euch noch heute Nacht auf den Weg zur Grenze machen.«
»Lothringen«, sagte Jeanne schnell. »Wir bringen ihn nach Lothringen.«
Pierre schluckte die Tränen der Angst und Ratlosigkeit hinunter. »Aber wie?«
»Ich werde unter falschem Namen nach Nancy reisen. Du, Pierre, rasierst dir deinen Bart ab. Wir werden dich als meinen Diener verkleiden. Nur Josua wird uns begleiten.« Sie sah zu Josua hin. »Lothringen liegt auf dem Weg ins Elsaß.«
Der Riese nickte. »Ich werde Euch in jedem Fall helfen.«
»Kümmere dich um Pierre und schicke Gauthier de Meillet zu mir.«
»Wollt Ihr ihn einweihen?«

»Nein. Das will ich nicht.«
Josua und Pierre verließen den Raum, und Jeanne setzte sich an den Tisch und schrieb einen kurzen Brief. Als sie ihn versiegelt hatte, klopfte Gauthier de Meillet an die Tür. Jeanne stand auf und ging zu ihrem jungen Verwalter.
»Kann ich mich auf Euch verlassen, Monsieur de Meillet?«
»Ich würde alles für Euch tun, Madame.«
»Hört zu, de Meillet. Ich verlasse noch heute Nacht Acres du Lay, um mich nach Blois, zum König zu begeben. Ich muss ihn um Hilfe wegen meines Bruders bitten.«
Sie war erstaunt, wie leicht ihr diese Lüge über die Lippen ging.
»Eures Bruders?«
Jeanne winkte unwillig ab. »Pierre ist in Schwierigkeiten geraten. Es ist besser, wenn Ihr nicht mehr darüber wisst. Kümmert Euch nur um das Gut und verweigert niemandem, der nach mir fragt, die Auskunft.«
»Wie Ihr wünscht, Madame.«
»Diesen Brief gebt Ihr dem Sieur d'Ardans. Er wird in einigen Tagen in Acres du Lay erscheinen.«
Der Verwalter nickte. »Gut.«
»Es ist wichtig, dass Sieur d'Ardans diesen Brief erhält.«
»Ich verstehe, Madame.«
»Ich muss gehen, um meine Sachen zu packen, de Meillet. Sorgt dafür, dass alles in Acres du Lay seinen rechten Gang geht.«
De Meillet verneigte sich, als Jeanne das Arbeitszimmer verließ. Er setzte sich kurz auf den Sessel hinter dem Tisch und betrachtete den Brief. Nachrichten. Versprechungen. Schwüre. Worte der Zärtlichkeit.
Gauthier schüttelte den Kopf. Er liebte Jeanne des Marckes, und Henri d'Ardans hatte sie betrogen und verlassen, hatte beinahe ihr Leben zerstört. Gauthier de Meillet blickte im Schein der Kerzen zu den im Zwielicht verschwimmenden Wänden hin. Er sah keinen Grund, dass der Sieur, der ein reicher Mann war, auch sein Lebenswerk, Acres du Lay, in seine Hände bekam. Er, Gauthier, hoffte, eines Tages die Hand Jeanne des Marckes zu gewinnen und Chevalier des Königs zu werden. Und er liebte sie. Liebte sie mit lauteren, reinen und klaren Gefühlen.

Als er das Getrappel der Pferde auf dem Schlosshof hörte, stand er auf. Er trat nicht zum Fenster, um Abschied zu nehmen. Er stand nur kurz in der Mitte des Raumes. Dann ging er zu dem Kamin und warf den Brief ins Feuer.

Vier Tage nachdem sich Jeanne mit ihrem Bruder auf den Weg nach Lothringen gemacht hatte, ritt Henri d'Ardans in den Hof von Acres du Lay. Er fragte nach Jeanne, und ein Bediensteter führte ihn unverzüglich über eine steinerne, ausgetretene Treppe zum Arbeitszimmer, in dem Gauthier de Meillet hinter dem großen, klobigen Tisch saß und auf ihn wartete. Als Henri den Raum betrat, erhob sich de Meillet und verneigte sich vor d'Ardans.
»Es ist mir eine große Ehre, Euch auf Acres du Lay begrüßen zu dürfen, Sieur. Mein Name ist Gauthier de Meillet, Verwalter der Güter von Madame Jeanne des Marckes.«
»Wir sind einander schon einmal kurz begegnet.«
Gauthier tat, als erinnere er sich plötzlich. »Das war an dem Tag, an dem Ihr uns auf der Straße nach Chartres überrascht habt.«
»So ist es.«
Gauthier wies auf den Besucherstuhl. »Bitte nehmt Platz, Sieur.«
»Danke.« Henri setzte sich. »Ich suche Jeanne«, sagte er.
Gauthier hob überrascht die Augenbrauen. »Habt Ihr denn nicht erfahren, dass Madame nach Lyon aufgebrochen ist?«
Henri sah ihn verblüfft an. »Wann?«
»Vor vier Tagen, Sieur. Geschäfte haben sie nach Süden gerufen.«
»Hat sie eine Nachricht für mich hinterlassen?«
Gauthier hob den Blick zu der Decke, wo der abblätternde Putz die Sicht auf grob behauene Steine freigab. »Nur eine mündliche.«
»Dann sagt sie mir.«
Gauthier beugte sich nach vorne. »Sie ist mir sehr peinlich.«
»Überwindet Euch dennoch, Monsieur, und sprecht.«
Gauthier sah Henri in die Augen. »Sie habe sich endgültig entschieden, meinte sie. Sie wolle Euch niemals mehr sehen.«
Henri schwieg. Dann stand er auf. »Gehabt Euch wohl, Monsieur de Meillet«, sagte er und ging zur Tür.
»Ich bin sehr betroffen, Sieur, dass ich Euch diese Nachricht übermitteln musste. Ihr habt eine solche Behandlung nicht verdient.«

»Dann hättet Ihr Euer Lächeln unterdrücken sollen, als Ihr sie mir ausgerichtet habt.«
Gauthier sah erschrocken aus. »Mein Gott! Habe ich gelächelt?«
»Geht zum Teufel, de Meillet«, sagte Henri und verließ das Zimmer.
»Wie Ihr befehlt, Sieur«, sagte Gauthier und verneigte sich zur geschlossenen Tür hin. Er begann in dem Raum auf und ab zu gehen. Er dachte daran, dass Jeanne des Marckes ihm gehören würde. So wie das Gut. Er lächelte. Dann pfiff er ein munteres Liedchen.

Der Abschiedsempfang des Königs fand im großen Saal zu Blois statt. Eine Reihe von schwarzen und roten Säulen, die in kunstvoll verzierte matt rötliche Bögen übergingen, stützten eine gewölbte, doppelseitige Decke, auf der unzählige goldene Lilien auf dunklem blauem Untergrund prangten. Bunte Wandvorhänge unterstrichen die Farbenpracht des Saales, in dem eine Fülle von mächtigen Kerzenkandelabern helles Licht spendeten. Die Harmonie dieses Raumes war überwältigend und selbst die Fülle der Gäste schien ihn nicht erdrücken zu können, sondern wirkte bereichernd und ergänzend, wie eine Ausschmückung und Erweiterung einer unzerstörbaren, unverwechselbaren Schönheit.
Der König saß in einem purpurroten Stuhl, seine Schwester Marguerite d'Alençon neben sich. Musikanten spielten, Gäste gingen plaudernd durch den Saal, und im Hintergrund tanzten ausgelassen Hofdamen mit ihren bunt gekleideten Galanen.
»Wo ist Königin Claude?«, fragte Etienne de Cobère.
»Die Königin ist krank«, antwortete Marot. »Deshalb vertritt sie die geistvolle Marguerite.«
»Und Louise de Savoie?«
»Wird jeden Augenblick erscheinen.« Marot nippte an seinem Wein. »Sie hatte noch ein kurzes Gespräch mit dem Nuntius des Papstes.«
Benvenuto Paderi sah sich um. »Selbst beim Herzog von Urbino hat es keine solchen Feste gegeben.«
»Urbino?« Triboulet runzelte die Stirne. »Urbino? Wie könnt Ihr dieses Rattenloch mit dem Hof des Königs von Frankreich vergleichen? Das wäre, als würde sich ein Kieselstein anmaßen, ein feuer-

schweifiger Komet zu sein. Wisst Ihr denn nicht, dass wir unsere Gäste bei des Königs Festen einen Vorgeschmack der reinen Seligkeit verspüren lassen? Dass wir in ihnen mühelos den ersten der sieben Himmel zur Erde holen?«

»Mademoiselle de Heilly«, sagte Marot und verbeugte sich vor der zierlichen, blonden Schönheit, die an ihnen vorüberging. »Wollt Ihr Euch nicht einen Augenblick zu uns gesellen und unser trübes Dasein durch Eure helle Pracht erleuchten?«

Das Mädchen lächelte ihn an. »Wenn Ihr Euch einige Augenblicke gedulden könnt, werde ich mit meiner Freundin Aurélie d'Aquillon auf Euer Wohl und das Eurer unübertrefflichen Talente anstoßen.«

Marot schüttelte bedenklich den Kopf. »Mademoiselle, der viele Wein wird Euch trunken machen.«

Anne de Heilly lachte, entwand sich der Hand Marots, der ihre Fingerspitzen ergriffen hatte, und verschwand in der Menge.

»Wo ist Sieur d'Ardans?«, fragte Paderi.

»Er ist nach Lyon abgereist«, antwortete Marot. »Er soll sich als Erster mit der Anwerbung von Söldnern herumschlagen.«

»Auf einen speziellen Wunsch Louise de Savoies hin«, ergänzte Triboulet. »Unser Merkur des Friedens soll diesmal zum Helfer des Mars werden. Wahrscheinlich lernt er jetzt schon fleißig Schweizerdeutsch, um die besten Haufen für unseren gekrönten Jupiter ausfindig zu machen.«

Marot lächelte. »Deine Zunge wird dich eines Tages noch den Kopf kosten, Triboulet.«

Triboulet hob die Schultern. »Weshalb gerade den meinen? Die Welt ist voll von Fröschen, die sich über Adler lustig machen.«

»Wird uns Sieur d'Ardans auf unserem Kriegszug nach Italien begleiten?«, fragte Paderi.

Etienne wollte zum Sprechen ansetzen, aber Triboulet kam ihm zuvor. »Unser strahlender, mit Mut und Tapferkeit gepanzerter Held muss auf Anweisung der künftigen Regentin in Sack und Asche in Frankreich bleiben. Louise de Savoie will sich nicht allein auf mein breites Wissen stützen, sondern auch auf das erbärmlich schmale d'Ardans', Briards und Duprats. Zu meinem größten Bedauern hält sie es nicht wie unser erhabener König, der sich auf mich allein verlässt.«

»Der König, Triboulet«, sagte Etienne, »würde sich von dir allein nicht einmal die Pantoffeln anziehen lassen.«

Der Comte de Briard trat mit zwei Edelleuten zu ihnen. »Messieurs, tanzt Ihr nicht?«

Etienne und die anderen verneigten sich. »Noch sind wir dabei, Neuigkeiten auszutauschen, Sieur.«

»Hoffentlich keine diplomatischen Geheimnisse?«

»Die sind Euch vorbehalten«, antwortete Marot.

Briard nickte lächelnd. »Ihr sagt es, Clément.« Er wandte sich Etienne zu. »Ich habe gehört, dass Ihr in nächster Nähe des Königs kämpfen werdet?«

Etienne nickte. »Seine Majestät war so gütig, mich in seine gepanzerte Leibwache aufzunehmen.«

»Und Ihr, Clément, wo werdet Ihr streiten?«, erkundigte sich Briard.

»In der leichten Kavallerie.«

Etienne legte seine Hand auf Benvenutos Schulter. »Während Signor Paderi eine Kompanie Landsknechte führen wird.«

»Nicht zum ersten Mal, wie ich annehme.«

Paderi verneigte sich leicht. »Ich hatte schon unter König Ludwig XII. die Ehre, ein Fähnlein italienischer Soldaten zu befehligen.«

»Während Triboulet in der Zwischenzeit die Hofdamen bei Laune halten muss.«

»Keine leichte Aufgabe, Sieur, über unsere Weiblichkeit zu wachen. Die meisten sind flatterhaft, und die wenigen Anständigen sind ihrer Anständigkeit müde. Amor ist ein durchtriebener Gott. Er weckt selbst dort die Lust, wo die Frömmigkeit herrscht, und bringt selbst dort das Verlangen zum Glühen, wo die Keuschheit waltet. Am Hof, Messieurs, ist Liebe ein Würgegriff in seidenen Handschuhen.«

Trommelwirbel ertönten, und die Musik verstummte. Louise de Savoie betrat, gefolgt vom päpstlichen Nuntius und dem englischen Gesandten, den Saal. Die Mitglieder des Hofes verneigten sich. Louise de Savoie gab mit der rechten Hand ein kaum merkbares Zeichen, und die Musik setzte wieder ein. Louise sprach kurz mit dem Kommandanten der französischen Artillerie, den Seneschall Galiot de Genouillac, und trat dann zu Bernard de Briard.

»Ich habe neue Nachrichten aus dem Süden, Comte«, sagte sie und Briard verabschiedete sich mit einem kurzen Kopfnicken von der Runde. Er folgte Louise de Savoie, die die Stufen der Estrade zum König hinaufschritt.

»Wie sieht es im Süden aus?«, fragte Etienne Marot.

Der Poet nahm einen weiteren Schluck Wein aus seinem Becher. »Schlecht. Der Herzog von Bourbon ist bis Marseille vorgestoßen.«

»Wird die Stadt sich halten?«

»Wenn sie standhält«, sagte Marot, »ist Bourbons Versuch, den Süden von Frankreich abzutrennen, gescheitert. Dann bleibt ihm nur der Rückzug.«

»Marseille ist schwer einzunehmen«, ergänzte Paderi. »Ich kenne die Festungsanlagen. Sie sind in bestem Zustand und äußerst geschickt angelegt. Selbst ein Feldherr wie er könnte sich an ihnen die Zähne ausbeißen.«

»Müssten wir also nicht zuerst gegen Bourbon ziehen?«, fragte Etienne.

Marot hob die Hände in einer Geste der Hilflosigkeit. »Das wissen allein die Götter.«

Anne de Heilly führte ein blondes, schlankes Mädchen an der Hand, als sie von den Tanzenden zu ihnen herüberkam. Das Mädchen war noch schöner als Anne und von einer jugendlichen Grazie, die Etienne den Atem raubte.

»Wer ist diese unvergleichliche Venus?«, fragte de Cobère hingerissen.

»Ich weiß es nicht«, antwortete Marot mit einiger Überraschung in der Stimme.

»Messieurs, darf ich Euch meine Freundin, Aurélie d'Aquillon, vorstellen? Sie ist heute zum ersten Mal auf einem Fest des Königs.«

»Und alle Lichter erstrahlen heller, wo immer sie erscheint«, sagte Etienne mit einem heiseren Flüstern.

Anne de Heilly lachte. »Monsieur, Ihr vergesst, dass ich auch noch hier bin!«

»Mademoiselle de Heilly, so jung Ihr auch seid, so seid Ihr doch bereits ein Fixstern am Firmament der Schönheit. Aber Mademoi-

selle d'Aquillons Erscheinen ist wie die unvermutete Geburt einer Sonne in der unendlichen Bläue der Ewigkeit.«
Aurélie knickste. »Ich danke Euch, Monsieur«, sagte sie mit einer sanften, schwebenden Stimme.
»Etienne«, sagte er beinahe hastig. »Etienne de Cobère.«
»Und wo ist mein Becher Wein, den ich zu Ehren der Poesie Clément Marots leeren sollte?«, fragte Anne de Heilly.
Etienne wandte sich Paderi zu. »Benvenuto, hol uns bitte Wein«, sagte er mit rauer, eifriger Stimme. Der Capitano sah de Cobère an und schmunzelte kurz. Dann ging er davon, um einen der Pagen zu suchen, die die Getränke servierten.
»Mich scheint jedermann zu vergessen«, klagte Triboulet. »Ich bin nur der Wurm, auf den man gedankenlos tritt.«
»Triboulet«, sagte Anne de Heilly, »jetzt, wo alle Männer fort und im Krieg sein werden, stehen dir paradiesische Zeiten bevor. Die Frauen werden ohne Unterlass deine Gesellschaft suchen, dich umschwärmen und dich mit den ausgesuchtesten Leckerbissen in Versuchung führen.«
»Er wird fett wie ein Pavian werden«, sagte Marot.
»Und genauso lüstern«, sekundierte ihm Anne.
»Mademoiselle«, sagte Triboulet mit Würde. »Es genügt nicht, große Qualitäten zu haben, man muss auch mit ihnen hauszuhalten wissen.«
»Wie maßvoll«, meinte Marot.
»Wie überaus prüde«, stimmte Anne de Heilly zu.
»Die Artigkeit des Geistes, meine Lieben«, sagte Triboulet, »besteht darin, Schmeichelhaftes auf gefällige Weise zu sagen. Richtet Euch danach.«
«Was ist daran Ehrenrühriges festzustellen«, meinte Anne munter, »dass Ihr durch die Gefälligkeiten der Frauen des Hofes im nächsten Jahr um zwei Jahrzehnte altern werdet?«
Etienne hatte ohne Unterlass Aurélie d'Aquillon betrachtet, die ihre Augen niederschlug und errötete. »Euch anzusehen, heißt die Grenzen der Freude zu überschreiten, Mademoiselle d'Aquillon.«
»Monsieur«, sagte das Mädchen. »Monsieur, Ihr geht zu weit.«
»Nein«, antwortete de Cobère. »Ich drücke nur mit ungelenken

Worten aus, was ein Gefühl von Bewunderung und Verehrung mir eingibt.«

Paderi kam mit einem Pagen im Schlepptau zurück. Beide kämpften sich durch die Reihen der tanzenden Frauen und Männer. Die Tanzenden wirkten erhitzt und glücklich, schritten und wiegten sich im Rhythmus der kraftvollen, von Trommeln untermalten Musik. Paderi reichte Marot, Anne und Etienne den Wein. Etienne lehnte ab.

»Ich muss mit Mademoiselle d'Aquillon im Vertrauen sprechen.« Er reichte Aurélie den Arm. »Wenn Ihr die Güte hättet, nur kurz mit mir zu plaudern …«

»Ich zähle auf Eure Zurückhaltung«, erwiderte Aurélie.

»O mein Gott«, sagte Marot halblaut, während Anne kicherte und Triboulet in Verzweiflung über so viel Unschuld die Augen zur Decke des Saales erhob.

»Mademoiselle«, sagte Etienne, als sie durch den Saal schlenderten, »ich liebe Euch.«

Das Mädchen sah ihn verblüfft und erfreut an. »Aber Ihr kennt mich doch gar nicht.«

»O doch, meine Angebetete. Als ich Euch gesehen habe, hat mich eine amour fou ergriffen. Ihr seid die Frau, auf die ich mein ganzes Leben lang gewartet habe«, sagte er eindringlich.

Aurélie sah ihn mit ihren blauen Augen an. »Und woher wollt Ihr das wissen?«

»Weil ich Euch von dem Moment an, in dem ich Euch erblickt habe, alles zu Füßen legen wollte, was ich besitze. Weil Ihr das Licht der Befreiung für mich seid. Weil Ihr schon jetzt mein Leben mit einem Glanz füllt, den ich nie zuvor gekannt habe.«

»Ihr seid dreist, Monsieur.«

»Ich bin verliebt, Mademoiselle.« Er sah sich um. »Zeigt mir Euren Vater, dass ich um Euch werbe«, sagte er entschlossen.

»Ich bin mit meiner Tante hier.«

»Dann sagt mir, wo Euer Vater wohnt.«

»In Compiègne, nahe bei Paris.«

»Ich werde zu ihm reisen.«

»Ihr scherzt. Ihr wisst doch gar nicht, ob ich an Euch Gefallen finde.«

Etienne blieb stehen, fasste sie an den Schultern und sah ihr in die Augen. »Könnte ich Euch gefallen, Aurélie?«
»Doch. Durchaus«, sagte das Mädchen nach einigem Zögern.
Etienne fasste sie an der Hand und zog sie mit sich fort. »Dann stellt mich Euren Verwandten vor.«
»Aber ich werde doch schon umworben!«, rief Aurélie.
Etienne blieb abrupt stehen. »Von wem?«
Das Mädchen sah ihn unsicher an. »Vom Comte de Briard.«
»Briard?«
»Briard.«
Etienne blickte verblüfft zu ihr hin. »Der Comte ist ein alter Mann.«
»Sechsundvierzig Jahre.«
De Cobére nickte eindringlich. »Wie ich sagte. Er ist alt.«
»Dennoch ist mein Vater dieser Beziehung nicht abgeneigt.«
Etienne runzelte die Stirne. »Der Comte ist reich?«
»Sehr reich.«
»Aber ich bin jung. Ich bin gut aussehend.«
Das Mädchen lächelte ihn an. »Dem ist nicht zu widersprechen.«
»Also gilt es eine Schlacht zu schlagen«, sagte Etienne mit Feuer. »Eine zwischen der Liebe und der Lüsternheit, zwischen der höchsten Verehrung und der blinden Gier, zwischen der blühenden Jugend und dem bresthaften Alter. Ich bin bereit dazu, Mademoiselle. Denn ich bin es, der Eure Gunst erringen wird.«
Aurélie stolperte beinahe vor Überraschung. »Habt Ihr es immer so eilig?«
»Wenn man etwas als richtig erkannt hat, soll man nicht mit den Taten zögern. Das hat schon mein Lehrmeister Luther gesagt.« Er fasste wieder nach ihrer Hand.
»Monsieur«, rief das Mädchen und hielt Etienne zurück. »Ihr seid zu stürmisch.«
Etienne sah sie beinahe verblüfft an. »Ihr habt Recht.«
Das Mädchen errötete. »Werbt doch mit Zurückhaltung um mich.«
Etienne küsste ihre Hand. »Ich bitte Euch inständig um Entschuldigung, dass ich so ungestüm war.«
»Bittet nicht zu sehr, Monsieur, denn es hat einen gewissen Reiz«, sagte das Mädchen mit niedergeschlagenen Augen.

»Dann lasst uns jetzt Eure Tante aufsuchen.«
»Weshalb?«, fragte Aurélie erstaunt.
»Weil es zuerst die Tanten und die Mütter zu bezwingen gilt. Ist das geschehen, fallen die väterlichen Zitadellen von selbst.«
»Woher wisst Ihr das?«
»Vergesst nicht, Mademoiselle, dass ich ein großer Stratege der Liebe bin.«
»Das müsst Ihr mir erst beweisen«, sagte Aurélie. Sie lachte plötzlich, ein helles, entzückendes und amüsiertes Lachen. »Wenn Ihr Euch nicht vorseht, vielleicht ein Leben lang.«

»Gott hat die Menschen gleich erschaffen«, rief Josua, als er, auf einem Ochsenkarren stehend, zu den Bauern seines Haufens predigte. Es mochten wohl an die zweitausend Mann sein, die sich in Altdorf im Mittelelsaß zusammengefunden hatten. »Wenn es keine Gleichheit in der Welt gibt, dann ist Gott nicht in dieser Welt. Um den Herrn auf Erden walten zu lassen, müssen wir jene ausrotten, die sich einer Gemeinschaft der Gleichen entgegensetzen.« Lauter Beifall ertönte aus den Reihen, die sich um ihn geschart hatten, Spieße wurden in die Höhe gereckt, Kappen geschwungen und aus Begeisterung mit aller Wildheit eine Trommel geschlagen. »Gott liebt die Hochmütigen nicht. Wer aber ist hochmütiger als jener, der Euer Gut sein eigen nennt, der ungerechte Steuern von Euch erpresst und Euch Fronarbeit ohne Ende tun lässt? Woher nehmen diese Junker, Barone und Grafen das Recht, Euch wie gequältes Vieh zu behanden? Woher kommt diese zum Himmel schreiende Ungerechtigkeit, dass diese Prasser über euren Boden, eure Kinder und eure Frauen verfügen dürfen? Warum sollt ihr zeitlebens im Staub kriechen, nur damit jene Ausgeburten der Niedertracht eine Burg, eine Abtei oder Güter ohne Ende unterhalten können? Was hat eine solche Ordnung der Welt mit jener zu tun, die uns im Evangelium verkündet wurde? Was hat das mit Christentum zu tun, wenn die Satten die Hungernden erpressen, wenn die Großen die Kleinen ohne Unterlass in die schwärzeste Verzweiflung treiben? Gleicht eine solche Welt nicht mehr der Hölle als dem Himmel, den wir nach Gottes Plan schon auf Erden verwirklichen sollen? Jesus hat die Elenden nicht verlassen, um den Reichen zu dienen. Die Bischöfe, Pfaffen und Mönche haben alles getan, um uns in einer Welt der Verdummung, des Kriechertums und des Zwanges zu halten. Sie haben uns nur das Sich-Beugen gelehrt, das erbärmliche Annehmen der Unterdrückung und uns dabei noch die Überzeugung aufzudrängen versucht, dass wir mindere Menschen in einer vollkommenen Welt sind, in einer Welt, in der sie mit ihren Worten ungehemmt das Evangelium schänden und uns im Zustand eines duckmäuserischen Erleidens halten. Wir müssen diese Diener des Antichrist, des satanischen Papstes zu Rom, von unserem Grund und Boden jagen, wenn sie nicht bereit sind, den neuen Glauben anzunehmen. Wir müssen sie zertreten, diese Diener des Goldenen Kalbes, um die Erde zur Reinheit des christlichen Wortes zurückzuführen.«

Josua hob die Faust und reckte sie gegen den Himmel.

»Und dieses Wort erwächst immer neu aus unseren Seelen! Wir selbst sind die Propheten der neuen Zeit und nicht dieser vor den Fürsten buckelnde Luther zu Wittenberg, der die Bibel zu einem papierenen Papst erhoben hat. In uns selbst muss das Feuer der Verkündigung brennen, in uns selbst muss das Wort Gottes zu neuer Kraft erstehen. Das wahre Evangelium ist für uns, die Enterbten der Zeit, die wir uns in allen Epochen von den Tyrannen nur schinden und schaben ließen. Wir sind es, die die Welt besitzen werden. Wir werden die Quellen unseres Leidens beseitigen und uns nicht damit zufrieden geben, immer nur die Wunden zu verbinden. Das irdische Leben muss sich in den Himmel hinaufschwingen, damit das Tausendjährige Reich Gottes auf Erden aufblüht. Und dieses Reich wird keine Ungerechtigkeit, Niedertracht und Ausbeutung mehr kennen. Dieses Reich wird aus einem blutigen Boden mit der goldenen Reinheit des allzeit Geläuterten entsprießen. Wir sind die Zerstörer der Ungläubigen und der Fluch der Gottlosen! Das Ende ist nah, Brüder. Wie kann eine Welt weiterbestehen, die aus dem Entsetzen, der Furcht und der Gemeinheit ein Gesetz gemacht hat? Fluch über jene, die von uns Armen leben, Fluch über jene, die dem tatenlos zusehen, Fluch über jene, die sich aus höllischer Freude an diesem Schauspiel weiden. Wir werden Gott in diese unmenschliche Welt tragen und Gott wird uns erretten, wenn wir alles in ihr ausrotten, das sich dem Neuen,

Wahren und Richtigen widersetzt! Betet um das Neue, Brüder! Betet um das Neue!«

Josua sprang von dem Leiterwagen herunter, während die Bauern jubelten und einzelne von ihnen einen Choral anstimmten. Das Gesicht des Riesen war gerötet und seine Augen strahlten.

»Ich brauche fünfhundert Mann, Lind«, sagte er zu einem kleinen fuchsgesichtigen Mann, der neben dem Karren stand. »Wir ziehen zum Kloster von Sankt Jakob.«

Die Wilde Brandnerin, eine derbe, dunkelhaarige Frau in einem roten Kittel, die den Arm um Linds Schulter gelegt hatte, lachte. »Mönchejagen wird uns gut tun, Josua. Mönchejagen wird unser träges Blut ein wenig in Wallung bringen.«

Die Abtei von Sankt Jakob lag nur einige Meilen vom Lager in Altdorf entfernt. Josua hatte die Rotte in zwei Hälften geteilt, von der die eine von Lind und die andere von ihm geführt wurde. Sie näherten sich der Anhöhe, der eine Haufen auf die Vorderseite, der andere auf die Rückseite des Klosters abzielend. Es hatte zu regnen begonnen und der Boden des Hügels war nass und glitschig. Sie schritten langsam mit ihren Piken, Heugabeln und Spießen vorwärts, als von der Abtei aus das Feuer eröffnet wurde. Die Schüsse waren vereinzelt, aber gezielt, und einige der Bauern fielen blutüberströmt in das matschige Grün des Bodens. Josua brüllte vor Zorn auf und rief seine Leute zum Sturm. Die Rotte stürzte so schnell sie konnte den Mauern des Klosters zu, während das Feuer der Arkebusen unvermindert auf sie gerichtet war und die vorderste Reihe der Angreifenden lichtete. Als sie die Abtei erreicht hatten, legten die Bauern Leitern an die Mauern, während Josua sie zur Eile antrieb. Sie kletterten die Leitern hinauf, erreichten den Wehrgang und warfen die wenigen Landsknechte, die von den Mönchen angeheuert worden waren und sich erbittert verteidigten, in den Innenhof des Klosters. Lind hatte seinerseits die rückwärtigen Mauern im Sturm genommen und ließ das große Tor der Umfriedung öffnen. Die Bauern strömten in den Hof und machten die wenigen Landsknechte, die noch lebten, mit ihren Spießen nieder. Mönche schrien und liefen mit flatternden Kutten umher, während die Bauern auf sie einhieben und sie durch das Tor ins Freie jagten.

»Sollen wir sie umbringen?«, fragte Lind, der mit gezücktem Degen auf Josua zugelaufen kam.
Der Riese schüttelte den Kopf. »Habt ihr den Abt?«
»Er muss noch im Inneren des Klosters sein«, sagte der fuchsgesichtige Mann.
Josua nickte. »Such ihn.«
»Gut«, sagte Lind. Dann grinste er. »Aber ich habe noch ein Schmuckstück für dich.«
Josua sah ihn an. »Welches?«
»Den Junker, der die Landsknechte befehligte. Er behauptet, einer der Neffen des Herzogs von Guise zu sein.«
»Bring ihn zu mir.«
Lind lächelte. »Ich habe mir schon gedacht, dass du ihn sehen willst.« Er steckte zwei Finger in den Mund und pfiff lautstark. Drei Bauern zerrten einen jungen Mann, den sie in den Ställen gefangen gehalten hatten, mit sich. Die Hände des Junkers waren hinter dem Rücken zusammengebunden, während ihm Blut von einer Platzwunde an der Stirn über Augen und Gesicht strömte.
»Wie heißt du?«, fragte Josua den jungen Mann. Er mochte keine zwanzig Jahre alt sein.
»Amaury d'Ainat«, sagte der Junge mit dem langen, blonden und lockigen Haar.
»Und du bist ein Neffe des Herzogs von Lothringen?«
»Ja.«
»Deshalb haben wir ihn auch nicht umgebracht«, sagte Lind fröhlich. »Er hat uns sein Verwandschaftsverhältnis mit dem Lothringer so laut zugeschrien, dass Vögel betäubt vom Himmel hätten fallen können. Der junge Herr hatte sichtlich keine Lust, als prinzliches Futter in unseren Heugabeln zu landen.«
»Du bleibst bei mir«, sagte Josua zu Amaury d'Ainat. »Du wirst mich auf unserem Rundgang durch das Kloster begleiten.«
In der Kirche zerstörten die Bauern die Bilder und Statuen. Einer zersägte ein gotisches Standbild der Jungfrau, während andere Ölgemälde auf den Boden warfen, sie mit ihren Piken zerrissen oder auf ihnen herumtrampelten. Gold und Silber wurde vom Altar gerissen, und einige kräftige Männer schlugen mit Hämmern auf die edelsteingleichen Fenster ein, während andere sich auf dem Stein-

boden um die Monstranz rauften. In der Krypta riss man im Fackellicht die Särge der verstorbenen Äbte auf und entfernte von den Gerippen allen goldenen Schmuck, zog kostbare Ringe von skelettierten Fingern und erbeutete die kunstvoll gearbeiteten Reliquienschränkchen, die den Gräbern beigegeben waren. Die Knochen der Äbte waren über den Boden gestreut, zerbrachen unter Füßen oder wurden achtlos zur Seite geschleudert, während jedermann darauf aus war, sich von der Beute den größtmöglichen Anteil zu sichern. In der Bibliothek zogen die Bauern die Folianten aus den Buchregalen und zerrissen sie, wertvolle Handschriften ebenso wie Rechnungsbücher. Blätter flatterten durch den Raum, und bei den Regalen standen manche Männer kniehoch in zerstörtem Pergament und Papier.

Der Abt lag tot zu Füßen Linds. Er hatte die starren Augen aufgerissen, blutete noch aus dem Mund, und eine Hand lag verkrampft auf seine Brust gedrückt.

»Der Scheißkerl hatte ein schwaches Herz«, sagte Lind wütend. »Bei Gott, wir haben ihn nur ein wenig geohrfeigt und gestoßen.«

»Hat er Euch gesagt, wo der Klosterschatz zu finden ist?«, fragte Josua.

»Nein. Dieser Hurensohn ist schon nach wenigen Hieben gestorben.« Lind trat die Leiche mit dem Fuß. »Schweinehund, der.«

»Dann wirst du das Gold suchen müssen.«

»Als ob ich das nicht wüsste«, sagte Lind.

Die Wilde Brandnerin hob die Kutte und stieß dem Abt das Messer in den Bauch. Mit dem herauslaufenden Fett schmierte sie sich die Schuhe. Sie lachte. »Vielleicht werde ich wie ein Engel schweben können, wenn ich heiliges Schmalz an den Füßen habe.«

»Mein Gott«, flüsterte Amaury d'Ainat. »Mein Gott.«

Josua betrachtete ihn kurz und stumm. »Was wollen wir mit dem Jungen tun?«, fragte er.

Lind rieb sich das stoppelige Kinn. »Als Verwandter des Herzogs von Lothringen könnte er uns einen Batzen Geld bringen.«

Josua fasste den Jungen unter das Kinn und hob seinen Kopf leicht zu sich empor. Amaury betrachtete ihn mit ängstlicher Erwartung. »Ist er nicht einer jener, die uns unser Leben lang getreten und geschlagen haben? Gehört er nicht zu denen, die schon mit dem ersten Geburtsschrei vermeinten, Herren und Eigner der Welt zu sein? Ist nicht allein sein Leben eine Beleidigung jener, die unter Mühen und im Schweiß ihres Angesichtes ihr erbärmliches, leidvolles und kurzes Dasein fristen? Ist er nicht ein Sinnbild der ewig Befehlenden, der ewig Unterdrückenden, der ewig Quälenden? Ist er nicht ein Herr? Ein Kind jener Geschlechter, die seit Jahrhunderten unser Blut gesoffen haben?«

»Ja, das ist er«, riefen einige der Bauern.

Josua fuhr Amaury mit der Hand durch die blonden Locken. »Dann hängt ihn auf«, sagte er.

Die Wilde Brandnerin, Lind und einige Bauern lachten auf und zerrten den kalkweißen, sich sträubenden und nach Erbarmen rufenden Amaury nach draußen in den Hof, während Josua die Stufen zum Keller hinunterging. Eine Anzahl von Bauern hatte sich an den riesigen Weinfässern gütlich getan und saß halb trunken auf dem Steinboden, während andere um die Schätze würfelten, die sie aus der Kirche, der Krypta oder den vielfältigen Räumen der Klosteranlage geraubt hatten.

Zwei Bauern hatten ein junges Mädchen an die Wand gedrängt und machten sich einen Spaß daraus, ihr mit ihren Spießen abwechselnd den Rock hochzuheben.

»Lasst das«, sagte Josua.

Die Männer warfen ihm einen Blick zu, murmelten etwas Unverständliches und zogen sich in die Ecke des Kellers zurück, wo Kannen mit frischem Wein gefüllt wurden.

»Wer bist du?«, fragte Josua das Mädchen, das hübsch und verängstigt aussah und sich an die Wand presste.

»Ich gehöre dem Kloster.«

»Eine Leibeigene?«

»Ja.«

Josua sah sie an. Ihr Haar war rötlich und glich dem Jeannes. Sie mochte etwa sechzehn Jahre alt sein, ein unverdorbenes Mädchen mit vollem Mund und Sommersprossen in dem glatten Gesicht.

»Warum bist du jetzt in der Abtei?«

»Ich habe Euch kommen sehen. All die Bewaffneten. Ich habe Angst bekommen und mich ins Kloster geflüchtet.«

»Haben dir meine Männer etwas getan?«
»Nein.«
Josua nickte. »Wo sind deine Eltern?«
»Ich habe keine. Ich bin Waise.«
»Wie heißt du?«
»Annamaria.«
Josua blickte in ihre großen grünen Augen. »Du wirst mit mir kommen, Annamaria.«
»Wohin?« Sie sah ihn fragend an.
»Dorthin, wo es keine Leibeigenen mehr gibt. Dorthin, wo nur das Wort Gottes Gesetz ist.«
»Wo gibt es ein solches Land?«
Josua streckte seine rechte Hand aus. »Dort wo ich bin, dort ist eine solche Welt.«
Das Mädchen sah ihn an. Dann nickte es und ergriff seine Hand.

Macaire war einer der dicksten Männer, die es in Paris gab. Dennoch konnte er sich erstaunlich gewandt bewegen, ein Wunder, dem bislang noch niemand auf den Grund gekommen war, nicht einmal jene Männer, die zu seinem Schutz in seinem Zimmer schliefen. Macaires Gesicht war rund und feist und die Backen hingen an der Seite wie die Lefzen eines Hundes herunter. Sein Kinn verschwand beinahe in den Massen aus Fleisch und seine kleine Nase schien eine unbedeutende Anhöhe in der fülligen Monstrosität seines Gesichtes. Er erinnerte jedermann an einen gutmütigen, bluttriefenden Metzger, bis man den Fehler beging, in seine kleinen Augen zu blicken. Es waren stechende, grüne Sturmseeaugen, kalt, erbarmungslos und bar jeden Mitgefühls. In seinem Blick lag grausam andauernde Folter und das Ahnen eines entsetzlichen, schmerzhaften Todes.
Macaire saß in der Mitte des Bootes, das langsam die Seine entlanggerudert wurde, und beobachtete gelassen den Mann, der ihm im Mondlicht gegenübersaß.
»Nun«, sagte Macaire. Seine Stimme klang brüchig und zerkratzt, so als zerrisse man die Haut einer dumpf klingenden Trommel. »Seid Ihr mit der Entwicklung der Affäre zufrieden, Sieur?«
»Beinahe.«

»Nur beinahe?«

»Ihr sagt es«, sagte der Mann.

»Nun, Sieur«, meinte Macaire und lächelte süffisant, »soweit mir bekannt ist, hat Vasco den Sieur d'Ardans auf die Spur eines kaiserlichen Gesandten gehetzt.« Er betrachtete kurz seine dicken Hände, die in seinem Schoß lagen. »Und so weit mir weiter bekannt ist«, sagte er und blickte auf, »wurde in London ein kaiserlicher Gesandter von dem Sieur d'Ardans getötet. Niemand wird Euch nun noch als Mörder seiner Frau verdächtigen. Alles ist auf das Beste gelöst und Ihr könnt glücklich jedem Tag entgegenblicken, den Euch Gott, der Herr, in seiner unermesslichen Güte noch schenkt.«

»Ich will ihn tot sehen.«

»Wen?«, fragte Macaire und legte den Kopf leicht zur Seite. Teile des Halses traten in Ringen über den Kragen seines Hemdes. Er ähnelte einem überdimensionalen, grotesken Vogel, der genüsslich vom Aas der Gesellschaft lebte.

»Ihr wisst es.«

»Sprecht es aus, Sieur«, sagte Macaire und hob seine riesige, ringgeschmückte Hand. »Sprecht es nur aus.«

»D'Ardans. D'Ardans will ich tot sehen.«

Macaire blickte auf das silberschwarze Wasser der Seine. »Ich beginne eine gewisse Sympathie für den Sieur d'Ardans zu empfinden.«

»Weshalb, zum Teufel?«

»Der Mann hat gelitten. Hat seine Frau verloren. Ist selbst nur um Haaresbreite dem Tod entgangen.« Macaire seufzte. Sein skurriles, hässliches Gesicht wirkte im Mondlicht wächsern und bleich wie das einer Leiche. »Ein trauriges Schicksal.«

»Borgia hat versagt.«

»Borgia ist dem Tod in der Themse entkommen. Er ist am Hof Karl V. gesehen worden.«

Der Mann blickte Macaire verblüfft an. »Was sagt Ihr da?«

»Borgia lebt. Und kennt Euch.«

»Verflucht«, sagte der Mann, und die Röte stieg ihm ins Gesicht. »Verflucht und verdammt.«

Macaire berührte mit der Spitze seiner dicken Finger die Hand des

Mannes. »Seid nicht zu beunruhigt, Sieur. Bevor Giovanni Borgia Euch verrät, wird er Euch zu erpressen versuchen. Lasst ihn beseitigen. Es sollte Euch nicht schwer fallen.«

Der Mann nickte. »Ich werde darüber nachdenken.«

»Bestens«, sagte Macaire. Ein Hauch von guter Laune zeigte sich in seiner zerbrochenen, klirrenden Stimme. »Bestens.«

»Um auf d'Ardans zurückzukommen …«

Macaire ließ eine Hand im Wasser schleifen. Wasser kräuselte sich um seine gewaltigen Finger und verebbte in winzigen Wellen. »Zwanzigtausend Livres.«

Der Mann richtete sich auf. »Seid Ihr verrückt?«

»Zwanzigtausend Livres, und es wird hier in Paris geschehen.«

Der Mann protestierte. »D'Ardans ist in Lyon.«

»Er wird in Paris getötet werden. Hier kann ich für einen sauber und gut ausgeführten Mord garantieren.«

Der Mann dachte nach. »Wenn er von Paris fortbleibt«, sagte er dann, »werde ich ihm selbst einen gedungenen Mörder hinterherschicken. Wenn er nach Paris zurückkommt, ist es Eure Sache, Macaire. Für fünftausend Livres.«

»Zwanzigtausend, Sieur.« Macaire zog die Hand aus dem Wasser zurück und schüttelte die Tropfen ab. »Vergesst nicht, dass ich Zuneigung zum Sieur d'Ardans gefasst habe.« Er griff in das Wams eines bärtigen Leibwächters, der neben ihm saß, und wischte sich darin die Hand trocken. »Ihr seid mir nicht sehr sympathisch, Sieur. Ganz im Inneren meines weichen Herzens habe ich einen Vorbehalt gegenüber Männern, die einer veritablen Dame die Kehle durchschneiden.«

»Es waren die Papiere Leonardo da Vincis, die …«

Macaire hob abwehrend die Hände. »Politik interessiert mich nicht, Sieur. Ich urteile nur aus aus dem Blickwinkel eines einfachen Untertans des Königs.«

»Der mehr als die Hälfte aller Morde und Diebstähle in Paris zu verantworten hat. Der alle Huren der Stadt am Gängelband führt. Der nebenher den Schmuggel mit England und den Spanischen Niederlanden kontrolliert.«

Ein Lächeln verzerrte Macaires Mund. »Zwanzigtausend Livres, Sieur.«

»Wir sprechen darüber, wenn d'Ardans nach Paris zurückkehrt.«
»Gut«, sagte der dicke Mann und lehnte sich zurück. »Verbleiben wir so.«
»Bringt mich zum Ufer zurück, Macaire.«
»Wie Ihr wünscht, Sieur.« Er rief den Ruderern einen Befehl zu. Einer der Männer wandte sich ihnen kurz zu. Sein Gesicht war ein heller Fleck vor der Dunkelheit des Wassers.
Der Mann sah Macaire unverändert zornig an. »Eure Forderung ist unverschämt.«
»Das bedauere ich, Sieur. Besonders in einer so launigen Mondnacht, in der Zärtlichkeit und Güte über den Wassern schweben sollte.«
»Geht zur Hölle«, sagte der Mann.
»Dort bin ich längst«, sagte Macaire, und ein leichtes, zerkratzt klingendes Lachen schüttelte ihn. »Dort lebe ich seit meiner Geburt.«

Als Jeanne von Gauthier de Meillet erfuhr, dass Henri nicht in Acres du Lay erschienen war, zog sie sich zurück. Nicht einmal vor sich selbst gestand sie sich ein, wie verwundet sie war.
Drei Tage nachdem Jeanne nach Hause zurückgekehrt war, erschienen vier Männer der Pariser Stadtwache mit ihrem Hauptmann. Sie saßen im Hof der Burg Acres du Lay ab und bezogen am Toreingang Position, während der Hauptmann in das Arbeitszimmer Jeannes geführt wurde. Er salutierte, verbeugte sich und nahm dann in dem Sessel gegenüber dem Arbeitstisch Platz.
»Womit kann ich Euch dienen?«, fragte Jeanne mit aller Höflichkeit, die ihr zu Gebote stand.
»Mit Euch, Madame.«
»Wie meint Ihr das?«
Der Hauptmann betrachtete sie mit freundlichem Interesse. »Zu meinem Leidwesen muss ich Euch verhaften, Madame.«
»Und weshalb?«
»Ihr steht unter dem dringenden Verdacht, dem Mörder des Chevalier de Venac zur Flucht verholfen zu haben. Eurem Bruder, Madame.«
Jeanne sah ihn an. »Wie kommt Ihr darauf?«

Der Hauptmann begegnete ihr mit immer größerer Zuvorkommenheit. »Wir haben Euren Weg zur lothringischen Grenze nachvollzogen, Madame. Zu viele erinnern sich an Euren Bediensteten, der Euch so ähnlich sah.«
»Das ist kein Beweis, Hauptmann.«
»Aber ein dringendes Verdachtsmoment.« Er blickte sie unvermindert wohlwollend an. »Ihr seid uns nur deshalb entkommen, weil wir vermeinten, Ihr wärt nach Blois geritten.«
»Also habe ich mich vor einem Pariser Gerichtshof zu verteidigen?«
»So ist es. Die Tat ist in Paris geschehen.« Der Hauptmann beugte sich leicht nach vorn. »Obwohl ich das Ableben des Chevalier de Venac nicht allzu sehr bedaure. Der Chevalier war ein stadtbekannter Raufbold. Kein Mann von Ehre, Madame.«
»Was erwartet mich, wenn ich schuldig gesprochen werde?«
Der Hauptmann machte eine Handbewegung, die Hilflosigkeit ausdrückte. »Gefängnis. Bis zu Eurer Verhandlung habe ich Euch in der Conciergerie unterzubringen.«
»Kann ich mich selbst verpflegen?«
»Selbstverständlich. Ihr bekommt eine Eurem Stand angemessene Zelle. Es wird nicht allzu schrecklich werden.«
»Außer, dass ich meine Freiheit verliere.«
»So ist es.«
Jeanne erhob sich. »Dann lasst uns gehen.«
Der Hauptmann stand auf und trat an ihre Seite. »Packt alles ein, was Euch für einen längeren Aufenthalt nötig erscheint.«
Eine halbe Stunde später, als sie im Hof standen, wurde Jeanne ihre gesattelte Stute aus den Ställen zugeführt. Als sie sich auf das Pferd schwang, erschien plötzlich Gauthier de Meillet an einem der Fenster des ersten Stockes. Er hielt eine Arkebuse in der Hand.
»Hauptmann!«, rief de Meillet. »Diese Waffe zielt genau auf Euren Kopf. Wenn Ihr Madame des Marckes daran hindert, frei und unbehelligt wegzureiten, dann seid Ihr ein toter Mann.« Er schrie Jeanne zu: »Reitet, Madame, reitet so schnell Ihr könnt! Ich halte den Hauptmann so lange hier fest.«
Jeannes Pferd spürte die Unruhe, die in der Luft lag, und tänzelte

nervös zur Seite. Jeanne zog die Zügel fester. »Das ist lächerlich, de Meillet. Wohin sollte ich?«
»Wollt Ihr ins Gefängnis?«, rief der Verwalter. »Ihr, Madame?«
»Seid kein Narr, de Meillet …«
»Hört«, sagte der Hauptmann und ritt einige Schritte in die Richtung Gauthier de Meillets. »Hört mir zu, junger Mann …«
Ein Schuss explodierte in der Enge des Hofes. Die Kugel pfiff über den Kopf des Hauptmannes hinweg. Gauthier warf die Arkebuse zur Seite und griff nach einer Pistole, deren Lauf er auf den Offizier richtete. »Lasst sie frei!«
Jeanne stieg von ihrem Pferd ab. »Ich werde mit ihm sprechen.«
Sie ging über den Hof und die Treppe hinauf. Gauthier stand vor einem der Zimmer, die Pistole in der rechten Hand, die jetzt kraftlos an seiner Seite herabhing. Er blickte sie hilflos und beinahe ungläubig an. »Warum seid Ihr nicht geflohen?«, fragte er.
»Gebt mir die Waffe, Gauthier.«
Der junge Mann reichte ihr die Pistole. »Ich liebe Euch«, sagte er, sah sie an und wandte dann seinen Blick ab.
»Ihr seid ein guter Freund, Gauthier. Ich schätze Euch sehr.«
Er blickte sie an. »Aber Ihr macht Euch nichts aus mir.«
»Nicht in der Art, wie Ihr es Euch wünscht, Gauthier.«
Der junge Mann schluckte. »Ich werde nie aufhören, Euch zu lieben.«
»Ich muss gehen, Gauthier. Seid jetzt vernünftig.«
»Ich werde vernünftig sein«, sagte de Meillet. »Ich werde gottverdammt und gottverflucht noch einmal vernünftig sein.«
Jeanne nickte ihm zu. »Ich verlasse mich auf Euch, Gauthier.«
Dann ging sie die Treppe hinunter in den Hof. Sie schwang sich in den Sattel.
»Vergesst bitte diesen Vorfall«, sagte sie zu dem Hauptmann.
»Ich sollte ihn verhaften.«
»Er hat den Kopf verloren.«
Der Hauptmann sah zum Fenster hoch, an dem jetzt niemand mehr zu sehen war.
»Liebt er Euch?«
»Ja.«
»Und Ihr?«

»Ich liebe niemanden«, sagte Jeanne, gab ihrem Pferd die Sporen und ritt mit unbewegtem Gesicht an der Spitze der kleinen Truppe hinaus auf den Weg, der sie nach Paris, in das Gefängnis der Conciergerie führte.

13. Kapitel

Der König von Frankreich zog es vor, sich aus Avignon mit seiner Armee davonzustehlen, als er erfuhr, dass Louise de Savoie anreiste, um mit ihm Gespräche über Sinn und Zweck eines Italienfeldzuges zu führen. Er war aus Furcht vor dieser Besprechung regelrecht geflohen, ähnlich einem Schüler, der Tadel oder das Verbot seiner innigsten Wünsche erwartete. Und während Louise de Savoie verärgert und in düsterer Stimmung nach Lyon ins Kloster Saint-Just zurückkehrte, von wo aus sie in Abwesenheit ihres Sohnes als Regentin Frankreichs über das Königreich herrschen würde, erreichte François I. bereits Briançon. Nicht einmal der Tod seiner Gattin Claude, die er heftig beweint hatte, konnte ihn davon abhalten, in das Land seiner Hoffnungen und Träume, in dieses unvergleichliche und einmalige Italien zu ziehen und den neuerlichen Versuch zu unternehmen, es zu bezwingen, es zu erobern und unter die Herrschaft der französischen Krone zu bringen.

Tatsächlich schien sein Zug über die Alpen für die Kaiserlichen verhängnisvoll. Mehr als ein Drittel der feindlichen Truppen war desertiert, und in Oberitalien erschienen Flugschriften, in denen der Finder einer verschwundenen habsburgischen Armee freundlich ersucht wurde, sie bei Karl V. abzugeben.

François zog gegen Mailand. Die Stadt hatte ihre Bollwerke nicht ausgebessert, und die von der Pest dezimierte Bevölkerung war kaum imstande, zu den Waffen zu greifen. Die Oberkommandierenden der kaiserlichen Armeen, Bourbon, Lannoy und Pescara, unternahmen nicht den geringsten Versuch, die Stadt zu verteidigen. François I. nahm sie ohne einen Schwertstreich und ohne dass nur ein Schuss gefallen wäre. Ende Oktober 1524 besetzte er Mailand, das Herz der Lombardei.

Die kaiserliche Armee, demoralisiert, entmutigt, zog sich nach Lodi zurück, eine Stadt, in der kaum Lebensmittel und Munition vorrätig waren. Ein Angriff auf Lodi hätte nach allen Gesetzen der Kriegskunst mit einem Debakel der habsburgischen Truppen enden müssen. Unverständlicherweise, bestärkt durch den wieder in Gnaden aufgenommenen Bonnivet und gegen den Ratschlag der übrigen Truppenführer, zog François nach Pavia, um diese geschichtsträchtige und gut befestigte Stadt zu belagern.
Am 6. November erreichten die schweren Kanonen der französischen Artillerie das Gros der Armee. Man begann unverzüglich mit dem Beschuss der Mauern Pavias. Nach drei Tagen waren im Westen wie im Osten die Bollwerke so zerschossen, dass die Franzosen einen Sturmangriff auf die Breschen wagten. Antonio de Leyva, ein rauer kastilischer Feldherr, bereitete ihnen einen Empfang nach seiner Art und auf seine Weise. Die Angreifer standen unvermutet vor neuen Gräben, als sie die zertrümmerten Mauern erreichten, und die kaiserlichen deutschen Landsknechte und die spanische Infanterie empfingen sie mit Hellebarden und Piken, mit Äxten und Arkebusenschüssen. Nach einem einstündigen, blutigen Nahkampf zogen sich die Franzosen geschlagen zurück.
Als man erkannte, dass die dem Land zugekehrten Mauern Pavias nicht genommen werden konnten, versuchten François' Pioniere den Tessin umzuleiten, damit die Armee gezielte Angriffe gegen die schwach verteidigte Südseite der Stadt vortragen konnte. Aber es war Herbst und es war November. Die Regenfälle setzten ein. Der Fluss schwoll an und trug spielerisch Pontons und Pfahlwerk mit sich fort.
Diesmal mussten alle französischen Heerführer einsehen, dass Pavia nicht mit Gewalt zu erobern war. Aber man konnte die Stadt auf andere Weise zur Übergabe zwingen. Man konnte sie aushungern. Henri d'Ardans warb von Lyon aus fünftausend Graubündner an und Giovanni de Medici, der sich mit dem Kaiser entzweit hatte, kam mit dreitausend der besten Söldner. Damit hatte François insgesamt dreißigtausend Mann unter Waffen, genug, um die Stadt einzuschließen und alle Zufahrtswege abzuriegeln. Der Park von Mirabello, ein breites, lang gezogenes, von einer riesigen Mauer umschlossenes Gelände, wurde der Marktplatz der französi-

schen Armee, zu dem Tag für Tag Kaufleute, Händler, Bauern und Huren zogen. Die Belagerung von Pavia nahm für die französischen Truppen, die bestens versorgt waren, einen Anschein von Leichtigkeit und militärischer Zerstreuung an, während es in der Stadt innerhalb kurzer Zeit am Nötigsten fehlte. Das Ende schien nah, und die Stimmung im französischen Lager war von guter Laune und uneingeschränktem Optimismus geprägt.

Im Dezember trennte sich François von zehntausend Fußsoldaten und tausend Mann Kavallerie, die er zur Eroberung Neapels ausschickte. Der Krieg war längst gewonnen. Der Fall Pavias nur eine Frage von Wochen.

Der Herzog von Bourbon, der nach Deutschland gereist war, warb mit Unterstützung des österreichischen Erzherzogs Ferdinand ein Heer von fünfzehntausend Landsknechten für die Kaiserlichen an, die im Januar bei der habsburgischen Armee in Lodi eintrafen. Als die Festung Chiavenna, die die Straße nach Graubünden beherrschte, dem Feind in die Hände gespielt wurde, verließen François' Graubündner sofort die französische Armee, um ins Gebirge zurückzukehren. Kein Bitten und keine Überredungskunst konnte sie aufhalten.

So standen sich von Mitte Januar 1525 bis Mitte Februar zwei etwa gleich starke Armeen gegenüber. Die Kaiserlichen hatten mittlerweile Lodi verlassen und vor dem Park von Mirabello Stellung bezogen, hinter dessen Mauern sich die Hauptkontingente der französischen Armee befanden. Am 23. Februar 1525 entschlossen sich Lannoy, Bourbon und Pescara in ihrer Verzweiflung, eine Verstärkung von dreitausend Mann nach Pavia zu schicken. Die Armee sollte diese Truppenteile decken, die Garnison von Pavia aber ihrer Verstärkung einen Teil des Weges entgegengehen, ihr zumindest bis zum Schloss Mirabello entgegenkommen.

So begann in der Nacht vom 24. Februar aus einer simplen und alltäglichen Truppenbewegung heraus der Waffengang von Pavia, dessen ungeheurer Nachhall über das Osmanische Reich und die Seidenstraße sogar bis nach Peking, dem Mittelpunkt des Kaiserreiches China, vordringen sollte.

Während Heinrich VIII. in London und Karl V. in Madrid ungeduldig auf den Ausgang des Krieges in Oberitalien warteten, zog die

Sonne der Sonnen, der stets unbesiegte, der stets unvergleichliche französische König François I. aus dem Hause Valois in die Schlacht seines Lebens.

Etienne de Cobère fröstelte. Die Nacht war dunkel, feucht und kalt, und die Nebelfetzen zogen in hellen Schwaden, greifbaren Schleiern gleich, über die Zelte der französischen Armeen hinweg. Es war eine Nacht, um sich mit einem Glas Glühwein ins Bett zu legen und die Wärme eines anschmiegsamen, weiblichen Körpers zu spüren. Etienne beneidete den König, der sich in seinem Pavillon mit der schönen Emmeline de Flech die Zeit vertrieb. De Cobère, der von allen höheren Offizieren des Lagers der Einzige war, der Wache hielt, fand, dass es auch im Krieg durchaus Vorteile haben konnte, eine Krone zu tragen. Er stampfte mit den Füßen auf und rieb sich die Hände. Er fand es unsinnig, dass ein Edelmann vor dem Pavillon des Königs Posten zu halten hatte. Ein Schweizer hätte es genauso gut getan. Die Reglements des höfischen Zeremoniells, die auch im Kriegslager bestehen blieben, waren von einer stumpfsinnigen Unerbittlichkeit.

Pferdegetrappel ließ ihn aufschrecken. Ein Meldereiter, ein Mann der leichten Kavallerie, galoppierte an einem Biwakfeuer vorbei ins Lager. Er zügelte sein Pferd, als er Etienne erblickte. Der Meldereiter saß ab.

»Seid Ihr der Posten des Königs?«

Etienne nickte. »Der bin ich.«

»Der Sieur de Florange schickt mich. Man hört Lärm von der westlichen Seite des Parks.«

»Welche Art von Lärm?«

»Es könnten Truppenbewegungen der Kaiserlichen sein.«

»Sie müssten die Mauer des Parks von Mirabello zertrümmern, um ins Innere zu gelangen.«

»Vielleicht tun sie das gerade«, sagte der Melder ungeduldig.

»Um eine genügend breite Bresche für ihre Armee zu schlagen, müssten ihre Pioniere die ganze Nacht durcharbeiten.«

Der Meldereiter, der sein Pferd an den Zügeln hielt, zuckte mit den Achseln und hob wie entschuldigend die freie Hand. »Der Sieur de Florange hält es für notwendig, es dem König zu melden.«

»Wartet hier«, sagte Etienne und ging in das Innere des Pavillons. »Sire«, rief er.

»Was ist?«, antwortete ein sichtlich ungehaltener François.

Eine Kerze wurde angezündet. Der König lag unter der Bettdecke. Er wirkte erhitzt. Die großen Augen einer zerrauften und verwirrt blickenden Emmeline de Flech sahen Etienne unwillig fragend an.

»Ich degradiere Euch zum Reinigen jeder französischen Kanone in diesem Lager, de Cobère, wenn Ihr mir nicht unverzüglich einen guten Grund für Eure Störung angebt.«

Etienne verneigte sich. »Monsieur de Florange glaubt kaiserliche Truppenbewegungen an der westlichen Seite des Parks festgestellt zu haben.«

Der König warf die Bettdecke zur Seite und sprang nackt aus dem Bett. Sein imponierendes Glied war noch zur Hälfte erigiert. »Unmöglich«, sagte er und griff nach seinem seidenen Hausmantel. Der riesige François blickte auf Etienne hinab, wie er auf beinahe jedes menschliche Wesen herunterblickte. »Sie müssten um den Park herumgezogen sein, ohne dass wir es gehört hätten.«

»Unsere Posten könnten durch die lange Belagerung nachlässig geworden sein.«

»Welch ein Zeitpunkt für einen Angriff! Ich kann noch nicht recht daran glauben.«

François wandte sich seiner Dame zu. »So Leid es mir tut, aber Ihr müsst Euch anziehen, Madame. Ihr werdet den Park in Richtung Kartause verlassen.«

»Jetzt, mitten in der Nacht?«, sagte Emmeline ungehalten. »Ich bin überzeugt, dass es kalt ist und friert.«

Etienne verneigte sich vor der Frau mit den zerrauften Haaren, die im Kerzenschein noch hübscher als sonst aussah. »Wir haben Nebel, Madame. Keinen Frost.«

»Ein Detachement Schweizer für Madame de Flech, de Cobère«, sagte der König. »Sie wird zur Kartause eskortiert.« Er nahm einen Schluck aus einem Becher, der auf dem Tisch neben dem Bett stand. »Lasst die Truppen bei den Fünf Abteien benachrichtigen. Sie sollen in Wartestellung gehen. Einen weiteren Melder schickt Ihr zu Florange. Er soll die Schweizer im Park sammeln und um jeden Preis versuchen, die Ursache des Lärms herauszufinden. Bonnivet soll Alarm schlagen. Die schwere Kavallerie hat sich zu rüsten.«

»Sehr wohl, Sire«, sagte Etienne, verbeugte sich und verließ eilig den Pavillon. Er winkte ungeduldig seinen beiden Pagen, einem blonden und einem brünetten Jungen, die die Zeit der Wache über bei ihm ausharren mussten.

»Pierre, du läufst zu Sieur de Bonnivet und sagst ihm, dass der König befiehlt, sofort Alarm im Lager zu geben.« Er wandte sich an den kleineren der beiden Jungen. »Du, Michel, holst Monsieur Marot zu mir. Lauf dann zu Hauptmann Preyer und sage ihm, dass ein berittenes Detachement Schweizer zum Pavillon des Königs zu kommen hat.«

Die beiden Pagen liefen davon, während der Meldereiter sich in den Sattel schwang. Er blickte kurz zu dem Biwakfeuer, das einige hundert Meter vor ihnen den Nebel rötlich verfärbte. Noch war alles ruhig.

»Zu Sieur de Florange?«, fragte er und wandte sich wieder de Cobère zu.

»Nein«, sagte Etienne rasch. »Ihr reitet zu den Fünf Abteien. Lasst die Schweizer, die unmittelbar vor Pavia lagern, benachrichtigen.«

»Sollen sie in den Kampf eingreifen?«

»Nur wenn sie attackiert werden. Sie sollen in Wartestellung gehen.«

»Gut«, sagte der Meldereiter und ritt im Galopp davon.

Marot kam, zwischen den Zelten schemenhaft auftauchend, auf Etienne zugelaufen. Er war im Kürass und trug die Sturmhaube. »Was ist, de Cobère?«

Etienne legte ihm den Arm um die Schulter. »Ihr reitet sofort zu Sieur Florange. Er muss sich an der Westseite des Parks befinden. Er soll alle Schweizer und Landsknechte der westlichen Stützpunkte sammeln und den Ort und die Ursache des Lärmens, das dort stattfindet, herausfinden. Wenn er benachrichtigt ist, kommt Ihr zum Lager zurück. Ich weiß noch nicht, wie die leichte Kavallerie, der Ihr angehört, eingesetzt wird.«

Im Lager wurde zum Alarm geblasen. Männer stürzten aus den

hinter den milchigen Wänden des Nebels liegenden Zelten, Feuer wurden in aller Eile angezündet, und laute, bellende Befehle durchschnitten die Stille der Nacht.
»Und Ihr?«, fragte Marot.
»Ich muss mich auch rüsten«, antwortete de Cobère.
Das Detachement Schweizer unter dem Hauptmann Preyer kam angeritten. Die Pferde atmeten schwer in der Nässe des Nebels.
»Wie lautet mein Befehl?«, fragte der Hauptmann.
»Ihr habt eine Dame zur Kartause zu bringen.«
Der Offizier deutete auf die Schwärze, die sie umgab. »Jetzt?«
»Jetzt.«
Der König selbst führte seine Geliebte aus dem Pavillon heraus. Mittlerweile war das Lager in höchste Aufregung versetzt worden. Männer stürzten fluchend durch die Dunkelheit, brüllten nach ihren Knappen, schrien nach ihrer Rüstung, während schnaubende Pferde aus den Pferchen herausgeführt wurden.
Der König küsste Emmeline de Flech und führte sie zu ihrem Schimmel, den ein Stallknecht vorsorglich zum Pavillon gebracht hatte.
»In einigen Stunden bin ich bei Euch«, sagte François und strich ihr über die Wange.
»Gott beschütze Euch, Sire«, sagte die schöne Savoyardin, die den König seit Turin begleitete. Sie stieg auf, setzte sich im Herrensitz im Sattel zurecht und ritt unter der Bedeckung der Schweizer aus dem Lager in Richtung der Wachfeuer, die im Norden entzündet worden waren.
Wieder ertönten die Alarmtrompeten. François zuckte kurz zusammen.
»So viel Lärm wegen eines Scharmützels«, sagte der König und sah sich um. »So viel Lärm um Nichts.«

Marot ritt durch den Nebel und durch die Nacht. Der Park von Mirabello war von Bächen, Kanälen und einem kleinen Fluss durchzogen. Der Dichter, der sich weder an den Sternen noch an prägnanten Wegzeichen orientieren konnte, kam nur langsam voran. Immer wieder musste er vor einem plötzlich im Nebel auftauchenden Wasserlauf Halt machen, scheinbar undurchdringlichen Baumgruppen ausweichen und dabei versuchen, die Ebene zwischen den Pappelwäldern im Norden und Süden auszunützen.

Drei Kanonenschüsse erklangen dröhnend von Pavia her. Marot war sich bewusst, dass dies ein Signal war. Er bezweifelte allerdings, dass irgendjemand in der französischen Armee um seine Bedeutung wusste. Sie waren zu leichtsinnig geworden. Sie hatten Pavia schon fallen sehen.

Der Boden im Westen des Parks war hart und bot wenigstens in dieser Richtung einem Reiter keine allzu großen Schwierigkeiten. Marot kam umso besser voran, je näher er der Mauer von Mirabello kam.

»Wer seid Ihr?«, rief ein Offizier der Schweizer in gebrochenem Französisch, als er unvermutet nach einer Nebelbank mit seinen Leuten auftauchte. Er mochte etwa hundert Mann befehligen, soweit man die Zahl der Soldaten in der Dunkelheit schätzen konnte.

»Marot von der leichten Kavallerie. Ich soll auf Befehl des Königs zu Sieur de Florange.«

Die Piken der Schweizer senkten sich.

»Der Sieur de Florange ist eine Meile südlich von uns. Wir marschieren zu ihm.«

»Dann weiß ich endlich, wo ich ihn zu finden habe«, sagte Marot erleichtert. »Gelobt sei Gott. Ich bin Euch sehr verbunden.«

Er wollte losreiten, aber der Schweizer Offizier griff ihm in die Zügel. »Wisst Ihr, was hier im Gange ist?«

»Ich habe keine Ahnung.«

»Wer zum Teufel führt eine Schlacht im dichtesten Nebel?«, fragte der Schweizer ratlos. »Wer zum Teufel tut das?«

Marot grüßte den Offizier, der keine Antwort auf seine Frage zu erwarten schien, und ritt nach Süden. Nach etwa einer Viertelstunde erreichte er die leichte Kavallerie Floranges.

»Sieur«, rief er dem Befehlshaber zu, »der König wünscht, dass Ihr alle Schweizer und Landsknechte dieses Bereiches sammelt und erkundet, was von Seite der Kaiserlichen aus geschieht.«

"Was glaubt Ihr, was ich hier tue?«, knurrte Florange. »Eine Dichterlesung veranstalten?«

»Ich übermittle Euch nur die Befehle des Königs, Sieur.«

»Ich danke Euch«, sagte der Befehlshaber und versuchte, seine Stimme zu mäßigen. »Ihr reitet mit uns, Monsieur.«
»Ich muss zum Lager zurück.«
»Ihr reitet mit uns, Monsieur«, wiederholte Florange.
Marot sah Paderi unter den Landsknechten, die im Zentrum marschierten. Der Italiener trug die Kleidung der Deutschen und führte eine Kompanie von Hellebardenträgern an. Er winkte Marot fröhlich zu, als er ihn erkannte.
In der Ferne hörte man Hufgetrappel und das Rollen von Kanonen. Florange hob seinen Degen und gab den Befehl zum Angriff. Seine leichte Kavallerie durchschnitt den Nebel, während die Deutschen und Schweizer ihm im Laufschritt folgten. Plötzlich sahen sie kaiserliche Truppen vor sich. Die leichte Kavallerie brüllte ihr »Hurra« und galoppierte auf die Reihen der überraschten Feinde los, die vor Entsetzen auseinander stoben und versuchten in Karrees in Verteidigungsstellung zu gehen. Zwischen zwei Kanälen kam es zu einem Gefecht mit den Reitern der Kaiserlichen, und Marot schlug im Nebel so wild um sich, wie er nur konnte. Er sah, dass er einen der neapolitanischen Kavalleristen im Gemenge aus dem Sattel stieß und versuchte dabei verzweifelt, den Abstand zu Florange nicht allzu groß werden zu lassen. Als er zur Seite blickte, sah er die Schweizer und die Deutschen über die Kaiserlichen herfallen und sie niedermetzeln. Reiter wurden aus ihren Sätteln gehauen, wurden durchstoßen oder fielen mit von Hellebarden zerschmetterten Beinen zu Boden. Überall herrschte Gebrüll und Geschrei und das Donnern leichter Kanonen.
»Dort«, schrie Florange und deutete in den Nebel. »Die Artillerie muss dort Stellung bezogen haben.«
Er winkte die Schweizer und Landsknechte an sich vorbei und gab ihnen den Befehl zum Angriff. Die Kanonen feuerten so schnell sie konnten und rissen blutige Löcher in die Reihen der Anstürmenden. Paderi brüllte seinen Leuten zu, die Linien aufzufüllen, und gab den Befehl, die Piken zu senken. Die Deutschen und Schweizer richteten ihre Hellebarden und Spieße aus, und Pulverjungen liefen zwischen den Arkebusieren umher, um Munition und Kugeln auszugeben. Der Zusammenprall mit den Kaiserlichen erfolgte mit Wucht und unter brüllendem Geschrei, während die Kanonen von

der Seite her die Reihen der Schweizer aufrissen. Die Kaiserlichen befanden sich jetzt direkt vor Paderi, geschart um das Banner des Doppeladlers, in Todesangst kämpfende Soldaten, aufgerissene, schrecklich, wild oder furchtsam blickende Augen, blutverschmierte Brustpanzer, Sturmhelme, die in die Stirnen drückten, Hellebarden, die zustießen, oder Waffen, die mit Furcht erregender Kraft geschwungen wurden. Paderi hatte seine Pike fortgeworfen und seinen Dolch und seinen Degen gezogen. Er stieß einen Kaiserlichen zur Seite, fuhr ihm mit seinem Dolch in die Kehle und durchstieß mit dem Degen einen der Söldner Frundbergs. Dann stolperte er über den Leichnam eines Feindes und entging im Stürzen einer Kanonenkugel, die über ihn hinwegsauste und eine Reihe von Schweizern zu Boden riss. Der Capitano sprang wieder auf, bedeutete seinen Leuten, ihm zu folgen und erreichte als Erster die äußerste Kanone. Er durchbohrte einen der Kanoniere, der wegen des Lärms der Abschüsse einen bunten Schal um den Kopf gebunden hatte. Der Kanonier riss die Arme empor, öffnete den Mund zu einem stummen Schrei und stürzte dann, aus der Brust blutend, zu Boden. Die Schweizer hatten ihre Piken gesenkt und stürzten sich auf die unentwegt feuernden Kanonen. Sie sprangen über die zerrissenen Leiber ihrer Kameraden hinweg, brüllten vor Wut und Hass und töteten gnadenlos alle Kanoniere, als sie die Batterie erreichten. Jubel und Trommelwirbel brandete auf. Die kaiserliche Artillerie war genommen.

Der Tag graute, während die Nebelschwaden weiterhin durch den Park von Mirabello zogen, Luftgeistern gleich, die unberührt von all der menschlichen Mordlust in seltsamen Formen ihre bizarren Wege über die Ebene vor Pavia suchten.

»Seht dort«, rief Florange Marot zu und deutete auf die riesige Bresche, die in die Mauer des Parks von Mirabello geschlagen worden war. »Hier müssen Tausende eingedrungen sein. Berichtet unverzüglich dem König davon.«

Marot nickte.

»Und nehmt den Weg über das Schloss von Mirabello. Dort dürften keine Kaiserlichen stehen. Es ist strategisch ohne Wert.«

Marot grüßte Florange mit aller Ehrerbietung und sah im Wegreiten Paderi, der bei der Kanone stand, die er erobert hatte, und sich auf die Lafette stützte. Der Capitano hob seinen Degen. Selbst im Nebel sah man, dass er blutig war.

Das Licht des Morgens war fahl und weißlich. Man konnte jetzt deutlicher die schattenhaften Umrisse der Pappeln erkennen, und die Kanäle, die den Park durchkreuzten, glichen schwarzen Bändern, die in geraden Linien das neblige Grün des Bodens zerteilten. Als Marot sich dem Schloss von Mirabello näherte, sah er Hunderte von Kaiserlichen, die um das Gebäude Aufstellung nahmen oder in geordneten Gruppen biwakierten. Einzelne Reiter mit weißen Umhängen durchstreiften das Gelände um das Bauwerk, während die Infanteristen zu warten schienen, ruhig, geduldig und mit bereitgehaltenen Waffen. Marot stieg von seinem Pferd ab und glitt hinter die Böschung, die einen der Kanäle abschirmte. Er watete ihn entlang, bis er zu dem einsamen Reiter kam, der längs eines Pappelwäldchens angestrengt nach Norden blickte. Marot stemmte sich die Böschung hoch, sprang auf, packte den kaiserlichen Kavalleristen am Fuß und riss ihn vom Pferd. Der Mann stürzte mit einem Aufschrei zu Boden, während Marot ihm den Dolch in den Nacken stieß. Der Reiter bäumte sich auf, röchelte und drehte sich zuckend zur Seite. Blut lief ihm aus Mund und Nase, und seine Finger verkrampften sich klauenhaft in der nassen Erde. Marot richtete den Toten auf und zog ihm fluchend vor Anstrengung den weißen Überwurf aus. Dann legte er den Umhang um, watete den Kanal zurück und bestieg schließlich sein Pferd, das geduldig auf ihn gewartet hatte. Er hatte einen schalen Geschmack im Mund. Es war nicht der erste Mann gewesen, den er im Krieg getötet hatte. Er hatte jedoch nie gelernt, den Ekel von sich zu streifen, der ihn erfasste, wenn er für den Ruhm und die Größe seines Königs mordete. Es schien ihm immer, als verändere er mutwillig das Gleichgewicht allen Seins, ein Prinzip des Universums, das unantastbar sein sollte.
Marot trieb sein Pferd an und ritt zum Schloss, vorbei an den lagernden Regimentern und den lose formierten Kompanien. Es waren nicht Hunderte von Kaiserlichen, die hier warteten, wie er gedacht hatte. Es waren Tausende.
»Was zum Teufel machen die beim Schloss von Mirabello?«, sagte er halblaut zu sich selbst. »Was zur Hölle soll das?«

Er hörte spanische und deutsche Worte und vereinzelt auch italienische Brocken. Bei einer Gruppe von Neapolitanern zügelte er sein Pferd.

»Der Vizekönig Lannoy schickt mich«, sagte er in seinem guten Italienisch. »Er lässt fragen, wie die Aktion vorangeht?«

Ein schwarzbärtiger Pikenträger sah ihn an. »Die Garnison von Pavia hat uns noch nicht erreicht. Wir konnten uns noch nicht auf den Weg machen, um die Besatzung der Stadt zu verstärken.«

Marot nickte verständnisvoll. »Wo ist der Kommandant?«, fragte er.

»Der Marquis del Vasto ist im Schloss.«

»Danke, Bruder«, sagte Marot und ritt zu dem hellbraunen Gebäude.

Er saß ab und band sein Pferd an einem Baum der Allee fest. Als er die Stufen zum Schloss hinaufging, hörte er die Schreie. Soldaten jagten nackte Frauen durch die Halle, stießen sie mit ihren Piken zu Boden, zwangen sie aufzuspringen und schlugen neuerlich mit ihren Hellebarden nach ihnen. Eine der Frauen stürzte durch die Wucht der Schläge, während ein Spanier seine Schamkapsel löste, ihre Beine spreizte und die blutbefleckte Frau bestieg.

»Putas«, sagte ein Spanier, der neben ihm stand, lachend.

Marot bedeutete ihm auf Italienisch, ihn nicht zu verstehen.

»Huren«, widerholte der Mann in einem gebrochenen Neapolitanisch. »Lagerhuren, die hier übernachtet haben.«

Marot versuchte den Blick von den Frauen zu lösen. Ihm wurde übel. »Wo ist der Kommandant?«

»Oben.« Der Spanier deutete die Treppe empor. »Er verhört Leute, die wir festgenommen hatten.«

Die Treppe war von Toten übersät. Bauern aus der Umgebung, Geldverleiher, Händler, Juden, Zigeuner. Blut rann die Stufen herunter. Zerschnittene Körper, eingedrückte Hirnschalen, abgeschnittene Glieder, zertrümmerte Leiber säumten den Weg. Marot würgte.

Ein schrilles, unerträgliches Schreien wies ihm den Weg. In einem Saal stand del Vasto und blickte auf einen Mann, dem zwei spanische Soldaten langsam und bei lebendigem Leib die Haut abzogen. Der Mann schrie in seiner entsetzlichen Pein, schrie und hörte nicht auf zu schreien. Einer der spanischen Soldaten sagte etwas zu del Vasto.

Der Marquis nickte und der Soldat trat zu dem schreienden Mann und schnitt ihm in einem Zug die Kehle durch. Der Mann gurgelte, griff mit der Hand ins Leere und fiel dann zusammensackend vornüber.

»Er hätte uns nicht mehr erzählt«, sagte del Vasto ungehalten auf Spanisch. »Merda.«

Marot versuchte den Toten zu übersehen und trat vor del Vasto. »Hauptmann de Ghiberti von der Truppe des Vizekönigs Lannoy, zu Euren Diensten, Exzellenz.«

»Ich kenne Euch nicht«, sagte del Vasto und musterte ihn.

«Ich wurde von den Mailändern zum Vizekönig überstellt.«

»Zum Teufel mit Euch Italienern. Was will Lannoy?«

»Er lässt fragen, ob Ihr eine Meldung für ihn habt.«

Der Marquis del Vasto spuckte auf den fliesenbelegten Boden des Saales. »Ich habe Kanonenfeuer vom Torre del Gallo her gehört. Wenn die Garnison nicht kommt, werde ich mich zur Mauer zurückziehen.«

»Wie lange wollt Ihr noch warten, Marquis?«

»Eine halbe Stunde. Längstens.«

Marot salutierte. »Dann muss ich schnellstens zum Vizekönig zurück, Exzellenz.«

Del Vasto sah ihn aus seinen dunklen Augen an. »Das denke ich auch.«

»Ich danke Euch, Marquis«, sagte Marot.

»Verschwindet«, antwortete del Vasto und drehte sich um.

Marot schritt die Balustrade entlang, als er hinter der Tür einer Abstellkammer ein Geräusch hörte. Marot riss die Tür auf und blickte in die entsetzten, braunen Augen eines Zigeunermädchens, Augen der Zuversicht, die jetzt zu Tümpeln der Angst geworden waren. Das Mädchen mochte etwa dreizehn oder vierzehn Jahre alt sein. Aus der Halle hörte man die gepeinigten Schreie der Frauen. Das Mädchen erhob die Hand, wie um ihn abzuwehren. Marot ergriff die Zigeunerin und zog sie zu sich. »Hör zu«, sagte er leise auf Französisch. »Ich tue dir nichts. Ich werde dir helfen.« Das Mädchen sah ihn an. Es schien ihn zu verstehen. Dann nickte es.

Marot zog es hinter sich her, als er die blutüberströmte Treppe hinunterging. Die Männer in der Halle lachten, als sie ihn mit dem Mädchen sahen. Die meisten Frauen lagen tot zu ihren Füßen.
»Gehört sie uns?«, fragte der Spanier, der Neapolitanisch konnte. Er deutete auf die Zigeunerin.
»Mir«, sagte Marot. »Der Marquis del Vasto hat sie mir geschenkt.«
»Bist du sicher?«, sagte der Spanier und trat einen Schritt vor.
Marot zog seinen Degen. »So sicher, wie diese Waffe die meine ist.«
Der Spanier legte seine Hand auf den Griff seines Dolches. Seine Lippen wurden schmal. »Und wenn wir mit dieser Lösung nicht einverstanden sind?«
»Besitzen die Spanier so wenig Grandezza, dass sie einem Italiener kein kleines Geschenk mehr überlassen können?«
Der Spanier sah ihn kurz an. Dann bleckte er seine Zähne. Er übersetzte seinen Landsleuten Marots Worte. Die Spanier lachten.
»Du hast Ehre im Leib«, sagte er anerkennend. »Viel Vergnügen mit deiner Zigeunerin«, setzte er grinsend hinzu und machte sich mit seinen Kameraden über die letzten lebenden und vor Entsetzen schreienden Frauen her.
Marot lief mit dem Mädchen die Treppe des Schlosses herunter, band sein Pferd los, schwang sich in den Sattel und ließ das Mädchen hinter sich aufsitzen. Die Soldaten lachten, als sie ihn mit der Zigeunerin auf der Kruppe seines Pferdes sahen und machten eindeutige Gesten, während sie ihm grölend eine Fülle derber Ratschläge zuriefen.
Marot winkte ihnen zu und nahm den Weg nach Norden. Als er etwa zehn Minuten geritten war und das Schloss von Mirabello längst hinter Nebelwänden verschwunden war, zügelte er das Pferd und hieß das Mädchen absteigen. Die Zigeunerin sah ihn an. Sie hatte eine Hand über die Brust gelegt.
»Geh«, sagte er. »Sieh zu, dass du zur Kartause kommst. Der Park ist groß genug, um selbst einer Schlacht auszuweichen.«
Das Mädchen blickte ihn aus großen Augen an. Dann ergriff es unvermittelt seine Hand und küsste sie. Marot zog sie zurück.
»Geh«, sagte er leise.
Die Zigeunerin trat einige Schritte zurück und ließ ihn nicht aus

den Augen. Marot nickte ihr zu. Das Mädchen drehte sich langsam um und lief dem Nebel zu. Es lief wie ein junges Wild inmitten der schattenhaften Bäume und dieser gründunklen Wiesen. Es lief, bis das milchige Weiß der Schwaden es aufsaugte und der Nebel es mit seiner Nässe und Undurchdringlichkeit verschlang.

Die kaiserliche Armee drang von der Mauer des Parks zum Schloss Mirabello vor, eingedenk der ursprünglichen Marschroute, die sie in Verbindung mit der Garnison bringen sollte. Die Garnison ihrerseits war im Nebel abgeirrt, auf die Schweizer bei den Fünf Abteien gestoßen und dort in ein blutiges Gefecht verwickelt worden. So ergab sich auf dem Weg von der Bresche zum Schloss Mirabello eine sonderbare Truppenbewegung von zurückflutenden und hereinmarschierenden kaiserlichen Truppen. Als der Nebel kurz aufriss, nahm die französische Artillerie, die im Süden stand, die Flanke der Kaiserlichen unter Beschuss. Die Wirkung des Bombardements war für die habsburgischen Truppen von furchtbarer Brutalität. Köpfe, Arme und Beine wurden abgerissen, und die kaiserliche Armee verlor innerhalb weniger Minuten an die tausend Mann.

»Florange hat die kaiserlichen Kanonen genommen«, berichtete Marot dem König. »Del Vasto steht bei Schloss Mirabello und wird sich nach Westen zurückziehen.«
»Die Garnison?«
»Ist auf dem Weg zum Schlachtfeld.«
»Vom Süden her haben wir die Nachricht bekommen, dass unsere Artillerie die Kaiserlichen zusammenschießt«, ergänzte Bonnivet, der ebenso wie François in voller Rüstung war.
»Wollen wir der Artillerie den Ruhm des Sieges überlassen?«, rief der König. »Sind nicht wir Ritter der Prunk und die Größe des Heeres?«
Begeisterte Zustimmung erklang aus den Reihen der über zweitausend Berittenen.
»Marot«, sagte François I., »versucht wieder zu Florange zu stoßen und richtet ihm aus, dass er zum Schloss von Mirabello vorrücken soll.«

»Wie Ihr befehlt, Sire«, antwortete der Dichter.
»Ihr kämpft mit offenem Visier?«, fragte der König lächelnd Etienne, der sich neben ihm befand.
»Ich gehöre zu Eurer Leibwache, Sire. Ich muss klare Sicht haben.«
Der König lachte. Er hob sein Schwert. »Dieu est avec nous!«, rief er. Dann schloss er sein Visier und gab seinem Pferd die Sporen.
Die französische Ritterschaft begann ihre Attacke.
Die eisengepanzerten Reiter auf ihren schweren Pferden legten ihre Lanzen ein, fielen zuerst in Trab, dann in Galopp. Der Boden erzitterte unter dem Aufprall der Hufe, Gras und Erde wurden in großen Brocken herausgerissen und in wirbelnden Fontänen zur Seite geschleudert. Selbst im nebelverhangenen Grau des Morgens leuchteten die Rüstungen der französischen Ritter und es schien, als hätten die Mächte des Lichts den Kampf gegen die Kräfte einer obskuren, nicht benennbaren Dunkelheit aufgenommen.
Die französische Kavallerie donnerte am Ufer des Flusses Vernavola entlang, während der Vizekönig von Neapel, Lannoy, sich bekreuzigte und seine schwere und leichte Kavallerie zur Gegenattacke formierte. An der Biegung des Vernavola trafen die Franzosen auf die Kaiserlichen und zerrissen und vernichteten deren Formation schon im ungeheuren Zusammenprall des ersten Aufeinandertreffens. Die Kaiserlichen wurden aus den Sätteln geschleudert, ihre Pferde knickten wie kraftlos in den Vorderläufen ein und wurden zur Seite, zu Boden geworfen, während schreiende Männer in ihren Rüstungen von den Franzosen über eine halbe Meile mitgeschleift wurden. Etienne sah aus dem Augenwinkel, wie der König den Kommandanten der leichten Kavallerie, Civita Sant' Angelo, mit einem Schwertstreich erschlug, sah, wie seine eigene eingelegte Lanze einen kaiserlichen Reiter aus dem Sattel hob und in hohem Bogen nach rückwärts warf, sah, wie er in den Nebel eintauchte, spürte, wie er über gefallene, sich aufbäumende Ritter hinweggaloppierte, erkannte, wie ein habsburgisches Hellebarden- und Arkebusenregiment von der unglaublichen Wucht des Angriffs wie tote Blätter in alle Winde zerstreut wurde.
Was von den Kaiserlichen noch lebte, floh in panischer Angst nach Süden, während über zwei Meilen des Schlachtfeldes hin Hunderte von toten und sterbenden habsburgischen Rittern in durchein-

ander geworfenen Reihen auf dem verwüsteten Boden des Parks von Mirabello lagen. Kriegsknechte der Franzosen, die den Rittern gefolgt waren, eilten durch den Nebel und töteten geschickt die noch Lebenden, plünderten gekonnt die bereits Toten.
Der König ließ sein Pferd ausgaloppieren und hob dann die Hand. Die französische Ritterschaft zügelte ihre gepanzerten Streitrösser, während Visiere geöffnet wurden und der Ruf »Victoire!« von allen Seiten her ertönte.
Dem Gesicht des Königs merkte man kaum eine Anstrengung an. »Monsieur de Lescun, jetzt bin ich wieder Herzog von Mailand«, sagte er zu dem Marschall de Foix, der an seiner Seite geritten war.
»So ist es, Sire.«
»Dann werden wir hier rasten.«
»Hier ist sumpfiges Gelände, Sire«, erlaubte sich Etienne festzustellen.
»Die Schlacht ist vorüber, Chevalier de Cobère.« Der König lächelte. »Die Schlacht ist gewonnen.«

Als Pescara die fliehenden Arkebusiere aus dem Nebel auftauchen sah, begrub er den ursprünglichen Plan, sich mit der Garnison von Pavia zu vereinigen. Er befahl del Vasto, von Schloss Mirabello aus zu seiner Stellung aufzurücken, und sammelte in aller Eile alle kaiserlichen Hakenbüchsenschützen, die mit ihren Kompanien im dichten Nebel herumirrten. Florange und François de Lorraine bemerkten trotz der schlechten Sicht die Gefahr und marschierten auf Pescaras Truppen zu. Mit dem Blick erfahrener Feldherren erkannten jedoch Frundsberg und Bourbon die unerwartete Möglichkeit, den rechten französischen Flügel zu vernichten, und griffen mit ihren deutschen Landsknechten kraftvoll dessen Flanken an. Inzwischen ruhte sich Frankreichs Ritterschaft, der Welt beste Kavallerie, in dem sumpfigen Gelände nahe des Vernavola aus, während der französischen Artillerie durch den Aufmarsch ihrer eigenen Truppen das Schussfeld genommen wurde.

»Verdammt«, sagte Paderi zu Marot, der neben ihm ritt, »wir paradieren vor unseren eigenen Kanonen auf und ab. Das ist bei Gott keine strategische Meisterleistung.«

»Wir haben den Befehl, Pescaras Truppen anzugreifen.«
»Wenn wir sie je erreichen«, sagte Paderi und sah sich voller Misstrauen um.
Sie befanden sich vor einem kleinen Wäldchen, als eine Schar von Bourbons Landsknechtskämpfern aus dem Nebel auftauchte. Es mochten Hunderte sein, die mit ihren Piken und Hellebarden auf die beiden Kompanien von Soldaten, die Marot und Paderi kommandierten, in der Verschwommenheit dieses Morgens zugelaufen kamen. Trommeln erklangen. Pfeifer spielten an den Flanken der anstürmenden Rotten.
»Mein Gott«, sagte Marot, der nicht zu glauben schien, was er sah. »Mein Gott.«
»Betet, dass sie keine Arkebusiere haben«, rief Paderi und sammelte seine Deutschen, die nicht geneigt schienen, auch nur eine Handbreit zu weichen.
Die kaiserlichen Landsknechte senkten ihre Piken und stürmten auf Marots und Paderis Soldaten zu. Beim ersten Zusammenprall hielten die französischen Kompanien stand, Hellebarden und Piken verfingen sich ineinander, schlugen Wunden, töteten.
Paderi durchbohrte einen bärtigen Kaiserlichen, der ihn mit aufgerissenen, erstaunten Augen ansah, riss die Pike aus seinem Leib und schwang sie mit aller Wucht zur Seite, hinein in ein Knäuel von habsburgischen Hellebardieren, die zu Boden geschleudert und von seinen Deutschen aufgespießt wurden. Marot ritt, mit seinem Degen in Kreisen um sich schlagend, in eine Gruppe von Kaiserlichen, die auseinander stoben. Schreie ertönten, Männer schrien in Todesangst, brüllten vor Schmerz oder vor Wut, während die habsburgischen Trommler das Signal zur Umfassung der französischen Kompanien gaben.
Marot versuchte, seine Leute um sich zu sammeln, aber die Kaiserlichen griffen nun auch im Rücken der Kompanien an. Die Deutschen in den französischen Einheiten kämpften mit der Wut von Berserkern, aber die Übermacht war zu stark. Eine Reihe von ihnen wurde in das Wäldchen gedrängt und dort mit Dolchen und Spießen getötet. Alle Schlachtordnung hatte sich nun aufgelöst. Es ging Mann gegen Mann, wobei die Kaiserlichen ihre Übermacht weidlich ausnützten und nun zu zweit und zu dritt gegen einen

Deutschen standen. Paderi stieß einem Kaiserlichen seinen Dolch in den Nacken, trennte einem anderen mit seinem Degen den Arm vom Leib, zerhieb einem Fliehenden die Schulter, aber der Capitano hatte zu viele Kämpfe in seinem Leben gesehen, um nicht zu wissen, dass es zu Ende ging. Er stieß Marots Pferd den Degen in die Kruppe. Das Pferd wieherte vor Entsetzen, machte einen gewaltigen Satz nach vorne und galoppierte in seinem wahnsinnigen Schmerz los, mitten durch die kaiserlichen Hellebardiere, mitten durch die Pikenträger. Marot hatte alle Mühe, sich im Sattel zu halten und entging wie durch ein Wunder beinahe allen Hieben der Habsburgischen. Er versuchte, mit aller Kraft sein Pferd zu bändigen und sah nicht, wie Paderi von zwei Hellebarden durchbohrt wurde, wie er fast verwundert auf seine zerfetzte Brust blickte und dann mit einem einzigen, wilden Schrei auf den Rücken sank. Marot sah nicht, wie die letzten Deutschen der Kompanien niedergemacht wurden und auf die blutgetränkte Wiese fielen. Marot ritt mit einem toll gewordenen Pferd durch den Nebel nach Osten, dem Stolz der französischen Armee, der unbezwingbaren schweren Kavallerie zu.

Der König von Frankreich konnte nicht glauben, was er sah. »Was ist das?«, fragte er verblüfft. »Was ist das?«

Tausende von spanischen Arkebusieren liefen auf die französische Ritterschaft zu, die in ihrem sumpfigen Gelände festsaß. François I. gab den Befehl zum Angriff, aber die gepanzerten Reiter konnten ihre schweren Streitrösser auf dem glitschigen Boden nicht in der gebotenen Schnelligkeit unter Kontrolle bringen. Etienne sah, wie die anrückenden Spanier das Feuer eröffneten, sah die kleinen, unzähligen grauschwarzen Pulverwölkchen, die sich um ihre Arkebusen bildeten, und sah schließlich wie Dutzende von Rittern getroffen von ihren Pferden fielen.

Der König hatte sein Schwert gezogen. »Leibgarde zu mir! Zur Attacke!«, schrie er und blickte noch immer mit einem ungläubigen Gesichtsausdruck auf die angreifenden kaiserlichen Truppen.

Pferde stürzten getroffen nieder und zerdrückten ihre Reiter. Zu Boden gefallene Ritter konnten sich durch die Schwere ihrer Rüstung nicht mehr erheben und wurden in dem Morast von Arkebusieren getötet, die ihre Messer in die Fugen des Kürass gleiten ließen und ihnen die Kehle durchschnitten. Etienne sah, wie spanische Soldaten La Tremouille eine Arkebusenkugel zwischen die Eisenschienen und dem Panzerhemd schoben und sie zündeten. Der französische Ritter wurde in seiner Rüstung zerrissen, während sein Panzer sich ausbeulte und schwärzlich verfärbte. La Palice war von seinem Pferd gefallen, stand aber noch aufrecht zwischen den sterbenden Rittern. Er schlug mit seinem Schwert um sich, als fünf Spanier ihm von rückwärts den Kopf herumrissen und ihm die Kehle durchschnitten. Blut schoss über seinen Panzer, und mit einer beinahe unerträglichen Langsamkeit knickte der Ritter ein und sank nach vorn, bis er in dem Schlamm des Bodens aufschlug. Neben dem König und Etienne wurden Louis d'Ars, betäubt von einer Arkebusenkugel, die Arme und die Beine zerschlagen. Eine solche Fülle von Piken stachen auf ihn ein, dass sein gepanzerter Körper in die Luft geschleudert wurde und zwei der noch kämpfenden Ritter mit sich zu Boden riss.

Der Blutgeruch, der Rauch der Arkebusen, das Aufblitzen der Schwerter, der ungeheure Lärm der Schreie, des Todesröchelns und der Befehle trieb die gepanzerten Pferde bis zum Wahnsinn. Dutzende von ihnen brachen aus und zerschmetterten mit ihren Huftritten zu Boden gestürzte Reiter ebenso wie feuernde Arkebusiere. Saint Severin wurde von dem Schwert eines Ritters, der sein Pferd nicht mehr zu bändigen vermochte, mit aller Wucht am Hinterkopf getroffen. Sein Helm flog zerschmettert zu Boden, und Saint Severin, der von diesem Schlag getötet wurde, blieb durch das Gewicht seiner Rüstung fest im Sattel sitzen, galoppierte mit seinem ausschlagenden Pferd quer über das Schlachtfeld, wurde von Dutzenden Arkebusenkugeln durchlöchert und stürzte dennoch nicht, ein Wunder Gottes in diesem höllischen und nicht enden wollenden Gemetzel der französischen Ritterschaft.

Es waren nicht mehr als fünfzig Ritter, die noch um den König geschart waren, und Etienne wie die anderen, die François I. zu schützen trachteten, schlugen mit ihren Schwertern auf die Arkebusiere los, die, eingekeilt in der Masse der Angreifenden, sich gegenseitig

das Schussfeld auf den kläglichen Rest der französischen Ritterschaft nahmen.
Bonnivet, der François zum Angriff auf Pavia überredet hatte, riss sich den Helm vom Kopf und stürzte sich in das ärgste Gewühl. Drei Piken durchbohrten ihn, und dennoch kämpfte er noch weiter, hob, schwang und ließ sein Schwert herniedersausen, zerschlug Köpfe und Schultern, bis er in seiner blutgefüllten Rüstung seine Seele aushauchte, vornüber tot auf den Hals seines Pferdes sank, das ihn in alter Gewohnheit bis zum Lager der schweren Kavallerie trug.
Etienne sah, wie das Pferd des Königs von vielleicht zwanzig Schüssen getroffen wurde. Der König stürzte zu Boden. In einer beinahe unmöglichen Kraftanstrengung gelang es ihm, sich wieder aufzurichten. Sein Helm war auf der Seite aufgerissen, und er blutete am Ohr und an der Schwerthand. François schlug mit seinem Zweihänder um sich, während Etienne versuchte, so nahe wie möglich bei ihm zu bleiben. Eine Fülle von Spaniern umringte den König wie eine toll gewordene Meute von Raubtieren, während die Arkebusiere, die auf ihn zielten, in dem Getümmel nur mehr ihre eigenen Landsleute töten konnten. Piken stießen auf ihn ein. Aber anders als bei Bonnivet glitten sie an der Rüstung ab. Zwei Angriffe der Spanier wehrte der König noch ab, hauend, schlagend, stechend und tötend. Als ihn aber die Arkebusiere von hinten niederrissen, fiel François I. auf den Rücken, und an die zwanzig bis dreißig Spanier stürzten sich auf ihn, versuchten ihm mit ihren Messern die Kehle durchzuschneiden und behinderten einander kläglich in dem Gewühl von zuckenden Füßen, Körpern und Händen. Der König von Frankreich krümmte sich zusammen, stieß mit Knien und Armen um sich, während Etienne vergeblich versuchte, sich zu ihm vorzukämpfen.
Es war der Vizekönig von Neapel, der François I. aus dem Hause Valois rettete. Lannoy schlug sich zu ihm durch, hieb mit der flachen Klinge auf die Spanier ein, während seine neapolitanische Leibwache die Arkebusiere von seinem Leib rissen. Der König erhob sich blutend, die Rüstung zur Hälfte vom Körper gelöst. Lannoy legte seinen Mantel um ihn, um aller Welt zu zeigen, dass François I. unter seinem Schutz stand. Etienne sah es mit ungeheurer Er-

leichterung, bevor ihn ein Schlag am Kopf traf und er in furchtbarer Langsamkeit auf den nassen und glitschigen Boden stürzte.
Es ist morgens halb neun. Der Nebel hat sich nicht gehoben.

Henri d'Ardans stand im Hof des Hauses, das er in Lyon gemietet hatte, und beobachtete, wie sein Pferd gesattelt wurde, als Moulu die Treppe des Hintereingangs heruntergelaufen kam.
»Sieur«, rief der beleibte Diener. »Ein Herr wünscht Euch zu sprechen.«
»Wie heißt er?«
»Meillet. Gauthier de Meillet.«
Henri verzog keine Miene, als er zu Moulu sagte: »Ist er beritten?«
»Ja, Sieur.«
»Dann soll er auf mich warten. Er kann mich zum Kloster Saint-Just begleiten.«
»Sehr wohl, Sieur«, sagte Moulu und wandte sich zum Gehen.
»Moulu?«
»Ja, Sieur?« Sein Freund und Diener drehte sich zu ihm um.
»Was hast du gestern gelesen?«
»Ich habe in der Nikomachischen Ethik des Aristoteles geblättert.«
Henri prüfte die Festigkeit der Sattelriemen. »Ist dir etwas davon in Erinnerung geblieben?«
»Das Leben des Glücklichen muss lustvoll und in Gemeinschaft erfolgen. Wer nur auf sein eigenes Ich beschränkt bleibt, dessen Leben ist drückend und beschwerlich.«
»Vortrefflich«, sagte Henri und schwang sich in den Sattel. »Ich werde meinen Tag nach diesem Spruch ausrichten.«
«Und Monsieur de Meillet?«
»Er soll mir folgen.«
Bedienstete des Hauses öffneten das Tor des Hofes und Henri sprengte hinaus auf die Straße. De Meillet rief ihm zu, auf ihn zu warten, zwängte dann sein Pferd an den Passanten vorbei, die auf der Straße geschäftig unbekannten Zielen zustrebten, wich fluchend Eseln, Schweinen, Hühnern und Ochsenkarren aus, bis er endlich auf gleicher Höhe mit Henri war.
»Ich habe Euch, wenn ich mich nicht täusche, das letzte Mal zum Teufel gewünscht, Monsieur de Meillet.«

»Ihr könnt mir glauben«, antwortete der junge Mann, »dass es mir nicht leicht gefallen ist, Euch aufzusuchen.«
»Und dennoch habt Ihr es getan. Weshalb?«
Meillet sah ihn von der Seite aus an. »Madame Jeanne des Marckes ist verhaftet worden.«
Henri zügelte sein Pferd. Er war blass geworden. »Warum? Warum hat man sie verhaftet?«
»Ihr Bruder hat beim Spiel einen Mann getötet. Jeanne hat Pierre des Marckes zur Flucht verholfen.«
«Jeanne?«
Meillet errötete. »Madame des Marckes.«
»Wann hat man sie verhaftet?«
»Vor drei Wochen.«
»Und wohin hat man sie gebracht?«
»In die Conciergerie nach Paris.«
Henri sah zu dem verhangenen, sandfarbenen Winterhimmel auf. »Habt Ihr schon jemanden außer mir um Hilfe ersucht?«
»Niemanden«, antwortete de Meillet.
Henri trieb sein Pferd von neuem an. »Ihr liebt Madame des Marckes?«
»Wie mein Leben.«
»Also hat sie Euch vor mir den Vorzug gegeben?«
»So ist es, Sieur.«
Henri sah vor sich hin, als sie die Straße beim Ufer der Saône nahmen. »Ich könnte Euch zum Duell fordern, de Meillet. Ich könnte Euch töten.«
»Nicht, wenn Ihr wisst, dass Madame des Marckes mich liebt.«
»Und? Tut sie das?«
»Ja, Sieur«, sagte de Meillet mit Überzeugung, »das tut sie.«
Henri schwieg kurz. »Und dennoch glaubt Ihr, dass ich helfen werde?«, fragte er dann.
De Meillet warf ihm einen Seitenblick zu. »Ihr seid ein Ehrenmann, Sieur.«
»Jeannes Bruder ist in Lothringen?«
»Woher wisst Ihr das, Sieur?«
»Ich habe es erraten.« Henri hielt sein Pferd an. »Hört zu, Gauthier de Meillet. Ich werde alles tun, um Madame des Marckes aus

dem Gefängnis zu holen. Aber ich will Euch nie mehr in meinem Leben wieder sehen.«

»Könnt Ihr den Anblick der Liebe nicht ertragen?«

»Ich kann Euren Anblick nicht ertragen, de Meillet.«

Meillet zog seinen Hut. Er verbeugte sich aus dem Sattel heraus. »Dann werde ich Euch jetzt verlassen, Sieur.«

»Tut das.«

»Gut«, sagte de Meillet. Er lenkte sein Pferd zur Seite. »Und sonst, Sieur?«

»Was meint Ihr, de Meillet?«

Gauthier zeigte den Anflug eines Lächelns. »Soll ich Madame des Marckes noch etwas von Euch ausrichten?«

»Nichts«, sagte Henri und sah de Meillet starr an. »Rein gar nichts.«

Lannoy schützte mit seinen Neapolitanern François I. und führte ihn über das Schlachtfeld in Richtung der Casa de Livieri, bei der seine berittene Garde wartete. François schritt über die zerstückelten Leiber seiner engsten Freunde hinweg, während Pescaras Spanier ihn verfluchten und immer wieder versuchten, François' habhaft zu werden. Erst als Lannoys Neapolitaner einige der Spanier getötet hatten, zogen sie sich einige Schritte zurück. Pescara, der zu ihnen gestoßen war, tat nichts, um seine Leute zurückzuhalten. Der spanische Oberkommandierende war übelster Laune. Das Herumirren im Nebel von Pavia hatte ihn entnervt und in seinem Zorn hatte er bereits angeordnet, François' Schweizern kein Pardon zu geben.

Als die Casa de Livieri in Sicht kam, trabte Lannoys berittene Garde zu ihrem Schutz heran. Der König, den blutverschmierten Mantel über der Schulter, konnte das Gebäude nun ohne Gefahr betreten. In dem geräumigen Haus übergab er als Zeichen der Niederlage Lannoy sein Schwert, während eifrig im französischem Lager nach den Koffern des Königs gesucht wurde, um ihn seines Standes gemäß zu kleiden.

An die zwanzigtausend Mann der französischen Armee waren in Gefangenschaft geraten und wurden in den folgenden Tagen, ohne Nahrung und bar jeder Winterkleidung, zur französischen Grenze getrieben. Und während sich der König am nächsten Morgen in sein perlenbesticktes, goldbesetztes Wams kleidete, wurden die nackten Leichname der Großen des französischen Königreiches von den Landsknechten an deren Diener, Kammerherren oder Sekretäre versteigert. Die Leiche des ehemals mächtigen Bonnivet wurde preiswert abgegeben. Für La Tremouille verlangte man das Dreifache. Saint-Mesmes, der neben dem König gefallen war, kostete dagegen nichts. Sein Leichnam hatte sich so rasch zersetzt, dass sein Verkäufer, ein Landsknecht, auf den Handel verzichtete und ihn in den Tessin warf.

Unter all diesen ehrenvollen und ruhmreichen Umständen geriet der allerchristlichste König Frankreichs in die Hände seiner Majestät des Kaisers des Heiligen Römischen Reiches.

Die Schlacht von Pavia hatte ihr Ende gefunden.

Heinrich VIII. stand mit dem Rücken zum Feuer des Kamins. Er trug ein dickes, goldbraunes, mit Pelzaufschlägen besetztes Wams. Wolsey war in seine rote Kardinalssoutane gekleidet, über die er einen Zobelmantel geworfen hatte. Anne Boleyn trug lediglich ein purpurfarbenes Satinkleid, dessen tiefer Ausschnitt ihre kleinen, wohlgeformten Brüste betonte.

»Ihr werdet Euch verkühlen, Mistress«, sagte der König. »Whitehall Palace scheint jeden Winter über nicht in London, sondern an den eisigen Meeren des Nordens zu liegen.«

»Es ist mir ein Bedürfnis, den Größen unseres Reiches auch in der härtesten Unbill die Freude meines Anblicks zu gönnen, Majestät.«

»Eine Meinung, die Ihr mit den meisten meiner Hofdamen teilt. Ich habe selten im Winter so viele hustende Frauen wie in Whitehall gesehen.« Heinrich rieb sich mit beiden Händen den unteren Teil seines Rückens. »Aber Ihr habt Recht, Mistress. Der Anblick eines hübschen Dekolletés ermutigt besonders uns Männer, die wir ohne Unterlass unter der Bürde erdrückender Staatsgeschäfte zu leiden haben.«

Wolsey räusperte sich. »So sehr die Würdigung von Mistress Boleyns Busen auch unser Interesse erwecken mag, Majestät, so sollten wir jedoch zum Kern unseres Gesprächs zurückkommen.«

»Frankreich«, sagte Heinrich.
»Frankreich«, bestätigte Wolsey.
»Rekapitulieren wir. Der König von Frankreich ist in den Händen Karls V. Mehr als die Hälfte des französischen Hochadels ist tot.« Der König wandte sich Wolsey zu. »Habt Ihr von unserem Informanten in Pavia die Liste der Überlebenden bekommen?«
Der Kardinal zog einige handbeschriebene Blätter aus der Tasche seines Mantels. Er begann zu lesen: »Der König von Navarra, de Nevers, der Prinz von Talmont, Galiot de Genouillac, der Marschall von Florange ...«
»Was ist mit Chevalier de Cobère und Monsieur Marot?«, unterbrach ihn Anne.
Der Kardinal blätterte weiter. Dann sah er zu Mistress Boleyn hin. »Sie wurden nur leicht verletzt. Beide sind alles in allem bei guter Gesundheit.«
»Dem Himmel sei Dank«, sagte Anne.
»Ihr scheint Eure Freunde nie zu vergessen, Mistress«, meinte der König.
»Wie ich auch stets an meine Feinde denke, Majestät.«
Der König wandte sich an seinen Kanzler. »Ihr habt gut daran getan, das Gelübde der Keuschheit abzulegen, Wolsey. Frauen sind gefährliche Geschöpfe.«
»Frankreich, Majestät«, sagte der Kardinal.
»Frankreich besitzt keine Armee mehr«, sagte der König fröhlich. »Es kann sich nicht mehr verteidigen. Es wird von einer Frau regiert, die nie seine Königin war. Ich werde Karl V. vorschlagen, das Königreich zu teilen.«
»Was glaubt Ihr, Mistress«, sagte Wolsey und richtete seinen Blick auf Anne Boleyn. »Was glaubt Ihr, dass Louise de Savoie tun wird?«
»Ihr kennt sie gut«, ergänzte der König. »Ihr seid vor allem hier, damit wir Eure Meinung über die Regentin hören.«
»Sie wird alle Kräfte Frankreichs um sich scharen. Sie wird eine Armee aus dem Boden stampfen. Sie wird selbst den letzten Bauern des Königreichs zum Mitkämpfen auffordern. Sie wird freiwillig nicht eine Handbreit Boden aufgeben.«
»Ihr könnt einem die beste Laune verderben, Mistress«, knurrte der König.

»Ihr habt mich um meine Meinung gefragt, Majestät.«
»Gut, gut«, sagte Heinrich und winkte mit der Hand ab. »Das alles mag richtig sein. Aber sie hat auch einen Sohn, den sie über alles liebt. Sie wird selbst Unmögliches tun, um ihn aus der Gefangenschaft zu befreien.«
»Verzeiht, Majestät«, unterbrach Wolsey. »Aber das wird nicht uns, sondern Karl V. zugute kommen.«
»Karl V. braucht mich. Er hat kein Geld. Seine Italienarmee steht wegen fehlender Soldzahlungen vor der Meuterei.«
Wolsey schüttelte bedenklich den Kopf. »Majestät, Ihr habt vor nicht allzu langer Zeit öffentlich den Kaiser als Lügner, seine Tante, Erzherzogin Margarete, die Regentin der Niederlande, als liederliche Dirne, seinen Bruder Ferdinand, den Erzherzog von Österreich, als unmündiges Kind und seinen Feldherren, den Herzog von Bourbon, als Verräter bezeichnet.«
Heinrich VIII. hob seine Hand. »Eine kleine Verstiegenheit der Worte, Wolsey. Aus dem Ärger des Augenblicks heraus geboren. Karl wird das verstehen.« Er legte seine Hand auf das Sims des Kamins und wandte dem Feuer seine linke Seite zu. »Wir werden Karl meine Tochter, die Prinzessin Mary, zur Frau geben.«
»Der Kaiser ist fünfundzwanzig Jahre alt«, warf Anne Boleyn ein. »Und Eure Tochter ein Kind.«
Der König machte eine wegwerfende Handbewegung. »Das gleicht sich mit den Jahren aus. Ich für meinen Teil möchte König von Frankreich werden. Dafür bin ich bereit, Karl zweihunderttausend Pfund zu zahlen. Burgund, die Provence, das Languedoc gehen an den Kaiser. Der Herzog von Bourbon bekommt seine von Louise de Savoie eingezogenen Besitztümer zurück und das Dauphiné dazu.«
Wolsey machte ein bedenkliches Gesicht. »Euch als König von Frankreich zu akzeptieren, könnte Karl V. schwer fallen.«
»Warum zum Teufel?«, rief der König. »Nach meinem Tod wird Karl als Gatte meiner einzigen Tochter und Erbin meine französischen Besitztümer auf einen Schlag erhalten.«
»Dennoch ...«
»Eure Einwände ermüden mich, Wolsey ...«
»Ich bitte um Vergebung, Majestät.«

»Vergesst nicht Louise de Savoie, mein König«, warf Anne Boleyn ein.

Heinrich VIII. warf zornig die Hände in die Luft. »Habt Ihr Euch mit meinem Kanzler verschworen, um mich zu entmutigen, Mistress?«

Wolsey räusperte sich. »Vielleicht solltet Ihr, falls der Kaiser Euch die französische Königswürde verweigert, einen Vorschlag zur Güte bereithalten.«

Der König schwieg kurz. »Die Normandie, die Gascogne, die Guyenne, das Anjou und das Poitou für mich.«

Der Kanzler sah ihn an. »Ist das alles?«

»Die Bretagne kommt noch hinzu.«

Wolsey sah betreten zu Anne Boleyn und dann zum König hin. »Majestät, Ihr müsst bedenken, dass der Sieg von Pavia ohne Eure Mitwirkung errungen wurde. Ihr habt nichts dazu beigetragen.«

»Aber ich bin Heinrich VIII.«, sagte der König und sah seinen Kanzler verblüfft an. »Ich bin Heinrich VIII.«

»Dem kann ich nicht widersprechen, Majestät«, sagte Wolsey und lehnte sich in seinem Stuhl zurück.

Der König löste sich von der Wärme des Kamins. »Genug geredet, Kardinal. Bereitet unverzüglich die entsprechenden Unterlagen für unseren Sondergesandten vor. Ich möchte, dass Karl meine Wünsche schnellstens auf seinem Tisch liegen hat.«

Er nickte dem Kanzler und Anne Boleyn zu und verließ den Raum. Wolsey schwieg kurz. Dann stand er auf. »Vielleicht hättet Ihr mit einem gänzlich entblößten Busen vor dem König erscheinen sollen, Mistress. Vielleicht hätte ihn das zur Vernunft gebracht.«

»Das nächste Mal, Eminenz, werde ich Euren Vorschlag beherzigen«, sagte Anne Boleyn lächelnd. »Das nächste Mal ganz gewiss.«

Karl, Kaiser des Heiligen Römischen Reiches und König von Spanien, Beherrscher der Niederlande, Neapels und der Lombardei, legte die Papiere des englischen Sondergesandten vor sich auf die Tischplatte.

»Heinrich muss verrückt geworden sein.«

»Es ist nicht in unserem Interesse«, sagte Kanzler Gattinara, der

Karl gegenübersaß, »König Heinrich VIII. zu viel Macht zuzugestehen. Er könnte eines Tages die Niederlande und Spanien bedrohen.«

Karl hob den Kopf. »Was schreibt Bourbon?«

»Er bittet schnellstens um eine Invasion Frankreichs. Er würde über die Champagne eindringen und Paris im Handstreich nehmen.«

»Helden«, sagte der Kaiser. »Ich bin von Helden umgeben. Aber wer bezahlt sie?«

Der Kanzler schenkte ihm einen Blick aus seinen Froschaugen. »Wir nicht, Majestät. Wir haben kein Geld.«

»Und ohne Geld kein Krieg.«

»So ist es, Eure Majestät.«

Der Kaiser blickte zu dem Baum, der vor dem offenen Fenster stand. Eine Amsel saß auf einem der Äste und sang ein Lied über die ewige Wiedergeburt der Natur. »Gott hat mich beauftragt, die Christenheit gegen die Ungläubigen zu schützen. Die Türken stehen nun bereits in Ungarn. Wer hat mich bislang gehindert, alle Kräfte zusammenzubinden und Gottes Willen zu erfüllen?«

»François I.«, sagte Gattinara. »François I. hat Euch daran gehindert.«

»Und François ist jetzt in meiner Hand.«

»Das ist unbestreitbar wahr, Eure Majestät.«

Karl trommelte mit den Fingern auf die Tischplatte. Er sah kurz in den Saal, in dem Wimpel mit den Wappen spanischer Provinzen von der Decke hingen und bunte Teppiche die Wände schmückten. »Dann gilt es Frankreich so zu schwächen, dass es mich niemals mehr an meinen Pflichten als weltliches Oberhaupt der Christenheit hindern kann.«

Einer der Hunde, die schlafend in der Ecke des Saales lagen, erhob, streckte sich, gähnte und kam dann mit majestätischer Ruhe zu Karl geschritten. Der Kaiser kraulte ihm den Kopf.

»Burgund«, sagte Karl. »Ich will Burgund. Alles andere ist Eure Sache, Gattinara.«

Der Kanzler griff nach einem Blatt Papier. »Was haltet Ihr von folgenden Vorschlägen: François verzichtet neben Burgund auf Tournai, auf die Oberhoheit über das Artois und Flandern, ferner auf alle Ansprüche auf Mailand, Genua und Neapel. Bourbon erhält die Provence, die mit seinem einstigen Besitz zu einem selbständigen Königreich vereinigt wird.«

»Eine vorzügliche Idee«, sagte Karl. »Und was bekommt Heinrich VIII.?«

»Nichts. Der König von England bekommt nichts.«

Karl, Kaiser des Heiligen Römischen Reiches, König von Spanien, Beherrscher der Niederlande, Neapels und der Lombardei, lachte leise. »Was für ein berückender Gedanke. Was für ein ungemein berückender Gedanke.«

Louise de Savoie und Henri d'Ardans gingen durch den blühenden Klostergarten. Eine junge, hübsche Nonne, die sie erkannte, senkte im Vorübergehen den Kopf und schlug die Augen nieder.

»Es ist maßlos, was mein Sohn François dem Kaiser für seine Freilassung angeboten hat«, sagte Louise de Savoie. »Wiederholt es mir noch einmal.«

»Der König ist bereit, auf Neapel, Genua und Mailand zu verzichten.«

»Damit wäre die erste Forderung Karls erfüllt. Sprecht weiter.«

»Der König ist weiter bereit, die Oberhoheit über Flandern und das Artois abzugeben.«

»Eine Forderung des Kaisers, die ich schon vor Wochen abgelehnt habe.«

»Der König ist willens, Heinrich VIII. alles zu bezahlen, was Karl V. ihm schuldet, vorausgesetzt, England tritt dem Friedensvertrag bei.«

Louise de Savoie beschleunigte ihre Schritte. »Heinrich«, murmelte sie. »Ich werde ihn kaufen. Sie sind alle käuflich.«

Henri warf ihr von der Seite einen Blick zu. »Der Herzog von Bourbon soll seinen Besitz, seine regelmäßigen Einkünfte und Ämter wiedererhalten und als Gouverneur des Languedoc und der Provence bestätigt werden.«

»Was diesem Verräter ganz Südfrankreich in die Hände spielen würde. Einem Verräter, der sich jetzt als Lehnsmann des Kaisers fühlt.« Sie blieb stehen, griff nach einer Rose und stach sich dabei in den Daumen. »Selbst die Blumen sind gegen mich.« Sie tupfte

den Blutstropfen mit einem Batisttaschentuch ab. »Weiter, d'Ardans. Jetzt kommt meines Wissens nach das Beste.«
»Der König schlägt vor, bei allen militärischen Unternehmungen des Kaisers die Hälfte der Armee zu stellen und die Hälfte der Kosten zu tragen. Die Truppen sollten von ihm oder dem Herzog von Bourbon befehligt werden.«
»Ein vernichtenderer Vorschlag konnte nicht gemacht werden. Und schließlich?«
»Schließlich: Der König heiratet Karls Schwester und gibt ihr Burgund als Mitgift.«
Louise de Savoie gab einen erstickten Ton der Empörung von sich und ging weiter den schmalen Rosenweg entlang. »Diese Vorschläge bedeuten, dass Karl nicht nur Herr Italiens, sondern auch der Herr Frankreichs wird. Der Zustand des erzwungenen Zölibats scheint meinem Sohn die Sinne verwirrt zu haben.« Ihr Gesicht war vor Zorn gerötet. »Karl müsste verrückt sein, diese Vorschläge nicht anzunehmen.«
»Er wird ablehnen, Madame.«
Louise de Savoie blieb abrupt stehen. »Und weshalb?«
»Weil er Burgund nicht bekommt.«
«So kurzsichtig kann er nicht sein.«
Henri blickte sie an. »Karl fühlt sich nicht als Spanier und nicht als Deutscher. So klug er ist, ist er doch ein Burgunder einer längst vergangenen, aber umso glanzvolleren Zeit. Was seine Heimat betrifft, lebt er in der Epoche Karls des Kühnen.«
Louise de Savoie sah auf die braunen Felder, die sich dem Klostergarten anschlossen. »Wir müssen diesem Verwirrspiel um Frankreich ein Ende bereiten, Henri. Ich habe dieses Land, zu einer Zeit, als wir ohne Armee waren und täglich erwarteten, dass Heinrich VIII. in die Pikardie und Bourbon in der Champagne einfallen würden, zusammengehalten. Ich habe diese Verrückten, die Vendôme auf den Thron setzen wollten, in die Schranken gewiesen. Ich habe den französischen Adel und die Bürgerschaft der Städte um mich geschart. Frankreich ist heute einiger denn je. Wenn es nach mir geht, werden wir nicht eine Elle französischen Bodens abtreten. Ich habe es satt, dass Heinrich VIII. und Karl V. ein Königreich aufteilen, von dem sie nicht einmal ein Stück Ackerland in ihrer Gewalt

haben. Ein Staat, der sie nicht will, ein Staat, der sie nicht braucht, ein Staat, der nur eines, nämlich souverän sein möchte.«

»Was gedenkt Ihr zu tun, Madame?«, fragte Henri.

»Der König wurde jetzt nach Madrid gebracht. Ich habe vor, meine Tochter, Marguerite d'Alençon, nach Spanien zu senden und dort die Bedingungen für einen Friedensvertrag aushandeln zu lassen.«

»Eure Tochter ist in Trauer.«

Louise sah zu Henri empor. »Ihr denkt doch nicht, dass dieser Umstand sie davon abhalten wird, alles zu tun, um ihren Bruder zu befreien? Sie würde auf direktem Weg in die Hölle reisen, nur um ihm helfen zu können.«

»Wer soll sie begleiten?«

»Ihr.«

Henri lächelte. »Und sonst?«

»Eine Eskorte von etwa achtzig Edelmännern müsste genügen. Mit den Pagen und Dienern zusammen sind das etwa dreihundert Mann. Genügend Höflinge, um dem Kaiser die gebührende Ehre zu erweisen.«

»Wann wollt Ihr, dass wir reisen?«

»Spätestens in einem Monat.«

Henri verneigte sich. »Ich bin wie stets Euer ergebener Diener.«

»Gut.« Louise de Savoie wandte sich ab, um zum Kloster zurückzugehen. »Ihr habt Etienne de Cobère und Clément Marot aus der Gefangenschaft freigekauft?«

»In etwa drei Wochen sollten sie in Lyon eintreffen.«

»Vorzüglich.« Louise de Savoie blieb stehen. »Ist Eure kleine Jeanne schon freigekommen?«

»In dieser Woche müsste es so weit sein.«

»Bestens.«

»Ich danke Euch nochmals, Madame, dass Ihr Euch trotz Eurer Belastungen und Sorgen um sie gekümmert habt.«

Louise de Savoie nickte. »Es war nicht leicht, die Pariser Gerichtsbarkeit davon zu überzeugen, die Sache fallen zu lassen.«

»Dann danke ich Euch doppelt für Eure Bemühungen.«

Louise de Savoie winkte ab. »Es ist gut, d'Ardans. Eure kleine geliebte Jeanne ...«

Henri unterbrach sie. »Sie ist nicht mehr meine kleine geliebte Jeanne, Madame. So Leid es mir für mich selbst tut.«
»Ein Jammer«, sagte die Regentin. »Ein veritabler Jammer. Jedenfalls war sie mir immer außerordentlich sympathisch. Was ich von all den gekrönten Häuptern, Gesandten und Diplomaten, die mich in letzter Zeit belagert haben, nicht unbedingt behaupten kann. Welch ein Durcheinander, Henri. Manchmal frage ich mich, ob Gott wirklich all unsere Schritte lenkt.«
»Ich denke, Gott weiß längst von all unseren Taten, lässt uns aber alle Freiheit, sie ungehemmt zu begehen.«
»Ja«, sagte Louise de Savoie. »So könnte es tatsächlich sein.«

Jeanne des Marckes wurde im Gefängnis der Conciergerie gut behandelt und litt doch erbärmlich unter dem Entzug ihrer Freiheit. Noch stärker traf sie allerdings der zweite Verrat Henri d'Ardans'. Dass er ihr aufs Neue seine Liebe erklärt hatte und es dann nicht mehr nötig fand, sie in Acres du Lay aufzusuchen, erschien ihr als der Ausbund der Heuchelei und der Lüge. Sie versuchte, sich Henri als üblen Betrüger und wankelmütigen Schwächling vorzustellen, aber selbst ihre reiche Phantasie reichte nicht aus, ein solches Bild von d'Ardans zu zeichnen. Es blieb schließlich nur mehr die Vorstellung von einer bizarren Gleichgültigkeit und einer seltsamen Haltlosigkeit, die ihn in London ergriffen haben musste. Was immer sie auch über ihn dachte, eine Überlegung blieb unweigerlich bestehen. Sie musste sich endgültig und für alle Zeit an eine Zukunft gewöhnen, in der ihre bislang einzige und große Liebe keine Rolle mehr spielen würde. Wenn man sie aus diesem Gefängnis entließ. Wenn.
Die Einsamkeit des Lebens in der Einzelzelle lähmte sie. Besucher zu empfangen wurde ihr verboten, und nur selten wurde ihr die Freude gewährt, im Gefängnishof spazieren zu gehen. Man hatte sie eingekerkert, von der Welt isoliert, ihr das Licht zum Leben genommen. Das Leben, das war die Weite, die Sehnsucht und die Hoffnung, und ihr war nur ein monotoner Ausblick auf einen kleinen, quadratischen Ausschnitt der Seine geblieben. Das Leben war mit einem Male leer, dunkel und lastend. Das Leben kroch dahin wie ein Windhund mit gebrochenem Rückgrat.

Es war Ende Juni des Jahres 1525, als der Schließer ihre Zellentür öffnete. Ein glückstrahlender Gauthier de Meillet trat in die Zelle.
»Ihr seid frei, Madame«, rief er, »frei!«
»Mein Gott«, sagte Jeanne, die bei dem kleinen, vergitterten Fenster gestanden hatte. »Endlich.«
»Verzeiht mein Ungestüm.« Gauthier verbeugte sich und küsste ihre Hand. »Die Freude über Eure Freilassung ließ mich beinahe den Kopf verlieren.«
»Und der Prozess?«, fragte Jeanne.
De Meillet lachte. »Es wird keinen Prozess geben, Madame. Das Verfahren wurde eingestellt.«
»Weshalb?«
Gauthier sammelte eilig Jeannes kärgliche Besitztümer zusammen und stopfte sie in eine Tasche. »Ich habe mir erlaubt, nach Lyon zu reisen. Zu Louise de Savoie. Ihr habt öfter davon erzählt, dass sie Euch wohlgesonnen sei.«
»Das habt Ihr wirklich getan?«
Gauthier hielt kurz ihre Hand und sah sie an. »Die Regentin war sehr huldvoll.«
»Sie hat Euch trotz all ihrer Sorgen empfangen?«
»Euer Name hat Wunder gewirkt. Sie hat dafür gesorgt, dass die Anklage fallen gelassen wurde.
Jeanne griff nach ihrer Wäsche und packte sie zusammen. Ihr Gesicht gewann an Farbe. »Und ich bin nun wirklich frei?«
»Gänzlich und für immer, Madame.«
»Gott segne Louise de Savoie.«
»Sie ist wahrhaft bewundernswert, Madame.«
»Und Acres du Lay, Gauthier«, fragte sie plötzlich lebhaft. »Wie geht es meinem Besitz?«
De Meillet strahlte sie an. »Es ist alles in Ordnung. Ihr werdet noch eine Kleinigkeit reicher nach Hause zurückkehren, als ihr schon von dort weggegangen seid.«
Jeanne verschloss die Tasche, die auf dem Bett stand. Sie blickte zu Meillet hoch.
»Ich glaube, ich habe Euch falsch eingeschätzt, Gauthier. Ihr seid nicht nur ein junger und begabter Verwalter.« Sie richtete sich auf. »Ihr seid ein Mann.«

»Ja«, sagte de Meillet, der jetzt vor ihr stand und sie ansah. »Ich bin mehr Mann, als Ihr jemals geglaubt habt.«
Sie betrachtete ihn nachdenklich. »Ich muss mich bei Euch entschuldigen.«
»Ihr braucht Euch nicht bei mir zu entschuldigen, Madame. Schenkt mir nur einen Schimmer Hoffnung.«
»Hoffnung worauf?«
»Auf Eure Liebe.«
Sie strich ihm mit der Hand über die Wange. »Ich werde darüber nachdenken, Gauthier«, sagte sie. »Ich werde es nicht vergessen.«

Corvo ließ sich in dem Beichtstuhl nieder. Er wirkte ebenso morsch und ebenso verwahrlost wie Père Peres' ganze Kirche. Es war ein Ort der Armut, an dem über die Armut gepredigt wurde. Eine Kirche in einem verwahrlosten Viertel von Paris. Eine Kirche, nahe den Gestaden der Hoffnungslosigkeit.
Corvo wartete geduldig. Nach einiger Zeit erkannte er die Schritte Peres', der sich in der anderen Seite des Beichtstuhls niedersetzte. Dann wurde der Vorhang vor dem schmalen, eng mit kleinen Kreuzen vergitterten Fenster zurückgezogen.
»Sprich«, sagte Peres leise.
»Ich bin es, Corvo.« Ein Flüstern, das kaum vernehmbar war.
»Gut. Fang an.«
»Ich bin nicht zum Beichten hier, Père. Ich will Euch nur eine Geschichte erzählen.«
»Eine Geschichte?«
»Eine kurze Geschichte, Père. Sie wird Euch nicht langweilen.«
»Dann erzähl sie.«
»Ihr habt einen Freund, Père. Den Sieur d'Ardans.«
»Er war mein Schüler.«
»Es gibt einen Mann in Paris, der um jeden Preis seinen Tod will. Einen Mann, der ein Mörder ist.«
»Wessen Mörder?«
Die flüsternden Stimmen glichen einem stillen Kerzenlicht, das von keinem Windhauch bewegt wurde.
»Der Mörder von d'Ardans' Frau.«
»Ich meinte bisher, Henri hätte in London Rache genommen.«

»Der Sieur d'Ardans ist in einem Irrtum begriffen. Der letzte der Mörder lebt noch.«
»Und will Henri töten lassen?«
Corvo nickte, obwohl der Pater dies nicht sehen konnte.
»Hier in Paris wird es Macaire für ihn erledigen. Sollte er jedoch länger von uns fernbleiben, wird ihm der Mann einen gedungenen Bravo nachschicken.«
»Was bedeutet länger?«
»Etwa einen Monat.«
»Und? Weiter?«
»Nichts, Père. Das ist die ganze Geschichte.«
Peres schwieg. »Warum hast du das preisgegeben?«, fragte er dann.
»Euretwegen, Père. Ich möchte nicht, dass Euch Kummer und Leid zustößt.«
»Ich danke dir.«
»Es war nichts.«
»Dann geh jetzt, Corvo. Gott behüte dich.«
»Amen«, sagt Corvo und stand auf. Dann ging er zu dem Weihwasserbehälter, tauchte die Finger ein, schlug das Kreuz und beugte das Knie. Er würde heute Nacht vielleicht jemanden töten müssen. Es war besser, Gottes Segen dafür zu haben.

Nachdem die Bauern Straßburg nicht gewinnen konnten, zog der ganze Haufen, etwa zwanzigtausend Mann, durch das Gebirge hinunter nach Elsass-Zabern, der Residenz des Bischofs von Straßburg, das die Franzosen Saverne nannten. Zabern war zwar keine Festung wie Straßburg, aber für die Bauern immer noch ein guter und wehrhafter Stützpunkt. Zweiundfünfzig Türme und dreihundertfünfundsechzig Zinnen zählten ihre Befestigungswerke. Der »helle Haufe von Elsaß«, wie Erasmus Gerber das von ihm und Josua befehligte Bauernheer in seinen Briefen nannte, nahm zuerst die Abtei von Maursmünster ein, die eine halbe Meile von Zabern entfernt lag. Das Kloster war den Bauern ein Stein des Anstoßes, mehr als in anderen Gotteshäusern wüteten sie hier ohne jede Hemmung oder Beschränkung. Das Gebäude der Abtei wurde zerstört, die Bilder der Heiligen zerrissen oder zerschlagen, und mit der unschätzbar wertvollen Bibliothek wurden Freudenfeuer entfacht. Die ganze Straße bis nach Zabern säumten zerstörte Schriften und Bücher den Weg. Im Lager der Bauern glänzte es von Kelchen, Kannen, Hostienschalen, von goldenen und silbernen Kirchengeräten und Altarschmuck aller Art.

Die Bürger von Maursmünster mussten den evangelischen Eid ablegen und eine Kompanie Bewaffneter an das Bauernheer abstellen. Zugleich erging an den Rat von Zabern die Aufforderung, sich den Bauern zu unterwerfen. Die Domherren und der Adel schickten Eilboten an den Herzog Antoine von Lothringen um Hilfe, und dieser erbot sich, eine Besatzung in die Stadt zu legen. Die Bürger von Zabern erklärten einhellig, dass sie keine Franzosen hinter ihren Mauern wollten; und selbst vor den niederländischen Söldnern, die man ihnen zusandte, verschlossen sie die Tore. Eine starke Minderheit der Einwohner sympathisierte mit den Zielen der Aufständischen, und schließlich öffneten die Bürger ihnen den Zugang zur Stadt. Die Bauern marschierten in Zabern ein und besetzten es mit ihren Truppen. Sie erkannten die Wichtigkeit der Lage von Elsass-Zabern, von wo aus leicht in Lothringen einzudringen war. Und Erasmus Gerber, Josua und die anderen Bauernführer hatten den Plan, nicht nur bis Lothringen, sondern bis in das Herz Frankreichs vorzustoßen. Überall schwirrte es von Gerüchten, der Großteil des französischen Adels sei in Pavia gefallen und das Königreich wehrlos und reif wie Deutschland, um endlich durch die evangelische Erweckung gereinigt und befreit zu werden.

Drei Tage lang randalierten die Bauern in Zabern, tranken den Domherren den Weinkeller leer, verspotteten und drangsalierten die Priester und verwüsteten das Bethaus der Juden. Dann trat der Ausschuss der Anführer zusammen und zwang jeden vierten Bürger der Stadt, sich dem Bauernheer anzuschließen, kündigte den Zehnten und forderte die Volkswahl aller obrigkeitlichen Organe, mit Ausnahme des Kaisers.

Am vierten Tag ging Josua mit Annamaria auf den Domplatz und hielt den Einwohnern von Zabern eine Rede.

»Niemals darf die Kirche«, rief er, »mit den Wünschen der Besitzenden gleichgesetzt werden! Die Kirche ist, Brüder, die Gemeinschaft aller, die an Christus glauben, jene Gemeinschaft, die das

Gottesvolk darstellt, auf das der Heiland mit einem Lächeln der Freude herabblickt. Maßstab dieser Gemeinschaft ist nicht das Vorrecht der Geburt, des Standes oder des Amtes. Entscheidend ist nur, ob er ein Gläubiger ist, wie weit er sich in den Dienst der Lehren unseres Herren Jesus Christus stellt.

Deshalb ist ein Graf oder ein Herzog, ein Fürst oder ein König, ein Bischof oder ein Papst nur ein Haufen Schmutz im Vergleich zu einem Bauern, der wahrhaft aus dem Evangelium lebt! Deshalb, Brüder, brauchen wir uns den Herren dieser Welt nicht zu unterwerfen, sondern müssen sie auf die Erde herabziehen und sie ob ihrer Sünden züchtigen. Denn ist es nicht eine Sünde, von den Mühen anderer zu leben? Ist es nicht eine Sünde, Menschen wie Vieh zu bewerten, zu behandeln und auszunützen?«

Zustimmende Rufe erklangen aus der Menge.

»Die Kirche, die wir bilden, meine Brüder, ist eine Gemeinschaft der Freien und der Gleichen. Niemand soll in ihr unser Herr sein, niemand uns durch das Vorrecht der Geburt in ein Dasein der Sklaverei pressen! Wo keine Freiheit, dort ist der Geist des Herrn nicht. Niemand hat das Recht, statt der Herrschaft Gottes eine Herrschaft der Menschen über die Menschen aufzurichten. Wir alle hier schaffen die neue Kirche. Wir schaffen überall den Frühling der Freiheit und sind die Brüder aller in aller Welt, im Osten wie im Westen, im Norden wie im Süden. Der einzige Heilige Vater, dem wir uns zu unterwerfen haben, ist Gott selbst. Nur einer ist unser Herr und Meister, das ist der Heiland. Wir alle andern aber sind Brüder und Schwestern, die gleichberechtigt, mit gleicher Würde und Ehre nach der Erlösung von Zwang und Knechtung suchen. Die Welt, wie sie jetzt ist, ist nicht von Gott gewollt. Sie ist eine höhnische Verzerrung dessen, was der Heiland für uns erstrebt hat. Wir haben das Recht zu sagen, dass diese Welt verworfen und besudelt ist. Wir haben das Recht, danach zu handeln und erbarmungslos jene zu strafen, die wie Unkraut seit Jahrtausenden die Blüten der Wahrheit überwuchern. Deshalb habt keine Angst, Euch gegen jene zu erheben, die doch nur der Abfall unserer Gemeinschaft sind. Wir sind nur Bauern, Brüder. Aber haben wir nicht auch ein Herz, eine Seele, eine Welt von Empfindungen?«

Josua hob die Hände, als wolle er den Heiligen Geist an sich binden.

»Ich sage Euch, wir sind die besseren Menschen, denn wir sind durch die Pein der Entrechtung gegangen und haben uns geläutert und von der Sünde gereinigt. Deshalb, Brüder, fühlt Euch frei und Eurer Unterdrückung entledigt. Wir werden das Reich Gottes schaffen, in dem die Prasser und die Prahler, die Satten und die Reichen ihrer Vorrechte entkleidet und zum selbstlosen Dienst an der Gemeinschaft gezwungen werden. Wir werden dem himmlischen Jerusalem, das am Ende der Zeiten kommen wird, ein irdisches Jerusalem gegenüberstellen, in dem die Forderungen unseres Herrn Jesus Christus nach Freiheit, Gerechtigkeit und Eintracht schon hier auf Erden verwirklicht werden. Verschonen wir keinen Menschen, der dem Wort Gottes widersteht. Meine Lehre, Brüder, ist hoch droben. Denn ein rechter Prediger muss ja ein Prophet sein, wenn es der Welt noch so spöttisch dünkt. Aber es muss die ganze Welt prophetisch sein, um die Lügner, die Häuter und Schinder zu entlarven. Deshalb, meine Brüder, tut alles, auf dass sich das irdische Leben in den Himmel schwinge!«
Josua sprach ein Gebet, in das alle, die den Domplatz bevölkerten, einstimmten. Dann trat er zu Annamaria, die ihn auf die Wange küsste. Nie im Leben hatte sie sich so behütet gefühlt wie in der Nähe dieses Riesen, der mit der Gabe der Rede gesegnet war.

»Einen schönen Besitz habt Ihr hier«, sagte Peres, als er Jeanne des Marckes in ihrem Arbeitszimmer gegenübersaß. »Ihr müsst eine glückliche Frau sein.«
»Ich bin keine glückliche Frau, Père, aber ich beginne mich mit dem Leben auszusöhnen.«
»Das ist nicht viel für eine junge Frau in Euren Jahren.«
»Es ist mehr, als ich vorher besaß.« Sie sah Peres an. »Was führt Euch zu mir, Père?«
Peres lehnte sich in seinem Armstuhl zurück. »Ich wollte Euch kennen lernen, Jeanne.«
»Und weshalb?«
»Weil ich schon viel von Euch gehört habe.«
Jeanne blickte Peres voller Interesse an. »Von wem, Père?«
»Von dem Sieur Henri d'Ardans.«
Jeanne des Marckes schwieg kurz. »Ich glaube nicht, dass unser

Gespräch viel Sinn hat, Père. Nicht bei dieser gemeinsamen Bekanntschaft.«
»Bekanntschaft, Jeanne?«
»Bekanntschaft, Père.«
Peres betrachtete das verschlossene und hübsche Gesicht der jungen Frau. »Ihr habt ihn einmal geliebt.«
»Das ist lange her.« Sie hob den Kopf. »Schickt er Euch?«
»Nein.«
»Wir sollten das Gespräch abbrechen, Père.«
»Es ist sonderbar«, sagte Peres, »dass die Menschen, die das Mysterium der Liebe einmal berührt haben, es nicht mehr ertragen, ohne sie zu leben. Es ist sonderbar, dass sie die Schwere des Gewöhnlichen nicht mehr erdulden können.«
»Was wollt Ihr, Père?«, schrie Jeanne beinahe. »Was wollt Ihr von mir?«
»Euch fragen, weshalb Ihr ihn zurückgestoßen habt.«
Jeanne sah ihn überrascht an. »Ihn zurückgestoßen?«
»Habt Ihr ihm nicht durch Euren Verwalter ausrichten lassen, dass Ihr ihn nicht mehr sehen wollt?«
Jeannes Gesicht zeigte offene Verblüffung. »Aber niemals.« Ihr Blick suchte die Augen des Père Peres. »Als ich meinen Bruder nach Lothringen brachte, habe ich einen Brief für ihn hinterlassen. Einen Brief, in dem ich ihm den Grund meiner Abwesenheit erklärt habe.«
Peres schüttelte den Kopf. »Henri hat einen solchen Brief nie bekommen.«
Die junge Frau erstarrte. »Woher wisst Ihr das?«
»Henri hat mir alles über Eure Beziehung geschrieben. Er war sehr verzweifelt, Jeanne. Dennoch hat er keinen Augenblick gezögert, Louise de Savoie zu bitten, Euren Prozess niederzuschlagen und Euch zur Freiheit zu verhelfen.«
Jeannes Blick zeigte zunehmende Verwirrung. Sie wirkte verstört und unsicher. »Er hat das getan?«
Nun war es an dem Pater, sie erstaunt anzusehen. »Habt Ihr je daran gezweifelt?«
Jeanne stand unvermittelt auf. »Wo ist dieser Brief Henris?«
»Ich habe ihn bei mir. Wollt Ihr ihn lesen?«

»Ich bitte Euch darum.«

Peres zog ein Schreiben aus der Tasche seiner Soutane, dessen rotes Siegel bereits erbrochen war. Jeanne griff hastig danach und entfaltete die Blätter. Stumm las sie vor sich hin und ließ dann das Schreiben zu Boden flattern. Sie ging schnell zu dem offenen Fenster und tat einige tiefe Atemzüge. Bilder, Verdächtigungen, Zweifel und Argwohn drehten sich im Kreise, Mutmaßungen gerannen zu unumstößlicher Sicherheit.

Peres stand auf und ging zu ihr. Mit einer behutsamen Geste legte er ihr die Hand auf den Arm. »Ist Euch nicht wohl, Jeanne?«

»Es geht schon.«

Sie sah in den Hof der Burg hinunter und rief plötzlich: »Gauthier! Kommt zu mir herauf.«

Der junge, hübsche Mann lächelte ihr zu, nickte und schritt gelöst und energisch zu der Tür, die zu den Räumlichkeiten des ersten Stockes führte.

Jeanne trat zu dem zu Boden gefallenen Brief und hob ihn auf, während Peres sie neugierig betrachtete. Als Gauthier de Meillet freundlich grüßend den Raum betrat, schwieg Jeanne. Dann schlug sie ihm mit den Briefseiten ins Gesicht.

»Was soll das, Jeanne?« Fassungslos griff sich der junge Mann an die Wange.

»Lest«, sagte Jeanne des Marckes und reichte ihm den Brief. Gauthier warf nur einen kurzen Blick auf das Schreiben. Er ließ die Seiten sinken.

»Ich habe es getan, weil ich Euch liebe«, sagte er dann.

»Ihr habt meinen Brief an den Sieur d'Ardans vernichtet?«

»Ja«, sagte Gauthier.

»Ihr habt dem Sieur ausrichten lassen, dass ich ihn niemals mehr sehen möchte?«

»Ja. So ist es.«

»Es wart nicht Ihr, der sich bei Louise des Savoie für mich verwendet hat?«

»Es war der Sieur d'Ardans.«

Jeanne atmete schwer. »Geht augenblicklich, Gauthier. Euch will ich nie mehr sehen. Verlasst Acres du Lay.«

Gauthier blickte sie an. »Ich liebe Euch, Jeanne.«

»Das ist keine Entschuldigung für all diese Lügen. Nichts ist eine Entschuldigung dafür.« Sie ging zum Fenster. »Geht. Geht unverzüglich.«

Gauthier warf das Schreiben d'Ardans' auf den Tisch. Dann ging er zur Tür. Als er den Türgriff schon in der Hand hatte, drehte er sich noch einmal um.

»Wenn Ihr mir alles nehmt, was mein Leben ausmacht, werde ich mich rächen, Jeanne.«

»Genug. Genug damit«, rief die junge Frau und wandte sich ihm wieder zu. »Geht.«

Gauthier blickte sie und dann Peres an. Er nickte, öffnete die Tür und schloss sie dann leise hinter sich.

»Er glaubt nur, Euch zu lieben«, sagte Père Peres. »Sonst hätte er nicht so gehandelt.«

Jeanne ging eilig zu Peres. »Wo ist Henri?«

»Noch in Lyon, denke ich.«

»Ich muss zu ihm.«

»Hört zu, Jeanne«, sagte Peres und ergriff ihre Hand. »Es gibt einen anderen Grund, weshalb ich Euch aufgesucht habe.«

«Welchen?«

»Ich hatte von Beginn an gehofft, Euch dazu bewegen zu können, nach Lyon zu reisen.« Er schwieg kurz. »Ein Mörder wird auf Henri angesetzt werden«, sagte er dann.

»Ein Mörder?«, fragte Jeanne und löste ihre Hand von der Peres'.

»Henri soll Acht geben. Er ist nirgends mehr sicher. Besonders nicht in Paris.«

»Weshalb, um Himmels willen, soll er denn umgebracht werden?«

»Einer der Mörder von Christiane d'Ardans lebt noch. Er fürchtet noch immer, von Henri eines Tages entdeckt zu werden.«

Jeanne hob in einer Geste der Hilflosigkeit die Hand. »Findet diese Geschichte denn nie ein Ende?«

Peres legte den Arm um ihre Schulter. »Hört zu, Jeanne. Ihr habt etwas Wunderbares und Kostbares entdeckt und erlebt. Die Liebe von Mann und Frau. Ein Mysterium, das groß ist, wenn es in der Wahrheit ruht. Das wiegt mehr als alle im Gestern verflüchtigte Zeit.«

»Aber …«

»Es ist der Weg, auf dem der Mensch in dieser Welt das Gute und das Schöne findet. Ihr solltet alles tun, um es zu vertiefen. Lasst die Vergangenheit ruhen. Die Ewigkeit liegt im Augenblick des Wunderbaren verborgen.«

»Nur holt uns diese Vergangenheit immer wieder ein, Père. Diese ewige Last von Henris Ehe.«

Peres schüttelte den Kopf. »Henri hat seine Frau mit aller Zärtlichkeit dem Gestern zurückgegeben. Er ist anders geworden.« Peres sah sie eindringlich an. »Und er ist in Gefahr.«

Jeanne schwieg einen Moment. Dann nickte sie. »Ich reise noch heute.«

»Das ist gut«, sagte Peres. »Er wird Euch brauchen.«

»Er wird mich fragen, woher Ihr von den Machenschaften gegen ihn wisst.«

»Dann sagt ihm, das sei ein Geheimnis. Ein Geheimnis, das ich nicht verraten kann.«

»Ich verstehe.« Jeanne ergriff Peres' Hand. »Ich danke Euch, Père.«

»Es wäre ein Jammer gewesen, wenn Ihr Euer Leben ruiniert hättet.«

»Ihr müsst Henri sehr lieben, Père.«

»Sagen wir, wir lieben ihn beide.« Peres lächelte. »Drücken wir es doch so aus.«

Am 28. August 1525 schiffte sich Henri d'Ardans als Berater von Marguerite d'Alençon nach Barcelona ein. Am 30. August erreichte Jeanne des Marckes Lyon.

Sie war um zwei Tage zu spät gekommen.

14. Kapitel

Marguerite d'Alençon liebte ihren Bruder, den König, über alles. Zwei Jahre älter als er, war sie ihm ebenso eine innige Vertraute wie eine liebevolle, stets um ihn besorgte Schwester. Es war kein Zufall, dass man sie, François I. und Louise de Savoie als die heilige Dreieinigkeit Frankreichs bezeichnete, als eine Trinität, in der jeder für jeden einstand und ohne Zögern dazu bereit war, für den anderen alles hinzugeben. Es war also für niemanden eine Überraschung, dass die jüngst verwitwete Marguerite, gekleidet in das königliche Weiß der Trauer, sich sofort auf den Weg nach Spanien begab, um im Auftrag ihrer Mutter, Louise de Savoies, alles zu unternehmen, den Herrscher Frankreichs aus seiner unwürdigen Gefangenschaft in Madrid zu befreien.

Marguerite d'Alençon aus dem Hause Valois war keine schöne und doch eine hinreißende Frau. Ihre Augen schimmerten blau, ihr meist unter ihrer Haube verborgenes Haar war brünett, mit rötlichen Lichtern, die Nase lang, die Lippen eher schmal, die Hände sensibel und langfingrig. Ihr Gesicht strahlte eine Fröhlichkeit aus, die sie anziehend und attraktiv machte. Witzig, geradlinig, ungekünstelt, geistvoll und intelligent, bestrickte sie ihre Umgebung und ließ die narzisstischen Schönheiten des Hofes kläglich neben sich verblassen.

»Erinnert Ihr Euch noch an Amboise? An unsere Jugendjahre?«, fragte sie Henri, als sie an einem der wenigen schönen Tage dieser Reise an der Reling standen und auf das in sonnenglitzernder Bewegung zerfließende Meer hinaussahen.

»Ich habe nichts davon vergessen, Madame.«

»Es war eine schöne Zeit. Dieses Loiretal. Damals schien es uns, als sei das Paradies auf Erden zurückgekehrt.«

»Wir hatten alle Zeit des Lebens noch vor uns, Madame. Die Welt hatte kein Alter.«
»Ihr habt Recht. Wenn man jung ist, gibt es keine Begrenzung. Das Leben erscheint endlos.« Ihr weißer Rock bauschte sich in einer leichten Brise, die aus Westen kam.
»Und jetzt, Madame?«
Marguerite lachte. »Jetzt haben die Erfahrungen kleine Krater in das Bewusstsein geschlagen. Aber meine Seele ist ohne Schwere.« Sie blickte auf die sich kräuselnde, lichtbeschienene und blaugrüne See hinaus. »Wenn ich mich vor Zorn und Neid schützen will, dann denke ich an den sinnlosen, zerstörerischen Kampf der Königin Anne mit meiner Mutter zurück. Wie hat Anne Louise und ihren kräftigen, lebensfrohen Sohn gehasst, während sie nur tot geborene Erben zur Welt brachte. Wenn Anne de Bretagne gekonnt hätte, hätte sie uns alle in Amboise umgebracht.«
»Es wäre ihr nicht gelungen. Eure Mutter war ihr eine ebenbürtige Gegnerin.«
»Es war ihr Traum, François als König zu sehen.«
»Und so ist es gekommen.«
Marguerite ließ die Reling los. »Und so wird es auch bleiben, Henri. Dafür werde ich in Spanien sorgen.«
Henri lächelte. »Wann gibt ein weibliches Herz jemals auf?«
»Nie«, sagte Marguerite gut gelaunt. »Das ist die Rettung und der Schrecken der Männer.«
Sie gingen die Reling entlang der Kajüte zu. In der Ferne sah man die weißen, geblähten Segel der Begleitschiffe, unscharfen Lilien gleich, die über das in der grenzenlosen Weite immer mattdunkler werdende Wasser trieben.
Guillaume Budé und Triboulet standen auf, als Marguerite die Kajüte betrat. Beide verneigten sich formvollendet.
»Nun, Triboulet«, fragte Marguerite d'Alençon und nahm an dem festgeschraubten Tisch Platz. »Wie fühlst du dich ohne deinen König?«
»Wie ein Säugling ohne Amme. Wie ein Vogel ohne Nest. Wie ein Stein auf einer menschenleeren Straße.«
»Und Ihr, Budé?«
»Ich bin sehr glücklich, dass Ihr mir die Möglichkeit geben wollt«,

sagte der Sekretär, »den König wieder zu sehen. Alle meine Studien erscheinen mir fade und belanglos, seit ich sie nicht mehr mit Seiner Majestät teilen kann.«
»Ihr müsst entschuldigen, Messieurs, dass ich Euch erst heute empfangen kann. Aber die Etikette des Hofes verlangte, dass ich mich zuerst mit den Großen des Königreiches beraten musste.«
Triboulet neigte den Kopf. »Ich wurde in eine engelsgleiche, von Sphärenmusik erfüllte Seligkeit entrückt, als ich erfuhr, dass unsere berückende Marguerite d'Alençon mich armen Wurm zur Kenntnis nehmen wollte.«
»Hätte ich dich stattdessen über Bord werfen sollen, Triboulet?«
Der königliche Narr hob die Hände. »Ich kann nicht schwimmen, Madame.«
»Vielleicht wäre das ein Grund mehr gewesen, es so schnell wie möglich zu tun«, sagte Henri.
Triboulet zeigte mit dem Finger auf d'Ardans. »Hier erkennt Ihr die unerschöpfliche Bosheit des Neides, Madame. Nach ihm hat der König nicht verlangt, aber sehr wohl nach mir. Was uns deutlich zeigt, dass die Huld der Majestät nach der Klarsicht der Vernunft und nicht nach dem wirren Spiel unausgegorener Gefühle erfolgt. An mir gewinnt der König die befreiende Spannkraft des erfrischenden Lachens, an ihm jedoch nur die gehaltlose Melancholie eines unfruchtbaren Mitleidens.«
Marguerite lächelte. Dann ließ sie ihren Blick über die drei Männer wandern. »Gestern ist ein Segelschiff aus Valencia gekommen und hat uns neue Nachrichten vom König gebracht. Sein Empfang in Barcelona und Valencia war von großer Begeisterung der spanischen Bevölkerung geprägt. Seiner Majestät Reise nach Madrid glich einem Triumphzug. Karl V. war erbost und außerordentlich zornig auf Lannoy, der in seiner Ritterlichkeit unserem König alle Freiheiten gelassen hatte. Kaum war François jedoch in unmittelbarer Gewalt des Kaisers, wurde er in den Turm des Alcazar von Madrid gesperrt. Seine Majestät hat nur mehr einen einzigen Raum zur Verfügung. Ein Zimmer, das in den Nachrichten aus Valencia folgendermaßen beschrieben wurde: Eine massive Tür aus Eiche ist sein einziger Zugang. Es gibt nur ein Fenster mit einem doppelten Gitter. Der Raum selbst beinhaltet ein niedriges Bett, ei-

nige Kleidertruhen und mehrere Tische und Stühle. Ein äußerst trübseliger Ort, der einem lebensfrohen und freiheitsliebenden Menschen wie meinem Bruder nicht besonders wohl tun wird.«

»Also will der Kaiser den Widerstand des Königs brechen«, sagte Budé.

»Burgund«, sagte Marguerite. »Karl V. ist wie besessen davon, Burgund in seine Gewalt zu bekommen.«

»Eher zerbricht die Ewigkeit des Firmaments in Fragmente von Augenblicken, als dass François Burgund an den Kaiser abtritt«, meinte Triboulet.

Marguerite nickte. »Der Kaiser hat vor kurzem etwas getan, das für uns von Nutzen sein kann. Er hat die Hand Mary Tudors, der Tochter Heinrichs VIII., zurückgewiesen. Wie man sich erzählt, schäumt der englische König vor Wut. Es scheint so, als sei er nun bereit, auf das Friedensangebot Louise de Savoies einzugehen.«

Henri sah Marguerite an. »Also ist anzunehmen, dass England Frankreich in der nächsten Zeit nicht mehr angreifen wird.«

»So ist es.«

»Dann hat Karl einen seiner wichtigsten Trümpfe aus der Hand gegeben«, meinte d'Ardans. »Allein kann er unser Land nicht mit Krieg überziehen. Dazu fehlt es ihm an Geld.«

»Also setzt der Kaiser ausschließlich auf die Gefangenschaft des Königs«, sagte Budé. »Es ist der einzige Trumpf, der ihm geblieben ist.«

»Die Regentin hat vieles erreicht«, erklärte Marguerite. »Frankreich ist ungebrochen. Es wird frei von Krieg bleiben. Es steht geeint hinter seinem König. Die Landstände von Burgund werden einer Abtrennung vom Königreich niemals zustimmen.« Sie klatschte in die Hände. Die Tür zur Kajüte wurde geöffnet. Ein Page mit schwarzem, halblangem Haar verbeugte sich.

»Wein, Justin«, sagte Marguerite. Als der Junge die Tür hinter sich geschlossen hatte, fuhr sie fort: »Alles wird also von meinen Verhandlungen mit Karl V. abhängen. Aber auch davon, wie viele Informationen inoffizieller Art mir zufließen werden.« Sie wandte sich Triboulet und Budé zu. »Deshalb bitte ich Euch, meine Freunde, mir unverzüglich alle Aussagen, Gerüchte, Feststellungen oder Ausführungen, die ihr von spanischer Seite hört, zukommen zu lassen. Ich will, dass Ihr alle Äußerungen, und scheinen sie noch so unbedeutend, festhaltet und über den Sieur d'Ardans an mich weiterleitet. Jede auch scheinbar fragwürdige Nichtigkeit kann meine Position bei den Unterredungen mit dem Kaiser stärken.«

»Ihr könnt Euch auf uns verlassen, Madame«, sagte Budé.

Triboulet strahlte. »Wir werden in die Seelen unserer kastilischen Gesprächspartner eindringen und ihnen mit lächelndem Antlitz die verborgensten Geheimnisse und Wünsche entlocken. Nichts wird uns vorenthalten bleiben: Nicht nur ihre Lust und ihr Verzagen, sondern auch ihre verstecktesten Mysterien, Palimpseste und Mirakel. Wir werden ihre innersten Rätsel entern wie schnittige Korsaren träge und nach Beute riechende Handelsschiffe.«

Der Page klopfte an die Kajütentür. Marguerite rief ihm zu, einzutreten. Der Junge stellte eine Karaffe Wein und verschieden geformte Zinnbecher auf den Tisch. Dann verbeugte er sich wieder und verließ den Raum. Auf ein Zeichen Marguerites hin schenkte Triboulet die Becher voll.

»Es widerstrebt mir, wie Machiavelli zu denken«, sagte die Prinzessin aus dem Hause der Valois. »Aber wenn man in der schwächeren Position ist, muss man auch den kleinsten Vorteil suchen, wenn man nicht im Vorhinein einer Niederlage gewärtig sein will.«

»Ihr werdet in uns Eure getreuen Diener finden, Madame«, sagte Budé.

»Welch ein Zeitalter«, sagte Triboulet. »Machiavelli, Cesare Borgia, Erasmus von Rotterdam, Thomas More und Martin Luther! Als hätten der Himmel und die Hölle beschlossen, sich in einer Hochzeit des Fegefeuers zu vermischen.«

»Es sind alles Neuerer«, meinte Henri. »Sie beschreiten nur die verschiedensten Wege. Alle heben sich von der Vergangenheit ab und zielen auf etwas Ungewöhnliches hin. Unsere Zeit verabschiedet sich von tausend Jahren Selbstverständlichkeit.«

»Ist es ein Wunder?«, fragte Budé. »Durch den Buchdruck ist so viel Wissen in das Volk geflossen, dass die überkommenen Werte naturgemäß infrage gestellt werden müssen. Alle Ordnung ist fragwürdig geworden. Die zunehmende Macht der Städte und die Bauernaufstände beweisen dies.«

»Es ist aufregend, Messieurs«, sagte Marguerite, »dass gerade in unseren Tagen neue Welten an der anderen Seite des Ozeans entdeckt werden. Es ist aufregend, dass ein Kopernikus feststellt, nicht die Erde sei der Mittelpunkt des planetarischen Systems, sondern die Sonne.«

»Wer ist Kopernikus?«, fragte Triboulet halblaut.

»Ein Astronom aus Thorn«, flüsterte Budé zurück.

»Es ist aufregend, dass sich unsere Welt den Wissenschaften verschreibt. Welche Fülle ungewöhnlicher Erkenntnisse lassen sich wohl aus diesen Quellen der Vernunft noch gewinnen?«

»Das sagt Ihr, Madame«, fragte Henri, »die Ihr als einer der religiösesten Menschen des Hofes geltet?«

Marguerite lächelte. »Dass ich religiös bin, heißt nicht, dass ich ohne Neugierde wäre. Außerdem vertragen sich naturwissenschaftliche Wunder auf das Vortrefflichste mit der Allmacht Gottes. Mir ist die Beharrung der Kirche an Überkommenem längst zur Last geworden. Deshalb schätze ich auch Luther so sehr, der die Dimensionen des Glaubens zu neuem Leben erweckt hat. Nur Narren glauben an die Unvereinbarkeit von Vernunft und Offenbarung.«

»Womit Ihr Euch schon manchen Angriff der Sorbonne zugezogen habt«, sagte Triboulet und nippte an seinem Wein.

»Angriffe, die ich gerne ertrage, wenn man die Kirche nur zu einer tief greifenden Reform bewegen könnte. Es ist eine Schande, wenn Taubenfedern als Teile der Schwingen der Engel und gewöhnliches Heu als Kissen des Jesuskindleins verkauft werden. Es ist eine Schande, dass die Hälfte der Priesterschaft Frankreichs nicht weiß, was in der Heiligen Messe vor sich geht, und eine Unzahl von Klöstern nur daran denkt, wie sie sich immer mehr und mehr bereichern können.«

»Der Vorwurf der Ketzerei wird leicht erhoben, Madame«, sagte Budé.

»Ich bin Marguerite de Valois, die Schwester des Königs. Mich wird niemand anrühren.«

»Wenn aber der Glauben nicht das Überkommene ist«, fragte Henri, »was ist er dann?«

Marguerite betrachtete d'Ardans mit einiger Belustigung. »Das ewig Wahre und das ewig Gültige, mein zweiflerischer Freund. Gott schuf das Licht und trennte es von der Finsternis, wie es schon in der Genesis heißt. Dieses Licht breitete sich aus und wurde zur Materie. Das Licht wird sich so lange ausdehnen, bis es die Finsternis und das Böse zur Gänze aufgesogen hat. Dann wird der Tag des himmlischen Jerusalem anbrechen. Die Welten, Henri, wurden von Gott geschaffen und das Sein hat in dem beseelten Menschen seinen Höhepunkt erreicht. Wir sind von Christus von der Dunkelheit und dem Tod erlöst worden, um dem Omega des Lichts und der Befreiung zuzustreben. Wir sind Wanderer im Glauben, die einen Berg von Hoffnung erklimmen.«

Henri lächelte seinerseits. »Und das Neue erschreckt Euch dabei gar nicht?«

»Gewisse Dinge sind sich immer gleich. Die Frage nach dem Warum. Die Frage des Lebens nach dem Tode. Der Wunsch zu sein und zu lieben. Oder denkt Ihr, d'Ardans, dass Eva anders fühlte als ich? Oder dass Adam andere Empfindungen in sich trug, als Ihr es tut? Das Leben ist eine uralte Geschichte, die jede Generation neu erzählt. Eine Geschichte von der Liebe, ihrem Wert und ihrem Bestand.«

»Wie die Geschichte der Liebe einer Schwester zu ihrem Bruder«, sagte Henri.

»Wie alle Liebe«, entgegnete Marguerite d'Alençon. »Aber vergessen wir den König nicht, dem wir alle in seiner Not helfen wollen. Trinken wir auf sein Wohl und seine Standfestigkeit.«

Henri, Budé und Triboulet erhoben sich.

Budé hob seinen Becher. »Auf den Beschützer der Künste und der Wissenschaften!«

»Auf meinen Herrn, ohne den meine Seele kein Licht mehr besitzt«, rief Triboulet.

»Auf einen großen und glücklichen König«, sagte Henri. »Begnadet von der Liebe zweier ungewöhnlicher Frauen: Louise de Savoie und Marguerite d'Alençon.«

»Ich danke Euch, d'Ardans«, sagte Marguerite lächelnd.

Henri verneigte sich.

Die kleine Flotte segelte in den Hafen von Barcelona ein. Die Schiffe warfen Anker, und die französische Delegation ging von Bord, während ihre Habe und die Pferde entladen wurden. Eine Abordnung katalanischer Würdenträger empfing Marguerite d'Alençon und ihr Gefolge mit allem Prunk, zu dem die Stadt fähig war. Festlich gekleidete Menschen säumten die geschmückten Straßen, bunte Blumen regneten aus den Fenstern und elegant geschwungene Triumphbögen versinnbildlichten die siegreichen Taten irdischer Regenten und olympischer Götter. Marguerite, müde von der Reise, zog sich in den erzbischöflichen Palast zurück, während ihr Gefolge sich über die Adelshäuser und Gaststätten der Stadt verstreute.
Henri d'Ardans hatte in dem Haus des spanischen Statthalters seine Wohnstatt gefunden und befand sich in einem angeregten mitternächtlichen Gespräch mit einigen Granden Kataloniens, als ein abgehetzter, aufgeregter Bote erschien und verkündete, der König Frankreichs, François I., sei schwer erkrankt und in höchster Lebensgefahr.
Noch in tiefster Dunkelheit brachen die Franzosen nach Madrid auf. In der gleichen Nacht begann die zarte, sensible und mädchenhafte Marguerite d'Alençon einen Ritt, der in die Geschichte Frankreichs und Spaniens eingehen sollte. In einer unbarmherzigen Tortur, der sie sich und ihre Begleitung unterwarf, in einer Hast, die kaum Pausen oder Schlaf zuließ, jagte sie über erbärmliche Straßen und steinige Wege der Stadt Madrid zu. Staffettenreiter, die an jedem Gasthof die Pferde wechseln konnten, trugen hastig und fiebrig hingeworfene Briefe zu ihrem François, den sie ihrer Liebe, ihrer Hilfsbereitschaft und ihrer Ergebenheit versicherte. In ihren Augen war ihr Bruder das anmutige Kind, das sie gestreichelt, der fröhlich Heranwachsende, mit dem sie gelacht hatte, und der von Mut strahlende König, dessen ganzes Sein von Gott geheiligt war. Bei all seinen Fehlern sah sie in ihm vor allem den sanften, zärtlichen und bestrickenden Mann, der sein Leben der Freude, der Kunst und dem Frohsinn gewidmet hatte. Nun, da er von der Niederlage von Pavia an Geist und Seele verwundet war, nun, da er in elender Haft gefangen gehalten wurde, flog sie förmlich zu ihm, um ihm zu helfen, um sein Leben zu retten, um

ihn der Hoffnung, der Freiheit und Frankreich wiederzugeben. Er durfte nicht sterben. Gott würde es nicht zulassen.
Gott nicht.

Jeanne des Marckes saß mit Moulu im Wirtssaal eines geräumigen Gasthofes von Toulouse, als Marot durch die Tür trat und auf ihren Tisch zusteuerte.
»Ich habe keine allzu guten Nachrichten«, sagte der Dichter, als er sich setzte. »Südlich von Toulouse treiben sich marodierende Landsknechte umher. Reste der geschlagenen französischen Armee von Pavia. Man berichtet, dass sie mit Begeisterung morden und plündern.«
»Ich muss weiter nach Süden«, sagte Jeanne bestimmt. »Ich muss nach Spanien.«
»Was wäre, wenn wir einige Schweizer anwerben würden?«, fragte Moulu.
Marot schüttelte den Kopf. »Wenn wir vier oder fünf in unseren Dienst nehmen, so bringt uns das nicht viel. Und für zwanzig oder mehr haben wir nicht genügend Geld, wenn wir noch bis Madrid kommen wollen.«
»Ihr habt doch keine Angst, Clément?«, fragte Jeanne mit Erstaunen in der Stimme.
»Nein. Quidquid agis, prudenter agas et respice finem. Was immer du tust, tu es klug und bedenke das Ende. Euch von einer Soldateska ausgeraubt, vergewaltigt und ermordet zu sehen, bereitet mir nur geringe Freude.«
Jeanne blickte von Moulu zu Marot. »Ihr habt beide keinen Augenblick gezögert, als ich Euch gebeten habe, mich nach Spanien zu begleiten. Ihr seid entschlossene Männer. Ihr müsst doch verstehen, dass ich nicht zulassen kann, dass wir schon in Toulouse stranden und hier unsere Reise beenden. Es geht um Henris Leben, Clément.«
Marot sah vor sich hin. Dann wandte er sich Jeanne zu. »Ich habe vielleicht eine Idee, wie wir ungefährdet bis nach Narbonne kommen könnten.«
»Dann sprecht sie aus, Clément.«
Marot stand auf und warf als Bezahlung einige Geldstücke auf

den Tisch. »Ich erzähle es Euch auf dem Weg zum Palais der Béards.«
»Was wollen wir dort?«, fragte Jeanne, die sich gleichfalls erhoben hatte.
»Die Lösung unserer Probleme finden«, sagte Marot lächelnd.

Die kräftige, aber angenehme und kultivierte Stimme hallte in dem leeren Ballsaal des Palais Béard wider, Worte, deren Eindringlichkeit durch das Fehlen all der Menschen in den provisorisch aufgestellten Sitzreihen nur noch verstärkt und erhöht wurden.
»Wir heben die durchschnittlichen und alltäglichen Wahrheiten mittels der Macht der Illusion auf eine höhere und erhellende Stufe. Wir durchdringen das Scheinbare, um das Wirkliche sichtbar zu machen. Ich weiß, meine liebe Grazielle, dass du Liebeskummer hast …«
Eine schlanke aparte Frau mit brünettem Haar seufzte laut auf der Bühne auf.
»… aber jetzt bist du eine Soubrette, die Witz und Lachen um sich verbreitet. Du bist es, die die Heuchelei der Reichen und der scheinbar Anständigen entlarvt, die ihre Gier, Habsucht und Verlangen bloßlegt. Du bist ein gewitzter und raffinierter kleiner Engel, der von der Göttin der Aufrichtigkeit auf diese Erde gesandt wurde, um all das aufzudecken, was die Menschen in der Torheit ihrer mörderischen Selbstgerechtigkeit an Verfehlungen begehen.«
Der Mann mit der Baritonstimme deutete auf ein hübsches Mädchen mit langem kastanienbraunem Haar und einen jungen blonden Mann.
»Und ihr seid die Liebenden, die Abbilder der Menschen vor dem Sündenfall, als die Liebe noch unberührt war von widerwärtiger Berechnung und ekelhafter Niederträchtigkeit. Ihr seid die Verkörperung all der innigsten Wünsche der Damen, die sich reine, jugendliche und starke Gefühle erhoffen, ihr gebt der Ungeschlachtheit der Männer ein Vorbild an unbeflecktem Spüren, das selbst zynische Lebemänner dazu bringt, sich nachdenklich und tief betroffen nach der Unschuld der Jugend zu sehnen.«
Der Mann, der nahe der mit Fackeln erhellten provisorischen Bühne stand, war eine imposante Erscheinung. Groß, athletisch, mit

vollem grauen Haar und dunklem Bart hielt er sich kerzengerade, während die Bewegung seiner Hände in graziösen Wellenbewegungen durch die Luft glitten.

»Und du, Donna Rosabella, bist das verfehlte Leben. Alt geworden, hast du nicht gelernt, auf die Ansprüche der Jugend zu verzichten. Du bist die Parodie des gereiften und erlösten Menschen, bist ein Ausbund von abgestandener Gier, süßlichem Verlangen und verborgenem Hass. Du hast dein Leben verfehlt, weil dir der Nächste immer der Fernste war, weil deine Welt selbstsüchtig um sich selbst kreiste, statt ein Teil des großen, universellen Plans zu werden. Du bist hier, um den Menschen zu zeigen, wie sie nicht werden dürfen, wenn sie sich nicht dem Gespött, dem Laster und der tiefsten Einsamkeit überlassen wollen.«

Der Mann machte eine ausholende Bewegung, die nun die ganze Bühne umfasste.

»Ihr seid alle Bilder, Seelen, Darstellungen des Geheimnisses des schöpferischen und unauslotbaren Lebens. Ihr seid Wegweiser durch das Sein mit all eurer Liebe, eurem Zorn, eurem Hass und eurem Mitgefühl. Ihr seid wie geschliffene Spiegel, die Offensichtliches und Verborgenes in einem Mosaik von unendlichen Möglichkeiten wiedergeben.«

Der Mann schwieg. Marot applaudierte und schritt mit Jeanne des Marckes zwischen den Sesselreihen zum Lichtschein der Bühne vor.

»Du solltest diese Ansprache vor jeder Vorstellung halten, Gregorio, und das Publikum würde jedes deiner Stücke mit frenetischem Applaus begrüßen.«

Das Gesicht des Mannes strahlte auf. »Marot!« Er umarmte den Dichter und verbeugte sich in untadeliger Art vor Jeanne. »Ich habe mir nur erlaubt, die Mitglieder meiner bescheidenen Truppe auf die Hintergründe ihrer Rollen aufmerksam zu machen.«

»Wie gehen Eure Geschäfte, Gregorio?«

»Geschäfte? Wir vermitteln Abend für Abend einen kunstvollen, funkelnden und erhellenden Widerschein der unsichtbaren Kräfte, die auf dieser Erde walten, Clément.« Gregorio lächelte. »Wenn du aber damit unseren Besuch meinst, so kann ich dir versichern, dass wir ständig ausverkauft sind.«

Marot nickte. »Ihr habt also weiterhin die Absicht, bis nach Narbonne zu reisen?«

»So ist es«, sagte Gregorio.

»Und das Hotel de Bourgogne in Paris? Wer bespielt es jetzt?«

»Für die Zeit unserer Abwesenheit gastiert dort eine Truppe aus Italien. Sie sollen recht gut sein, Clément.«

»Ich fürchte, wir werden ihre Darbietungen versäumen müssen.« Marot wandte sich Jeanne zu. »Wie gefällt er Euch?«

Jeanne lächelte Gregorio zu. »Ein Mann, der einen auf den ersten Blick beeindruckt.«

»Dann«, sagte Marot, »hast du für deine weitere Reise drei Bühnenmitglieder mehr.«

»Wie meint Ihr das?«, fragte der große Mann perplex.

»Man sagt, du wirst nie von Straßenräubern und marodierenden Banden angegriffen?«

»Nie«, sagte Gregorio zustimmend. »Entweder schmiere ich beizeiten die richtigen Hände oder verlasse mich mit Recht darauf, dass niemand bei Schaustellern Geld vermutet.«

»Dann hast du die Ehre, Madame Jeanne des Marckes, mich und Monsieur Martin Mouluson aus Toulouse und Umgebung herauszubringen.«

»Wenn Ihr nicht darauf besteht, auf der Bühne mitzuwirken ...«

»Seid ohne Furcht«, sagte Jeanne des Marckes. »Das überlassen wir befähigteren Leuten.«

Marot legte Gregorio freundschaftlich die Hand auf die Schulter. »Es ist Dienst am König.«

Der Bärtige neigte zum Zeichen des Einverständnisses seinen Kopf. Es erschien Marot immer paradox, dass die Natur eine der großzügigsten und einfühlsamsten Seelen mit dem Körper eines scheinbar herkulischen Berserkers bedacht hatte. Ein fleischiges Gesicht, aus dem eine kräftige Nase hervorsprang, rabenschwarze Augenbrauen, die über der Nase zusammenwuchsen, ein voller Mund, umrahmt von einem beinahe blauschwarzen Bart, den Gregorio sich nie abrasierte, um überzeugend die Rollen des Herodes, des Zeus oder des Holofernes spielen zu können.

»Es ist mir eine Ehre, einer so schönen jungen Frau und meinem König zu Diensten sein zu können«, sagte er und verbeugte sich.

Der Kaiser befand sich nahe Segovia zur Jagd, als er davon erfuhr, dass sein Gefangener, der König von Frankreich, sterbenskrank sei. Ohne sich aufzuhalten, ritt er mit Lannoy nach Madrid zurück. Um neun Uhr abends, am 18. September 1525, langte er im Alcazar seiner Hauptstadt an.

Das Innere des alten Gebäudes war von fackeltragenden Soldaten erleuchtet. Schatten und Licht trieben, Bildern gleich, in den Bewegungen der Gardisten über die Mauern, spiegelten sich unruhig in Regenpfützen, Leder knarrte, Pferde schnaubten, während die Kommandorufe der Offiziere hallend über den Hof schallten, als der Kaiser vom Pferd stieg.

Montmorency, der die Gefangenschaft François' I. teilte, trat zu Karl V. und verbeugte sich. »Majestät«, sagte der groß gewachsene Franzose mit dem dichten, säuberlich gestutzten Bart. »Es steht schlecht um den König.«

Karl nickte und machte Lannoy und Montmorency ein Zeichen zu folgen. Der Kanzler Gattinara und drei spanische Herzöge schlossen sich ihnen an.

Im Licht der Fackeln stiegen sie die steinernen Treppen des Turms hoch und betraten dann den lang gestreckten, weiß getünchten Korridor. Montmorency nahm eine der Fackeln aus der Verankerung, öffnete eine kleine Tür und bat Karl und Lannoy einzutreten. Gattinara und die Herzöge blieben wartend im Flur stehen.

Es war das erste Mal, dass der Kaiser dem König von Frankreich begegnen sollte. Es war nicht die unwirkliche Schönheit der Lager vom ›Goldenen Tal‹, die Karl betrat. Es war ein dunkler, nicht allzu großer Raum, in dem ein Feuer in einem kleinen Kamin brannte. Die Wände waren mit Teppichen verhängt, in denen die Lilien Frankreichs eingestickt waren. Die Luft war schwer und stickig.

Beim Anblick des Kaisers richtete sich François I. mühsam im Bett auf. Sein Gesicht war leichenblass und von Schweiß bedeckt. Mit einer ruckartigen, unvermittelten Bewegung warf Karl sich in die Arme des französischen Königs. Eine Weile blieben sie schweigend, eng umschlungen.

»Seigneur«, sagte schließlich François, »Ihr seht hier Euren Gefangenen und Sklaven.«

»Nein«, sagte Karl mit einer inneren Bewegung, die ihm sonst

fremd war. »Meinen Bruder und wahren Freund sehe ich. Einen großen König, der bald in Freiheit sein wird.«
»Ihren Sklaven«, beharrte François.
Karl schüttelte den Kopf. »In Euch erkenne ich meinen Bruder und meinen Freund. Einen Mann, der bald frei ist.« Er setzte sich neben den König von Frankreich auf die Bettkante. »Ich wünsche nichts mehr als Eure Gesundheit. Nur an sie solltet Ihr denken, und alles, Seigneur, was Ihr in dieser Hinsicht wollt, wird geschehen.«
François atmete schwer. Kleine Speichelblasen bildeten sich in seinen Mundwinkeln, als er sprach. »Es wird geschehen, wie Ihr befehlt. Nur soll kein Schatten der Zwietracht zwischen uns fallen.«
»Niemals«, antwortete Karl. »Niemals.«
»Gut.« Der König von Frankreich sank auf das Bett zurück. Schweißtropfen liefen seine Wangen hinab. »Ich hätte es vorgezogen, im Kampf zu fallen.«
»Ihr werdet leben, mein Bruder.«
»Nein«, sagte François. »Ich werde hier sterben.«
»Sagt das nicht.«
»Als Euer Sklave«, murmelte der König von Frankreich. »Als Euer Sklave.«
François schloss die Augen. Er schien nicht mehr sprechen zu können. Lannoy winkte die drei spanischen Herzöge herein. Sie verneigten sich vor François, der nun wieder im Halbdunkel lag, und dem großen Kruzifix, das über des Königs Bett hing. François hob kaum sichtbar die Hand, um sie zu grüßen. Dann verlor er das Bewusstsein.
Gattinara erwartete den Kaiser, als Karl V. den Raum verließ. Der kleine Kanzler sah seinen Herrn beunruhigt an. »Wie geht es Seiner Majestät?«
Karl winkte Lannoy und die Herzöge fort.
»Wenn kein Wunder geschieht, wird er sterben.«
Gattinara sah ihn betrübt mit seinen hervortretenden Augen an. »Das bedeutet, dass wir Burgund verlieren.«
»Ich weiß«, sagte der Kaiser und sah zu dem schmalen, vergitterten Fenster hinaus, dessen quadratischer Ausschnitt einen kahlen, unfreundlichen Platz zeigte.

»Die Schlacht von Pavia wäre umsonst gewesen«, meinte der Kanzler.
»Italien wird uns bleiben.«
Gattinaras Gesicht rötete sich vor Empörung. »Alles andere aber werden wir einbüßen. All die unglaublichen Vorteile, die wir hätten haben können.«
Karl V. löste seinen Blick von dem leeren, mit Pfützen übersäten Platz. »Gott hat ihn mir gegeben. Gott wird ihn mir wieder nehmen«, sagte er und ging die steinerne Treppe des Turms hinunter.

Auch als die Pferde vor Erschöpfung unter ihren Reitern zusammenbrachen, hielt Marguerite d'Alençon in ihrem tollkühnen Ritt nach Madrid nicht inne. Der Großteil ihres Trosses – erschöpfte Hofdamen und ermüdete Höflinge – war längst zurückgeblieben und nur einige kriegsgestählte Ritter, deren Pferde Ungewöhnliches zu leisten vermochten, blieben ihr Schutz auf dieser Jagd gegen die Zeit und den Tod. Erstaunte und verblüffte Bauern, Hirten, Dorfbewohner und Kaufleute blickten der dahinpreschenden Kavalkade unter der Führung der zarten, weiß gekleideten Frau nach, die unermüdlich über jämmerliche, unwegsame Straßen nach Osten hetzte.
Marguerite hatte nur ein Ziel. Ihrem Bruder François zu helfen. Oder an seiner Seite zu sein.
Dann, wenn er starb.

»Nehmt Euch meiner Söhne an«, sagte François am nächsten Morgen, als Karl ihn wieder besuchte. Sein Gesicht hatte mittlerweile einen wächsernen Glanz angenommen. Der Kaiser gab ihm noch einen Tag.
»Das werde ich tun.« Karl ließ sich einen Stuhl bringen und setzte sich dem König gegenüber. »Ich habe gute Nachrichten. Eure Schwester wird bald in Madrid eintreffen.«
»Marguerite«, sagte der König und brachte den Ansatz eines Lächelns zustande. »Selbst im Sterben lässt sie mich nicht im Stich.«
»Ihr werdet leben«, sagte Karl V.
Der König schwieg.
»Eure Schwester bringt neue Vorschläge für unseren Friedensver-

trag mit. Ich bin sicher, dass wir diesmal eine gemeinsame Lösung finden werden.«
»Wir bekämpfen einander«, sagte François stockend. »Und wir umarmen einander. Ist das nicht sonderbar?«
»Der Kaiser bekämpft den König. Nicht Karl François.«
François hob die Hand. Ein Diener wischte ihm das Gesicht trocken. »Es war ein gutes Leben«, sagte er dann.
»Das Leben ist nur die Vorstufe zur ewigen Seligkeit. Eine Brücke, die wir überschreiten.«
Der sterbende François wurde von einem Lachen geschüttelt, das in einen beißenden Husten überging. »Das Leben ist alles«, meinte er dann.
»Glaubt Ihr nicht an ein Leben nach dem Tode, mein Bruder?«
François schloss die Augen. »Doch. Aber so lange wir leben, ist das Leben die ganze Wahrheit.«
Karl zog ein Taschentuch aus seinem Wams und tupfte François damit die Stirne ab. »Ich mag Euch, Bruder. Ihr habt Mut.«
»Und doch werdet Ihr alles tun, um Frankreich zu schwächen.«
»Ja. Das werde ich.«
»Könige«, sagte François. »Wir sind Könige. Gott verzeihe uns.«
Im Hof wurden lautes Pferdegetrappel und rufende Stimmen hörbar. Karl stand auf und ging zum Fenster. »Eure Schwester, mein Bruder.«
François versuchte sich aufzurichten. »Begrüßt sie mit allen Ehren. Begrüßt sie, wie man einen Engel begrüßt.«
Karl nickte ihm zu, verließ den Raum und erwartete Marguerite auf dem lang gestreckten Korridor.
»Welche neuen Vorschläge sie uns wohl bringen wird?«, fragte Gattinara, der auf den Kaiser gewartet hatte.
»Wir werden es sehen.«
»Der König muss nur noch so lange leben, dass er unterzeichnen kann.«
»Ein Wettlauf mit der Zeit«, sagte Karl.
»Ein Wettlauf mit dem Tod«, meinte Gattinara.
Marguerite d'Alençon kam mit Henri d'Ardans und dem Erzbischof von Embrun die Treppe hochgelaufen. Sie war außer Atem, als sie vor dem Kaiser knickste. Karl schloss sie in die Arme.

»Wie geht es ihm?«, fragte sie. Ihr Gesicht war schmal, blass und von den Anstrengungen des Rittes gezeichnet.
»Es liegt alles in Gottes Hand, Madame.«
»Kann ich ihn sehen?«
Karl nickte. »Folgt mir«, sagte er. Er öffnete die Tür zu François' Zimmer und ließ die Franzosen eintreten. Marguerite stürzte zu dem Bett und schloss ihren Bruder in die Arme. Ohne Unterlass murmelte sie Worte der Zärtlichkeit, Worte der Zuneigung, Worte der Liebe. Henri und der Erzbischof knieten vor dem Bett nieder. Karl sah ihnen kurz zu und verließ dann den Raum. Gattinara erwartete ihn gespannt auf dem sonst menschenleeren Gang.
»Handelt alles mit ihr in den nächsten Tagen aus«, sagte Karl. »Wenn er dann noch lebt, dann lasst ihn unterschreiben.«
»Und wenn er die Hand nicht mehr bewegen kann?«
»Dann führt sie ihm«, sagte der Kaiser. »Führt sie ihm mit dem Griff Eurer Faust.«

Der König liege im Sterben, hörte man im Alcazar tuscheln. Der König liege im Sterben, hörte man in den Straßen von Madrid rufen. Der König liege im Sterben, hörte man selbst in so fernen Städten wie Burgos und Toledo die reisenden Händler feststellen. Am 23. September hatte François I. das Bewusstsein verloren und es nicht mehr wiedererlangt. Am nächsten Morgen bat Marguerite d'Alençon den Erzbischof von Embrun, eine letzte Messe zu lesen. Neben der Tür von François' Zimmer hatte man einen Tisch in einen Altar verwandelt. Der Erzbischof war in vollen liturgischen Ornat gekleidet, und die französischen Adeligen und Hofdamen, die zu Marguerite d'Alençons Begleitung gehörten, standen zu beiden Seiten des Bettes, von dem aus man einen freien Blick auf den mit brennenden Kerzen geschmückten Altar hatte. François I., König von Frankreich, lag angekleidet in tiefer Bewusstlosigkeit auf dem Bett. Er trug Gewänder, die seine Schwester ihm mitgebracht hatte, ein Wams von Gold und Blau, eine schwere, mit Edelsteinen übersäte Kette und einen mit Smaragden besetzten Gürtel. Henri fand, dass er wie aufgebahrt aussah, so wie diese ganze Messe wie eine letzte Würdigung des großen französischen Königs wirkte. Beinahe alle Frauen, die sich im Raum befanden, weinten, nur Marguerite d'Alençon stand mit steinernem Gesichtsausdruck neben François und hielt seine Hand in der ihren. Die Männer sahen mit ernsten, gerührten oder auch undurchdringlichen Gesichtern zu dem König und dem Bischof hin. Das wenige Licht, das durch das Fenster fiel, ließ die Anwesenden fahl und blass erscheinen. Die Kerzen, die auf dem Altar brannten, schufen einen engen Raum von unruhiger Helligkeit. Wir wirken wie ein gespenstischer Orden, dachte Henri. Wie Abbilder des schönen Scheins, die sich zu ihrer Totenmesse zusammengefunden haben.

Als der Erzbischof von Embrun die Hostie und den Kelch hochhielt, rief er einige Male mit lauter und tiefer Stimme: »François, König von Frankreich, sieh den Leib und das Blut des Herrn!«

Als der König die Augen öffnete, ging ein Raunen durch den Raum.

François hob kaum merkbar die rechte Hand. »Das ist mein Gott«, flüsterte er in die völlige Stille hinein, die sofort eintrat, als er den Mund zum Sprechen öffnete. »Das ist mein Gott, der mich an Leib und Seele heilen wird. Gebt ihn mir.«

»Nach der Messe«, sagte Marguerite d'Alençon bewegt. »Nach der Messe sprechen wir, mein Bruder.«

Alle Blicke blieben auf den König gerichtet. Er hatte die Augen wieder geschlossen und atmete schwer. Schweißtropfen standen ihm auf der Stirne.

Aus der Ferne erklangen die lauten Rufe der Wachablösung. Sie schnitten wie eine Klinge in die leise Predigt des Bischofs, dass man den Glauben an Gott auch am Rande eines Abgrundes nicht verlieren dürfe. Dann ertönten Hufgetrappel, Kommandos, bis schließlich eine lastende Stille sich wie ein Grabtuch über die Gemüter der Franzosen legte.

Als die Messe vorüber war, brach der Erzbischof eine Hostie entzwei und legte Marguerite die eine Hälfte und François die andere auf die Zunge.

»Er wird sie nicht schlucken können«, rief Montmorency.

»Doch«, sagte François heiser flüsternd und mit geschlossenen Augen. »Ich kann es.«

Der König kaute mühsam an dem Hostienbrot, als er plötzlich aufschrie. Ein Schwall von Eiter floss aus der Nase über seine Wangen,

seine Lippen und sein Kinn. Der Fluss des Sekrets schien ohne Ende zu sein, während Marguerite d'Alençon, mit Tüchern, die ihr von allen Seiten her gereicht wurden, den Eiter von Gesicht und Hals entfernte. Unvermittelt kam das Strömen des Sekrets zum Stillstand. Einige Tropfen Blut traten aus der Nase. Dann nichts mehr. François I. atmete tief. Niemand sprach. Die Stille war vollkommen. Eine Wespe durchbrach die Schwere des Schweigens, flog summend über die Köpfe der Anwesenden hinweg und landete ermattet bei dem doppelt vergitterten Fenster, das zum Fluss hinausführte.
»Ich will trinken«, sagte der König mit erstaunter und fester Stimme.
Eine Frau schrie. Sie schrie gellend, bis einer der Höflinge sie am Arm fasste und sie aus dem Zimmer führte. Ein Mann rannte zu dem Krug mit Wasser, der auf einem der Tische stand.
François trank gierig aus einem Becher, den man ihm an die Lippen hielt.
»Wie fühlt Ihr Euch, mein Bruder?«, fragte Marguerite d'Alençon, der die Tränen über das Gesicht rannen.
»Gut«, sagte der König überrascht. »Ich fühle mich leicht und wohl.«
Es war der dreiundzwanzigste Tag, den er im hohen Fieber lag. Zwei Stunden später konnte François flüssige Nahrung zu sich nehmen. Am nächsten Tag war er in der Lage, neben seinem Bett niederzuknien, um Gott für seine Errettung zu danken.

»Eine erstaunliche Entwicklung«, sagte Gattinara, als er vor dem Kaiser im wappengeschmückten Saal des Alcazars stand.
»Gottgemäß«, meinte der Kaiser.
»Wo sollen die Verhandlungen nun stattfinden, Eure Majestät?«
»In Toledo. Wir müssen die Schwester vom Bruder trennen.«
Gattinara sah Karl erfreut an. »Vorzüglich. Das war auch mein erster Gedanke.«
»Wir reisen sofort.«
Gattinaras Froschaugen bekamen einen verschlagenen Blick. »Wollt Ihr sie nicht heiraten?«, fragte er unvermittelt.
Karl sah ihn erstaunt an. »Wen?«
»Marguerite d'Alençon. Ihr seid auch König von Spanien. Die Cor-

tes bewilligen Euch nur mehr Geld für Kriegszüge, wenn Ihr einen Erben zeugt.«
Karl V. schwieg.
»Marguerite könnte Burgund als Mitgift bekommen. Eine elegante Lösung, Majestät.«
Karl schwieg noch immer. »Nein«, sagte er dann.
»Und weshalb nicht, Eure Majestät?«
»Wenn ich sie umarmen würde, hätte ich immer den Eindruck, ihren Bruder zu liebkosen.«
Gattinara zuckte zusammen. »Ein erschreckender Gedanke.«
»Zu erschreckend«, sagte Karl V. »Wahrlich zu erschreckend, Gattinara.«

Als Etienne aus der Gefangenschaft von Pavia nach Paris zurückkehrte, begann er unverzüglich mit der von ihm angekündigten Belagerung von Aurélie d'Aquillons Tante. Nachdem er die kokette Verwandte des jungen Mädchen bezaubert hatte, zögerte er keinen Augenblick, ihrer Mutter auf dezente und ehrenwerte Art die Honneurs zu machen. Aurélies Mutter war von dem Charme des jungen Mannes so eingenommen, dass sie ihm den Weg zu einem gemeinsamen Diner ebnete, in dessen Verlauf Etienne alles unternehmen sollte, um mit ihrem Mann gut Freund zu werden.
Das Stadthaus der Aquillons war von mittlerer Größe, lag aber im Marais, nahe des Palais des Tournelles, des Sitzes der französischen Könige. Etienne wurde von einem ältlichen Haushofmeister in Empfang genommen, der seine Überraschung darüber äußerte, dass der Chevalier de Cobère allein, ohne Bediensteten gekommen sei. Etienne verwies darauf, dass er seit der Schlacht von Pavia selbst die Pariser Straßen nicht mehr fürchte, und stand unvermittelt einer strahlenden Aurélie gegenüber, die ihn mit ihren hellen Augen voll Freude und Zuneigung betrachtete.
»Meine Mutter hat mir die Möglichkeit gegeben, einige Worte allein mit Euch zu wechseln«, sagte sie.
Etiennes Gesicht rötete sich. »Wie geht es Euch, Mademoiselle? Ich habe nur an Euch gedacht, seit ich mit dem König nach Italien gezogen bin.«
»Und ich habe keinen Moment verstreichen lassen, ohne nicht um

Eure Gesundheit und Euer Wohl zu zittern.« Sie sah ihn liebevoll an. »Habt Ihr in der Gefangenschaft sehr gelitten?«
»Nicht allzu sehr. Man hat mich als Edelmann behandelt, Mademoiselle.«
Aurélie atmete auf. »Dem Himmel sei Dank.« Sie trat einen Schritt zu Etienne und fasste ihn am Arm. »Seid vorsichtig mit meinem Vater, Monsieur. Er empfängt Euch nur auf Druck meiner Mutter hin. Er ist sehr gereizt.«
»War Euer Vater im Krieg?«
»Vor vielen Jahren.«
»Dann werde ich sein Interesse mit Erzählungen über die Kämpfe von Pavia gefangen nehmen.«
»Seid geschickt«, sagte das junge Mädchen eindringlich, »seid bitte geschickt.«
Das Essen verlief in angenehmer Atmosphäre. Bei der Suppe und den Vorspeisen erzählte Etienne vom Heldenmut des Königs, bei Ente, Kapaun und Reh von der Tapferkeit der französischen Kavallerie. Der Seigneur d'Aquillon schien von ihm angetan, und die beiden Frauen, Mutter wie Tochter, lächelten einander siegesgewiss zu. Die Stimmen der Speisenden wurden von dem Hall in dem beinahe leeren Saal verstärkt, in dem nur Etienne, die Aquillons und einige wartende Lakaien anwesend waren. Man musste die Stimmen dämpfen, um nicht den Anschein eines ungebührlichen Auftrumpfens zu erwecken. An Kerzen mangelte es nicht. Sie brannten zu Dutzenden in dem Lüster, auf dem Tisch oder auf dem Fensterbrett. Der Seigneur d'Aquillon schien alles in allem kein geiziger Mann zu sein.
»Ich habe unter Charles VIII. in Italien gekämpft«, sagte der Hausherr, der etwa Mitte der fünfzig sein musste.
»Mein Vater auch«, entgegnete Etienne.
Die Nachspeisen wurden aufgetragen, Torten und kandierte Früchte, die den Anschein von verfeinerter Opulenz erweckten.
»Ein großer König«, meinte Sicard, Seigneur d'Aquillon.
Etienne ließ sich von der Schokoladentorte servieren. »Ich weiß nicht recht«, sagte er.
»Was meint Ihr damit?« Sicard legte seine Gabel mit einem klirrenden Geräusch zur Seite.

»Charles VIII. hat das Artois und die Freigrafschaft Burgund an Maximilian von Österreich verloren.«

Der Seigneur d'Aquillon richtete sich auf. Seine Augen funkelten. »Der König hat Italien erobert. Mein König, Monsieur. Der Herrscher, dem ich mein Leben geweiht habe.«

»Neapel hat er gewonnen. Neapel, Sieur.«

Aurélie d'Aquillon und ihre Mutter blickten einander beunruhigt an.

»Aber die Italiener haben sich ihm unterworfen. Ludovico il Moro, Papst Alexander VI., Florenz. Wir sind triumphal durch die gesamte Halbinsel gezogen.«

»Auf dem Hinweg schon, Sieur. Aber auf dem Rückweg? Auf dem Rückweg sind Maximilians, Ludovicos und Venedigs Truppen über Euch hergefallen.«

Der Sieur d'Aquillon stand wutentbrannt auf. Er erhob seine rechte Hand zum Himmel, als wollte er die Feuer der göttlichen Vergeltung zur Erde holen. »Wir waren achttausend Franzosen, als wir dreißigtausend Feinde überritten haben!«

»Aber Neapel ging verloren.«

Sicard sah aus, als würde er Etienne jeden Augenblick mit dem Tortenmesser hinrichten. »Monsieur! Noch ein Wort und ich fordere Euch zum Duell!«, rief er, dass der Lüster zu schwanken schien.

»Monsieur de Cobère«, sagte Aurélie ängstlich.

Etienne blickte kurz zu ihr hin. Sein Gesicht wechselte unvermittelt vom Zorn zu freundlicher Aufmerksamkeit. »Sieur, es war in keiner Weise meine Absicht, Euch oder den König Charles zu beleidigen. Ich habe in meinem jugendlichen Vorpreschen nur ungeprüfte Meinungen von mir gegeben, die ich vor langer Zeit gehört habe. Seid versichert, dass ich Charles VIII. in eine Reihe mit Karl dem Großen und Julius Cäsar stelle. Ja, genau besehen, würde ich ihn sogar als Größten der französischen Herrscher betrachten.«

Sicard d'Aquillon setzte sich wieder. Die Mienen der Lakaien, die entsetzt auf die Speisenden geblickt hatten, entspannten sich. Aurélies Mutter seufzte erleichtert auf. Ihre Tochter lächelte Etienne zu und spießte dabei gedankenverloren ein Stück Nusstorte auf.

»Ich halte Euch zugute, dass Ihr jung seid«, sagte der Seigneur d'Aquillon, immer noch ein wenig außer Atem, »muss aber feststellen, dass der Comte de Briard sich nie so eines gedankenlosen Fehlers schuldig gemacht hat. Er hat immer in den höchsten Tönen von den Taten meines großen Königs Charles gesprochen.«

»Ihr müsst aber bedenken«, sagte Aurélies Mutter, »dass jede Generation ihren eigenen König hat, wenn er natürlich zu jeder Epoche auch unser aller ist. Der König des Chevaliers ist unser geliebter, in der Gefangenschaft schmachtender François I. Ein Herrscher wie Charles sagt ihm nicht mehr viel. Monsieur de Briard, der wesentlich älter ist, lebt bereits mehr in der Vergangenheit als unser junger, viel versprechender Feuerkopf hier, dem ohne Zweifel die Zukunft gehört.«

»Der König schätzt Monsieur de Cobère sehr«, ergänzte Aurélie schnell. »Er war, wie wir vorhin gehört haben, einer der Letzten, der François I. vor Pavia noch verteidigt hat. Ihm ist eine bedeutende Laufbahn unter unserem großen Herrscher sicher, Vater.«

»Nun gut«, sagte Sicard vor sich hin brummend. »Vergessen wir dieses unangenehme Intermezzo.«

Etienne verbeugte sich aus der Hüfte heraus. »Ich danke Euch, Seigneur.«

Sicard d'Aquillon ließ sich einen Becher Wein voll schenken. »Vielleicht sollten wir das Thema Krieg vermeiden. Es setzt unser Blut zu sehr in Wallung.«

»Ich bin ganz Eurer Meinung«, antwortete Etienne.

Sicard setzte eine freundliche Miene auf. »Habt Ihr Studien betrieben, Chevalier?«

»Ja, Seigneur.«

»Wo?«

»In Wittenberg«, sagte Etienne.

»Wo?« Die Hand Sicards, die ein auf eine Gabel gespießtes Tortenstück hielt, blieb in der Luft hängen.

Etienne lächelte vertraulich. »In Wittenberg, Seigneur. Das liegt in Deutschland.«

Sicard betrachtete ihn fassungslos. »Ich weiß, wo Wittenberg liegt. Und bei wem habt Ihr studiert?«

»Bei Luther.«

»Bei Luther?« Die Stimme des Seigneurs glitt vor Entsetzen in ungewohnte Höhen. »Dem Ketzer?«
»Ketzer?« Etienne runzelte die Stirn. »Erneuerer des Christentums, meint Ihr wohl.«
»Diesen satanischen Häretiker bezeichnet Ihr als Erneuerer des Christentums?«
»Durchaus. Bedenkt nur seinen revolutionären Gnadenbegriff. Dieser ist kein Prozess einer schrittweisen moralischen Verbesserung des Einzelnen, sondern ein Gnadenakt des Herrn von unermesslicher Güte, ähnlich einer Vermählung, bei der Christus eine arme, elende Hure zu sich nimmt und ihr all seine Reichtümer vermacht.«
Das Gesicht Sicards lief zu einem purpurnem Violett an. »Christus heiratet eine Hure?«
»Das ist natürlich nur sinnbildlich gedacht. Und da nach Luthers Meinung jeder Mensch Priester ist ...«
Sicard röchelte leicht. »Ihr seid ein Priester? Ihr?«
»Durchaus.«
Sicard griff sich ans Herz, während er sich mit der anderen Hand auf dem Tisch aufstützte. »Christus vermählt sich mit Dirnen und Ihr segnet sie als selbst ernannter Priester?« Er öffnete den Mund, aus dem zuerst nur ein unmelodisches Krächzen drang. »Verlasst augenblicklich mein Haus!«, schrie er dann Etienne an. »Augenblicklich!«
»Aber, Monsieur«, warf Aurélies Mutter ein.
»Vater!«, schrie das junge Mädchen bittend.
»Hinaus!«, schrie Sicard und deutete mit der Hand zur Tür des Saales. »Zuerst beleidigt dieser Mensch Charles VIII., mit dem ich auf heroische Weise in Italien gekämpft habe, und dann schmäht er noch Gott, unseren Herrn, indem er ihn zur Heirat in ein Hurenhaus schickt!« Er hatte beide Hände zum Himmel erhoben, wie Moses, der die Israeliten beim Tanz um das Goldene Kalb verfluchte. »Ihr werdet meine Tochter nie zur Frau bekommen! Niemals! Ich werde sie auf meinen Gütern in Evry einsperren und schnellstens dem Comte de Briard zur Frau geben!« Er deutete neuerlich zur Tür. »Hinaus mit Euch!«
Etienne stand auf und verbeugte sich vor Aurélie und ihrer Mutter.

Dann nickte er dem Seigneur d'Aquillon zu und verließ mit aller Würde, die ihm zu Gebote stand, den Speisesaal.
Alles in allem hatte er den Eindruck, nicht allzu erfolgreich gewesen zu sein.

15. Kapitel

Nach erbitterten und blutigen Kämpfen mit der dreißigtausend Mann starken Armee des Herzogs Antoine von Lothringen mussten Erasmus Gerber und Josua Elsass-Zabern übergeben. Der Graf von Salm und der Herr von Richarmenil besetzten die Stadt, während rund fünfundzwanzigtausend Lothringer den freien Abzug des Bauernheeres gewährleisten sollten.

»Ich habe mit Erasmus gesprochen«, sagte Josua zu Annamaria. »Wir gehen über den Rhein zurück und formieren uns dort von neuem. Wir werden diesen Kampf erst beenden, wenn die Wahrheit des Evangeliums gesiegt hat.«

»Wie lange wird dieser Krieg aber dann noch dauern?«, fragte das Mädchen, als es im Rathaus, wo sie ihre Unterkunft hatten, ihre Sachen packte.

»Solange es Gott gefällt«, antwortete der Riese. »Solange er es für nötig erachtet.«

Inzwischen zog eine endlos lang scheinende Schlange von entwaffneten Bauern, nur einen weißen Stab in der Hand haltend, durch die Straßen von Zabern zum Stadttor hin, während die Truppen des Grafen Salm Spalier standen.

Die ersten Bauern – mit ihren Stäben in den Händen bußfertigen Sündern gleich – zogen ohne Probleme durch das Stadttor ins Freie. Sie trugen ihre Habe und ihre Beute in Säcken, Beuteln oder Taschen mit sich fort. Der kampflose, friedfertige Abzug der Bauern erboste die lothringischen Söldner. Ein lautes Murren wurde in ihren Reihen hörbar, als sie die Abmarschierenden mit all dem Besitz sahen, der ihnen entging. Ein bärtiger Lothringer zupfte einen Bauern am Ärmel. »Es lebe Luther«, rief der Mann, und der Ruf pflanzte sich durch die Reihen der Abziehenden fort. Der

Landsknecht griff nach dem Beutel des Bauern. Der Mann zuckte zurück und beschimpfte den Bärtigen. Der Landsknecht hob sein Schwert. Ein anderer, dessen Gesicht vor Wut rot war, rief: »Schlagt drein! Es ist uns erlaubt!« Dann stieß er einem der Bauern seine Pike in den Leib. Der Bärtige schlug nun seinerseits zu. In wenigen Augenblicken war der Platz vor dem Stadttor mit sterbenden Bauern übersät. Die Bauern drängten nun, schreiend, rennend mit aller Macht zum Tor zurück, und die Lothringer folgten ihnen, ohne Gnade die Unbewaffneten niedermetzelnd. In ihrer Panik versuchten die Bauern, das Fallgitter beim Stadttor herunterzulassen. Die Zeit war zu kurz. Die Lothringer töteten sie. In der Stadt drangen die Truppen des Grafen von Salm auf die Bauern ein, die entsetzt in die Häuser zu flüchten versuchten, um Schutz zu suchen oder sich zu bewaffnen. Innerhalb von Minuten waren die Straßen voll von übereinander liegenden, blutenden, sterbenden und toten Bauern.

Josua sah von den Fenstern des Rathauses aus, was für ein Gemetzel sich auf dem Stadtplatz abspielte. Er lief die Treppe hinunter, stürzte auf den Platz, riss einem der Lothringer seine Hellebarde aus den Händen und schlug damit mit Wucht um sich. »Zu mir!«, rief er den flüchtenden, vor Todesangst schreienden Bauern zu. »Zu mir ins Rathaus!«

Einigen der Bauern war es gelungen, in den umliegenden Häusern Waffen zu erbeuten. Sie kämpften sich zu Josua durch und folgten ihm in das Innere des massiven, gotischen Gebäudes. Die Lothringer drängten nach. Am Fuß der steinernen Treppe entspann sich ein Kampf Mann gegen Mann. Die Bauern wurden die Treppe hinaufgedrängt, und Josua sah Annamaria bei dem Geländer des ersten Stockes stehen, bleich, angstvoll, die Augen vor Schrecken geweitet.

»In den Saal des Bürgermeisters!«, rief ihr Josua zu und zog sich mit den sieben Bauern, die von seiner improvisierten Truppe noch lebten, zur Balustrade des ersten Stockes zurück. Er und ein Zweiter hielten die Lothringer so lange auf, bis Annamaria und die anderen sich in den Saal geflüchtet hatten. Dann ließen auch sie vom Kampf ab und rannten zu der massiven Tür, die hinter ihnen in aller Eile geschlossen wurde.

»Diese Tür wird standhalten«, sagte Josua, dessen Wams mit Blut bespritzt war.
»Sie werden sie mit Arkebusenkugeln sprengen«, meinte ein Kahlköpfiger keuchend. Er war an der Schulter verletzt.
»Nicht sofort.« Josua sah sich um. »Hier sind noch zwei Arkebusen«, sagte er und deutete auf eine Eckes des Saales. »Seht nach, ob Pulver und Kugeln dabei sind.« Er ging zum Fenster. Der Hauptplatz schwamm in Blut. Ein Teil der Lothringer hatte von den Bauern abgelassen, war in die Häuser eingedrungen und schleppte Frauen, Mädchen und Beute mit sich fort.
»Hier«, sagte einer der Bauern und reichte Josua eine geladene Arkebuse. Der Riese zielte auf einen der Offiziere und drückte ab. Der Mann warf die Hände in die Höhe und stürzte in sich zusammen. Die Söldner auf dem Platz sahen zum Rathaus auf und suchten dann eilig Deckung. Vor der Tür des Saales waren Geräusche zu hören. Geräusche von Männern, die die Sprengung der Tür vorbereiteten.
Annamaria hatte auf den Platz hinuntergesehen. Sie stand neben Josua. »Töte mich«, sagte sie. »Töte mich, bevor sie kommen.«
Der Riese sah sie an. »Niemals«, sagte er dann und feuerte erneut auf den Stadtplatz hinunter.
Inzwischen hatten die Lothringer einige Arkebusenschützen zu sich geholt. Die Männer nahmen die Fenster des Saales unter Beschuss. Glas splitterte, und einer der Bauern, der die zweite Feuerwaffe gehandhabt hatte, schrie gellend auf und stürzte aus dem Fenster auf den Platz hinunter. Die ersten Bombarden wurden vor der Tür des Saales gezündet. Die Tür wankte, während Rauch unter dem Spalt hervorquoll. Nach weiteren Detonationen schwenkte sie ächzend in den Scharnieren zur Seite und lothringische Soldaten mit Kürassierpanzer stürmten durch die grauen Schwaden in den Raum. Josua zog Annamaria zu einer Wand des Saales zurück und hieb mit seiner Hellebarde um sich, während seine Bauern von den schwer bewaffneten Söldnern niedergemetzelt wurden.
»Bist du Josua, den sie den Prediger nennen?«, fragte ein Offizier, der eine Pistole auf ihn gerichtet hielt.
»Ja«, sagte der Riese.

»Leg deine Waffe nieder.«
»Nur wenn ich tot bin, Obrist.«
Der Offizier schwenkte mit der Waffe von Josua zu Annamaria. »Wenn du nicht aufgibst, werde ich das Mädchen töten.«
Josua sah den Offizier an. Dann ließ er die Waffe fallen.
Der Obrist ging zu ihm und fasste ihn am Arm. »Antoine von Lothringen, Herzog von Guise, wünscht mit dir zu sprechen.«
»Was ist mit dem Mädchen?«, fragte Josua und packte Annamaria am Arm.
»Sie kommt mit uns«, sagte der Offizier.
Sie gingen durch Straßen, in denen Menschen aufgeschlitzt, verbrannt, verstümmelt und aus den Fenstern gestürzt wurden. Sie gingen durch Straßen, in denen ein Höllentanz von Mord und Entsetzen, von Verzweiflung, Irrsinn und Blutgier ausgebrochen war. Sie gingen durch Straßen, in denen das Undenkbare, in denen das Unsagbare Wirklichkeit geworden war. Sie gingen durch Straßen, inmitten von Leichenbergen aus Kindern, Frauen, Alten und wehrlosen Bauern, hörten Schreie, deren schriller Wahnsinn die Ohren zerschnitt, und sahen Dinge, deren Unfassbarkeit die Augen stumpf werden ließ. So gingen sie durch die Straßen von Zabern, Schritt für Schritt, und ihre Schuhe und Stiefel waren rot von Blut.
Vor dem Stadttor wurde Josua zu einem Mann gezerrt, der hoch zu Roß über das Blutbad, das sich vor den Mauern fortsetzte, hinwegblickte. Nackte Frauen wurden öffentlich an die Söldner versteigert, Mädchen vor aller Augen vergewaltigt und ihre Männer und Väter niedergestochen, enthauptet oder ihnen Arme und Füße abgehackt. Der Mann auf dem Pferd war mit einem blank polierten Brustpanzer bekleidet und seine Beine waren mit beweglichen, eisernen Schienen geschützt. In der Hand hielt er einen Degen. Sein Gesicht unter dem blitzenden, eisernen Helm war schmal, faltig und ausdruckslos.
»Willkommen, Josua«, sagte er freundlich, als der Riese vor ihm stand.
Josua sah ihn an. Annamaria wurde von einem stoßweisen Schluchzen geschüttelt. Der Obrist blickte erwartungsvoll zu dem Mann hoch.

»Kanntest du einen gewissen Amaury d'Ainat?«, fragte der Gepanzerte leutselig.
»Ja«, sagte Josua.
»Du hast ihn hängen lassen.« Er schwieg kurz. »Amaury war mein Neffe.«
»Ihr seid Guise.«
Der Mann nickte. »Ich bin Antoine von Lothringen, Herzog von Guise.« Er schwieg neuerlich und sah zu den schreienden Frauen hinüber. »Soll ich dein Mädchen auch versteigern lassen, Prediger?«
»Nein«, antwortete Josua. »Ihr habt mich.«
»Ja«, sagte Guise. »Ich habe dich.« Er sah Josua an. »Du bist ein starker Mann. Wie viel Folter willst du wohl ertragen, bevor du mich auf allen vieren bittest, dein Mädchen zur ausgehurtesten Lagerdirne zu machen?«
»Das wird nie geschehen, Guise.«
»Wir werden sehen, Josua. Wir werden sehen.« Er deutete dem Obristen. »Bringt die beiden in den Stadtkerker. Ich werde mich in nächster Zeit um sie kümmern.«
Der Offizier grüßte den Herzog mit militärischer Exaktheit. Dann gab er den Begleitsoldaten das Zeichen, ihm mit Josua und Annamaria zu folgen.
»Josua«, rief der Herzog von Guise dem Riesen nach. Josua drehte sich um. »Ich denke oft an Amaury.« Er lächelte jetzt. »Ich freue mich schon sehr auf unsere Gespräche.« Des Herzogs Gesicht wirkte jetzt milde und freundlich. »Aus ganzem Herzen, mein guter Josua.«

Gregorio dehnte seine Gastspielreise bis nach Tarbes am Fuße der Pyrenäen aus. Dort, im Schatten der mächtigen Berge, nahm er Abschied von Jeanne.
»Ich wünsche Euch viel Glück«, sagte der herkulische Schauspieler. »Der Gedanke, dass Ihr das Leben eines Mannes retten wollt, den Ihr liebt, hat mein Herz von Beginn an gefangen genommen.«
Jeanne sah ihn erstaunt an. »Woher wisst Ihr das?«
Gregorio lächelte. »Marot. Marot hat es mir erzählt. Er will ein Gedicht darüber schreiben, wenn Ihr Euren Geliebten wieder gefunden habt.«

»Von dem ich nicht einmal weiß, ob er mich noch will.«

Sie gingen den Marktplatz von Tarbes entlang, an dessen Buden Menschen verschiedenen Alters in einem schwer verständlichen Dialekt um Tuche, Lebensmittel und Haushaltsgeräte feilschten.

»Marot hätte schweigen sollen.«

»Marot ist ein Dichter. Dichter können nicht schweigen.«

Jeanne schlug ihr Halstuch um die Schulter. Der Wind, der von den Bergen her kam, hatte die scharfe Kühle des frühen Herbstes. »Ich weiß nicht, ob ich töricht bin, Gregorio. Ich weiß es wirklich nicht. Es hätte auch genügt, Henri d'Ardans einen Boten zu schicken.«

»Erlaubt mir dazu einige Feststellungen zu machen«, sagte Gregorio. »Ich bin etwas älter als Ihr und könnte Euch von meinem Blickwinkel aus einen Fingerzeig geben, den Ihr vielleicht sonst überseht.«

Jeanne sah ihn belustigt an. »Ich bitte Euch darum.«

Gregorio blieb vor einem Stand mit leinernen Gewändern stehen. »Zum Ersten ist alle Bejahung des Lebens Liebe. Was immer Ihr ganz annehmt und zu Eurem macht, entspringt dem Geheimnis der Liebe. Wenn ich auf der Bühne stehe und meine Kunst ausübe, liebe ich. Ich liebe das Publikum, ich liebe meine Mitspieler und ich liebe meine Rolle, die ich bin und doch nur verkörpere. Nur deshalb, weil ich dies alles bejahe, bin ich ein guter Schauspieler.«

»Gregorio«, sagte Jeanne, »ich bin keine Künstlerin.«

»Aber ein Mensch seid Ihr«, rief der Bärtige, »ein Mensch, der ganz ja zum Leben sagt. Dies ist die größte Kunst. Und sie entspringt der Liebe, wie das Wasser der Quelle. Wenn Ihr in fernen Tagen sterben werdet, wird es nicht die Frage sein, welcher Schmuck Euch am besten gekleidet hat, die Euch quält, sondern die Frage danach, ob Ihr genug in Eurem Leben geliebt habt. Was immer Ihr aus der Liebe heraus tut, es ist richtig, und wenn Ihr tausendmal daran scheitert. Die Menschen mögen Staub der Erde sein, schwach, hilflos, fehlbar – aber wie viel Liebe brauchen sie und wie viel Güte und Verständnis. Die Liebe ist die einzige Wahrheit, die es auf Erden gibt.«

»Und wenn die Liebe erlischt?«

Gregorio hob seine beringte Hand und machte eine vage Geste der Verneinung. »Wahre, offene, reife Liebe, erlischt nie. Sie mag im

Laufe der Jahre an Leidenschaft verlieren, feiner und vergeistigter werden, aber die Zärtlichkeit, die sie umhüllt, wie die Haut den Körper, wird nur noch sanfter, geschliffener und erfüllter sein. Ein glückliches Paar, das auch der Freundschaft nicht ermangelt, bietet der Wahrheit Platz, dem Vertrauen, der Freude, der Dankbarkeit, der Treue, dem Großmut, dem Witz und vor allem und immer wieder – der Liebe. Dies, Jeanne des Marckes, sind Glück bringende Tugenden, die in dieser Fülle nur in der engen Gemeinschaft zwischen Mann und Frau auftreten können. Die Liebe ist es, die diese Werke schafft. Die Liebe ist die große Gebärerin auf dieser Welt. Sie ist das Alpha und das Omega, der Ursprung und das Ende des Lebens. Die Liebe ist das vom Ich befreite Wunder, das das Ich befreit.«

Jeanne sah Gregorio an. »Ihr müsst viel in Eurem Leben geliebt haben.«

Der Bärtige lächelte. »Ich lasse nicht von der Liebe, es sei, sie segnet mich denn.« Er fasste Jeanne an den Händen. »Ich wünsche Euch eine glückliche Reise.«

Jeanne beugte sich vor und küsste ihn auf die Wange. »Gott segne Euch, Gregorio.«

Der Tuchhändler, vor dessen Stand sie standen, applaudierte.

Jeanne, Marot und Moulu begannen die Überquerung der Pyrenäen unter der Führung erfahrener Basken, die jeden Steg und jedes Hospiz in den Bergen kannten. Kalte Fallwinde und Sturmböen auf den Pässen erschwerten den Weg, und zwei der Tragtiere gingen beim Abstieg zugrunde. Aber keiner von den Reisenden kam zu Schaden, und am 2. Oktober 1525 erreichten sie die Sierra de Avalar und damit die baskische Ebene. Der Weg nach Madrid lag nun offen vor ihnen.

Am 3. Oktober erhielt Aurélie d'Aquillon eine geheime Nachricht von Etienne.

Drei Söldner genügten dem jungen Mann, um Schloss Evry, nahe von Paris, zu überfallen. Die wenigen männlichen Bediensteten, die zur Verteidigung getaugt hätten, wurden überwältigt, gefesselt und in den Stall gesperrt.

Etienne stürmte die Treppe empor und drang in das Schlafzimmer Aurélies ein. Ihr Vater stürzte sich mit gezücktem Degen auf ihn und wurde nach zwei Finten von Etienne entwaffnet. Die Waffe Sicards flog in hohem Bogen zur Seite. Etienne setzte ihm seinen Degen auf die Brust.

»Ihre Tochter, Sieur.«

Der Seigneur d'Aquillon war rot vor Wut im Gesicht. »Zum Teufel mit Euch, Etienne de Cobère. Meine Tochter wird Euch niemals folgen.«

Aurélie stand neben ihrem Baldachinbett und blickte angstvoll und ratlos zu den beiden Männern hin.

»Ich fürchte doch«, sagte de Cobère.

»Für diesen Überfall werdet Ihr hängen.« Er wandte sich kurz dem Mädchen zu. »Hörst du, Aurélie? Hängen wird er.«

Etienne sah zu Aurélie hin. »Ich hoffe, ich habe Euch nicht allzu sehr erschreckt, Mademoiselle?«

»Redet meine Tochter nicht an!«, schrie Sicard.

»Wollt Ihr mit mir kommen, Aurélie?«, fragte Etienne.

Der Seigneur d'Aquillon drehte sich zu ihr um. »Dieser Mann ist ein Verbrecher! Ich werde ihn wie einen tollwütigen Hund jagen. Ich werde ihn zur Strecke bringen, und wenn es die letzte Tat meines Lebens ist.«

»Ihr entscheidet aus freiem Willen, Mademoiselle«, sagte Etienne. »Ich beuge mich Eurem Urteil.«

»Ich verbiete dir, ihm zu antworten«, rief Sicard d'Aquillon.

»Nun, Mademoiselle?« De Cobère blickte sie an. »Wie lautet Eure Entscheidung?«

Aurélie griff nach ihrer Tasche, die sie schon am Morgen vorbereitet hatte, und ging zu Etienne. »Ich gehe mit Euch, Monsieur.«

»Das wirst du nicht tun!«, schrie der Seigneur d'Aquillon.

»Doch, Vater.«

»Ich enterbe dich. Ich verstoße dich.«

»Besser enterbt, als den Comte de Briard zu heiraten. Verzeiht mir, Vater«, sagte Aurélie und fasste Etienne am Arm. »Aber ich liebe Monsieur de Cobère.«

»Was weißt du denn von Liebe? Was weißt du denn davon in deinem Alter?«

»Ich weiß nur mit Gewissheit, dass ich ihn liebe.«
»Gar nichts weißt du«, brüllte Sicard. »Willst du dein Leben mit einem öffentlich gesuchten Verbrecher verbringen? Willst du mit ihm ins Ausland flüchten und dein Leben als eine ärmliche Exilantin fristen? Begreifst du denn nicht, was du tust?«
»Ich werde Euch nun fesseln müssen, Sieur«, sagte Etienne. »So Leid es mir tut.« Er riss von dem Baldachinbett eine herabhängende Kordel ab und band Sicards Hände hinter dem Rücken zusammen. Dann fesselte er seine Füße.
»Vierteilen werde ich Euch lassen«, rief der Seigneur d'Aqillon. »Auf dem Scheiterhaufen lebendig verbrennen!«
Etienne hievte den Verwünschungen brüllenden Mann auf das Bett. »Ich hoffe, Ihr liegt nicht allzu unbequem, Sieur?«, fragte er den Sieur d'Aquillon.
»Zunge und Augen wird man Euch ausreißen«, schrie Sicard. Seine Stimme begann heiser zu werden. Er hustete.
»Gott segne Euch, Schwiegervater«, sagte Etienne und verbeugte sich kurz vor dem Bett.
»Schwiegervater?« Sicard röchelte jetzt vor Wut.
»Schwiegervater«, bestätigte Etienne. Aurélie drückte dem widerstrebenden Seigneur d'Aquillon einen zärtlichen Kuss auf die Stirn und eilte dann mit Etienne die Treppe hinunter.
Als sie bei den Pferden angelangt waren, fragte sie voll Erwartung: »Und wohin nun, Monsieur?«
Etienne lächelte sie an. »Nach Paris, mein Engel. Ins große, wunderbare Paris.«

Der Kaiser des Heiligen Römischen Reiches und die Prinzessin aus dem Hause Valois trafen im Kreuzgang der Kathedrale von Toledo zu ihrer ersten Begegnung zusammen. Karl wurde von seinem unverzichtbaren Kanzler Gattinara und Marguerite d'Alençon von Henri d'Ardans begleitet, der die Absicht hatte, in diesem Gespräch abzuwarten und Zurückhaltung zu üben.
Der Kreuzgang, der sich an der Stelle des alten jüdischen Marktes erhob, war von einer harmonischen Ausgewogenheit, die eine Stimmung von konzentrierter Beschaulichkeit nur fördern konnte. Im Hof standen Kastanienbäume, deren Blattwerk gelb und gol-

den wurde und unter dem leichten Wind, der von der Sierra her wehte, schwankte, flirrte, zitterte. Eine milde Oktobersonne warf Licht und Schatten auf die Gemäuer, und in der Luft lag der Geruch des Herbstes, scharf, eindringlich und die Sinne erweckend.
»Ich freue mich von Herzen, dass es dem König nun besser geht«, meinte Karl V.
»Seine Majestät scheint wieder zur Gänze gesund zu sein«, erwiderte Marguerite.
»Wie wunderbar. Dann steht einer Abtretung Burgunds an das Reich nichts mehr im Wege.«
»Burgund ist Teil des französischen Königreichs.«
»Burgund ist Teil meiner Besitztümer, die ich von Philipp dem Schönen, Karl dem Kühnen und Philipp dem Guten geerbt habe. Es wurde von Louis XI. meinen Vorfahren gegen jedes Gesetz geraubt. Ich verlange nichts Unmäßiges. Ich verlange nur die Wiederherstellung des Rechtes, das die Könige und ihre Völker verbindet.«
»Und dies seit Jahrhunderten«, warf Gattinara ein.
»Im Frieden von Senlis, Eure Majestät«, sagte Henri,« wurde Burgund 1493 Frankreich zugesprochen.«
»Dieser Friede war von Zwängen diktiert«, erwiderte Gattinara.
Marguerite lächelte. »Ist dies nicht jeder Frieden? Wird nicht unser Übereinkommen, das wir, so Gott will, treffen werden, von der Tatsache bestimmt, dass der König von Frankreich Gefangener des Königs von Spanien ist?«
»Des Kaisers«, sagte Gattinara spitz.
»Und des Kaisers«, bestätigte Marguerite amüsiert.
»Das sind Sophismen«, meinte Karl V. »Ich will Burgund zurück, und es ist Eure Aufgabe, mir diesbezüglich Vorschläge zu machen, Madame.«
Marguerite blickte in den sonnenerfüllten Hof des Kreuzganges. »Eine vorübergehende Abtretung Burgunds wäre von Frankreich in Erwägung zu ziehen.«
Karl V. hob erstaunt die Augenbrauen. »Vorübergehend?«
»Bis der König wieder in Frankreich ist und das Pariser Parlament darüber entschieden hat.«
Karl sah sie an. »Ein ungewöhnlicher Vorschlag. Ich soll also Bur-

gund wieder zurückgeben, wenn ein französischer Gerichtshof gegen mich entscheidet?«
»Das ist ausgeschlossen, Majestät«, warf Gattinara ein. »Das liefert uns dem Willen Frankreichs aus.«
Henri schwieg. Er wusste, dass dieser Vorschlag nur der Eröffnungszug in der Schachpartie Marguerite d'Alençons war. Von diesem Ausgangspunkt her, einem Angebot, von dem die gesamte französische Delegation wusste, dass es abgelehnt werden würde, wollte man die Nachgiebigkeit und Festigkeit des Kaisers ausloten.
»Ich könnte auf die Oberhoheit über Artois und Flandern verzichten, nicht aber auf Burgund, Madame«, sagte Karl V.
»Majestät, die Burgunder wollen nicht weg von Frankreich. Die Landstände haben das einstimmig beschlossen.«
»Das Wort des Königs wiegt, nicht das der Stände.«
»Was tätet Ihr mit einer Provinz, die Euch ohne Unterlass bekriegen würde?«, fragte Marguerite.
»Sie befrieden.«
Sie schwiegen kurz.
Marguerite d'Alençon warf Henri einen Seitenblick zu. D'Ardans nickte kaum merklich.
»Wenn aber der König«, sagte Marguerite, »wenn der König Eure Schwester Eleonore heiraten würde ...«
»Meine Schwester?«
»So ist es, Majestät. Eure Schwester Eleonore.«
»Was wäre dann?«, fragte Karl interessiert.
»Dann könnte ihr Burgund als Hochzeitsgeschenk François' I. überreicht werden.«
Gattinara sah den Kaiser an. Eleonore war aller Wahrscheinlichkeit nach unfruchtbar. Im Falle ihres Todes würde Burgund an die Habsburger zurückfallen. Allerdings war dabei zu bedenken, dass das Haus Valois eine Generation Zeit haben würden, das Land mit Festungen zu überziehen. Aber dieser Vorschlag war neu und ungewöhnlich.
Das Gesicht Karls V. war undurchdringlich. »Der König denkt wieder daran, sich zu verheiraten?«
»Er ist seit Juli des vergangenen Jahres Witwer, Majestät.«
Von der Kirche her erklang eine helle Glocke, die ihre Stimmen

übertönte. Der Wind war stärker geworden und fegte im Garten des Kreuzganges das wenige Laub, das zu Boden gefallen war, in kleinen Kreisen über die bräunlich grüne Erde.
»Eleonore ist eine sehr empfindsame Frau«, sagte der Kaiser.
»Sie ist Witwe. Sie kennt das Leben der Könige. Ich glaube nicht, dass der französische Hof sie überraschen wird.«
»Der Lebensstil des Königs soll sehr frei sein.«
»Er hat Claude, seine erste Frau, sehr geliebt.«
Karl ging mit Marguerite den Kreuzgang entlang. Gattinara und Henri d'Ardans folgten ihnen auf dem Fuße.
»Der König besitzt einige Mätressen, wie man sich erzählt.«
»Er wird seine Art ändern.«
Der Kaiser schüttelte den Kopf. »Ein Mann in diesem Alter ändert sich selten.«
»Die Hochzeit wäre ein friedlicher Weg, unsere Zwistigkeiten um Burgund zu lösen.«
Karl blieb stehen. »Weiß der König von Eurem Vorschlag?«
Wenn ich diese Frau umarme, hatte François gesagt, werde ich immer den Eindruck haben, Karl V., zu liebkosen. Es geht nicht anders, hatte Marguerite geantwortet und gelacht, während der König missmutig sein vergittertes Fenster betrachtete.
»Ja.«
Der Kaiser drehte sich um. »Gattinara«, fragte er, »was meint Ihr dazu?«
»Wir sollten darüber nachdenken, Majestät«, sagte der kleine Mann.
»Eine solche Heirat«, meinte Henri, »könnte Frieden zwischen den Häusern Habsburg und Valois stiften.«
Karl blickte d'Ardans an. »Burgund muss spanische Truppen in seinen Festungen aufnehmen.«
»Darüber müssen wir nachdenken, Majestät«, sagte Henri und verbeugte sich.
Der Kaiser wandte sich Marguerite zu. »Es war mir eine Freude, erste Vorschläge mit Euch zu erörtern, Madame.« Er neigte den Kopf. »Wir sehen einander in drei Tagen wieder.«
Marguerite knickste. »Wie Ihr wünscht, Majestät.«
»Solltet Ihr Interesse daran finden, so sprecht ein Gebet in der Ka-

thedrale. Ihr werdet alles in ihr finden, das Spanien groß gemacht hat. Und auch alles, das es weiterhin groß erhalten wird.« Karl nickte ihnen ein weiteres Mal zu, drehte sich um und ging dann mit Gattinara den Weg zur Puerta del Mollete zurück.

Eleonore von Portugal trug eine Robe aus Silberbrokat, deren weite Ärmel mit Eichhörnchenfell besetzt waren. Unter dem vorne aufspringenden Rock kam ein samtenes rosafarbenes Unterkleid mit besticktem Saum zum Vorschein. Ein langer, juwelengeschmückter Gürtel war an dem engen Oberteil befestigt. Die französische Haube aus schwarzem Samt war mit Perlen und einem Streifen zarten Goldgewebes bestickt, während eine schwere, smaragdbesetzte Goldkette Eleonores Hals zierte. Eine zweite, aus Rubinen bestehende Kette verlief von Schulter zu Schulter, die Rundungen des Busens betonend. Die Schwester des Kaisers stand auf, als Marguerite d'Alençon in den Raum trat. Die beiden Frauen umarmten einander.

»Ich freue mich, dass Ihr mich empfangt, Hoheit«, sagte Marguerite.

»Und ich bin froh, endlich Besuch zu bekommen«, sagte die Habsburgerin, deren Gesicht von einer gewissen Lieblichkeit war. Eleonores Haar war von einem dunklen Braun, ihre Augen blau. Ihre Nase war länglich, aber gerade, und ihre Lippen von sinnlicher Fülle.

Marguerite nahm auf dem ihr angebotenen Stuhl Platz. »Man sagt, dass Ihr nach dem Tod des Königs von Portugal sehr einsam lebt.«

»Zu einsam«, seufzte Eleonore. »Viel zu einsam.«

»Ich komme im Namen des Königs von Frankreich zu Euch.«

»Weshalb?« Eleonore sah sie erstaunt an.

»Der König will um Eure Hand anhalten.«

Eleonores Verblüffung war unübersehbar. Sie hatte den Mund leicht geöffnet, und ihre Augen irrten kurzfristig, wie nach Halt suchend, durch den Raum. Sie stand auf und ging zu dem Feuer, das in dem geräumigen Kamin brannte. Dann heftete sich ihr Blick wieder auf Marguerite.

»Der König kennt mich nicht.«

Marguerite lächelte sie an. »François hat viel von Euch gehört. Von Eurem Liebreiz, Euren Sanftmut und Eurer Grazie. Er hat Euer Bild gesehen und von Eurer Güte erfahren. Er war entzückt.«
Eleonore sah sie an. »Man will mich also für einen diplomatischen Handel benutzen.«
Marguerite schwieg kurz. »Alle Töchter und Schwestern von Fürsten«, sagte sie dann, »sind Tauschobjekte ihrer Väter und Brüder. Ich bin einem solchen Geschäft nur entgangen, weil François mich liebte und meine Weigerungen akzeptierte. Aber, Hoheit, ich bin die einzige, große Ausnahme auf diesem riesigen Kontinent.«
»Und der Kaiser?«
»Weiß noch nichts von meinem Unterfangen.«
»Dann sollte ich Euch nicht anhören.«
Marguerite sah sie nicht ohne Zuneigung an. »François ist der Mann, um jegliche weibliche Einsamkeit zu vertreiben.«
Eleonore dachte nach. »Man sagt, er sei sittenlos«, sagte sie dann.
»François ist ein hünenhafter, junger Mann von großer Kraft. Man sieht immer nur den Genießer und Frauenhelden in ihm. Er ist aber vor allem ein Mensch, der zu großer Zärtlichkeit fähig ist, Hoheit.« Marguerite lächelte leicht. »Und er hat noch nie eine Frau enttäuscht.«
»Ich bin sehr verletzlich«, sagte Eleonore von Portugal. »Ich habe nicht die Härte meines Bruders.«
»Man hat, wie ich erfahren habe, den Herzog von Bourbon als Euren Gatten ins Auge gefasst.«
»Ja.« Eleonore setzte sich wieder. »So ist es.«
»Der Herzog von Bourbon ist ein Verräter. Ein Mann ohne Prinzipien.«
»Ich habe gehört, dass der König von Frankreich ihn dazu gezwungen hat, das Land zu verlassen.«
Marguerite schüttelte den Kopf. »Welche Probleme Bourbon auch immer mit meiner Mutter hatte, er hätte sich dem Beschluss der Pariser Gerichte nicht entziehen dürfen. Er hätte sich nie so weit vergessen dürfen, seine Heimat zerstückeln zu wollen und den Engländer Heinrich VIII. als zukünftigen König von Frankreich zu akzeptieren. Bourbon fehlt es an Ritterlichkeit. François ist der vollkommene Ritter. Mutig, großherzig und edelmütig.«

Eleonores Gesicht gewann eine seltsame Unschuld, als sie fragte: »Aber würde er mich glücklich machen?«
»Ich denke schon«, sagte Marguerite. »Seine Ehefrau ist für ihn etwas Besonderes. Sie ist Teil seiner Ehre. Sie hat für alle Welt unantastbar zu sein.«
»Ich will mehr, als nur unbedroht und ungefährdet sein, Madame. Ich will ein glückliches Leben führen.«
»Soweit eine Fürstin dies kann, werdet Ihr es mit François erreichen.«
Eleonore lehnte sich in ihrem Stuhl zurück. »Ihr werbt mit seltsam ausweichenden Begriffen für Euren Bruder.«
Marguerite sah sie an. »Soll ich Euch Lügen über das Leben an einem Hof erzählen? François wird nie treu sein, was immer er auch verspricht. Und Ihr werdet am Beginn Eurer Ehe eine Fremde in Frankreich sein.«
»Madame ...«
»Aber François wird Euch zur Herrscherin des Königreiches machen. Er wird Euch lieben und Euch achten. Er wird es tun, weil er François ist. Ihr werdet immer der unumstrittene Mittelpunkt des Reiches sein. Ihr werdet zur Sonne Frankreichs aufsteigen.«
Eleonore schwieg.
»Und Ihr werdet«, fuhr Marguerite fort, »in der schönsten Stadt und Landschaft der Welt leben, in Paris und in der Touraine. Eure Kinder werden zu den bedeutendsten Herrschern Europas zählen.«
Eleonores Stimme stockte, als sie sprach: »Manche Ärzte glauben, dass ich unfruchtbar bin.«
»Mein Gott«, sagte Marguerite und blickte zu ihr hin. »Mein Gott.«
Eleonores Stimme gewann an Festigkeit. »Es ist so. Ich kann es nicht ändern.«
Marguerite sah sie mit unverhüllter Zuneigung an. »Für François wird es ohne Bedeutung sein. Er hat bereits zwei Söhne von Claude.«
»Manchmal hadere ich mit Gott.«
»Ich verstehe Euch, Hoheit. Aber wäre es dann nicht auch klug, einen Mann zu heiraten, für den Euer ...« Marguerite suchte nach

dem passenden Wort: »… für den Euer Schicksal ohne Bedeutung ist?«
»Ja. Wahrscheinlich.« Sie sah Marguerite nun offen an. »Wahrscheinlich habt Ihr Recht.«
»Er wird Euch lieben«, sagte Marguerite nach einem Augenblick des Schweigens.
»Das wäre wunderbar«, sagte Eleonore, verwitwete Königin von Portugal und Schwester des mächtigsten Mannes der Erde. »Wenn es möglich wäre.«

»Eure Mutter hat mit Heinrich VIII. einen Friedensvertrag geschlossen«, sagte Karl V., als er mit Marguerite d'Alençon zur Jagd ausritt. Sein Gesichtsausdruck war verschlossen, verärgert und zornig in einem.
»So ist es, Majestät.«
»In diesem Vertrag hätten meine Interessen mit eingebunden sein müssen.«
Marguerite sah ihn von der Seite an. »Das war nicht die Meinung des englischen Königs.«
»Vielleicht wäre es besser gewesen, er hätte gewusst, dass ich die Pläne Leonardo da Vincis für eine Kanone besitze, die meine Armeen unüberwindbar machen werden.«
»Ihr besitzt da Vincis Pläne?«, fragte Marguerite verblüfft.
»Sie wurden mir zugespielt.«
»Sie waren französischer Besitz.«
»Waren. Ihr sagt es, Madame.«
»Ihr müsst diese Pläne an Frankreich zurückgeben, Majestät«, sagte Marguerite. Sie hatte Mühe, ihr Pferd zu halten. Es war unruhig und ungebärdig. Karl hatte es für sie ausgesucht.
»Ich muss dies nicht, Madame. Und ich werde es auch nicht tun.« Er verschärfte die Gangart seines Hengstes. »Eine Heirat Eleonores mit dem König könnt Ihr Euch vorerst aus dem Kopf schlagen. Ich will Burgund. Und ich will es ohne Bedingungen.«
»Majestät …«
»Ihr habt mich gehört, Madame.« Er wandte sich ihr zu. »Und falls Ihr es noch nicht erfahren habt: Ihre Hoheit, Eleonore von Portugal, hat sich heute Morgen auf meine Anweisung hin zu einer Pil-

gerreise zu unserer Lieben Frau von Guadelupe begeben.« Er sah sie kurz an, gab dann seinem Pferd die Sporen und ritt, Staub und Erde aufwirbelnd, davon.

Jeanne erhob sich von ihrem Sessel, als Henri das Zimmer des Gasthofes betrat, in dem er während seines Aufenthaltes in Toledo wohnte.

Jeanne sah ihn an, lächelnd, erwartungsvoll, unsicher. »Henri«, sagte sie. Ihre Stimme war weich und voller Fragen.

Henri blieb stehen. Eine verwirrende Vielfalt von Gefühlen stürmte auf ihn ein. Elemente des Fragens, Verlangens und der Verwunderung. Er verspürte Freude, Glück, Misstrauen und Verblüffung, meinte einen verrückten Augenblick lang, einer Täuschung seiner Sinne unterlegen zu sein. Ganz langsam verdrängte ein tiefes Gefühl von Zärtlichkeit die Skepsis und Ungläubigkeit an den Rand seines Bewusstseins.

Er warf seinen Umhang über den Stuhl und ging auf die junge Frau zu.

»Gauthier de Meillet hat uns beide angelogen, Henri«, sagte Jeanne. »Ich hatte dir einen Brief geschrieben, in dem ich dir meine Lage erklärte, als ich Pierre zur Flucht verhalf. Gauthier hat ihn vernichtet.«

Ich liebe dich, dachte er. Gott helfe mir, aber ich liebe dich. Ich bin diesem Gefühl ausgeliefert wie ein Büßer der Geißel.

»Dann hat Gauthier uns also zum Narren gehalten.«

Jeanne sah zu ihm hoch. »Ich weiß nun auch, dass du mich aus dem Gefängnis geholt hast. Dass du Louise de Savoie für meine Rettung gewonnen hast.«

Samtbraune Augen, deren Tiefe ohne Ende schien. Ein Blick, der eine Wahrheit verriet, die jenseits des Gedachten lag. Klarheit und Lockung. Der Wunsch zu spüren und zu fühlen, der Wunsch nach einer Umarmung, die ohne Ende war.

»Das war nichts.« Er strich ihr über die Stirne.

»Gauthier hat ein Netz von Lügen um uns gewoben.«

Ein makeloses Gesicht, sanft und verletzbar. Ein Gesicht, das unverdorben war, ungezeichnet von den Wunden, die die Bitterkeit und der Verrat des eigenen Selbst schlugen. Ein offenes, ein schö-

nes Gesicht. Ein Gesicht, das Wunder versprach, die jenseits seines bisherigen Lebens lagen.
»Es ist nicht wichtig.«
»Es ist wichtig. Ich habe dir niemals ausrichten lassen, dass ich dich nie mehr sehen möchte. Peres hat Gauthier entlarvt.«
»Du bist hier, und das ist wichtig«, sagte Henri. Er legte seine Arme um sie. Henri fühlte eine Ruhe und Zärtlichkeit in sich, die er seit Jahren nicht mehr gespürt hatte. »Du bist zu mir gekommen.«
»Henri …« Jeannes Hände umfassten leicht und zart seinen Nacken. »Ich habe mich nach dir gesehnt. Ich konnte dich nicht vergessen.« Ihr Blick war klar, schimmernd und sanft. »Seit Mailand habe ich mich nach dir gesehnt.«
»Ich liebe dich, Jeanne.« Er küsste ihre sich schließenden Augen, küsste ihre Wangen. »Alles andere ist bedeutungslos.«
Seine Worte berührten sie wie Finger nassen Lehm. Süßer Schmerz. Es ist kein verlogener, lächerlicher Vergleich, dachte sie. Es ist die Wahrheit. »Wir gehören zusammen. Ich weiß es jetzt«, sagte Jeanne und ihr Körper drängte sich an den seinen. »Wir gehören zusammen wie Himmel und Erde.«
Er hob sie hoch, während sie auflachte, und legte sie auf das Bett. Sie umarmten einander, Mund suchte Mund, Zunge spielte mit Zunge.
»Es war ein weiter Weg nach Toledo«, sagte Henri, als sein Kopf zur Seite sank.
»Jahre. Er hat Jahre gedauert.«
Ihre Hand strich über sein Haar. Er spürte ihren Atem auf seiner Wange. »Es war ein Weg, der uns ans Ziel gebracht hat.«
»Umwege. Wir haben so viele Umwege genommen.«
Er rollte sich zur Seite, sodass sie auf ihm zu liegen kam. Er betrachtete ihr Gesicht. Er betrachtete ihre Stirn, ihre Augen, ihren Mund und war glücklich über so viel Schönheit, so viel Zärtlichkeit, fühlte sich frei, unsterblich und voll der Kraft eines ungebrochenen Lebens.
Ihre Finger strichen über seine Wangen, seine Lippen, seine Nase, ein kleines, schmetterlingshaftes Tasten, das Wiedererkennen und Versprechen bedeutete. »Ich habe deinetwegen die Pyrenäen überquert.«
»Ich habe deinetwillen die Hölle durchschritten.«

Sie lächelte, lächelte nach nirgendwo, und er streifte ihr das Hemd vom Körper, während ihre Handfläche über seine Brust strich.
»Du bist unverändert schön«, sagte er. »Du bist die vollkommene Frau.«
Sie entkleideten sich auf dem Bett, umarmten einander zwischendurch, lachten und berührten sich sanft, wild und immer so, als entdeckten sie an dem anderen ein nie erhofftes, ein nie endendes Wunder. Als sie nackt waren, küsste Henri ihren Körper, liebkoste ihre feuchte Mitte, strich über ihre Pobacken und nahm ihre Brustwarzen zwischen seine Lippen. Ihre Hände berührten seine angespannten, harten Muskeln, suchten sein Rückgrat und fuhren mit ihren spitzen Nägeln seine Wirbelsäule entlang, während sein Glied ihre feuchte Wärme fühlte und sanft in sie eindrang.
Sie verschmolzen ineinander, hoben und senkten sich, trieben in die Weite ihrer Empfindungen hinaus, sahen verborgene Wunder, unbekanntes Begehren, tauchten unter, kamen empor, wurden eins, berührten den Horizont, trieben in diamantener Klarheit, vergaßen sich, stürzten in ihr Ich zurück, glitten wieder in die Zweisamkeit, erforschten Fernen, die in ihren Seelen immer gewartet hatten, bis heute, bis jetzt gewartet hatten und nun aufbrachen in eine uferlose Grenzenlosigkeit, in der der Anfang und das Ende sich begegneten.
Henri umarmte Jeanne, hörte sie stöhnen, vergaß die Zeit, vergaß die Vergangenheit, wurde endlich er selbst, wieder geboren in der Umarmung dieser Frau, die zu seiner Seele wurde, die zu seinem Leben wurde, Segen, Glaube, Hoffnung und Liebe in einem. Er spürte wieder, dass er lebte, wirklich und ganz lebte, nicht nur bruchstückhaft, zertrümmert im Kreis der Zeit. Er wollte nicht mehr ergreifen, nahm endlich an, nahm endlich Liebe an, dieses Wunder, das noch größer war, als Liebe zu spenden, als Liebe zu geben, und versank wieder in der Wärme und Geborgenheit, die er von Augenblick zu Augenblick für sich erlangte, wie einen Traum, der in einer dunklen Ecke seines Bewusstseins gekauert hatte und nun wieder erwacht war, Leben gewann, ein Traum, der mit dem All, Gott und der Erde verwandt war, ein Traum, der blendende Wahrheit wurde, Wahrheit, die einzig war, einzige, ewige und unerschöpfliche Wahrheit. Alles Brackige, alle Schlacken seines We-

sens wurden durch das einfallende Licht einer Erkenntnis hinweggeschwemmt, wurden aufgelöst, während helle Klarheit sich in ihm formte, im Rhythmus der einander umschließenden Körper, im Rhythmus des Pulsierens unbekannter Gestirne. Er tauchte kurz in eine samtfeuchte Dunkelheit hinab, schoss aus ihr empor, während er vor Lust aufbrüllte und ein Universum barst, voll leuchtender Materie, die ein dunkles Nichts zur Fülle eines vollkommenen Lebens erweckte. Ihre Fingernägel rissen seine Haut auf, während sie schrie, schrie und dann den Kopf zur Seite sinken ließ, Arme, die ihn umschlangen, Arme, die ihn berührten, liebkosten, umfassten, ein kleiner Tod, der in die Auferstehung des Ganzen mündete, dort, wo sich die Grenzen auflösten, endlich, jetzt und für diesen besonderen lichten Augenblick.

Sie lagen lange umschlungen, Körper an Körper, bis sie sich voneinander lösten und wieder zu sich selbst fanden.

»Es war vollkommen«, sagte sie.

»Und diesmal ohne Liebestrank.«

Sie lachte leise. »Die Comtessa. Sie hat viel von der Liebe gewusst.«

»Nicht mehr, als wir aneinander gefunden haben.«

»Ja«, sagte Jeanne. »Sie konnte nicht mehr wissen, als wir in all der Zeit erkannt haben.«

Henris Hand strich sanft über die Wölbungen ihres Busens. »Ich bitte dich um deine Hand, Jeanne.«

Die junge Frau setzte sich auf. »Jetzt?«

»Jetzt.«

Jeanne schüttelte den Kopf. »Du wirst es auf gesittete Art und Weise tun, Henri d'Ardans. Angezogen und mit Blumen in der Hand. Dann, wenn du auf Acres du Lay in allen Ehren und mit Anstand um mich wirbst.«

Henri lachte. »Wenn du meinst.«

»Ja«, sagte Jeanne, »das meine ich.«

Henri stützte den Kopf auf dem rechten Arm auf. »Wer hat dich nach Spanien begleitet?«

»Marot und Moulu.«

»Moulu sollte sich um mein Stadthaus in Paris kümmern.«

Jeanne fuhr Henri mit den Händen in die Haare und zerzauste sie.

»Moulu fand es wichtiger, mich zu schützen, als dein kostbares Haus zu hüten, Henri d'Ardans.«

»Ich werde ihm wohl verzeihen müssen«, sagte Henri und lächelte. Er setzte sich seinerseits auf. »Wie bist du auf die Umtriebe deines Verwalters gekommen?«

»Père Peres hat mich besucht. Ich durfte den Brief lesen, den du an ihn geschrieben hast. Dieser Brief hat alles erklärt.«

Henri betrachtete sie. »Gauthier de Meillet muss verrückt nach dir gewesen sein.«

»Er hat ohne Unterlass die Wahrheit entstellt. Er hat uns beinahe auseinander gebracht.«

Henris Finger zeichneten Linien in ihrem Gesicht nach. »Es ist nicht mehr wichtig.«

Jeanne umfasste seinen Nacken, zog seinen Kopf zu sich und küsste ihn. »Hör zu, Henri«, sagte sie dann, »du bist in Gefahr. Einer der Mörder Christianes lebt noch.«

»Unmöglich«, sagte d'Ardans. Sein Körper versteifte sich. »Van Heyden ist in London umgekommen.«

»Es war nicht van Heyden, der sie umgebracht hat. Père Peres ist sich sicher. Er hat auch gehört, dass dieser dritte Mann einen Bravo nach Spanien geschickt hat, der dich töten soll.«

Henri stand auf und warf sich seinen Umgang um die Schultern. Er ging zu dem Fenster, das auf den Tajo hinausführte. »Ich suche längst keine Rache mehr«, sagte er schließlich.

»Das ist nicht mehr die Frage, Henri. Jetzt geht es nur darum, dass du dein Leben schützt.«

Henri wandte sich ihr zu. »Weißt du Näheres über diesen Mann, der mich töten soll?«

»Nein. Ich weiß nichts.« Sie dachte nach. »Wen hast du als Begleitung in Toledo?«

»Nur Maxime.«

»Nun kommen noch Moulu und Marot dazu. Wir werden sie einweihen müssen.«

Henri nickte. »Ja. Wahrscheinlich.«

Jeanne sprang aus dem Bett, ging zu Henri und umfasste ihn. Ihr rötliches Haar war ihr über die Schultern gefallen und bedeckte den Ansatz ihrer Brüste. »Ich möchte dich nie mehr verlieren.«

Henri nahm sie in seine Arme. »Es wird uns nichts passieren.«
»Ich vertraue deiner Klugheit.«
Henri lächelte. »Und ich dir und meinen Freunden.«
»Der König«, fragte Jeanne und sah zu ihm hoch, »wird er freikommen?«
»Wir werden alles dazu tun. Aber wir werden noch einen weiten Weg gehen müssen.«
Jeanne lächelte ihn an. »Wir leben in aufregenden Zeiten.«
»Das tun wir«, sagte er und lachte plötzlich. »Bei Gott, das tun wir, Jeanne. Unser ganzes Leben lang.«

Die Prunkbarke des Kaisers glitt über die Wasser des Tajo. Geschmückte Boote mit den Botschaftern Englands, Venedigs und Portugals umschwärmten sie, während die Damen und Herren des Hofes auf prächtigen Schiffen folgten. Es war ein milder Oktobertag und die Sonne wärmte noch auf das Beste, eine milde Sonne, die sich auf das Angenehmste von jener des Sommers unterschied, die erbarmungslos brannte und Bäume und Felder mit ihrer ungezügelten Kraft versengte.
»Burgund«, sagte Karl V., und es schien Marguerite d'Alençon wie der monotone Reim einer Litanei zu sein, die ohne Anfang und ohne Ende war.
»Wir haben Nachrichten von Madrid. Nachrichten vom König.« Henri d'Ardans sah den Kaiser und dann Gattinara an. »Drei Millionen Livres dafür, dass Ihr Eure Ansprüche aufgebt, Majestät.«
»Wie würde die Summe bezahlt werden?«, fragte Gattinara.
»Auf einmal.« Marguerite d'Alençon saß im Schatten des Segeldaches. Ihr Haar schimmerte kupfern im Licht des Tages, das strahlend und ungetrübt war. Gefiltert durch das Leinen, das über sie gespannt war, warf es eine gelbliche Helligkeit über sie.
»Mit drei Millionen Livres wären alle Sorgen der kaiserlichen Schatzmeister auf Jahre hinaus beseitigt«, setzte Henri d'Ardans hinzu.
Der Kaiser sah auf den Fluss hinaus. Sonnenlicht trieb reflektierend in Punkten, in Streifen und Kreisen auf den kleinen Wellen, die die Barke erzeugte. Die Strömung war stark. Der Fluss trieb dem Meer zu, als könne er es nicht mehr erwarten, sich in den Ozean zu ergießen.

»Nein«, sagte der Kaiser schließlich.
Gattinara seufzte.
»Ihr macht es uns schwer, Majestät, mit Euch zu verhandeln «, sagte Marguerite d'Alençon nach einer Pause des Schweigens. »Ihr seid zu keinem Entgegenkommen bereit.«
»Meine Schwester Eleonore«, sagte der Kaiser, riss sich vom Anblick des Flusses los und wandte sich Marguerite zu. »Meine Schwester Eleonore für den König, wenn er Burgund aufgibt.«
»Was würde Ihre Hoheit als Mitgift erhalten?«, fragte Henri d'Ardans.
»Reichlichen Geld- und Landbesitz. Und meine Freundschaft, die ein Leben lang dauern wird.«
»Wir werden mit dem König darüber sprechen müssen«, sagte Marguerite und sah den Kaiser an.
»Tut das, Madame.«
In einem der Boote sangen junge Mädchen einen Kanon. Ihre Stimmen schallten über das Wasser.
»Wir sehen noch eine Möglichkeit, die die Hochzeit des Königs mit Eurer Schwester Eleonore einschließen könnte«, sagte François' Schwester.
»Welche?«
»Ein internationales Schiedsgericht, das über den Besitz von Burgund entscheiden würde.«
Karl strich sich über den Bart. »Darüber werden wir nachdenken müssen.«
»Wie Ihr wünscht, Majestät«, sagte Marguerite d'Alençon. »Wie Ihr wünscht.«
Von den anderen Booten erklang helles Lachen und Lautenmusik. Der Kaiser des Heiligen Römischen Reiches und die Prinzessin aus dem Hause Valois entspannten sich. Sie lächelten einander zu. Die letzten Vorschläge waren auf den Tisch gelegt worden. Jetzt galt es sich zu entscheiden. Morgen. Aber nicht jetzt. Nicht an diesem strahlenden Oktobertag. Nicht an diesem Tag, an dem der Frieden der Natur einen künftigen Frieden der Menschen zu gebären schien. Nicht heute.
Morgen.

16. Kapitel

Die Gespräche von Toledo waren ohne Ergebnis geblieben. Marguerite d'Alençon, enttäuscht und zornig, beschloss schließlich nach Madrid zurückzukehren. Henri und Jeanne folgten ihr zwei Tage darauf. Niemand von der französischen Delegation wusste recht, wie die Verhandlungen weiterzuführen waren und welche Vorschläge man noch ersinnen konnte, um den Kaiser von seinen Ansprüchen auf Burgund abzubringen.

Die Landschaft, durch die sie zogen, war flach, karstig und ockerfarben. Trotz des grauschwarzen Himmels, der tief treibenden Wolken und des leichten Nieselregens waren alle bester Laune. Jeanne, Henri und Marot ritten an der Spitze des kleinen Zuges, der von Moulu und Maxime beschlossen wurde. Die drei spanischen Garden, die sie zu ihrem Schutz begleiteten, waren abweisend wie das Gelände, durch das sie ritten, und nur Jeanne, die recht gut Kastilisch sprach, konnte sich mit den Männern aus der südlichen Estremadura ein wenig verständigen.

»Ich muss gestehen, Triboulet fehlt mir«, sagte Marot, der Jeanne und Moulu bis nach Toledo begleitet hatte und von der französischen Gesandtschaft mit Freude aufgenommen worden war. »Ich hätte gerne seine Meinung zu den Verhandlungen von Toledo gehört.«

»Er wird sie uns nicht ersparen, wenn wir in Madrid angelangt sind«, meinte Henri.

»Mein Gott.« Jeanne lachte. »Jetzt weiß ich erst, wie sehr ihr mir alle gefehlt habt.« Ihr Gesicht war gerötet vom Wind, und kaum erkennbare Regentropfen saßen in durchsichtigen, nadelkopfgroßen Perlen auf ihrer Stirn.

Henri sah sie amüsiert an. »Ich habe geglaubt, ich sei der Grund gewesen, weshalb du nach Spanien gereist bist.«

»Das war ein Vorwand«, sagte Marot. »Ein Vorwand, um in meiner unübertrefflichen Gesellschaft sein zu können.«
»Und jener Moulus«, ergänzte Jeanne lächelnd. »Und um endlich Triboulet wieder sehen zu können.«
»Ich werde daran denken«, sagte Henri. Er wandte sich Marot zu. »Wie steht es in Frankreich, Clément?«
»Alles in allem recht gut. Louise de Savoie hat die Zügel fest in der Hand und das Land steht geschlossen hinter ihr. Es ist ihr gelungen, Heinrich VIII. auf unsere Seite zu ziehen.«
»Das habe ich in Toledo erfahren.«
»Heinrich VIII. war so erbost über die Zurückweisung seiner Tochter Mary Tudor durch Karl V., dass es nur eine Frage des Geldes war, ob er in unser Lager wechseln würde oder nicht.«
Henri wischte sich den Regen von den Augenlidern. »War Louise großzügig?«
»Angesichts der Tatsache, dass Heinrich VIII. mit uns ein Verteidigungsbündnis geschlossen hat und Frankreich dadurch von Karl nicht mehr angegriffen werden kann, nicht allzu sehr.«
Henri nickte. »Gott segne diese Frau. Sie war einmal mehr Frankreichs Rettung.«
Die Stille der Landschaft um sie herum schien ihre Worte aufzusaugen und mit einer regungslosen Beharrlichkeit ins Nichts gleiten zu lassen. Marot sprach lauter, als es hätte sein müssen. »Sie hat in Italien eine Liga gegen den Kaiser aufgebaut. Der Papst, Venedig, Florenz und Mailand haben sich mit uns verbündet.«
»Wenn der König nicht in Pavia gefangen genommen worden wäre«, warf Jeanne ein, »wäre der Sieg des Kaisers ohne allzu große Folgen geblieben.«
»Wahrscheinlich«, sagte Henri. »Wahrscheinlich geht es mit manchen großen Siegen so.«
Vögel kreisten unter den tief hängenden Wolken, bildeten aufgeregte, spitz schreiende Schwärme, formierten sich dann in wirren Kreisen und Ellipsen und zogen nach Süden, neuen Futterplätzen zu.
»Die Menschen fluchen dem Bösen«, sagte Moulu, der auf einem Esel neben Maxime ritt, »aber ist es wirklich empörend, dass jene,

die kein göttergleiches Wesen besitzen, auch kein göttergleiches Schicksal haben?«

»Also entschuldigst du das Böse?«

Moulu hob den Finger. »Ich bekämpfe es, wo ich es nur kann. Aber damit ich es zurückweisen kann, muss es zuerst existieren. Die Schlechtigkeit ist die Hefe, aus der der Fortschritt ersteht. Sie lehrt begreifen, welch hohes Gut die Tugend ist, indem sie ihr die Übel gegenüberstellt, die das Los des Bösen sind.«

»Wen lehrt sie es begreifen?«

»Den Geist.«

Maxime legte seine Stirn in Falten. »Was ist der Geist?«

»Die Substanz des Lebens.«

»Kannst du mir das erklären, Moulu?«

Moulu hob wieder den Zeigefinger. »Der Zerfall der Welt in Körper und Geist ist nichts, das ständig unverändert bleibt. Wenn du die Natur betrachtest, siehst du vom Stein über die Blume und Tier eine Zunahme des Geistigen, die uns schließlich zum Menschen führt. Alle Natur strebt danach, sich von der Verhaftung des Körperlichen zu befreien. In einem spiralförmigen Anstieg strebt das Irdische dem Ewigen zu. Die Unruhe, die uns ein Leben lang treibt, ist der Wunsch nach Vergeistigung. Das Gute, das Schöne und das Wahre lässt sich in seiner Kraft nur aus seiner Nähe oder Ferne zu Gott erklären.«

»Du kannst wahrlich nicht leugnen, dass du früher Mönch warst.«

Moulu seufzte. »Wären die Frauen nicht gewesen ...«

»Was wäre dann?«

»Wäre ich heute wohl schon Abt. Sic transit gloria mundi, Maxime.«

»Und was ist mit der Liebe zwischen Mann und Frau, Moulu?«

Moulus Augen hellten sich auf. »Sie ist der Widerschein der Wahrheit Gottes auf Erden. Sie führt uns zur Erkenntnis der Verbundenheit der Dinge. ›Liebe‹, sagte der heilige Augustinus, ›und tue, was du willst.‹ Der wahrhaft Liebende kann nicht fehlen.«

Nebel begannen in der Gegend zu treiben, eine bleifarbene Leichtigkeit, die die Konturen der Dinge fraß und einen Hauch von formloser Unendlichkeit in die Landschaft warf. Eine schemenhafte Gestalt tauchte in der Ferne auf. Es schien, als winke sie ihnen in dem sich dahinschleppenden Licht zu. Henri und die anderen griffen nach ihren Waffen und beschleunigten die Gangart ihrer Pferde. Der Unbekannte entpuppte sich als eine in einen Kapuzenmantel gehüllte Frau. Eine schöne Frau, wie Marot fand. Eine Strähne blonden Haares hing ihr über die Stirne. Die Augen waren grau, die Lippen schmal, aber ausdrucksstark. Eine entschlossene Frau, die jetzt von Ratlosigkeit erfüllt war.

Henri sah sich um. Die Frau schien allein zu sein. Zwei der Gardisten nahmen zu ihrer Seite Aufstellung, während der Dritte der Soldaten den Weg entlangritt, um die Umgebung zu erkunden.

Henri sprach die Frau an.

»Franzosen«, sagte die Frau und ihr Gesicht strahlte auf. »Dem Himmel sei gedankt.«

»Seid Ihr in Bedrängnis, Madame?«

»Meine Diener«, sagte die Frau, »meine Diener haben mich beraubt. Sie haben mir nur diese beiden Esel mit den Nahrungsmitteln gelassen.«

»Wann ist das geschehen?«, fragte Henri.

»Vor etwa zwei Stunden. Sie sind nach Süden geritten.« Die Stimme der Frau war klar, fest und doch melodisch.

Henri schüttelte bedauernd den Kopf. »Dann sind sie auf und davon, Madame …«

»Savine de Cleres«, sagte die Frau. Sie mochte etwa um die fünfundzwanzig Jahre alt sein. »Mein ganzes Gepäck war auf den Begleitpferden. Mein Schmuck, mein Geld und meine Kleidung.« Ihre Stimme war mehr ärgerlich als bestürzt.

»Ich werde Euch aushelfen, wo ich kann«, versicherte Jeanne der Frau.

»Wohin wollt Ihr, Madame de Cleres?«, fragte Henri.

»Nach Madrid. Und von dort nach Barcelona.«

Henri zog seinen Hut. »Bis Madrid werdet Ihr unser Gast sein. Und in Madrid wird sich Marguerite d'Alençon Euer annehmen.«

»Mein Gott«, sagte die Frau mit einem Stoßseufzer. »Ich hatte schon Angst, hilflos in Spanien bleiben zu müssen.«

»Das wird mit Sicherheit nicht geschehen«, meinte Jeanne.

»Ihr seid nun in der Obhut von Landsleuten«, ergänzte Marot. »Unter dem Schutz und Schirm von Edelleuten.«

»Dann nehme ich Euer Angebot«, sagte sie zu Henri, »mir bis Madrid auszuhelfen, dankend an. Ich kann Euch jedoch erst in Frankreich Eure Auslagen zurückzahlen.«
Henri winkte ab. »Betrachtet Euch als unseren Gast, Madame de Cleres.«
Moulu und Maxime nahmen sich der Esel an, während die Frau neben Henri und Jeanne die immer nebliger werdende Straße entlangritt.
»Was habt Ihr in Toledo gemacht?«, fragte Henri.
Savine de Cleres sah ihn von der Seite her an. »Ich habe versucht, beim Kaiser eine Audienz zu bekommen, um ihn zu bitten, meinen Mann freizugeben. Er wird immer noch in Barcelona gefangen gehalten.«
»Ist Euer Mann auch in Pavia in Gefangengenschaft geraten?«, fragte Jeanne.
»Ja, Mademoiselle. Er wurde mit dem König nach Barcelona gebracht. Da er sofort nach ihrer Landung zu fliehen versuchte, wurde er vom Statthalter von Katalonien eingekerkert.«
Henri blickte sie an. »Und der Kaiser hat Euch keine Audienz gewährt?«
»Nein, Monsieur.«
»Habt Ihr versucht, Euch an Gattinara zu wenden?«
»Ohne Erfolg.«
»Und um die Unterstützung Marguerite d'Alençons habt Ihr nicht angesucht?«
»Das ist ein Versäumnis, das ich sofort nach meiner Ankunft in Madrid nachholen werde.«
»Ihr hättet Euch sofort an Ihre Hoheit wenden sollen.«
»Das begreife ich jetzt auch«, sagte die Frau und schüttelte verärgert über sich selbst den Kopf. »Wie ungeschickt von mir.«
»Und aus welcher Gegend Frankreichs kommt Ihr?«, fragte Jeanne.
»Aus der Pikardie. Mein Mann besitzt dort ausgedehnte Güter. Die Cleres sind im Norden eine bekannte Familie.«
Henri verneigte sich leicht. »Gestattet, dass ich mich vorstelle. Henri d'Ardans, Mitglied der Gesandtschaft Marguerite d'Alençons.«

Jeanne lächelte der Frau zu. »Und ich bin Jeanne des Marckes aus Acres du Lay.«
Henri wandte sich im Sattel halb um. »Und der Herr, der uns hier folgt und neugierig zuhört, ist Clément Marot, Hofdichter und Kammerherr Marguerites.«
»Doch nicht *der* Clément Marot?«
»Bist du der Clément Marot?«, fragte Henri amüsiert.
»Da ich einzig und unvergleichbar bin, muss ich es wohl sein.« Marot schloss erfreut und gut gelaunt zu ihnen auf.
»Mein Mann hat mir Gedichte von Euch vorgelesen«, sagte Savine de Cleres. »Sie waren wundervoll.«
»Sprecht nur weiter, Madame«, sagte Marot glücklich. »Sprecht nur weiter.«
»Ihr werdet eine der ganz großen Stimmen Frankreichs werden. Wie Jaufre Rudel oder Chrétien de Troyes.«
»Ihr schmeichelt mir, Madame.«
»Durchaus nicht«, sagte die Frau.
Es war früher Abend, als sie zwischen unbewegtem Nebel und reglosen, schwarzgrauen Wolken den dunklen Rauch eines Gasthofes erkennen konnten. Ein Schimmer von Geborgenheit inmitten der konturlosen Fragwürdigkeit, die dieser Gegend anhaftete. Es war spät geworden. Langsam breitete sich eine blaufarbene Dämmerung über das Weiß der Landschaft.
»Eine Herberge«, sagte Savine des Cleres und deutete nach vorne.
»Sie war bei unserer Hinreise geschlossen«, meinte Henri.
»Ihr müsst Euch täuschen, Sieur. Ich habe hier übernachtet, als ich von Madrid nach Toledo reiste. Der Nebel verzerrt die Entfernungen.«
»Mag sein«, sagte d'Ardans. »Ich erinnere mich nicht mehr genau.«
Ein Junge und ein bärtiger Mann Mitte der fünfzig empfingen sie, als sie vor dem Gasthof hielten. Der Mann sprach leidlich Französisch und schien erfreut, sie zu sehen.
»Wie wunderbar«, sagte er und lachte. »Franzosen. Ich habe unter Charles VIII. in Italien gekämpft.«
»Dann sind wir am richtigen Ort«, meinte Henri.
»Das seid Ihr in jedem Fall, Señor. Die nächste Gastwirtschaft ist

dreißig Meilen entfernt. Ihr hättet im Freien und in der Nässe übernachten müssen.«

»Hast du Zimmer frei?«

Der Bärtige lächelte. Seine wenigen ihm verbliebenen Zähne waren makellos. »Der Gasthof ist leer, Señor. Ich habe genug Platz für einen ganzen Pilgerzug.«

Während die Tiere von dem Mann und dem Jungen versorgt wurden, nahmen Jeanne, Henri und ihre Freunde im Wirtssaal der Gastwirtschaft Platz. Im Kamin brannte ein wärmendes Feuer, und die Holztische, die von den Brandflecken umgestürzter und niedergebrannter Kerzen übersät waren, schienen erst vor kurzem frisch poliert worden zu sein. Es war eine Atmosphäre des Trauten, die in diesem Raum herrschte. Die spanischen Garden saßen an einem der Nebentische. Sie schienen glücklich, sich in der Geborgenheit der Schenke ein wenig gehen lassen zu dürfen.

Nach kurzem erschien der Wirt und zählte die Speisen auf, die er an diesem Abend zubereiten konnte. Sie wählten mit Sorgfalt und erwartungsvollem Genuss und bestellten schweren, andalusischen Rotwein. Eine Art fröhlicher Ausgelassenheit machte sich breit.

»Wie geht es dem König?«, fragte Savine de Cleres. »Hat man neue Nachrichten?«

»Dem König geht es gut«, meinte Henri.

»Es geht ihm sogar vorzüglich«, sagte Marot. »Er leidet nur furchtbar unter seiner Enthaltsamkeit alles Weiblichen.«

Savine de Cleres lachte. »Gab es unter Marguerite d'Alençons Hofdamen denn keine, die sich seiner erbarmt hätte?«

»Erbarmt?«, sagte Marot. »Sie hätten Schlange vom Manzanares bis zu seiner Tür gestanden, wenn man sie gelassen hätte. Aber der unerbittliche Kaiser hat ihm jeglichen Kontakt mit dem schönen Geschlecht verboten. Eine teuflische und perfide Art, die Widerstandskraft unseres unersättlichen königlichen Herkules auf die schlimmste und unerbittlichste Art zu brechen.«

»Das ist eine Form der Folter, die selbst die Kirche verbietet«, warf Moulu ein.

»Besonders die emsigen römischen Prälaten«, ergänzte Marot.

»Marguerite d'Alençon hat dem König eine kleine, schwarze Hün-

din mitgebracht«, sagte Jeanne. »Man erzählt sich, dass der König jeden Morgen stundenlang mit ihr spielt.«
»Eine große, schwarze Stute wäre ihm wohl lieber«, meinte Marot. »Eine mit zwei Beinen und der ganzen Fülle ihres Geschlechts.«
Henri lächelte. »Womit die Frage aufgeworfen wäre, wem der König sich nach seiner Rückkehr zuwenden wird. Françoise de Chateaubriant oder Anne de Heilly.«
Jeanne trank von ihrem Wein. »Es wäre ungerecht, wenn der König seine langjährige Geliebte verabschieden würde.«
»Ungerecht oder nicht«, sagte Marot, »ich für meinen Teil setze auf Anne. Sie ist blond, hat die volle Unterstützung Louise de Savoies und ist um fünfzehn Jahre jünger als ihre dunkelhaarige Konkurrentin.«
Savine sah zu Jeanne hin. »Ist es nicht furchtbar, wie sehr die Männer auf das Alter einer Frau blicken?«
»Das kommt daher, dass sie kindliche und unreife Wesen sind«, meinte Jeanne.
»Aber«, sagte Henri, »nicht doch.«
»Und außerdem«, fuhr Marot fort, »hat Anne de Heilly den König noch nie betrogen.«
»Und Françoise de Chateaubriant hat das getan?«, fragte Savine de Cleres.
»Oft genug.« Marot beugte sich vor. »Einmal lag sie mit Bonnivet, Gott sei seiner Seele gnädig, im Bett, als der König überraschend ihre Gemächer betrat. Bonnivet musste sich eilig hinter dem Holzstoß des mächtigen Kamins verbergen. François bemerkte ihn natürlich.«
»Und hat ihn nicht getötet?«, fragte Savine.
Marot lächelte. »Bonnivet war sein bester Freund. Einen guten Freund tötet man nicht so schnell. Nein. Der König hat seinen Hosenlatz geöffnet und in den Kamin gepinkelt. Dann ging er zu Françoise hinüber und schlief mit ihr. Der arme Bonnivet musste durchnässt und verängstigt eine Stunde lang dem Treiben des Königs und seiner Freundin lauschen.«
»Womit einmal mehr bewiesen wäre«, sagte Henri, »dass das allzu Menschliche dem Königlichen nicht sehr ferne steht.«

»Ich sehe es als triftigen Beweis für die Universalität alles Humanen«, warf Moulu ein.
Henri lachte. »Nur solltest du diese Geschichte nicht als Argumentatio sine qua non von den Kanzeln der Sorbonne verlesen lassen.«
Der Wirt brachte das Essen, und sie speisten mit Appetit und Genuss. Durch die farbigen Butzenscheiben der Fenster war die nasskalte, nebelig durchflutete Nacht ausgesperrt. Sie waren allesamt froh und zufrieden, nicht im Freien übernachten zu müssen.
Als sie gespeist hatten, brachte der Wirt neuen, rot schimmernden Wein. Er schenkte die Becher voll und lächelte Savine de Cleres zu.
»Bastiano ist ein außergewöhnlicher Mann«, sagte die Frau und deutete auf den Bärtigen. »Er hat mit Magellan vor drei Jahren die Erde umrundet.«
»Es ist beinahe vier Jahre her«, meinte der Wirt.
»Ich habe von dieser Reise gehört«, sagte Henri. »Sie soll abenteuerlich gewesen sein.«
Der Wirt lachte. »Das könnt Ihr mit Fug und Recht behaupten, Señor. Wir waren zweihundertachtzig Mann stark, als wir Spanien verließen. Achtundzwanzig sind zurückgekehrt.«
»Ich habe gehört, dass es zweiundzwanzig waren.«
Der Wirt schüttelte den Kopf. »Es waren achtundzwanzig, Señor. Nur haben es sechs von uns vorgezogen, bereits in San Lucar an der Mündung des Guadalquivir die ›Victoria‹ zu verlassen. Sie hatten keine allzu guten Erfahrungen mit den spanischen Behörden gemacht.«
Henri lächelte. »Und unter diesen sechs warst du.«
Der Wirt grinste ihm zu. »Ihr seid ein guter Menschenkenner, Señor.«
»Wie lange seid ihr unterwegs gewesen?«, fragte Jeanne.
»Vom September 1519 bis zum September 1522. Drei Jahre, die der Himmel und die Hölle in einem waren.«
»Aber ihr habt als Erste die Erde umrundet«, sagte Marot.
Der Wirt nickte. »Ja. Wir haben geschafft, was niemand vor uns erreicht hat. Trotz Meuterei, Hunger, Skorbut und der ständigen Angst, unser Ziel nicht erreichen zu können. Wir sind vom Atlantik in den Pazifik gesegelt, dann über den Indischen Ozean, um das Kap der Guten Hoffnung und längs Afrikas Westküste nordwärts. Auf

den Kapverdischen Inseln haben uns diese Hurensöhne von Portugiesen überfallen und die Hälfte unserer erbärmlich geschmolzenen Besatzung ins Gefängnis geworfen. Dennoch sind noch genug von uns übrig geblieben, um schließlich Sevilla zu erreichen.«

»Und wie waren diese neuen Meere, die ihr gesehen habt?«, fragte Henri.

Der Wirt lächelte. »Ich habe Inseln von einem so intensiven Grün erblickt, dass sie wie vom Wind bewegte Smaragde erschienen. Ich habe Wasser gesehen, durch die man den tiefen Grund mit seinen hellbräunlichen Muscheln erkennen konnte. Krebse, bläulich wie ein Degen im Mondlicht. Korallen, weiß wie frisch gefallener Schnee und rot wie die Lippen einer andalusischen Schönheit. Ich habe Blumen gesehen, deren Farben jedem Edelstein spotteten. Von Karneolrot bis Lapislazuliblau war alles zu finden. Es schienen die Urfarben zu sein, aus denen sich die matten, unsrigen abgeleitet haben, Farben, die frisch wie am ersten Tag der Schöpfung leuchteten. Aber es war eine Trunkenheit der Sinne, die einen in diesen Zonen ständig belauerte. Alles war trügerisch, denn es versprach die Freuden des Paradieses, während an diesen goldenen Küsten Eingeborene lauerten, die dir mit Wonne den Speer in die Brust trieben.«

»Magellan ist auf diese Weise gestorben.«

Der Wirt nickte. »Im April 1521. Damals schien alles zu Ende zu sein. Ich glaubte, wir würden auf diesen tropisch heißen, herrlichen und von Gott verfluchten Inseln unser Leben lassen.«

»Diese drei Jahre Eurer Reise werden die Wissenschaft und die Kartographie um Jahrhunderte voranbringen«, sagte Marot.

»Meint Ihr?« Der Wirt wirkte skeptisch. Er entblößte sein lückenhaftes Gebiss. »Mir scheint es eher, diese drei Jahre haben mich zwei Jahrzehnte meines Lebens gekostet.«

»Jedenfalls wird Euer Land unerhörten Reichtum aus den neu entdeckten Welten ziehen«, meinte Henri.

Der Wirt lächelte. »Si, Señor. Bald wird Spanien das mächtigste Reich der Erde sein.«

»Nicht, solange es Frankreich gibt«, sagte Marot gut gelaunt.

»Wartet ab, Señor.« Der Wirt schenkte ihm von neuem ein. »Wartet nur ab.«

Sie sprachen lange in dieser Nacht, scherzten, lachten und lauschten den Seefahrergeschichten des Wirtes. Als es schon sehr spät geworden war, sagte Savine de Cleres: »Ich habe noch ausgezeichneten Wein in meinem Gepäck. Wollen wir zum Abschied einen Becher auf das Wohl des Königs leeren?«
Sie stimmten alle zu, und Bastiano wurde ausgeschickt, den Wein zu holen. Er brachte frische Becher und eine neue Karaffe, die er auf den Tisch stellte.
»Das Geschenk der Señora«, sagte er.
Sie nahmen jeder von dem Wein und tranken auf die Gesundheit und die baldige Heimkehr des Königs. Selbst die spanischen Garden brachen in ein Hoch auf François I. aus.
Der Wein schmeckte herb und erfrischend. Langsam verebbten die Gespräche. Die Freunde wurden müde. Der Tag war lang gewesen. Der Wirt ging mit einem Kerzenleuchter die Treppe voran und wies allen ihre Zimmer zu. Die Räume wirkten sauber, so als seien sie erst kürzlich gereinigt worden.
»Seltsam«, sagte Henri, als er sich entkleidete. »Ich war mir so sicher gewesen, dass dieser Gasthof auf der Hinreise geschlossen war.«
»Du täuschst dich«, murmelte Jeanne schon im Halbschlaf. Henri wollte sie noch zärtlich berühren, aber er schlief beinahe augenblicklich neben ihr ein.
Maxime hatte einen sonderbaren Traum. Er trieb durch blaugrüne Grotten, in denen wild wachsende Lianen wie Hände nach ihm griffen, trieb weiter, bis er Meere überquerte, deren Wellen aus Smaragdsplittern gebildet waren, tauchte ein in das Wasser, bis er den Grund sah, voller Korallen, Muscheln und Fischen aus Jaspis. Dann stürzte er nach oben, durchbrach die gläserne Oberfläche des Ozeans, die in Tausende grünlich blaue Splittern zerbarst, wurde durch die Luft gewirbelt, schwebte auf dem Wind, leicht wie ein Blatt, griff in den Himmel, sank nun, die Hände voller Sternenlicht, hinab in eine Wüste, die gelb und feindlich eine unerträgliche Hitze ausstrahlte. Er wälzte sich in dem goldenen Sand, grub eine Mulde, drang in das Innere der Erde ein, in der ihn eine Eislandschaft erwartete, eine Welt aus glasfarbenen Stalaktiten, deren Kälte ihn frieren und erzittern ließ. Er kämpfte sich aus dieser Ei-

seskälte hoch, schwebte nun über einer satten, frühlingshaften Wiese, als die Sonne aus dem Himmel herausfiel und ihn mit einem Licht blendete, von dem er glaubte, erblinden zu müssen. Die Hitze des Gestirns war unerträglich und die Helligkeit von unbarmherziger und mörderischer Grellheit. Er drehte sich um die eigene Achse, rotierte in Zeit und Raum, schrie stumm, da er glaubte, in dem Feuer des Lichts zu sterben, da er glaubte, in das blauschwarze Nichts der Unendlichkeit geschleudert zu werden, und wachte ruckartig, den Körper mit Schweiß bedeckt, auf.
Das Zimmer war dunkel wie die Nacht. Aus dem Nachbarbett hörte er Moulus regelmäßiges Atmen. Er blieb still liegen, um sich zu beruhigen, als er die Schritte auf dem Gang vernahm. Eine leise Stimme schien vor sich hin zu murmeln. Maxime stand taumelnd auf und griff nach seinem Messer, das in einem Halfter neben seinem Bett lag. Ihm war übel und seine Beine schienen ihn nicht tragen zu wollen. Er stützte sich an der Lehne eines Stuhles ab. Dann atmete er tief durch, richtete sich auf und öffnete die Tür, als sich die tanzenden Bilder vor seinen Augen beruhigt hatten.
Am Gang brannte eine Kerze, die jemand auf den Boden des Flurs gestellt hatte. Schatten züngelten die Wände empor, als Maxime die Tür hinter sich schloss und ein leichter Luftzug entstand. Am Boden des Ganges, gleich neben der Kerze, lagen die Geldbörsen Henris und Marots. Der Schmuck Jeannes schimmerte golden.
»Ihr müsst doch noch mehr Gold bei Euch haben«, sagte eine leise Frauenstimme. Es schien, als spräche sie zu sich selbst. »Ihr verfluchten Geldsäcke trennt Euch doch nie davon.«
Maxime schlich, so leise er konnte, den Flur entlang. Die Tür zu Henris und Jeannes Zimmer stand offen. Auch hier brannte eine Kerze auf dem Deckel einer Truhe. Eine schmale, dunkle Gestalt stand über Henri gebeugt.
»Du bist ein hübscher Kerl, d'Ardans. Kein Wunder, dass du dem Mädchen gefällst. Aber das hat nun ein Ende, mon pauvre. Es wird schnell gehen, Henri d'Ardans. Schnell und beinahe schmerzlos.«
Die Gestalt glitt zu dem Gürtelgehänge, an dem Henris Degen befestigt war. Sie zog den Degen aus der Scheide, umfasste den Griff mit beiden Händen und richtete die Spitze der Waffe auf Henris

Herz. Als sie zustoßen wollte, warf Maxime das Messer. Die Frau schrie auf, griff sich an die Seite, in der das Messer steckte, und wandte sich Maxime zu. Der Junge sah noch das Blut über ihre Hand fließen, bevor sie in die Knie sank und zur Seite sackte. Maxime sprang über sie hinweg und rüttelte Henri wach. Der halb betäubte Mann setzte sich mühsam auf, griff sich an den Kopf und öffnete schließlich die Augen.
»Seigneur«, rief Maxime, »sie wollte Euch töten.«
»Wer?« Henri schüttelte den Kopf, als wollte er die Benommenheit von sich abwerfen.
»Savine de Cleres. Ich glaube, ich habe sie umgebracht.«
»Was ist mit Jeanne?« Henri drehte sich der neben ihm liegenden Frau zu.
»Sie atmet ruhig und leicht, Seigneur. Sie schläft.«
D'Ardans stand schwankend auf und torkelte mehr zu der am Boden liegenden Frau, als er ging. Dann kniete er sich neben ihr nieder und untersuchte im Schein der Kerze ihre Wunde. »Du hast sie böse getroffen«, sagte er zu Maxime.
»Sie versuchte Euch zu töten, Seigneur.«
»Wie?«
»Mit Eurem Degen.«
Henri blickte zu dem Degen, der neben dem Bett lag. Er ergriff ihn und stand auf.
»Nimm meinen Dolch und pass auf Jeanne auf. Töte jeden Fremden, der in das Zimmer einzudringen versucht.«
Henri schloss die Tür hinter sich und griff nach der Kerze, die neben den Wertgegenständen am Boden stand. Er ging taumelnd zu Marots Zimmer. Die Tür war offen und Henri betrat den Raum. Marot lag schlafend im Bett. Seine Sachen waren durchsucht worden und lagen verstreut über die Dielen. Henri bemühte sich, den Dichter wachzurütteln. Nur langsam kam Marot zu sich. Henri erklärte ihm immer wieder aufs Neue eindringlich die Lage, bis Clément endlich begriff. Er schleppte sich zu dem Zuber, der neben dem Tisch stand, hob ihn hoch und übergoss sich mit eiskaltem Wasser. Dann griff er nach seinem Degen und folgte Henri zu dessen Zimmer. Jeanne lehnte an der Seite des Bettes und sah sie schlaftrunken an.

Savine de Cleres hatte das Bewusstsein wiedererlangt. Ihr Gesicht war totenbleich und Blut stand in ihren Mundwinkeln. Sie wirkte wie die Sterbende, die sie war.

»Du musst von der Hölle beschützt werden, d'Ardans«, flüsterte sie, als Henri sich neben ihr niederkniete.

»Wer hat dich geschickt?«

Savine zog die Oberlippe nach oben. Es war mehr ein Blecken der Zähne als ein Lächeln. »Ich weiß es nicht. Ich habe einen Brief mit Anweisungen bekommen.«

»Und Geld.«

»Ja, Geld.«

Ihre Stimme wurde schwächer. Henri beugte sich tief nach unten, um sie besser zu verstehen.

»Sind der Wirt und der Junge deine Komplizen?«

»Spanier, die ich angeworben habe. Sie müssen längst über alle Berge sein.«

»Für wen arbeitest du sonst?«

»Meistens …« Die Frau stockte und hustete. Blutiger Schaum trat auf ihre Lippen.

»Ja?«

»Meistens für Macaire.«

»Und diesmal?«

Sie schüttelte den Kopf.

Henri griff nach einem Tuch und wischte ihr Mund und Gesicht ab.

»Wie heißt du in Wirklichkeit?«

»Mathilde Duvras.«

»Du bist gut, Mathilde. Beinahe hättest du mich erwischt.«

»Nur beinahe.« Frisches Blut trat über ihre Lippen.

»Du wirst sterben. Hast du noch einen Wunsch?«

Die Frau blickte ihn aus grauen, immer trüber werdenden Augen an. »Dass du verreckst, d'Ardans«, sagte sie. Dann wandte sie den Kopf zur Seite.

Marot und Maxime weckten den schlafenden Moulu. Gemeinsam durchsuchten sie das Haus. Es war leer, bis auf die spanischen Garden, die, ihrer Waffen und ihres Geldes beraubt, auf dem Boden des Schankzimmers lagen. Alle Pferde waren gestohlen. Nur Mathildes Stute und ihre beiden Esel standen noch im Stall. Marot nahm das Pferd und machte sich auf den Weg, um im nächsten Dorf Hilfe zu suchen.

Für Jeanne und Henri war es offensichtlich, dass Mathilde jener Bravo war, der d'Ardans töten sollte. Ungeklärt und rätselhaft blieb auch weiterhin die Person und der Name ihres Auftraggebers. Er schien ein Schatten zu sein, der durch nichts und niemanden fassbar war. Etwas unbestimmbar und beunruhigendes Zwielichtiges, das ihr gemeinsames Leben auch in Zukunft bedrohte.

Ihre Überlegungen und Spekulationen nahmen erst ein Ende, als Marot mit frischen Pferden zu dem Gasthaus zurückkehrte.

Moulu kümmerte sich um Mathilde Duvras. Sie starb im Morgengrauen, als das fahle Licht des Tages vergeblich versuchte, die dichten Nebelbänke zu durchdringen.

Josua hing, die Hände nach oben gebunden, an einem eisernen Haken, der an der Decke der Folterkammer von Zabern befestigt war. Das Gewicht seines Körpers zerrte an seinen Schultergelenken, zog nun, nach Stunden der Qual, mit beinahe unerträglicher Pein an seinen überdehnten und eingerissenen Sehnen.

»Josua«, sagte der Herzog von Guise mit weicher Stimme, während der Foltermeister über einem offenen Feuer ein Eisen glühend machte. »Josua, du bist doch ein Prediger, ein Priester und ein Prophet. Verkünde mir doch deine neue Lehre.« Er griff nach dem Eisen und drückte es Josua gegen den Bauch. Der schwere, große Mann schrie auf.

»Ein Schrei?«, fragte der Herzog von Guise. »Ein Schrei ist die Quintessenz deines ganzen Wissens? Das ist banal, Josua. Das ist keine Verkündigung, die die Seele und das Herz verjüngt. Es hat das Bedrückende des Tierischen.«

»Ihr versteht Gott nicht«, keuchte Josua. Sein nackter Körper glänzte vor Schweiß.

»Und du, du hast ihn verstanden? Du hast daraus die Lehre gezogen, dass man Unschuldige hängen darf, nur weil sie über dir stehen?«

»Gott will sein Reich auf Erden«, sagte Josua langsam und stoßweise. »Nicht das der Pfaffen, Junker und Herzöge.«

Der Herzog von Guise schüttelte den Kopf. »Gott will die Ordnung. Deshalb hat er aus dem Chaos die Schöpfung hervorgehen lassen. Jedermann, der sich gegen die Ordnung erhebt, lästert Gott. Und ich, Josua, bin diese Ordnung, die dich auf die Erde zurückholt. Ich bin die Summe von Tausenden von Jahren Recht und Zivilisation. Der Mensch ist nicht für die Freiheit gemacht, mein lieber Josua. Er hat das Bedürfnis, sich zu unterwerfen und die Starken anzubeten. Der Mensch braucht feste Richtlinien, um sich vor dem Leben und dem Tod hinter einem Wall von Vorschriften verstecken zu können. Deshalb schützen die Herren dieser Welt den Menschen vor sich selbst. Sie retten ihn vor seiner Angst.«

»Ihr würdet Christus ein weiteres Mal kreuzigen, wenn er auf die Erde zurückkäme.«

»Das ist nicht freundlich von dir, so etwas zu sagen, Josua.« Der Herzog von Guise deutete dem Folterer. »Die Innenseite des linken Oberschenkels.«

Der Foltermeister legte das glühende Eisen auf die Haut und drückte zu. Josua schrie. Der Geruch von verbranntem Fleisch erfüllte den Raum.

»Mein Neffe war ein junger, blühender Mann, Josua. Mit welchem Recht hast du ihm seine Zukunft geraubt?«

»Man muss Euch alle ausrotten«, stieß der Riese hervor. »Sonst wird die Erde niemals Frieden finden.«

»Ist das christlich, Josua?«

»Ist es christlich, die Bauern von Zabern niederzumachen?« Er sprach langsam, gequält, nach Worten ringend.

»Die Bauern wollten zu Herren werden, Josua. Das ist gegen die Ordnung. Hast du denn nichts von dem verstanden, was ich dir erzählt habe?«

Josua schien die Besinnung zu verlieren. Der Folterer hielt ihm einen an einem Stab befestigten, nassen Schwamm an den Mund. Josua leckte und saugte an ihm, als wäre es die Brust seiner Mutter. Dann ließ er den Kopf zur Seite fallen. Sein Blick suchte jenen des Herzogs.

»Vor der Wiederkunft Christi wird es ein großes Kämpfen auf Erden geben«, sagte er. »Ein Kampf zwischen Gut und Böse.«

Der Herzog von Guise lächelte. »Und du bist das Gute?«

»Die Armen sind die Kinder Gottes. Nicht die Reichen, Satten und Selbstgefälligen.«

»Aber den Reichen, Satten und Selbstgefälligen gehört diese Welt, Josua. Es ist ihre Welt. Sie schaffen sie und sie ernten die Früchte. Sie sind die Kraft aller Kultur. Haben deine Armen die Kathedralen erdacht und erbaut? Haben sie sich je den Kopf über ein Weiterschreiten der Menschheit zerbrochen? Mit nützlichen, alltäglichen und menschengerechten Dingen? Nein, Josua, das haben sie nie getan. Sie haben sich nur wie Schweine, die zum Futtertrog drängen, auf die Bibel geworfen und sie von Anfang bis zum Ende falsch verstanden. Sie haben keinen Stil, deine Armen. Sie wissen nicht, dass das wörtliche Verstehen meist nur die niedrigste Form des Begreifens darstellt. Sie haben kein Verständnis für das Schöne. Sie sind unschöpferisch wie Steine, die am Wegrand liegen. Ich kann all die Loblieder auf die Armen und Entrechteten nicht mehr hören, Josua. Sie sollen dort bleiben, wo sie hingehören. Auf die unterste Stufe der menschlichen Gesellschaft.« Er wandte sich dem Foltermeister zu. »Die Innenseite des rechten Schenkels.«

Der Foltermeister applizierte das Eisen. Josua schrie von neuem und warf den Kopf hin und her.

»Deine Armen haben Tausende von unschätzbaren Gemälden zerstört«, fuhr der Herzog fort. »Sie haben Bücher verbrannt, deren Titel allein sie bereits geistig überfordert hätte. Aber dieser Gemälde, dieser Bücher wegen leben wir, Josua. Sie sind das einzige Zeugnis des Schöpferischen, das der Mensch vorweisen kann. Tausende von rülpsenden, hurenden, saufenden und furzenden Bauern wiegen kein Bild Raffaels oder van Eycks auf. Nicht die Masse ist das Ziel der Schöpfung, sondern die Einzigartigkeit der Schönheit und des Wissens. Du, Josua, bist eine Ausnahme in diesem Haufen von stinkenden und grunzenden Tieren. Du bist ein kluger Mann. Du verstehst, was ich dir erkläre, selbst wenn du es nicht annehmen willst. Hättest du nicht meinen Neffen getötet, ich würde dich schnell und schmerzlos enthaupten lassen. Aber so, Josua, muss ich meine Rache haben. Und glaube nicht, dass ich deshalb ein schlechtes Gewissen hätte. Nein, Josua. Ich genieße sie und freue mich ihrer. Ich weiß, dass in mir ein Tier lebt, das man von Zeit zu Zeit füttern muss. Aber ich weiß auch, dass ich dieses

Tier zähmen kann. Durch Lektüre, Musik und Kontemplation des Schönen.«

»Die Armen haben keine Zeit zur Kontemplation«, keuchte Josua. »Sie müssen erst aus dem Dreck herausfinden, in dem man sie gefangen hält.«

»Sie sollen bleiben, wo sie sind«, rief der Herzog aus. »Sie haben ihren Sinn in der Ordnung. Sie ermöglichen uns durch ihre Arbeit jene Muße, die für die Kunst, das Denken und das Schaffen notwendig ist. Sie sind wichtig, deine Armen. Durch ihre Fügsamkeit können wir das menschliche Wissen vorantreiben. Durch ihre Unterwerfung schreitet die Welt voran. Und ist es nicht Gottes Wille, dass die Menschheit weitergeht und sich Welt und Erkenntnis untertan macht? Wir arbeiten auch für einige deiner Armen, die sich durch außergewöhnliche Leistungen auszeichnen und dann von uns Satten, Reichen und Selbstgerechten als gleichberechtigte Wesen in unseren Reihen aufgenommen werden. Du, Josua hättest Priester, Abt oder gar Bischof werden können, wenn du beizeiten einen vernünftigen Weg eingeschlagen hättest. Du hättest als unser Freund am großen Werk des Schöpferischen mitarbeiten können.«

»Ihr und Euresgleichen seid die Pest dieser Erde, Herzog.« Josua sprach stockend, mühevoll. »Ihr opfert alles hin, um nicht das Gefühl der Liebe verspüren zu müssen. Ihr seid gnadenlos, weil Ihr Eure Seele längst an die Habgier verkauft habt. Ihr könnt nur ausnutzen und auspressen, Tag und Nacht, um niemals Gottes Stimme, um niemals das eigene Gewissen hören zu müssen. Ihr seid verflucht, weil Ihr dieWelt auf den Kopf gestellt habt. Ihr seid verflucht, weil Ihr die Wahrheit des Gütigen schändet, als wäre sie eine trunkene Metze. Ihr seid verflucht, weil Ihr ...«

»Die Hoden«, sagte der Herzog leise.

Der Folterer presste das glühende Eisen auf die Geschlechtsteile Josuas. Der Riese brüllte, bäumte sich auf, schwankte an dem Haken hin und her, als sei er ein Gehenkter, und verlor dann das Bewusstsein.

Sie warfen Josua in das schmutzige Stroh des Kerkers und banden seine Hände mit einer Kette an dem Ring fest, der an der Wand eingelassen war.

Dann verließen sie die Zelle.
Annamaria kroch über das Stroh zu Josua. Ihr einstmals weißes Kleid war befleckt und ihr Gesicht und ihre Haare ungewaschen und verschmutzt. Sie griff nach dem Wasserkübel und benetzte Josuas Gesicht. Nach einiger Zeit schlug er die Augen auf.
»Haben sie dir etwas getan?«, fragte er dann langsam, mühsam artikulierend. Einige seiner Zähne waren ausgeschlagen.
Das Mädchen schüttelte den Kopf.
»Er hat mir versprochen, dass dir nichts geschieht, wenn ich die Folter durchhalte.«
Annamaria nahm Josuas Kopf und bettete ihn in ihren Schoß. Sie schlug die dünne Decke, in die man ihn gehüllt hatte, beiseite und sah auf seinen Körper hinab.
»Maria Mutter Gottes«, sagte sie und würgte.
»Ich werde es ertragen«, sagte Josua und blickte zu ihr hoch. »Ich werde alles ertragen, damit du am Leben bleibst.«
»Das bin ich nicht wert«, meinte das Mädchen. Sie begann zu weinen.
»Doch. Das bist du.«
Sie schwiegen, während es in dem Kerker immer dunkler wurde. Die Kühle der Nacht würde den Gestank von Urin, Kot und Schweiß etwas reinigen. Frische Luft war ein kostbares Gut in den Zellen des Rathauses von Zabern.
»In welch eine Welt habe ich dich nur gezerrt«, sagte Josua zu dem Mädchen.
»Du bist nicht schuld daran.«
»Doch. Ich bin schuld an vielem.« Er drehte langsam den Kopf und wandte sich ihr zu. »Aber du hast mich verstanden. Du weißt, wie die Welt der Armen aussieht. Selbst Jeanne des Marckes, die ich wie eine Tochter liebte, hatte keine Vorstellung, wenn ich ihr von unserem Dasein erzählte. Nur die Armen und Gedemütigten wissen, wie sich ihre Brüder fühlen. Nur sie begreifen es.«
»Sprich nicht so viel«, sagte Annamaria und strich ihm über die Stirne. »Du hast Fieber.«
»Gott muss mich lieben, um mich so leiden zu lassen.« Josua schwieg kurz. »Glaubst du, dass Gott mich liebt? Dass er mir verzeiht, was ich ihm zu Ehren Falsches getan habe?«

»Es gibt keinen Gott«, sagte das Mädchen und sah auf Josuas verbranntes Fleisch. »In dieser Welt zählt nur der Teufel.«
»Sag das nicht, Annamaria«, sagte Josua und hob die Hand, um ihre Wangen zu berühren. »Leiden zu dürfen ist eine Gnade Gottes.«
»Ich spucke auf diesen Gott.«
»Versündige dich nicht«, sagte der Riese. »Versündige dich nicht.« Er stöhnte. Die Schmerzen wurden beinahe unerträglich. Schließlich sprach er wieder. »Die Satten begreifen nicht, was Hunger bedeutet. Sie kennen nicht die Qualen des Körpers und die Verletzungen der Seele, die er mit sich bringt. Der Hunger und der Tod sind Brüder. Erbärmliche Brüder. Zwei Missernten, und du ernährst dich von Baumrinde und Gras. Hungers Sterben ist furchtbar. Es ist furchtbarer als das, was ich hier erleide.«
Das Mädchen sah ihn an. Ihre Augen zeigten Hass, Zorn und die Angst eines gejagten Wildes. »Nichts ist furchtbarer als das, was du hier erleidest.«
»Es ist zu ertragen. Noch ist es zu ertragen.« Er bat um Wasser. Das Mädchen flößte ihm von der trüben Brühe ein. Er schluckte mühsam. Schmutziges Wasser rann aus den Mundwinkeln über das Kinn. »Sie wissen auch nichts von den täglichen Demütigungen, die sie uns zufügen, diese Großen, diese Herren, diese Könige ihrer kleinen Welten. Es ist schlimm genug, arm zu sein. Aber dann Tag für Tag sich beugen zu müssen, zu buckeln und zu kriechen, obwohl du weißt, dass du ebenso viel Wert besitzt wie jene, die dich quälen, dass du um nichts schlechter bist als sie … Ein Junker hat meine Mutter bei einer Jagd niedergeritten. Er und seine Dame lachten, als meine Mutter zur Seite geschleudert wurde und tot liegen blieb. Es war ein Spaß, verstehst du? Ein kleiner, bedeutungsloser Witz, der bald vergessen war.«
»Du hast Schmerzen«, sagte Annamaria. »Sprich nicht so viel.«
»Ich muss sprechen«, sagte Josua. »Ich muss sprechen. Sonst wird meine Seele von all den unausgesprochenen Worten, von all dem dumpfen Hass vergiftet.« Er sah zu ihr hoch. »Ich wollte das Reich Gottes, weißt du? Ich wollte ein Reich Gottes, wie ich es begriffen habe. Eine Welt, in der jedermann nach dem Wert und den Vorzügen seiner Seele und nicht nach Besitz und Geld beurteilt wird. Ein

Reich des Geistes, ein Reich der Gerechtigkeit.« Er lächelte, trotz seiner Schmerzen. »Ein Reich, in dem du eine Königin gewesen wärst, Annamaria.«
»Sieh mich an«, sagte das Mädchen.
»Es war ein Traum«, sagte Josua und schloss die Augen. »Es war nur ein Traum.«
Das Mädchen legte seine Hand auf seine Stirn. »Sag das nicht, Josua. Gib nicht auf.«
»Ich gebe deinetwegen nicht auf, Annamaria. Du bist jetzt mein Traum«, sagte Josua leise, mit geschlossenen Augen und Lippen, die sich kaum bewegten. »Du bist meine Liebe.«
»Ich bin niemand.«
Josua schüttelte kaum merkbar den Kopf. »Du bist meine Liebe. Du bist mein Leben.« Er lächelte neuerlich mit seinem zerschlagenen Gesicht. »Du. Du ganz allein.«

Bernard de Briard ließ alle Stadtteile von Paris von der Wache durchsuchen, dingte Kavaliere und Schurken, die die Empfänge, Gasthöfe und Stadttore im Auge behielten, aber nirgendwo war ein Lebenszeichen von Etienne und Aurélie zu finden. Es schien, dass die beiden entgegen der Mitteilungen der Söldner, die bei dem Raub des Mädchens in Evry dabei gewesen waren und die Briard unter dem Versprechen der Straffreiheit für sich gekauft hatte, nun doch nicht in Paris untergetaucht waren. Der Comte gab Anweisung, die Häfen zu überwachen, und beschwerte sich mit zornigen Worten bei Louise de Savoie über die Entführung seiner Verlobten. Die Regentin gab umgehend Anweisung, Etienne de Cobére zu verhaften, wenn man seiner ansichtig wurde.
Mit jedem verstreichenden Tag steigerte sich Bernard de Briards Zorn, nahm titanische Ausmaße an. Er wütete in seinen Gemächern vor sich hin, beschimpfte seine Zuträger, Sekretäre und Bediensteten und schien dabei unfähig, seine Aufgaben für das Haus Valois und Frankreich zu erfüllen. Nicht, dass es ihm wirklich um den Verlust seiner Verlobten ging. Er hatte Aurélie nie geliebt. Aber er wollte sie besitzen, sie sich zu Eigen machen, und hatte dabei Sitte, Gesetz und ihre Familie auf seiner Seite. Für den Comte war es letztlich eine Frage der Rechtmäßigkeit, dass sie seine

Frau wurde. Wie sollte die Gesellschaft weiterbestehen, wenn Väter und Ehemänner nicht mehr über das Leben ihrer Töchter und Frauen bestimmen konnten? Die Fundamente der Tradition standen auf dem Spiel. Die heiligsten Vorrechte des Gemeinwesens. Bernard de Briard würde Etienne de Cobére hängen lassen und das Mädchen, ob es nun wollte oder nicht, unter seinen vernarbten Körper zwingen. Er hatte ein Anrecht auf sie. Alles würde sein gutes und legitimes Ende finden. Ganz sicher. Ganz ohne jeden Zweifel.

Macaire aß die gebratene Ente mit Genuss. Er hielt die Keule in der rechten Hand und riss das Fleisch mit seinen starken Zähnen von den Knochen herunter. Ein Streifen Fett unter seiner Nase vermittelte die Illusion eines schmierigen Oberlippenbartes.
»Briard?«, fragte er.
»Ja«, sagte Vasco. »Briard.«
»Ich mag ihn nicht besonders«, sagte der fette Mann.
»Er ist ein großer Herr.«
Macaire nahm einen Schluck Wein. »Nicht in meinem Paris. In meinem Paris bin nur ich groß.« Er lachte und stocherte dann mit seinem Fingernagel in den Zähnen herum. »Der Junge heißt Etienne de Cobére?«
»Ja«, sagte Vasco.
»Kann er zahlen?«
Vasco nickte. »Er kommt aus einer reichen Familie.«
»Dann lass ihn bluten.«
»Heißt das, dass wir ihm Schutz gewähren?«
Macaire betrachtete versonnen ein Stückchen Fleisch, das er aus seinem Gebiss entfernt hatte. »Ja. Das heißt es. Du selbst wirst dich um ihn und sein Liebchen kümmern.«
»Wir müssen ihn decken, bis der König aus Spanien zurückkehrt. Das kann noch lange dauern.«
Macaire zuckte die Achseln. »Diese Liebesaffäre zwischen ihm und diesem Mädchen rührt mich.«
Vasco grinste. »Wirklich?«
»Du vergisst, dass ich sentimental bin.« Der dicke Mann rollte das Fleischstückchen zwischen seinen gewaltigen Fingern zu einem

Kügelchen und warf es über die Schulter. »Furchtbar sentimental.«

Vasco brachte Etienne de Cobère und Aurélie d'Aquillon in einem Haus nahe der Kirche des Père Peres unter. Er, Vasco, bewohnte das Souterrain, während er dem jungen Paar den geräumigen ersten Stock überließ.

Etienne und Aurélie saßen miteinander beim Frühstück. Die gichtige und ständig vor sich hin murmelnde Frau, die das Haus sauber hielt, hatte ihnen das Essen und einen leichten Wein gebracht.

»Ich danke Euch, Etienne, dass Ihr meine Tugend respektiert habt«, sagte das junge Mädchen und errötete.

»Ich werde jedem Eurer Wünsche Rechnung tragen«, antwortete Etienne. »Ich liebe Euch. Wenn Ihr den Wunsch habt, als Jungfrau in die Ehe zu gehen, so ist mir Euer Begehren ein Befehl, als würde er vom König selbst ausgesprochen.«

»Ihr liebt mich wirklich?«

Etienne legte sein Besteck beiseite. »Mehr als mein Leben.«

»Dann ist es doppelt bewundernswert, dass Ihr mich nicht berührt habt.«

Etienne seufzte. »Es ist mir schwer genug gefallen.«

Aurélie blickte ihn an. »Eine schwierige Situation.«

»Äußerst schwierig.«

»Was sollen wir nur tun?«

»Heiraten.«

Aurélies Gesicht zeigte einen überaus anmutigen Ausdruck von tiefer Ratlosigkeit. »Aber wo?«

»Schräg gegenüber von uns ist eine Kirche.«

»Wir sind Flüchtlinge.«

»Diesem Priester ist das gleich.«

»Und wann sollten wir den Bund der Ehe schließen?«

Etienne sah sie fragend an. »Heute Nachmittag?«

»Niemals«, sagte das Mädchen mit Entschiedenheit. »Eine Hochzeit ist ein Ereignis, das vorbereitet sein will.«

»Wie Ihr wünscht«, antwortete Etienne und seufzte von neuem.

»Ich habe mir immer gewünscht, meine Hochzeit mit einem großen Fest zu feiern«, meinte Aurélie.

»Das verstehe ich.«
»Ich möchte mir diesen Wunsch erfüllen.«
»Ja. Natürlich.«
Sie schwiegen kurz.
»Andererseits«, sagte das Mädchen zögernd, »muss der Tag der Hochzeit nicht unbedingt mit dem Tag der Feier zusammenfallen.«
»Nicht notwendigerweise.«
»Man könnte auch später ein großes, dem Hochzeitstag gemäßes Fest feiern.«
»Durchaus.«
»Vielleicht käme dann sogar der König als Gast.«
»Das ist nicht auszuschließen.«
»Es könnte eine noch schönere Feier werden. Dann, wenn wir unseren Liebesbund bereits mit den Zärtlichkeiten der Liebkosungen verzaubert haben.«
»So ist es.«
Sie schwiegen eine Weile.
»Weitere Nächte der Enthaltsamkeit werden kompliziert sein«, sagte das Mädchen schließlich in die Stille hinein.
»Äußerst kompliziert.«
»Die Ärzte meinen, dass eine aufgezwungene Keuschheit schädlich ist.«
»Es bringt die Säfte aus dem Gleichgewicht.«
»Das spüre ich bereits«, sagte das Mädchen und errötete erneut.
»Die medizinischen Aussagen darüber sind unmissverständlich, Aurélie. Frühes Alter und Siechtum könnten die Folge davon sein.«
Aurélie sah ihn mit ihren großen Augen an. »Ihr wollt sicher keine Frau, die frühzeitig alt und gebrechlich wird?«
»Wenn es sich vermeiden lässt, nicht.«
»Ganz abgesehen davon, dass Männer auch darunter leiden.«
»Als hätte man sie in den siebten Kreis der Hölle geworfen.«
»Das muss furchtbar sein«, sagte Aurélie sanft und stand auf.
»Es ist furchtbar«, antwortete Etienne und sah vor sich hin.
Sie griff nach seiner Hand. »Kommt, mein Geliebter.«
Etienne sah zu ihr auf und erhob sich. »Wohin gehen wir?«
Aurélie schenkte ihm einen tiefen, undurchdringlichen Blick.

»In die Kirche. Uns vermählen.«
Etienne nickte. »Es ist erstaunlich, was man der Gesundheit zuliebe alles tut«, meinte er.
Das Mädchen lachte, schlug mit der Hand spielerisch nach ihm und zog ihn die Treppe hinunter, um Vasco zu suchen.
Père Peres traute sie eine Stunde später. Er sagte, dass Liebe nichts mit den Wünschen von Vätern zu tun hätte. Jede Form der Liebe mache die Welt heller und gütiger, meinte er.
Aurélie und Etienne stimmten ihm zu und reichten einander in einer Armenkirche in einem Vorort von Paris, fern der Könige, des Adels und der hohen Geistlichkeit, die Hände zum Bund für ein ganzes, fernes, unübersehbares, in der Zukunft liegendes Leben.

17. Kapitel

Für Henri d'Ardans gab es keinen Zweifel mehr, dass die Gespräche zwischen der französischen Gesandtschaft und dem Kaiser gescheitert waren. Keiner der Beteiligten schien in letzter Konsequenz bereit, Burgund kampflos dem anderen zu überlassen. Henri erkannte, dass ihnen nur eine letzte, verzweifelte Möglichkeit verblieb: Den König aus seiner Gefangenschaft zu befreien, solange sich noch seine Freunde in Madrid aufhielten und in der Lage waren, François I. auch in einer gefährlichen Situation beizustehen. Henri prüfte akribisch die Sicherheitsmaßnahmen, die den König umgaben, und schickte dann Marot, Triboulet und Budé aus, unauffällig Kontakte mit Spaniern aufzunehmen, denen ein Verrat zuzutrauen wäre.

Es war am letzten Oktobertag, als ihm Marot die Nachricht zukommen ließ, sich eiligst mit ihnen zu treffen. Die Dinge schienen in Fluss geraten zu sein, meinte der Dichter.

Triboulet war der Erste, der das Wort ergriff, als sich Henri und Jeanne mit ihnen in einem verschwiegenen Hinterzimmer einer zwielichtigen Madrider Schenke zusammensetzten.

»Eigentlich hat Monsieur de Budé die Bekanntschaft mit diesem außerordentlichen Spanier gemacht, von dem nun die Rede sein wird. Aber Monsieur de Budé ist durch seine humanistischen Studien so lendenlahm in seiner Wortwahl geworden, dass er jemanden wie mich, der durch seine Sprache ein Feuerwerk an Witz und Geist entfachen kann, in weiser Voraussicht und in Kenntnis seiner abgrundtiefen, sprachlichen Schwächen dazu auserkoren hat, Bericht über all das Wunderbare, das ihm widerfahren ist, zu erstatten.«

»Dies werde ich Euch nie verzeihen, Monsieur Budé«, sagte Marot.

»Es genügt, diesen wahnsinnig gewordenen Schwätzer täglich ohne Unterlass über sich selbst sprechen zu hören. Ihn aber noch zu einem Berichterstatter von erfolgreichen Geschehnissen zu machen, ist unentschuldbar.«
Triboulet schüttelte bedenklich den Kopf. »Der giftgrüne Neid, der jetzt in Schwaden deiner Seele entspringt, ist deiner unwürdig, Marot. Er hat etwas Trübes und Lakaienhaftes, das der schwerfälligen Würde deiner sonstigen Gedanken nicht gerecht wird.«
»Rede endlich über den Spanier, Triboulet«, sagte Henri lachend.
»Ja.« Jeanne stimmte ihm zu. »Wir wollen etwas über diesen geheimnisvollen Kastilier hören, Freund.«
»Nun«, sagte Triboulet, »obwohl dieser Mann spanischer Abkunft ist, hängt sein Herz an den süßen Zitzen der Freuden Frankreichs. Er kann die Zeiten nicht vergessen, als er unter wehenden Bannern für unseren Jupiter in die elyséeischen Gefilde Italiens gezogen ist, um den Ruhm der Lilien auch in jenen Städten zu verbreiten, die sich bis dahin eines Raffael und Michelangelo gebrüstet haben, bevor sie unseren jugendlichen, unvergleichlichen und von allen guten Geistern behüteten König erblickten.«
»Er hat in Marignano auf unserer Seite gekämpft«, erklärte Budé.
»Dieser iberische Krieger«, fuhr Triboulet fort, »hat nicht nur eine zärtliche Ehefrau, sondern auch eine einfühlsame Geliebte. So viel Verständnis vonseiten der Frauen zu genießen ist eine unweigerliche Belastung auch des prallst gefüllten Geldbeutels. Womit sich in Folge ergibt, dass dieser dem Mars und der Venus geweihte Mensch stets danach trachtet, jene silbernen und goldenen Scheiben, die prosaische und der wahren Schönheit entfremdete Menschen Münzen nennen, in seinen Besitz zu bekommen, um stets in der Lage zu sein, die zarten, schwachen Seelen seiner Frauen damit zu streicheln und zu kräftigen.«
Budé nickte. »Er braucht ständig Geld.«
»Nun hat dieser Mann des Schwertes auch eine wichtige Stellung im Dienste des Kaisers: Er bewacht und behütet den Schlaf des Königs.«
»Er ist der kommandierende Offizier der Nachtwache«, sagte Budé.
»Und Ihr meint, er ist zu kaufen?«, fragte Henri.
Triboulet wandte sich d'Ardans zu. »Wer, du silberner Held unse-

res goldenen Zeitalters, wer ist nicht bereit, sein Leben für Geld und Ruhm in den Ring zu werfen? Wo wäre unsere Welt, wenn es nicht ein gerüttelt Maß von Gier gäbe? Habsucht bedeutet Fortschritt, du unüberwindlicher Herkules der kleinen Taten. Sie treibt diese Welt an. Ohne sie würden sich unsere Frauen noch mit Wolfsfellen schmücken und unsere Könige in dunklen Höhlen ihre Schätze aus Pfeilspitzen und Hülsenfrüchten zählen.«

»Wie heißt dieser Mann?«, fragte Jeanne.

»Cavriana«, sagte Budé. »Er ist Leutnant der Garden des Alcazar. Ein etwa vierzigjähriger Mann, der über seinen Rang unzufrieden ist.«

Marot betrachtete Budé voller Interesse. »Was hat er Euch gegenüber angedeutet?«

»Er will mit Marguerite d'Alençon oder einem ihrer engsten Vertrauten reden.«

»Das heißt, dass er bereit wäre, die Seiten zu wechseln«, meinte Henri.

»Nun«, fragte Triboulet strahlend und wies auf Budé. »Sind das nicht gute Nachrichten? Kommen dieser griesgrämige Student des geistigen Niemandslandes und ich nicht wie die Sperlinge der Hoffnung zu Euch herangehüpft, bereit, das bisschen Futter Eures Lobes und Eure spärlichen Körner der Hochachtung mit unseren winzigen Schnäbelchen in Besitz zu nehmen? Sind wir nicht treuherzig, in der Hoffnung auf Eure streichelnde und segnende Hand?«

»Das sind in der Tat gute Nachrichten«, sagte Jeanne.

»Warten wir es ab«, meinte Henri und hob seinen Becher. »Warten wir ab, bis ich mit dem Spanier gesprochen habe.«

Sie gingen das einsame Ufer des Manzanares entlang, der im Sommer meist ausgetrocknet war und jetzt, Anfang November, wieder spärliches Wasser mit sich führte. Sie befanden sich etwa zwei Meilen außerhalb von Madrid, fern aller Spitzel und Schwätzer.

»Wenn ich dem König von Frankreich zur Flucht verhelfen kann«, sagte Leutnant Cavriana, »dann möchte ich zwanzigtausend Livres in Gold und den Posten eines Obristen in der französischen Armee.«

»Mir scheint zuerst die Frage zu klären, ob Ihr es könnt.«
Der Spätherbst hatte sich nun auch in der Umgebung Madrids festgesetzt. Einige der Bäume, die sich entlang des Flusses in Form einer Allee dahinzogen, waren halb kahl. Andere zeigten im Wind zitterndes, gelbrotes Laub. Der Himmel lag wie eine schieferfarbene, dunkelgraue Decke über der Landschaft, und Vogelschwärme zogen unter hellen Schreien nach Süden.
»Eine gewaltsame Aktion ist auszuschließen«, sagte Cavriana.
»Welche Möglichkeiten seht Ihr dann?«
»Man muss zuerst die Wachen kaufen.«
Henri sah ihn von der Seite her an. »Das sind ausgesuchte Männer. Glaubt Ihr, dass sie bestechlich sind?«
Cavriana lachte leise. »Ich weiß es. Es sind Soldaten. Sie haben eine Söldnermentalität. Geld bedeutet alles für sie. Seit Jahrzehnten haben sie nach keinem anderen Gesichtspunkt gehandelt.«
»Was geschieht, wenn wir die Wachen gekauft haben?«
»Ich spreche nur von den Soldaten im Turm des Alcazar. Die beiden Männer, die vor dem Turm Wache halten, unterstehen einem anderen Kommandanten. Sie müssten unblutig ausgeschaltet werden.«
Henri nickte. »Das könnte ich machen.«
»Allein?«
»Nein.«
»Dann sucht Eure Helfer mit Umsicht aus. Ihr müsst den Alcazar sofort verlassen. Sonst lauft Ihr Gefahr, entdeckt zu werden.«
»Gut. Und was geschieht im Turm?«
Cavriana blieb kurz stehen. »Ein Neger aus den Kolonien bringt jeden Abend frisches Brennholz. Er ist ebenso riesig wie Euer König. François muss seinen Platz einnehmen.«
»Was geschieht mit dem Schwarzen?«
»Er wird von den Wachen überwältigt und gefesselt. Der König muss seine Kleidung anziehen und sich das Gesicht schwärzen. In der Dunkelheit des späten Abends wird er nicht auffallen. Der König begibt sich zum Gesindehaus. Dort wartet er, bis ich ihn abhole. Wir treffen einander dann alle an einem bestimmten Treffpunkt außerhalb Madrids. Von dort flüchten wir über die Pyrenäen nach Frankreich.«

Cavriana nahm seinen Spaziergang wieder auf.
»Auf welcher Route sollen wir flüchten? Das muss genau festgelegt werden, Señor, sonst laufen wir schon nach wenigen Meilen den Soldaten des Kaisers in die Arme.«
Cavriana lächelte. »Sie werden annehmen, dass wir den Weg über Aragonien nehmen. Wir reiten aber ins Landesinnere und schwenken dann erst nach Norden, dem Baskenland zu.«
Henri blickte zweifelnd. »Es wird Wochen dauern, bis alle Rastplätze und die Orte des Pferdewechsels vereinbart sind.«
Cavrianas Lächeln verstärkte sich. »Das habe ich längst veranlasst.«
Henri sah ihn an. »Ihr scheint Euch sehr sicher gewesen zu sein, dass wir auf Euren Vorschlag eingehen werden.«
»Das war ich, Sieur d'Ardans. Euer König müsste Burgund abtreten, um jemals wieder in Freiheit zu gelangen. Da er das weder kann noch will, bleibt ihm als letzte Möglichkeit nur die Flucht.«
»Und die Pyrenäen? Sind sie bei anbrechendem Winter nicht überaus gefährlich?«
Cavriana zuckte mit den Achseln. »Nicht gefährlicher als die Alpen, die Euer König bereits überquert hat. Ein gewisses Risiko ist bei so einem abenteuerlichen Unternehmen nicht auszuschließen.«
Henri blieb stehen und blickte kurz auf das bräunliche Wasser des Manzanares. »Was wird mit Eurer Familie?«
Cavriana blickte Henri freundlich an. »Meine Frau und meine Kinder befinden sich in diesem Augenblick auf einem Schiff, das sie nach Neapel bringt. Ich habe dort Verwandte.«
»Und Eure Geliebte?«
Cavriana hob mit einer philosophisch anmutenden Geste die Schultern. »Wir hatten beide eine wunderbare Zeit miteinander. Gott wird ihr einen anderen Kavalier schicken.«
»Gut.«
»Also sind wir handelseinig?«, fragte Cavriana.
»Das sind wir«, erwiderte Henri.

»Ihr müsst die Gefahren bedenken, die Euch drohen«, sagte Henri, als er Marguerite d'Alençon den Plan dargelegt hatte. »Der Kaiser

wird mit Recht annehmen, dass eine solche Tat nur mit Eurem Einverständnis geschehen kann.«
Sie gingen durch eine schmale Straße, in der sich ehrwürdige Gebäude und Kirchen aneinander reihten. Es war Sonntag, und die Bevölkerung Madrids paradierte selbstbewusst und lautstark in ihrer Feiertagskleidung durch die Gassen der Stadt.
»Bei aller Selbstbeherrschung neigt Karl V. zum Jähzorn. Es ist nicht auszuschließen, dass er Euch als Geisel in Spanien zurückbehält.«
»Er könnte mich in ein Kloster stecken.«
»Kein erfreulicher Aufenthalt für eine Frau, die als der Glanz des französischen Hofes gilt.«
Zwei Gassenjungen tobten an Marguerite d'Alençon vorbei. Die Prinzessin aus dem Hause Valois betrachtete sie freundlich und voller amüsierter Zuneigung.
»Selbst Eure Mutter, Louise de Savoie, könnte Euch nicht helfen. Das würden die Interessen Frankreichs verbieten.«
»Eine schwere Entscheidung, d'Ardans.«
»So ist es.«
Marguerite d'Alençon schwieg kurz. »Wir müssen es dennoch versuchen«, sagte sie dann. »Euer Plan scheint im Moment die einzige Möglichkeit, den König vor einer lebenslangen Haft zu bewahren.«
»Also opfert Ihr Euch?«
»Ich liebe François. Er ist mein Bruder.«
»Dann kann ich Cavriana die Anweisung geben, alles Nötige für die Befreiung des Königs zu unternehmen?«
»So ist es, Henri. Die Vorstellung, François als schwarzen Sklaven Brennholz schleppen zu sehen, ist zu verlockend.« Sie lächelte jetzt. »Ihr habt keinen Augenblick geglaubt, dass ich anders handeln könnte, nicht wahr?«
»Nein«, sagte Henri d'Ardans und neigte bestätigend den Kopf. »Nicht einen Augenblick lang, Madame.«

»Das ist ein sonderbarer Vorschlag, d'Ardans«, sagte der allerchristlichste König Frankreichs. »Ein überaus sonderbarer Vorschlag.«

Sie hatten sich alle im Zimmer des Königs getroffen. Cavriana, Montmorency, dessen Bruder La Richeport, Henri und die beiden Kammerdiener, Barrère und Venclouse. Es war beinahe Abend, und das Licht in dem Raum war spärlich. Einige Kerzen brannten, flackerten unter den Bewegungen der Männer.

»Es ist der einzige Weg, der zu Eurer Befreiung führt, Sire«, sagte Cavriana.

François betrachtete den Spanier. »Ihr habt in Marignano unter mir gekämpft?«

»Ich habe eine Kompanie von Arkebusenschützen angeführt, Sire.«

»Und weshalb wollt Ihr mir zur Flucht verhelfen?«

»Weil Ihr ein großer Feldherr und König seid, Sire.«

»Und die zwanzigtausend Livres in Gold?«, fragte La Rocheport.

Cavriana wandte sich ihm zu. »Ich gebe alles in Spanien auf, Monsieur. Und ich riskiere mein Leben.«

»Wenn die Flucht gelingt, sind zwanzigtausend Livres nicht zu viel«, entschied François. »Und Eure Soldaten werden sich kaufen lassen?«

»Ja. Zwei von ihnen werden sogar helfen, den Neger zu überwältigen.«

François nickte. »Es soll kein Blut fließen.«

»Das ist auch meine Absicht«, meinte Cavriana.

François I. blickte zu Henri hin. »Und Ihr werdet mich bei der Flucht begleiten, Henri d'Ardans?«

»So ist es, Majestät. Und Jeanne des Marckes.«

»Eine Frau?«, fragte Montmorency überrascht.

»Sie hat bereits die Pyrenäen überquert. Sie wird dem König von Nutzen sein.«

François wandte sich Cavriana zu. »Ist das möglich, Leutnant? Kann eine Frau die Strapazen dieser Flucht überstehen?«

»Wenn sie jung und ausdauernd ist, ja.«

»Das ist Mademoiselle des Marckes, Sire«, sagte Henri.

Der König blickte zu Henri hin. »Was zum Teufel habt Ihr nur an Euch, dass alle Frauen Euretwillen die höchsten Gebirge Europas überqueren? Christiane d'Ardans die Alpen und Jeanne des Marckes die Pyrenäen? Seht mich an! Ich muss meine Frauen immer erst mühsam mit Schmuck und Titeln gewinnen. Was zur Hölle macht Euch nur so anziehend, dass sie um Euretwillen über Gipfel und Schluchten stürmen?«

»Mein Lächeln, Sire.«

François, der in einem Stuhl mit breiten Lehnen saß, schlug sich vor Vergnügen auf die Schenkel. »Das wird es ganz sicher sein.« Er lachte in die Runde. »Ich habe bei Karnevalsfesten bereits einen Arlecchino und einen Mönch gemimt. Aber niemals habe ich bislang einen Neger gespielt. Der Plan ist angenommen.«

Einen Tag später hörte Venclouse, einer der beiden Kammerdiener des Königs, wie die Wachen im Turm darüber sprachen, dass jeder von ihnen fünfhundert Livres vom König von Frankreich bekommen würde. Venclouse zögerte nur kurz. Dann ging er entschlossen zum Zimmer La Rocheports und klopfte an die Tür. La Rocheport, der auf seinem Bett lag, rief ihn herein.

»Was kann ich für Euch tun, Venclouse?«, fragte er. La Rocheport war ein ungeschlachter, aber grundehrlicher Mann, dem eine gewisse Eitelkeit nicht fremd war. Mit besonderer Sorgfalt pflegte er seinen Bart, der von einer beinahe bläulichen Schwärze war.

»Ich habe erfahren, Sieur, dass die Wachen einen Betrag für ihr Schweigen bekommen, der meinem Jahresgehalt entspricht.«

»Und, Venclouse?«

»Ich würde es nur für gerecht halten, wenn mein Schweigen auch mit einer gewissen Summe honoriert werden könnte. Da Ihr die Schatulle des Königs verwahrt …«

La Rocheport sprang mit einer Schnelligkeit vom Bett auf, die man dem schweren Mann nicht zugetraut hätte, und näherte sich drohend Venclouse.

»Ihr«, sagte er, »Ihr, der Ihr die Ehre habt, den König zu bedienen und ständig um ihn zu sein, wollt Geld für Euer Schweigen? Ihr, ein Bürgerlicher, dem die Gnade zuteil wurde, in der Gesellschaft der Großen zu verkehren? Ihr, der Ihr ohne Unterlass glücklich sein müsstet, dass Euer Herr aus diesem verdammten Turm fliehen kann? Ihr wollt Geld für Euer Schweigen?«

»So ist es, Sieur«, sagte Venclouse und nickte.

»Da habt Ihr Euer Geld«, sagte Rocheport und schlug dem Kammerdiener ins Gesicht. »Und hier für Eure Frechheit. Und hier für Euren Mangel an Ehre!« Die Hiebe warfen Venclouse beinahe zu Boden.

»Habt Ihr nun begriffen?«, fragte La Rocheport mit vor Wut zitternder Stimme.

Venclouse rieb sich die geröteten Wangen. »Ja, Sieur«, sagte er und verbeugte sich steif. »Ich habe sehr gut verstanden.«

»Madame«, sagte Henri, als er und Marguerite d'Alençon über die Ebene ritten, die sich vor Madrid erstreckte, »der König weiht Gott und die Welt in unseren Plan ein! Wenn es so weitergeht, ist das keine Flucht mehr, sondern eine Lustpartie der gesamten französischen Gesandtschaft.«

»Ihr seid zu pessimistisch, d'Ardans.«

Henri zügelte sein Pferd. »Madame«, sagte er eindringlich, »La Rocheport hat Venclouse wie einen unreifen Schüler geohrfeigt und rühmt sich dieser Tat, als habe er eigenhändig bei Roncevalles mitgekämpft. Was ist, wenn der Kammerdiener auf Rache sinnt?«

»Venclouse ist ein treuer Diener des Königs, Henri. Und er ist Franzose. Es ist Verlass auf ihn. Ich werde dafür sorgen, dass er unverzüglich und großzügig für La Rocheports Unbeherrschtheit entschädigt wird.«

Henri lenkte sein Pferd zur Seite, sodass er Marguerite d'Alençon ins Gesicht blicken konnte. »Madame, mein Plan wurde vollkommen aufgeweicht. Das Risiko einer Entdeckung wird von Tag zu Tag größer.« Er legte die Hand auf die Zügel ihrer Stute. »Lasst uns sofort zuschlagen.«

»Ihr wisst, dass Cavriana den Tag der Flucht bereits festgelegt hat.«

»Lasst mich mit ihm sprechen. Es wird schon morgen gehen, wenn wir nur improvisieren.«

Marguerite d'Alençon schüttelte den Kopf. »Ich will keine Unternehmungen, die auf gut Glück durchgeführt werden und meinen Bruder gefährden könnten. Wir halten an unseren ursprünglichen Entscheidungen fest. Das ist auch für Euch bindend, d'Ardans.«

Henri zog seine Hand zurück. »Wie Ihr befehlt, Madame.«

Marguerite lachte auf. »Ihr seht aus, als habe man Euch zur Galee-

re verurteilt, Henri. Habt doch mehr Vertrauen in die Loyalität unserer Landsleute. Und sorgt Euch nicht um Dinge, die ihren vorgezeichneten Weg nehmen.«
Sie gab ihrem Pferd die Sporen und winkte Henri freundlich zu, ihr zu folgen.

Eine Woche nachdem Henri mit Cavriana den Ausbruchsplan des Königs besprochen hatte, stand er mit Jeanne des Marckes in einer Nische des Alcazar und beobachtete den Eingang des Turms, vor dem zwei Wachen mit Hellebarden standen.
»Das sind sie«, flüsterte Henri Jeanne zu.
»Sie wirken nicht sehr eindrucksvoll.«
»Die Spanier sind manchmal kleinwüchsig, aber immer gefürchtete und tollkühne Soldaten.«
Der Neger ging mit seinem Bündel Brennholz über den Hof, um die Kamine des Turms zu versorgen. Er war ein großer Mann. Beinahe so groß wie der König.
»In etwa zehn Minuten wird er im Zimmer des Königs sein. Dann greifen wir ein.«
»Hoffentlich macht Cavriana seine Sache gut«, meinte Jeanne.
Henri nickte in der Dunkelheit. »Auf den Leutnant ist Verlass.«

Der Neger, der von Gambia aus in die Karibik und von dort nach Spanien gebracht worden war, war ein fleißiger Mann, dem man trotz seiner Stellung als Sklave, die durch nichts im spanischen Recht verankert war, die Möglichkeit gegeben hatte, in Madrid eine Familie zu gründen. Die Männer des Alcazar betrachteten ihn als Kuriosität und die Frauen als Maskottchen. Alles in allem ging es ihm nicht schlecht. Alles in allem war sein Leben erträglich.
Dennoch hatte der Neger, der getauft war und Pablo hieß, an diesem Abend den Eindruck, dass die Stimmung im Turm anders war als sonst. Die Wachen schienen unruhiger, nervöser als üblich und lächelten anzüglich, als sie seiner ansichtig wurden. Manche riefen ihm sogar Scherzworte zu. Pablo, dessen Freundlichkeit sprichwörtlich war, zögerte keinen Augenblick, ihnen in gebrochenem Spanisch zu antworten, und zeigte dabei seine blendend weißen

Zähne. Er war glücklich, auf so viel Entgegenkommen zu stoßen, eine Haltung, die den sonst reservierten spanischen Gardisten eher fremd war.
Als er den Turm erreicht hatte, klopfte er an die Tür des Zimmers des Königs von Frankreich. Venclouse öffnete und winkte ihn herein. Pablo nickte und schulterte sein Brennholzbündel. Als er den Raum betrat, sah er François I. an einem Tisch sitzen. Pablo lächelte ihn an, während Cavriana zu ihm trat.
»Gib mir das Holz«, sagte der Leutnant.
»Aber, Herr …«
»Gib mir das Holz«, wiederholte Cavriana.
Pablo reichte ihm das schwere Bündel, blickte verblüfft zu dem Offizier, als ein spanischer Soldat aus dem Dunkel des Raumes trat und ihn mit seinem Degengriff niederschlug. Pablos Gesicht zeigte einen überraschten Gesichtsausdruck, als er in die Knie ging und vornüber sackte.
»Zieht ihn aus«, sagte der Leutnant. Zwei der Garden begannen, den Neger zu entkleiden.
»Ich hoffe, er leidet an keiner widerwärtigen, ansteckenden Krankheit?«, fragte der König.
Cavriana schüttelte den Kopf. »Ich habe mich darüber erkundigt. Pablo ist kerngesund.«
»Dem Himmel sei Dank«, sagte Montmorency, der das Gesicht und die Hände François' mit Asche einrieb.
Als der Neger entkleidet war, trugen ihn die Wachen zum Bett des Königs. Sie legten den Bewusstlosen gefesselt und geknebelt unter die Decken, während François I. sich auszog und nach den Kleidern Pablos griff.
»Wenn ich den Turm verlassen habe, gehe ich also zum Gesindehaus?«, fragte er.
»Ihr wartet dort auf mich, Sire. Das Gebäude befindet sich links vom Turm. Nehmt den Weg, den ich Euch gestern beschrieben habe«, sagte Cavriana. »Ich hole Euch ab und geleite Euch dann aus dem Alcazar.«
Der König hatte sich fertig angezogen. »Nun«, fragte er, als er Pablos Kappe überstreifte, »wie sehe ich aus?«
»Immer noch wie ein König«, meinte La Rocheport.

»Wie der König von Gambia«, sagte François lachend. »Wie der König der Schwarzen.«
Montmorency trug noch eine Schicht Asche auf sein Gesicht auf.
»Mein Gott.« Das Lachen des Königs verstärkte sich. »Wenn ich das Heinrich VIII. erzähle! Der Neid wird ihn verzehren. Er wird sich freiwillig in den Turm des Alcazar sperren lassen und versuchen, als Kanake zu flüchten, nur um es mir gleichzutun.«

Während der König von Frankreich sich ankleidete, schritt Jeanne des Marckes zu den beiden Wachen, die vor dem Turm Dienst taten. Sie hielt einen gebührenden Abstand von ihnen, als sie mit dem Korb von Früchten, den sie trug, stolperte und beinahe fiel. Eine Fackel, die an der Wand befestigt war, beleuchtete Jeanne und tauchte sie in ein rötliches Licht. Äpfel, Weintrauben, Orangen und Nüsse kollerten über den Boden, während das verborgene Gold und die versteckten Messer klirrend auf dem Pflaster des Hofes aufschlugen.
»Geld«, sagte einer der Wächter auf Spanisch und trat näher.
»Waffen. Dolche, Manuel«, ergänzte der andere und folgte seinem Kameraden.
Jeanne beugte sich nieder, um die Messer einzusammeln. Sie blickte erschreckt zu den beiden Wachen auf.
»Was habt Ihr hier, Doña? Damit schneidet man kein Obst«, fragte Manuel, ein mittelgroßer Mann mit einem kohlschwarzen Bart.
»Hier stimmt etwas nicht«, sekundierte die andere Wache und trat noch näher heran.
Die beiden Wachen beugten sich zu Jeanne, dem Geld und den Waffen herab, als Henri, der unbemerkt und lautlos den Hof überquert hatte, mit dem Knüppel zuschlug. Der erste der Wachen fiel stumm zu Boden. Der zweite Gardist öffnete den Mund, um einen Schrei auszustoßen, als Henris Schlag ihn traf. Der Spanier stürzte auf das Pflaster. Henri schleppte beide zu einem Verschlag, der sich neben dem Turm befand, und sperrte sie dort ein. Dann half er Jeanne, die zu Boden gefallenen Gegenstände aufzuheben und den Korb im Schatten der Mauer zu verbergen. Als d'Ardans zum Turm hinblickte, sah er einen Mann, der Pablo beinahe bis aufs Haar glich, aus der Tür treten. Nur an der Art, wie er das Holzbündel hielt,

konnte man erkennen, dass diese Arbeit nicht zu seinen täglichen Obliegenheiten zählte. Der König blickte kurz in die Dunkelheit, wo er Jeanne und Henri vermutete, und winkte ihnen mit der freien Hand zu.

»Bei Gott, niemand wird uns je diese Geschichte glauben«, flüsterte d'Ardans.

»Wir müssen sehen, dass wir den Alcazar verlassen«, sagte Jeanne leise.

Henri schlich mit Jeanne zu der Stelle, an der sie ihre Pferde festgebunden hatten. Er half der jungen Frau, auf dem Damensattel Platz zu nehmen, und reichte ihr dann die Zügel. Er schwang sich aufs Pferd, und im gemächlichen Trott trabten sie zu dem großen Tor des Alcazar. D'Ardans zeigte seinen Passierschein vor, und die gelangweilte Wache winkte ihnen zu, dass sie weiterreiten konnten.

Eine halbe Stunde später zerriss lauter Hufschlag die nächtliche Stille. Eine Kompanie von Gardisten jagte durch die schlecht beleuchteten Straßen von Madrid. Viele der Reiter trugen Fackeln, und besonders Neugierige, die aus dem Fenster sahen, konnten an der Spitze des Trupps ihren König Carlos I. erkennen, der unter dem Namen Karl V. Kaiser des Heiligen Römischen Reiches war. Die Schar aus Höflingen und Soldaten bog zum Alcazar ab und ritt im Galopp durch das offene Tor über die beiden Innenhöfe hin zum Gesindehaus. Die Gardisten umstellten sofort das Gebäude. Erstaunt hörten die Bediensteten, die der Lärm der Menschen und der Pferde angelockt hatte, wie Karl V. nach Pablo, dem Neger, fragte. Als man ihm bestätigte, dass der Schwarze im Haus sei, befahl der Kaiser, ihm den Mann vorzuführen.

Als Pablo aus dem Gebäude trat, nahm der Kaiser eine Fackel, trat zu ihm und fuhr ihm mit der Hand über das mit Asche geschwärzte Gesicht.

»Willkommen, mein Bruder«, sagte Karl V.

»Es ist mir eine Ehre, Eure Majestät noch um diese Stunde begrüßen zu dürfen«, antwortete François I.

»Ihr habt Euch sehr verändert, mein Bruder.«

»Ich hatte das Bedürfnis, frische Luft zu schnappen.«

»Als Neger, mein Bruder?«
»Nichts Menschliches ist mir fremd, Eure Majestät.«
Der Kaiser nickte. »Nun müsst Ihr Euch aber wieder auf Euer Zimmer begeben, mein Bruder. Als Schwarzer seid Ihr vielleicht die kühle Nachtluft nicht gewöhnt.«
François lächelte. »Wer hat mich verraten?«, fragte er dann.
»Ein Mann namens Venclouse. Er hat mir mit dem Kurier eine Botschaft nach Toledo geschickt.«
»Ich will diesen Menschen nie wieder sehen.«
»Er wird augenblicklich aus Eurem Gesichtskreis verbannt werden«, sagte Karl V.
François nickte. »Gut.« Er wandte sich zum Gehen.
»Mein Bruder!«, rief der Kaiser.
Der König von Frankreich wandte ihm sein geschwärztes Gesicht zu. Seine Augen leuchteten unnatürlich hell im Licht der Fackeln. »Ja?«
»Habt Ihr es nicht als etwas bizarr empfunden, Euch als Sklave und Eingeborener der gambischen Küste zu verkleiden?«
»Es hat mich zum Lachen gebracht«, meinte François belustigt und wischte sich gelassen Holzstaub von seinem Hemd.
»Ihr seid ein erstaunlicher Mann«, sagte Karl V. mit Verwunderung und einer gewissen Hochachtung in der Stimme. »Ihr seid wahrlich ein erstaunlicher Mann.«

Als Jeanne und Henri den vereinbarten Treffpunkt, ein leeres Haus nahe von Buitrago, erreichten, warteten sie in dem großen Wohnraum im Erdgeschoss auf den König und Cavriana. Möbel waren zur Genüge vorhanden, aber über allem lag dichter, modriger Staub. Spinnweben klebten in den Ecken des Raumes, und der Teppich, der auf dem Boden lag, war schmutzig und verfilzt. Nachdem d'Ardans vorsichtig die Umgebung des Hauses inspiziert und nichts Verdächtiges gefunden hatte, kehrte er in das geräumige Zimmer zurück, in dem Jeanne auf ihn wartete. Sie hatte nun Männerkleidung angelegt und verbarg ihre langen Haare unter einer Kappe. Dann stellte sie sich vor Henri hin und meinte: »Ich muss sagen, dass ein Leben mit dir nicht der Aufregung entbehrt.«

Henri lächelte. »Hätte dir ein geruhsames Leben in Acres du Lay besser gefallen?«
Jeanne sah ihn an. In ihrem Blick lag Zärtlichkeit. »Nein, das hätte es nicht. Aber ich habe mir auch in meinen abenteuerlichsten Träumen niemals vorgestellt, mit einem als Sklaven verkleideten König über die Pyrenäen fliehen zu müssen.«
»Das ist eine Geschichte, die du eines Tages deinen Enkelkindern an langen Winterabenden erzählen kannst.«
Jeanne lächelte ihrerseits. »Vergiss nicht, in Acres du Lay in aller Form um mich zu werben, Henri d'Ardans.«
»Ich werde es nicht vergessen. Im Gegenteil. Ich mache schon Pläne dafür.«
»Gut«, sagte Jeanne befriedigt. »Gut.«
Sie warteten über zwei Stunden, weit länger, als mit Cavriana abgesprochen war. Immer wieder trat Henri ungeduldig ans Fenster. Schließlich ertönte Pferdegetrappel vor dem Haus.
»Der König«, sagte Henri und sprang von seinem Sessel auf. Er ging zur Tür, öffnete sie und blickte in den Lauf einer Pistole.
»Leutnant Zamora, zu Euren Diensten«, sagte der spanische Offizier, der die Waffe auf ihn gerichtet hatte. Drei spanische Gardisten standen mit gezogenem Degen hinter ihm.
»Wo ist der König?«
»Euer König wurde verraten, Franzose«, sagte der Leutnant und bedeutete Henri ins Haus zurückzugehen. »Ihr wurdet allesamt verraten.«
»Das hatte ich befürchtet«, rief Henri erbittert.
»Was wird nun mit uns geschehen?«, fragte Jeanne, die bestürzt zu dem Offizier hinsah.
»Diesen Herrn wird man wohl ins Gefängnis und Euch, Madame, in ein Kloster stecken.« Der Offizier winkte mit seiner Pistole zur Treppe hin. »Aber nicht heute. Heute werdet Ihr hier geruhsam übernachten.«
Henri blickte sich gehetzt um. Die Spitzen zweier Degen waren auf seine Brust gerichtet. Wenn nur Moulu oder Marot hier wären, dachte er. Wenn nur jemand die Spanier beobachtet hätte.
Der Leutnant zeigte auf einen seiner Männer. »Pedro, du bringst sie nach oben und bleibst als Wache vor ihrem Zimmer stehen.«

Der Gardist nickte und begleitete Jeanne und Henri in den ersten Stock. Dort sperrte er sie in einen leeren, schmutzigen Raum und nahm vor der Tür Stellung.

»Seht, was ich hier gefunden habe«, rief ein fünfter Spanier, der mit Weinschläuchen beladen in das Erdgeschoss des Hauses gelaufen kam. »Wein aus Valdepenas.«

Der Offizier nahm einen Schluck von dem Wein. »Eines Königs würdig«, sagte er.

»Es wird nicht schaden, wenn wir uns ein paar Becher davon gönnen«, meinte einer der Gardisten, ein groß gewachsener Mann aus Galizien mit einem dichten, an den Mundwinkeln herabhängenden Schnurrbart.

»Ein weiser Gedanke«, sekundierte ein Soldat aus Murcia.

Der Offizier überlegte kurz. »Gut«, meinte er schließlich. »Wir laufen keine Gefahr, überrascht zu werden.«

Die nächsten Stunden verliefen für die Spanier überaus erfreulich, laut und doch geruhsam. Sie taten sich an dem Wein genüge, als würde schon am nächsten Morgen eine Dürre und eine siebenjährige Plage ausbrechen. Auch der Mann, der vor dem Haus Wache stand, betrank sich, so gut er konnte. Er merkte nicht einmal, dass Triboulet ihm einen Schlag mit einem Holzscheit versetzte. Maxime, Moulu und Marot stürzten auf ein Zeichen Budés hin in den Wohnraum und überwältigten die unaufmerksamen Spanier. Nur die Wache, die vor Henris und Jeannes Zimmer stand, war geistesgegenwärtig genug, die Treppe herunterzustürmen und den Degen zu ziehen. Marot focht kurz und entschlossen mit dem Gardisten, bevor Triboulet ihm mit dem Scheit gekonnt über den Kopf schlug. Der Spanier ließ die Waffe aus der Hand gleiten und sank mit einem Aufschrei betäubt zu Boden.

»Ich hätte niemals geglaubt, dass du derartig geschickt mit einem Holzknüppel umzugehen verstehst«, sagte Marot zu dem königlichen Narren.

»Das ist die Waffe intelligenter Leute, Marot. Sie setzt die Beherrschung des Körpers, ein schnelles Auge und das Nutzen des günstigsten Augenblicks voraus.«

Von oben hörte man ein Hämmern an der Tür. Triboulet blickte die Treppe hoch.

»Aber nun sollten wir nicht zögern, Odysseus und seine Penelope zu befreien.«
Moulu lief in den ersten Stock hinauf und schloss die Tür des Zimmers auf, in dem Jeanne und Henri gefangen gehalten wurden. D'Ardans und Jeanne kamen die Treppe heruntergelaufen, gefolgt von Moulu, der ein breites, zufriedenes Lächeln in seinem Vollmondgesicht trug.
»Ich hatte gehofft, dass Ihr uns zu Hilfe kommt. Aber wie habt Ihr nur von dem Verrat erfahren?«, fragte Henri, nachdem er Marot und Triboulet umarmt hatte.
»Von Marguerite d'Alençon«, erwiderte Marot. »Als sie hörte, dass der König ertappt worden war, hat sie uns hierher geschickt, um nach dir zu sehen.«
»Gott segne sie. Ich sah Jeanne schon in einem spanischen Kloster gefangen.«
Triboulet kratzte sich gedankenvoll an der Nase. »Ihre Hoheit sah dich bereits gehängt, d'Ardans. Ich konnte ihr partout nicht die Vorteile einer solchen Lösung deutlich machen.«
Budé trat in den Wohnraum, schlug seinen Mantel zurück und blickte auf die niedergeschlagenen Spanier. »Hier gibt es weit und breit kein Haus in der Umgebung. Niemand kann uns bemerkt haben.«
Marot zog die Augenbrauen hoch. »Wenn der Sekretarius nicht so ein lausiger Reiter gewesen wäre, hätten wir schon vor einer Stunde hier sein können.«
Budé wirkte leicht beleidigt. »Ihr habt einen sprachkundigen Mann bei Euch gebraucht.«
»Was sprecht Ihr noch außer Französisch, Monsieur?«, fragte Marot Budé.
»Latein, Griechisch und Hebräisch.«
»Das hätte uns hier in Kastilien sehr genützt«, meinte Triboulet.
»Moulu und Maxime, wir danken Euch ganz herzlich«, sagte Jeanne zu den beiden Dienern.
Moulu und der Junge verneigten sich mit Grandezza.
»Es ist besser, du reitest erst bei Morgengrauen los«, sagte Marot. »Trotz der bequemen Straße und der Fackeln haben wir uns mehr als schwer getan.«

Triboulet zog eine Grimasse. »Der Sieur d'Ardans sollte sich besser wie ein Kaninchen in seinen Bau zurückziehen und die ersten wärmenden Strahlen der Frühlingssonne abwarten. Bei seiner Gabe, das Falsche zu tun, wird er sich statt in den hoch aufragenden Pyrenäen an den sandigen Küsten Afrikas wieder finden.«

»Du vergisst, dass er Jeanne des Marckes bei sich hat.« Marot zwinkerte Henri zu.

»Gut getroffen«, sagte Triboulet. »Wie konnte ich übersehen, dass er jetzt die profunde Weisheit dieser wundervollen, hübschen Frau als seinen weit blickenden Führer hat. So kann sein ungelenkes, aber beharrliches Stürmen in die entgegengesetzte Richtung des Tunlichen nicht allzu viel Schwierigkeiten auslösen, Schwierigkeiten, die der arme Triboulet dann unter dem Einsatz seines kostbaren Lebens zu einem guten und friedlichen Ende führen muss.«

»Wer hat den König verraten?«, fragte Henri. »War es Venclouse?«

Marot zuckte die Achseln. »Genau wissen wir es noch nicht. Tatsache ist aber, dass der Kaiser unseren König unter der allerhöchsten Gegenwart seiner Person in den Turm zurückgebracht hat.«

»Unter anderen Umständen ein durchaus ehrenvolles Geleit«, meinte Budé.

»Und Cavriana?«

»Wurde verhaftet.«

Henri sah zu Jeanne hin. »Bedauernswerter Cavriana. Ich hätte ihm weiß Gott eine bessere Zukunft vergönnt.«

»Die Flucht des Königs hatte von Beginn an etwas von einer Commedia dell' Arte an sich«, sagte Budé. »Das konnte nicht gelingen.«

Marot schüttelte den Kopf. »Ohne den Verrat wäre der König jetzt hier. Es wäre gut gegangen.«

Moulu hob den Finger. »›Wenn einer kein Glück hat, ist all seine Klugheit vergeblich.‹ Das steht schon in den Sprüchen der Ssferim.«

Triboulet öffnete seine Hände. »Wie können wir je sagen, was Glück und Unglück ist? Das eine entspringt dem anderen. Wo ist hier ein Anfang, wo ein Ende? Das Schicksal gleicht einem dahinlaufenden Kinderreifen, der sich um die eigene Achse dreht.«

Henri betrachtete seine Freunde. »Ihr seid bei Gott der sonderbarste Kampftrupp, den ich je in meinem Leben gesehen habe. Aber mein und Jeannes Dank für unsere Befreiung ist ohne Grenzen.«

»Wir sind deine Freunde«, sagte Marot und deutete mit dem Finger auf ihn. »Vergiss das nicht.«

Henri nickte und wandte sich Jeanne zu. »Wir brechen sofort auf.«

»Es ist dunkel, Herr«, wandte Maxime ein.

»Wir haben keine Zeit zu verlieren. Es ist noch ein weiter Weg bis zu den Pyrenäen.«

Henri und Jeanne umarmten jeden Einzelnen von ihnen. Dann gingen sie zum Stall, zündeten die Fackeln an und stiegen auf die von Maxime und Moulu herbeigeführten Pferde.

Henri zeigte auf das Haus. »Passt auf, dass unsere spanischen Freunde nicht allzu früh erwachen.«

Marot klopfte den Pferden auf den Hals. »Wir bleiben bis zur Morgendämmerung hier. Wir werden sie fachgerecht fesseln und knebeln.«

»Gott sei mit Euch«, sagte Triboulet.

»Gott?«, fragte Jeanne interessiert. »Seit wann glaubst du an Gott, Triboulet?«

»Auch Narren haben ihre sentimentalen Momente, Madame.«

Als Jeanne und Henri den Weg zur Straße nahmen, winkten sie ihnen nach. Sie winkten ihnen, bis selbst die Flammen der Fackeln sich mit der Dunkelheit verwoben hatten.

Henri und Jeanne ritten, um ihre Verfolger zu täuschen, nach Osten, Richtung Valencia. Dann schwenkten sie nach Aragonien ein und ritten bis ins Baskenland, wo sie der ursprünglichen, von Cavriana festgelegten Route folgten. Durch die beträchtliche Summe, die Henri bei sich führte, konnten sie ohne Schwierigkeiten frische Pferde kaufen und neugierige, unangenehme Frager bestechen. Ende November 1525 überquerten sie unter der Anleitung kundiger Führer die Pyrenäen und erreichten Mitte Dezember französischen Boden. Sie reisten nach Narbonne weiter, wo sie auf Marguerite d'Alençon warten wollten.

Der Schwester des Königs wurde von einem unwilligen Karl V. bedeutet, schnellstens Spanien zu verlassen. Sie reiste mit ihrem Gefolge nach Katalonien, überquerte dann den Pass von Perthus und

erreichte die französische Grenze am 23. Dezember. Am Weihnachtstag 1525 wurde sie in Narbonne von einer begeisterten Menge empfangen. Ihre Mission war gescheitert. Aber Marguerite hatte so viel Mut, so viel Zähigkeit und Tatkraft bewiesen, dass alle Franzosen bereit waren, in ihr das Königshaus der Valois zu ehren und zu bejubeln.
Sie hatte sich ihrem Bruder, dem großen François, als ebenbürtig erwiesen.

18. Kapitel

Heinrich VIII. schmetterte den Ball über das straff gespannte Seil, das in der Mitte der Halle befestigt war. Dann senkte er den Schläger, kratzte sich an der Brust, die durch die offenen Knöpfe seines weißen Hemdes sichtbar wurde, und wartete auf einen der rot gekleideten Pagen, die die Bälle aufsammelten und sie ihm eilfertig brachten.

»Wie findet Ihr meinen Aufschlag, Wolsey?«, fragte er den Kardinal, der neben Anne Boleyn an der Wand auf einem Stuhl saß und den König beobachtete.

»Unübertrefflich, Majestät.«

Der König nahm einen der Bälle in die Hand. »Ihr übertreibt, Eminenz. An meinem Aufschlag gibt es noch manches zu verbessern.« Er warf den Ball in die Luft und fing ihn dann mit seiner linken Hand wieder auf. »Nicht viel, aber manches.«

»Ihr müsst mehr aus der Hüfte heraus schlagen«, sagte Anne Boleyn.

»Aus der Hüfte?«

»Ja, Majestät. Aus der Hüfte.«

Heinrich VIII. warf den Ball hoch, schlug mit seinem Jeu de Paume-Schläger zu und verlieh seinem Schlag mit einer leichten Seitwärtsdrehung größere Wucht.

»In der Tat«, sagte der König, als der Ball auf dem Holzboden aufschlug. »Ihr habt Recht, Mistress.«

»Ich wusste es.«

Der König lachte. »Wenn man mehr über seinen Körper wissen will, muss man immer eine Frau fragen. Das weibliche Geschlecht besitzt ein natürliches Wissen darüber.«

»Frauen wären die besseren Ärzte«, sagte Anne.

»Und wahrscheinlich auch die besseren Juristen und Soldaten. Ihr übertreibt wie immer, Mistress, wenn es um die Bedeutung und Wertigkeit des Weiblichen geht.« Er wandte sich Wolsey zu. »Könnt Ihr Euch eine Frau als Kardinal vorstellen?«
»Nur wenn die Männer in Zukunft Säuglinge stillen.«
Der König blickte belustigt zu Anne Boleyn. »Habt Ihr gehört, Mistress? Das war die Stimme unserer allein selig machenden Kirche.«
»Vielleicht werden sich eines Tages die Männer um die Kinder kümmern, Majestät.«
»Und ihren Frauen den Haushalt führen?«
»Wer weiß das schon, Majestät?«
»Ihr seid nicht nur hübsch, Mistress, Ihr seid auch amüsant.« Der König schlug einen scharfen Ball über das Seil. »Wolsey, berichtet«, sagte er dann.
Der Kardinal räusperte sich. »Nach den Meldungen unseres Botschafters und unserer Agenten in Spanien wird François die Bedingungen Karls annehmen.«
»Und Burgund abtreten?«
Wolsey nickte. »Er wird auch Eleonore von Portugal, die Schwester des Kaisers, heiraten. Er hat ihr bereits einen Besuch im Beisein des Kaisers abgestattet.«
»Hat er sie bei der Begrüßung auf den Mund geküsst?«, fragte Anne interessiert.
»Ja«, entgegnete der Kardinal.
»Dann meint François es ernst.«
Heinrich nahm einen weiteren Ball, den ihm der Page reichte. »Das ist einer der Gründe, warum ich es begrüße, wenn unsere adeligen Mädchen an einem fremden Hof ausgebildet werden. Sie lernen auch die kleinsten Hinweise auf die Sitten des anderen Landes zu deuten.«
»Deshalb wurde Mistress Boleyn auch diesem Gespräch beigezogen«, entgegnete der Kardinal und lächelte Anne zu.
Der König nickte. »Sie ist unsere beste Astrologin in den fremden, unerklärlich französischen Gestirnen.«
»François gibt die Oberhoheit über Tournai auf«, fuhr Wolsey fort, »und mischt sich nicht mehr in die italienischen Belange ein. Er

zahlt dem Kaiser eine Kriegsentschädigung von zwei Millionen Livres und stellt seine beiden Söhne Henri und François als Geiseln.«
Der König schlug mit der flachen Hand auf die Bespannung des Schlägers. »Wird er Letzterem zustimmen?«
»Unser Botschafter meint, ja«, sagte Wolsey.
Heinrich sah zu Anne hin. »Und Ihr, Mistress? Wie denkt Ihr darüber?«
»François wird seine Söhne an Karl ausliefern.«
»Ich würde es nicht tun«, sagte Heinrich.
»Der König von Frankreich ist kein grausamer Fürst«, meinte Anne Boleyn. »Aber er hat sich ein Leben lang in aller Leichtigkeit über die Folgen seiner Taten hinweggesetzt, als ein Mann und Herrscher, dem immer unendliches Verständnis und die geduldigste Aufmerksamkeit entgegengebracht werden musste. Er ist die Sonne seines Universums, der unbestrittene Mittelpunkt allen Seins. Louise de Savoie und Marguerite d'Alençon haben ihn dies seit seiner Kindheit gelehrt.« Sie nickte. »Er wird seine Söhne ausliefern. Er ist der König. Er allein muss der König sein.«
Heinrich VIII. platzierte zwei Aufschläge hintereinander in die Ecke des Saales. Er schien mit sich zufrieden. »Und Burgund?«
»Er wird Burgund nie aufgeben«, sagte Anne Boleyn. »Er wird nicht einen Fußbreit Boden Frankreichs abtreten.«
Der König schwieg kurz. »Er wird einen Eid auf die Bibel schwören müssen.«
Anne zog den Mantel enger um die Schultern. Es war Ende Februar, und in der Halle war es zugig und kalt. Sie sah zu Heinrich hin. »Dann wird er sich vorher von einem französischem Priester oder Bischof von der Wertigkeit dieses Eides entbinden lassen.«
Der König sah Wolsey an. »Geht das, Eminenz?«
»Erzwungene Eide sind nichtig. Ob diese spezielle Eidesleistung allerdings erzwungen wird, ist eine andere Frage, Majestät.«
»Der Jammer ist«, sagte der englische König, »dass die Herrscher unserer Zeit keine guten Katholiken mehr sind. Das eröffnet der Berechnung Tür und Tor.«
»So ist es«, bestätigte der Kardinal.
Der König ging zu einem Tisch, der unter einem der schmalen

Fenster stand, durch die ein trübes, perlmuttfarbenes Winterlicht in die Halle fiel. Er wischte sich mit einem Handtuch Gesicht, Hals und Brustkorb ab.

»Was können wir daraus schließen?«, fragte er dann.

»Dass die prinzlichen Geiseln kein leichtes Leben in Madrid haben werden«, sagte Wolsey. »Dass aber sonst alles beim Alten bleibt.«

»Frankreich unversehrt und Italien für den Kaiser?«

»Ja, Majestät.«

Heinrich VIII. stemmte die Fäuste in die Hüften. »Dann werden wir in Zukunft eine frankreichfreundliche Politik verfolgen. Wir werden Kaiser Karl V. auf sein echtes Maß als spanischer König zurückstutzen. Deutschland wird er an die Lutheraner verlieren und Italien an mich und François. Denkt baldigst über eine solche Strategie nach, Wolsey.«

Der Kardinal erhob und verneigte sich. »Ich werde sofort darüber meine Überlegungen anstellen, Majestät«, sagte er, reichte Anne den Ringfinger zum Kuss und verließ mit würdevoller Bedächtigkeit die Jeu de Paume-Halle.

»Meine Tochter Mary zurückzuweisen«, sagte Heinrich VIII. und setzte einen platzierten Ball über das Seil. »Meine Mary. Wer denkt dieser Karl, dass er ist? Der Herr der Welt?«

»Er ist der Kaiser«, meinte Anne.

»Ein Titel. Ein leerer, bedeutungsloser Titel. Eine schale Verlockung für die Eitelkeit.«

Anne machte eine Reverenz. »Wenn Majestät gestattet, werde ich nach Hause zu meinem Vater zurückkehren. Die Wege sind schlecht um diese Jahreszeit, und die Dunkelheit bricht früh ein.«

Heinrich folgte zufrieden der Flugbahn des Balles, den er soeben geschlagen hatte.

»Ich werde Euch vielleicht bei Eurem Vater besuchen, Mistress.«

»Das wäre sehr ehrenvoll.«

Heinrich senkte seinen Schläger. »Ihr seid eine faszinierende Frau.«

Anne knickste. »Danke, Majestät. Darf ich aber nun so unverschämt sein und danach fragen, wie es meiner Schwester Mary geht?«

Der König machte eine beiläufige Handbewegung. »Gut, nehme ich an. Ich sehe sie in der letzten Zeit nicht allzu oft. Sie beginnt mich zu langweilen.«

»Zu langweilen?«
»Ja, Mistress. Zu langweilen.«
»Das ist interessant«, sagte Anne Boleyn und sah Heinrich VIII. mit unverhohlener Neugierde an. »Das ist wahrlich interessant.« Dann verneigte sie sich und verließ die Halle mit einem kaum erkennbaren Lächeln um die Lippen.

Am 21. Februar 1526 öffnete sich für François I. endlich das Tor seines Gefängnisses. Der König hatte den Frieden von Madrid unterzeichnet und durch Prokuration, bei der Lannoy ihn vertrat, Eleonore von Portugal geheiratet. Nach einer Zeit der Belustigungen in Toledo ritt der König unter schwerer Bewachung zum Grenzfluss, der Spanien von Frankreich trennte. Zehn Tage vor dem Austausch und zehn Tage danach durfte sich niemand auf zwanzig Meilen der Bidasoa nähern; kein französisches Schiff durfte den Fluss befahren oder sich in seiner Umgebung aufhalten, kein Höfling, Adeliger oder Soldat des Königs über Saint-Jean-de-Luz hinauskommen.
In dieser kleinen Stadt verabschiedeten sich die Mitglieder des französischen Hofes von den Prinzen Henri und François. Eine schöne, groß gewachsene, blonde Frau küsste den acht Jahre alten Henri innig auf den Mund. Es war Diane de Poitiers, die später, bis zu Henris Tod, seine unbestrittene und um zwölf Jahre ältere Geliebte sein sollte.
Dann stiegen die Prinzen auf ihre Ponys und ritten langsam mit dem Marschall Lautrec zur Bidasoa. Es war ein trüber Tag, dieser 17. März 1526, und die Morgendämmerung, in der der Austausch vollzogen werden sollte, war von fahler, drückender Unwirklichkeit. Die Gruppe der Franzosen bewegte sich schweigend, mit ernsten, gesenkten Köpfen. In Saint-Jean-de-Luz schien die Fröhlichkeit an diesem sonderbaren Morgen verboten zu sein.
Als François I. das Ufer der Bidasoa erreichte, sah er an der anderen Seite des Flusses seine Söhne bei Lautrec stehen. Dunkle Punkte in einer grauen Ebene. Lannoy deutete zu dem Boot, das auf sie wartete.
»Wenn Ihr einsteigen wollt, Sire.«
Trommelwirbel klangen auf. Dann wieder Stille.

François I. nickte und nahm neben Lannoy in der Barke Platz, die von zwei spanischen Soldaten gerudert wurde. Das Boot am anderen Ufer hatte gleichzeitig mit ihrem abgestoßen, und François sah seine Söhne vorne am Bug sitzen, während Lautrec aufrecht am Heck stand.

Sie steuerten den mitten im Fluss verankerten Ponton an, der in gleicher Distanz zu den beiden Ufern lag. Keiner der Männer trug eine Feuerwaffe. Nur Dolch und Degen waren an den Gürteln der Spanier und Franzosen zu erkennen. Beide Boote legten im selben Moment am Treffpunkt an. François I. stieg aus der Barke, während seine Söhne auf das Floß traten.

Der König sah Henri und François an. Dann hob er sie hoch und küsste sie.

»Gott beschütze euch«, sagte er.

»Gott behüte Euch, Sire«, antwortete Henri. Der siebenjährige François blieb stumm.

»Es wird nicht lange dauern«, sagte der König.

Die beiden Kinder schwiegen.

»Seid tapfer.«

»Ja, Sire«, entgegnete Henri und sah an seinem Vater vorbei.

»Ich komme euch bald holen«, sagte der König von Frankreich. Henri und François schwiegen noch immer.

François I. strich ihnen über den Kopf und stieg in das französische Boot zu Lautrec. Die Königssöhne nahmen in der spanischen Barke Platz. Dann entfernten sich die Boote voneinander. François blickte sich noch kurz um und sah, wie seine Söhne in dem milchigen, schiefergrauen Licht der Dämmerung dem spanischen Ufer zugerudert wurden. Dann wandte er sich endgültig ab und sah zur französischen Seite der Bidasoa hin.

Als sie anlegten, sprang Lautrec aus dem Boot und reichte François I. die Hand.

»Sire«, sagt er und half dem König auf das nasse, morastige Ufer. »Ihr seid wieder in Frankreich.«

François sah zu dem Schimmel hin, den Lautrecs Diener für ihn bereithielt.

»Euer Pferd, Sire.«

François nickte, ging zu dem Hengst und schwang sich in den Sattel.

»Ich bin wieder König«, brüllte er plötzlich auf und gab dem Pferd die Sporen, dass die Hufe des losgaloppierenden Schimmels die schwere Erde des Ufers aufwirbelten. »Ich bin endlich wieder König!«

François I. ritt über Saint-Jean-de-Luz, wo ihn eine kleine Gruppe seiner Höflinge erwartete, eilends nach Bayonne. Die ganze Stadt war auf den Beinen, um ihren großen König zu empfangen. Da die Fastenzeit angebrochen war, wurde ihm zu Ehren nur eine einzige Artilleriesalve abgefeuert. Aber die ungekünstelte, ehrliche Freude, die die Menschen bewegte, war nicht zu übersehen an diesem Tag, da Frankreich endlich seinen angestammten Herrscher zurückerhielt. François ritt zur Burg von Bayonne, vor deren Toren ihn seine Schwester Marguerite d'Alençon unter Umarmungen und Tränen begrüßte. Dann eilte er, ohne sich noch weiter aufzuhalten, zu den Räumen Louise de Savoies, die über die Aufregungen, ihren Sohn wieder zu sehen und ihre Enkel in Gefangenschaft zu schicken, erkrankt und bettlägerig geworden war. Louise de Savoie, die Retterin Frankreichs, erhob sich von ihrem Baldachinbett und verbeugte sich vor dem König, dieser Sonne aller Länder, in denen französisch gedacht und gesprochen wurde.
Alle, die in Frankreich zum Hof gehörten oder in irgendeiner Weise Macht ausübten, waren nach Bayonne gekommen. Nun jubelten sie François I. zu, ihrem strahlenden Gebieter und unvergleichlichem Souverän, in dessen Lebensfreude und ungebrochenem Optimismus sie sich und ihr Land wieder erkannten. Die Toten von Pavia waren vergessen.
Auch Henri, Jeanne, Marot und Triboulet waren von Narbonne her angereist, um Frankreichs Wiederauferstehung zu feiern. Es waren große Tage in Bayonne und später in Bordeaux, wo der Hof im April 1526 eintraf und den ganzen Monat über blieb. Henri wurde wegen seiner Verdienste um das Haus Valois vom König und von Marguerite d'Alençon mit dem höchsten Orden der Angoulême ausgezeichnet. Mitte April brachen Jeanne und Henri wieder nach Paris auf und nahmen im Stadthaus d'Ardans' Quartier. Anfang Mai kehrte Jeanne nach Acres du Lay zurück, während Henri bei ihr mit aller Sitte und Anstand um sie warb.

Zwischen seinen amourösen Verpflichtungen meldete er sich bei Bernard de Briard, der ihn, trotz seines Zorns über die Entführung Aurélies, mit Wohlwollen und Herzlichkeit begrüßte.
Der Frühling hatte mittlerweile in Paris Einzug gehalten. Die Tage der Sonne und des Lichts schienen endlich wieder in Frankreich anzubrechen.

Es war am 6. Mai, als Henri d'Ardans einen anonymen Brief erhielt, in dem er aufgefordert wurde, sich am Abend desselben Tages am Platz vor der Kathedrale von Notre-Dame de Paris einzufinden. Henri nahm Maxime und Moulu mit sich, wobei der Junge sein Messer und sein behäbiger Diener eine Pistole unter dem Mantel bei sich trug. Henri hatte die Worte Jeannes nicht vergessen, dass er nun vom Jäger zum Gejagten geworden war.
Der Abend war kühl und feucht. Das Wetter hatte umgeschlagen, und vom Atlantik her waren dunkle Wolken aufgezogen, die einen grauen Schleier über die Stadt geworfen hatten. Es nieselte, und die Regentropfen fielen wie feine Nadelspitzen auf die vom Wind gestraffte, kalte Haut.
Henri bemerkte den Mann beinahe sofort. Er war in etwa so alt wie er, von gleicher Größe und hatte ein hageres, markantes und scharf geschnittenes Gesicht. Er trug einen dunklen Mantel um die Schultern geworfen, und seine Ausstrahlung von Autorität hob ihn unter all den Klerikern, Lastträgern und Bettlern, die den abendlichen Platz bevölkerten, in einer Deutlichkeit hervor, die unübersehbar war. Der Mann zeigte den Anflug eines Lächelns, als er Henri erblickte.
D'Ardans ging zu ihm, den Degen unter dem Mantel verborgen. »Ihr wolltet mich sprechen?«
Der Mann nickte zum Zeichen der Bestätigung. »So ist es, Sieur.«
»Und weshalb?«
Der Mann blickte ihn freundlich mit seinen hellen, grauen Augen an. »Ich bin der, der Euch töten wird, Sieur.«
Henri sah ihn an. »Ihr seid Euch dessen sehr sicher«, sagte er dann.
»Ja«, antwortete der Mann. »Ich bin mir dessen sicher.«
Henri schwieg. »Wie heißt Ihr?«, fragte er schließlich.
»Ermanno Tassane.«

»Ist das Euer wahrer Name?«
Der Mann lächelte kaum merklich. »Wer weiß?«
»Wer ist Euer Auftraggeber?«
»Ein mächtiger Mann.«
»Franzose?«
»Ja.«
»Wie heißt er?«
»Das kann ich Euch nicht sagen, Sieur.«
Henri sah kurz zu dem regnerischen Himmel auf. Dünne, stechende Tropfen fielen auf seine Wange. Dann blickte er dem Mann wieder in die Augen. »Und wenn ich Euch nun verhaften lasse, Signor Tassane?«
Der Mann schüttelte den Kopf. »Das werdet Ihr nicht tun, Sieur.«
»Und warum nicht?«
»Weil Ihr auf mich gewartet habt.«
»Was zeichnet Euch denn aus, Signore?«
Tassane richtete seinen Mantel über den Schultern zurecht. »Ihr galtet lange Zeit als der beste Degenkämpfer Frankreichs, Sieur. Nun, ich bin der beste Fechter Italiens. Wahrscheinlich des gesamten südlichen Kontinents. Von Valencia bis Neapel.«
»Weshalb wolltet Ihr mich treffen?«
»Ich werde Euch nicht rücklings ermorden, Sieur. Es wird ein ehrenhafter Kampf sein. Ein Kampf, dessen Ort und Zeitpunkt ich festlegen werde.«
»Und?«
»Ich muss begreifen, wer mein Gegner ist. Ich muss seine Seele fühlen. Versteht Ihr das?«
»Sehr gut, Signor Tassane.«
Der Mann blickte zufrieden zu Henri hin. »Ihr seid ein erstaunlicher Mensch, Sieur. Ihr habt Corvos, Giovanni Borgias und Mathilde Duvras Angriffe überstanden. Als hättet Ihr sieben Leben. Wie eine Katze, Sieur.«
»Woher wisst Ihr das mit den Attentaten?«
»Ich weiß sehr viel über Euch, Monsieur d'Ardans.« Das Gesicht des Mannes begann mit dem Zwielicht der Abenddämmerung zu verschmelzen. »Ich studiere Euch.«
»Und was habt Ihr über mich erfahren?«

»Dass Ihr das Ausgefallene und Ungewöhnliche liebt.« Er deutete auf Moulu und Maxime. »Nehmt nur Eure Diener. Ein entlaufener Dominikanermönch und ein junger Messerwerfer, der diese Fähigkeit sicher nicht bei frommen Franziskanerpatres gelernt hat.« Er lächelte Henri von neuem an. »In der Diplomatie seid Ihr für Eure unberechenbaren Manöver bekannt. Und Euren Frauen gegenüber seid Ihr von einer Treue, die besser einem Heiligen anstünde. Diese Hinweise allein ergeben bereits ein Charakterbild von beträchtlicher Schärfe.«

»Ich könnte Euch von meinen Leuten zu Tode hetzen lassen«, sagte Henri nachdenklich.

»Sie werden mich nicht finden, Sieur.« Ermanno Tassane sah kurz zur Fassade der Kathedrale auf. »Und Ihr werdet es nicht tun.«

»Warum?«

»Weil Ihr wisst, dass Ihr diesem letzten Kampf nicht entfliehen könnt.«

Er sah d'Ardans an. »Solltet Ihr mich wider Erwarten besiegen, werde ich Euch den Namen meines Auftraggebers nennen.« Er lächelte. »Eine allerdings schwer vorstellbare Variante.«

Die Glocken von Notre-Dame erklangen, schlugen die Stunde. Laut und mächtig schallte ihr schwerer Schlag über den Platz. Ein Schwarm dunkelfarbener Vögel flog aufgeregt von den Türmen auf und kreiste kreischend über den Platz.

Tassane blickte kurz und aufmerksam nach oben, als schätze er den Flug der Vögel ab. Dann richtete sich sein Blick wieder auf Henri, der ihn genau betrachtete.

»Glaubt Ihr an Gott, Sieur?«

»Ihr wollt mich sehr genau kennen lernen, Signore.«

»So ist es.«

Henri beobachtete auch noch die kleinste Geste Ermannos, schätzte ab, beurteilte und verglich. »Wenn es keinen Gott gibt, ist der Tod sinnlos. Und wenn der Tod sinnlos ist, dann ist das Leben absurd«, sagte er schließlich. »Dann ist alles erlaubt.«

Tassane lächelte wieder. »So ist es wohl.«

Henri schwieg und maß ihn mit seinem Blick. Die Iris des Mannes war selbst in dem verschwommenen Abendlicht von einer beunruhigend leuchtenden und kalten Helle.

»Es war interessant, Euch hier zu begegnen.« Tassane blickte wieder zu den verschwommenen Umrissen der Kathedrale hin. »Wisst Ihr, dass in Notre-Dame de Paris die Jungfrau am meisten verehrt wird? Vier von den sechs Portalen sind ihr geweiht. In zwei der drei großen Rosetten ist sie der Mittelpunkt der Glasgemälde. Ein guter Ort. Ein guter Ort für Euch. Ich bin sicher, dass Ihr die Jungfrau liebt.«
»Das tat ich, solange ich wahrhaftig gläubig war.«
»Das seid Ihr noch immer, Sieur. Nur ein wenig verwirrt vielleicht. Seid nicht allzu unglücklich darüber. Unser Zeitalter ist eines des Erstaunens und der Verwunderung.«
»Für einen Fechtmeister seid Ihr sehr gelehrt, Signore.«
«Die wahre Meisterschaft ist eine Frage des Geistes, Sieur. Meint Ihr nicht auch?«
D'Ardans nickte. Er bemerkte, dass Tassane sein linkes Bein stärker belastete als sein rechtes. Die Ausfälle mit dem Degen würden von seiner linken Seite her schneller erfolgen.
»Ich danke Euch für dieses Gespräch«, sagte der hagere Mann. »Ich habe bereits sehr viel mehr über Euch erfahren.« Er zog seinen Hut und verbeugte sich. »Wir werden uns wieder sehen, Sieur.«
Der Mann wandte sich zum Gehen.
»Halt«, rief Henri.
Tassane drehte sich um.
»Wisst Ihr schon, wie Ihr mich töten werdet?«
Der Mann wies mit dem Finger auf d'Ardans Oberkörper. »Es wird ein seitwärts in die Lunge geschlagener Hieb sein, dem ein Stich in das Herz folgt.«
Henri sah ihn an. »Eine Finte, die nur Ihr kennt.«
»Eine Finte, die nur ich kenne.«
»Ihr könnt gehen«, sagte d'Ardans.
Der Mann betrachtete ihn, blickte kurz zu Maxime und Moulu hin und verschwand schließlich in der regnerischen Finsternis, die nun Platz, Kathedrale und Stadt wie ein dunkles Tuch einhüllte.

Die Tür im Kerker des Rathauses von Zabern wurde aufgeschlossen. Schlüssel schlugen metallisch gegen das Eisen, als sie geöffnet wurde. Der Herzog von Guise trat in den Raum, während zwei Soldaten mit Fackeln ihm folgten.

»Ich bin wieder in der Gegend, Josua. Ich musste sofort an dich denken und dich besuchen.«

Das Licht der Fackeln warf einen Schein von Helligkeit auf das Gesicht des Riesen. Sein Haar war starr vor Schmutz und ein dunkler, struppiger Bart umrahmte sein zerschlagenes Antlitz. Neben ihm kauerte Annamaria, deren einstmals weißes Kleid in Fetzen um ihren Körper hing.

»Wie lange ist es her, dass wir uns zuletzt unterhalten haben, Josua?«

»Monate. Es ist Monate her.«

Der Herzog von Guise schüttelte den Kopf. »Eine viel zu lange Zeit für zwei Menschen, die so eng miteinander verbunden sind, wie wir.«

»Geht zur Hölle, Guise«, krächzte der Riese.

»Aber nicht doch, Josua. Das ist kein Ort für mich.« Er wandte sich zu einem der Soldaten. »Gib ihm Wasser.«

Der Soldat ging zu einem Bottich, holte mit einer hölzernen Kelle Wasser heraus und führte sie Josua an den Mund. Der Riese trank gierig.

»Was werde ich nur mit Euch machen?«, fragte der Herzog schließlich.

»Lasst Annamaria endlich frei.«

»Du willst dich von ihr trennen, Josua? In deiner Lage?«

Josua hob leicht eine seiner angeketteten Hände. »Gebt sie frei. Sie trägt keine Schuld.«

»Nein?«, fragte Guise. »Tut sie das nicht?« Der Herzog richtete sich die Manschetten seines Hemdes. »Welcher Mensch ist schon ohne Schuld?«

»Sie stirbt in diesem Loch, Herzog.«

Guise hob unvermittelt den Kopf und sah Josua scharf an. »Bist du schon anderer Meinung über den Tod meines Neffen, mein Freund?«

Josua blickte zuerst zu dem Herzog und dann zu dessen Soldaten hin. »Ihr seid die Pest dieser Welt. Es ist gut, Euch auszurotten. Ihr seid die Nägel, mit denen Christus ans Kreuz geschlagen wurde.«

»Unbelehrbar«, sagte Guise, und der Ausdruck seines Gesichts wurde kummervoll. »Unbelehrbar.«

»Eines Tages wird die Welt kommen, die ich erhofft habe. Eines Tages wird Gerechtigkeit auf dieser Erde herrschen. Menschlichkeit. Frieden. Eintracht.«

»Es wird niemals so sein«, sagte der Herzog, und in seiner Stimme schwang der Hauch einer aufrichtigen Betrübnis mit. »Niemals.«

»Lasst das Mädchen frei.«

Guise nickte. »Es wird Zeit, dass wir ein Ende machen, Josua. Sie wird frei, wenn du den Feuertanz tanzt. Stimmst du zu, dass sie eine Lagerhure wird, wirst du geköpft. Ein schneller, ein leichter Tod.«

Josua hob seinen Kopf. »Versprecht Ihr mir, bei Eurer Ehre und der Jungfrau Maria, dass Ihr sie freilasst, wenn ich dem Tanz zustimme?«

»Bei meiner Ehre und der Jungfrau.«

Josuas Kopf sank zurück. »Dann wird es so sein.«

Guise schwieg einen Augenblick lang. »Morgen Abend, Josua«, sagte er schließlich.

»Morgen Abend, Guise.«

Der Herzog sah zu Annamaria hin, die neben dem Riesen kauerte. Sie senkte den Blick.

»Liebe«, sagte Guise und zuckte mit den Achseln. »Welch eine Verrücktheit.«

Dann verließen er und die beiden Soldaten die Zelle.

»Was ist der Feuertanz?«, fragte Annamaria nach einem Augenblick in die Dunkelheit hinein. Ihre Stimme klang flach und leer.

»Nichts«, sagte Josua und schloss die Augen. »Das ist nichts.«

Man hatte Josua Haar und Bart geschoren und ihn in neue Hosen und ein frisches Wams gekleidet. Auch Annamaria trug ein unbenutztes, schneeweißes Kleid. Es war bereits dunkel, als man sie zu dem Baum vor Zabern brachte. Fackeln tragende lothringische Soldaten gaben ihnen das Geleit, während der Herzog von Guise an der Spitze des Zuges ritt. Den ganzen Weg vom Rathaus in Zabern weg war die Trommel geschlagen worden. Aber niemand zeigte sich auf der Straße. Nur hinter leicht geöffneten Fensterläden

schien es, dass erschreckte, furchtsame und auch neugierige Augen auf Josua und Annamaria herabblickten.
Der Baum war eine alte Eiche mit einem mächtigen Stamm, um den zwei eiserne Ketten geschlungen waren, die einen Freiraum von einer Körperlänge ließen. Holz war um den Baum herum aufgeschüttet worden. Der Henker von Zabern stand mit dem Gesicht zu ihnen. Er hielt einen brennenden Pechstab in der Hand.
In diesem Augenblick begriff Annamaria. Sie schrie. Josua legte den Arm um sie und sprach leise auf sie ein. Das Mädchen verstummte. Tränen rannen ihr über das Gesicht.
Der Herzog von Guise stieg vom Pferd und betrachtete Josua.
»Mach es gut, mein Freund«, sagte er.
»Ich sterbe in Christo.«
»Ein süßer Tod«, meinte Guise und gab zweien seiner Soldaten das Zeichen, Josua an den Handgelenken anzuketten.
»Ich möchte das Mädchen noch einmal umarmen«, sagte Josua.
Der Herzog nickte. »Gut.«
Der Riese barg das Mädchen an seiner breiten Brust. Er sprach neuerlich auf es ein. Das Mädchen küsste ihn und lief, das Gesicht in den Händen verbergend, einige Schritte von ihm weg.
»Beginnt«, sagte Guise.
Der Henker von Zabern entzündete das Holz, das sofort lichterloh brannte. Das Feuer zog in der Dunkelheit alle Blicke auf sich und löschte mit einem Schlag das Licht der Sterne und des Mondes aus. Man sah nur mehr die Flammen, ahnte in der Weite die Umrisse von Zabern und sah Josua, der mit Sprüngen versuchte, dem Feuer zu entgehen, das bereits seine Kleidung in Brand gesteckt hatte und ihm die Fußsohlen verbrannte. In diesem Feuerkreis hüpfte und tanzte der Riese, unter Schreien, brüllend vor Schmerzen, immer schneller und schneller auf seinen verkohlenden Füßen laufend. Er dauerte lange, dieser höllische Tanz, dieser Reigen des Entsetzens, des Grauens und des Schreckens. Aber irgendwann in diesem hell lodernden Feuer erlahmte Josuas Kraft. Er schwieg schließlich. Dann sank er, zur Hälfte verbrannt, in sich zusammen.
Der Herzog von Guise wandte sich dem Mädchen zu, das mit einem erstarrten, maskenhaften Gesicht zu dem Baum blickte.

»Lauf«, sagte er.
Das Mädchen löste seinen Blick von Josua und sah mit leeren Augen Guise an. Dann wandte es sich um und lief, ein heller Punkt in der Nacht, der Dunkelheit zu.
Guise sah ihm nach und blickte dann zu den Überresten Josuas. »Lauf«, sagte er leise. »Lauf bis an das Ende deines Lebens.«

Schon am Morgen, nachdem er Ermanno Tassane begegnet war, schickte Henri Moulu und zwei Schweizer Soldaten, die in seinen Diensten standen, zum Schutz Jeannes nach Acres du Lay. Noch am nächsten Tag ritt er selbst hinaus und überprüfte die Sicherheitsmaßnahmen der Burg. Jeanne blieb den ganzen Tag über schweigsam. In der Nacht liebten sie einander, wild, stürmisch und mit einer ungehemmten Leidenschaft, so, als müssten sie sich am Morgen für immer trennen.
»Was befürchtest du?«, fragte Jeanne, als Henri sich einen leichten, leinenen Mantel umwarf, zum Tisch ging und den bereitgestellten Wein einschenkte.
»Dass man uns bedrohen könnte. Ich bin immer noch ein Gejagter.« Er brachte Jeanne den Becher, ging zum Tisch zurück und füllte dann seinen.
»Welchen Verdacht hast du?«
»Ich muss endlich den Namen des dritten Mörders ausfindig machen, Jeanne. Wir werden niemals Frieden haben, wenn es mir nicht gelingt.«
»Aber du hast mir doch nicht ohne Grund Moulu und die beiden Schweizer geschickt. Du wartest auf etwas.«
Henri trank aus seinem Becher. »Es gibt Anzeichen. Anzeichen, dass alles zur Entscheidung drängt.«
»Welche Anzeichen, Henri? Erzähl mir davon.«
Henri schüttelte den Kopf. »Es ist noch zu früh dafür.«
Jeanne schwieg. »Du willst nicht darüber sprechen, nicht wahr?«, sagte sie dann.
»Es ist alles noch sehr verwirrend.«
Jeanne setzte sich im Bett auf. »Bist du in großer Gefahr, Henri?«
»Nicht in größerer als nun schon seit Jahren.«
»Ich möchte dir helfen, Henri«, sagte Jeanne beinahe bittend.

Henri setzte sich zu ihr auf die Bettkante. »Wenn du in Acres du Lay in Sicherheit bleibst, hilfst du mir am meisten.«
Ihre Finger glitten über seine Brust. »Ich liebe dich, Henri. Ich darf dich nicht mehr verlieren.«
Er ergriff ihre Hand. »Es wird alles gut ausgehen.«
Sie sah ihn an. »Woher weißt du das?«
»Durch dich. Durch uns. Nichts kann uns mehr trennen.«
Jeanne blickte mit ihren großen Augen zu ihm auf. »Nur der Tod.«
Henri strich ihr über das Haar und sah auf den dunkelroten Damast des Baldachinbettes. »Ja«, sagte er. »Nur der Tod.«

Vasco schmuggelte Etiennes Briefe an den König aus Paris heraus. Am 14. Mai erhielt der Chevalier de Cobère den Befehl François', sich unverzüglich mit seiner Frau in Cognac einzufinden und den Richtspruch über seine Entführung Aurélies entgegenzunehmen. Macaires Leute brachten Etienne und Aurélie unerkannt durch die Pariser Stadttore und gaben ihnen Bedeckung bis zum Schloss von Cognac, in dem der König noch zwei Wochen mit seinem Hof zu residieren gedachte.
In Cognac war François I. geboren worden und dort hatte er auch seine ersten Lebensjahre verbracht, an dem kleinen Hof seines hoch begabten und brillanten Vaters Charles, der sein epikureisches Leben voll sinnlicher Erfahrungen und geistiger Genüsse über alles liebte. Cognac war für François die Kindheit und das Neue.
Das Versprechen und der Aufbruch.

Die Levers in Cognac waren weit weniger formell als jene in Amboise, Blois oder Paris. So kam es, dass sich nur kurze Zeit nachdem sich der König erhoben hatte, Louise de Savoie und Marguerite d'Alençon bei ihm einfanden.
In dem mächtigen Kamin des Raumes brannte ein großes Feuer, denn der Morgen konnte in den alten Gemäuern der Burg selbst im Mai noch ernüchternd kühl sein.
»Madame«, fragte François Louise de Savoie, während er beim Fenster stand und in den Hof hinunterblickte. »Was wird uns der heutige Tag bringen?«

»Erfolge«, sagte Louise.
François wandte sich um. »Ich werde den englischen Botschafter nach allen Regeln des Zeremoniells ehren.«
»Und dies vor den Augen von Lannoy, dem spanischen Gesandten«, warf Marguerite ein.
François winkte einem seiner Kammerdiener. Der Mann erschien mit einem perlen- und rubinbesetzten, dunkelgrünen Wams. Dann half er dem König, sich anzukleiden.
Louise de Savoie betrachtete ihren Sohn. »Ihr werdet einen ewigen Frieden mit England beschwören. Vor Lannoy.«
François streckte seine Hände durch die Ärmel des Wamses. »Ich bin neugierig, was Heinrich VIII. unter Ewigkeit verstehen wird.«
Marguerite lachte. »Dasselbe wie Ihr, Bruder.«
»Am Nachmittag«, setzte Louise des Savoie fort, »wird Kanzler Duprat eine Erklärung in Eurem Namen abgeben, in der festgehalten wird, dass Burgund ein untrennbarer Teil der Krone Frankreichs ist. Es ist also unmöglich, dieses Land abzutreten, ohne dass die Landstände und die französischen Generalstände dem zustimmen. Ihr selbst, als König, könnt nie einer Loslösung Burgunds von Frankreich Euer Ja geben, weil Ihr durch den Krönungseid auf ewig an die Unteilbarkeit des Landes gebunden seid. Alle Eure Zusagen, die Ihr in Madrid gemacht habt, sind nach dem Kriegsrecht null und nichtig, weil sie Euch in der Gefangenschaft abgepresst wurden.«
»Vorzüglich«, sagte François I. »Der arme Lannoy wird Blut schwitzen.«
»Ihr werdet ihm Lösegeld für Eure Söhne anbieten müssen«, meinte Marguerite.
François strich sein Wams glatt. »Daran soll es nicht scheitern.«
Louise de Savoie stand auf und zupfte den Stoff, der sich über seinen Schultern bauschte, zurecht. »Und wir verzichten auf Mailand.«
François machte eine wegwerfende Handbewegung. »Mailand interessiert mich nicht mehr.« Er lachte. »Jetzt, da Heinrich VIII. meine politische Amme geworden ist.« Er blickte in den Spiegel. »Was hat uns dieser verlogene und intrigante Papst Klemens VII. anzubieten?«

»Eine Allianz.«
»Dieser Papst ist versessen auf Allianzen. Es würde mich nicht überraschen, wenn er sich einmal in den Verschlungenheiten seiner Kabalen aus Versehen selbst absetzt.«
»Venedig tritt an unsere Seite«, fuhr Louise de Savoie fort. »Karl V. macht der Serenissima Angst.«
François setzte sich zu seiner Mutter und zu seiner Schwester. »Das wurde auch Zeit. Seit einem Jahr steht Karl mit dreißigtausend Mann an der Grenze der Terra Ferma, und jetzt erkennen sie, dass dies eine Bedrohung darstellen könnte. Welch eine erstaunliche Leistung der messerscharf logischen, venezianischen Diplomatie.«
»Florenz wurde vom Papst auf unsere Seite gezogen«, sagte Marguerite d'Alençon.
François schlug ein Bein über das andere. »Ein Steinchen mehr in seinen geliebten Koalitionen.«
»Und welchen Namen werden wir diesem Bündnis geben?«, fragte Louise de Savoie.
François dachte kurz nach. »Die Liga von Cognac«, sagte er dann. »Das klingt nach Wein, Frühling und Rosen.«
»Und Heinrich VIII.?«, fragte Marguerite d'Alençon.
»Wird Protektor der Allianz«, sagte François I. belustigt. »Das sagt nichts aus, tönt aber erfreulich gewichtig. Protektor zu sein wird dem König von England gefallen.«
»Karl V. wird sich durch die Liga herausgefordert fühlen«, gab Louise de Savoie zu bedenken.
»Aber, Madame«, sagte François mit gespielter Überraschung, »der Kaiser wird natürlich eingeladen, unserem Bündnis beizutreten.«
Marguerite d'Alençon beugte sich neugierig vor. »Zu welchem Zweck?«
»Wegen des üblichen Vorwandes, den man in solchen Fällen verwendet. Der Kampf gegen die Türken.«
»An den niemand ernstlich denkt.«
François lächelte. »Natürlich nicht. Aber es klingt erhebend und heroisch, meine geliebte Schwester.«
Louise de Savoie schüttelte den Kopf. »Karl wird die Liga als gegen sich gerichtet empfinden. Als eine kriegerische Bedrohung.«

»Was sie ja auch ist, Madame. Weshalb sonst hätte sich denn unser Heiliger Vater so viel Mühe damit gegeben?« Der König stand auf. »Ihr hattet noch einen Wunsch, Marguerite?«
»Etienne de Cobère. Ihr habt mir versprochen, ihm Euer Urteil noch heute Morgen mitzuteilen.«
François läutete eine kleine Glocke, die auf dem Tisch stand. Sein Kammerherr erschien.
»Ich möchte auf der Stelle den Chevalier de Cobère, seine Frau und den Seigneur d'Aquillon sehen.«
Der Kammerherr verneigte sich und verließ den Raum.
François wandte sich seiner Schwester zu. »Was bei allen Heiligen bindet Euch denn nun an de Cobère?«
Marguerite d'Alençon sah ihn freundlich an. »Henri d'Ardans hat mich in einem Brief gebeten, mich bei Eurer Majestät für den Chevalier einzusetzen.«
»Seit d'Ardans mit Euch in Spanien war, seid Ihr ihm gänzlich verfallen.«
»Jede Frau, die seine Bekanntschaft gemacht hat, schätzt ihn«, sagte Louise de Savoie.
François schüttelte den Kopf. »Was hat dieser Mann nur, was ich nicht habe?«
Marguerite lacht wieder. »Denkt nach, mein Bruder. Denkt nach.«
Der Kammerherr erschien an der Tür. »Der Seigneur d'Aquillon. Der Chevalier de Cobère. Madame Aurélie de Cobère.«
Alle drei traten ein und blieben entblößten Hauptes vor dem König stehen. François sah Etienne stumm und eingehend an, blickte dann mit zufriedenem Kennerblick auf Aurélie und betrachtete zum Schluss mit undurchdringlicher Miene den Seigneur d'Aquillon.
»Chevalier de Cobère«, sagte er schließlich. »Ihr seid von dem Vater Eurer Frau angeklagt, sie mit Gewalt aus seinem Schutz entführt zu haben. Was sagt Ihr hierzu?«
»Das stimmt, Eure Majestät.«
»Ihr bekennt Euch also schuldig?«
»Ja, Majestät.«
»Dann kniet nieder.«
Etienne de Cobère zögerte kurz und machte dann den geforderten

Kniefall. Der König sah auf ihn herab und legte ihm schließlich seine Hand auf die Schulter. »Und nun erhebt Euch, Baron de Tolès.«
Etienne stand auf und blickte François verwirrt an.
»Ich an Eurer Stelle würde die Baronin küssen«, sagte François.
François wandte sich d'Aquillon zu. »Die Nutzungsrechte der Baronie werden zur Hälfte Eurer Tochter zufallen. Madame de Cobère wiederum wird sich verpflichten, ein Viertel ihrer Erträge an ihren Vater abzuführen. Jegliche Mitgift für die ungewöhnliche Heirat Eurer Tochter wird Euch erlassen. Könnt Ihr Euch mit einem solchen Entscheid anfreunden, Monsieur d'Aquillon?«
»Durchaus, Sire«, sagte der Seigneur. »Es ist nur so …«
»Ja?«
»Es ist nur so, dass der Baron de Tolès ein Ketzer ist.«
«Ein Ketzer?«, fragte François erstaunt.
»Ein Lutheraner, Sire.«
François wandte sich Etienne zu. »Ihr seid Lutheraner? Ich habe Euch vor Pavia stets bei der Messe gesehen.«
»Ich bin Katholik«, erwiderte Etienne. »Ich schätze nur die reformistischen Bestrebungen Luthers.«
»Das tue ich auch«, sagte Marguerite d'Alençon.
»Hört Ihr, d'Aquillon? Der Baron de Tolès ist einer Meinung mit der Schwester des Königs. Wollt Ihr nun Majestätsbeleidigung begehen und diese Ansichten verurteilen?«
»Niemals«, sagte d'Aquillon schnell.
»Wunderbar.« François wandte sich allen dreien zu. »Ihr dürft Euch jetzt zurückziehen.«
»Ich danke Euch, Sire«, sagte Etienne. »Ich danke Euch aus ganzem Herzen.«
»Ihr wart der Letzte bei Pavia, der versucht hat, mein Leben zu retten. Das vergesse ich Euch nie.«
»Sire«, sagte Etienne de Cobère, Baron de Tolès, und verneigte sich, als er das Zimmer verlassen wollte.
»De Cobère«, rief der König.
»Ja, Sire?« Etienne wandte sich um.
»Habt Ihr Eure Flitterwochen ausgiebig genossen?«

»Durchaus, Sire.«
»Gut. Dann werdet Ihr für den Raub Eurer Frau zuerst einmal einen Monat in die Bastille gehen.«
Etienne blickte den König verblüfft an. »Mit dem größtem Vergnügen, Sire«, sagte er dann lächelnd, verbeugte sich neuerlich und verließ den Raum.

Am Abend fand das Fest für den englischen Botschafter statt. Als offizieller Gastgeber figurierte Montmorency, aber jedermann in Cognac wusste, dass es auf ausschließliche Veranlassung des Königs stattfand.
»Alles in allem ein erfolgreicher Tag«, sagte Louise de Savoie zu ihrem Sohn.
François ließ den Blick über die Festgäste schweifen. »Ihr seid ein großer Staatsmann, Madame, und ich ein nicht unbedeutender König. Wer sollte uns jemals überwinden?«
Marguerite d'Alençon schritt die Stufen zur Estrade hinauf. Ein dünner, schmalgesichtiger Mann mittleren Alters folgte ihr. »Der Sieur Frangipani ist aus Konstantinopel zurückgekehrt. Er bittet Euch um eine Audienz für morgen.«
Der hagere Mann verbeugte sich.
»Gewährt«, sagte François I. Er neigte sich vor. »Sagt mir schnell und in kurzen Sätzen, was mir der Sultan vorschlägt.« In dem Lärm des Saales war seine Stimme kaum zu verstehen.
»Einen Angriff auf die spanischen und neapolitanischen Küsten, Sire.«
Der König lehnte sich zurück. »Eine interessante Variante. Wenn Soliman das Deutsche Reich auch noch von Südosten attackiert ...« Er blickte zu den großen Leuchtern, die von der Decke wie Sonnen strahlten. »Wir sprechen morgen darüber, Frangipani.«
»Sehr wohl, Sire.«
»Und keine Andeutung, zu wem es auch sei. Ganz besonders nicht zu unseren neuen Freunden, den Botschaftern Venedigs, Englands und des Heiligen Stuhles.«
Frangipani verneigte sich. »Das ist selbstverständlich, Sire.« Dann zog er sich von der Estrade zurück und mischte sich unter die Feiernden.

»Es scheint, als wären wir wieder in Ardres«, sagte Louise de Savoie, als sie auf die Menge der Gäste hinabsah. »Und doch, was ist alles seither geschehen! Wir haben die Engländer zweimal besiegt und wurden bei Pavia geschlagen. Es gab hier und im Reich Bauernaufstände, denen es beinahe gelungen wäre, die Welt auf den Kopf zu stellen, und ein Luther hat den halben Kontinent für seine Lehre gewonnen. Meine Enkel befinden sich in erniedrigender Gefangengenschaft und du, mein Sohn, wärst beinahe gestorben.« Sie seufzte. »Und dennoch tanzen wir hier von neuem, als wären unsere Feste eine Freude, die uns die Ewigkeit für alle Zeiten zugesichert hätte.«
»Es scheint, als hätten wir in den letzten sechs Jahren einen Kreis beschritten«, meinte Marguerite d'Alençon.
»Meine Damen«, sagte François I. »Der Tanz der Könige ähnelt einem Menuett. Welche Schritte man auch immer dabei tut, man kehrt stets auf den Ausgangspunkt zurück.«
»Das ist mitunter ermüdend«, entgegnete Louise de Savoie.
»Mich amüsiert es«, sagte François I. belustigt und blickte zu den Tanzenden hin. »Mich amüsiert es königlich.«

»Es ist, als wären wir wieder in Ardres«, sagte Marot, als er mit Triboulet und Budé an der Seite des Saales stand.
»Nun«, sagte Triboulet, »manches hat sich seither durchaus verändert. War damals Françoise de Chateaubriant die ungekrönte Königin Frankreichs, so hat sie heute eine Rivalin, die ihr in diesem Kampf leuchtender Sterne mehr als gefährlich wird. Manche meinen sogar, dass die entzückende, berechnende und bestrickende Anne de Heilly in Bälde die alles überstrahlende Sonne Frankreichs sein wird. Das blendende Licht der Jüngeren wird heute schon von vielen unermüdlichen Heuchlern und treuen Anbetern unseres Sol invictus geteilt.«
Er wies zu den beiden Frauen hin, die jede über einen eigenen Hofstaat zu verfügen schien. Nur dass jener der blonden Konkurrentin jünger und zahlreicher war.
»Françoise de Chateaubriant wird nicht aufgeben«, sagte Marot.
»Nur, Anne wird gewinnen«, entgegnete Budé.
»Was mich«, meinte Triboulet, »in ungeheure und zum Gotterbarmen schwere Gewissensqualen wirft. Der Narr des Königs hat im-

mer dafür zu sorgen, dass er als engster Ratgeber des Königs mit dessen engster Ratgeberin, der Mätresse, in mütterlichem Frieden und in seliger Eintracht zu leben hat. Aber könnt Ihr mir erklären, wie ich zwei verfeindeten Geliebten des Königs nach dem Mund reden soll? Wie komme ich dazu, mich zwischen zwei Frauen aufzuspalten? Bin ich denn ein Türke? Und welcher Mann in dieser Welt kennt genug Schmeichelworte, um zwei gierige Mätressen zu befriedigen?« Er seufzte. »Der flatterhafte Penis des Königs wirft mich in einen abgrundtiefen Brunnen der Verzweiflung.«
»Armer Triboulet«, sagte Budé und klopfte ihm auf die Schulter.
Marot betrachtete Etienne und Aurélie, die, wie ineinander versunken, eine Volta tanzten. Tag des Leichten. Tag des Schönen.
»Etienne ist glücklich«, meinte der Dichter. »Und mit Recht. Er hat alles. Eine wunderbare Frau, Glück und Reichtum in Fülle. Er ist von den Göttern gesegnet.«
»Höre ich hier einen Hauch von gelblich-giftigem Neid heraus?«, fragte Triboulet.
Marot sah zu de Cobère hin. »Warum nur er? Warum nicht alle Menschen auf dieser Welt?«
»Weil die Götter mit unseren Schicksalen würfeln«, antwortete Budé.
Marot nahm seinen Wein und ließ den Blick langsam über die Umstehenden gleiten. »Welch ein Prunk. Welch eine Verschwendung von Geld.«
»Er hat seinen lutherischen Tag«, sagte Triboulet achselzuckend zu Budé.
»Auch wir leben von diesem Übermaß an Üppigkeit«, meinte Budé.
»Vielleicht.« Marot sah in den Saal, sah den Glanz, den Luxus, sah all die bunt und teuer und kostbar gekleideten Menschen, deren Lachen, Freude und Oberflächlichkeit wie ein Bild des Flüchtigen erschien.
»Wenn es eine Rechtfertigung für all dies hier gibt«, sagte Marot und wies um sich, »dann nur, dass wir damit der Welt Schönheit und Größe schenken.«
»Das ist nicht wenig«, entgegnete Triboulet lächelnd, während er sich umblickte. »Das ist schon viel unter der Sonne dieser Erde.«

Es war tiefe Nacht, als Henri d'Ardans die Kathedrale von Notre-Dame betrat. Im Inneren des Domes brannten die Totenlichter, still und beinahe unbewegt. An den Seitenaltären standen Kerzen, die man zu Ehren Gottes entzündet hatte. Vom Schlussstein der Decke hingen zwei Lüster herab und strahlten in engem Glanz in das Mittelschiff, beleuchteten die Bündelpfeiler und schickten einen schwachen Schein zum Chor hin, in dem das ewige Licht brannte. Die Emporen der Seitenschiffe, die von in die Dunkelheit hinaufdrängenden Rundpfeilern getragen wurden, wirkten wie eine Aneinanderreihung mächtiger, undurchdringlicher, schwarzer Bogenfenster.

Das Mittelschiff der Kathedrale war leer, und die Schritte Henri d'Ardans hallten durch das riesige Gewölbe, wie ein rhythmisches Gebet der Entschlossenheit. Er durchquerte den Dom, ging von der Westrosette bis hin zum halbdunklen Chor, aber niemand war zu erblicken, niemand war zu erkennen. Die Kirche schien selbst von ihren Priestern verlassen.

Henri wandte sich dem linken Seitenschiff zu, in dem Kerzen vor einem Altarbild brannten. Vor dem Gemälde schien ein Bündel zu liegen.

»Du kommst zu früh«, sagte die mit Fetzen verhüllte, blinde Frau. Ihre Augen starrten ihn groß, weißlich und leer an, während sich ihr Mund zu einem Lächeln verzerrte.

Henri blickte auf die Blinde herab. »Er hat mich um diese Zeit hierher bestellt.«

Die Frau zeigte ihre gelblichen Zahnstümpfe, als sie antwortete. »Er liebt das Spiel. Wie Gott. Wie Gott liebt er das Spiel.«

»Wann wird er kommen?«

Die Hände der Blinden zuckten aus den Lumpen hervor. »Wer weiß das schon? Wer kann es erraten?«

»Hat Ermanno dich hier postiert?«

Die Frau lachte. Es klang wie ein Schnitt durch eine Lautensaite. »Ich bin jede Nacht hier. Ich bin immer hier.«

»Weshalb?«

Die Blinde zog das schmutzige Tuch fester um den Kopf. »Ich will büßen.«

»Und deshalb verhüllst du dein Antlitz?«

»Ich bin nicht würdig«, sagte die Frau. »Ich bin nicht würdig.«
Die Kerzen über der Blinden flackerten leicht. Henri drehte sich schnell zur Seite und legte die Hand an den Degen. Niemand war zu sehen. Es musste ein plötzlicher Luftzug gewesen sein, der das Kerzenlicht leicht berührt hatte.
»Das war ein Atmen des Domes«, sagte die Blinde. »Die Kathedrale atmet. Sie atmet wie ein Lebewesen. Ich kenne ihre Bewegungen wie die meinen.«
Henri blickte in das Zwielicht des Seitenschiffes, in Richtung des Eingangs der Kirche.
»Kennst du Ermanno lange?«
»Seit gestern. Er hat mir Geld gegeben, damit ich dir ausrichte, dass du zu früh kommst.« Ihr Mund glich unvermittelt einem Strich. »Geh jetzt. Ich bin müde.« Sie kroch zum Altarbild zurück. Sie wies mit der ausgestreckten, ausgezehrten Hand auf Henri. »Geh jetzt.«
Die Blinde rollte sich zusammen und zog ihre Lumpen über den Kopf, während das Licht der Kerzen über ihren verwahrlosten Körper tanzte.
Henri betrachtete kurz die verhüllte Frau und ging zurück ins Mittelschiff. Er blickte sich um. Die Bögen der Seitenschiffe führten ins Dunkel, dann hin zu den Totenlichtern, die kleinen Seen von feurigen Zungen glichen. Nur die Altäre waren von größeren Kerzen erleuchtet. Die Dunkelheit schwebte über allem wie ein schwerer, schwarzfarbener Nebel, der von schmalen Inseln des Lichts zerrissen wurde.
Ein hoch gewachsener Priester, der mehr einem Soldaten als einem Geistlichen ähnelte, kam aus der Richtung der Nordrosette auf ihn zu. Seine Schritte waren fest und energisch und seine Kutte umfloss ihn wie der Mantel einen urzeitlichen Krieger.
Das Licht der Lüster, die von der Decke hingen, zeigte ihn Henri in aller Klarheit.
»Seid Ihr der Sieur Henri d'Ardans?«, fragte er. Sein kantiges Gesicht war von tiefen Furchen durchzogen.
»Ja.«
»Er kommt bald, lässt er Euch sagen.«
»Wer? Wer lässt mir das ausrichten?«

Der Mann sah ihn aus zusammengekniffen Augen heraus an. »Der Mann, der bei mir war. Kennt Ihr ihn nicht? Ihr sollt bei der Marienstatue auf ihn warten.«
Henri nickte. »Ich danke Euch, Pater.«
Der hartgesichtige Priester lächelte ein schmales Lächeln. »Es war mir ein Vergnügen, Euch auf den richtigen Weg zu helfen.«
D'Ardans sah sich kaum merkbar um. Ermanno war nirgends zu sehen.
Der Priester blickte Henri mit seinen Soldatenaugen an. »Ich muss gehen. Ich habe noch zu tun.«
»Ich danke Euch, Pater.«
Der Priester musterte ihn misstrauisch, nickte dann, ging zum Chor und schließlich zur Seite, der Sakristei zu, bis die Finsternis der Seitenschiffe ihn verschlang.
Henri sah ihm regungslos nach. Dann schritt er zu der Marienstatue, die im nördlichen Querschiff stand. Die Kirche war wieder leer und still. Nur sein eigener Atem war zu spüren. Er blickte die Statue hoch. Sie zeigte ein leichtes Lächeln. Ihr zu Füßen waren Blumenkränze aufgereiht.
Er dachte an Jeanne und beschloss mit ihrem Bild in seiner Seele mit Ermanno zu kämpfen. Sie war das Wertvollste, das es in seinem Leben gab. Sie war seine große Befreiung gewesen, seine unbegrenzte Hoffnung und sein tiefstes Empfinden. Sie war seine Liebe. Seine wahre. Die vollkommene.
Er dachte daran, dass er ein schönes Leben mit ihr haben könnte. Ein klares, ein einfaches und ein von Licht durchflutetes. Es gab unendlich viel zu verlieren. Er spürte, wie grenzenlos kostbar ihm sein Leben nun war, welch ungeheures Wunder es bedeutete, zu sein, zu atmen und zu fühlen. Er wurde von einem tiefen Schmerz ergriffen, dass nun alles zu Ende gehen, dass er all das verlieren könnte, was ihm das Sein erfüllte, voll, stark und kräftig, dass es nun möglich wäre, dass er all dies aufgeben musste, woran seine Sehnsucht sich ein Leben lang geklammert hatte. Es ist zu früh zu sterben, schrie es in ihm, es ist zu früh, immer ist es zu früh, immer und stets.
Er atmete tief durch. Du musst ruhig bleiben, dachte er. Du musst ruhig bleiben und dich auf deinen Kampf konzentrieren. Wenn,

dann musst du an Jeanne denken. Du musst kämpfen wie nie zuvor. Es geht nicht allein um dein Leben. Es geht auch um ihres.
Er spürte, wie die Beklommenheit langsam von ihm abglitt, sein nun endlich wieder gefundenes Leben, seine wieder erwachte Hoffnung in diesem Zweikanpf aufs Spiel setzen zu müssen. Sein Körper entspannte sich. Er versuchte nun innerlich einen Schritt weiterzugehen, sich zu sammeln und an nichts mehr zu denken. Nicht an Ermanno, nicht an den Kampf und nicht an den Tod. Vor allem nicht an den Tod.
Er war so tief in sich versunken, dass er nicht wusste, wie lange er so dagestanden hatte, als eine Stimme hinter ihm zu sprechen begann.
»Maria«, sagte Ermanno leise. »Die Gnadenreiche. Die Schmerzensreiche. Die Allbarmherzige. Jene, die immer wusste, dass wir Kain und Abel in einem sind. Die wunderbarste Erscheinung der katholischen Idolatrie.«
Henri drehte sich um. »Ihr seid also doch gekommen.«
Ermanno lächelte ihn an. »Ich bin gekommen.«
Henri sah zur Seite, zur lichtlosen Nordrosette hinauf. Es war immer noch Nacht und die Kathedrale war immer noch leer.
»Es ist so weit«, sagte der Italiener und zog seinen Degen.
»Ja«, entgegnete Henri, als er nach seiner Waffe griff. »Es ist so weit.«
Ihre Klingen kreuzten sich und schlugen hell aneinander. Schon nach wenigen Hieben wusste Henri, dass er einem überlegenen Gegner gegenüberstand. Als sie im Querschiff kämpften, rief Ermanno: »Jede Kathedrale besitzt drei Ebenen, Sieur.«
Henri versuchte eine Finte, die der Italiener mühelos vereitelte. Dann drängte er d'Ardans in das Mittelschiff.
»Es gibt eine Ebene des Verstandes, eine Ebene des Geistes und eine Ebene der Seele. Hier, am Kreuzungspunkt der Schiffe kämpfen wir auf der Ebene des Geistes.«
Henri drang vor, wehrte mit einer Parade den Hieb Ermannos ab und versuchte zuzustechen, während der Italiener mit Leichtigkeit seinen Degen zur Seite zwang.
»Ich werde Euch jetzt, Sieur, mit meiner Klinge auf die Ebene des Verstandes führen. Und dort werde ich Euch töten.«

Ermanno begann mit links und rechts geschlagenen Angriffen, die Henri im Mittelschiff rückwärts trieben, dem Eingang und der Westrosette zu.
»Wo ist Euer Gott, der Euch beschützt, d'Ardans?«, fragte Tassane lächelnd, als er eine weitere Finte versuchte.
Henri spürte, wie unterlegen er war. Er rief sich Jeanne in Erinnerung und drang mit neuem Mut auf Ermanno ein. Er würde sich nicht kampflos geschlagen geben. Er würde nicht zum Opferlamm Tassanes werden.
»Wo ist der Sinn des Ganzen, Sieur?«, fragte Ermanno, als er in die Parade ging und mit einem neuen Angriff d'Ardans zurückdrängte.
Henri sah aus den Augenwinkeln die vermummte blinde Frau hinter Ermanno herankriechen. Sie hob stumm die Hand, als wollte sie dem Kampf Einhalt gebieten.
»Wo ist Eure Jungfrau, die Euch in ihrer Gnade hilft?«, fragte Ermanno, als er Henri den Degen aus der Hand schlug. »Wo?«
Er hob seine Waffe zum Stoß. Er zielte auf Henris Herz.
»Wo ist Gott, d'Ardans?« Ermanno brüllte es, dass seine Stimme von den Mauern der Kathedrale widerhallte.
Die Degenspitze bewegte sich kaum merkbar vorwärts.
»Es ist nicht recht!«, schrie die Vermummte unvermittelt mit ihrer zerschnittenen Stimme hinter ihm. »Es ist nicht recht!«
Ermanno wurde für den Bruchteil eines Augenblicks abgelenkt, aber dieser Moment genügte Henri, seinen Dolch zu ziehen und ihn dem Italiener in den Oberschenkel zu treiben. Ermanno knickte ein und stürzte zu Boden. Selbst im Fallen behielt er den Degen in der Hand. Henri trat auf sein Handgelenk und schleuderte die am Boden aufschlagende Waffe mit dem Fuß über die steinernen Fliesen.
»Himmel«, sagte Ermanno, der sich den Schenkel hielt. Blut quoll zwischen seinen Fingern hervor. Er blickte zu der in Fetzen gekleideten Frau hin, die sich auf den Rücken gerollt hatte und mit leeren Augen zu der Decke der Kathedrale hochblickte. »Himmel«, wiederholte er.
»Der Name Eures Auftraggebers«, sagte Henri schwer atmend. »Ich lasse Euch leben, wenn Ihr mir den Namen nennt.«

Ermanno wurde plötzlich von einem Lachen geschüttelt. »Von einer verrückten alten Frau überwältigt.«
»Der Name«, wiederholte Henri.
Ermanno sah zu ihm hoch. »Briard«, sagte er dann. »Comte Bernard de Briard.«
Henri blickte ihn stumm und ungläubig an und wandte sich dann ab. Er eilte dem Eingangsportal des Domes zu.
Der Comte Briard, der von der Empore aus dem Kampf zugesehen hatte, wusste, dass er keine Zeit zu verlieren hatte. Noch war nicht alles verloren.
Er sah angewidert auf Ermanno, dessen Gelächter die Mauern der Kathedrale hochstieg und in den Emporen nachhallte, während der hartgesichtige Priester energisch auf ihn zugeschritten kam.
Briard zog sich weiter in die Dunkelheit der Nische zurück. Noch war nichts entschieden.
Noch nicht.

Henri suchte die ganze restliche Nacht und den ganzen Morgen nach Bernard de Briard. Der Comte war unauffindbar. In seinem Haus in der Rue St. Honoré erklärte man d'Ardans, dass der Sieur de Briard auf unbestimmte Zeit und mit unbestimmtem Ziel verreist sei. Gegen zehn Uhr vormittags, nachdem er auch im königlichen Palais des Tournelles nachgeforscht hatte, ritt er schließlich mit Maxime nach Acres du Lay. Eine seltsame Unruhe begann ihn zu erfüllen. Er dachte an Jeanne. Er spürte eine unbestimmte Angst.
Es war ein regnerischer Frühlingstag, und die Wolken lasteten schwer auf der Ile de France, während Nebelfetzen an den strauchbesäumten Ufern der Seine trieben.
Nach einer Stunde zügigen Ritts erreichten sie schließlich die Burg von Acres du Lay. Henri stieg im Hof ab und wurde sofort von Perthier, dem neuen Verwalter, begrüßt.
»Madame ist ausgeritten«, sagte der grauhaarige, groß gewachsene Mann, der sich gerade wie ein Soldat hielt.
»Hat sie die Schweizer und Moulu bei sich?«
Perthier nickte. »Selbstverständlich, Sieur.«
»Kennt Ihr den Weg, den sie üblicherweise nimmt?«

»Ja, Sieur.«
»Dann lasst uns Madame suchen.«
Perthier schickte nach seinem Pferd, und Henri schwang sich wieder in den Sattel. Sie nahmen den Weg durch das Dorf und den, der in Richtung Chartres führte. Dann ritten sie einen Pfad entlang, der sich quer durch die Felder schlängelte.
»Gibt es hier eine Stelle, die sich für einen Hinterhalt eignen würde?«
Perthier dachte nach. »Das Wäldchen vor Lucaire«, meinte er dann. Er blickte zu Henri hin. »Aber seid beruhigt, Sieur. Niemand außer mir und ihrer Bedeckung kennt den Weg, den sie üblicherweise nimmt.«
»Gut«, sagte Henri, aber das Gefühl der Sorge und Ungeduld wollte nicht so recht von ihm weichen. Er kannte dieses eigenartige Empfinden von Unrast. Er hatte es vor all seinen Kämpfen verspürt.
Als sie das Wäldchen bei Lucaire erreichten, übernahm Henri die Spitze der kleinen Schar. Er ritt langsam und sich aufmerksam umblickend durch das von Nebelschleiern durchzogene Grün der Bäume. Den ersten Schweizer bemerkte er sofort. Er lag am Fuße einer Fichte. Ein Pistolenschuss hatte ihm das halbe Gesicht weggerissen. Der zweite Schweizer hing förmlich im Unterholz, die Hände in seinem blutgetränkten Wams verkrallt, den Kopf nach rückwärts geworfen und mit toten Augen zu einem unsichtbaren Himmel aufblickend. Moulu war quer über den Weg hingestreckt, die Brust und den Hinterkopf voller Blut. Henri sprang aus dem Sattel und lief zu seinem Freund und Diener. »Moulu«, sagte er mit sanfter Stimme. »Moulu.«
Er fühlte seinen Puls und begann dann sein Gesicht mit Wasser einzureiben, das er einer Feldflasche entnommen hatte, die in seiner Satteltasche stak.
»Moulu«, sagte er noch einmal.
Der ehemalige Mönch öffnete seine Augen. »Sieur.« Seine Stimme klang matt und leise.
»Wo bist du verwundet?«
»An der Schulter«, sagte er stockend und mit Pausen zwischen den Worten. »Ich muss beim Stürzen mit dem Kopf auf einen Stein

aufgeprallt sein. Sie haben mich wohl für tot gehalten und liegen lassen.«

»Wer war es, Moulu?«

»Der Comte de Briard.« Er schwieg kurz. »Warum hat er das getan?« In seinen Augen lag noch immer Erstaunen.

»Er ist der Mörder Christianes.«

Moulu schloss kurz die Augen. »Briard.«

»Wer war noch bei ihm, Moulu?«, fragte Henri eindringlich.

Der Diener blickte ihn an. »Ein junger Mann, den er Gauthier nannte.«

»Gauthier de Meillet?«

»Gauthier. Nur Gauthier.«

»Und sonst?«

»Sie waren nur zu zweit, Sieur.«

»Haben sie Jeanne betäubt?«

Moulu versuchte sein Gewicht zu verlagern und stöhnte kurz auf. »Kurz bevor ich in Ohnmacht fiel, habe ich gehört, dass Briard sie zwang, etwas zu trinken.«

»Ist ihr sonst etwas geschehen?«

»Ich weiß es nicht«, sagte Moulu erschöpft und mit kraftloser Stimme.

Henri richtete sich auf. »Ihr, Perthier, reitet nach Lucaire und holt Hilfe. Besorgt einen Karren und zwei Männer, die Euch beim Tragen helfen. Säubert und verbindet dann Moulus Wunden. Ich schicke noch heute den besten Wundarzt aus Paris nach Acres du Lay.«

Perthier sah zu d'Ardans und dann zu Moulu hin. »Ich war im Krieg, Sieur. Ich kenne mich mit diesen Wunden aus.« Er machte eine kaum merkbare Pause. »Und Madame …«

»Darum kümmere ich mich.«

Perthier schien erleichtert. »Gut, Sieur.«

Henri wandte sich Maxime zu. »Du bleibst bei Moulu, bis Monsieur Perthier zurück ist. Dann folgst du mir unverzüglich nach Paris.«

Maxime nickte zustimmend. »Ja, Sieur.« Er wies auf Moulu, der die Augen wieder geöffnet hatte und mit der Hand deutete, dass er etwas zu sagen hatte. »Er will mit Euch sprechen, Sieur.«

Henri beugte sich zu ihm hinunter. »Was ist, mein Freund?«
Moulu hob den Zeigefinger der rechten Hand. »Seid vorsichtig, Sieur. Dies ist ein tückischer Feind.«
Dann sank er in tiefe Bewusstlosigkeit.

Es war Père Peres, der Henri zu Vasco brachte. Und Vasco begleitete noch am selben Tag Henri zu Macaire.
Es war Nachmittag, als sie eine schmutzige Kneipe in der Nähe der Kirche St. Germain des Prés betraten. Eine Schenke in einem Viertel, in dem die Hoffnungslosen von Paris wohnten. Eine Gegend, in der Schurken und Gauner in friedlich mörderischer Eintracht herrschten.
Der Wirt, ein kahlköpfiger Mann mit dem Körper eines bretonischen Ringers, geleitete sie in ein Hinterzimmer der Kneipe, von dem aus eine Treppe in den Keller führte. Vasco stieg mit Henri die Stufen hinab, bis sie zu einer Eisentür gelangten, an die das vorbildliche Beichtkind des Père Peres dreimal und dann zweimal mit der geballten Faust schlug. Die Tür wurde geöffnet, und d'Ardans trat in ein Lichtermeer. Wohl an die hundert Kerzen brannten in dem Raum, dessen Wände mit kostbaren Teppichen behangen waren. Macaire saß hinter einem polierten Tisch aus Buchenholz, während zwei Männer scheinbar gelangweilt in den Ecken des prunkvollen Kellers standen. Sie hatten wache, aufmerksame Augen und trugen Messer in den Gürteln.
»Vasco«, sagte der unförmig dicke Mann, der hinter dem Tisch saß. »Vasco, du kannst gehen.«
Der kleine, drahtige Mann nickte und schloss die Tür hinter sich.
»Nehmt Platz, Sieur«, sagte der heimliche Herrscher von Paris und deutete auf einen bequemen Armsessel, der vor dem Tisch stand. »Nehmt ruhig Platz.«
Henri setzte sich. Er sah Macaire an. »Jeanne des Marckes.«
»Ist wohlauf.« Er strich sich mit der Hand über sein mächtiges Doppelkinn. »Ich wusste, dass Ihr so klug sein würdet, mich aufzusuchen, und ich freue mich, Eure Bekanntschaft zu machen, Sieur. Ich bin ein aufrichtiger Bewunderer Eurer Taten in Mailand, London und Madrid. Ich habe es immer als ein Zeichen des schlechten Geschmacks empfunden, dass Briard Euch töten wollte.« Er hob

den Goldpokal, der vor ihm stand, und nippte mit kleinen, zierlichen Schlucken an dem Wein. »Und dass Ihr Ermanno Tassane besiegt habt, hat meine Achtung vor Euch ins Unermessliche steigen lassen.«

»Ich will Jeanne zurück.«

Macaire hob mit einer weichen Geste die linke Hand, als wolle er ein unendliches Bedauern ausdrücken. »Ich habe sie nicht. Und ich habe auch nichts mit ihrer Entführung zu tun. Ebenso wenig, wie mich Schuld an dem Tod Eurer Frau Christiane trifft, einer Dame, die ich über alle Maßen, wenn auch aus schicklicher Ferne, bewundert habe.«

»Und doch habt Ihr Euch mit ihrem Mörder eingelassen.«

Macaire lächelte mit seinen vollen, breiten Lippen. »Er hat bezahlt, Sieur. Das Geld ist ein großer Verführer in dieser Welt.« Er blickte unversehens traurig, als wäre seine Stimmung übergangslos in eine andere geglitten. »Es gibt sogar Menschen, die ihre Seele dafür verkaufen.«

»Wo finde ich Briard?«

Das Licht der Kerzen spiegelte sich in Macaires Augen. Seine Pupillen funkelten wie gehämmertes Messing. »Er erwartet Euch in der Morgendämmerung im aufgelassenen Franziskanerkloster auf dem linken Seineufer, schräg gegenüber der Kathedrale von Notre-Dame. In der Rue de l'Epron, um genau zu sein. Ihr sollt allein kommen.«

»Wird er mir Jeanne übergeben?«

Macaire hob seine dicken Finger. »Er hat es mir versprochen. Wenn Ihr seine Bedingungen erfüllt.«

»Und glaubt Ihr, dass er es tun wird?«

Die Geste von Macaires Hand deutete eine matte Unschlüssigkeit an. »Wie weit kann man einem Schurken schon trauen?«

Henri schwieg. »Mehr habt Ihr mir nicht zu sagen?«, fragte er dann.

»Nein.«

Henri erhob sich. »Dann werde ich jetzt gehen.«

Macaire nickte freundlich. »Wenn Ihr wollt, Sieur.« Er deutet zu einem seiner Männer. »Fabrice, öffne dem Herrn Baron die Tür.«

Der Mann ging zu der eisernen Tür und schloss sie auf. Henri drehte sich um, um Fabrice zu folgen.

»Sieur«, rief Macaire plötzlich.
Henri wandte sich ihm zu. »Ja?«
Macaires Gesicht war voller Wohlwollen. »Solltet Ihr einmal in Eurem Leben Gelegenheit haben, Briard zu töten, so tut es. Mein Segen begleitet Euch.«
»Weshalb?«
Macaire verzog den Mund. »Der Mann hat keine Manieren. Ganz und gar keine Manieren.«

Die junge Hure schien guter Laune zu sein. Sie trippelte vorsichtig auf ihren Plateauschuhen die Rue de l'Epron entlang und sang leise vor sich hin, während sie ab und zu im Dämmerlicht des windigen Morgens zum Himmel aufsah, der wolkenlos war und einen sonnigen Tag zu versprechen schien. Das Mädchen blieb erstaunt vor dem offenen Spalt des sonst verschlossenen Gittertores des Franziskanerklosters stehen. Sie drückte leicht gegen das eiserne Tor, das sich mit einem lauten Kreischen der verrosteten Türangel öffnete. Die junge Hure schüttelte vor Verwunderung den Kopf und begann wieder ein Lied zu summen. Dann ging sie neugierig den Weg entlang, der durch den verwilderten Garten führte, als ein Mann, den Degen in der Hand, hinter einem Gebüsch hervorkam.
»Hau ab«, zischte der Mann.
Das Mädchen zwinkerte ihm zu, stolperte leicht und griff nach dem Bewaffneten.
»Verschwinde, du Nutte«, sagte der Mann und fluchte.
Die junge Hure nickte, lächelte, zog ein Messer und stieß es dem Wächter in den Leib. Ein zweiter Mann, der hinter wildem Farn versteckt auf der Erde gelegen hatte, erhob sich erstaunt, als das Mädchen fast ansatzlos das Messer auf ihn warf. Der Mann griff sich an die Brust, stieß einen kaum hörbaren, halb erstickten Schrei aus und stürzte zu Boden. Henri d'Ardans sprang von der Mauer, die zum Nachbarhaus führte, herunter und stieß einem dritten Bewaffneten, der gerade um Hilfe rufen wollte, seinen Degen in die Seite. Auch dieser Wächter sackte zusammen.
»Sie haben hier auf Euch gewartet«, flüsterte der geschminkte Maxime, raffte seinen Rock, beugte sich nieder und säuberte sein Messer im Gras. »Sie haben Euch aufgelauert, Sieur.«

Henri sah zum Kreuzgang hin. Alles war still.
»Warte vor dem Kloster auf mich.«
»Soll ich Euch nicht doch begleiten, Sieur?«, fragte Maxime leise.
»Du musst das Kloster beobachten. Wenn etwas Ungewöhnliches zu bemerken ist, so warne mich.«
»Ja, Sieur.« Maxime sah Henri an. »Viel Glück, Sieur.«
»Danke, mein Freund«, antwortete Henri und nickte ihm zu.
Der verkleidete junge Mann ging den Weg zum Gittertor zurück, während Henri, den Schutz der Bäume ausnutzend, zum Kreuzgang schlich. Im Innenhof schien alles ruhig zu sein. D'Ardans verbarg sich abwartend hinter einer Säule. Schließlich nahm er im Kapitelsaal auf der anderen Seite des Gartens eine Bewegung in einem der Bogenfenster wahr. Er duckte sich und lief den Kreuzgang entlang, bis er bei dem ersten Fenster des Kapitelsaales angelangt war. Dann hechtete er durch das offene Bogenfenster in den Saal.
Briard war schneller. Er riss Jeanne an sich und setzte ihr die Klinge seines Messers an die Kehle. »Ein Schritt weiter, und ich töte sie!«, schrie der Comte.
Henri stand langsam auf. Sein Blick suchte die Augen Jeannes.
»Es ist spät für dich geworden«, sagte er dann zu Briard. »Gib auf. Du hast das Spiel verloren.«
Bernard sah ihn mit einer Mischung aus Zorn und Wut an. »Wie zur Hölle bist du meinen Leuten im Garten entgangen?«
»Ich habe ihnen meinerseits eine Falle gestellt.«
»Du bist ein Hundesohn, Henri.«
»Ich wusste, dass du nicht mit mir kämpfen würdest. Das hast du in deiner Feigheit zu aller Zeit vermieden.«
Briard drückte das Messer etwas fester an Jeannes Kehle. »Du warst einmal der beste Fechter Frankreichs.«
»Und du warst einmal der beste Kopf Frankreichs.«
Henri hörte Gauthier de Meillet nicht kommen. Plötzlich spürte er einen Degenspitze am oberen Rücken.
»Bewegt Euch nicht, Sieur«, sagte Gauthier. »Sonst seid Ihr ein toter Mann.«
Der Kapitelsaal war leer. Nur ein großer Schreibtisch, mit Papieren übersät, stand an dem einen Ende des Raumes, in dem Briard Jeanne umklammert hielt. Der Wind, der an diesem Morgen heftig von

Norden her blies, bewegte die Papiere, die unter Briefbeschwerern und Tintenfässern lagen, und bog ihre Ecken auf.
Briard nahm seinen Dolch von Jeannes Kehle und hielt ihren Arm mit der Faust umklammert.
»Sie wollen dich töten«, sagte die junge Frau. »Sie werden uns beide töten!«
»Ihr seid mir versprochen, Madame«, sagte Gauthier. »Ihr werdet nicht so schnell sterben.«
Henri machte eine Kopfbewegung zu de Meillet hin. »Wie hast du ihn gefunden?«
»Er ist nach Paris gegangen«, sagte Briard. »Mit Macaires Hilfe war es kein Problem, ihn ausfindig zu machen.«
»Und er hat dir auch gesagt, wo du den Hinterhalt legen konntest.«
Briard setzte sich auf den Stuhl hinter dem Tisch, ohne Jeanne auch nur für einen Augenblick loszulassen.
»So ist es.« Er sah Henri an. »Wir sind die letzten Jahre einen langen Weg miteinander gegangen.«
»Einen blutigen, Bernard.«
»Du hast Glück gehabt, Henri. Mehr nicht.«
»Es waren die Papiere Leonardo da Vincis, mit denen alles anfing.«
»Ich musste sie deiner Frau entwenden. Es war die beste Gelegenheit, die sich mir bieten konnte. Ich wollte Christiane nicht töten. Durch einen dummen Zufall hat sie mich erkannt.«
»Und dann hast du ihr die Kehle aufgeschlitzt.«
»Ja«, sagte Briard langsam, »dann habe ich ihr die Kehle aufgeschlitzt.«
Henri schwieg.
»Ich musste diese Zeichnungen besitzen. Sie stellten eine Kanone dar, die Europas Kriegswesen revolutioniert hätte.«
»Hätte?«
»Sie ist mit unseren heutigen technischen Mitteln nicht zu bauen«, sagte Briard bedauernd.
»Dann war alles umsonst.«
»Ja. Alles war umsonst.«
Henri sah ihn an. »Warum hast du die Papiere dem Kaiser zugespielt? Warum bist du zum Verräter geworden?«
»Verräter?«, rief Briard. »Wie blind du bist, Henri. Ich bin es, der

die Wahrheit erkannt hat. Mit unseren unentwegten Kriegen zerstören wir Europa. Dieser Kontinent wird von unseren Königen in ein Meer von Blut getaucht. Er braucht einen Alleinherrscher, der all diese gewalttätigen Einzelinteressen eindämmt. Karl V. ist ein solcher Mann. Er wird Europa einigen. Er wird es vor den Türken retten und die lutheranische Hydra zertreten.«
»Und unser König?«
»Liebt die Jagd, den Krieg, die Frauen und die Vergeudung von Frankreichs Reichtümern. Ein ewiger Jüngling, der sich noch immer nicht von seiner Mutter gelöst hat und in Notzeiten seiner großen Schwester bedarf. Ein unreifer Mensch, der keinen Gedanken an Ideale verschwendet.«
»So wie du.«
»So wie ich«, meinte Briard.
Henri blickte kurz zu Jeanne hin, die mit bleichem Gesicht neben Briard stand und verzweifelt versuchte, ihre Hand aus dem Griff Bernards loszureissen.
»Wenn Ihr flüchten wollt, Madame«, sagte der Comte, »wird de Meillet Euren Schatz sofort töten.«
Jeanne schluckte kurz und sah Henri hilflos an.
»Und wo willst du jetzt hin?«
»In die Spanischen Niederlande. Der Fluchtweg ist lange geplant.«
»Und Gauthier?«, fragte Henri.
»Wird mir folgen.«
»Nachdem er Jeanne getötet hat?«
»Er wird sie nicht töten«, sagte Briard. »Er wird sich ihrer nur erfreuen.«
Böen waren aufgekommen. Der kühle Nordwind fegte durch den Kapitelsaal und wirbelte Staub auf.
»Es ist so weit«, sagte Briard. Er winkte de Meillet zu.
»Nein!«, schrie Jeanne und versuchte sich von dem Comte loszureißen.
Der Degenstich Gauthiers drang zwischen den Schulterblättern in Henris Wams ein. D'Ardans stürzte nach vorne und blieb mit dem Gesicht auf dem Boden liegen. De Meillet zog den Degen heraus und betrachtete verwundert die Spitze der Waffe. In diesem Augenblick warf sich Henri herum und stieß ihm den Dolch in den

Bauch. De Meillet öffnete den Mund, seine Augen weiteten sich vor Entsetzen und ein kurzer Schrei entrang sich seiner Kehle. Henri zog das blutige Messer aus Gauthiers Körper. De Meillet knickte ein und stürzte dann der Länge nach auf die schmutzigen Steinfliesen, die sich vom Blut rot färbten.

Briard hatte Jeanne wieder an sich gerissen und ihr neuerlich die Klinge seiner Waffe an die Kehle gelegt.

Henri stand vom Boden auf. »Ein Koller aus gehärtetem Leder«, sagte er. »Beizeiten überaus nützlich.«

»Bleib, wo du bist«, rief Briard.

Henri hielt inne.

»Du hättest das alles nicht tun dürfen, Bernard«, sagte er dann.

»Was weißt du schon, Henri.«

»Genug.«

Briard drückte das Messer stärker an Jeannes Hals. »Es scheint so, als würdest du dich mir dennoch fügen müssen.«

»Weshalb hast du nur so gehandelt, Bernard? Du hast alles besessen, was man im Leben nur erreichen kann.«

»Das Leben ist zwecklos, wenn du dir keine Ziele zu seiner Beherrschung setzt. Du krepierst sonst in der Sinnlosigkeit, Henri. Sieh dir doch unsere Gesellschaft an. Die Armen verrecken, und die Reichen tanzen munter auf ihren Gräbern. Die Starken erpressen die Schwachen und drücken sie dann in den Staub. Ich habe mich früher dagegen empört. Heute weiß ich, dass es ein Gesetz des Lebens ist, dass du nur durch Ordnung mildern kannst. Mein Ziel ist die Herrschaft einer Kraft über diesen Kontinent. Nur aus der Bündelung der Macht kann Frieden entstehen.«

»Und dafür ermordest du Frauen.«

»Wenn der Weg dorthin blutig sein muss, dann wird er es sein.«

»Wie jener Gauthiers.« Henri sah auf die Leiche des jungen Mannes hinab.

Briard machte eine wegwerfende Geste. »Gauthier war ein Niemand. Es schadet nicht, dass du ihn getötet hast. Ich hätte es sonst selbst tun müssen.«

»All dies wegen ein paar unnützer Zeichnungen, Bernard.«

»Die Papiere Leonardo da Vincis haben sich als Irrtum erwiesen. Aber sie waren eine einmalige Chance. Ich musste versuchen, sie in meinen Besitz zu bringen.« Briard ballte die freie Hand zur Faust. »Verflucht, Henri, das Leben ist ein ewiger Krieg. Es gibt in ihm keinen Frieden ohne Sieg.«

»Was willst du nun tun, Bernard?«, fragte Henri leise.

Briard deutete auf Jeanne. »Sie wird meine Geisel sein. Wenn du willst, dass ihr nichts geschieht, dann lass mich in die Spanischen Niederlande entkommen.«

Henri schüttelte den Kopf. »Nein. Du würdest sie unterwegs töten.«

»Gut«, sagte Briard. »Du hast es nicht anders gewollt.«

Mit der freien Hand entzündete Briard behutsam an der Kerze die Lunte der Pistole, die auf dem Tisch lag.

»Lauf, Henri«, schrie Jeanne. »Lauf weg!«

Briard hob die Pistole. »Alles in allem ist es schade um dich«, sagte er. Dann kniff er ein Auge zusammen, um genau zu zielen.

Jeanne warf sich unvermittelt gegen seinen Körper, und Henri zuckte zugleich nach rechts. Der Lauf der Pistole folgte ihm, als d'Ardans unvermittelt nach links hinuntertauchte. Der Schuss explodierte mit dem Lärm eines Schrapnells in dem Kapitelsaal. Die Kugel verfehlte Henri um eine halbe Körperlänge und schlug nutzlos in die Wand. Noch im Fallen zog Henri seinen Dolch und warf ihn, so wie Maxime es ihn gelehrt hatte. Die Klinge bohrte sich in Briards Stirn, an der ein großes, tiefrotes Blutmal erschien. Der Comte taumelte, stürzte dann nach rückwärts auf den Tisch, zuckte, fegte Briefbeschwerer und Tintenfässer zu Boden. Der Wind hob die Papiere vom Schreibtisch, wirbelte sie durch die Luft und trieb sie durch den Saal.

Jeanne lief zu Henri, der sich erhoben hatte, und warf sich in seine Arme. Sie weinte, wie er sie nie zuvor in seinem Leben hatte weinen sehen. Henri bedeckte ihr Gesicht mit Küssen. Er hielt sie fest und flüsterte immer wieder ihren Namen. Langsam beruhigte sich die junge Frau.

Henri blickte zu dem toten Briard. Dann sah er auf all die Geheimpapiere, die im wirren Treiben des Windes über den Steinboden tanzten. Auf einmal wusste er, dass er nichts mehr damit zu tun haben wollte. Es war vorbei. Er war endlich frei. Frei von Königen und Fürsten, frei von Intrigen und Ränken, frei von Rache und

Vergeltung, frei von großen Plänen und wundervollen heroischen Vorhaben.
Frei von den Ketten eines ganzen Lebens. Frei für anderes.
Er sah in den Garten des Kreuzganges hinaus, in dem die Sonne ihr Licht über alles warf, was da war, Gras, Unkraut und Blumen, Nutzloses und Nützliches.
Er legte Jeanne den Arm um die Schulter.
Dann trat er mit ihr in die Helligkeit des Morgens hinaus.

Des chemins desespérés
J'ai suivi sans espoir
Des mouvements infinis du flux du jour
J'ai vécu
Banni dans les ténèbres
Pétri de vide
Mais toi, Belle de ma vie,
Tu m'as emmené
Enfin
Maintenant et pour toujours
Vers un monde sans frontières
Vers un monde sans fin.

Ich bin auf unbekannten Wegen gegangen
Habe gehofft und bin verzweifelt
Habe der Tage Fluss erlebt
Und ihr endloses Kreisen
War einsam und verloren
War in Finsternis verbannt
Bin in der Leere erstarrt
Bis du kamst, Belle de ma vie,
Bis du mich erlöst hast
Endlich
Jetzt und für alle Zeit
In einer Welt ohne Grenzen
In einer Welt ohne Ende.

Paul Löwinger

Das Lied des Troubadours

Roman

Band 15063

Brian de Martial ist kein einfacher Troubadour, auch wenn die schöne Kaufmannstochter Gaelle ihn so in Südfrankreich kennen lernt. Sein Auftrag ist es, als Ritter für ein Reich des Südens zu kämpfen. Aber sein Weg ist auch eine Suche nach Glück, nach der Poesie und der Liebe.

»Löwingers Held erlebt zwischen
Kreuzzügen und höfischer Liebe alles,
was das Mittelalter auszeichnet.«
Format

»Ein großartiges Abenteuer des Herzens,
des Geistes und des Körpers.«
ORF

Fischer Taschenbuch Verlag

fi 15063 / 2

R. M. Bordihn

Der Falke von Palermo

Roman

Aus dem Englischen von Maria Czedik-Eysenberg

Band 15538

Als Junge lebte er auf den Straßen von Palermo, umgeben von Intrigen, Verrat und Not. Dann wurde er Kaiser des Heiligen Römischen Reiches deutscher Nation: Friedrich II. von Hohenstaufen war das Wunder seiner Zeit. Spannend und farbig erzählt der Roman von seinem Kampf gegen den Papst, von seiner schicksalhaften Liebe zu Bianca von Sizilien und vom mittelalterlichen Deutschland.

Fischer Taschenbuch Verlag

fi 15538 / 1